Petra Schier

DER HEXENSCHÖFFE

Historischer Roman

W0016045

Rowohlt Taschenbuch Verlag

3. Auflage August 2018

Originalausgabe
Veröffentlicht im Rowohlt Taschenbuch Verlag, Reinbek
bei Hamburg, Oktober 2014
Copyright © 2014 by Rowohlt Verlag GmbH,
Reinbek bei Hamburg
Redaktion Tobias Schumacher-Hernández
Umschlaggestaltung any.way, Cathrin Günther
(Abbildung: akg-images)
Abbildungen auf Seite 507 und 508 © Stadt Bad Münstereifel, Archiv
Karte auf Seite 5 © Peter Palm, Berlin
Satz aus der Kepler (InDesign)
bei Pinkuin Satz und Datentechnik, Berlin
Druck und Bindung CPI books GmbH, Leck, Germany
ISBN 978 3 499 26800 7

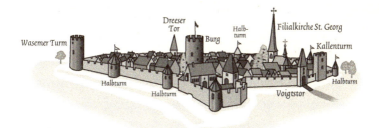

Rekonstruktion der mittelalterlichen Stadt Rheinbach nach Ansichten des 17. und 18. Jahrhunderts, dem Katasterplan von 1816 und der Beschreibung von Hermann Löher 1636

Der nuhn ein mahl das tormentiren folteren und peinigen / an den frommen / unschültigen verübt / observirt und gesehen / das wehe / wehe ruffen gehöret / das folteren betrachtet / der soll wohl anders reden / und weiß mehr davon zu sagen und zu schreiben / als einer der im Kuhlen Lust-Garten da von schreibet und traumet / wie man vermeinte Zäuberer und Zäuberinnen soll fangen / folteren / peinigen und verbrennen /

(Hermann Löher: Hochnötige Unterthanige Wemütige Klage der Frommen Unschültigen)

PROLOG

Amsterdam, 15. Juli 1676

Das Licht der Öllampe flackerte, als Hermann Löher sie auf dem Schreibpult abstellte. Schwerfällig ließ er sich auf dem gepolsterten Stuhl nieder, der ihm nun schon seit über dreißig Jahren als Sitzgelegenheit diente, wenn er seinen Geschäften nachging. Seine Knie knackten, und er stieß ein leises Ächzen aus, denn seit einigen Tagen plagte ihn ein Zipperlein im Kreuz. Er achtete nicht weiter darauf, denn wozu sich Gedanken über Dinge machen, die sich doch nicht ändern ließen? Für einen Mann von 81 Jahren war er noch erfreulich behände unterwegs. Dass ihm das Alter allmählich zusetzte, war wenig erstaunlich und erinnerte ihn vielmehr daran, dass ihm nicht mehr viel Zeit auf dieser Erde verblieb. Zeit, die er nutzen musste, denn er hatte sich eine schwierige Aufgabe gestellt, die ihm bereits seit über einem Jahr viel Kraft abverlangte, sowohl körperlich als auch geistig.

Mit nicht geringem Stolz betrachtete er den imposanten Stapel dichtbeschriebenen Papiers, der sich in der offenen Truhe neben dem Pult befand. Weitere Seiten waren auf der Tischplatte verteilt, zuoberst das Blatt, an dem er gestern spät noch geschrieben hatte. Daneben lag aufgeschlagen ein Exemplar der *Cautio Criminalis*, die Seiten mit runden, polierten Flusssteinen beschwert, damit sie nicht von einem Windzug umgeblättert werden konnten. Auch eine Ausgabe der Heiligen Schrift hatte er stets griffbereit auf dem Pult abgelegt. Das Buch war vom vielen Gebrauch in den vergangenen Jahrzehnten stark abgegriffen, der Einband zerfleddert.

Im Regal hinter sich wusste Hermann neben dem *Hexenhammer* noch weitere Pamphlete verschiedener Theologen, Hexenjäger, Rechtsgelehrter sowie Gegner der Hexenverfolgung. Jedes einzelne Werk hatte er bis ins Detail studiert. Daneben Klemmhefter, in denen er seine Korrespondenz mit Pfarrer Winand Hartmann aus Rheinbach und seinem lieben Freund, dem Dominikanerpater Dr. Johannes Freilink, sammelte.

Der Morgen dämmerte gerade erst herauf; im Haus herrschte noch Stille. Hermann war als Einziger schon auf den Beinen. Seit er alt geworden war, brauchte er nur noch wenige Stunden Schlaf, sodass er die frühen Morgenstunden nutzte, um sich seinen Geschäften zu widmen oder – so wie im vergangenen Jahr – an seiner Klageschrift zu arbeiten.

Nicht mehr lange, dann war es vollbracht. Es fehlten nur noch der Appendix und die Anweisungen für den Buchsetzer und -binder und vielleicht hier und da noch ein paar Einfügungen im Text, wo er glaubte, sich nicht präzise genug ausgedrückt zu haben. Sicherheitshalber würde er ihn in den nächsten Tagen noch einmal vollständig lesen und die bereits markierten Stellen mit Zitaten und Bibelstellen untermauern.

Nachdenklich ließ er seinen Blick über die Einrichtung des Kontors wandern. Es handelte sich um einen großen, nahezu

quadratischen Raum, der beinahe die Hälfte des Unterge-
schosses seines Wohnhauses in der Koningsstraat einnahm.
Die Wände waren von Regalen gesäumt, in denen sich hauptsächlich Woll- und Tuchballen stapelten. Der Tuchhandel war
schon immer sein Hauptgeschäft gewesen; nebenher belieferte
er jedoch auch noch ein paar Eisenhändler, und wenn ihm ein
langjähriger Geschäftspartner günstig Gewürze zum Weiter-
verkauf anbot, sagte er ebenfalls nicht nein.

Während es hinter den Fensterläden immer heller wurde,
wanderten Hermanns Gedanken in die Vergangenheit, zu
seiner geliebten Heimatstadt Rheinbach. Wie hatte es ihn
entsetzt, als er vor drei Jahren von dem verheerenden Brand
erfahren hatte, durch den der Großteil der Häuser in Schutt
und Asche gelegt worden war. Eine Strafe Gottes, so war er sich
sicher, für die schrecklichen, unaussprechlichen Dinge, die sich
Jahre zuvor ereignet hatten. Nichts war dort seither mehr so,
wie es einst gewesen.

Diese Schreckensnachricht war mithin der Auslöser für Hermann gewesen, seine *Wemütige Klage* zu verfassen. Niemals
durfte ein solches Unrecht sich wiederholen. Doch wie sollten
die Menschen dies begreifen, wenn nicht jemand ihnen berichtete, wie es gewesen war und welcher Mittel die falschen
Hexenrichter sich bedient hatten, um ihre finsteren Pläne
durchzusetzen?

Hermann schmerzte das Herz in der Brust, als die Bilder
der lang vergangenen Ereignisse vor seinem inneren Auge aufstiegen. Tränen traten ihm in die Augen, doch er wischte sie
schnell fort. Getrauert und bedauert hatte er lange genug. Nun
war es an der Zeit zu handeln.

Entschlossen griff er nach dem Manuskript in der Truhe,

um es vor sich auf dem Schreibpult abzulegen. Es fiel ihm nicht leicht, all die Ereignisse noch einmal zu durchleben, sie schwarz auf weiß in seiner eigenen Handschrift vor sich zu sehen. Doch die Gewissheit, dass er das Richtige tat, dass die Nachwelt ein Recht darauf hatte, die Wahrheit zu erfahren, gab ihm die Kraft, das vorläufige Deckblatt zur Hand zu nehmen. Als die ersten Sonnenstrahlen durch die Ritzen der Fensterläden blinzelten, öffnete er eines der Fenster und begann zu lesen:

Hochnöthige Unterthanige Wemütige Klage der Frommen Unschültigen;
Worin alle Hohe und Niedrige Oberkeit / sampt ihren Unterthanen klärlich / augenscheinlich zu sehen und zu lesen haben / wie die arme unschultige fromme Leute durch Fahm- und Ehrenrauben von den falschen Zauber-Richtern angegriffen / durch die unchristliche Folter- und Pein-Bank von ihnen gezwungen werden / erschreckliche / unthunliche Mord- und Todt-Sünden auff sich selbsten und anderen mehr zu liegen und sie ungerechtlich / falschlich zu besagen.

1. Kapitel

Rheinbach, 10. Juni 1631

Dan es ist kein lügen so schnel /
Und die warheit vervolgt sie wel.
Von diesen Famrauben und besagen ist niemant befreyet /

Die Frühsommersonne stand hoch am wolkenlosen Himmel. In den Straßen des kleinen Städtchens Rheinbach herrschte mittägliche Stille, die meisten Bewohner hatten sich ein schattiges Plätzchen gesucht, um der flirrenden Hitze zu entfliehen.

Hermann Löher war auf dem Weg von seinem Wohnhaus in der Nähe des Dreesertores zu einer außerordentlichen Sitzung der Schöffen im Bürgerhaus. Ein ums andere Mal wischte er sich mit dem Ärmel seines rotbraunen Wamses den Schweiß aus dem Gesicht. Beinahe konnte man es schon als Zumutung empfinden, die Zusammenkunft des Stadtgerichts auf den hohen Mittag zu legen. Nicht nur, weil die ungewöhnliche Sommerhitze Mensch und Tier gleichermaßen zusetzte, sondern auch, weil Hermann eigentlich andere Dinge zu tun hatte. In seinem Kontor warteten Woll- und Leinenballen darauf, sortiert und katalogisiert zu werden. Ganz zu schweigen von der Korrespondenz mit den Eisenlieferanten, die schon seit Tagen unbeantwortet auf seinem Schreibpult lag. Erst vor wenigen Stunden war er von einer mehrtägigen Handelsfahrt nach

Trier heimgekehrt. Auf dem Rückweg hatte er noch einen Schlenker über Münstereifel – seinen Geburtsort – gemacht, um seine Schwester Luise zu besuchen, die vor drei Wochen mit ihrem dritten Sohn niedergekommen war. Nun war es dringend an der Zeit, sich wieder um die heimischen Geschäfte zu kümmern. Wie sehnte er bereits den Tag herbei, da sein ältester Sohn Bartholomäus alt genug sein würde, wenigstens einen Teil der anfallenden Arbeiten selbständig zu erledigen. Doch der Junge war gerade erst zwölf Jahre alt und noch in der Lehre, deshalb hatte Kunigunde in Hermanns Abwesenheit ein Auge aufs Kontor gehabt, soweit es ihr neben der Hausarbeit und der Betreuung der sechs Kinder möglich war.

Als umso ärgerlicher empfand er, dass er so kurz nach seiner Rückkehr Kuni schon wieder verlassen musste, um sich den städtischen Gerichtsangelegenheiten zu widmen. Nicht einmal sein Mittagsmahl hatte er in Ruhe zu sich nehmen können.

Der vom Kurfürsten Ferdinand von Bayern höchstselbst eingesetzte Hexenkommissarius Dr. Franz Buirmann hatte zu der Schöffenversammlung eingeladen, und dieser Mann scherte sich nicht im Geringsten um die Befindlichkeiten der einzelnen Schöffen.

Hermann war nicht wohl bei dem Gedanken an die Worte des Gerichtsboten Martin Koch, als dieser ihm am späten Vormittag von der Sitzung berichtet hatte. «Der ehrenwerte Kommissarius Dr. Buirmann beruft das hohe Gericht der Stadt Rheinbach ein, denn es wurde eine Weibsperson der Hexerei beschuldigt.»

Auf Löhers erschrockene Nachfrage, wer denn die besagte Weibsperson sei, hatte Koch keine Antwort gegeben. Er sei zur Verschwiegenheit verdonnert worden. Das verhieß nichts

Gutes. Schon seit Monaten loderten in den Dörfern rings um Rheinbach die Scheiterhaufen. Nicht nur Dr. Buirmann, sondern auch andere Hexenkommissare, wie Dr. Schultheiß und Dr. Möden, führten die Prozesse mit gnadenloser Strenge. Grundsätzlich war dies natürlich zu begrüßen, denn die Buhlen und Gespielinnen des Gottseibeiuns richteten offenbar immer wieder große Schäden an Land, Leuten und Vieh an, wenn sie auf ihren Zusammenkünften zauberten und für Missernten, Seuchen und böse Unfälle sorgten. So zumindest argumentierten die Befürworter der Hexenprozesse für das harte, unbarmherzige Vorgehen gegen Männer und Frauen, die des Zauberns und der Buhlschaft mit dem Teufel bezichtigt wurden.

Hermann hatte selbst noch niemals eine Hexe gesehen und war sich nicht ganz sicher, was er von all der Aufregung halten sollte. Ihm fehlte die Zeit, sich näher mit den Prozessen in den umliegenden Ortschaften zu befassen, und besonders belesen war er auch nicht. Zwar hatte er in der Schule das Lesen, Schreiben und – besonders wichtig – auch das kaufmännische Rechnen zur Genüge gelernt. Auch die Bibel hatte er in Auszügen gelesen, doch sprach er weder Latein noch sonstige Fremdsprachen, und auch in den sieben Künsten fehlte ihm eine Ausbildung. Wozu hätte er die auch gebraucht? Er hatte bereits mit fünfzehn Jahren fest an der Seite seines Vaters Gerhard das Kaufmannskontor geführt. Er besaß einen wachen Verstand, eine rasche Auffassungsgabe und ein gutes Gespür für Geschäfte – alles wichtig und nützlich im alltäglichen Umgang mit Lieferanten und Kunden. Deshalb hatte er das Kontor schon zu Lebzeiten seines Vaters sehr erfolgreich gemacht und später sogar noch ausgebaut. Seinem Vermögen und Einfluss war es zu verdanken, dass er sogar für ein Jahr Bürgermeister der Stadt Rheinbach gewesen war und vor wenigen Monaten dann als jüngstes Mitglied, mit 36, in den Schöffenrat berufen worden war. Was könnte er sich noch mehr wünschen?

Zwar war er in Rechtsangelegenheiten wenig bewandert, doch seinen Mitschöffen ging es kaum anders. Keiner von ihnen hatte Recht und Juristerei studiert – bis auf den ehrenwerten und klugen Vogt Dr. Schweigel, der ein guter Freund von Hermanns Vater gewesen war. Alle übrigen Schöffen, ebenso wie die Ratsherren, urteilten weitgehend nach überliefertem und hergebrachtem Recht und aus der eigenen Lebenserfahrung heraus. Da Rheinbach ein ruhiges, blühendes Städtchen war, gab es auch kaum einmal mehr, als Nachbarschaftszwistigkeiten abzuurteilen. Seit über hundert Jahren war in Rheinbach niemand mehr hingerichtet worden, bis ... ja, bis vor einigen Wochen die Magd des Großbauern Hilger Lirtz von mehreren Bürgern der Zauberei bezichtigt worden war. Sie war zusammen mit einer alten Frau namens Grete Hardt der Hexerei überführt und verbrannt worden. Da die Rheinbacher Schöffen zunächst gezögert hatten, einen Hexenprozess anzustrengen, war ihnen von oberster Stelle in Bonn ein gewisser Dr. Schultheiß als Berater zur Seite gestellt worden. Er hatte denn auch beide Frauen recht schnell dazu gebracht, ihre Untaten einzugestehen. Wenig später hatten die Rheinbacher Bürger erfahren, dass der hochgeschätzte Dr. Franz Buirmann, ein Schöffe des Kölner Hochgerichts, hergeschickt würde, um sich des Problems der sich ausbreitenden Hexensekte anzunehmen und den Rheinbacher Schöffen mit Rat und Hilfe zur Seite zu stehen.

Hermann erinnerte sich dunkel daran, diesem Buirmann vor vielen Jahren schon einmal begegnet zu sein. Damals war dieser aber noch ein unbedeutender Student der Juristerei gewesen, ohne große Aussicht auf Macht und Einfluss. Er war Hermann nur deshalb im Gedächtnis geblieben, weil er so ein hässlicher, dürrer Kerl mit spitzem Kinn und hervorquellenden Augen war, der sich für wunders wie wichtig hielt. Kaum älter als Hermann, hatte er sich ebenfalls auf Brautschau befunden und ein Auge auf das jüngste Kemmerling-Mädchen geworfen. Die Älteste – Anna – war mit dem jetzigen Schöffen Gottfried Peller verheiratet. Marianne hatte den unansehnlichen Dr. Gortzis, wie sie ihn nannte, voller Abscheu abgewiesen und sich über ihn lustig gemacht. Sie hatte gut daran getan, denn später ehelichte sie einen reichen und nicht nur vom Aussehen, sondern auch vom Wesen her weit angenehmeren Advokaten. Buirmann hatte schließlich nach etlichen weiteren Körben durch die Töchter hochgestellter Familien ein mittelloses Mädchen aus Bonn geheiratet, dessen Vater sich mit dem Kochen von Salpeter mehr schlecht als recht den Lebensunterhalt verdiente. Gehässige Zeitgenossen behaupteten, solch eine Partie sei durchaus passend für den Sohn eines einfachen Trommlers.

Doch Buirmann war ehrgeizig. Er hatte es inzwischen auch ohne angeheiratetes Vermögen in das Kölner Hochgericht geschafft und sich darüber hinaus einen Namen als Spezialist für Hexenprozesse gemacht. Da er sich im Gegensatz zu Hermann – oder sonst jemandem aus dem Rheinbacher Stadtrat oder Schöffenkolleg – tagtäglich mit solchen Dingen beschäftigte und schon viele Hexen überführt hatte, ging Hermann davon aus, dass der Mann wohl wusste, was er tat. Immerhin hatten alle Angeklagten ihre Frevel gestanden.

Dennoch verspürte Hermann ein ungutes Gefühl in der Magengrube. Von der Stadtmauer oder den Wachtürmen aus konnte man manchmal bei gutem Wetter die Rauchsäulen der Scheiterhaufen aus Meckenheim, Flerzheim und anderen umliegenden Ortschaften sehen. Er war sich nicht sicher, ob er froh darüber sein sollte, dass das Brennen nun offenbar auch in Rheinbach weitergehen würde. Die Hinrichtung der beiden armen Frauen neulich hatte ihm ziemlich zugesetzt. Niemals zuvor hatte er einen Menschen bei lebendigem Leibe verbrennen gesehen. Noch Tage nach der Hinrichtung hatte er sich eingebildet, den Gestank des verbrannten Fleisches in der Nase zu haben.

Wenige Schritte vor dem Bürgerhaus, das sich in der Nähe der Rheinbacher Burg befand, blieb Hermann stehen und wischte sich erneut den Schweiß aus dem Gesicht. Irgendwo sang ein Vogel tapfer gegen die Mittagshitze an. Auf einem niedrigen Mäuerchen an der staubigen Straße kauerte die schwarz-weiß gescheckte Katze der Kramerin und schien die Sonne zu genießen wie eine Eidechse. «Na, Nicolette, du scheinst ja die Einzige zu sein, der dieses Wetter zusagt. Machst wohl eine Pause vom Mäusejagen, wie?» Schmunzelnd trat Hermann auf sie zu und streichelte ihr über das weiche, warme Fell. Die Katze reckte ihr Köpfchen und schnurrte genüsslich.

Mit der anderen Hand zog Hermann seine Taschenuhr hervor. Er war überpünktlich, eigentlich sogar noch ein bisschen zu früh. Vielleicht sollte er sich erst ein wenig in den Schatten setzen und verschnaufen. So erhitzt und schweißnass machte er gewiss keinen guten Eindruck, und als jüngster der Schöffen war er genau darauf sehr bedacht. Er blickte sich um und hatte gerade ein schattiges Plätzchen unter einer ausladenden Linde ausgemacht, als der markerschütternde Schrei einer Frau ihn zusammenfahren ließ.

Erschrocken drehte er den Kopf und versuchte herauszufinden, woher der Klageruf gekommen war.

Wieder ertönte ein Schrei, jämmerlich und lang gezogen. Die Katze sprang auf, fauchte und hastete in großen Sätzen davon.

Kam das Wehklagen aus dem Bürgerhaus? Befragte man die neue Zauberin womöglich schon? Noch bevor er weitere Schlüsse ziehen konnte, trat Martin Koch, der kleine, hagere Gerichtsbote, aus dem Bürgerhaus. Sein dünnes, schulterlanges braunes Haar lag ihm strähnig um den Kopf.

«Herr Löher, da seid Ihr ja. Kommt, die anderen sind alle schon versammelt, und Dr. Buirmann wartet nur noch auf Euch und Dr. Schweigel.» Koch gestikulierte in Richtung des oberen Geschosses, in dem sich der Gerichtssaal, die Peinkammer sowie die Schöffenstube befanden, während die unteren Räume von Amtsstube und Ratssaal eingenommen wurden. Hermann folgte dem Boten schweigend.

Doch als ein weiterer qualvoller Schrei die Stille zerriss, blieb Hermann stehen. «Koch, wer schreit denn da so gottserbärmlich? Ist jemand in Not?»

Der Gerichtsbote drehte sich um, auf den Lippen ein schiefes Grinsen. «In Not? Ja, bei Gott, das sollte sie sein, die Erzzauberin. Die Hexe ist es natürlich, die Ihr da hört, Herr Löher. Der Henker hat ihr die Beinschrauben angelegt, damit sie endlich gesteht.»

«Was? Die Beinschrauben?» Hermann erschrak und spürte, wie ihm trotz der Hitze ein kalter Schauer übers Rückgrat lief. «Aber das ist doch … Das geht doch nicht. Ist das nicht gegen das Gesetz? Wenn eine Hexe festgenommen wird, muss sie zuerst ordentlich befragt werden. Der Herr Kommissar kann doch nicht einfach …»

«Ach was, darüber sind sie da drinnen schon längst hinaus. Ihr wart ja nicht in der Stadt, als man die Alte festgenommen hat.» Unbefangen und offenbar durchaus zufrieden mit den Vorgängen deutete Koch in Richtung der Treppe. «Dr. Buirmann hat sie schon seit drei Tagen oder so in der Peinkammer, weil sie so verstockt war, obwohl die Nadelprobe eindeutig bewiesen hat, dass sie eine Hexe ist. Dann hat sie zwar gestanden, aber sie weigert sich noch immer, ihre Mithexen zu verraten. Kommt, beeilt Euch, der Kommissar wartet nicht gerne.»

Das ungute Gefühl, welches Hermann bereits auf dem Weg hierher beschlichen hatte, verknäuelte sich in seiner Magengrube zu einem schmerzhaften Knoten, als er ins Obergeschoss hinaufstieg. In der Schöffenstube standen seine Kollegen stumm im Halbkreis versammelt: Herbert Lapp, der Älteste mit seinen siebenundsechzig Jahren, groß, schlank und mit eisgrauem Haar, drehte nervös seinen breitkrempigen Filzhut in den Händen. Gottfried Peller war ebenfalls schon über sechzig und leicht beleibt, aber seine Haltung ähnelte mehr der eines Kämpfers, der sich überlegte, wie und wann er am besten zum ersten Schlag ausholen sollte. Er schaute grimmig drein. Jan Thynen war erst Mitte vierzig, Johann Bewell zehn Jahre älter. Fast hätte man die beiden als Brüder ansehen können, da sie beide blondes Haar hatten und eine schlanke Statur. Doch Thynens Gesichtszüge waren kantiger, und seine Augen lagen weiter auseinander, was ihm zusammen mit seinem spitzen Kinn ein frettchenhaftes Aussehen verlieh.

Hermann blieb in der Tür stehen und blickte mit einer Mischung aus Empörung und Neugier in die schweigsame Runde. Dabei wurde ihm bewusst, dass zwei der Schöffen fehlten: Dietrich Halfmann und Richard Gertzen.

Erst auf den zweiten Blick erkannte Hermann den Amtmann Heinrich Degenhardt Schall von Bell, einen mittelgroßen, breitschultrigen Mann in farbenfrohem Wams und brauner, ausgepolsterter Kniehose. Statt eines wesentlich bequemeren Spitzenkragens trug er trotz der Hitze eine breite, mühlsteinförmige Halskrause, die ihm wohl Autorität verleihen sollte. Eigentlich war dies gar nicht nötig, war der Amtmann doch direkt vom Kurfürsten eingesetzt und oberster Beamter in Rheinbach und allen umliegenden Ortschaften. Sein dichtes braunes Haar lag in ordentlichen Wellen um seinen Kopf, der Kinnbart war sauber gestutzt, der passende Filzhut mit Pfauenfeder lag auf dem Schreibpult, hinter dem er sich niedergelassen hatte.

Bei Hermanns Eintreten erhob er sich. «Guten Tag, Herr Löher, schön, dass Ihr pünktlich seid. Wie ...» Er stockte, als ein schier unmenschlicher Schrei aus einem der hinteren Räume erschallte. Danach war ein leiseres Schluchzen zu vernehmen, und er fuhr ungerührt fort: «Wie Ihr durch den Gerichtsboten Koch bereits erfahren habt, sind wir heute hier zusammengekommen, um einer gefährlichen Erzzauberin den Prozess zu machen. Leider ist sie nach wie vor verstockt, was ihre Mitzauberinnen angeht, deshalb haben wir Meister Jörg angewiesen, ihr noch einmal die Beinschrauben anzulegen.»

«Wie konntet Ihr sie foltern, obgleich nicht alle Schöffen anwesend waren?» Hermann trat einen Schritt vor, sah einen Schöffen nach dem anderen an. Alle wichen seinem Blick aus, teils betreten, teils gelangweilt. Peller war der Einzige, der den Kopf hob und gleichzeitig sichtlich hilflos die Achseln zuckte.

«Wollt Ihr mir wohl sagen, wie Ihr dazu kommt, mein Vorgehen anzuzweifeln?» Dr. Franz Buirmann erschien in der

Tür. «Ich bin immerhin hergeschickt worden, um Euch bei der Prozessführung gegen die unheiligen Zauberer mit Rat und Tat beizustehen. Was wisst Ihr schließlich davon? Ich habe die Juristerei ausführlich studiert, und beim ehrenwerten Dr. Schultheiß steht geschrieben, dass zwei Schöffen als Zeugen der Folter in dringenden Fällen vollkommen ausreichen. Wozu ein ganzes Gericht damit aufhalten, vor allem, wenn gute Männer wie Ihr, Herr Löher, doch eigentlich Wichtigeres zu tun hätten, nicht wahr? Oder wollt Ihr mir sagen, Eure Geschäfte führten sich von selbst?»

Dr. Buirmann war zwar älter geworden, doch die Jahre hatten seiner Unansehnlichkeit keine Milderung zuteilwerden lassen. Noch immer war er dürr, die Gesichtszüge hager, das Kinn mit dem obligatorischen schwarzen Bärtchen spitz zulaufend und die Augen hervorquellend und gleichzeitig wachsam. Hermann kam er vor wie eine Kreuzung aus Ziege und Kröte, und er musste sich zusammenreißen, um diesen Gedanken zu verdrängen. Er wollte gerade antworten, doch der Kommissar hatte sich bereits dem Amtmann und den übrigen Schöffen zugewandt.

«Die Alte ist verstockt, dass es einen frommen Christenmenschen graust! Ich verfüge deshalb, dass Meister Jörg den Grad der Folter noch einmal verstärkt. Wir können nicht zulassen, dass die Hexe weiterhin schweigt und nicht nur ihre Seele dem Teufel überlässt, sondern darüber hinaus auch noch die Bürger dieser schönen Stadt gefährdet, indem sie die Namen ihrer Mitspielerinnen und Komplizen länger verschweigt. Folgt mir hinüber in die Peinkammer und überzeugt Euch selbst von der Garstigkeit, mir der sie sich dagegen wehrt, ihre Seele und die der anderen Übeltäter zu erretten.» Seine

Stimme war mit jedem Wort lauter geworden und wurde von ausholenden Gesten begleitet. Schon wandte er sich ab, um dem kleinen Raum hinter dem Gerichtssaal zuzustreben, in dem die Gerätschaften für die peinliche Befragung aufbewahrt wurden.

«So wartet doch!», rief Hermann. Er begriff nicht, weshalb keiner der anderen Schöffen protestierte. «Wollt Ihr uns nicht erst einmal verraten, wen Ihr der Tortur unterzieht?»

Neben ihm hüstelte Gottfried Peller, Herbert Lapp räusperte sich verlegen.

Buirmann drehte sich mit einem unangenehm freundlichen Lächeln zu ihm um. «Verzeiht, Herr Löher, meine Nachlässigkeit. Es handelt sich um die Witwe Christina Böffgens. Und nun folgt mir, Ihr guten Herren.»

«Wie bitte?» Vor Schreck hätte Hermann sich beinahe verschluckt. «Ihr bezichtigt die alte Böffgens? Das ist doch Unfug! Sie muss sofort freigelassen werden. Eine alte, fromme Frau wie sie, großer Gott! Sie hat noch niemals jemandem ein Leid getan, und jetzt soll sie auf einmal zaubern können?»

«Freilassen, eine geständige Hexe? Niemals!» Wütend fuhr Buirmann herum und starrte Hermann an. «Wagt es nicht noch einmal, in diesem Ton zu mir zu sprechen, Hermann Löher. Ich bin vom Kurfürsten höchstselbst nach Rheinbach geschickt worden, um des Hexengezüchts Herr zu werden. Das Weib wurde von mehreren Zeugen beschuldigt, so etwas kann und darf ich nicht ignorieren. Die Alte wurde peinlich befragt, und zwar so lange, bis sie alles gestanden hat, so wahr ich hier stehe. Gott ist mein Zeuge, dass mir noch niemals eine Teufelsbuhle entwischt ist. Ganz gleich, wie verstockt sie auch sein mögen – früher oder später gestehen sie alle. Denn nur auf diese Weise erretten sie ihre beklagenswerten Seelen vor dem ewigen Höllenfeuer.»

«Aber die Böffgens doch nicht!», wagte Hermann erneut einzuwenden. «Das muss ein Irrtum sein. Sie hat über zwanzig Jahre lang tugendsam und getreu mit ihrem Ehemann zusammengelebt und führt seit seinem Tode den Tuchhandel erfolgreich allein weiter. Kinder waren den beiden nicht vergönnt, deshalb haben sie einen großen Teil ihres Vermögens der Kirche gestiftet und den Armen und Bedürftigen gespendet. Sogar einen hübschen kleinen Altar hat die gute Frau nach Peter Böffgens Tod ...»

«Seht Ihr denn nicht die Scheinheiligkeit, mit der sie sich all die Jahre hinter diesen ach so frommen Gesten versteckt hat?», unterbrach Buirmann ihn erbost. An seinem Hals war eine Ader hervorgetreten und pochte heftig; sein Gesicht hatte sich rötlich verfärbt. «Genau das ist es doch, was uns an den Untaten der Zauberer so anwidert. Vordergründig führen sie ein allzu mustergültiges Leben, aber in Wahrheit sind sie alle des Teufels. Ausräuchern müssen wir die Hexenbrut, mit Stumpf und Stiel vernichten. Hört auf mich, Ihr guten Männer, und lasst Euch nicht von angeblich frommen Taten blenden. Wenn Ihr wie ich bereits vielfach Zeuge von Geständnissen der unaussprechlichsten Sünden geworden wäret, wüsstet Ihr, dass man nichts unversucht lassen darf, um sie vollständig auszurotten, diese Zauberischen.» Beinahe wild drehte Buirmann sich erneut um und stürmte auf die Peinkammer zu. Seine weiße Halskrause wippte bei jedem Schritt auf und ab. Der Amtmann folgte ihm entschlossen.

Die Schöffen sahen einander mehr oder weniger betreten an.

«Wir sollten ihm wohl besser folgen», brach Herbert Lapp

schließlich das Schweigen und bewegte sich zögernd auf den Raum zu, in dem der Kommissar verschwunden war.

«Wie konntet Ihr es zulassen, Herr Lapp, dass sie die Böffgens einkerkern?» Hermann hielt seinen linken Arm fest. «Sie ist keine Hexe, um Gottes willen. Ihr werdet den Anschuldigungen doch wohl keinen Glauben schenken?»

In Lapps Miene war deutliches Unbehagen. «Der Kommissar erklärte bei ihrer Verhaftung, sie sei mehrfach besagt worden, und die Nadelprobe hat bewiesen, dass es wahr ist. Es kam kein Blut aus den Stichen. Da hat er sie peinlich befragt, und sie hat alles gestanden. Was sollten wir denn tun?»

«Aber ist es nicht so, dass er eigentlich nur hier ist, um uns zu beraten?», wandte nun auch Peller zweifelnd ein. «Stattdessen hat er den gesamten Prozess einfach an sich gerissen.»

«Ich weiß, ich weiß. Er behauptet, so würde es überall gemacht und dass wir sowieso keine Ahnung von den geltenden Gesetzen und Regelungen in Hexenprozessen hätten.» Lapp zuckte hilflos die Schultern. «Im Grunde stimmt das ja auch.»

«Aber gibt es ihm das Recht, einfach eine arme alte ...» Löher brach ab, als ein erneuter Schmerzensschrei zu ihnen herausgellte.

«Gott, steh uns bei», murmelte Lapp und betrat die Peinkammer.

Hermann hastete ihm nach, hinter sich die Schritte der übrigen Schöffen. Er hielt unwillkürlich den Atem an. Es war warm hier drinnen, denn in einem großen Eisenbecken glühte ein Feuer. Gleichzeitig mit der Wärme schlug ihm der Geruch von Schweiß und Blut in die Nase, vermischt mit einer säuerlichen Note, die vermutlich von Erbrochenem herrührte.

Bisher hatte dieser Raum hauptsächlich als Lager für allerlei Utensilien und Gerichtsakten gedient, doch für die ersten Hexenprozesse gegen die Magd des Hilger Lirtz und die alte Grete Hardt war er vom Henker leergeräumt und seinem neuen Zweck zugeführt worden. Nun stand in der Mitte der hölzerne Peinstuhl mit den Eisenschnallen an den Armlehnen und den beiden Stangen links und rechts der hohen Rückenlehne, an denen die Arme des Angeschuldigten hochgebunden werden konnten. An der linken Wand hingen jetzt – zur Abschreckung und Verdeutlichung der bevorstehenden Qualen – diverse Messer, Haken und Gerätschaften, von denen Hermann nicht einmal wusste, wozu sie dienten. Allen waren spitze Zähne und Klingen gemein, die sich bei korrekter Anwendung auf die eine oder andere Art in das Fleisch bohren würden. Auch eine Maulsperre und ein in der Größe verstellbares eisernes Halsband mit nach innen gerichteten Zacken waren vorhanden sowie diverse Ketten und Seile. Auf dem Tisch unter einem der Fenster lag neben den Daumenschrauben ein Krokodilsmaul, das von frischen Blutflecken übersät war. An der Decke gab es einen Flaschenzug. Die gesamte Kopfseite des Raumes nahm ein großer, rechteckiger Tisch mit zehn Stühlen ein, der als Richtbank diente.

«Heilige Muttergottes», entfuhr es Hermann, als er Christina Böffgens in sich zusammengesunken auf dem Peinstuhl sitzen sah. Oder vielmehr das, was er für die alte Frau hielt. Man hatte ihr das Kopfhaar bis auf die Haut geschoren, wie auch sämtliches Körperhaar. Dass der Henker und seine Helfer mit den Rasierklingen nicht sonderlich zaghaft vorgegangen waren, konnte man an mehreren blutigen Kratzern und Schnitten an den Armen und Beinen der alten Frau erkennen. Der dünne, fleckige graue Kittel, in den man sie gesteckt hatte, bedeckte ihren Körper nur sehr fadenscheinig und gab den Blick auf ihren Körper auf unzüchtigste Weise preis.

Hermann hatte zuerst gedacht, sie sei ohnmächtig. Doch nun hob sie den Kopf und stierte erst Buirmann, dann nacheinander die Schöffen aus tief in den Höhlen liegenden Augen an. Ihr ehemals sanftmütiges Gesicht mit dem fröhlichen Lächeln war zu einer hässlichen Grimasse verzogen, ihre Lippen blutig gebissen, die Wangen von schmutzigen Flecken übersät.

Hermanns Magen hob sich, als er das volle Ausmaß ihres Elends erfasste. Er spürte, wie ihr Blick an ihm hängen blieb, konnte sich jedoch nicht dazu durchringen, ihn zu erwidern. Was hatten sie dieser armen Frau nur angetan? Der Frau, die mit seinem Vater und seiner Mutter immer so freundschaftlichen Umgang gepflegt hatte. Die ihm und seinen Geschwistern früher oft Gebäck zugesteckt oder im Herbst erlaubt hatte, Äpfel von den Bäumen hinter ihrem Haus zu pflücken. Die gerne ausgeholfen hatte, wenn eine Nachbarin jemanden benötigte, der auf den Nachwuchs aufpasste, und die sogar erst vor kurzem einer jungen, mittellosen Braut das Geld für eine kleine Aussteuer geschenkt hatte.

Nun waren ihre Finger blau und schwarz verfärbt, wo man ihr die Fingernägel herausgerissen hatte. Die Daumen waren vollkommen unförmig und geschwollen von den Schrauben. Ihre Beine steckten in speziell für sie angepassten Beinschrauben. Blut quoll zwischen den metallenen Schienen hervor.

Meister Jörg, der vierschrötige Rheinbacher Henker, war beim Eintreten des Kommissars zur Seite getreten, sodass der Frau eine kurze Atempause gewährt war.

«Das ist ja entsetzlich», hörte Hermann eine Stimme hinter sich. Johann Bewell trat ein Stück vor und bekreuzigte sich.

«Entsetzlich?», echote Buirmann sogleich. Offenbar hatte er ausgezeichnete Ohren, denn Bewell hatte sehr leise gesprochen. «Das ist es in der Tat. Seht sie Euch an, Ihr guten Schöffen, und lernt, wie man eine Hexe dazu bringt, ihre Übeltaten einzugestehen.» Er trat auf Christina Böffgens zu, umfasste grob ihr Kinn und zwang sie, den Kopf zu heben. «Nun, Christina, wie steht es?» Seine Stimme war plötzlich sanft und freundlich. «Bist du nun endlich bereit, die Namen deiner Mitzauberer zu bekennen? Es wird allmählich Zeit, findest du nicht? Oder soll Meister Jörg die Beinschrauben noch ein wenig fester anziehen? Die Stiefelchen passen dir, meine ich, noch nicht so ganz.» Er lächelte mild, als er ihr in die Augen blickte.

Christinas Mund öffnete und schloss sich mehrmals, doch es kam kein Ton heraus. Buirmanns Lächeln verbreitete sich noch eine Spur, und er beugte sich weiter zu ihr hinab. «Ja? Du musst lauter sprechen, Christina, damit wir dich alle hören können.»

Hermann starrte widerwillig gebannt auf die alte Frau und den Hexenkommissar. Dann schrak er zusammen, als ihr waidwunder Blick ihn erneut traf, ihn fixierte.

«Ich bin keine Hexe», sagte sie mit überraschend fester Stimme. «Hermann Löher, Johann Bewell, Ihr kennt mich doch. Löher, Euch habe ich bereits auf meinen Knien geschaukelt, wenn Eure Mutter mit Euch und Euren Geschwistern zu Besuch kam. Helft mir doch in meinem Elend!»

Hermann spürte, wie sich seine Kehle zusammenschnürte und ihm der Atem stockte. Schon wollte er etwas antworten, doch ein Wutschrei Buirmanns hielt ihn davon ab. «Was sagst du da, alte Erzhexe?», rief er und holte aus. Er schlug jedoch nicht zu, sondern ballte nur die Hände zu Fäusten. «Erdreistest du dich etwa, dein Geständnis von gestern zu widerrufen? Wie kannst du es wagen?»

«Ja, ich widerrufe», antwortete Christina und blickte entschlossen zu ihm hoch. «Ihr habt mich mit Euren gemeinen Marterwerkzeugen gezwungen, furchtbare Dinge zu bekennen, die ich in Wahrheit nie getan habe. Noch niemals im Leben habe ich gezaubert!»

Hermann schluckte an einem Kloß, der sich in seiner Kehle gebildet hatte. Wo war er hier bloß hineingeraten? Sah denn niemand, wie irrsinnig die Annahme war, Christina Böffgens sei eine Hexe? Am liebsten hätte er sie auf der Stelle losgebunden.

«Das ist ja ungeheuerlich», tobte Buirmann und begann, in der Peinkammer auf und abzugehen. Dicht vor Hermann blieb er stehen. «Seht Ihr, was ich meine, wenn ich sie verstockt nenne? Weiß der Himmel, welche Teufel ihr über Nacht beigewohnt und ihr diese Arglist eingeflüstert haben.» Er fuhr zum Henker herum. «Dreht die Beinschrauben fester.»

Meister Jörg kratzte sich am Kopf, wo der blonde Haaransatz bereits weit zurückgewichen war. «Wie Ihr wünscht.» Er bückte sich und drehte an den Schrauben, bis Christina erst ein Stöhnen, dann einen jämmerlichen Schrei ausstieß. Sie biss sich auf die Unterlippe, bis Blut floss. «Ihr könnt mir die Beine brechen», stieß sie hervor, «aber ich werde mein Gewissen nicht mit einer Lüge belasten. Ich bin keine Hexe.» Ihre Stimme zitterte und wurde mit jedem Wort schwächer. Aus ihren Wangen war alles Blut gewichen. Ihr Atem ging in flachen, unregelmäßigen Stößen.

Hermann spürte bittere Galle in seiner Kehle aufsteigen.

«Bist du nicht?» Erbost baute Buirmann sich vor ihr auf.

«Das werden wir ja sehen.» Mit der rechten Hand winkte er den Henker zu sich. «Bindet sie an die Strecke.» Er deutete auf den Flaschenzug unter der Decke.

«Jetzt?» Meister Jörg kratzte sich erneut am Kopf. «Ähm, seid Ihr sicher? Ich meine, sie ist schon ziemlich geschwächt, und ...»

«Seid Ihr taub?», herrschte der Kommissar ihn an. «Die Strecke, jetzt sofort! Ich lasse mir doch nicht nachsagen, dass mich eine Zauberische an der Nase herumführt.»

«Aber ich weiß nicht, wie lange sie das durchhält», wagte der Henker einzuwenden.

«Ach was.» Buirmann winkte ab. «Die Alte ist clever und verschlagen. Sie will uns mit Hilfe teuflischer Kräfte weismachen, dass sie schwach und unschuldig ist. Ich aber werde Euch das Gegenteil beweisen. Los jetzt, tut Eure Arbeit.»

«Also gut, wie Ihr meint.» Mit sichtlichem Unbehagen löste der Henker erst die Beinschrauben, dann die Schellen, mit denen Christinas Handgelenke an den Peinstuhl gefesselt waren. «Los, hoch mit Euch», sagte er in durchaus freundlichem Ton und schleppte die Frau mehr zu dem Streckgerät, als er sie führte. Christina konnte kaum einen Fuß vor den anderen setzen. Aus Wunden an ihren Waden und Schienbeinen quoll das Blut, die Haut war blau und violett verfärbt.

«Müssen wir das wirklich alles mit ansehen?», fragte Johann Bewell zaudernd. «Bisher hat es doch auch gereicht, wenn Thynen und Halfmann bei der Folter zugegen waren.»

«Wo steckt Halfmann überhaupt?», fragte Peller in Richtung des Amtmannes, der bisher schweigend in der Nähe der Tür gestanden und alles mit steinerner Miene verfolgt hatte.

Heinrich Degenhardt Schall von Bell bedachte ihn mit einem kühlen Lächeln. «Die Schöffen Halfmann und Gertzen sind zusammen mit dem Gerichtsschreiber Melchior Heimbach in einer wichtigen Gerichtsangelegenheit unterwegs und deshalb heute von der Anwesenheit während des Prozesses freigestellt.»

«Was für eine wichtige Angelegenheit soll das denn sein?» Peller zuckte sichtlich zusammen, als Christina wieder ein lautes Stöhnen ausstieß.

Der Henker hatte ihr die Hände hinter dem Rücken zusammengebunden und den Strick an dem Seil befestigt, das über den Flaschenzug führte. Nun konnte er mit Hilfe einer Winde ihre Arme langsam nach hinten und oben ziehen, während sie mehr schlecht als recht auf ihren zerschundenen Beinen stand.

Der Amtmann warf ihr einen kurzen Blick zu, dann antwortete er dem Schöffen: «Sie stellen wichtiges Beweismaterial sicher.»

Hermann drehte sich zu ihm um. «Was denn für Beweismaterial?»

«Das werdet Ihr sehen, wenn sie es hergebracht haben.»

Christina stieß ein langes, qualvolles Ächzen aus, als der Henker auf Buirmanns Wink hin ihre Arme noch weiter nach oben zog. Ihre geschundenen Schultergelenke knackten.

«Weiter», befahl der Kommissar.

«Sie hält sich nicht mehr lange auf den Beinen», wandte Meister Jörg ein.

«Dann lässt sie's eben bleiben. Weiter.»

Also wurden Christinas Arme noch weiter und weiter hochgezogen, bis die Gelenke krachten und ihre Arme ausgekugelt wurden. Die alte Frau schrie, über ihr Gesicht liefen Tränenströme.

Hermann hätte sich am liebsten Ohren und Augen zugehalten. Er ertrug es nicht, die gute Freundin so gequält zu sehen. Zaudernd trat er neben Buirmann. «Ist das wirklich notwendig? Wie lange soll sie das denn aushalten?»

Der Kommissar warf ihm einen verärgerten Seitenblick zu. «Sie braucht doch bloß zu gestehen, dann hat sie es hinter sich.» Er ging zu Christina, deren Beine inzwischen eingeknickt waren, sodass sie schwer an dem Seil hing. «Na, meine Liebe, wie sieht es aus? Bist du nun bereit zu gestehen, dass du eine Zauberin bist? Wer sind deine Komplizen und Mittänzer beim Hexentreffen gewesen?»

Mit letzter Kraft hob Christina den Kopf, versuchte vergeblich, auf die Füße zu kommen. «Ich …»

«Ja?» Lauschend reckte Buirmann ihr das Ohr entgegen.

Sie schluchzte, hustete und rang nach Atem. «Ich bin keine Hexe und kann nicht zaubern.»

«Was?» Das Gesicht des Kommissars lief rot an. «Meister Jörg!» Mit einer knappen Geste wies er den Henker an, die Alte noch mehr zu strecken.

Meister Jörg räusperte sich vernehmlich. «Herr Doktor, seid Ihr sicher? Wenn wir sie noch mehr peinigen …»

«Wird sie endlich den Mund aufmachen und bekennen.» Hektisch ging Buirmann in der Peinkammer hin und her, blieb wieder dicht vor Christina stehen. «Gestehe, du gottlose Erzzauberin! Gestehe endlich, und deine Qualen sind sofort vorbei.»

Christina weinte noch immer und stieß gleichzeitig ein schrilles Stöhnen aus. Ihre Stimme krächzte, als sie erneut zu sprechen versuchte. «Ich kann und kann einfach nicht zaubern. Ich weiß überhaupt nicht, wie das geht.»

Buirmann stieß einen fauchenden Ton aus. «Wie denn, willst du vielleicht eine Märtyrerin des Teufels werden?» Er beugte sich zu ihr hinab, bis sein Gesicht ganz nah an dem ihren war. «Dann stirb doch endlich, du alte Hexe!», schrie er sie unvermittelt an. Angewidert richtete er sich auf und trat einen Schritt zurück. «Weiter!», befahl er dem Henker, der daraufhin noch mehr an dem Gegengewicht zog, bis Christina beinahe wieder auf den Füßen stand.

Die Gefolterte stieß ein unmenschliches Quietschen aus, das in ein jämmerliches Stöhnen überging. «Nein, nein», stieß sie mit ersterbender Stimme hervor. «Gott und alle Heiligen sind meine Zeugen.» Zitternd rang sie nach Atem. «Ich will ... in dieser Marter ... und Pein ... als frommer Christenmensch sterben.»

Hermann starrte wie betäubt auf die alte Frau, die wie ein Sack in den Seilen hing. Ein leises Plätschern war zu vernehmen, als ihr das Wasser an den nackten Beinen hinablief und sich in einer Lache auf den Holzdielen sammelte. Ein letztes Mal hob sie den Kopf, stierte Hermann mit anklagendem Blick an, dann schlossen sich ihre Augen. Mit einem heftigen Stoß entfuhr ihr die Luft aus der Kehle, ihr Kopf sackte auf ihre Brust; sie rührte sich nicht mehr.

2. Kapitel

Rheinbach, 4. April 1636

*Daher ruffet jederman mit Ungestümme: Ein Obrigkeit sol ein
einsehen Thun: man soll nachfragen / wer doch die Hexen seyen /
deren keine als durch böse Mäuler gemachet /
und vorhanden sein.*

In der Peinkammer herrschte eine düstere, beklemmende
Stille. Der Henker hob den Kopf der alten Frau an und untersuchte ihre Augen, fühlte ihren Puls. Dann drehte er sich
mit besorgter Miene zu Dr. Buirmann um. «Herr Kommissar,
auf Euer Geheiß habe ich die Frau gefoltert, und sie ist an der
Pein des Todes gestorben, wie ich es befürchtet hatte. Ich hatte
gleich gesagt, dass sie das nicht mehr lange …»

«Schweigt!» Buirmann starrte sekundenlang auf die Tote,
dann griff er sich mit beiden Händen an den Kopf, raufte sich
die Haare, ging unruhig in der Kammer hin und her. «Bindet
sie los!» Seine Stimme zitterte unnatürlich. Wie ein Verrückter stapfte er von dem Foltergerät zur Tür und wieder zurück,
dann auf die versammelten Schöffen zu, machte kehrt und lief
zum Fenster. Ohne Unterlass rieb er sich die Schläfen, zerrte an
seinen Haaren, dann hielt er inne, ließ die Arme sinken. Ruckartig drehte er sich zu den Schöffen um. «Nein, nein», sagte
er und fasste Herbert Lapp und Johann Bewell ins Auge. Seine
Miene wirkte nun hart und entschlossen. «Nicht die Folter war

es, die den Tod verursacht hat. Habt Ihr nicht auch gehört, wie es oben im Hals der Alten gekracht hat, als der Teufel ihr das Genick gebrochen hat?» Er wandte sich dem nächsten Schöffen zu und starrte ihn wild an. «Was meint Ihr, Gottfried Peller? Ist das nicht eine verstockte Hexe gewesen?» Wieder ging er weiter, blieb dicht vor Hermann stehen. «Und Ihr, Jan Thynen und Hermann Löher? Habt Ihr es nicht auch gehört? Das hat der Teufel getan, damit die alte Hexe nicht selig werden und ihre Komplizen besagen kann!»

«Was geht hier vor?», unterbrach eine dunkle Stimme die Tiraden des Kommissars. «Weswegen ... O mein Gott! Was habt Ihr getan?»

In der Tür war ein hochgewachsener, schlanker Mann erschienen, dessen von weißen Strähnen durchzogenes Haar in ordentlichen Wellen bis auf seine Halskrause fiel. Intelligente graublaue Augen blickten aus einem von unzähligen Falten durchzogenen Gesicht. In der Hand hielt er eine in Schweinsleder gebundene Ausgabe der Kaiserlichen Halsgerichtsordnung, die er stets mit sich führte.

«Herr Dr. Schweigel!» Hermann war noch niemals so froh gewesen, den alten Vogt zu sehen. Andreas Schweigel war bereits über siebzig Jahre alt und bekleidete sein Amt seit mehreren Jahrzehnten. Mit seinem Vater war er gut befreundet gewesen, und auch Hermann gab sehr viel auf sein Urteil. «Wie gut, dass Ihr endlich kommt. Die arme Christina Böffgens ist unter der Folter gestorben, und wie Ihr sehen könnt ...»

«Werdet Ihr wohl schweigen!», brüllte Buirmann ihn an und schien sich nur mit Mühe beherrschen zu können, Hermann nicht am Kragen zu packen und zu schütteln. «Es ist ganz eindeutig, was hier passiert ist. Ich habe es Euch doch gesagt: Der

Teufel hat der alten Hexe das Genick gebrochen, damit sie ihre Komplizen nicht verraten kann. Pfui, pfui, pfui, wie stinkt es hier? Riecht Ihr es nicht auch? Der Teufel ist mit faulem Gestank davongezogen! Pfui, lasst uns schnell von dieser Bestie weggehen.» Schon wollte er zur Tür eilen, doch der Vogt stellte sich ihm in den Weg.

«Halt, Ihr bleibt hier, Dr. Buirmann! Das ist ja ungeheuerlich, was Ihr mit der armen Frau gemacht habt. Eure Vorgehensweise widerspricht sämtlichen Gesetzen der Carolina, ganz zu schweigen von der hergebrachten Rechtsprechung, die Ihr in Eurem Übereifer mit Füßen getreten habt!» Er wechselte ins Lateinische und redete wütend und begleitet von heftigen Gebärden auf den Hexenkommissar ein. Dieser verschränkte jedoch stur die Arme vor der Brust und beharrte darauf, dass der Teufel am Tod der Angeklagten schuld sei.

Schließlich brach Schweigel seine Wutrede ab und sah bekümmert an Buirmann vorbei auf den zerschundenen Leichnam Christina Böffgens, den der Henker mittlerweile von der Strecke losgebunden und auf dem Boden abgelegt hatte. Seufzend richtete er seinen Blick zur Decke. «Diese Tat, die wir heute an dieser Frau begangen haben, können wir, wenn sie bekannt wird, vor Gott, dem Landesfürsten und allen Menschen nicht verantworten.»

«Ich habe es versucht», murmelte Hermann. «Wirklich, ich habe alles versucht. Er hat es nicht zugelassen. Er hat gesagt, es muss so sein. Sie ist keine Hexe, sie kann nicht zaubern.»

«Was habt Ihr getan?» Schweigels Stimme gellte in seinen Ohren. «Warum habt Ihr zugelassen, dass sie die alte Frau zu Tode foltern?»

«Ich habe protestiert. Peller ebenfalls und Herbert Lapp. Es hat nichts geholfen. Es tut mir so leid. Ich wusste nicht, was ich tun sollte.»

«Schweigt, Hermann Löher! Es ist ganz eindeutig, was hier passiert ist.» Buirmann stand dicht vor ihm und fixierte ihn mit irrem Blick. «Ich habe es Euch doch gesagt: Der Teufel hat der alten Hexe das Genick gebrochen, damit sie ihre Komplizen nicht verraten kann. Pfui, pfui, pfui, wie stinkt es hier? Riecht Ihr es nicht auch? Der Teufel ist mit faulem Gestank davon-gezogen!

«Nein, nein, das stimmt alles nicht. Ihr habt sie zu Tode ge-foltert, und das darf nicht geschehen. Es ist Unrecht!»

«Hermann?»

«Habt Ihr es nicht auch krachen gehört? Das hat der Teufel getan, damit die alte Hexe nicht selig werden und ihre Kom-plizen besagen kann!»

«Nein. Ihr wart es. Ihr habt sie weiter peinigen lassen. Es tut mir so leid. Ich hätte es verhindern müssen.»

«Hermann!»

«Das hat der Teufel getan, damit die alte Hexe nicht selig werden und ihre Komplizen besagen kann!»

«Nein, nein, nicht der Teufel!»

«Ist das nicht eine verstockte Hexe gewesen?»

«Sie war keine Hexe!»

«Das hat der Teufel getan …»

«Verzeiht mir, Frau Böffgens!»

«… hat der Teufel getan …»

«Hermann, wach auf!»

«… Teufel getan …»

«Nein!» Mit einem Schrei fuhr Hermann auf und starrte in das besorgte Gesicht seiner Frau Kunigunde, die sich über ihn beugte und mit einer Hand über seine schweißnasse Stirn streichelte. Ihr langes braunes Haar war wie immer zur Nacht zu einem Zopf gebunden, der ihr über die rechte Schulter fiel. Einige lockige Strähnen hatten sich gelöst und ringelten sich weich um ihre Wangen.

Hermann rang verzweifelt nach Atem, hatte das Gefühl zu ersticken. Sein Herz raste so heftig in seiner Brust, dass es schmerzte.

«Es ist alles gut», sagte Kunigunde. «Du hast nur geträumt.»

«Geträumt?» Seine Stimme kratzte ihn im Hals. Sogleich wandte Kunigunde sich ab und goss Wein aus einem Krug in einen Becher. Er nahm ihn dankbar und trank in gierigen Schlucken. Seine Hände zitterten, als er das Gefäß sinken ließ. «O Gott», murmelte er, als die Erinnerung an den Traum ihn einholte. «Ich war dort. Es fängt wieder an.»

«Es war der Traum von Christina Böffgens, nicht wahr?» Kunigunde rückte wieder näher zu ihm und legte ihm einen Arm um die Schultern.

Dankbar lehnte er sich an sie, atmete tief durch. Die Augen zu schließen, vermied er jedoch aus Angst, den anklagenden Blick der sterbenden Frau erneut vor sich zu sehen. «Was soll ich tun? Ich kann nichts dagegen ausrichten.»

«Ruhig, Hermann. Es war nur ein Traum. Er ist vorbei.»

«Nein, du verstehst nicht ...»

«Schsch ...» Sie drückte zärtlich ihre Lippen gegen seine Schläfe. «Vergiss den Traum einfach. Denk an morgen, an deine Geschäfte. An den Geburtstag deiner Tochter. Maria wird schon bald sechzehn, stell dir das mal vor. Gewiss wird sie dieses Jahr zum ersten Mal als Mailehen ersteigert. Hoffentlich von einem braven, schmucken jungen Mann.»

38

«Nein, Kuni, bitte, hör zu.» Da sich sein Atem endlich etwas beruhigt hatte, setzte Hermann sich im Bett auf und griff nach der Hand seiner Frau. «Ich muss dir etwas sagen.»

Seine ernste Miene bewirkte, dass Kunigunde sich nun ebenfalls aufrichtete. «Was ist denn geschehen?»

«Das Schlimmste», antwortete er mit tonloser Stimme. «Das Schlimmste, Kuni. Es geht wieder los, und ich kann nichts dagegen tun.»

«Aber es war doch nur ein Traum», versuchte sie ihn zu beruhigen. «Du weißt doch, dass so etwas immer mal wieder ...»

«Nein, nein, nicht der Traum.» Er schüttelte heftig den Kopf. «Das Brennen. Es fängt wieder an.»

Einen Moment lang herrschte entsetztes Schweigen zwischen ihnen.

«Das Hexenbrennen geht wieder los?» Er konnte sehen, wie alles Blut aus Kunigundes Wangen wich. «Bist du sicher? Vielleicht irrst du dich. Es wird doch so viel geredet.»

«Ich bin sicher.» Wieder drückte er ihre Hand, dann zog er sie fest in seine Arme. «Es kommt wieder ein Hexenkommissar nach Rheinbach. Schon in den nächsten Tagen wird er eintreffen.»

«Buirmann?»

Hermann presste kurz die Lippen zusammen. «Nein, nicht Buirmann. Sie schicken Jan Möden.»

«Hilde, was machst du denn da?» Kunigunde stellte den Weidenkorb mit den Einkäufen, die sie bei der Frau des Kramers getätigt hatte, auf dem großen Küchentisch ab und sah verwundert zu, wie ihre Magd an einem hässlichen Fleck auf der Hose eines der Jungen herumrieb.

«Ich mach die Kleider vom Gerhard sauber, Frau Löher, was sonst? Der Junge hat sie gestern im Wald angehabt, und es ist doch so schrecklich matschig draußen.»

Kopfschüttelnd nahm Kunigunde der Magd die Hose ab. «Die Flecken bekommst du so nicht heraus. Die Hose muss gewaschen werden, und wie ich meinen Sohn kenne, sehen Wams und Koller auch nicht besser aus.»

«Aber das ist doch nicht nötig. Ich meine ... Muss ich die Sachen wirklich schon wieder waschen?» Hilde war alles andere als begeistert.

Kunigunde zuckte die Schultern. «Wenn du nicht willst, dass mein Sohn in verdreckten Kleidern herumläuft. Schau vorsichtshalber auch bei Bartel nach, er hortet in seiner Kammer gerne schmutzige Wäsche.»

«Kann das nicht die Wäscherin machen?» Nur zögernd ging Hilde zur Tür.

«Was hast du denn bloß?» Verständnislos musterte Kunigunde die Magd.

Hilde war Mitte zwanzig und nicht sehr groß, reichte ihr gerade bis zur Nasenspitze und war stämmig gebaut. Ihr rundes Gesicht war von glattem, blondem Haar umgeben, das zu ordentlichen Zöpfen geflochten und zu Schnecken hochgesteckt war. Hildes Lider senkten sich verlegen über ihre wasserblauen Augen. «Verzeihung, Frau Löher, ich wollte nicht ungezogen sein oder so. Aber neulich war doch dieser fahrende Bader in der Stadt, und der hat gesagt, dass man sich vor zu viel Wasser in Acht nehmen sollte, weil es die Poren der Haut öffnet, und dann können Krankheiten eindringen. Ich hab Angst, dass ich krank werde, wenn ich so oft die Sachen der Kinder waschen muss.»

«Aha.» Sorgsam legte Kunigunde die Hose zuoberst in den Wäschekorb. «Aber die Wäscherin darf ruhig krank werden, willst du sagen?»

«Äh ...» Verblüfft hob Hilde den Kopf.

Kunigunde lächelte nachsichtig. «Es stimmt schon, wir sollten uns nicht allzu oft dem Wasser aussetzen. Da hat der Bader ganz recht. Aber wir dürfen uns auch nicht ganz verkommen lassen, nicht wahr? Wenn wir schmutzig sind, müssen wir uns säubern, und wenn die Kleider vor Dreck starren, hilft eben nur Wasser. Der Herrgott wird sich schon etwas dabei gedacht haben. Also geh schon und sammele die Sachen der Kinder ein. Morgen halten wir einen kleinen Waschtag ab. Und vergiss nicht, den neuen Mehlsack in die Vorratskammer zu bringen.»

«Ist schon erledigt, Frau Löher. Der Beppo hat ihn reingetragen.»

«Gut, dann kannst du dich ja gleich um das Mittagessen kümmern.»

Nachdem die Magd die Küche verlassen hatte, wandte Kunigunde sich wieder ihrem Einkaufskorb zu, der heute hauptsächlich Garn, Bänder und einigen Zierrat enthielt. Sie hatte vor, das neue Kleid, das sie Maria zum Geburtstag schenken wollte, noch ein wenig zu verzieren. Auch ein paar Süßigkeiten, Zucker sowie verschiedene getrocknete Kräuter hatte sie erworben, die nun ihren Weg in die kleine Vorratskammer fanden.

Während sie die Nähutensilien hinüber in die Wohnstube trug und in die Schublade des großen Eichenschranks einsortierte, sann sie über die vergangene Nacht nach und den Tratsch, den sie beim Einkaufen aufgeschnappt hatte. Else, die Frau des Kramers Heribert Trautwein, war wie immer sehr gesprächig gewesen. Bei ihr erfuhr man alles, was sich in und um Rheinbach ereignete.

Heute hatte sie aufgeregt berichtet, dass ein hoher Herr mit einem Doktortitel, seines Zeichens Hexenkommissar des kurfürstlichen Gerichts, in der Stadt eingetroffen sei. Er habe sein Quartier im Gästezimmer des Gerichtsschreibers Melchior Heimbach in der Nähe des Wasemer Turms bezogen. Also hatte Hermann recht gehabt, Jan Möden war zurück.

Kunigunde hatte gehofft, diesen Namen niemals wieder zu hören und noch weniger jemals wieder diesem Mann begegnen zu müssen. Er war es gewesen, der ihren Stiefvater, Matthias Frembgen, vor fünf Jahren zum Tod auf dem Scheiterhaufen verurteilt hatte. Der lächerliche Prozess hatte nur wenige Tage gedauert. Die Tatsache, dass er Schultheiß ihres Heimatortes Flerzheim gewesen war, hatte ihm rein gar nichts genützt. Im Gegenteil – Kunigunde argwöhnte, dass es genau dieser Posten war, nach dem gewisse Leute getrachtet hatten, die ihren Vater dann auf schändliche, hinterlistige Weise bei Möden anschwärzten. Wie sonst war zu erklären, dass Mödens sogenannter Freund und Speichellecker Augustin Strom nur Wochen nach dem Tod ihres Stiefvaters in sein Amt eingesetzt worden war? Ausgerechnet er, den alle Welt nur Geck Augustin nannte, weil seine Mutter in der Zeit, da sie mit ihm schwanger gewesen, dem Wahnsinn verfallen war und sogar angebunden werden musste, weil sie so oft in Raserei geriet. Strom war ein aalglatter, intriganter Zeitgenosse. Das Weberhandwerk seines Vaters konnte er nicht ausüben, weil er durch eine sonderbare

Krankheit ganz schwach und blutarm geworden war. Stattdessen hatte er begonnen, wie ein Weib am Spinnrad zu sitzen und Garn zu spinnen.

Schon allein beim Gedanken daran schüttelte Kunigunde angewidert den Kopf. Ein solcher Broterwerb war eines Mannes nicht würdig, fand sie, aber seit seiner Erhebung zum Schultheißen hatte Strom es zu einigem Ansehen und Geld gebracht. Er hatte sich ein großes Haus in Flerzheim gekauft und erst vor kurzem noch ein weiteres hier in Rheinbach.

Bereits während der Schulzeit hatte er sich ständig mit Melchior Heimbach herumgetrieben, einem hässlichen und kränklichen Jungen, der aber von seinen Eltern gehätschelt und auf die besten Schulen geschickt worden war. Das hatte ihm den Posten des Gerichtsschreibers für Rheinbach, Meckenheim, Flerzheim und noch einige andere Orte eingebracht. Strom hatte durch ihn ebenfalls das Lesen und Schreiben gelernt und war seit einigen Jahren sein Gehilfe, denn er besaß offenbar eine ausgesprochen schöne Handschrift – ganz im Gegensatz zu Heimbach, der an einer seltsamen Muskelschwäche litt, die seine Gliedmaßen mit der Zeit immer unbrauchbarer machte. Seine Beine hielten ihn zwar noch aufrecht, doch sein Gang erinnerte ein wenig an den einer watschelnden Ente. Sein rechter Arm war besonders schlimm befallen und regelrecht verdorrt. Kaum, dass er noch einen Griffel ordentlich halten konnte. Deshalb schrieb er längere Dokumente oder Protokolle mit der linken Hand. Allerdings konnte man das Gekrakel wohl nur sehr schwer entziffern, deshalb war Strom dazu eingesetzt worden, alle Schriftstücke, die Heimbach anfertigte, zu kopieren. Diese Tätigkeit hatte ihm ein erfreuliches Zubrot beschert sowie Zugang zu den höheren Kreisen.

Kunigunde war sich sicher, dass es Heimbachs Einwirken auf den Amtmann Schall von Bell zuzuschreiben war, dass Augustin Strom das Amt des Flerzheimer Schultheißen erhalten hatte. Und nur Gott allein wusste, was sich vorher ereignet hatte und welche Intrigen gegen ihren Stiefvater gesponnen worden waren.

Matthias Frembgen war nie ein Freund der Hexenprozesse gewesen. Anno 1628 oder 29 – ganz genau konnte Kunigunde sich nicht erinnern – hatte es in Flerzheim erstmals einen Fall von Hexerei gegeben. Oder vielmehr war eine Frau beschuldigt worden, zaubern zu können. Man hatte sie verurteilt, aber Matthias Frembgen hatte sich geweigert, aus diesem Einzelfall eine großangelegte Verfolgungsjagd zu machen. Stattdessen hatte er die Angelegenheit im Keim erstickt.

Genau dies hatten ihm die Ankläger vor fünf Jahren dann vorgeworfen und zu seinen Lasten ausgelegt. Sie behaupteten, er habe schon seit Jahren Hexerei in Flerzheim geduldet, sei ein Hexenpatron, der die bösen Erzzauberer gewähren ließ und sich an ihren Zaubertänzen und Hexenflügen sogar beteiligte.

Auch nach all der Zeit bildete sich ein Knoten in Kunigundes Kehle, wenn sie daran dachte, dass man ihren geliebten Stiefvater durch die Folter zum Geständnis gezwungen und nur wenige Tage später bei lebendigem Leib verbrannt hatte. Für sie gab es keinen Zweifel, dass nichts von dem, was er gestanden hatte, der Wahrheit entsprach. Ihr Stiefvater war ein strenger, aber gütiger Mann gewesen, gottesfürchtig und gerecht. Er hatte in jungen Jahren eine Frau geehelicht, die kaum älter als er und doch schon Witwe gewesen war. Von ihr, so hatte er immer erzählt, hatte Kunigunde ihre hübschen braunen Haare.

Ihre Mutter war bei der Geburt des nächsten Kindes gestorben, ebenso wie das Kind selbst, das zu früh gekommen war, jedoch einen viel zu großen Kopf besessen hatte.

Matthias Frembgen hatte daraufhin gute zwei Jahre mit Kunigunde alleine verbracht, bis er kurz nach ihrem fünften Geburtstag erneut heiratete. Gertraud, von Frembgen immer liebevoll Traudel genannt, war nur wenig jünger als er gewesen und hatte sich sogleich des kleinen Mädchens angenommen. Kunigunde hatte sie vom ersten Tag an ins Herz geschlossen und liebte sie heute wie ihre leibliche Mutter. Umso mehr schmerzte sie der Gedanke, dass Jan Möden nun wieder in der Gegend war. Sie mochte sich gar nicht vorstellen, wie ihre Stiefmutter darauf reagieren würde, wenn sie selbst schon diesem grässlichen Menschen am liebsten den Hals umgedreht hätte.

Trautweins Else hatte sich regelrecht gefreut, dass ein solch hoher Herr die Stadt besuchte, um, wie sie sich ausdrückte, für Recht und Ordnung zu sorgen und den Gerüchten über heimliche Hexenzusammenkünfte, die derzeit kursierten, auf den Grund zu gehen. Natürlich war sie nicht von hier und erst seit etwas mehr als einem Jahr mit dem Kramer verheiratet. Deshalb wusste sie nicht allzu viel über die Ereignisse, die besonders seit 1631 die Stadt erschüttert hatten, und schon gar nicht kannte sie die Gerüchte um Mödens zweifelhafte Vergangenheit. Es hieß nämlich, er sei nicht nur verschwendungssüchtig, sondern auch ein unverbesserlicher Schürzenjäger, der vor seiner Ehe mehrere Frauen aufs schändlichste verführt und dann sitzengelassen habe. Diese Geschichten waren anscheinend noch nicht zu Else Trautwein vorgedrungen, somit konnte ihr Kunigunde ihre Unbedarftheit nicht vorwerfen. Aber ein Grund zur Freude war Mödens Anwesenheit in Rheinbach ganz gewiss nicht.

Kunigunde zuckte zusammen, als hinter ihr Schritte auf den Bodendielen laut wurden. Erst jetzt wurde ihr bewusst, dass sie, ein Spitzenband in der Hand, seit geraumer Weile vor der geöffneten Schublade verharrt und vor sich hin gestarrt hatte. Hastig legte sie das Band in die Lade und schob sie energisch zu.

«Mutter? Ach, hier seid Ihr.» In der Tür zur Wohnstube war Maria erschienen, ihr Atem ging stoßweise, die Wangen waren vom eiligen Laufen leicht gerötet. Mit einer Hand strich sie sich die welligen, hellbraunen Haare aus der Stirn, die sich ihrem geflochtenen Zopf entwunden hatten. «Ich komme gerade von der Tringen und habe auf dem Weg hierher den Herrn Vogt getroffen. Er lässt ausrichten, dass er noch kurz etwas zu erledigen hat und dann hierherkommen will.»

«Was, zum Mittagessen etwa?» Erschrocken griff Kunigunde nach dem leeren Weidenkorb. «Dann muss ich Hilde Anweisungen geben, die Suppe ein bisschen zu verlängern. Am besten schneidet sie noch eine von den eingelagerten Rüben hinein, die werden schnell gar.»

«Soll ich schnell eine heraufholen?», bot sich Maria sofort an.

«Ja, und beeile dich. Liebe Zeit, damit hatte ich jetzt überhaupt nicht gerechnet. Wo steckt dein Vater?»

«Ich weiß es nicht, aber Beppo ist dabei, die Remise freizuräumen. Soll nicht heute noch eine Ladung Wollstoff eintreffen? Bestimmt bereitet Vater alles dafür vor.»

«Also gut, lauf zu und hol die Rübe, dann geh zu Hilde und sag ihr, dass wir Besuch erwarten. Danach deckst du mit Christine zusammen den Tisch.»

46

«Christine ist drüben bei Tringens Schwester Lisbeth.»

«Du meine Güte, noch immer? Sie sollte doch nur eine halbe Stunde drüben bleiben.»

Maria zuckte die Schultern. «Ihr wisst doch, wie die Kleinen sind. Wenn sie einmal spielen, vergessen sie die Zeit.» Als Zweitälteste der acht Löher-Geschwister fühlte Maria sich vor allem den drei jüngeren Schwestern haushoch überlegen. Da sie nun fast sechzehn Jahre alt war und damit als junge Frau betrachtet wurde, tat sie gerne, als sei sie der Ausbund an Vorbildlichkeit – zumindest so lange, bis sie selbst beim Plaudern mit ihrer Freundin Tringen die Zeit vergaß oder vor lauter Tagträumen ihre Pflichten vernachlässigte. Kunigunde sah es ihr meistens nach, wusste sie doch, wie sie selbst in dem Alter gewesen war. Abgesehen davon war Maria ihr eine große Hilfe, vor allem, seit der jetzt vierjährige Matthias und die gerade zweijährige Mathilde auf die Welt gekommen waren. Ohne die Mithilfe der älteren Geschwister wäre die Familie Löher ein Tollhaus, dessen war sie sich sicher.

«Dann lauf gleich noch einmal hinüber zu den Leutgebs und hol Christine ab.»

Während Maria sich auf den Weg in den Keller machte, eilte Kunigunde hinaus in den Hof und suchte nach Hermann, um ihn über den unerwarteten Besuch des Vogtes in Kenntnis zu setzen.

«Meine liebe Frau Löher, Ihr hättet Euch gar keine Umstände machen müssen», sagte der Vogt, als er am gedeckten Tisch saß und einen Schluck Wein trank, den Kunigunde ihm soeben in einen Zinnbecher eingeschenkt hatte. «Ich wollte mich mitnichten einfach selbst zum Essen einladen.»

«Ach was, das sind doch keine Umstände, Herr Dr. Schweigel», widersprach sie rasch. «Wir freuen uns immer über Euren Besuch. Es gibt zwar nur eine einfache Gemüsesuppe, aber sie ist sehr nahrhaft, und das ist die Hauptsache, will ich meinen.»

«Da habt Ihr wohl recht», bestätigte der Vogt lächelnd. «Und ich bedanke mich für die Gastfreundschaft. Ihr empfangt mich immer mit solch offener Herzlichkeit. Das fehlt mir zu Hause sehr, seit meine liebe selige Frau nicht mehr da ist. Ganz zu schweigen davon, dass wir ja nie das Glück hatten, Kinder zu bekommen. Hier im Hause herrscht doch immer ein frohes Treiben.»

Kunigunde lachte. «Ja, oftmals mehr, als man ertragen kann.»

«Da mögt Ihr vielleicht recht haben.» Auch Schweigel lachte. «Obwohl Eure Kinder alle durchweg schön und wohlgeraten sind.»

«Wenn sie nicht gerade irgendetwas ausgefressen haben.» Sie schmunzelte noch immer. «Vor allem Gerhard ist manchmal ein rechter Tunichtgut.»

«So sind sie eben, die Jungen in dem Alter. Was ist er jetzt – zwölf Jahre, nicht wahr?»

«Im Sommer wird er dreizehn, und allmählich sollte er seine Flausen ablegen und sich ernsthaft in seiner Lehre bemühen.»

«Euer Gatte wird ihm den Kopf schon geraderücken und ihn das Rechte lehren, da bin ich mir sicher. Schaut, wie gut sich Bartel macht.»

Das Lächeln auf Kunigundes Lippen vertiefte sich, als der Name ihres ältesten Sohnes Bartholomäus fiel. «Wir sind sehr stolz auf ihn. Gerade in der letzten Woche hat er selbständig einen Handel mit einem neuen Eisenlieferanten abgeschlossen und einen hübschen Gewinn mit den Töpfen und Pfannen erwirtschaftet.»

«Seht Ihr, und genauso talentiert wird sich Gerhard einmal anstellen, da bin ich sicher.»

«Euer Wort in Gottes Ohr.» Sie drehte sich um, als die Stubentür ging, und lächelte Hermann zu, der stöhnend seinen Mantel auszog. Ganz offensichtlich war ihm in dem Kleidungsstück zu warm geworden. Rasch nahm sie es ihm ab. «Kommt, mein lieber Löher, setzt Euch zu Eurem Freund.» Sie machte eine einladende Geste in Richtung des Tischs. «Ich kümmere mich um den Mantel und lege Euch ein frisches Wams heraus sowie den Sommermantel, wenn es Euch recht ist. Es ist doch schon ziemlich mild für die Jahreszeit, nicht wahr?» Sie wandte sich zur Tür. «Die Karaffe ist mit frischem kühlem Wein gefüllt, falls Ihr Durst habt; das Essen wird allerdings noch ein wenig auf sich warten lassen. Aber nicht mehr als eine Viertelstunde, denke ich.»

«Danke, Kuni.» Hermann hatte indes eines der beiden Sprossenfenster geöffnet, um frische Luft ins Zimmer zu lassen. Nun wandte er sich seinem alten Freund zu. «Herr Dr. Schweigel, guten Tag! Was führt Euch so unerwartet zu uns?»

«Gerüchte, mein lieber Löher, Gerüchte – sowohl interessante als auch böse. Deshalb hätte ich es gerne, wenn Eure geschätzte Gattin einen Augenblick hierbliebe, denn sie geht es ebenso an wie Euch.»

Kunigunde blieb, obgleich sie schon beinahe zur Tür hinaus war, stehen und kehrte rasch in die Stube zurück. «Was für Gerüchte meint Ihr, Herr Dr. Schweigel? Doch nicht etwa noch mehr von Jan Möden?» Mit klopfendem Herzen drückte sie Hermanns Mantel an sich, so als könne er sie vor jedweder ungünstiger Nachricht abschirmen.

«Oho, ich merke, es hat sich bereits herumgesprochen.» Schweigels Miene wurde ernst. «Selbstverständlich hat Euer Mann Euch bereits über die Ankunft des Herrn Kommissars berichtet.»

Sie tauschte einen kurzen Blick mit Hermann. «Ja, und vorhin hörte ich es auch von Else Trautwein.»

«Natürlich, die Kramerin. Wer sonst verbreitet so tunlichst die neuesten Nachrichten als sie?» In Schweigels Stimme schwang milder Spott mit. «Dann wisst Ihr also auch schon, dass Möden sich in Heimbachs Wohnung eingenistet hat. Er behauptet, das sei nur praktisch, da das Haus so nah an der Burg, dem Bürgerhaus und dem Gefängnisturm liegt, aber ...»

«So ein Unsinn», unterbrach Hermann ihn verärgert. «Er ist dort eingezogen, weil er und der Gerichtsschreiber schon von jeher unter einer Decke stecken. Ich will gar nicht wissen, was für Schandtaten sie aushecken, wenn sie des Abends gemeinsam unter einem Dach hocken und sich den städtischen Wein durch die Kehlen laufen lassen.»

«Löher!» Warnend schüttelte der Vogt den Kopf. «Ihr solltet besser nicht solche Reden schwingen. Ich kreide sie Euch nicht an, aber Ihr wisst, wie es ist. Missgunst lauert an jeder Ecke. Ich will Euch auch gar nicht widersprechen, aber es erscheint mir ratsam, bestimmte Sachverhalte unausgesprochen zu lassen. Zumindest in der Öffentlichkeit.»

«Ja, ja, Ihr habt natürlich recht.» Kurz senkte Hermann den Kopf, hob den Blick jedoch sogleich wieder und schlug sich mit der rechten Faust in die linke Handfläche. «Verflucht noch eins – ausgerechnet der Möden! Dabei hatte ich gehofft, dass das schändliche Hexenbrennen endlich ein Ende gefunden hätte, zumindest hier in Rheinbach. Sie haben doch schon das halbe Schöffenkolleg auf dem Gewissen. Was wollen sie denn noch?»

«Schsch, beruhigt Euch doch bitte», bat Kunigunde erschrocken und legte ihm sanft eine Hand auf den Arm.

«Ich soll mich beruhigen, wenn ich des Nachts kein Auge mehr zutun kann, weil die Seelen der unschuldig Verdammten mich verfolgen?» Hermanns Stimme wurde immer lauter.

«Da geht es Euch nicht anders als mir», sagte Schweigel und hob bedauernd die Schultern. «Glaubt mir, seit Jahren geht mir kaum etwas anderes im Kopf herum als diese falschen Zauberprozesse. Seht Euch nur an, was aus dem Rheinbacher Gericht geworden ist, seit sie Herbert Lapp und seine Frau verbrannt haben. Ganz zu schweigen von Johann Bewells Tochter und deren bedauernswertem Schwiegervater oder der armen Anna Kemmerling, Pellers Gattin. Mir bricht noch heute das Herz, wenn ich nur daran denke.»

«Uns geht es ebenso.» Ein rasches Kreuzzeichen begleitete Kunigundes Worte. «Frau Peller war eine gute Freundin meiner Mutter. Sie vermisst sie noch heute sehr schmerzlich.»

«Mhm, und das ist der zweite Grund, aus dem ich heute hier bin», eröffnete der Vogt überraschend.

«Was meint Ihr damit? Ist etwas mit der Familie Peller oder den Kemmerlings?» Rasch legte Kunigunde den Mantel über eine der Stuhllehnen und setzte sich neben Hermann an den Tisch.

«Gewissermaßen. Nun ja, wie man's nimmt.» Beschwichtigend hob Schweigel die Hände. «Aber keine Sorge, hierbei handelt es sich um den interessanten Part der Gerüchte. Der üble Anteil besteht darin, dass Heimbach und Strom mal wieder herumgestänkert haben. Hauptsächlich im *Ochsen* und im *Krug*, wenn sie sich des Abends zum Saufen treffen, werfen sie mit wüsten Verdächtigungen um sich. Namen nennen sie tunlichst nicht, aber sie faseln etwas von Hexentänzen, die für den strengen Winter verantwortlich sind und für die schlechte Ernte im vergangenen Jahr.»

«Liebe Zeit, schlechte Ernten gab es schon immer.» Kopfschüttelnd goss sich Hermann Wein in seinen Becher. «Wir leben doch sowieso nicht gerade in einer Zeit des Überflusses, was das angeht. Was die kalten Sommer der letzten Jahre oder der Dauerregen übrig gelassen haben, wurde uns von den Kriegsheeren unter der Nase wegkonfisziert. Wenn Ihr nicht schon des Öfteren dagegen eingeschritten wäret, sähe es wahrscheinlich noch viel schlimmer für die Stadt aus.» Er nahm einen großen Schluck, bevor er weitersprach: «Wie blind sind die Leute eigentlich? Oder wie vergesslich? Ich erinnere mich, dass es schon in meiner Kindheit immer wieder Jahre gab, in denen das Wetter die unsinnigsten Kapriolen geschlagen hat. Damals hat man doch auch nicht gleich Hexenwerk angenommen. Der Allmächtige wird schon wissen, weshalb er nicht ein Jahr wie das andere macht. Aber diese Hysterie in letzter Zeit ist vollkommen aus der Luft gegriffen.»

«Nicht nur das, lieber Löher, nicht nur das.» Schweigel nickte bedächtig. «Sie ist auch verdammt gefährlich, wenn Männer wie Heimbach und Strom sie für ihre fragwürdigen Zwecke nutzen und damit die Hexenrichter auf den Plan rufen.»

«Und was könnt Ihr dagegen tun?», fragte Kunigunde vorsichtig nach, obgleich sie die Antwort bereits erahnte.

Schweigel hob erneut die Schultern. «Nicht viel, fürchte ich. Natürlich behalte ich die Lästermäuler im Auge, aber Ihr wisst ja, wie es ist, wenn man bissigen Hunden zu nahe kommt: Sie schnappen zu.»

«Doch was hat das alles nun mit den Pellers zu tun, und weshalb kommt Ihr damit zu uns?», kam Hermann erneut auf die Andeutungen des Vogtes zu sprechen.

«Ja, nun ...» Schweigel faltete die Hände auf der Tischplatte und schien zu überlegen, wie er das, was er vorzubringen hatte, am besten formulierte. «In Bälde ist ja, wie Ihr wisst, der erste Mai.»

Kunigunde runzelte verwundert die Stirn. «Na, in Bälde ist wohl etwas übertrieben. Wir haben gerade mal Anfang April.»

«Das mag sein», bestätigte Schweigel bedächtig. «Aber für so manche in der Stadt dürfte die Zeit schneller vergehen als für andere – insbesondere, wenn sie mit ehrenvollen Aufgaben im Junggesellen-Reih beschäftigt sind.» Er warf Hermann einen bedeutungsvollen Blick zu, der daraufhin schmunzelte.

«Ihr sprecht auf Bartel an. Er ist dieses Jahr zum Schultheißen des Reihs gewählt worden. Wie ich einst auch. Ich bin sehr stolz auf ihn. Dieser Posten ist eine große Ehre. Dass er auch einiges an Arbeit mit sich bringt, nimmt man doch sehr gerne in Kauf. Schließlich hat der Reih eine wichtige Aufgabe zu erfüllen.»

«Das ist richtig. Es ist die Pflicht der Reihjungen, darüber zu wachen, dass die Gesetze des Anstands und der Schicklichkeit in unserer Gemeinschaft eingehalten werden.» Schweigel neigte zustimmend den Kopf. «Das ist es nicht, was ich zur Sprache bringen wollte. Vielmehr sind mir Dinge zu Ohren gekommen, von denen ich gerne wissen möchte, ob sie auch schon Eure Aufmerksamkeit erregt haben. Sie betreffen die Versteigerung der Mailehen am kommenden Sonntag.»

«Darauf sind wir alle schon sehr gespannt.» Kunigunde lächelte nun ebenfalls. «Unsere Maria vor allen Dingen, weil sie zum ersten Mal mitgezählt wird. Sie betet dafür, dass jemand sie erwählt und sie nicht etwa in den Knuwel gerät. Ich habe ihr gesagt, dass sie sich keine Sorgen zu machen braucht, denn so hübsch, wie sie ist, wird sie sich wohl kaum in die Riege der nicht ersteigerten Mädchen einreihen müssen.»

«Das glaube ich allerdings auch nicht. Sie ist ein wirklich liebreizendes Mädchen.» Bedächtig legte Schweigel die Fingerspitzen aneinander. «Um Maria geht es auch nicht, sondern vielmehr um Bartel und ...» Er hielt kurz inne. «Ist Euch bekannt, dass euer ältester Sohn vorhat, dieses Jahr besonders feste mitzusteigern?»

«Na, das will ich doch hoffen!» Löher grinste. «Er wird sich als Schultheiß des Reihs sicher nicht von einem seiner Kameraden ausstechen lassen wollen. Er kann jedes Mädchen haben, das er will, jede wird sich geehrt fühlen, sein Mailehen zu sein.»

«Mhm.» Schweigel nickte. «Allerdings scheint es so, als gehe es hier nicht um Wettkampf oder Schultheißen-Ehre, sondern darum, dass kein anderer auch nur auf den Gedanken kommen soll, sich beim Bieten mit Bartel anzulegen. Wie es aussieht, hat er seiner Auserwählten dieses Versprechen bereits vorab gegeben.»

«Seiner Auserwählten?» Verblüfft hob Kunigunde den Kopf. «Woher habt Ihr diese Neuigkeiten?»

«Direkt aus dem Hause des betreffenden Mädchens, genauer gesagt, von ihrem jüngeren Bruder Peter. Er geht doch mit

Gerhard zusammen zur Schule, da dachte ich, Ihr hättet vielleicht auch schon davon erfahren.»

«Peter?» Kunigunde warf Hermann einen überraschten Seitenblick zu. «Ihr meint Peter Kemmerling?

«Eben den. Und das Mädchen ist keine andere als Anna Kemmerling, die Patentochter der seligen Frau Peller, deren Namen sie ja auch trägt. Wenn ich es recht verstanden habe, sehen sich Anna und Bartel hin und wieder bei dem kleinen Obstgarten hinter der Kirche. Wie lange das schon geht, kann ich allerdings nicht sagen. Mir schien es nur angebracht, Euch darauf hinzuweisen. Versteht mich nicht falsch, gegen das Mädchen ist nichts einzuwenden. Im Gegenteil, Bartel beweist einen guten Geschmack, wenn er um sie wirbt. Doch jetzt, wo das Hexengerede wieder aufflackert, müsst Ihr Euch auf unschönes Getuschel einrichten. Auch wenn die selige Frau Peller nur ihre Tante war, schwebt doch der Makel über dem Mädchen, zur versengten Art zu gehören. Sie kann nichts dafür, aber wenn es Eurem Bartel ernst mit ihr ist, solltet Ihr ihn diesbezüglich ins Gebet nehmen. Man kann heutzutage nicht vorsichtig genug sein.»

«Du liebe Zeit.» Hermann rieb sich über die Stirn. «Bartel und Kemmerlings Anna? Davon hat der Tunichtgut kein Sterbenswörtchen gesagt.»

«Vermutlich, weil eine geheime Liebelei aufregender ist als eine öffentliche», vermutete der Vogt. «Oder aber er weiß um das Problem und hat deshalb bisher geschwiegen.»

«Da soll mich doch ...» Erregt sprang Hermann auf und ging ein paar Schritte auf und ab. «Wo steckt der Junge? Ich will sofort mit ihm reden.»

«Lieber Löher, beruhigt Euch doch.» Erschrocken stand auch Kunigunde auf und legte ihrem Mann besänftigend eine

Hand auf den Arm. «So schlimm ist es doch nicht. Das Mädchen ist sehr nett und tugendsam. Gut, vielleicht sind die beiden noch ein bisschen zu jung, um ernst zu machen, aber wenn sie einander mögen ...»

«Gegen die Anna habe ich doch überhaupt nichts.» Ruppig schüttelte Hermann ihre Hand ab, besann sich dann aber. «Entschuldige, Kuni. Er hätte es uns sagen müssen. Was soll die Geheimniskrämerei?»

Kunigunde lächelte. «Na, na, nun überlegt doch mal. Habt Ihr es Eurem geschätzten Herrn Vater auch sofort auf die Nase gebunden, als wir zum ersten Mal ...»

«Ähem.» Hermann räusperte sich verlegen. «Das gehört jetzt nicht hierher, Kuni.»

«... heimlich miteinander spazieren gegangen sind, wollte ich sagen.» Amüsiert zwinkerte Kunigunde ihm zu. «Ich habe jedenfalls nichts gegen Anna und freue mich, dass Bartel sie zu seinem Mailehen machen möchte. Und nun lasst mich die Kinder und das Gesinde rufen, damit wir essen können. Bei der Gelegenheit könnt Ihr Bartel gleich darauf ansprechen.»

Bartel Löher war ganz außer Atem, als er am Haus seiner Eltern ankam. Er hatte ein paar Besorgungen für seinen Vater erledigt und danach noch kurz mit seinen Freunden aus dem Reih gesprochen, denn für die Versteigerung der Mailehen am Sonntag war noch einiges zu organisieren. Nicht zuletzt die Verköstigung und – noch wichtiger – Bier und Wein. Nun war er beinahe zu spät zum Mittagessen, dafür würde er sich gewiss einen Rüffel von seiner Mutter einhandeln.

«Guten Tag, Frau Trautwein», grüßte er die Frau des Kramers, die, einen großen Korb am Arm, auf jemanden zu warten schien.

Sie musterte ihn neugierig. «Guten Tag, Herr Bartel», grüßte sie ihn höflich zurück, jedoch mit ein wenig Verspätung. «Ihr habt es aber eilig.»

«Ich bin spät dran», antwortete er lachend. «Drinnen warten sie bestimmt schon mit dem Essen auf mich.»

«Was hat Euch denn aufgehalten?», fragte sie und legte aufmerksam den Kopf schräg. «Eine hübsche Jungfer vielleicht?»

Bartel stutzte, ließ sich aber nichts anmerken. «Aber nein, ganz und gar nicht. Geschäfte, liebe Frau Trautwein, und Angelegenheiten des Reihs.»

«O ja, sicher, Ihr seid ja jetzt der Schultheiß der Reihjungen, nicht wahr?» Die Frau des Kramers lächelte fein. «Na, dann wünsche ich viel Erfolg beim Wachen über die guten Sitten in der Stadt.»

Bartel nickte nur und betrat das Haus. Wusste diese neugierige Person etwas …? Nein, unmöglich. Er sah schon Gespenster. Aber allmählich wurde es Zeit, zumindest seinen Eltern reinen Wein einzuschenken. Sein Vater würde es ihm übelnehmen, wenn er durch fremde Zungen erfuhr, dass Bartholomäus Löher sich nicht nur ein Mailehen auserkoren hatte, sondern gleich eine Braut.

Im Flur schlug ihm der Duft von herzhafter Gemüsesuppe entgegen. Aus der Stube drangen die Stimmen seines Vaters und eines weiteren Mannes – war das der Vogt? Geschirr klapperte, dann vernahm er das Kichern einer seiner Schwestern und gleich darauf die mahnende Stimme seiner Mutter, die die Kleine zur Ordnung rief.

Bartel blieb vor der Stubentür stehen, um sich zu sammeln. Warum nicht gleich jetzt mit der guten Nachricht aufwarten? Wenn Besuch da war, konnten die Eltern auch nicht schimpfen. Obwohl – er war sich ziemlich sicher, dass sie sich mit ihm freuen würden. Anna war eine liebenswerte junge Frau, fleißig und tugendsam noch dazu. So tugendsam, dass sie ihm vor einiger Zeit, als er sich ihr zum ersten Mal genähert hatte, eine heftige Backpfeife verpasst hatte.

Unwillkürlich fuhr er mit der Hand über seine linke Wange und grinste in sich hinein. Es war ihm vermutlich nur recht geschehen. Immerhin hatte er sich im *Ochsen* erst einen ordentlichen Mutrausch ansaufen müssen, um bei Anna vorstellig zu werden. Kein Wunder, dass ihre Reaktion darauf ziemlich schmerzhaft für ihn ausgefallen war. Noch dazu hatte sie ihn ziemlich laut einen Esel und Hornochsen geschimpft, sodass er die Flucht hatte ergreifen müssen, bevor jemand auf ihn aufmerksam wurde. Die Wahl zum Schultheißen des Reihs hatte bevorgestanden, und hätte der Flurschütz etwas mitbekommen, hätte es noch übler für ihn ausgehen können. Ein eisiges Bad im Mühlbach wäre ihm wohl gewiss gewesen. Ganz zu schweigen davon, dass man ihn von der Wahl ausgeschlossen hätte.

Am nächsten Morgen hatte er sich dann trotz seines erbärmlichen Katers aufgerafft und bei Anna entschuldigt. Das war sein Glück gewesen. Ob es sein bedauernswerter Zustand oder seine offene Reue gewesen war – oder vielleicht auch beides zusammen –, Anna hatte ihm verziehen und ihn mit verdünntem Wein und Selbstgebackenem versorgt. Schließlich hatte sie ihm sogar erlaubt, sie quer durch die Stadt zum Hause ihres Onkels Gottfried Peller zu begleiten, den sie täglich besuchte. Und von da an waren sie unzertrennlich gewesen, zumindest im Geheimen. Niemand wusste von ihrer Verbindung, außer Georg, dem ältesten Sohn des Schöffen Richard Gertzen und Bartels gutem Freund seit Kindertagen. Georg würde schweigen wie ein Grab.

Entschlossen atmete Bartel noch einmal tief ein und straffte die Schultern. Er räusperte sich, klopfte kurz an und trat dann lächelnd ein.

«Ah, mein Sohn, da bist du ja endlich!», grüßte sein Vater und winkte ihn sogleich an den Tisch.

«Wir dachten schon, wir müssten heute Mittag auf deine Gesellschaft verzichten», ergänzte seine Mutter und bedachte ihn mit einem bezeichnenden Blick.

«Verzeihung, Mutter.» Bartel setzte sich auf seinen Platz. «Die Geschäfte haben mich aufgehalten und außerdem noch ein Gespräch mit Georg Gertzen und Thomas Peller, dem Flurschütz des Reihs. Wir haben noch einiges zu besorgen für Sonntag.» Er wandte sich kurz an den Gast: «Guten Tag, Herr Dr. Schweigel.»

Der Vogt lächelte ihm zu. «Ihr nehmt Euren Posten als Schultheiß des Reihs erfreulich ernst, Herr Bartel», lobte er. «So muss es sein, ganz wie der Vater.»

«Dass die Wahl auf mich gefallen ist, empfinde ich als große Ehre.» Mit einem dankenden Nicken nahm Bartel den Teller mit Suppe entgegen, den seine Mutter ihm reichte. «Ich möchte den Posten so gut ausfüllen, wie es mir möglich ist.»

«Das ist sehr begrüßenswert.» Schweigel griff nach einer Scheibe Brot und riss sie in zwei Hälften. «Aber natürlich hat dieser Posten nicht nur Pflichten zu bedeuten, sondern er versetzt Euch auch in die erfreuliche Situation, Euch unter den

59

Jungfern Rheinbachs Euer Mailehen frei erwählen zu können. Keine wird Euch abweisen, dessen bin ich mir sicher.»

Bartel, der seinen Löffel gerade zum Mund führte, ließ die Hand wieder sinken und sah den Vogt überrascht an. Ihm entging nicht, dass sein Vater und Schweigel einander einen kurzen Blick zuwarfen. Ging hier etwas vor, von dem er noch nichts wusste? Ein guter Grund mehr, gleich mit der Wahrheit herauszurücken. Er holte tief Luft und setzte zu einer Antwort an, wurde jedoch von seinem Vater unterbrochen, der geräuschvoll seinen Löffel neben dem Teller ablegte und sich ihm zuwandte.

«Bartel, ich muss dir eine Frage stellen. Danke, Herr Dr. Schweigel, dass Ihr das Thema so rasch auf den Punkt gebracht habt.» Der Blick, der Bartel traf, war streng und aufmerksam. «Soeben ist uns zu Ohren gekommen, dass man dir eine heimliche Liebschaft nachsagt.»

Bartel vernahm ein überraschtes Raunen und unterdrücktes Kichern unter seinen Geschwistern. Er räusperte sich verlegen. «Vater, ich ...»

«Lass mich ausreden, Sohn. Diese Liebschaft soll sich zwischen dir und Anna Kemmerling abspielen. Entspricht dies der Wahrheit?»

Nun legte auch Bartel seinen Löffel beiseite und richtete sich ein wenig auf. Damit sein Vater erkannte, dass es ihm ernst war, blickte er ihm geradewegs in die Augen. «Ja, Vater, es stimmt. Die Anna und ich, wir ... mögen einander. Sehr sogar. Ich habe noch nichts gesagt, weil ich den rechten Zeitpunkt abwarten wollte. Um ehrlich zu sein, wollte ich es gerade erzählen, aber Ihr seid mir zuvorgekommen.» Er wandte sich kurz an den Vogt. «Ihr habt nicht unrecht, Herr Dr. Schweigel.

Natürlich werde ich mein Amt als Schultheiß des Reihs in die Waagschale werfen, um zu verhindern, dass jemand anderer Anna als Mailehen ersteigert. Das mag mich einiges kosten, aber ich habe dafür bereits eine erkleckliche Summe gespart.» Sein Blick wanderte zurück zu seinem Vater. Jetzt kam der schwierige Part, der, vor dem er sich ein wenig fürchtete. Denn so lieb und gut Anna auch war – niemand konnte wissen, wie sein Vater reagieren würde, wenn sie ihm als zukünftige Schwiegertochter vorgestellt würde. Sie war nicht arm, würde eine anständige Mitgift erhalten, aber es gab durchaus noch bessere, wohlhabendere Partien in der Stadt und Umgebung, die sich Hermann Löher vielleicht eher für seinen ältesten Sohn wünschen würde.

Jetzt oder nie, dachte er. «Nicht nur dafür spare ich, Vater. Es soll für weit mehr als nur das Mailehen reichen.» Kurz schaute er zu seiner Mutter, die ihn erwartungsvoll ansah. Wenigstens sie schien er bereits auf seiner Seite zu haben.

«Soso, für mehr als das Mailehen?» Hermann musterte ihn eingehend. «Ich will doch wohl nicht annehmen müssen, dass eure heimlichen Stelldicheins bereits ungewollte Früchte tragen.»

«Was?» Bartel verschluckte sich fast und hustete. Die Röte, die ihm in die Wangen schoss, brannte heiß und unangenehm. Er hörte seine Geschwister wieder kichern. Plötzlich fragte er sich, ob es wirklich hatte sein müssen, dieses Gespräch in Gegenwart der gesamten Familie zu führen. Ganz zu schweigen vom Vogt, auf dessen Lippen ein amüsiertes Lächeln lag.

«Mein lieber Löher, nun habt Ihr Euren Jungen aber ganz schön in Verlegenheit gebracht.»

«Ach was, das schadet ihm nicht», brummte Hermann und

fixierte Bartel erneut. «Also los, heraus mit der Sprache, mein Sohn.»

«Vater, es ist nicht so ...» Verzweifelt versuchte Bartel sich an die Worte zu erinnern, die er sich zurechtgelegt hatte. «Die Anna ist eine brave und tugendsame Jungfer. Sie würde niemals ... Ich meine, ich würde niemals ...» Zutiefst verlegen senkte er nun doch kurz den Blick. Als er das auffordernde Räuspern seines Vaters vernahm, hob er den Kopf jedoch sogleich wieder. Es half nichts. Wenn er als Mann angesehen werden wollte, durfte er sich nicht ins Bockshorn jagen lassen, schon gar nicht bei einem so heiklen und wichtigen Thema.

«Anna und ich», setzte er erneut an, «wir haben uns bisher zwar heimlich, aber doch in aller Ehre getroffen. Sie ist eine tugendsame Jungfer und würde keinesfalls etwas tun, was ihrem guten Ruf schaden könnte, denn dazu ist sie mir viel zu lieb und teuer.»

«Aha.» Hermann nickte, nun deutlich freundlicher. «Das freut mich zu hören. Und weiter?»

«Weiter möchte ich Euch, Vater, und Euch, liebe Mutter», er sah seine Eltern mit klopfendem Herzen an, «mitteilen, dass Anna Kemmerling nicht nur mein Mailehen sein soll, sondern auch meine Braut.» Bevor jemand etwas darauf sagen konnte, fuhr er rasch fort: «Natürlich weiß ich, dass ich für eine Hochzeit eigentlich noch etwas zu jung bin. Ich möchte erst auf festen Beinen stehen und mich im Geschäft noch mehr beweisen. Anna sieht das genauso, deshalb wollen wir noch ein oder zwei Jahre mit der Hochzeit warten. Aber verlobt haben wir uns bereits, und wenn Ihr Euer Einverständnis gebt, möchte ich in nächster Zeit gerne bei ihren Eltern vorsprechen.»

«Du willst die Anna heiraten?», platzte Maria laut heraus

und starrte ihn an wie ein Wundertier. Auch seine anderen Geschwister, zumindest die älteren, die den Sinn seiner Worte begriffen, tuschelten aufgeregt miteinander und warfen ihm neugierige Blicke zu.

«Oh, Bartel, was für eine Nachricht!» Seine Mutter griff quer über den Tisch nach seiner Hand und drückte sie fest. Ihre Wangen waren leicht gerötet, und er sah Tränen in ihren Augen glitzern. Ja, gottlob, sie war auf seiner Seite.

«O ja, was für eine Nachricht.» Die Stimme seines Vaters klang nicht ganz so gerührt, wenn auch nicht direkt verärgert. «Und das auch noch zu solch einer Zeit.»

Verwirrt runzelte Bartel die Stirn. «Was meint Ihr damit, Vater?»

«Was der gute Löher damit sagen will», mischte sich der Vogt ein, «ist, dass eine Verbindung mit den Kemmerlings möglicherweise für unerfreuliches Gerede sorgen könnte.»

«Aber warum denn das? Wir haben doch nichts getan, was Annas Tugend – oder die meine – in Gefahr bringen könnte. Es gibt für niemanden einen Grund, daran zu zweifeln, und falls doch, soll derjenige mir gegenübertreten und mir Rede und Antwort stehen.» Unwillkürlich hatte Bartel die Stimme erhoben.

Der Vogt nickte ernst. «Hm, Ihr habt das Temperament Eures Vaters, Herr Bartel. Zügelt es zu Eurem eigenen Besten. Denn einen kühlen Kopf werdet Ihr gegebenenfalls brauchen, falls es Euch mit der Anna wirklich ernst sein sollte.»

«Falls?» Empört fuhr Bartel hoch. «Habe ich das nicht eben deutlich gesagt? Anna soll meine Frau werden.»

«Gut und schön», sagte sein Vater mit ernster Miene. «Gegen die Anna habe ich auch nichts einzuwenden. Mag sein, es gibt Mädchen, die mehr Geld in die Ehe bringen könnten, aber lassen wir das beiseite, denn ich sehe schon, dass ich dir deine zukünftige Braut nicht mehr werde ausreden können. Aber mach dich darauf gefasst, dass nicht alles eitel Sonnenschein sein wird.»

«Ihr sprecht in Rätseln, Vater.»

«Gut, dann lass es mich deutlicher formulieren: Der Hexen-kommissar Jan Möden ist in der Stadt.»

Bartel hielt verblüfft inne. «Ja, alle sprechen bereits davon. Aber was hat das mit Anna und mir zu tun?»

«Mein lieber Bartel», mischte sich seine Mutter ein. «Über-leg doch. Annas Tante wurde vor fünf Jahren verbrannt.»

«Aber dafür kann doch meine Anna nichts!»

«Natürlich nicht.» Hermann griff nach seinem Becher und trank einen Schluck Wein. «Aber die Leute reden. Und bei einem Mädchen, das zur versengten Art gehört, reden sie noch mehr. Vor allem, wenn ein Hexenkommissar in der Nähe ist.»

«Aber sie hat sich doch nie etwas zuschulden kommen lassen. Weshalb sollte man über sie reden?» Bartel erstarrte, als ihm die Tragweite dessen, was sein Vater angedeutet hatte, bewusst wurde. «Ihr glaubt doch nicht etwa, dass jemand sie besagen will?»

«Um Himmels willen!» Kunigunde schlug die Hände vor den Mund. «Nein, sag doch so etwas nicht.»

«Ruhig Blut.» Auch der Vogt trank einen Schluck. «Davon war überhaupt keine Rede.»

Bartel fuhr sich mit gespreizten Fingern durch sein kurzes braunes Haar. «Was soll das überhaupt alles? Wenn es danach geht, wer alles verbrannt wurde, gehört halb Rheinbach zur versengten Art. Dann dürfte ich ja gar kein Mädchen von hier zur Braut erwählen.»

«Vielleicht wäre das auch die bessere Entscheidung», murmelte sein Vater. «Sicherer in jedem Fall.»

«Was sagt Ihr da?» Nun hielt es Bartel nicht mehr am Tisch. Er sprang auf und starrte seinen Vater entsetzt an. «Soll ich vielleicht Anna sitzenlassen, nur weil irgend so ein Hexenkommissar sich in der Stadt herumtreibt und Ihr Angst vor dummem Gerede habt?»

Hermann hob ruckartig den Kopf. «Hier geht es nicht um irgendein dummes Gerede, Junge, sondern um gefährliche Gerüchte, die, wenn sie einmal losgelassen, für uns schlimme Folgen haben könnten.»

«Aber Hermann ...», versuchte Kunigunde sich einzuschalten, doch er beachtete sie gar nicht.

«Hast du vielleicht schon vergessen, wie es vor fünf Jahren gegangen ist? Wie viele Männer und Frauen auf dem Scheiterhaufen gestorben sind, nur weil Buirmann es verstanden hat, aus jedem Gefangenen so viele neue Besagungen herauszufoltern, dass wir heute noch nicht mit dem Brennen am Ende wären, wenn sie ihn nicht von hier abgezogen hätten? Erinnerst du dich nicht mehr an jenen Tag, da ich dich und Gerhard mit nach Köln genommen habe, zum Quartier des Amtmannes Schall, damit ihr seiner habgierigen Gemahlin eine teure Silberlampe mit Waschschüssel überbringen solltet? Das Ganze hat mich mehr als zweihundert Reichstaler gekostet, alles nur, damit ...»

«Löher, beruhigt Euch doch bitte», unterbrach ihn die mahnende Stimme des Vogtes. «Das gehört doch jetzt ganz und gar nicht hierher.» Er warf einen bedeutsamen Blick auf die Kinder, die mit offenen Mündern und aufgerissenen Augen ihren Vater ansahen.

Hermann verstummte für einen Moment und schien sich zu sammeln. Rasch stand Kunigunde auf und schloss das Fenster, damit die wütenden Stimmen der Männer nicht länger bis auf die Straße drangen.

Bartel verschränkte indes die Arme vor der Brust. «Ich weiß nicht, wovon Ihr sprecht, Vater. Ihr habt mir damals gesagt, die Waschschüssel und die Lampe seien ein Freundschaftsgeschenk. Wenn mehr dahintergesteckt hat, so habt Ihr es mir verschwiegen. Aber jetzt aus heiterem Himmel zu verlangen, dass ich meine geliebte Anna verschmähen soll, nur weil Ihr irgendwelche Gespenster seht … Das kann ich nicht akzeptieren.»

«Davon war überhaupt keine Rede, Bartel», mischte sich seine Mutter erneut besänftigend ein. «Niemand verlangt von dir, deine Anna aufzugeben.»

«Aber hat er das nicht gerade eben gesagt? Dass es besser wäre, wenn ich kein Mädchen aus der Stadt freien würde?»

«Dreh mir nicht die Worte im Mund um, Bartholomäus!», fuhr sein Vater ihn wütend an. «Es reicht schon, wenn die Hexenjäger das tun. Und das werden sie, glaube mir. Und wie stehen wir dann alle da?»

Bartel spürte eine unbändige Wut in sich aufsteigen. Obwohl er wusste, dass es ihm nicht guttun würde, platzte er heraus: «Das ist mir gleich, Vater. Ihr werdet mich jedenfalls nicht davon abbringen, nur weil Ihr Euch vor Dr. Möden fürchtet. Wenn Ihr so sehr gegen das Wirken der Hexenkommissare seid, weshalb habt Ihr als Schöffe dann nichts dagegen getan? Wer, wenn nicht Ihr, hätte denn Einspruch erheben sollen?»

«O Bartel, bitte ...» Kunigundes erschrockener Ausruf blieb unbeachtet.

Hermann sprang wutentbrannt ebenfalls von seinem Stuhl auf und beugte sich weit über den Tisch, die Hände auf der Platte abgestützt. Seine Wangen hatten sich zornrot verfärbt. «Das wagst du, mir ins Gesicht zu sagen, Bartholomäus? Mir? Lass dir eines gesagt sein: Wenn du noch ein einziges Mal Derartiges aussprichst, wirst du erkennen, dass ich dich noch nicht für zu alt halte, um dir eine Abreibung zu verpassen. Dir gehört dein loses Mundwerk um die Ohren gehauen. Wag es niemals wieder, mir so etwas vorzuwerfen, obwohl du überhaupt nicht weißt, wovon du redest. Ich habe meine Familie beschützt. Das ist meine Aufgabe als Ehemann und Vater.»

«Stimmt», gab Bartel mit leicht schwankender Stimme zurück. Er kannte die Wutausbrüche seines Vaters und hatte Mühe, ihm standzuhalten. «Aber es ist auch meine Aufgabe als zukünftiger Ehemann, mein Wort zu halten und meiner Braut zur Seite zu stehen. Es ist mir einerlei, ob Euch das passt oder nicht, Vater. Und es schert mich auch nicht, ob die Leute sich die Mäuler zerreißen. Niemand wird mich davon abbringen, Anna zu heiraten. Nicht Ihr und auch nicht dieser Hexenkommissar.»

«Es hat doch auch niemand verlangt, dass du ...», setzte seine Mutter noch einmal vergeblich an.

Hermann war bereits um den Tisch herumgegangen und hatte sich vor Bartel aufgebaut. Die beiden waren etwa gleich groß und kräftig, und beinahe sah es so aus, als würden sie im nächsten Moment aufeinander losgehen.

«Sprich nicht in diesem Ton mit mir, Bartholomäus. Ich bin dein Vater und habe jedes Recht, meine Meinung zu äußern.

Du hingegen solltest es unterlassen, despektierlich über Dinge zu reden, von denen du nicht die geringste Ahnung hast.»

«Und woran liegt das?», erwiderte Bartel, nun wieder mit festerer Stimme. «Doch nur daran, dass Ihr uns offenbar etwas verschwiegen habt, Vater. Was soll die alte Geschichte mit der Lampe für die Frau des Amtmannes plötzlich? Und warum behauptet Ihr, Ihr hättet uns beschützen müssen? Oder habt Ihr das alles erfunden, weil Ihr lieber eine Braut für mich hättet, die noch reichere Eltern hat und Euch besser in den Kram passt? Eine mit perfektem Stammbaum, ohne versengte Verwandtschaft? Wisst Ihr eigentlich, wie scheinheilig das ist? Ich gehöre doch selbst zur versengten Art, wenn man so will. Was war denn mit Großvater Frembgen? Wurde er etwa nicht auch wegen Hexerei hingerichtet?» Noch ehe er die Worte ausgesprochen hatte, spürte er einen gemeinen Stich der Reue in der Magengrube, der sich noch verstärkte, als er den entsetzten Laut seiner Mutter vernahm, die beide Hände vors Gesicht schlug. Im nächsten Moment traf die Hand seines Vaters mit Wucht seine Wange. Sein Kopf flog zur Seite, ein brennender Schmerz durchzuckte sein Gesicht.

«Raus!», brüllte Hermann. «Verschwinde sofort aus dieser Stube und komm mir heute nicht mehr unter die Augen.»

Bartel blickte seinem Vater zornig und mit einem tiefen Gefühl der Erniedrigung in die Augen. Ohne ein weiteres Wort drehte er sich um und verließ die Wohnstube. Erst, als er im Hof angekommen war, machte er halt, schloss die Augen und ballte die Hände zu Fäusten.

Als Kunigunde das Fenster schloss, trat die Frau, die ganz in der Nähe verharrt hatte, rasch einen Schritt zur Seite, damit die Hausherrin ihrer nicht gewahr wurde. Ihr Atem ging in erregten Stößen. Das waren ja hochinteressante Neuigkeiten, die sie rein zufällig aufgeschnappt hatte! Und sie kamen vom Vogt höchstpersönlich.

Vorsichtig blickte sie sich um, ob auch niemand bemerkte, dass sie an Löhers Fenster gelauscht hatte. Doch um die Mittagszeit war es ruhig in Rheinbachs Straßen und Gassen. Ihr Glück. Nun stellte sich nur die Frage, was sie mit den neugewonnenen Erkenntnissen anfangen könnte. Dass der älteste Löher-Sprössling eine heimliche Liebschaft pflegte – nun ja, das konnte ihr eigentlich herzlich egal sein. Aber dass sein Liebchen ausgerechnet eine von den Versengten war, das geschah ihnen recht. Vielleicht sollte sie hier und da eine entsprechende Bemerkung fallenlassen, nur um zu sehen, wie der Stein ins Rollen geriet. Auf den Klaaf und Tratsch freute sie sich jetzt schon.

Viel interessanter war hingegen das andere Thema gewesen. «Ei, ei, das hätte ich nicht gedacht», murmelte sie vor sich hin und griff nach dem Korb mit ihren Einkäufen, den sie neben sich abgestellt hatte. «Der Löher scheint ja ein rechter Zauberpatron zu sein, so, wie er gegen den Hexenkommissar und die Prozesse redet. Und der Vogt schlägt in die gleiche Kerbe. So was aber auch. Wenn das mal nicht ganz ungut auf euch zurückfallen wird, ihr scheinheiligen Pfeffersäcke.» So murmelte sie noch weiter vor sich hin und verzog dabei das Gesicht zu einem zufriedenen Lächeln. Sie verstummte jedoch, als ihr zwei Frauen entgegenkamen, die ihr im Vorübergehen mehr oder weniger freundlich grüßend zunickten.

3. Kapitel

... dan alle / welche die falsche Processen suchen zu behinderen
und den Unholden daer in bedient sein / die sein gemeinlich /
sagt er / Zäuberer: und durchsolche Ehrletzige reden bringet
er Vogt Schultis und Scheffen an das votiren / stimmen und
falsche Urtheilen spechen / ...

Schwer atmend starrte Hermann auf die Stubentür, die sich mit einem lauten Klappen hinter seinem Sohn geschlossen hatte. Erst jetzt bemerkte er, dass er seine Hände zu Fäusten geballt hatte. Als er das leise Schluchzen Kunigundes vernahm, fiel aller Zorn so rasch von ihm ab, dass er beinahe schwankte. Rasch legte er ihr eine Hand auf die zuckende Schulter. Sie hatte das Gesicht in den Händen vergraben. Maria streichelte ihr sanft über den Rücken und redete beruhigend auf ihre Mutter ein. Die anderen Kinder hockten schweigend und mit betretenen Mienen um den Tisch. Verlegen strich er sich durch die Haare. «Komm, komm, Kuni, ist ja schon gut. Weine nicht.» Unbehaglich blickte er zum Vogt hinüber, der zu seiner Überraschung seelenruhig seine Suppe löffelte.

Als Schweigel seine fragende Miene bemerkte, lächelte er leicht. «Setzt Euch wieder, mein lieber Löher. Da das Gewitter ja nun abgezogen ist, sollten wir uns diesem vorzüglichen Essen widmen. Ich rate Euch allerdings, Euer Mütchen noch ein wenig zu kühlen, bevor Ihr Euch mit Kundschaft oder gar Euren Schöffenkollegen umgebt. Was Euren Sohn angeht ... Er scheint ja ein rechter Heißsporn zu sein. Euch noch ähnlicher, als ich gedacht hatte. Lasst ihn ein bisschen schmoren, aber nicht zu lange. Eine Aussprache unter vier Augen ist hier, denke ich, sehr angebracht.» Er wandte sich an Kunigunde. «Und Ihr, liebe Frau Löher, trocknet Eure Tränen. Es ist doch gar nichts Schlimmes passiert. Bartholomäus hat nichts gesagt, das nicht der Wahrheit entspricht. Leider ist es genau diese, die immer wieder Wunden aufreißt. Vor allem solche, die schlecht verheilt sind. Aber grämt Euch nicht. Ich bin sicher, Euer Sohn weiß, wo er im Recht und wo im Unrecht ist, und wird entsprechend handeln.» Er griff nach einem Stück Brot. «Die Suppe ist wirklich ausgezeichnet, muss ich sagen. Erinnert mich an diejenige, die meine liebe Frau selig immer gekocht hat. Vielleicht gebt Ihr meiner Magd, der Henni, ein paar gute Ratschläge und das Rezept, denn was sie kocht, ist meistens doch sehr wässrig.»

Kunigunde ließ die Hände sinken und wischte sich mit dem Ärmel ihres Kleides über die Augen. «Ja, also, danke, Herr Dr. Schweigel. Das werde ich gerne tun.» Ihre Stimme klang noch etwas zittrig, deshalb drückte Hermann ihre Schulter erneut zärtlich, bevor er sich wieder setzte. Ihm war der Appetit vergangen, dennoch griff er aus Pflichtgefühl nach seinem Löffel, ließ ihn jedoch gleich darauf wieder sinken, da es an der Haustür klopfte.

Die Schritte Beppos, des Hausknechtes, waren zu hören, dann leise Stimmen. Kurz darauf erschien der Diener in der Stubentür. «Verzeihung, Herr Löher, der Gerichtsbote Martin Koch steht vor der Tür und bittet Euch, umgehend ins Bürgerhaus zu kommen. Euch ebenfalls, Herr Vogt.»

«Was denn, jetzt?» Verwundert erhob sich Hermann. «Hat das nicht Zeit bis später?»

«Tut mir leid, aber Koch sagt, es sei dringend. Dr. Jan Möden hat eine außerordentliche Sitzung des Schöffenkollegiums einberufen.»

«Na, wunderbar.» Hermanns Miene verfinsterte sich. Er spürte, wie sich ein harter Knoten in seiner Magengrube bildete. «Sag ihm, wir kommen sofort.»

«Sehr wohl, Herr Löher.» Beppo machte auf dem Absatz kehrt und verschwand wieder.

Unsicher blickte Hermann zu seinem alten Freund. «Was nun?»

Schweigel wischte sich Hände und Mund an einem bereitliegenden Tuch ab und erhob sich dann ebenfalls. «Es wird uns wohl nichts anderes übrig bleiben, als der Einladung Folge zu leisten. Verzeiht, liebe Frau Löher, dass wir die Tafel so unverhofft verlassen müssen. Aber es ist ganz sicher besser, wenn wir gleich hinter uns bringen, was immer Dr. Möden für uns vorbereitet hat.»

Hermann nickte grimmig. Der Vogt hatte recht. Wenn nur nicht sein Gefühl ihm sagen würde, dass das, was ihm bevorstand, zehnmal schlimmer war als die Auseinandersetzung mit Bartholomäus.

Hermanns Befürchtungen bewahrheiteten sich eine knappe Viertelstunde später, als er gemeinsam mit dem Vogt im Bürgerhaus eintraf. Die übrigen Schöffen waren bereits anwesend, und auch Jan Möden saß auf der Kante des kleinen Schreibpults in der hinteren Ecke der Stube und unterhielt sich mit dem Gerichtsschreiber Melchior Heimbach, einem nicht sehr hochgewachsenen, schmalen Mann, dessen dünnes blondes Haar zu einem Zopf gebunden war und dessen rechte, verkümmerte Hand in einem weißen Verband steckte.

Jan Möden selbst war ein mittelgroßer, schlanker Mann mit vollem, lockigem blondem Haar, das er sehr sorgfältig frisiert trug. Auch sein dünner Oberlippenbart und der modische Kinnbart waren sauber gestutzt. Er war in modische blaue Kniehosen und passendes Wams mit strahlend weißem Spitzenkragen gekleidet. Den großen Filzhut mit Feder hatte er abgenommen und auf seinem Oberschenkel abgelegt. Alles in allem war er ein ansehnliches Mannsbild: die Manieren geschliffen, und vor allem dem weiblichen Geschlecht gegenüber trat er immer sehr galant und zuvorkommend auf. Seine stets ruhige, einnehmende Art verbarg vollkommen sein wahres Wesen, wie Hermann bereits vor fünf Jahren leidvoll hatte erfahren müssen. Anders als Franz Buirmann mit seinem aufbrausenden Temperament, der regelmäßig aus der Haut gefahren war und nicht selten ungebührlich herumgebrüllt hatte, gab sich Jan Möden besonnen und zugänglich, ja, sogar leutselig. Selbst verstockten Delinquenten gegenüber vergaß er sich nie, sondern blieb ruhig und freundlich, sogar geradezu heiter und liebenswürdig. Er konnte mit dem einnehmendsten Lächeln zu einem Gefolterten sprechen und im gutmütigsten Ton den Henker anweisen, die Daumenschrauben anzuziehen oder die Strecke einen Grad weiter anzuspannen.

Das machte ihn zu einem schwer einzuschätzenden und äußerst grausamen Hexenrichter, der sich, wie böse Zungen behaupteten, auf neue Opfer stürzte wie eine hungrige Mücke.

Als Hermann und der Vogt eintraten, verstummte das Gemurmel ringsum. Ein strahlendes Lächeln erschien auf Mödens Lippen; er erhob sich, legte seinen Hut beiseite und kam mit weit ausgebreiteten Armen auf sie zu.

«Herr Vogt, Herr Löher, guten Tag! Wie geht es Euch, Herr Dr. Schweigel? Ihr seht gesund und munter aus, das muss ich schon sagen. Manch anderer in Eurem Alter ist weit weniger behände und fidel. Das freut mich. Und Ihr, Herr Löher, seid ja, wie ich bereits vernehmen durfte, mit Eurem Geschäft ganz ausgezeichnet aufgestellt. Und wie man mir erzählte, gab es seit unserem letzten Zusammentreffen noch einmal Nachwuchs. Meine Glückwünsche! Wie viele Sprösslinge sind es nun – sieben? Nein, acht, nicht wahr? Gottes Segen über Eure Familie und meine Empfehlungen an Eure liebe Gattin. Was wären wir armseligen Männer ohne unsere emsigen, getreuen Eheweiber, nicht wahr?» Er wies auf den langen Tisch, an dem die anderen Schöffen bereits Platz genommen hatten. «Setzt Euch, meine Herren, und bedient Euch vom guten Wein. Verzeiht mir, dass ich Euch vom Mittagstisch fortholen und herbeibeordern musste, aber die Dringlichkeit meines Anliegens wird Euch ganz sicher einleuchten.» Er machte eine bedeutungsvolle Pause und blickte eindringlich von Schöffe zu Schöffe. Im Hintergrund hörte man das Kratzen der Feder des Gerichtsschreibers, der Mödens Worte in Schnellschrift festhielt. «Vermutlich hat sich bereits herumgesprochen, dass der Kurfürst selbst mich in das schöne Rheinbach entsandt hat, um dem hiesigen Hochgericht, also Euch, meine guten Herren, mit Rat und Tat zur Seite zu stehen.» Wieder hielt er inne, um seine Worte wirken zu lassen, dann fuhr er geradezu salbungsvoll fort: «Ihr wisst, dass in Meckenheim, Euskirchen und einigen weiteren Orten der Umgebung das unerfreuliche Hexenwerk wieder zugenommen hat. Meine verehrten Kollegen, allen voran der ehrenwerte Dr. Franz Buirmann, und ich sahen uns bereits gezwungen, diverse Personen festzunehmen und zu befragen. Auch Hinrichtungen gab es, wie Ihr gewiss bereits vernommen habt. Das ist alles sehr betrüblich, vor allem, weil dem Kurfürstlichen Hofgericht zu Ohren gekommen ist, dass die bösen Zauberer und Zauberinnen bereits weitere Mitstreiter gefunden haben. Leider vermutlich auch hier, in Eurem beschaulichen, gottesfürchtigen Städtchen. Ist das nicht furchtbar? Dabei dachten wir vor fünf Jahren, aller Teufelsbuhlen habhaft geworden zu sein. Umso betrüblicher stimmt es mich nun, Euch mitteilen zu müssen, dass es wohl unumgänglich sein wird, auch in Rheinbach noch einmal mit aller Strenge durchzugreifen, um das Hexengezücht ein für alle Mal auszurotten.»

Hermann spürte, wie der harte Knoten in seiner Magengrube zu wachsen begann. Eine kalte Gänsehaut kroch ihm das Rückgrat hinauf. Unauffällig blickte er nach links und rechts. In Gottfried Pellers Miene konnte er blankes Entsetzen erkennen, ebenso in der von Neyß Schmid. Er war damals ins Kollegium gewählt worden, nachdem der älteste Schöffe, Herbert Lapp, und dessen Frau der Hexerei für schuldig befunden und verbrannt worden waren. Auch Neyß' Vater war damals verurteilt worden. Hermann konnte ihm den Schrecken nachfühlen, ebenso wie Peller, der hilflos hatte mit ansehen müssen, wie man seine Frau gefoltert und hingerichtet hatte.

Auf der anderen Seite, näher an Heimbach, saßen Dietrich Halfmann und Jan Thynen, beide mit gleichmütigem Gesichtsausdruck. Johann Bewell hingegen starrte missmutig vor sich hin. Ob er dem Hexenkommissar überhaupt zugehört hatte, war nicht zu erkennen. Seine Wangen waren aufgedunsen und gerötet, die Augen blutunterlaufen. Vermutlich hatte er den Vormittag lang bereits ausgiebig gesoffen.

«Dr. Möden – wie, wenn ich mit Verlaub fragen darf, kommt Ihr denn darauf, dass sich in Rheinbach Hexen herumtreiben könnten?» Die Frage hatte Richard Gertzen gestellt, der direkt neben Hermann saß und eine skeptische Miene zur Schau trug. Die Arme hatte er vor der Brust verschränkt. «Ich habe Derartiges bisher noch nicht vernommen.»

Anstatt direkt darauf zu antworten, warf Möden einen Blick in Richtung Jan Thynens, der sich daraufhin hastig aufrichtete. «Wie? Ihr habt noch nichts davon gehört?», fragte er erstaunt. «Das kann doch gar nicht sein. Es ist bereits in aller Munde, und die Spatzen pfeifen es von den Dächern. Überlegt doch nur, was für einen grimmigen Winter wir hatten, und der viele Regen im letzten Sommer und Herbst. Habt Ihr nicht selbst unter den hohen Preisen gestöhnt, die wir für Getreide, Früchte und so weiter haben zahlen müssen? Sind nicht Eure Kinder auch mehr als einmal mit Hafergrütze abgespeist worden, wo eigentlich Sommerbeeren und frisches Gemüse im Überfluss hätten vorhanden sein müssen? Das kann nur Hexenwerk sein. Die Unwetter, die wir hatten, die schlimmen Stürme und Gewitter ... Das sind Anzeichen für Zauberei, ganz bestimmt.»

«Zauberei, jawoll», nuschelte nun auch Johann Bewell und umklammerte den Zinnbecher, in den nun Dr. Möden zuvorkommend Wein aus einer großen Karaffe goss. «Fangt das vermaledeite Hexengezücht ein und macht kurzen Prozess damit.» Bewell war kaum zu verstehen, so schwer hatte seine Sprache bereits unter dem Weinkonsum des heutigen Tages gelitten.

Hermann sah ihn mit einer Mischung aus Mitleid und Widerwillen an. Seit man Bewells Tochter und deren Schwiegervater verbrannt hatte, war mit dem einst gutmütigen, redseligen und vor allem vernünftigen Mann nicht mehr viel anzufangen. Er betrank sich beinahe täglich, war mürrisch und unleidlich geworden. Und nun schien er auch noch dem Hexenkommissar nach dem Mund zu reden.

«Schlechtwetterperioden gab es früher doch auch schon», argumentierte Gertzen derweil in, wie Hermann fand, ausgesprochen einleuchtender Manier. «Das muss doch nichts mit Zauberei zu tun haben.»

«Hach ja, das ist es, was diejenigen Euch glauben machen wollen, die sich der intimen Bekanntschaft mit dem Gottseibeiuns bereits rege erfreuen», ergriff nun Möden wieder das Wort. Gekonnt trug er eine sorgenvolle Miene zur Schau. «Ist Euch einmal in den Sinn gekommen, dass die bösen Zauberer sich schon seit langer Zeit in unserer Mitte verstecken? Solche Unarten kommen nicht über Nacht angeflogen, sondern breiten sich wie ein Geschwür erst langsam und im Geheimen, dann immer schneller und in jede Richtung aus. Wer, lieber Herr Gertzen, sagt Euch denn, dass frühere Wetterkatastrophen nicht auch bereits Hexenwerk gewesen sind? Nur, weil man eine Teufelstat nicht sogleich als solche erkennt, bedeutet das nicht, dass es keine ist. Bedenkt, dass wir heutzutage viel mehr über diese Dinge wissen als noch vor zehn, zwanzig oder dreißig Jahren.»

«Also ich meine, man muss nicht hinter jeder Ecke Hexenwerk vermuten», brummte Gertzen.

«Aber was, wenn man das nicht tut, und eines Tages überwältigen uns die Teufelsbuhlen mit ihrer Schlechtigkeit und Gottlosigkeit?», konterte Möden ruhig. «Nein, nein, glaubt mir, es ist besser, so rasch wie nur möglich zu reagieren, ehe es noch schlimmer wird.»

«Schlimm genug ist es doch jetzt schon», mischte sich nun überraschend Melchior Heimbach ein. Als sich alle Blicke auf ihn richteten, reckte er sich auf seinem Stuhl, wohl, um ein wenig größer und wichtiger zu wirken. «Ich komme ja als Gerichtsschreiber viel herum, nicht wahr? Und Ihr glaubt nicht, was ich da alles zu hören bekomme! Das Böse schleicht sich nächtens geradezu von Haus zu Haus, sage ich Euch. Es heißt, angeblich unbescholtene Bürger seien spätabends oder in aller Herrgottsfrühe draußen vor den Stadttoren beobachtet worden. Heimlich, wohlbemerkt, und auf dem Weg nach oder von weiß der Teufel wo. Einige Leute sind auch schon vom bösen Blick getroffen und schwer krank geworden oder gar gestorben. Erinnert Ihr Euch an das jüngste Kind der Radegund Thönnissen? Wie das so plötzlich über Nacht gestorben ist? Abends war's noch ganz fidel, und morgens lag es tot in der Wiege. Das geht doch nicht mit rechten Dingen zu, meine ich. Die arme Mutter ist überzeugt, dass jemand ihrem Kind Böses wollte und es behext hat. Furchtbar, furchtbar! Ach, ich könnte Euch noch viel erzählen, werte Schöffen. Landauf, landab Gram, Krankheit und Tod, und alles nur, weil sich die bösen Zauberer und ihre Komplizen nächtens zu ihren Teufelstänzen treffen und sich einen Spaß daraus machen, guten, braven Menschen Schaden zuzufügen.»

«Nun übertreibt mal nicht», fiel ihm Gottfried Peller ins Wort. «Säuglinge sind schon immer in der Wiege gestorben. Und meistens waren es eher Versäumnisse seitens der Mütter oder Kinderfrauen, die dazu geführt haben, nicht aber irgendwelche Zaubereien.»

«Genau.» Nun fasste sich auch Hermann ein Herz. «Weder das Wetter noch einzelne Unglücksfälle rechtfertigen es, Hexen in unseren Reihen zu vermuten. Ich meine, wir sollten uns zurückhalten und vielmehr darauf vertrauen, dass der Allmächtige die Dinge nach seinem Willen richtet.»

«Aber nichts anderes will doch auch ich», antwortete Möden mit einem feinen Lächeln. «Schon in der Heiligen Schrift steht geschrieben, dass man die Zauberer nicht am Leben lassen soll. Genau darauf berufe ich mich, wenn ich Euch auffordere, mit aller Kraft gegen diese schreckliche Bedrohung vorzugehen. Liebe Schöffen des Rheinbacher Hochgerichts – es liegt in Eurer Hand, diese Stadt vor Unbill und Übel zu schützen. Mit Eurer Hilfe will ich alles in meiner Macht Stehende tun, um diese Stadt von dem stinkenden Hexengezücht zu befreien, ehe es zu spät ist.»

«Es gibt aber doch überhaupt keine Beweise, dass sich Hexen in Rheinbach aufhalten», gab der Vogt zu bedenken. Auf seiner Stirn hatten sich tiefe Furchen gebildet. Hermann sah ihm an, dass er äußerst besorgt über den Verlauf der Sitzung war.

«Ein guter Punkt, den Ihr da anbringt, Herr Vogt», sagte Möden und nickte mit ernster Miene. «Ihr fordert zu Recht Beweise, und ich bin entschlossen, sie Euch alsbald zu liefern. Gebt mir mit Euren Stimmen die Unterstützung, die ich benötige, und ich verspreche Euch, dass wir der Bedrohung so rasch wie nur möglich Herr werden.»

Hermanns Magen schmerzte, seine Glieder fühlten sich eiskalt an. Er schluckte hart, bevor er erneut sprach. «Herr Dr. Möden, ich kann beim besten Willen keine Bedrohung in Rheinbach erkennen. Die Gerüchte, die Ihr anführt, sind doch nichts als abergläubisches Geschwätz.»

«Sind sie das wirklich?» Möden kniff die Augen zusammen. «Könnt Ihr denn beweisen, dass es sich bei den von Herrn Heimbach angeführten Berichten nicht um Fälle von Hexerei handelt?»

Irritiert hob Hermann den Kopf.

«Seht Ihr!» Beinahe huldvoll neigte Möden den Kopf. «Ihr könnt es nicht. Aber das müsst Ihr auch nicht, denn dazu bin ich ja hier. Ich werde mich eingehend mit der Lage hier in Rheinbach und den vorgebrachten Gerüchten beschäftigen, um herauszufinden, ob an ihnen etwas Wahres ist oder nicht. Denn bei Gott, ich wäre untröstlich und außer mir, wenn ich versehentlich einen Fehler beginge und jemanden fälschlicherweise verdächtigte! Nein, das darf mir natürlich keinesfalls passieren. Seid gewiss, dass ich mit aller gebührenden Vorsicht und Besonnenheit vorgehen werde. Sollte es sich herausstellen, dass der Verdacht unbegründet ist, werde ich der Erste sein, der dies zu Protokoll geben und den Bürgern der Stadt kundtun wird. Ich gebe Euch mein Wort darauf, werte Herren.» Möden verneigte sich leicht vor den Schöffen und blickte sie dann erwartungsvoll an.

«Also, meinen Segen habt Ihr», sagte Thynen und stieß Dietrich Halfmann mit dem Ellenbogen an. «Nicht wahr, wir sollten den Herrn Kommissar mit aller Kraft unterstützen in seiner ehrenvollen Aufgabe.»

«Hm, ja, ganz recht», bestätigte Halfmann. «Mir sind diese grässlichen Hexen schon lange ein Dorn im Auge. Wir werden erst Ruhe haben, wenn sie alle mit Stumpf und Stiel ausgerottet worden sind. Sagt Ihr doch auch, Bewell, oder?»

Johann Bewell, dessen Kopf mittlerweile bis fast auf die Tischplatte gesunken war, rappelte sich wieder auf. «Hä, wie?

O ja, sicher. Hinweg mit dem Gezücht.» Er nuschelte derart, dass man das letzte Wort kaum noch verstehen konnte. Doch in seinen Augen flackerte ein undefinierbarer Zorn.

«Damit hätte ich schon einmal die Zustimmung von drei klugen Männern», konstatierte Möden erfreut. Sein Blick wanderte abschätzend über die restlichen Schöffen. «Ihr guten Männer werdet doch sicherlich ebenfalls der Überzeugung sein, dass eine sorgfältige und umfassende Untersuchung der genannten Vorfälle uns in die Lage versetzen wird, gerecht und im Sinne der Bürger der Stadt zu urteilen. Was sagt Ihr, Gottfried Peller? Wollt Ihr nicht auch Sicherheit und Wohlergehen für die Rheinbacher Bürger?»

«Aber sicher will ich die», antwortete Peller. «Aber dazu braucht es doch keine ...»

«Sehr schön, Ihr seid ein Mann mit Verstand.» Möden wandte sich sogleich an den nächsten Schöffen. «Neyß Schmid, Ihr seid jetzt im fünften Jahr Schöffe am Rheinbacher Hochgericht. Damit dürftet Ihr bereits erfreulich viele Erfahrungen gesammelt haben und daher einsehen, dass nur die eingehende Begutachtung einer Angelegenheit von allen nur denkbaren Sichtweisen aus zu einer umfassenden und genauen Einschätzung der Sachlage führen kann.»

Schmid sah den Hexenkommissar ratlos an. Er war zwar ein kluger Mann, jedoch weder studiert noch so erfahren, wie Möden ihn hinstellte. In den fünf Jahren seiner Schöffentätigkeit hatte er über kaum mehr als Nachbarschaftsstreitigkeiten und den einen oder anderen Eigentumszwist miturteilen müssen. Rheinbach war ein ruhiges Städtchen, in dem es selten zu schlimmeren Vorkommnissen als kleineren Unfällen oder Dummejungenstreichen kam. Auch, wenn er als Lederhändler durchaus redegewandt und vorausschauend war, fiel es ihm nun sichtlich schwer, Mödens Argumentation so rasch zu folgen, wie es notgetan hätte. «Hm, ja, also natürlich muss man immer alles von beiden Seiten sehen», begann er verunsichert. «Man darf ja niemanden verurteilen, wenn er nicht wirklich und nachweislich schuldig ist.»

«Wie recht Ihr habt.» Ein breites Lächeln erschien auf Mödens Lippen, in seinen Augen glitzerte es zufrieden. «Und ich verspreche Euch bei Gott und meiner Ehre, dass wir so lange nachforschen werden, bis wir der Wahrheit auf den Grund gegangen sind. Das ist es doch, was Ihr fordert, nicht wahr, Herr Schmid?»

«Ja, hm, schon, aber ...»

«Ihr glaubt gar nicht, wie geehrt ich mich fühle, dass Ihr Euer Vertrauen so uneingeschränkt in mich setzt», unterbrach Möden ihn und verneigte sich schwungvoll. «Damit hätten wir dann ja schon die Mehrheit des Schöffenkollegs, nicht wahr, meine Herren? Eigentlich müsste ich somit gar nicht mehr weiterfragen, denn eine Mehrheit ist eine Mehrheit. Aber in einem solch heiklen Fall wie dem des Verdachts der Hexerei möchte ich, dass das Schöffenkollegium sich vollkommen einig ist.» Er wandte sich an Hermann und Gertzen, die inzwischen beide mit verschränkten Armen dasaßen. Hermann fühlte sich unwohl unter Mödens stechendem Blick. Vielleicht hatte sein Sohn recht – war es nicht seine Pflicht als Schöffe, sich gegen etwas zu stellen, das er aus Gewissensgründen nicht mittragen konnte?

Kurz schielte er zum alten Vogt hinüber, dessen Mundwinkel besorgt verzogen waren. Er starrte Hermann mit zu Schlitzen verengten Augen an. Was bedeutete das? Auf die Schnelle begriff Hermann die stille Nachricht nicht. Er räusperte sich. «Herr Dr. Möden, ich halte einen Neubeginn der Hexenprozesse zu diesem Zeitpunkt für unangebracht. Es gibt keine stichhaltigen Beweise, dass sich auch nur ein einziger Rheinbacher Bürger mit Zauberei befasst. Im Gegenteil, hier leben viele gute, gottesfürchtige Menschen, denen eine Buhlschaft mit dem Teufel nicht im Traum einfallen würde. Wozu sie in Angst und Schrecken versetzen?»

«Genau», pflichtete Gertzen ihm bei. «Ich finde, mit einer Untersuchung und neuerlichen Prozessen machen wir nur die Pferde scheu. Herr Peller, Herr Schmid, Ihr habt am eigenen Leibe erfahren, welch Leid ein Hexenbrennen in den betroffenen Familien verursacht. Überlegt Euch gut, ob Ihr das wirklich wollt.»

«Also, so gesehen gebe ich Euch recht, Herr Gertzen», befand Peller und nickte eifrig. «Eigentlich wollte ich auch genau das sagen. Mir wäre es lieber, wir würden alles so lassen, wie es jetzt ist. In Rheinbach war es lange nicht mehr so friedlich. So soll es auch bleiben, meine ich.»

Hermann konnte erkennen, wie sich auf Mödens Stirn eine steile Falte bildete. Dennoch blieb der Kommissar vollkommen ruhig und rang sich sogar erneut ein Lächeln ab. Der Mann war aalglatt, daran gab es nichts zu rütteln. Jegliche Kritik oder Gegenwehr perlte regelrecht an ihm ab. Als er zu sprechen begann, lag allerdings eine unterschwellige Schärfe in seiner Stimme: «Wie schon gesagt, auch mir liegt nichts daran, Unschuldige zu verurteilen, meine guten Schöffen. Das wäre schließlich eine große Sünde vor dem Herrn. Aber eine noch größere Sünde wäre es, dem Teufel seinen Willen zu lassen und ihm durch Ignoranz oder Bequemlichkeit unzählige Seelen zu überantworten. Bedenkt, dass ein jeder, der sich dem Teufel hingibt, auf ewig im Höllenfeuer braten und niemals selig werden wird. Das dürfen wir nicht zulassen.» Er fixierte erst Gertzen, dann Hermann und schließlich Peller. «Abgesehen davon lässt mich Eure abweisende Haltung befürchten, dass der unheilvolle Einfluss der Zauberer sich bereits weiter ausgebreitet hat, als ich angenommen hatte.»

«Was soll das heißen?», fragte Thynen erschrocken.

Möden hob die Schultern. «Das bedeutet, dass wir achtgeben sollten, ob nicht schon die Mitglieder dieses Schöffenkollegiums von den Versprechungen des Gottseibeiuns verführt wurden. Bedenkt, dass ein jeder, der für eine Hexe Partei ergreift, ein scheußlicher Hexenpatron ist. Und Hexenpatrone, dass dürftet Ihr guten Männer wissen, stehen immer im Verdacht, sich desselben Verbrechens schuldig zu machen wie die, für die sie eintreten.» Er hielt kurz inne. «Nicht dass ich auch nur einen von Euch im Verdacht hätte, Gott behüte, aber der gefährliche Einfluss der Zauberischen ist nicht zu unterschätzen. Geht in Euch, Ihr guten Herren, und überlegt Euch gut, ob Ihr es wirklich zulassen wollt, dass der Teufel den Sieg davonträgt, indem er Euch die Sinne vernebelt.»

Hermann wechselte einen langen Blick mit seinem Freund Gertzen. Genau das hatte er befürchtet. Zwar hatte er sich vor fünf Jahren seine Freiheit beim Amtmann Schall teuer erkauft, doch einen Fanatiker wie Möden scherte das nicht im Geringsten. Er hatte sich in den Kopf gesetzt, in Rheinbach ein erneutes Brennen zu veranstalten, ganz gleich, was Hermann oder einer der anderen Schöffen dagegen sagen mochten – es würde nichts helfen. Schlimmer noch – die unterschwellige Drohung, die in Mödens Worten mitgeschwungen hatte, war die Gleiche, die Hermann auch schon vor fünf Jahren in Angst um Leib und Leben versetzt hatte. Und nicht nur ihn. Damals hatten einige Schöffen noch weit mutiger gegen die Vorgehensweise Buirmanns aufbegehrt. Am Ende war der älteste von ihnen selbst dem Feuer zum Opfer gefallen, und auch in den Familien der anderen Schöffen hatte sich der Kommissar ausgetobt. Nun ging alles von vorne los. Wieder hörte er Bartels Stimme, seine anklagenden Worte, in seinem Kopf widerhallen. Sein Sohn hatte recht. Er hatte verdammt noch eins recht. Doch was half ihm diese Einsicht?

«Nun, meine Herren, wie sieht es aus?», fragte Möden in salbungsvollem Ton, der Hermann durch Mark und Bein ging. «Seid Ihr nicht alle der Ansicht, dass eine Untersuchung vonnöten ist, die ich bereit bin, mit aller notwendigen Sorgfalt im Sinne dieses Gerichts durchzuführen?»

Verzweifelt sah Hermann zum Vogt, der seinen Blick ausdruckslos erwiderte. Lediglich in Schweigels Augen blitzte kurz etwas auf. Mitgefühl? Dann zuckte der alte Mann fast unmerklich mit den Achseln. Auch er war machtlos. Derjenige, der sich offen gegen neue Hexenprozesse aussprach, würde Mödens Missfallen erregen. Und was das bedeutete, wussten alle Anwesenden nur allzu gut.

Aus dem Augenwinkel bemerkte Hermann, wie Gertzen widerwillig den Kopf neigte. Das Knirschen seiner Zähne konnte er deutlich vernehmen. Auch Peller nickte nun zaghaft.

Hermann hätte am liebsten die Hände zu Fäusten geballt, doch er zwang sich, stattdessen die Finger ineinander zu verschränken. Dann senkte auch er den Kopf.

Angestrengt starrte Hermann zum hellblauen Betthimmel hinauf und versuchte, sich auf die Geräusche zu konzentrieren, die Kunigunde im Nebenzimmer machte. Wasser plätscherte, als sie es aus dem großen Krug in die ovale Waschschüssel goss. Er wusste genau, was sie als Nächstes tat: Sie nahm eines der Leinentücher, tauchte es mit einer Ecke in das kalte Nass und rieb sich damit über Gesicht und Hals. Danach würde sie sich entkleiden und den gesamten Körper mit weiteren Leinentüchern trocken abreiben. Wasser benutzte man besser nur in geringer Menge, doch trockene Abreibungen waren unerlässlich für die Körperpflege. Zum Schluss würde sie das duftende Rosenöl, das er ihr zu Ostern geschenkt hatte, auf Hals, Armen und Oberkörper verteilen, bevor sie in das lange, spitzengesäumte Hemd schlüpfte, das sie nächtens so gerne trug. Die Gedanken daran vertrieben für einen Moment die trübe Stimmung, in der er sich seit dem Nachmittag befand.

Wenige Augenblicke später erschien seine Frau in der Tür, das lange braune Haar aufgelöst. Ernst und mit einem Anflug von Begehren betrachtete er sie. Kunigunde stand nicht weit vor ihrem vierzigsten Geburtstag, doch noch immer war sie eine schöne Frau. Nicht zu klein gewachsen, mit üppigen Brüsten, breiten Hüften und erstaunlich flachem Bauch, wenn man bedachte, dass sie acht lebende Kinder geboren hatte. Nur ein paar unauffällige weiße Streifen an Stellen, die nur er allein kannte, zeugten von den Schwangerschaften. Ihr Gesicht war ebenfalls noch sehr ansehnlich; wenn auch die jugendliche Frische einer abgeklärteren, reiferen Schönheit Platz gemacht hatte. Um die Augen und Mundwinkel lagen erst wenige, ganz winzige Fältchen, an denen sie sich nicht störte. Sie hatte ihm einmal gesagt, dass es ja keine Sorgen-, sondern Lachfalten seien, die bezeugten, dass sie bislang ein gutes, glückliches Leben an seiner Seite geführt hatte. Darauf war er sehr stolz, und er würde alles dafür tun, dass es auch so blieb.

Ja, er hatte es wirklich ausgesprochen gut getroffen mit seiner geliebten Kuni. Ein feines Lächeln stahl sich auf Hermanns Lippen. Was würde er ohne sie wohl tun? Sie war es, die im Hause Löher stets den Überblick behielt und mit ihrem schalkhaften Humor und ihrer Güte verstand, Hermanns aufbrausendes Temperament zu zügeln. Dass sie außerdem aus einer Kaufmannsfamilie stammte und sich im Tuchhandel auskannte, war ein Vorteil, dessentwegen Hermanns Vater ihn vor zwanzig Jahren überhaupt erst auf die hübsche Tochter des Flerzheimer Schultheißen Matthias Frembgen aufmerksam gemacht hatte. Hermann war damals zwar auf Brautschau gewesen, doch an ein Mädchen wie Kunigunde hätte er im Traum nicht gedacht. Sie war bereits zwei Jahre in Folge das Mailehen des Flerzheimer Reih-Schultheißen gewesen, und ihren Liebreiz übertrafen nur noch ihr kluger Kopf und ihre schlagfertige Zunge. Hermann, obgleich selbst nicht der Hässlichste und bei den Jungfern in und um Rheinbach durchaus beliebt, rechnete sich nicht die geringsten Aussichten auf Erfolg bei ihr aus. Sie erschien ihm so erhaben mit jedem spöttischen Wort, das sie an ihn richtete. Und Spott schien tatsächlich die einzige Empfindung zu sein, die sie ihm entgegenbrachte. Vielleicht, weil er damals – noch aufbrausender als heute – nicht nur flink mit der Zunge, sondern auch mit den Fäusten gewesen war, wenn es darum ging, seinen Standpunkt zu vertreten. Beliebt und gefürchtet gleichermaßen, das war Hermann Löher in seiner Jugend gewesen. Beide Eigenschaften hatten ihn später zum Schultheißen des Rheinbacher Reihs gemacht. Erst in dieser wichtigen Position, als Vorsitzender und Sprecher der Jung-gesellenvereinigung, hatte er sich dann anno 1617 getraut, Kunigunde als sein Mailehen zu ersteigern – mit einem hübschen Aufschlag, weil sie aus einem anderen Ort stammte und die dortigen jungen Männer natürlich einen Auslösezins verlangt hatten. Ein Jahr später bereits hatte Pfarrer Hartmann sie in St. Georg getraut, und weniger als ein Jahr darauf war Bartholomäus zur Welt gekommen.

Als ihm die Auseinandersetzung mit seinem ältesten Sohn wieder in den Sinn kam, schwand das Lächeln von seinen Lippen; wieder richtete er seinen Blick auf den Betthimmel.

«Nanu, mein Lieber, was habe ich getan, um dein Lächeln und deine Aufmerksamkeit zu verlieren?», fragte Kuni in neckendem Ton.

«Nichts, Kuni», versicherte er rasch. «Verzeih, ich bin heute einfach ...»

«Unmöglich?» Sie setzte sich auf die Bettkante und begann, ihr Haar zu einem Zopf zu flechten, dessen Ende sie mit einem weißen Haarband umwand.

Hermann stieß ein schuldbewusstes Seufzen aus. «Vermutlich hast du recht. Ich habe überreagiert, nicht wahr?»

«Schlimmer hättest du dich kaum aufführen können.» Nachdem sie ihre Beine aufs Bett geschwungen hatte, breitete sie sorgsam die Decke über sich aus. Dann blickte sie ihm ernst ins Gesicht. «Du hast Bartel schwer gedemütigt, weißt du das? Er ist erwachsen – nun ja, so gut wie. Alt genug, seine eigenen Entscheidungen zu treffen und seine Meinung zu vertreten. Glücklicherweise ist er dir ähnlich genug, um die Angelegenheit zum Anlass zu nehmen, seine Pläne mit noch mehr Eifer zu verfolgen.»

Überrascht runzelte er die Stirn. «Das nennst du ein Glück?»

«Ja, denn sonst müsste ich unseren Sohn für einen Waschlappen halten, und das wäre mir ganz und gar nicht recht.»

«Dann befürwortest du also sein Vorhaben, dieses Mädchen zu freien?»

«Du etwa nicht?» Kuni griff nach seiner Hand und drückte sie. «Hermann, ich kenne dich. Du magst Anna genauso wie ich. Versuch jetzt nicht, dich zu verstellen. Bartel hätte eine weit schlimmere Wahl treffen können.»

«So, hätte er?» Neugierig hob Hermann den Kopf. «Welche denn?»

«Na, keine Ahnung ...» Mit der freien Hand machte Kuni eine vage Geste. «Es gibt eine ganze Reihe von Jungfern im Ort, die unseren Sohn als gute Partie betrachten würden. Versteh mich nicht falsch. Auch wenn sie weniger wohlhabend sind, müssen sie deshalb keine schlechten Ehefrauen abgeben. Aber Anna ist ein sehr bodenständiges, kluges Mädchen mit einem ordentlichen Temperament. Das wird ihr an Bartels Seite zum Vorteil gereichen, denn wie gesagt, er ist dir doch sehr ähnlich in allem. Außerdem ist ihre Mutter mir eine gute Freundin, und das kann nie schaden, wenn es darum geht, verwandtschaftliche Bande zu knüpfen. Es gibt kaum etwas Schlimmeres als den Kampf zwischen zwei Schwiegermüttern.» Lachend drückte sie erneut seine Hand. «Du erinnerst dich doch gewiss noch daran, wie ungnädig deine Mutter mir gegenüber anfangs gewesen ist, bis meine Mutter ihr die Leviten gelesen hat. Obwohl ich sie im Nachhinein schon besser verstehen kann. Du warst immerhin auch der älteste Sohn. Der Gedanke, Bartel mit einer anderen Frau teilen zu müssen, fühlt sich schon ein wenig seltsam an. Aber wenn es Anna sein soll, kann ich gut damit leben.»

Stell dir vor, es wäre irgendein Mädchen, das nur darauf aus ist, sich ins gemachte Nest zu setzen. So eine wie Hilla Bender oder Margarete Kocheim. Das sind ordinäre Gören! Wobei Hilla ja fast schon nicht anders kann, so unmöglich, wie sich ihr Vater immer benimmt. Das, was er in seiner Schusterwerkstatt verdient, bringt er ja fast vollständig mit Wein und Weibern durch. Woher soll das arme Ding da lernen, was sich gehört? Die Margarete hingegen hat eine solche Ausrede nicht. Immerhin war ihr Vater ein angesehener Bauer ...»

«... der als Hexer verbrannt wurde», ergänzte Hermann seufzend. «Und das nur wegen seines Nachbarn. Ich weiß bis heute nicht, was ihn da geritten hat.»

«Mach dir nicht so viele Gedanken.» Kuni ließ seine Hand los und drehte sich auf die Seite, rückte näher zu ihm heran und bettete ihren Kopf an seiner Schulter. «Weißt du, Bartel hat schon recht. Wenn wir danach gehen, wer alles verbrannt wurde, ist halb Rheinbach betroffen.» Sie bekreuzigte sich rasch. «Aber das Leben geht weiter. Die jungen Leute wollen sich etwas aufbauen. Wer wären wir, wenn wir sie daran hindern wollten?»

«Ich will doch niemanden an irgendwas hindern!», brauste Hermann auf, schüttelte dann ratlos den Kopf. «Ich weiß überhaupt nicht, wie er darauf gekommen ist, dass ich ihm Anna ausreden will. Hatte ich nicht gesagt, dass ich nichts dagegen habe?»

«Ach, weißt du ...» Mit dem Zeigefinger malte Kuni Kreise und Wellenlinien auf seine Brust. «Du hast dich einfach ungeschickt ausgedrückt. Dass Bartel so hitzig darauf reagiert hat, sagt mir, dass er selbst bereits über die möglichen Folgen nachgedacht hat und sich der Gefahren bewusst ist. Aber mein lieber Hermann», sie hob die Hand und streichelte sanft über seine Wange, «der Junge ist verliebt. Erwarte von ihm im Moment keinen klaren Verstand. Nun, zumindest nicht, wenn es um seine Anna geht. Er wird sie verteidigen bis aufs Blut.»

«Gut und schön.» Hermann legte seine Hand auf die ihre, bettete beide wieder auf seiner Brust. «Ich will nur verhindern, dass das tatsächlich einmal notwendig wird.»

«Ich weiß. Aber wer sagt dir denn, dass es diesmal wieder so schlimm wird wie vor fünf Jahren?» Kuni zog seine Hand an ihre Lippen und küsste sie flüchtig. «Wen will der Möden denn überhaupt noch anklagen? Du hast selbst damals gesagt, dass Buirmann sich die reichen Kaufleute herausgesucht hat und ein paar, die er als Querulanten am Gericht betrachtete. Damit sollte die Sache doch nun ausgestanden sein, oder etwa nicht?»

«Ich bin mir da nicht so sicher», widersprach Hermann und spürte beim Gedanken an die nachmittägliche Sitzung im Bürgerhaus erneut den Knoten in seinen Eingeweiden. «Du kennst Möden, er ist noch fanatischer als Buirmann. Ich weiß nicht, ob er es wieder auf betuchte Gemeindemitglieder abgesehen hat oder ob er andere Pläne verfolgt. Auf jeden Fall hat er genauso gemeine Drohungen ausgestoßen wie Buirmann einst. Lediglich der Ton war ein anderer; das Lied aber dasselbe.» Er schluckte und schloss für einen Moment die Augen. «Ich weiß, dass Bartel im Grunde recht hat. Damals hätte ich aufbegehren sollen, aber ich habe es nicht getan. Ich wollte nicht Gefahr laufen, ebenfalls verschrien zu werden.»

«Du wolltest uns beschützen.»

«Natürlich wollte ich das. Ich will es auch jetzt. Deshalb ...»

«Deshalb hast du auch heute nichts gesagt.»

Hermann nickte und öffnete die Augen wieder. Es fiel ihm schwer, Kunigundes Blick standzuhalten. «Du musst mich doch auch für schwach und jämmerlich halten. Für einen Waschlappen. Möden hat deinen Vater auf dem Gewissen. Ich hätte ... hätte ...»

«Was denn?» Umständlich richtete Kunigunde sich wieder ein wenig auf, um ihm besser ins Gesicht sehen zu können. «Soll ich dich dafür verurteilen, dass du mein Leben und das unserer Kinder über alles stellst? Dass du nicht dein Leben riskieren willst? Selbst wenn du es tätest – was würde es bringen? Was, wenn sie dich auch anklagen und dann – Gott behüte – foltern und verbrennen? Glaubst du, dass sich irgendetwas ändern würde? Dass sie dann mit ihrer Jagd aufhören? Hermann, ich bin zwar eine Frau, aber ich bin nicht dumm. Ich sehe, wie die Dinge laufen, auch wenn du mir nicht immer alles erzählst, was in euren Sitzungen und Verhandlungen oder während der Tortur vor sich geht. Ich bin auch nicht sicher, ob ich es wissen will. Aber eines weiß ich gewiss: Mir ist ein lebendiger Hermann Löher lieber als ein toter. Und wenn das bedeutet, dass wir den Möden ausstehen müssen, dann tun wir das in Gottes Namen.»

4. Kapitel

... darzu kompt das Lügen-Gerücht / auß welchem die Inwöhner
der Städten Ampter und Dörfferen der vermeinter Zauberey
beschültiget und berüchtiget werden / und so werden die
Mord-Lügen Protocollen mit den Nahmen der Inwöhner erfüllet.

E s war bereits weit nach Mitternacht, als Bartel und sein
Freund Georg sich vom *Ochsen*, in dem die Versteigerung
der Mailehen stattgefunden hatte, auf den Heimweg begaben.
Beide waren nicht mehr ganz standfest, denn der Abend hatte
naturgemäß einen feuchtfröhlichen Verlauf genommen.

«Hoffentlich erlässt Vater mir meine frühmorgendlichen
Aufgaben», nuschelte Georg. «Könnt sein, dass ich ein Weilchen nicht des Zählens und Rechnens mächtig bin.»

Bartel lachte. «Bis zum Mittag solltest du dich aber wieder
berappeln. Vergiss nicht, dass du deiner Betty einen Einstands-
besuch schuldest.»

«Wie könnt ich das vergessen.» Georg schwankte ein wenig
und hielt sich an der Schulter des Freundes fest. «Immerhin is'
meine Betty das hübscheste und netteste Mädchen weit und
breit.» Das Grinsen auf seinem Gesicht reichte beinahe von
Ohr zu Ohr. «Und sie hat mich ganz schön was gekostet, da will
ich mein Lehen auch so richtig auskosten.»

«Na, na, übertreib mal nicht. Die Hübscheste und Liebste ist
doch wohl eindeutig meine Anna.» Da Bartel abrupt stehen ge-

blieben war, strauchelte Georg und wäre um ein Haar gestürzt. Bartel bekam ihn gerade noch zu fassen und half ihm, sich wieder aufzurichten. «Aber, aber, du musst dich nicht gleich vor mir verbeugen, nur weil ich recht habe.»

«Haha. Von wegen. Meine Betty ist deiner Anna weit überlegen.»

«Ach ja?»

«Jawoll. Und zwar weil ... weil ...»

«Ja? Ich höre?» In einer übertriebenen Geste wölbte Bartel die rechte Hand und hielt sie sich ans Ohr.

«Weil ...» Georg fuhr sich mit gerunzelter Stirn durch sein blondes, schulterlanges Haar, dann zuckte er die Achseln. «Ach, was soll's. Keine Ahnung. Wie war noch mal die Frage?»

Bartel prustete, dann brachen beide in Gelächter aus.

«Weißt du, was ich jetzt gern machen würde?», fragte Georg, als beide sich wieder etwas beruhigt hatten.

«Was?»

«Meiner Betty einen Gute-Nacht-Kuss geben.»

«Du hast wohl 'nen Vogel.» Kopfschüttelnd tippte Bartel sich an die Schläfe. «Es ist mitten in der Nacht. Da kannst du doch nicht mehr ans Schlutgehen denken.»

«Na, klar doch, deshalb ja gerade.»

«Willst du dich zum Jecken machen?»

«Warum denn?»

«Und was, wenn der Flurschütz dich sieht?»

«Der liegt besoffen unterm Tisch im *Ochsen.*»

«Und wenn ihr Vater dich erwischt?»

Georg hielt inne. «Das wär nich' so gut.» Seine Miene hellte sich auf. «Aber er schläft sicher schon und kriegt es nicht mit, wenn ich ganz leise bin.»

«Wenn ihr Vater schläft, dann doch wohl Betty erst recht», argumentierte Bartel.

«Hm, stimmt. Aber das bedeutet auch, dass ich sie im Nachtkleid sehen könnte ...» Georg machte mit den Händen eindeutige, wellenförmige Bewegungen, die Bettys figürliche Vorzüge darstellen sollten.

Bartel prustete wieder. «Mhm, und dann brät sie dir eins mit der Bettpfanne über.»

«Spielverderber.» Schmollend setzte Georg sich wieder in Bewegung. «Hast aber wahrscheinlich recht.»

«Klar hab ich recht», feixte Bartel.

«Komm schon, als ob du nicht auch liebend gerne noch bei der Anna vorstellig werden würdest.»

«Klar», gab Bartel unumwunden zu, «aber ich bin im Gegensatz zu dir nicht lebensmüde.»

«Vielleicht wär sie ja gar nich' so abgeneigt ...»

«Halt die Klappe.»

«Warum denn? Meinst du, die Mädchen sind aus Stein?»

«Nein, sind sie nicht», gab Bartel zu. «Aber die meine will ich jedenfalls nicht ins Gerede bringen. Schau dir die Mädchen an, die im Knuwel gelandet sind.»

«Die haben aber nicht alle einen schlechten Ruf.»

«Nein, nicht alle, aber ein paar schon, und das ist bestimmt kein Spaß für sie.»

«Meinst du?» Georg dachte nach. «Einer wie Benders Hilla macht das, glaube ich, nich' viel aus.»

«Aber deiner Betty würde es das Herz brechen. Willst du das etwa?»

«Natürlich nich'. Ich sag ja auch nich', dass ich zu ihr gehe. Nur dass ich es gerne würde. Und falls ich es mal mache, werde

95

ich ihr vorher die Ehe versprechen. Nur für den Fall, dass ... du weißt schon. Das hab ich sowieso vor. Ich meine, das mit der Ehe. Muss nur noch den richtigen Moment abwarten, um mit ihren Eltern zu sprechen.»

«Du gehst jetzt besser in dein Heiabettchen», schlug Bartel vor und deutete auf den Eingang von Gertzens Wohnhaus, vor dem sie mittlerweile angekommen waren. «Wir sehen uns dann am Dienstag auf der nächsten Reih-Sitzung.»

«Mh, ja, gut. Bis dann, mein Freund.» Georg schritt auf den Eingang zu und stolperte über die Stufe vor der Tür. Er fuchtelte mit den Armen und knallte unsanft gegen den Türstock.

Bartel wollte ihm schon zu Hilfe eilen, doch da hatte der Freund die Tür bereits aufgeschlossen und schob sich ins Haus.

Grinsend setzte Bartel seinen Weg nach Hause fort. Angeschoben von Georgs Worten, rief er sich ausführlich Annas Bild vor Augen. Auch er würde am morgigen Nachmittag seinem Mailehen und deren Eltern einen Besuch abstatten, und selbstverständlich hoffte er auf ein paar unbeobachtete Minuten, um seiner Anna den einen oder anderen Kuss zu entlocken. Mehr Traulichkeit verbot sich natürlich, obgleich Anna sein Blut schon durch ihre bloße Anwesenheit in Wallung brachte.

Entschlossen schüttelte Bartel den Kopf. Wenn sie wüsste, was für unkeusche Gedanken er immer öfter ihr gegenüber hegte, würde sie ihm mehr als nur eine Bettpfanne über den Schädel ziehen. Oder etwa nicht? Doch, ganz bestimmt. Nicht dass sie besonders scheu war. Bei so manchem heimlichem Stelldichein war sie ihm, was Küsse und Umarmungen anging, durchaus eifrig entgegengekommen. Aber es gab Grenzen, die

96

man besser nicht überschritt, zumindest vorläufig. Auch wenn er noch so neugierig darauf war, das Beisammensein von Mann und Frau mit ihr zu erkunden – solange sie nicht einmal offiziell verlobt waren, geschweige denn ein Hochzeitstermin in Sicht war, würde er sich zurückhalten müssen. Und auch dann durfte er nichts tun, was Anna ihm nicht aus freien Stücken gestattete. Er war schließlich ein Ehrenmann.

Als sein Elternhaus im Mondlicht in Sicht kam, meinte er, beim Hoftor eine Bewegung auszumachen. Irritiert blieb er stehen. Trieb sich zu nächtlicher Stunde jemand herum, der dort nichts zu suchen hatte?

Bartel spürte, wie sich sein Herzschlag beschleunigte. Gleichzeitig überfiel ihn ein leichter Schwindel, den er dem übermäßigen Weingenuss zu verdanken hatte. Energisch straffte er die Schultern und versuchte, den Rausch zu vertreiben. Tief sog er die kalte Nachtluft in seine Lungen, dann ging er entschlossen auf das Hoftor zu.

Als er näher kam, vernahm er ein leises Schluchzen. Lauschend blieb er erneut stehen, sah sich suchend um, bis er neben den Stufen zum Hauseingang eine zusammengekauerte Gestalt wahrnahm.

«He da, wer bist du, und was machst du hier?», raunte er und sah, wie die Gestalt zusammenschrak. Als sie den Kopf hob, kniff er die Augen zusammen. «Margarete? Was tust du denn hier? Steh auf, du verkühlst dich doch da auf dem Boden.»

Margarete Kocheim war eine schlanke, hochgewachsene junge Frau von achtzehn Jahren mit blondem Haar und wasserblauen Augen, die nun sichtlich erschrocken zu ihm aufblickten. Obgleich er sich seiner Standfestigkeit nicht ganz sicher war, streckte Bartel die rechte Hand aus, um ihr aufzuhelfen. Nach kurzem Zögern ergriff sie sie, und er zog sie auf die Füße.

«Was machst du denn hier allein in der Nacht? Warum bist du nicht zu Hause in deinem Bett, wo du hingehörst?» Er musterte sie. Margarete trug ein braunes Kleid mit weißem Spitzenkragen, der normalerweise vollständig ihren Ausschnitt bedeckte, nun aber verrutscht war, sodass Bartel die nackte Haut ihres Dekolletés erkennen konnte. Strähnen ihres gewellten Haars hatten sich aus dem kunstvollen Zopf gelöst und umflatterten ihr herzförmiges, durchaus hübsches Gesicht. So nah, wie sie jetzt vor ihm stand, konnte er sehen, dass ihre Unterlippe leicht zitterte.

Sie schluckte hörbar. «Verzeih, Bartel, ich wollte niemanden stören. Ich bin nur ... Ich geh schon nach Hause.» Sie wandte sich ab und wollte davonlaufen.

Bartel hielt sie zurück. Er kannte Margarete schon seit seiner frühesten Kindheit. Zwar gehörte sie nicht zu den Leuten, mit denen er regelmäßig Umgang pflegte, und ihr Ruf war auch nicht der allerbeste, dennoch – oder gerade deswegen – würde er sie jetzt auf keinen Fall alleine durch die Nacht nach Hause schicken. Auch wenn das bedeutete, dass er gegen die Gesetze des Reihs verstieß. Seit er Anna ersteigert hatte, durfte er bis zum Maifest mit keinem anderen Mädchen mehr reden oder Umgang pflegen als mit ihr – abgesehen natürlich von seinen Schwestern. Aber die Sicherheit einer Jungfer ging in diesem Falle vor. «Nun warte doch, Margarete! Du kannst nicht einfach durch die Nacht laufen. Ich begleite dich.»

«D-danke.» Die junge Frau schniefte leise. «Das ist sehr nett von dir.»

Gemeinsam setzten sie sich in Bewegung. Margarete wohnte ein gutes Stück entfernt, für den Weg würden sie gut und gerne eine Viertelstunde brauchen. Bartel verabschiedete sich erst einmal von dem Gedanken an sein warmes, weiches Bett.

Nach einigen Minuten des Schweigens sah er sie schließlich von der Seite an. «Was ist denn überhaupt geschehen, dass du weinend vor meiner Haustür gesessen hast?»

«Ach, verzeih mir bitte. Es tut mir leid. Ich hätte nicht ...» Margarete stockte. «Hilla hat mir von der Versteigerung heute erzählt und dass sie wieder im Knuwel gelandet ist.» Sie schluckte hörbar. «Und ich auch.»

«Na, das ist aber doch kein Grund zum Weinen.»

«Ist es nicht? Du hast ja keine Ahnung!», brauste Margarete auf, biss sich aber gleich auf die Unterlippe und senkte den Kopf. «Im Knuwel sind doch nur die hässlichen Mauerblümchen, alte Jungfern und nun ja ...» Sie schwieg sichtlich verlegen. «Außerdem kann der Knuwelshalfe uns jetzt meistbietend an irgendwen versteigern, sogar an die armen Schlucker, die nicht einen Gulden mehr besitzen als das, was sie für ihr Lehen hergeben. Und mit denen müssen wir uns dann bis zum Maifest abgeben. Der Christoph Leinen ist dieses Jahr der Knuwelshalfe, nicht wahr?»

«Ja, das ist richtig.»

«Er kann mich nicht ausstehen und wird mich schon deshalb an jemanden versteigern, den ich nicht mag. Dadurch werde ich nur noch mehr zum Gespött.»

«Nun übertreib mal nicht. Du kannst immer Nein sagen, wenn du kein Mailehen sein willst.»

«Ja, und dann komme ich nächstes Jahr ganz sicher wieder in den Knuwel, weil alle mich für hochnäsig halten. Außerdem bin ich dann neunzehn und auch schon fast eine alte Jungfer.»

«Das stimmt doch nicht. Mit neunzehn bist du noch lange nicht ...»

«Und dabei hatte ich dieses Jahr so gehofft ...» Zaghaft hob Margarete den Kopf wieder. «Ich hatte gehofft, dass jemand mich als Mailehen ersteigert.»

Bartel nickte verständnisvoll. «Jemand bestimmtes?»

«Mh, ja.» Zum ersten Mal erschien ein Lächeln auf Margaretes Lippen. «Da gibt es tatsächlich jemanden ...»

«Tut mir leid, dass nichts daraus geworden ist.»

«Mir auch.» Einen Moment schwieg Margarete. «Hilla meinte, das sei nur, weil ich zur versengten Art gehöre und weil dieser Hexenkommissar jetzt wieder in Rheinbach ist. Da will niemand was mit einem Mädchen zu tun haben, dessen Vater vor fünf Jahren verbrannt worden ist.»

«Aber das ist doch Unsinn!», rief Bartel empört. Gleichzeitig dachte er an seine Anna. Daran, dass auch ihre Tante damals verbrannt worden war. Solch ein großer Unsinn war es vielleicht doch nicht, wenn selbst sein Vater, der Schöffe war und sogar schon das Bürgermeisteramt bekleidet hatte, sich vor Gerüchten fürchtete. Er hatte den Zwischenfall Bartel gegenüber nicht mehr erwähnt, aber eine Aussprache würde unumgänglich sein. Doch Bartel hatte Angst davor.

Bisher hatte er sich nie großartig um das Gerede über Zauberer und den abergläubischen Klaaf der Leute Gedanken gemacht. Natürlich war er ebenso entsetzt und bestürzt gewesen wie der Rest der Familie, als Großvater Frembgen angeklagt und hingerichtet worden war. Seine Eltern hatten ihm verboten, der Verbrennung beizuwohnen. Seine Mutter hatte hingehen müssen, weil Dr. Möden es verlangt hatte. Doch danach hatte sie tagelang nicht gesprochen und war wochenlang niedergeschlagen und voller Trauer gewesen. Kurz darauf hatten Buirmann und Möden Rheinbach verlassen, alles hatte sich beruhigt. Kaum jemand hatte seither mehr über die Hexenprozesse gesprochen – zumindest nicht in der Öffentlichkeit. Das Leben ging weiter, und vielleicht war Bartel auch einfach noch zu jung gewesen, um die Tragweite der Ereignisse zu begreifen.

Dass Margarete ihm nun von ihren Befürchtungen erzählte, zeigte ihm, dass das Problem offenbar größer war, als er sich hatte eingestehen wollen.

Unbeholfen tätschelte er ihre Schulter. «Margarete, ich kann mir nicht vorstellen, dass die Ereignisse von damals etwas damit zu tun haben. Du kannst doch gar nichts dafür, was geschehen ist.»

«Aber Hilla sagt, das sei genau, was die Leute sich hinter vorgehaltener Hand zuflüstern werden.» Margarete blieb stehen und rieb sich über die Oberarme. Sie standen unweit ihres Hofes im Schatten einer großen Linde, sodass er ihren Gesichtsausdruck nicht einmal mehr erahnen konnte.

«Ist dir kalt? Warte, ich gebe dir meinen Mantel.» Rasch zog er das Kleidungsstück aus und legte es ihr um die Schultern.

«Vielen Dank, Bartel.» Sie trat einen halben Schritt auf ihn zu. «Weißt du, was ich Hilla geantwortet habe?»

Ihr veränderter, nun sehr weicher Tonfall überraschte ihn. «Was denn?»

Sie trat noch näher. «Ich habe ihr gesagt, dass der, den ich gerne hätte, auf solche dummen Reden überhaupt nicht hört. Und ich hatte recht, denn immerhin hat er mir ein Mädchen vorgezogen, das ebenfalls zur versengten Art gehört.»

Verblüfft merkte Bartel auf und versuchte, sich in Erinnerung zu rufen, welcher Junggeselle heute welches Mädchen ersteigert hatte. Alle hatte er nicht mehr im Kopf. Wen Margarete wohl meinte?

Erst, als sie nach seiner Hand griff, fiel der Groschen. «Ich habe mich so bemüht, deine Aufmerksamkeit zu erregen, Bartel», sagte sie leise und in einer Art, die ihm eine merkwürdige Gänsehaut verursachte. «Aber du hast es einfach ignoriert. Warum, Bartel? Ich bin genauso hübsch wie Anna, und ich bin auch nicht arm. Mein Vater selig hat eine ordentliche Mitgift ausgesetzt, deren ich mich nicht zu schämen brauche.»

«Margarete ...» Bartel schüttelte hilflos den Kopf und verspürte wieder einen leichten Schwindel. Sein Rausch machte die Situation nicht eben leichter. «Du bist ein nettes Mädchen, wirklich, aber ...» Er suchte nach Worten. «Wir sollten darüber nicht weiter sprechen. Ich habe Anna ersteigert, und eigentlich dürfte ich mich jetzt gar nicht mit dir unterhalten. Ich bringe dich noch bis zu eurem Hof, weil du um diese Zeit nicht alleine unterwegs sein solltest. Aber dann vergessen wir die Sache ganz schnell wieder, ja?»

«Und wenn ich sie nicht vergessen will?» In ihre Stimme hatte sich ein lauernder Unterton geschlichen.

Er versuchte, ihr seine Hand zu entziehen, doch sie verstärkte ihren Griff und begann mit der anderen Hand leicht über sein Wams zu streicheln. «Lass das, Margarete.» Er wehrte sie ab, aber sie ließ sich nicht beirren.

«Ach, komm schon, Bartel. Die Anna ist doch überhaupt nicht Frau genug, um es mit dir aufzunehmen. Wir könnten so viel Spaß zusammen haben.»

Zu Bartels Entsetzen spürte er, wie ihre Hand an seiner Brust nach unten wanderte, bis sie den Saum seines Wamses erreicht hatte. Angelegentlich nestelte sie an seinem Hosenbund herum, dann spürte er, wie ihre Hand noch weiter nach unten glitt. Blut stieg ihm in den Kopf und peinlicherweise auch noch in ein anderes Körperteil, das auf ihre unschicklichen Berührungen zu reagieren begann.

«Margarete, hör auf, was soll das denn?», stieß er erstickt hervor.

«Bist du sicher, dass ich aufhören soll?», raunte sie zurück und näherte ihr Gesicht dem seinen, bis sich ihre Lippen fast berührten. «Fühlt sich nämlich so an, als würde dir das gefallen.»

Bartel wollte lieber nicht wissen, woher sie ihre Kenntnisse hatte. Er versuchte, sie von sich zu schieben, doch der viele Wein und sein ungewollt in Wallung geratenes Blut bildeten eine ungute Mischung, die ihm die Sinne vernebelte. Im nächsten Moment spürte er Margaretes Lippen auf seinem Mund und immer noch ihre Hand, die sanft, aber zielstrebig über die Ausbeulung in seiner Hose rieb. Erschrocken rang er nach Atem, taumelte einen Schritt zurück und wäre beinahe gestürzt. Instinktiv hielt er sich an Margarete fest, die sich daraufhin noch enger an ihn schmiegte und ein merkwürdig betörendes Gurren ausstieß, das ihm eine Gänsehaut verursachte. Ihre Zunge strich über seine Unterlippe und begehrte Einlass in seinen Mund, und ihm wurde noch schwindliger.

Sie umfasste seine rechte Hand und drückte sie gegen ihre linke Brust, gerade so, dass seine Fingerspitzen die nackte Haut ihres Dekolletés berührten. Bartels Erregung wuchs, das Blut rauschte ihm in den Ohren, in seinen Lenden pochte es immer heftiger. Er keuchte und umfasste unwillkürlich die üppige Rundung von Margaretes Busen, vernahm ihren beschleunigten Atem und wieder dieses aufreizende Gurren. Ohne zu wissen, was er tat, drängte er sich nun ebenfalls fester an sie, griff mit der anderen Hand an ihr Hinterteil und massierte es.

«Siehst du», flüsterte sie atemlos dicht an seinem Mund. «Du willst mich genauso wie ich dich. Das erlaubt dir die Anna ganz bestimmt nicht, oder?»

Wie in einem neuerlichen Rausch rieb Bartel sich an ihr und spürte dann doch etwas erschrocken, dass sie seine Hose geöffnet hatte. Ihre Hand glitt unter den Stoff.

Er stieß ein zischendes Stöhnen aus, als sie seine mittlerweile harte Männlichkeit berührte. Sternchen begannen vor seinen Augen zu tanzen. Wieder küsste sie ihn heftig, und schon begann er, an ihren Röcken zu zerren, sie hochzuschieben.

Dann, wie aus dem Nichts, drangen endlich Margaretes Worte zu ihm durch. *Das erlaubt dir die Anna ganz bestimmt nicht, oder?* Als hätte ihm jemand einen Kübel Wasser übergeschüttet, zuckte er zusammen und ließ von ihr ab, brachte es sogar fertig, sie ein wenig von sich zu stoßen. Seine Erregung fiel so rasch in sich zusammen, dass er beinahe erneut ins Schwanken geriet. Heftig atmend starrte er Margarete an. «Was sollte das denn?», fragte er wütend und umfasste unsanft ihren Oberarm. «Bist du verrückt geworden?»

Ebenso atemlos wie er stand sie vor ihm, lachte dann jedoch hämisch auf. «Ich und verrückt? Wer von uns ist denn ganz heiß und geil geworden? Viel Ermutigung meinerseits hat es doch wohl nicht gebraucht. Also tu nicht so scheinheilig. Du wolltest das genauso wie ich, gib es zu! Ich habe dir lediglich gezeigt, was du alles verpasst, wenn du dich mit einer braven Maus wie Kemmerlings Anna abgibst. Ein Heißsporn wie du braucht eine richtige Frau an seiner Seite. Ich bin nur allzu gerne bereit, für dich da zu sein, wann immer es dir beliebt.»

«Du bist bereit ...?» Er schüttelte fassungslos den Kopf und nestelte hastig seine Hose wieder zu. «Margarete, weißt du eigentlich, was du da redest? So etwas darf eine Jungfer nicht einmal denken! Kein Wunder, dass du im Knuwel gelandet bist. Da gehörst du auch hin, wenn du dich so beträgst. Ich schäme mich für dich, ja, wirklich! Und ich hätte nicht übel Lust, dich dem Flurschütz zu melden. Die Reih-Jungen werden dann schon über dich urteilen und dir ein angemessenes Höllenkonzert bereiten, damit alle wissen, was für eine Person du bist.»

Margarete sog scharf die Luft ein. Nun wirkte sie tatsächlich erschrocken.

«Das würdest du nicht tun, Bartel. Du bist ein Ehrenmann! Mich einfach so verraten, das machst du nicht.»

«Ach nein?» Sein Ärger hatte mittlerweile die Oberhand gewonnen. «Nenne mir nur einen guten Grund, weshalb ich dein unerhörtes Betragen verschweigen sollte!»

Einen Augenblick starrten sie einander in der Finsternis schweigend an, dann antwortete sie süffisant: «Also gut. Du wirst es schon deshalb nicht tun, weil dann auch die liebe, brave Anna davon erfahren wird. Sie ist bestimmt nicht begeistert, dass du in deiner Wollust beinahe über mich hergefallen wärest. Viel hätte nämlich nicht gefehlt, und du hättest mit deinem Ding da», sie wies auf seine Hose, «etwas getan, was Anna einem Mann bestimmt erst auf dem Ehelager erlauben wird.»

Angewidert ließ er sie los und trat einen Schritt zurück. «Niederträchtig bist du auch noch. Aber das nützt dir überhaupt nichts. Ich werde Anna selbst davon erzählen. Ganz sicher stimmt sie mir zu, dass jemand wie du einen öffentlichen Rüffel vom Reih mehr als verdient hat.»

Margarete starrte ihn zornig an, doch ihre Stimme klang nun weit weniger fest. «Das wirst du dir gut überlegen, Bartel. Wenn Anna erfährt, was wir hier getrieben haben, wird sie dich vor die Tür setzen und nie wieder ansehen.»

«Was wir hier getrieben haben?» Er schnaubte. «Was soll das denn gewesen sein? Nichts. Es ist rein gar nichts passiert, außer dass du dich ganz furchtbar beschämend aufgeführt und dich mir aufgedrängt hast. Ich habe mir überhaupt nichts vorzuwerfen. Und nun sieh zu, dass du mir aus den Augen kommst. So viel Verwerflichkeit ertrage ich nicht länger.»

«Trag deine Nase bloß nicht so hoch, Bartel Löher», fauchte sie, doch der Mut schien sie zu verlassen. «Klag mich doch vor dem Reih an! Du wirst schon sehen, was du davon hast.» Ruckartig wandte sie sich ab und rannte auf den Hof ihrer Mutter zu.

Erst, als er sie bereits aus den Augen verloren hatte, fiel ihm ein, dass sie noch immer seinen Mantel trug. Im gleichen Moment fuhr ihn ein kühler Windstoß an. Fröstelnd machte er kehrt und strebte seinem eigenen Zuhause zu.

Mit rasendem Herzen und zitternden Händen lief Margarete zur Hintertür des großen, jedoch bereits maroden Wohnhauses. Seit der Vater tot war, fehlten kundige Hände, die das Gebäude instand hielten. Sie selbst und ihre Mutter taten das Möglichste, ebenso der Knecht. Aber der war nicht ganz helle im Oberstübchen, deshalb konnten sie ihn für schwierige Arbeiten nicht heranziehen. Und Handwerker waren teuer. Margarete hatte sich an den abblätternden Putz längst gewöhnt und war stets die Erste, die bei schwerem Regen die Eimer auf dem Dachboden aufstellte. Als sie nun so leise wie möglich den Schlüssel im Schloss drehte, flog die Tür unvermittelt auf. Erschrocken wich sie zurück.

«Da bist du ja endlich, du liederliches Ding!», schimpfte die Mutter und gab ihr eine kräftige Ohrfeige. «Was treibst du dich denn nächtens noch da draußen herum? Willst du uns den Reih auf den Hals hetzen oder Schlimmeres?»

«Mutter.» Mehr brachte Margarete vor Überraschung nicht heraus. Ihr Herz raste. Im Schein der kleinen Öllampe wirkte das Gesicht ihrer Mutter nicht nur zornig, sondern geradezu bösartig. Früher einmal hatten Besucher die beiden Frauen ohne zu übertreiben für ihre große Ähnlichkeit gelobt und der Mutter das Kompliment gemacht, sie könne auch Margaretes Schwester sein. Doch in den fünf Jahren seit dem Feuertod des Vaters war Gertrude Kocheim abgehärmt und grau geworden, ihre Gesichtsfarbe fahl. Nicht weil sie sich so sehr wegen des Todes ihres Ehemannes grämte – er war bei der von ihren Eltern arrangierten Hochzeit doppelt so alt wie sie und nicht gerade ein Mann von großer Schönheit oder Liebenswürdigkeit gewesen –, sondern mehr wegen der Schande, die seine Verurteilung als Hexer mit sich gebracht hatte. Ganz zu schweigen von den Einbußen an Wohlstand und Einkommen. Er war ein guter Bauer gewesen, doch sie selbst kannte sich mit der Landwirtschaft kaum aus, hatte auch nie einen Grund gesehen, daran etwas zu ändern. Besonders sanftmütig oder einfühlsam war sie nie gewesen und hatte Margarete stets mehr mit der Rute denn mit Liebe erzogen. Inzwischen aber kannte Margarete sie nur noch verbittert und gefühlskalt – und berechnend.

«Ich hab gesehen, mit wem du unterwegs warst», zischte

Gertrude zornig. Mit hartem Griff packte sie Margarete am Arm und zerrte sie mit sich ins Haus. «Mit dem Löher-Burschen Bartholomäus, nicht wahr? Ihr seid ja hübsch durchs Mondlicht stolziert. Tät mich wundern, wenn euch nicht noch sonst wer gesehen hat. Ich bin jedenfalls gleich raus und habe mitbekommen, was du da mit ihm anstellen wolltest.»

«Du hast ...? Oh.» Nun setzte Margaretes Herzschlag für einen Moment aus. Ihr Magen krampfte sich zusammen, und Schamesröte stieg ihr heiß in die Wangen. «Mutter, ich ...»

«Schweig, du schamlose Dirne. Geschieht dir recht, dass er dich so abgekanzelt hat. Dümmer hättest du dich wohl nicht anstellen können, was? Und noch dazu in aller Öffentlichkeit.»

«Ich wollte nicht ... Was?» Verwirrt hob Margarete den Kopf. Ihre Mutter verzog höhnisch die Lippen. «Wenn du dir schon auf diese Weise einen Ehegatten besorgen willst, dann lass wenigstens nicht zu, dass er mittendrin aufhört. Du bist erst auf der sicheren Seite, wenn er sein Ding ordentlich zwischen deine Beine gestoßen hat und du ihn wegen einer möglichen Schwangerschaft festnageln kannst. Aber so was macht man nicht mitten auf der Straße, sondern irgendwo, wo dich der Flurschütz oder neugierige Nachbarn nicht gleich sehen können.»

«Aber Mutter!»

«Bloß nicht den Löher, hörst du?», fuhr Gertrude unbeirrt fort. «Mit dieser Sippschaft will ich nichts zu schaffen haben. Bartels Großvater ist mit schuld, dass dein Vater auf dem Scheiterhaufen sterben musste. Mit so einer Familie will ich nicht verwandt sein, verstanden?»

«Ich, also ... ich mag aber den Bartel ...»

«Magst ihn?» Wieder klatschte die flache Hand der Mutter

hart gegen Margaretes Wange. «Den Teufel tust du, du dämliches Stück! Du hältst dich von ihm fern. Ich habe schon einen guten Bräutigam für dich ausgesucht. Dem kannst du von morgen an schöntun, so viel du willst.» Ihre Miene hellte sich auf. «Ja, tatsächlich wäre es sogar gut, wenn du dir in dieser Hinsicht besonders viel Mühe gibst. Ich will keine Zeit verlieren. Wenn du erst mal gut verheiratet bist, sieht die Welt schon ganz anders aus. Und in diesen unsicheren Zeiten ist das das Wichtigste überhaupt: Geld und Einfluss, Margarete. Geld und Einfluss. Aber der *richtige* Einfluss, der uns schützt, wenn das große Brennen demnächst wieder losgeht.»

«Was meinst du denn damit?» Nun regelrecht verängstigt, schlang Margarete die Arme um ihren Leib. «*Wen* meinst du?»

«Das erfährst du früh genug, Mädchen. Für den Augenblick reicht es, wenn du dir vor Augen führst, dass ich nur das Beste für dich will. Für uns. Seit dieser Hexenkommissar eingetroffen ist, brodelt die Gerüchteküche. Die Zeiten sind schlecht. Das Wetter spielt verrückt, und der Krieg rückt auch wieder näher. Die Menschen suchen nach Sündenböcken und finden sie am liebsten unter denen, die bereits Blutgeld bezahlt haben. Aber das lasse ich nicht zu, Margarete. Ich werde vorsorgen, dass man uns nichts anhaben kann und diejenigen, die an unserem Elend schuld sind, dafür büßen werden.»

«Ich verstehe noch immer nicht. Was hast du denn vor?»

Gertrude lächelte geheimnisvoll. «Alles zu seiner Zeit. Nun scher dich in dein Bett und besinne dich darauf, dass du mir als gute Tochter in allen Dingen Gehorsam schuldest. Keine Torheiten mehr, bei denen dir ein Bursche unter die Röcke schlüpft. Am allerwenigsten der Löher. Das heb dir einzig für deinen Zukünftigen auf.»

«Aber ...» Margarete brach ab, als die Mutter zum dritten Mal ausholte. Eilig drängte sie sich an ihr vorbei und kletterte die steile Treppe ins Obergeschoss hinauf. In ihrer Kammer schälte sie sich aus Bartels Mantel, sank auf die Kante ihres Bettes. Heiße Tränen stiegen ihr in die Augen. Hastig, damit die Mutter ihr Schluchzen nicht vernahm, presste sie ihr Gesicht in den Mantel und rollte sich auf der Bettstatt zusammen.

5. Kapitel

So falsch / archlistig und bedrieglich werden die capturen,
urtheilen / über deß orts inwoner gegeben / dass der Sohn seinen
Vatter und Mutter / seine Fraw und Kinder / Süster und Bruder /
ja sich selbsten in Gefängnuß verurtheilt / ohne zu wissen welche
es seyn / und wehr sie sein.

Also halten wir fest», sagte Gottfried Peller und gab dem Gerichtsschreiber Heimbach ein Zeichen, mitzuschreiben, «dass im Grenzstreit zwischen Pius Leinen und Peter Henckels ein Strafgeld in Höhe von zwanzig Reichstalern verhängt wird, welches der Angeklagte Peter Henckels an den Kläger Pius Leinen zu zahlen hat. Des Weiteren wird er aufgefordert, die fehlenden, möglicherweise mutwillig entfernten Grenzsteine unverzüglich wieder an Ort und Stelle zu verbringen und gut sichtbar aufzustellen. Sollte dieser Dauerstreit noch einmal vor die Rheinbacher Schöffen gebracht werden, wird über beide Parteien ein weiteres Bußgeld in Höhe von je dreißig Goldgulden verhängt.» Peller blickte in die Runde der im Gerichtssaal versammelten Schöffen. «Nicht dass das die beiden Streithähne irgendwie abhalten würde.»

Zustimmendes Gelächter wurde laut.

«Wo stecken die beiden überhaupt? Haben sie es nicht einmal nötig, zur Urteilsverkündung hier aufzutauchen?», wollte Richard Gertzen wissen.

«Ihr kennt sie doch.» Peller winkte ab. «Vermutlich sitzen

sie gerade im *Krug* beisammen und saufen sich die Hucke voll. Die zwei sind schlimmer als ein altes Ehepaar.»

Wieder ertönte vielstimmiges Gelächter. Die ständigen Streitereien der Nachbarn und eigentlich auch guten Freunde Leinen und Henckels füllten unzählige Seiten des Rheinbacher Gerichtsbuchs. Wirklich ernst nahm die Zwistigkeiten der beiden niemand mehr.

«Kommen wir damit zum letzten Punkt auf unserer Tagesordnung, dem bevorstehenden Maifest», fuhr Peller mit erhobener Stimme fort, um das Lachen und erneut aufkommende Geplauder seiner Kollegen zu übertönen. Sogleich verstummten die Schöffen, woraufhin Peller dankbar nickte. Bevor er jedoch weitersprechen konnte, klopfte es an der Tür. Gleich darauf öffnete sie sich, und Amtmann Schall sowie Dr. Möden betraten den Raum.

Der Amtmann nahm seinen Filzhut vom Kopf und legte ihn nachlässig auf dem großen Tisch ab. «Verzeiht die Störung», sagte er ohne weiteren Gruß. «Bitte fahrt fort. Dr. Möden und ich haben lediglich der Tagesordnung einen weiteren Punkt hinzuzufügen.»

«Worum geht es?» Fragend musterte Peller die beiden.

«Das hat Zeit.» Möden lächelte in die Runde, und beide setzten sich. «Bitte fühlt Euch nicht gestört, werte Herren Schöffen. Führt nur ganz in Ruhe Eure Sitzung fort. Ich habe lediglich eine Kleinigkeit vorzubringen.»

Hermann, der bisher der Zusammenkunft ruhig und gelassen beigewohnt hatte – immerhin gab es nur Kleinigkeiten zu besprechen –, musterte den Hexenkommissar unauffällig. An Mödens Gesichtsausdruck war nicht auszumachen, was er im Schilde führte, doch seine bloße Anwesenheit ließ die

Stimmung im Raum fühlbar kippen. Zumindest an den Mienen Gertzens, Pellers und Schmids konnte er deutliches Unwohlsein ablesen. Bewell starrte lethargisch vor sich hin und hatte vermutlich schon wieder so viel Wein intus, dass er nur die Hälfte mitbekam. Halfmann hingegen hatte sich beim Eintreten der beiden ungebetenen Gäste sogleich erwartungsvoll aufgerichtet. Kein gutes Zeichen, gehörte er doch seit jeher zu den Anhängern der Hexenkommissare. Ja-Schöffe nannte Hermann ihn insgeheim, weil er zu allem, was die Kommissare forderten und anordneten, immer eifrig Ja und Amen sagte.

Auch Jan Thynen hatte die Schultern gestrafft, auf seinen Lippen lag ein feines Lächeln. Hermann schwante, dass die «Kleinigkeit», von der Möden gesprochen hatte, unter einigen Schöffen bereits die Runde gemacht hatte. Unbehaglich rieb er sich den Nacken, horchte jedoch auf, als sein Name fiel.

Peller hatte den Faden wieder aufgenommen. «Ja, also, die Mainacht. Herr Löher, da Euer Sohn in diesem Jahr der Schultheiß des Reihs ist, möchte ich Euch bitten, ihm noch einmal eindringlich zuzureden, den Schabernack der Reihjungen in Grenzen zu halten. Streiche und Schelmereien sind selbstverständlich eine schöne Tradition, aber wir möchten wie jedes Jahr vermeiden, dass jemandem aus Übermut ein Schaden an Gut oder gar Leib entsteht.»

Mit einiger Anstrengung gelang es Hermann, sich zu entspannen. «Natürlich werde ich Bartholomäus dahingehend ins Gewissen reden», antwortete er und ignorierte den eindringlichen Blick Mödens, der nun auf ihm ruhte. «Aber ich gehe davon aus, dass er selbst weiß, wie weit er und seine Freunde gehen können und dürfen. In den vergangenen Jahren gab es doch kaum einmal Grund zur Klage.»

«Bis auf den Gänsestall von Krautwichs vor zwei Jahren», warf Thynen ein. «Der ist halb eingestürzt, nachdem die Reihjungen den großen Bollerwagen samt der Ladung Reisigbündel auf das Dach gestellt hatten. Ganz zu schweigen von der abgerissenen Dachrinne am Haus meines Vetters im letzten Jahr.»

«Die Dachrinne war vorher schon locker», konterte Löher ungerührt. «Das wisst Ihr selbst. Und es ist nicht erwiesen, dass die Reihjungen sie heruntergerissen haben. Aber», fügte er rasch an, um eine Auseinandersetzung zu vermeiden, «wie gesagt, werde ich meinen Sohn darauf hinweisen.»

«Gut.» Peller nickte ihm zu. «Über alles Weitere haben wir sowieso nicht zu befinden. Die Reihjungen kümmern sich wie immer um den Ablauf des Festes und müssen sich bei Bedarf mit dem Stadtrat absprechen, auch, was das Schlagen des Maibaums angeht.»

«Hoffen wir, dass er nicht wieder so krumm gewachsen ist wie der im vergangenen Jahr», warf Gertzen ein, woraufhin erneut Gelächter ertönte.

«Nun, meine werten Herren Schöffen», hub der Amtmann in diesem Moment an und würgte damit die heitere Stimmung auf der Stelle ab. «Damit die Versammlung nicht über Gebühr verlängert wird, möchte ich jetzt darum bitten, dass Ihr der Bitte von Dr. Jan Möden Gehör schenkt.» Er nickte dem Hexenkommissar zu, der sich daraufhin erhob, sodass die anwesenden Schöffen zu ihm aufblicken mussten, während er sprach.

«Vielen Dank, Herr Schall.» Er verbeugte sich kurz in Richtung des Amtmanns. «Ihr guten Schöffen», fuhr er mit salbungsvoller Stimme fort, die Hermann wieder einmal eine Gänsehaut bescherte. Und nicht nur ihm – aus dem Augenwinkel nahm er wahr, dass auch Richard Gertzen schauderte.

«Wie ich Euch bei unserem letzten Zusammentreffen vor einigen Tagen versprochen habe, ist es mein Begehr, die heimlichen Tätigkeiten und Zusammenkünfte der unseligen Zauberer in dieser schönen Stadt ans Licht zu bringen. Dies ist mir mittlerweile gelungen, wie ich mit Freude feststellen darf.»

«Ihr habt jemanden der Zauberei überführt?», fragte Gertzen erschrocken.

«Nein, wo denkt Ihr hin», wiegelte Möden ab. «Überführt werden können die Hexer nur in einem ordentlichen Prozess. Aber es gibt stichhaltige Beweise gegen mindestens eine Person, denen nachzugehen es meine wie auch Eure Pflicht ist.»

Hermann spürte, wie es ihm kalt den Rücken hinablief.

«Ich bin hier, wie Ihr wisst», sprach Möden, ohne seinen Tonfall auch nur im Geringsten zu verändern, «weil ich vom Erzbischöflichen Hofgericht dazu bestimmt wurde, allen Beschuldigungen nachzugehen. Eine Besagung liegt mir nun, wie gesagt, vor. Deshalb bitte ich um Eure Vollmacht, werte Schöffen, diese Person verhaften und in das Burggefängnis bringen lassen zu dürfen.» Noch immer mit unveränderter Sanftmut in der Stimme fügte er an: «Der Name der besagten Person muss allerdings zunächst geheim bleiben.»

Hermann wurde übel. Er sog hörbar den Atem ein und spürte sogleich wieder Mödens Blick auf sich. Das alles hatte er schon einmal erlebt, ja sah es in dieser Sekunde wieder so lebendig vor sich, als habe man ihn durch die Zeit zurückgeschickt.

Einen Moment lang war es vollkommen still im Raum. Dann beugte sich Dietrich Halfmann unvermittelt vor und nickte. «Also meinen Segen habt Ihr, Herr Dr. Möden. Irgendwo müssen wir ja anfangen.»

«Moment mal!», fiel Peller ihm ins Wort. Er war aschfahl

geworden. Für ihn muss dies ein schrecklicher Moment sein, dachte Hermann. Schließlich hatte Franz Buirmann vor fünf Jahren auf genau dieselbe Weise seine Frau Anna vor Gericht gebracht. «Ihr wollt doch nicht wirklich von uns verlangen, dass wir jemanden verhaften lassen, ohne zu wissen, wer es ist?» Seine Stimme klang gepresst und panisch. «Das geht nicht, Dr. Möden, Ihr müsst uns vorher den Namen der besagten Person nennen.»

«O nein», widersprach Möden. «Das muss ich keinesfalls. Und das werde ich auch nicht. Ich bin durch meine besondere Expertise hierherberufen worden. Es ist Eure Pflicht, mir in dieser Hinsicht vollkommen zu vertrauen. Tut Ihr es nicht und wehrt Euch gegen meine Vorgehensweise, Herr Peller, so interpretiere ich das als Ungehorsam gegen die Obrigkeit in Person des Erzbischöflichen Hofgerichts. Und das gilt nicht nur für Euch, sondern jeden, der die Durchführung des Prozesses behindert.»

«Aber inwiefern behindert es den Prozess, wenn wir den Namen der beschuldigten Person wissen wollen?», wagte Neyß Schmid sich einzumischen.

«Genau», pflichtete Hermann ihm bei. «Es könnte sich ja um jeden Bürger Rheinbachs handeln. Wo kommen wir denn hin, wenn wir blindlings irgendwelche Leute verhaften, womöglich unbescholtene Bürger, die von der Zauberei so weit entfernt sind wie Ihr und ich?»

«Genau so ist es, Herr Löher», bestätigte Möden überraschend. «Überlegt doch nur! Ein jeder und eine jede Einzelne könnten der Übeltat beschuldigt worden sein. So schlimm treiben es die Hexen hier und allerorten bereits, dass man sie in der Menschenmenge gar nicht mehr erkennen kann, es sei denn, man hat eindeutige und stichhaltige Beweise gegen sie. Die Hexerei ist ein *crimen exeptum*, deshalb müssen wir sicherstellen, dass eine Verurteilung nur Schuldige und keine Unschuldigen trifft. Aber dies kann nur durch einen ordnungsgemäßen Prozess sichergestellt werden. Sollte sich herausstellen, dass die benannte Person unschuldig ist, wird sich dies bei der folgenden Untersuchung zweifelsfrei erweisen.»

Wird es eben nicht, dachte Hermann, wusste aber, dass alles, was er vorbringen würde, verdreht und gegen ihn ausgelegt werden würde.

«Trotzdem wollen wir nur ungern über eine Person befinden, von der wir nicht einmal den Namen wissen», äußerte nun auch Gertzen seinen Unmut. «Was schadet es schließlich, wenn das Gericht ihren Namen kennt?»

«Seht Ihr das nicht selbst?», antwortete Möden ungerührt. «Ihr würdet nicht mehr unparteiisch handeln können, wenn ich Euch den Namen der bezichtigten Person hier und jetzt nannte. Ist es nicht bereits so, dass Ihr alle den Fortgang des Prozesses behindert, indem Ihr mir nicht unverzüglich die Vollmacht ausstellt? Wir könnten bereits in diesem Moment die notwendigen Schritte einleiten, wäre dieses Schöffenkollegium in seiner Entscheidungsfindung nicht so zögerlich.» Einen Moment hielt Möden inne und blickte vieldeutig in die Runde. «Ich weise nur ungern darauf hin, aber auf Behinderung der Obrigkeit und Prozessverzögerung stehen hohe Geldstrafen. Solltet Ihr also nicht unverzüglich der Verhaftung zustimmen, sehe ich mich gezwungen, jeden einzelnen von Euch, der dagegenstimmt, mit einer Strafe von 100 Rheinischen Goldgulden zu belangen.»

Er hatte es geahnt. Hermann ballte unter dem Tisch die

Fäuste, hätte am liebsten auf die Tischplatte eingedroschen. Auch wenn Möden nicht so aufbrausend wie Buirmann war, bediente er sich dennoch der gleichen Druckmittel. Und nicht ohne Erfolg, denn zwischen den Schöffen flogen nun aufgebrachte Blicke hin und her.

Dennoch gab Peller sich so leicht nicht geschlagen. Obgleich er unnatürlich grau im Gesicht geworden war und seine Stimme leicht zitterte, konterte er: «Niemand hier will Euch oder Eure Position anzweifeln, Herr Dr. Möden. Und von Prozessverzögerung kann doch überhaupt keine Rede sein. Aber die anwesenden Herren – einschließlich mir – haben bereits betrübliche Erfahrungen mit dieser Vorgehensweise gemacht. Wir möchten doch nur verhindern, dass eine möglicherweise unschuldige Person von Euch verhaftet und deren Familie in Angst und Schrecken und größte Betrübnis versetzt wird. Da fragt man sich doch, was Ihr damit eigentlich bezweckt.»

«Ihr spielt auf Eure verstorbene Gattin an», mischte der Amtmann Schall sich ein. «Verständlich, dass Ihr besonders empfindlich reagiert, obgleich ich Euch darauf hinweisen muss, dass Anna Peller mitnichten unschuldig gewesen ist. Sie hat ihre Schuld dem Hohen Gericht in vollem Umfang eingestanden. Darüber wurde ordnungsgemäß Protokoll geführt, und das Urteil war und ist rechtskräftig. Ein weiterer Beweis übrigens dafür, dass die Machenschaften der Zauberer bis in die besten Familien hineinreichen. Sehr betrüblich, nicht wahr, Herr Dr. Möden?»

«So ist es», bestätigte der Hexenkommissar und wandte sich dann wieder Peller zu. «Ich möchte Euch zugutehalten, dass Ihr als Ehemann jener verurteilten Hexe zu befangen seid, um einen klaren Blick auf die Fakten zu wahren, aber, lieber Herr

Peller, was denkt Ihr Euch eigentlich dabei, von mir zu verlangen, mich Euch oder den übrigen Schöffen gegenüber zu rechtfertigen? So etwas hat hier keinen Platz und dünkt mich sehr als unerfreulicher Auswuchs eines Hexenpatronats.» Er beugte sich ein wenig vor. «Ihr seid doch wohl kein Hexenpatron, oder doch, Herr Peller?»

Der alte Schöffe erstarrte. Hermann konnte sehen, dass er mit der Fassung rang. Ihm selbst fehlten ebenfalls die Worte ob der offenen Drohung. Bis auf die drei Ja-Schöffen Thynen, Halfmann und Bewell waren auch die übrigen Anwesenden stumm vor Furcht, sich den Unwillen des Kommissars zuzuziehen. Da auch der Amtmann – immerhin der höchste Amtsträger im Gerichtsbezirk – auf Mödens Seite stand und ihn unterstützte, traute sich niemand mehr, ein Widerwort zu geben.

Hermanns Übelkeit war ihm inzwischen aus dem Magen die Kehle hinaufgestiegen. Er hatte Mühe, den Brechreiz zu unterdrücken, der sich ihm mit Macht aufdrängte. Wiederholten sich die Ereignisse tatsächlich auf derart grausame Weise, oder träumte er bloß?

«Also noch einmal», riss Möden ihn mit nun wieder ausgesprochen freundlicher Stimme aus seinen Gedanken. Er schien zufrieden über die Reaktionen der Schöffen. «Hat einer der anwesenden Herren einen Einwand gegen die Verhaftung der mir als hochverdächtig angezeigten Person?» Abwartend blickte er in die Runde.

«Ich ...» Peller räusperte sich und sah dann verzweifelt zu Möden auf. «Ich halte dieses Vorgehen für nicht zumutbar.»

«Noch jemand?» Der Blick des Kommissars wanderte vom einen zum nächsten.

Hermann erhob sich von seinem Stuhl. «Auch mir wäre es

lieber, Ihr würdet nicht solch ein Geheimnis um den Namen machen, Herr Dr. Möden.»

Der abschätzende Blick, mit dem der Kommissar ihn musterte, verstärkte seine Übelkeit.

«Auch ich spreche mich gegen diese Vorgehensweise aus», sprang Gertzen ihm schließlich zur Seite.

Möden nickte, wartete noch einen Moment. Als niemand sonst sich äußerte, befand er: «Also gut, Herr Peller, Herr Löher, Herr Gertzen, der Gerichtsschreiber wird Eure Einwände vermerken.» Er nickte in Heimbachs Richtung, woraufhin dieser eifrig zu schreiben begann. «Zudem stelle ich fest, dass eine Mehrheit von vier Schöffen sich klugerweise für die Vollmacht ausgesprochen hat. Von einer Strafzahlung werde ich heute noch einmal absehen. Seid aber gewiss, dass ich bei zukünftigen Behinderungen der Prozessführung kein Auge mehr zudrücken werde.» Er verbeugte sich leicht und ging zur Tür; der Amtmann folgte ihm auf dem Fuße. «Sobald die betreffende Person in das Burggefängnis verbracht worden ist, werde ich das Hohe Gericht Rheinbachs einberufen lassen. Guten Tag, die Herren.»

Die Tür fiel mit einem leisen Klappen hinter den beiden Männern zu. Mehrere Sekunden lang war nur das Kratzen von Heimbachs Feder zu vernehmen. Dann wurden heftige, schnaufende Atemzüge laut. Erschrocken eilte Hermann zu Gottfried Peller, der in seinem Stuhl zusammengebrochen war und beide Hände auf sein Herz presste.

«Um Gottes willen, Peller, geht es Euch nicht wohl?» Er versuchte, den Mann ein wenig aufzurichten.

Gertzen kam ebenfalls herbei und füllte hastig Wein in den Becher des alten Schöffen. «Hier, trinkt einen Schluck!»

Doch Peller keuchte nur und versuchte zu Atem zu kommen. Über seine Wangen liefen Tränen.

※

«Anna? Warte einen Augenblick.» Durch das Fenster des Kontors hatte Bartel seine Liebste am Haus vorbeigehen sehen und war sogleich vom Schreibpult aufgesprungen und nach draußen geeilt. «Wohin des Weges? Musst du nicht um diese Zeit deiner Mutter zur Hand gehen?»

Anna blieb stehen und ging Bartel mit einem strahlenden Lächeln, das ihm eine wohlige Gänsehaut bescherte, ein paar Schritte entgegen. «Guten Tag, Bartel. Ich bin auf dem Weg zu meinem Onkel Peller. Es geht ihm nicht gut, deshalb hat Mutter mich zu ihm geschickt, um ihm etwas Gutes zu essen zu bringen und ihm Gesellschaft zu leisten.» Sie hob leicht den mit einem Tuch abgedeckten Weidenkorb an, den sie am Arm mit sich führte.

«Es geht ihm nicht gut?» Erschrocken fasste Bartel sie am Ellenbogen. «Ist er krank?»

Annas Lächeln schwand. «Ei, hast du es noch nicht gehört? Der Onkel hat sich heute in der Schöffensitzung so arg aufgeregt, dass er gar keine Luft mehr bekommen hat und Herzschmerzen ihn plagten. Dein Vater und Richard Gertzen haben ihn nach Hause gebracht.»

«Nein, davon weiß ich nichts. Ich war in Geschäften unterwegs, und als ich heimkam, war mein Vater bereits fort, um einen Kunden zu besuchen. Mutter ist mit den Mädchen auf dem Markt, also ... Das ist ja schrecklich», unterbrach er sich. «Was hat ihn denn so aufgeregt?»

«So genau weiß ich das nicht. Es heißt, dieser Dr. Möden hätte gemeine Sachen gesagt.» Vorsichtig blickte sie sich um, ob auch niemand das Gespräch belauschte. Nervös strich sie sich eine Strähne ihrer braunen Locken aus dem Gesicht, die sich aus dem kunstvollen Flechtzopf gelöst hatte. Sie senkte die Stimme. «Mutter sagt, dass es bestimmt um die neuen Hexenprozesse ging. Wenn Möden so schlimm ist wie Buirmann, meinte sie, dann wundert es sie nicht, dass der Onkel sich so erregt hat. Stell dir bloß mal vor, wie ihm zumute sein muss! Mir selbst ist ja schon ganz mulmig, wenn ich daran denke, dass sie wieder auf Hexenjagd gehen wollen.» Da in diesem Moment das Vesperläuten von der Kirche herüberwehte, setzte Anna sich wieder in Bewegung. «Ich muss weiter, Bartel, damit der Onkel nicht so lange allein ist.»

«Ich begleite dich.» Sogleich war Bartel an ihrer Seite und nahm ihr den schweren Korb ab. Sie schwiegen eine Weile. «Du brauchst dir keine Sorgen zu machen, Anna. Wegen Dr. Möden, meine ich, und der neuen Hexenjagd. Ich werde nicht zulassen, dass dir oder deiner Familie etwas Böses geschieht.»

Er spürte, wie Anna ihn überrascht und dankbar zugleich von der Seite ansah. «Das ist furchtbar anständig von dir, Bartel. Aber was willst du denn machen, wenn sie darauf kommen, dass meine Tante verurteilt wurde und wir deshalb vielleicht auch ...»

«Schsch!» Bartel blieb stehen und hielt sie am Arm fest. «Sprich es gar nicht erst aus, Anna. Niemand wird auf einen solchen Gedanken kommen, ganz gewiss nicht.»

«Aber falls doch ...»

«Mh, mh.» Entschieden schüttelte er den Kopf, dann schaute er sich rasch um und zog Anna mit sich unter eine große

Linde am Wegesrand, unter der ein kleines Gebüsch wuchs. Bartel stellte den Korb auf dem Boden ab und zog Anna mit sich hinter den Strauch. Dort waren sie vor neugierigen Blicken weitgehend geschützt. «Du wirst sehen», raunte er mit gesenkter Stimme und blickte ihr tief in die haselnussbraunen Augen. Sein Pulsschlag beschleunigte sich, als er beobachtete, wie sich ihre Pupillen vergrößerten. «Der Hexenkommissar kann dir nichts anhaben und wird bald wieder fort sein. Wen will er hier auch noch finden? Es gibt keine Hexen mehr in Rheinbach. Alle sind vor fünf Jahren verbrannt worden – und noch ein paar wie deine Tante selig, die überhaupt keine Zauberer waren. Und wenn er erst mal fort ist, dauert es nicht mehr lange, und wir beide werden Hochzeit feiern. Ganz gleich, wie sehr mein Vater sich sträubt.» Sanft zog er sie in seine Arme. «Wenn du willst, werde ich schon am nächsten Sonntag mit deinen Eltern sprechen.»

«O Bartel, ich weiß nicht.» Anna stockte der Atem, als ihre Körper sich berührten. Ihre Wangen röteten sich leicht. «Selbstverständlich möchte ich gerne, dass du … dass wir … aber hältst du es für eine gute Idee, mit meinen Eltern zu sprechen, wenn dein Vater nicht einverstanden ist?»

«Mir ist es gleich, was er davon hält!», brauste er auf, nahm sich jedoch sofort wieder zurück, als er das erschrockene Flackern in Annas Blick wahrnahm. «Er kann mir nicht verbieten, dich zu heiraten. Vertrau mir, Anna. Es wird alles gut.» Das Verlangen, sie zu küssen, wurde übermächtig. Er zog sie noch ein wenig fester an sich und näherte seine Lippen den ihren an. Als sie nur noch wenige Zoll voneinander entfernt waren, flüsterte er: «Du weißt doch, dass ich dich liebe, nicht wahr?»

Annas wohliges Erschauern konnte er deutlich spüren.

Lächelnd blickte sie zu ihm auf. «Ja, ich weiß, Bartel. Ich liebe dich auch.»

Im nächsten Moment trafen ihre Lippen aufeinander, nur federleicht, und schon lösten sie sich wieder voneinander, sahen einander in die Augen. Anna stellte sich auf die Zehenspitzen und kam ihm erneut entgegen. Wieder berührten sich ihre Lippen, doch diesmal fester, leidenschaftlicher. Bartel stieß den Atem aus, den er unbewusst angehalten hatte.

Anna sog hörbar die Luft ein, als er seinen Mund hungrig über ihren wandern ließ. Ihre Arme legten sich um seinen Hals, zogen ihn noch fester zu sich heran.

Bartel spürte, wie nicht nur sein Herzschlag, sondern auch sein übriger Körper auf den Kuss zu reagieren begann. Mit beiden Händen umfing er Annas Wangen, streichelte über die weiche Haut und spürte den überwältigenden Empfindungen nach, die diese Berührung in ihm auslöste. Die rechte Hand ließ er in ihr Haar gleiten, zog ihren Kopf noch näher, verstärkte den Druck seiner Lippen weiter. Der wohlige Laut, der sich Annas Kehle daraufhin entrang, ließ ihn beinahe die Beherrschung verlieren. Deshalb löste er sich wieder von ihr, starrte sie einen Moment heftig atmend an und versuchte, die überschäumenden Säfte seines Körpers allein durch Willenskraft wieder in normale Bahnen zu lenken. Zu Hilfe kam ihm dabei die unangenehme Erinnerung an Sonntagnacht, als Margarete sich ihm in deutlicher Absicht aufgedrängt hatte. Der bloße Gedanke daran ließ sein Blut abkühlen. Ein wenig plagte ihn das schlechte Gewissen, denn Anna wusste noch nichts von dem Vorfall. Es hatte sich noch nicht der rechte Zeitpunkt gefunden. Und auch jetzt wollte er die innige Stimmung zwischen ihnen nicht zerstören. Viel zu selten boten sich Gelegenheiten wie diese, wo sie ungestört beisammen sein konnten.

Er neigte den Kopf und hauchte einen weiteren kleinen Kuss auf Annas Lippen. «Ich sollte jetzt wirklich weitergehen, Bartel», sagte sie lächelnd, musste sich jedoch ein wenig räuspern und kicherte prompt. «Wenn wir so weitermachen, kommen wir noch in Teufels Küche.»

«Ist mir gleich», gab Bartel ebenfalls mit einem liebevollen Lächeln zurück. «Solange wir zusammen sind, nehme ich es auch mit dem Teufel auf – samt seiner Großmutter, wenn es sein muss.»

Anna gluckste. «Sagst du das auch noch, wenn mein Vetter, der Flurschütz, dir die Ohren langziehen lässt und uns eine Ordnungsstrafe aufbrummt?»

Amüsiert blinzelte Bartel ihr zu. «Ich bin sicher, er drückt ein Auge zu. Immerhin bist du mein Mailehen und bald auch offiziell meine Braut. Es ist nicht verboten, dass Brautleute sich hin und wieder privat unterhalten.»

«Mhm, wenn es denn mal beim Unterhalten bleiben würde.» Spielerisch gab Anna ihm einen leichten Klaps auf den Arm. «Heimliche Stelldicheins hinter dem Busch gehören eigentlich nicht dazu, oder?»

«Das sollten sie aber.» Ohne auf ihre Antwort zu warten, küsste er sie erneut. Anna reckte sich ihm entgegen, verstärkte den Druck ihrer Lippen, dann löste sie sich entschlossen von ihm. «Nun lass uns aber wirklich gehen, Bartel. Ich will keinen Ärger.»

«Also gut.» Mit einem theatralischen Seufzen griff Bartel nach dem Korb und folgte ihr zurück auf die Straße. Just in diesem Moment bog Dr. Schweigel um die Ecke, offenbar auf dem Weg zu einer Verabredung, denn er war flotten Schrittes unterwegs.

Anna stieß prompt einen erschrockenen Laut aus, woraufhin Bartel ihr beschwichtigend die freie Hand auf den Arm legte. Schweigel nickte den beiden wohlwollend zu. «Guten Tag, Fräulein Anna, Herr Bartel», grüßte er und zwinkerte ihnen zu. «Schöner Tag heute, nicht wahr?»

«Äh, ja, guten Tag, Herr Dr. Schweigel», antwortete Bartel mit etwas Verspätung. Doch da war der Vogt bereits mit einem leisen Lachen weitergegangen.

Bartel und Anna sahen einander sekundenlang verunsichert an, dann brachen sie beide in Gelächter aus.

«Da wären wir also», stellte Bartel überflüssigerweise fest, als sie vor dem Peller'schen Wohnhaus angekommen waren. Es lag in Sichtweite des Anwesens der Familie Kocheim, was ihn ein wenig unbehaglich von einem Fuß auf den anderen treten ließ.

«Ja, dann werde ich am besten mal hineingehen», sagte Anna fröhlich. «Soll ich dem Onkel Grüße von dir ausrichten?»

«Was?» Hastig riss Bartel seinen Blick vom Gut der Kocheims los. «Äh, ja, natürlich. Richte ihm meine besten Wünsche aus und …» Entschlossen blickte er Anna ins Gesicht. «Ich muss dir noch etwas erzählen.»

«Jetzt? Hat das nicht Zeit bis später?» Verwundert legte Anna den Kopf ein wenig schräg. «Du siehst so ernst aus.» Kurz blickte sie auf die Eingangstür, dann wieder zu ihm auf. «Also gut, sag schnell. Du hast doch wohl nichts angestellt, oder?»

«Nein, nein!» Seine Antwort war viel zu schnell gekommen,

Bartel spürte, dass ihm das Blut in den Kopf stieg. «Ich meine, ja, doch. Oder nein, eigentlich nicht. Es ist nur ...»

«Ach herrje, das scheint ja eine größere Sache zu sein.» Fürsorglich legte Anna ihm ihre Hand auf den Arm und drückte ihn leicht. «Hör zu, Bartel, lass uns doch lieber ein andermal darüber sprechen, wenn wir mehr Zeit haben. Komm mich doch morgen Nachmittag besuchen, ja? Ich werde Mutter schon davon überzeugen, dass sie uns ein Weilchen alleine reden lässt.»

«Ähm ...» Verunsichert blickte Bartel noch einmal in Richtung des Kocheim'schen Hauses. Seine Augen weiteten sich vor Schreck, als er Margarete aus der Tür treten und zielstrebig auf ihn zusteuern sah. Über dem Arm trug sie etwas, das sich bei näherem Hinsehen als sein Mantel herausstellte.

Bartel schluckte hart und spürte, wie ihm das Gefühl aus den Gliedern wich.

«Bartel? Stimmt etwas nicht?» Neugierig drückte Anna noch einmal seinen Arm und folgte dann seinem Blick. «Huch, was will die denn von uns?»

Margarete lächelte liebenswürdig erst in Annas, dann in Bartels Richtung.

«Guten Tag, ihr beiden», grüßte sie vollkommen harmlos. «Bartel, gut, dass ich dich hier antreffe. Dann muss ich nicht den ganzen Weg bis zu euch laufen.» Sie hielt ihm seinen Mantel hin. «Hier, den hast du neulich Nacht bei mir vergessen.»

«Was?» Mehr verblüfft als verärgert starrte Anna Margarete an und blickte dann fragend zu Bartel auf. «Neulich Nacht?»

«Ja, äh ...» In Bartels Kopf herrschte plötzlich gähnende Leere. Er hatte keine Ahnung, was er sagen sollte. Mechanisch nahm er den Mantel an sich.

«Ach, hat er dir gar nicht erzählt, dass er mich Sonntagnacht nach Hause gebracht hat?» Noch immer klang Margaretes Stimme so beiläufig, dass Bartel sie am liebsten erwürgt hätte. «Weißt du, wir haben uns nach der Mailehenversteigerung bei ihm getroffen – nun ja, genauer gesagt, vor seinem Haus.» Das strahlende Lächeln, mit dem Margarete Anna bedachte, ließ Bartel die Haare zu Berge stehen.

«So, habt ihr das.» Fragend musterte Anna ihn. «Das scheint dir ja vollkommen entfallen zu sein.»

«Äh, nein. Ich habe nur noch nicht ... Ich wollte doch gerade ...» Bartel schwieg wieder, denn sein unbeholfenes Gestammel machte alles nur noch schlimmer.

«Also, ich muss schon sagen, dafür, dass du der Schultheiß des Reihs bist, kennst du eure eigenen Gesetze reichlich schlecht.» Anna entriss ihm den Weidenkorb.

«Ach, sei doch nicht so.» Margarete tätschelte beiläufig Annas Arm. «Natürlich darf er eigentlich nur mit seinem Mailehen sprechen. Aber ich war an jenem Abend sehr ... niedergeschlagen, und Bartel hat mich ein wenig aufgeheitert.»

«Tatsächlich.»

«O ja. Er ist sehr einfühlsam.»

«Ist er das.»

«Er hat mir sehr eindrucksvoll Trost gespendet. Du kannst dich wirklich glücklich schätzen, einen so heißblütigen Verehrer den deinen nennen zu dürfen.»

«Heißblütig?» Annas Stimme kippte leicht.

Bartel hustete. «Margarete!»

«Ach, das weißt du bestimmt längst selbst, nicht wahr, Anna? Aber nun entschuldigt mich, meine Mutter wartet daheim auf mich. Ich muss zurück zu meinen Pflichten.» Hocherhobenen Hauptes drehte Margarete sich um und entfernte sich mit wiegenden Hüften.

In verlegener Nervosität fuhr Bartel sich durchs Haar. «Anna, es ist nicht so ...»

«Halt den Mund, Bartel.» Anna hatte die Augen zusammengekniffen und blickte Margarete sichtlich erzürnt nach. «Wir sprechen uns später.» Sie wechselte den großen Korb auf den anderen Arm und stieg die Stufen zum Haus hinauf. Kurz bevor sie im Inneren des Hauses verschwand, meinte Bartel sie noch die Worte «feile Dirne» murmeln zu hören, doch er konnte sich auch irren. Seine Anna nahm solche Wörter normalerweise nicht in den Mund.

Seufzend fuhr er sich erneut mit gespreizten Fingern durchs Haar. Was sollte er jetzt bloß tun? So böse hatte er Anna noch nie gesehen. Das Schlimmste war, dass er es ihr nicht einmal verdenken konnte. Sein Verhalten war einfach unverzeihlich gewesen. Niemals hätte er auf Margarete hereinfallen dürfen. Dass er Anna nicht gleich davon erzählt hatte, machte die Sache nur noch schlimmer. Hoffentlich bedeutete das nicht, dass sie ihn jetzt nicht mehr gern hatte.

Während er noch fieberhaft überlegte, wie er mit dieser verfahrenen Situation umgehen sollte, öffnete sich die Haustür erneut. Er merkte jedoch erst, dass es sein Vater war, als dieser direkt vor ihm stand. «Vater!» Erschrocken machte Bartel einen Schritt rückwärts.

«Nanu, Bartel, was starrst du denn so entrückt in die Gegend? Hat deine Anna dir den Kopf schon derart verdreht, dass du nicht mehr weißt, was du zu tun hast? Solltest du um diese Zeit nicht im Kontor sein und Korrespondenz erledigen?»

«Entschuldigt bitte. Ich habe Anna lediglich begleitet, damit sie nicht alleine gehen musste.» Unsicher warf er einen Blick auf die Tür, hoffte, dass Anna vielleicht noch einmal herauskommen würde. Doch nichts dergleichen tat sich. Natürlich nicht. So wütend, wie sie war, würde sie bis morgen kein einziges Wort mit ihm sprechen. Und ob ihm gefallen würde, was sie ihm zu sagen hatte, wagte er zu bezweifeln.

«Mhm, du hast sie also ganz uneigennützig begleitet.» Der Spott in der Stimme seines Vaters war deutlich zu vernehmen.

Bartel spürte, wie ihm das Blut in den Kopf schoss.

Überraschenderweise lachte sein Vater. «Komm schon, mach nicht so ein Gesicht, Junge. Glaubst du, ich weiß nicht, was dich reitet? Ich war selbst einmal jung und Besitzer eines liebreizenden Mailehens. Treibt es mir aber nicht zu bunt, ihr beiden, dass ihr mir nirgends Anlass zur Klage gebt. Die Leute klaafen schon genug, ohne dass man sie mit der Nase auf das Offensichtliche stößt.»

«Aber Vater! Wir ...» Bartel wusste nicht, was er auf die offenen Worte seines Vaters erwidern sollte. Da wurde ihm etwas anderes bewusst, und er hob ruckartig den Kopf. «Das klingt ja, als wäret Ihr gar nicht mehr wütend auf mich. Ich dachte, Ihr missbilligt unsere ...», er senkte die Stimme etwas, «... Verlobung.»

Mit einer knappen Handbewegung forderte sein Vater ihn auf, ihm zu folgen, und so gingen sie einträchtig nebeneinanderher. «Bartel.» Hermann seufzte leise. «Ich bin nicht gut darin, mich diplomatisch auszudrücken, wenn es um ... Angelegenheiten des Herzens geht. So etwas überlasse ich lieber deiner Mutter. Aber wie ich schon neulich recht deutlich gesagt habe, bin ich durchaus mit deiner Wahl einverstanden. Ich würde sie sogar begrüßen, wenn nicht gerade jetzt die Zeichen für alle, die auch nur ansatzweise mit Hexerei in Verbindung gebracht werden können, denkbar schlecht stünden. Ich mag Anna. Sie ist ein braves, fleißiges Mädchen, und ich bin der Letzte, der sie verunglimpft sehen möchte. Vielleicht habe ich mich ungeschickt ausgedrückt. Es versetzt mich einfach in große Sorge, dass dieser widerliche Dr. Möden in Rheinbach wieder sein Unwesen treibt. Deine Anna ist durch die Verurteilung ihrer armen Tante in besonders großer Gefahr, vor dem Hexengericht zu landen.»

«Aber Vater, auch Ihr gehört dem Gericht an!» Erschrocken blieb Bartel stehen.

Hermann nickte betrübt. «Das ist es, was ich dir verständlich zu machen versuche. Wenn Anna – oder irgendjemand anderes – von Möden angeklagt ist, bleibt mir wie auch allen anderen Schöffen kaum eine andere Wahl, als das Todesurteil zu fällen. Tun wir es nicht, bringen wir uns selbst in höchste Gefahr. Und mit uns, wenn es richtig schlimm kommt, unsere Familien. Du weißt nicht, wie es in den Prozessen zugeht. Ich habe damals darüber geschwiegen und werde es auch diesmal tun. Es ist meine Pflicht als Ehemann und Vater, euch vor diesem Grauen zu bewahren.»

«Aber ... kann man denn gar nichts dagegen tun?» Bartel fröstelte. Was sein Vater da andeutete, schürte eine undefinierbare Angst in ihm. «Ich meine, dieser Hexenkommissar kann doch nicht einfach willkürlich irgendwen verhaften lassen und dann verlangen, dass ihr denjenigen verurteilt. Es muss doch erst Beweise geben und ...»

«Junge, jedweder Beweis, jedes Schuldbekenntnis, kann durch die Tortur erzwungen werden und wird es auch. Den Schmerzen kann kaum jemand widerstehen.»

Verunsichert musterte Bartel seinen Vater, dessen Gesichtsfarbe ein ungesundes Blassgrau angenommen hatte. «Kaum jemand», wiederholte er heiser. «Und wenn doch, drehen sie es so hin, dass der Teufel seine Hand im Spiel hatte.» Er schluckte hart, dann legte er Bartel die rechte Hand fest auf die Schulter. «Ich will dich – euch – nur von Herzen darum bitten, vorsichtig zu sein. Gebt niemandem Anlass zu Klatsch und Tratsch. Benehmt euch vorbildlich, verärgert niemanden.» Er zögerte kurz. «Das gilt auch für die Umtriebe der Reihjungen in der Mainacht. Haltet euch bedeckt, treibt es nicht zu arg.»

«Was haben denn die Streiche des Reihs mit Zauberei zu tun?», fragte Bartel verwundert.

Hermann setzte sich wieder in Bewegung und antwortete erst, als sie beinahe zu Hause angekommen waren. «Nichts, Bartel. Überhaupt nichts. Aber in Zeiten wie diesen läuft man leicht Gefahr, versehentlich die falschen Leute zu verärgern. Das kann schlimme Folgen haben. Wir können …»

Er brach ab, denn in diesem Moment kamen Maria und Christine mit fliegenden Röcken die Straße entlanggerannt und winkten heftig.

«Vater, Bartel, kommt schnell mit!» Die Mädchen keuchten vor Anstrengung.

Maria gestikulierte wieder wild. «Kommt schnell mit, Mutter schickt uns. Auf dem Marktplatz gibt es gleich eine große Verlautbarung. Der Amtmann Schall ist da und Dr. Möden und der Vogt und einfach alle.»

6. Kapitel

*Die Hüter / Botten / Mönchen und Henckeren / welchen die
Gefangenen zu bewahren betrawt sein / sagen zu ihnen: sie
solten rahten / welche Leute es sein mögten?*

Jan Möden fühlte sich ausgesprochen wohl. Der Anblick der
auf den Marktplatz strömenden Menschen gab ihm das
warme Gefühl, wichtig und geschätzt zu sein. Nun, geschätzt
vielleicht nicht. Gefürchtet schon eher. Aber das war noch
viel besser. Denn wen man fürchtete, dem schlug man kaum
etwas ab. Ein Vorteil, den er stets zu seinen Gunsten auszule-
gen verstand. Selbst der Amtmann an seiner Seite gehörte zu
den Menschen, die sich mit etwas Druck leicht manipulieren
ließen. Gewiss, Heinrich Degenhardt Schall von Bell war selbst
ein mächtiger Mann und handelte grundsätzlich nur zu seinem
eigenen Vorteil. Doch genau diesen Umstand machte Möden
sich gerne und mit Leichtigkeit zunutze. Im Grunde musste er
lediglich mit der Aussicht auf eine fette Beteiligung an einer
Unternehmung winken, um sich das Wohlwollen Schalls zu
sichern.

Im Augenblick galt es allerdings mehr, die Bürger Rheinbachs auf sein bevorstehendes Wirken einzustimmen. Deshalb
warf er zunächst einen prüfenden Blick auf die beiden Franziskanerbrüder, die ihm wie getreue Hündchen schon seit Jahren

von Wirkungsstätte zu Wirkungsstätte folgten. Sebastianus und Theophil betätigten sich hauptsächlich als Beichtväter für die angeklagten Hexen und wohnten auch nicht selten den peinlichen Befragungen bei, um den Delinquenten himmlischen Beistand zu gewährleisten. Allerdings sagten sie auch nicht nein, wenn es darum ging, auf Kosten der Gefolterten oder deren Angehörigen zu speisen und zu saufen. Ihn störte es nicht weiter. Die Festmähler, die er und seine Kollegen sich regelmäßig während der Hexenprozesse genehmigten und die sie den Familien der Verurteilten in Rechnung stellten, waren stets so üppig, dass es auf zwei, drei Esser mehr oder weniger nicht ankam.

Sein geschätzter Kollege Dr. Franz Buirmann, der sich im Augenblick andernorts aufhielt, hatte zwar vor fünf Jahren bereits einen Großteil der wohlhabenden Rheinbacher Bürger auf den Scheiterhaufen gebracht, ihm jedoch nahegelegt, die noch verbliebenen Pfeffersäcke und vor allem die Angehörigen von Stadtrat und Schöffenkollegium scharf im Auge zu behalten. Nicht nur, weil bei ihnen im Falle eines Prozesses ordentlich was zu holen war, sondern auch, weil einige davon bereits früher Buirmanns Aufmerksamkeit erregt hatten. Die Umstände sowie hohe Bestechungsgelder hatten jedoch eine Anklage bisher verhindert.

Möden war sich sicher, dass sein Einsatz in Rheinbach von Erfolg gekrönt sein würde. Mehr noch vielleicht als der von Buirmann. Sein Netzwerk aus Spitzeln und bereitwilligen Helfern war dicht gesponnen. Es gab keine Kleinigkeit, kein Gerücht, keine Zwistigkeit, die ihm nicht zugetragen wurde. Und er würde auch nicht den gleichen Fehler wie Buirmann begehen und sich in zu eindeutiger Weise am Vermögen der Verurteilten gütlich tun. Zwar war sein Geldsäckel wieder einmal betrüblich zusammengeschrumpft, doch Vorsicht war besser als Nachsicht. Buirmann hatte damals den Rachen nicht vollbekommen. Das hatte ihm beinahe das Genick gebrochen, ihm sogar kurzzeitig den Kirchenbann eingetragen und schließlich zu seiner Versetzung geführt.

Die alte Krähe von Vogt war an Buirmanns Misere nicht ganz unbeteiligt. Überhaupt gab sich der Alte seit jeher sehr widerspenstig. Er war weit gereist, belesen und studiert, was ihn leider äußerst glaubwürdig erscheinen ließ. Auch Möden hatte bereits mit Schweigels Widerstand gegen die Hexenverbrennungen Bekanntschaft gemacht. Dem Vogt war dummerweise nicht so leicht beizukommen. Er stand unter der Protektion vieler hoher Persönlichkeiten. Aber früher oder später, das hatte Möden sich geschworen, würde er auch diese Laus im Pelz loswerden. Und mit ihm alle, die es wagten, sich gegen die Hexenprozesse zu stellen, und ihm damit seinen Verdienst streitig machten.

Die beiden Franziskaner saßen zu seiner Linken auf einem schmalen Holzbänkchen. Er hatte den Henker und seine Gehilfen angewiesen, ihm ein provisorisches Podium aus Kisten zu errichten und mit einem roten Teppich zu schmücken. Als er es nun bestieg, vernahm er ringsum ein aufgeregtes Raunen.

Zwei der Schöffen, Halfmann und Thynen, hatten pflichtschuldigst die Nachricht über die bevorstehende Verlautbarung in den Straßen Rheinbachs verbreitet. Viel hatte es nicht gebraucht, dass daraus ein Lauffeuer entstand. Zu Mödens Freude war der Marktplatz bereits gut gefüllt, und es strömten immer mehr Menschen aus den umliegenden Gassen herbei.

Der Amtmann stand ein wenig abseits und unterhielt sich mit dem heftig gestikulierenden Vogt. Offenbar hatte Schweigel – wie immer – etwas auszusetzen. Nun ja, sollte er doch! Als Jan Möden seinen Blick weiter über die Ansammlung wandern ließ, entdeckte er schließlich auch den Schöffen Bewell, der sich gerade mit Ellenbogeneinsatz den Weg zum Podium bahnte, sowie die Gattin des Schöffen Löher mitsamt ihrem kleinen Töchterchen – Anne, wenn er sich nicht irrte, und er irrte sich, was Namen anging, nie. Neben Kunigunde Löher stand deren stämmige blonde Magd, ein Kleinkind auf dem Arm und ein weiteres an der Hand.

Wunderbar, das waren exakt die Zeugen, die er sich gewünscht hatte. Und das nicht nur, weil er sich noch genau an Kunigundes Gesicht erinnern konnte, als ihr Vater vom Henkerskdecht auf den Scheiterhaufen geführt worden war. Nein, auch weil er Genugtuung dabei empfand, dass sie und ihr in diesem Moment herbeieilender Ehemann samt seinem ältesten Sohn heute unmissverständlich daran erinnert würden, wer in dieser Stadt das Sagen hatte. Löher war eng mit Schweigel befreundet und hatte sich schon immer viel zu sehr von dessen ketzerischen Reden beeinflussen lassen. Er war Möden ein Dorn im Auge mit seinen ständigen Mosereien gegen die Hexenprozessführung.

Wer am Ende am längeren Hebel saß, das würde Möden ihm nun demonstrieren. Nach einem kurzen Blickwechsel mit dem Amtmann räusperte er sich und gab dem Gerichtsdiener Koch einen Wink. Dieser schlug daraufhin eine große Handglocke. Das metallische Klingen ließ augenblicklich die Menge ringsum verstummen.

«Bürger von Rheinbach», begann Möden und schlug dabei

einen heiteren Ton an. «Ich danke Euch für Euer Kommen. Einige von Euch mag es überraschen, dass ich so spontan und unvermittelt diese Zusammenkunft einberufen habe, doch seid gewiss, es gibt einen guten Grund dafür.»

«Habt Ihr eine Hexe gefangen?», schrie eine Frau dazwischen.

Möden machte sie inmitten eines Pulks von Weibern aus. Höflich verneigte er sich in die Richtung der Alten. «Dazu komme ich später, gute Frau. Zunächst einmal möchte ich dem Stadtrat und dem Schöffenkollegium danken. Die guten Männer, die für Euch alle in Amt und Würden stehen, werden mich in meinem Bemühen, diese Stadt von der Pestilenz der Zauberei zu reinigen, mit voller Kraft unterstützen. Seid gewahr, liebe Bürger Rheinbachs, dass dies keine leichte Aufgabe ist und Euren höchsten Respekt verlangt.»

Er schwieg einen Moment und sonnte sich im aufbrandenden Applaus. Dann hob er beschwichtigend die Hände. «Seid dankbar, dass es hier so aufrechte Männer gibt, die bereit sind, alles daranzusetzen, um Euch ein friedliches, gottgefälliges Miteinander zu gewährleisten. Des Weiteren danke ich Melchior Heimbach, Eurem getreuen Gerichtsschreiber, der mir während meines Aufenthalts in Rheinbach so freundlich und selbstlos Obdach gewährt. Glaubt mir, eine solche Gastfreundschaft ist nicht selbstverständlich, aber sie zeigt, welch gute und brave Menschen hier im Ort leben.» Mit einer einladenden Geste winkte er Heimbach zum Podium. Ringsum wurde erneut applaudiert.

Der Gerichtsschreiber trug eine mit Klammern zusammengehaltene Kladde bei sich sowie ein Tintenhorn, das an seinem Gürtel baumelte, und einen Griffel. Auf Mödens Nicken hin setzte er sich zu den beiden Mönchen auf die Bank und begann alles, was fortan gesagt wurde, Wort für Wort mitzuschreiben.

Möden hatte wieder eine kleine Pause eingelegt und wartete, bis sich das Klatschen und aufkommende Stimmengewirr etwas legten. Dann hub er erneut an, diesmal mit sehr ernstem Tonfall: «Es schmerzt mich sehr, dass die Vertreter des Erzbischöflichen Hofgerichts in Bonn es als dringend notwendig erachteten, mich hierher in Eure schöne Stadt zu schicken. Denn es bedeutet, dass schlimme Dinge sich ereignet haben, die sich nur durch den schädlichen Einfluss von Zauberern erklären lassen.» Bedeutungsvoll schaute er in die Runde. «Was meint er damit, werdet Ihr jetzt fragen, wir wissen nichts von Zauberei. Natürlich nicht, Ihr lieben Leute. Wie könntet Ihr auch, seid Ihr doch allesamt – ein jeder und eine jede von Euch – unbescholtene, gottesfürchtige Christenmenschen. Aber so, wie sich der Wolf hin und wieder in den Schafspelz hüllt, um sein Unwesen zu treiben, so tarnen sich auch die bösen Zauberinnen und Zauberer als unauffällige, christliche Bürger, um nicht den Argwohn ihrer Mitmenschen zu erwecken. Und während sie das tun, vollführen sie heimlich die schlimmsten, unaussprechlichsten Untaten, um Euch, liebe Einwohner Rheinbachs, großen Schaden zuzufügen. Erinnert Ihr Euch an den vielen Regen im vergangenen Sommer? An die unzähligen viel zu kalten Tage, die miserable Ernte? Der Winter, war er nicht härter als sonst? Noch jetzt, nicht weit vom ersten Mai entfernt, ist es viel zu kalt. Sagt, kann man das einen Frühling nennen?»

Zustimmendes Gemurmel steigerte sich rasch in ein Gewirr aus erregten Stimmen. Mit einem Wink forderte Möden Koch auf, die Glocke erneut zu schlagen. Sofort verstummten die Menschen wieder.

«Alles nur Zufall, eine Laune der Natur, wie einige von Euch sagen? Vielleicht. Aber wie könnt Ihr denn sicher sein, dass der Teufel nicht seine Finger im Spiel hat? Denkt an die vielen Tiere, die während des langen Winters in Euren Ställen verendet sind. An den Hunger, den Eure Kinder leiden mussten. Und gab es nicht vor einiger Zeit eine Viehseuche hier in der Gegend?» Kurz ließ er seine Worte wirken. «Schlimmer noch – sind nicht in letzter Zeit sogar Kinder Opfer bösen Schadenzaubers geworden? Wie ich hörte, wurde ein Mädchen geboren, das vollkommen blind ist? Und was ist mit dem armen Jungen, von dem man mir erzählte, der über Nacht an einem furchtbaren Klumpfuß erkrankt ist und nur noch mit Mühe an Krücken sich fortbewegen kann?»

Jetzt war die Menge aufgebracht, lautstark wurde durcheinanderdiskutiert und -gerufen. Möden lächelte in sich hinein. Wie leicht es doch war, die Menschen auf den rechten, den ihm nützlichen Weg zu führen! Nun war es allerdings an der Zeit, einzuschreiten, damit die Leute wussten, wer hier die Macht besaß. Er holte tief Luft: «Gottes Strafe zeigt sich in solcherlei Unbill, sagt Ihr? Aber Strafe wofür denn wohl?» Seine Stimme trug weit, wenn er es darauf anlegte. Auch jetzt wurde es sofort wieder still auf dem Platz. Unzählige verblüffte und erwartungsvolle Augenpaare waren auf ihn gerichtet. «Welcher Sünde kann sich ein Säugling oder ein fünfjähriger Junge wohl schuldig gemacht haben?», fragte er, dann senkte er seine Stimme wieder etwas. «Ich bin selbst Vater von acht wohlgeratenen Kindern und habe mir diese Frage auch gestellt. Und da ich, im Gegensatz zu Euch, tagtäglich mit diesen Dingen zu tun habe, kann ich Euch versichern: Nicht der Herr straft uns, nein, hier geht etwas anderes vor. Es sind die Erzzauberer, die ihr Unwesen treiben und Kümmernis über Euch ausschütten.» Eindringlich blickte er die Männer und Frauen an und freute sich, dass einige bei seinen Worten sichtlich schauderten. «Ein böser Blick genügt schon, um Eure Vorräte zu verderben oder Euch an lästigen Krankheiten leiden zu lassen», erklärte er. «Und wenn erst mal die Hexen zu ihren Zaubertänzen zusammentreffen und heimlich dem Gottseibeiuns beiwohnen, dann ist die Zeit für großes Unglück nah.»

Wieder wallte ein Raunen auf, die Menschen warfen einander ängstliche Blicke zu.

«Genau aus diesem Grund, liebe Einwohner Rheinbachs, hat man mich hierher entsandt: um den bösen Zauberern ein für alle Mal das Handwerk zu legen. Und damit Ihr nicht glaubt, ich spucke nur große Töne, möchte ich Euch hier und jetzt kundtun, dass wir bereits eine erste hochverdächtige Person festgenommen und ins Gefängnis gebracht haben.»

Aus dem Raunen wurde aufgeregtes Geschrei. Wie er es erwartet hatte, begannen die Leute sofort zu mutmaßen, um wen es sich handeln könnte. Eine Weile ließ er sie gewähren, bevor er Koch erneut die Glocke schlagen ließ.

«Ja, ich weiß», fuhr er fort. «Es ist ganz furchtbar. Aber seid froh, liebe Leute, dass wir so schnell fündig werden konnten.»

«Wer ist es denn?», rief die Frau von vorhin. «Sagt uns den Namen!»

«Ja, den Namen. Wir wollen wissen, wen Ihr verhaftet habt!»

Möden ließ das Geschrei der Menschen über sich hinwegbranden und genoss das warme Gefühl, das sich dabei von seiner Magengrube über den gesamten Körper ausbreitete.

Schließlich hob er erneut gebieterisch die Hände. «Wer es ist, wollt Ihr wissen?» Bedeutungsvoll lächelnd suchte er erneut die Blicke einzelner Männer und Frauen. «Wer könnte es denn sein? Was glaubt Ihr, liebe Bürger Rheinbachs? Welcher Einwohner dieser friedlichen Stadt könnte sich der Hexerei schuldig gemacht haben? Denkt nach! Ihr kennt die Menschen, die hier leben, besser als ich.»

«Dr. Möden, bitte!» Der Vogt war nah an das Podium herangetreten und gestikulierte heftig mit seiner gebundenen Ausgabe der *Cautio Criminalis*. «Tut das nicht!»

Außer Möden konnte niemand hören, was Schweigel sagte, denn die Menge rief und schrie wild durcheinander. Namen flogen von Mund zu Mund. Möden bedachte den Vogt nur mit einem kühlen Lächeln und gab Heimbach ein Zeichen, sich unter die Leute zu mischen, damit ihm nur ja kein Name entging.

«Liebe Leute, beruhigt Euch doch!» Noch einmal bediente Möden sich seiner lauten Stimme. «Einer nach dem anderen. Wie ich sehe, hegt Ihr alle den Verdacht, dass Hexen in Eurer Mitte ihr Unwesen treiben. Also noch einmal: Wer könnte es wohl sein?» Fragend schaute er sich um, und sogleich wurden wieder eifrig Namen gerufen.

«Gotthard Krautwich!»

«Nein, der Pius Leinen, der benimmt sich sehr verdächtig. Geht sogar mitten in der Nacht mit seinem Köter nach draußen und behauptet, das sei, weil das alte Vieh ihm sonst in die Stube scheißt.»

«Appolonia Stroms vielleicht? Die konnte ich noch nie leiden.»

«Nein, nein, es ist bestimmt Annichen Jacob.»

«Es könnte auch Peter Henckels sein oder seine Frau.»

«Oder die Frau des neuen Kramers. Sonst wäre sie doch jetzt hier, nicht wahr? Sie ist doch sonst immer gleich da, wenn es was zu klaafen gibt.»

«Herr Dr. Möden? Herr Dr. Möden! Ich bitte Euch, haltet ein!» Schwer atmend und hektisch winkend, kam der Rheinbacher Pfarrer, Winand Hartmann, aus Richtung der Kirche St. Georg auf das Podium zu gerannt. Er wischte sich mit dem Ärmel seines schwarzen Habits über die Stirn und bemühte sich, zu Atem zu kommen. Er war ein Mann in den Vierzigern, mittelgroß und von leicht untersetzter Gestalt. Das schulterlange schwarze Haar wurde bereits schütter, sein Kinnbart war von ersten grauen Haaren durchzogen. Als ihm seine Stimme wieder gehorchte, rief er: «Was tut Ihr da, Herr Dr. Möden? Man erzählte mir gerade, Ihr habet eine Hexe verhaftet und weigert Euch, deren Namen preiszugeben?»

In Möden stieg leichte Verärgerung auf. Reichte es nicht, dass der Vogt sich einmischte? Musste nun auch noch der Pfaffe seinen Auftritt stören?

Während Heimbach noch eifrig dabei war, Namen zu notieren, stieg Möden vom Podium hinab und trat dem Geistlichen entgegen. «Guten Tag, Herr Pfarrer. Sehr schön, dass Ihr dieser kleinen Zusammenkunft beiwohnt. Wie Ihr selbst hört, ist es gar nicht vonnöten, den Menschen einen Namen zu nennen. Sie tun es bereits von sich aus.»

«Aber das ist vollkommen unchristlich, Dr. Möden. Das dürft Ihr nicht zulassen!» Pfarrer Hartmann drehte sich um und wandte sich an die Menge. «Ihr guten Leute!», rief er eindringlich. Auch seine Stimme trug weit, doch die Aufregung unter den Anwesenden war inzwischen so groß, dass kaum jemand ihn beachtete. «Schweigt still, ich bitte Euch», versuchte er es tapfer weiter. «Wie kommt Ihr dazu, einfach Eure Nachbarn, Freunde und Bekannten zu verdächtigen? Tut das nicht, im Namen des Herrn! Besinnt Euch auf Euer christliches Gewissen.»

Mit zusammengekniffenen Augen beobachtete Möden, wie sich der Vogt dem Pfarrer anschloss. Wenig später stieß auch Hermann Löher zu ihnen. Zu dritt redeten sie auf die erregten Menschen ein, jedoch ohne viel Erfolg.

Mit einem spöttischen Grinsen und einigermaßen zufrieden über den Verlauf der Dinge, rückte Möden seinen Filzhut zurecht, strich sein blaues Wams glatt und machte sich auf den Weg in den *Krug*, um sich ein anständiges Mahl einzuverleiben.

7. Kapitel

... dan welche den Hexen / Zäuberer und Zauberinnen
fürsprechen / al wehr es Vatter und Sohn / die sagt er: sein
selber Hexenmeister und Zauberer / er wiste / was ihm dieses
theils zu thun stunde / und was ihm befohlen wehre.

«Was denkt Ihr Euch eigentlich, Herr Dr. Möden?» Aufgebracht lief Richard Gertzen im Gerichtssaal auf und ab. Wie alle übrigen Schöffen war er gleich vom Marktplatz aus zum Bürgerhaus geeilt, um zu erfahren, wer denn nun die verhaftete Hexe sei. Selbst Gottfried Peller war herbeigeholt worden, der sich gottlob von seinem Anfall erholt hatte. Die erneute Aufregung schadete ihm aber ganz gewiss, denn er war schon wieder ungesund blass. Aber er hielt sich tapfer aufrecht.

Bis auf Halfmann und Thynen waren alle Anwesenden sichtlich aufgebracht über das Vorgehen des Hexenkommissars.

«Ihr könnt nicht einfach eine Festnahme verkünden, ohne das Schöffenkollegium vorab darüber in Kenntnis zu setzen!» Gertzen blieb direkt vor Möden stehen und maß ihn mit zornigen Blicken. «Das entspricht mitnichten einer ordentlichen Vorgehensweise. Es steht geschrieben ...»

«Haltet ein, Herr Gertzen, ich kenne die Prozessordnung besser als Ihr», konterte Möden ruhig. Seine hochmütige Miene brachte nicht nur Gertzen auf, sondern auch Hermann, der sich nun neben seinen Freund stellte.

«Und dennoch brecht Ihr mit allen guten Sitten und Regeln?»

«Das habe ich keineswegs getan.» Beiläufig legte Möden seinen Hut auf dem kleinen Schreibpult ab, sodass Heimbach rasch seine Kladden zusammenschieben musste, um Platz zu schaffen. «Ich habe lediglich verlautbart, dass dem Gericht ein erster Durchbruch bei der Suche nach den gefürchteten Zauberern gelungen ist. Und wenn Ihr Euch einmal genau besinnt, so habe ich den Rheinbacher Bürgern keinen Namen genannt, das Schöffenkollegium also keinesfalls übergangen, meine Herren.»

«Stattdessen habt Ihr die Leute auf schändliche Art ihre Nachbarn und Freunde verdächtigen lassen.» Hermann schüttelte angewidert den Kopf. «Wie kommt Ihr dazu, die Menschen derart gegeneinander aufzuhetzen?»

«Von Aufhetzen kann keine Rede sein. Ich habe lediglich gefragt, ob die Rheinbacher sich vorstellen können, wer der Erzzauberer ist. Sie würden nicht so bereitwillig Namen genannt haben, wenn es keine stichhaltigen Gründe für einen Verdacht gäbe.»

«Aber das ist doch unerhört!», beschwerte sich nun auch Neyß Schmid und raufte sich das von grauen Strähnen durchzogene dunkelblonde Haar. «Ich bin jetzt fünfzig Jahre alt und habe noch niemals in meinem ganzen Leben so etwas mit ansehen müssen. Es ist ja gerade, als wolltet Ihr, dass alle sich gegenseitig ans Messer liefern.»

«Lieber Herr Schmid, so ist es mitnichten», widersprach Möden in dem salbungsvollen Ton, den Hermann kaum ertragen konnte. «Aber habt Ihr nicht gemerkt, wie rasch den Leuten einige Namen von der Zunge rollten? Haltet Ihr das für einen

Zufall? Vertraut ein wenig mehr auf die Urteilsfähigkeit Eurer Mitbürger! Kein Mensch bezichtigt einen anderen grundlos der Hexerei. Das heute war lediglich eine Demonstration von Tatsachen, liebe Schöffen. Wir haben eine vermeintliche Hexe bereits gefasst, aber es wird leider nicht die letzte gewesen sein. Alles deutet darauf hin, dass es sich hier um einen ganzen Zirkel, ja eine Verschwörung von Teufelsbuhlen handelt.

«'ne Verschwörung, jawoll!» Bewell, der bisher vornübergebeugt auf seinem Stuhl gesessen und ausgesehen hatte, als ob er schlafe, erhob sich schwankend. Seine Worte waren kaum zu verstehen, und sein Atem, ja sein ganzer Körper dünstete den Geruch von Wein aus. «Bring sie alle ssssur Schtrecke, Herr Kommissa. Isch bin dafür, dass wir sie sfort fffragen und foltern. Nur so kommp die Wahrheit ans Lich.» Er hielt sich an der Lehne fest und riss dabei den Stuhl fast um. Hermann und Jan Thynen packten ihn gerade noch rechtzeitig. «Kommt, Herr Bewell, setzt Euch wieder.» Thynen klopfte seinem Schöffenkollegen auf die Schulter und brachte ihn dazu, sich wieder auf dem Stuhl niederzulassen. «Ihr habt heute ein bisschen zu viel getrunken, wie mir scheint.»

Eine maßlose Untertreibung, wie Hermann fand. Bewell soff wie drei schwedische Kompanien und hatte sich damit bereits einen Großteil seines Verstandes zerstört.

«Wollt Ihr uns jetzt vielleicht endlich mitteilen, wen Ihr heute verhaftet habt, Herr Dr. Möden?», kam Gertzen auf den Grund für die abendliche Zusammenkunft zurück.

«O ja, selbstverständlich.» Möden tat, als sei dies eine lästige Nebensache. Er ging zur Tür und rief nach Meister Jörg und seinem Gehilfen. «Bringt die Hexe herein!»

Erwartungsvoll blickten alle zur Tür.

Zunächst erschien Martin Koch, offenbar, weil er neugierig war und der Vorführung der angeklagten Person beiwohnen wollte. Hermann schüttelte innerlich den Kopf über den jungen Mann.

«Los, voran, da hinein», war Augenblicke später die Stimme des Henkers zu vernehmen. Im nächsten Moment wurde eine rundliche Frau in einem hübschen braunen Wollkleid mit strahlend weißem, spitzenverziertem Batistkragen zur Tür hereingeschoben. Ihr welliges braunes Haar trug sie nach der neuesten Mode hochgesteckt, ihr Gesicht war kalkweiß, ihre Miene angstvoll verzerrt.

«Was?» Neyß Schmid starrte sie entsetzt an. «Marta?»

«Neyß.» Die Verhaftete versuchte zu ihm zu gelangen, doch der Henker hielt sie fest.

«Ihr habt meine Frau festgenommen?» Fassungslos drehte Neyß sich zu Möden um. «Das muss ein Irrtum sein. Sie ist keine Hexe!»

«Um einen Irrtum handelt es sich gewiss nicht, Herr Schmid», antwortete der Kommissar ungerührt. «Mir liegen Hinweise vor, die Eure Gattin eindeutig mit Zauberei in Verbindung bringen.»

«Das ist eine Lüge! Marta ist keine Zauberin!»

«Herr Dr. Möden, das kann doch nun wirklich nicht Euer Ernst sein», mischte sich Peller ein. Seine Stimme schwankte unnatürlich. Hermann konnte sehen, dass der alte Mann um Fassung rang.

«Wollt Ihr mich vielleicht der Lüge bezichtigen?» Möden hob lediglich die Augenbrauen.

«Ihr könnt nicht einfach meine Marta verhaften», protestierte Neyß weiter. «Sie ist keine Hexe, und ich will wissen, wer sie bezichtigt hat. Ich drehe ihm den Hals um. Ihr müsst sie sofort freilassen, Dr. Möden!»

Mit weiterhin kühler Miene verschränkte der Kommissar die Arme vor der Brust. «Es liegen mehrere schwere Verdachtsmomente gegen Eure Gattin vor, denen wir nachgehen müssen. Klären lässt sich ihre Schuld oder Unschuld nur auf einem Weg, das wisst Ihr genau.»

«Nein! Nein, tut ihr das nicht an!», schrie Neyß auf und wollte nach seiner Frau greifen. Doch Koch und Thynen waren sogleich bei ihm und hielten ihn zurück.

«Mäßigt Euch, Herr Schmid.» Noch immer zuckte Möden nicht einmal mit der Wimper. «Da Ihr befangen seid, fordere ich Euch auf, diese Sitzung unverzüglich zu verlassen.»

Hermann wurde speiübel. Fast war ihm, als überlagere sich Mödens Stimme mit der von Buirmann vor fünf Jahren. Auch dieser hatte den Ehemann der Angeklagten des Raumes verwiesen, vermutlich sogar mit genau den gleichen Worten.

«Niemals. Niemals, hört Ihr? Lasst Eure dreckigen Finger von meiner Frau.» Schmid wehrte sich mit aller Kraft gegen den Griff Kochs, stieß ihn von sich. Doch der junge Mann war flinker als gedacht und hatte den Arm des Schöffen sogleich wieder in der Gewalt. Schmids Augen füllten sich mit Tränen der Verzweiflung und des Zornes. «Marta, liebste Marta, ich lasse nicht zu, dass dir ein Haar gekrümmt wird. Möden, wer auch immer sie angezeigt hat, muss es aus Missgunst getan haben. Sie ist eine fromme, brave Ehefrau und Mutter.»

«Bitte, Herr Dr. Möden», sprach nun Marta selbst den Kommissar an. Ihre Stimme klang einigermaßen fest, doch die Furcht in ihren Augen strafte ihre ruhige Haltung Lügen. «Ich bitte Euch, bedenkt doch, wir sind rechtschaffene Christenmenschen. Wie kann denn irgendjemand darauf verfallen zu behaupten, ich könne zaubern? Das kann nur ein Irrtum sein, ein übler Streich, den man uns spielt.»

Möden schüttelte milde lächelnd den Kopf. «Ein weit größerer Streich ist es, den du und deinesgleichen uns braven Christenmenschen spielt. Ihr versteckt euch hinter Frömmigkeit und mildtätigem Getue und seid in Wahrheit doch der schlimmste Abschaum, denn ihr verkehrt mit dem Teufel höchstselbst.»

«Aber nein, das ist nicht wahr!»

«Hört sofort auf damit!» Schmids Stimme kippte über, in seinen rechtschaffenen Zorn mischte sich Panik. Wieder stieß er Koch von sich, und auch Thynen stolperte rückwärts, als Schmid ihm einen Stoß versetzte. Schützend stellte er sich vor seine Frau, versuchte den Griff des Henkers um ihren Arm zu lösen. «Nimm deine schmutzigen Pfoten von meiner Frau!», schrie er ihn an. «Sie ist keine Hexe. Ich lasse nicht zu, dass Ihr sie foltert. Lasst sie frei, sage ich!»

«Herr Schmid, zurück mit Euch!» Der drahtige schwarzhaarige Gehilfe des Henkers eilte seinem Meister zu Hilfe und zerrte mit Thynens und Kochs Unterstützung den wutschäumenden Mann von seiner Gemahlin fort. Er wehrte sich mit Vehemenz, stieß dabei einen Stuhl um. Gertzen trat einen Schritt zurück, doch an seiner Miene konnte Hermann ablesen, dass er Schmid liebend gerne zur Seite gesprungen wäre. Hermann selbst ging es nicht anders. Wut und Verzweiflung rangen in ihm miteinander. Doch was konnte er tun? Wie sollte er Neyß und seiner Frau helfen? Möden hatte die Sache in Wahrheit längst entschieden.

Wild blickte Schmid sich nun nach den übrigen Schöffen um. «So helft mir doch! Seht Ihr nicht, was er getan hat? Er will meine Marta auf den Scheiterhaufen bringen. Genau so, wie dieser vermaledeite Buirmann vor fünf Jahren meinen Vater hat anklagen und hinrichten lassen. Das darf nicht noch einmal geschehen.» Er schluckte und kämpfte gegen die Tränen an, konnte jedoch nicht verhindern, dass sie ihm über die Wangen liefen. «*Ihr* seid des Teufels, Möden!», fuhr er den Kommissar an. «Ihr habt uns arglistig getäuscht und uns mit Gewalt die Vollmacht für die Verhaftung abgezwungen. Betrogen habt Ihr uns! Ich werde mich am Kurfürstlichen Hof über Euch beschweren und Euch anzeigen.»

Möden kräuselte lediglich die Lippen, dann lächelte er grimmig und antwortete unvermittelt so laut, dass alle im Raum zusammenzuckten: «Neyß Schmid, wenn Ihr Eure Protestreden und Eure ungebührlichen Zornausbrüche nicht sofort unterlasst und Euch von dieser Versammlung absentiert, werde ich Euch ebenfalls arretieren lassen. Denn wer in solcher Weise für Hexen und Zauberer spricht, macht sich selbst höchst verdächtig. Auch wenn es sich um Eure Frau handelt – wer für einen Hexenmeister Partei ergreift, ist ebenfalls ein Zauberer. Und Ihr und ich, wir wissen beide sehr genau, was in einem solchen Fall zu tun ist.»

«O Gott, Neyß, bitte nicht», stieß Marta entgeistert hervor.

In Hermanns Kehle stieg bittere Galle hoch. Mödens Worte waren exakt die gleichen, die Buirmann gegenüber Peller verwendet hatte. Fast schien es, als spreche der eine Hexenkommissar mit der Stimme des anderen.

«Kommt, Herr Schmid, ich bringe Euch hinaus», redete Koch indes auf den verzweifelten Mann ein. «Ihr müsst Euch beruhigen.»

«Lasst mich!» Erneut wehrte Schmid ihn ab, strebte auf

seine Frau zu, doch nun half auch Dietrich Halfmann, ihn zurückzuhalten.

«Kommt jetzt hinaus, Herr Schmid», beschwor er ihn. «Macht Euch nicht unglücklich. Ihr wollt doch nicht als Hexenpatron gelten.»

Hermann wechselte einen langen, schmerzvollen Blick mit Richard Gertzen.

«Das dürft Ihr ihr nicht antun», schluchzte Schmid, doch seine Gegenwehr ließ sichtbar nach. Allmählich schien er zu begreifen, wie ausweglos die Situation war. Mit bitterer Miene und tränenüberströmtem Gesicht sah er seine Frau an. «Verzeih mir, Marta! Verzeih mir!»

«Kommt jetzt, Schmid.» Gemeinsam führten Koch und Halfmann den Schöffenkollegen zur Tür hinaus.

«Neyß! O Gott, Neyß! Wo bringt Ihr ihn hin?» Martas Stimme klang schrill vor Angst und Entsetzen. Tränen der Verzweiflung rannen über ihre Wangen, doch niemand wagte es, ihr ins Gesicht zu sehen.

«Gut.» Als sei überhaupt nichts geschehen, wandte Möden sich der Angeklagten zu. «Marta Schmid, du bist wegen Zauberei angezeigt worden. Das ist ein schweres Verbrechen, zu dessen Aufklärung wir unverzüglich Maßnahmen ergreifen werden. Da dir ein geistlicher Beistand zusteht, jedoch heute Abend keiner mehr zur Verfügung steht, ordne ich hiermit an, dass der Beginn der Prozedur auf morgen früh verlegt wird. Bis dahin wirst du in das Verlies im Burgturm gebracht.»

«Prozedur?» Die Stimme der verängstigten Frau hatte alle Kraft verloren, jetzt, da ihr Mann fort war.

«Zunächst wirst du exorziert, und zwar nach den vorgeschriebenen Regeln der Hexenprozessordnung. Danach folgt die Nadelprobe, die eindeutig erweisen wird, ob du schuldig bist oder nicht.»

«Nadelprobe?» Ihre Augen weiteten sich entsetzt. «Was ist das?»

Doch Möden ging nicht weiter darauf ein. Stattdessen legte er ihr sanft eine Hand an die Wange. «Liebe Marta.»

Nicht nur sie erschauerte bei seinem fast schon liebevollen Tonfall. Auch Hermann spürte eine eisige Kälte sein Rückgrat hinaufwandern.

«Dir bleibt eine ganze Nacht, um in dich zu gehen. Ich verspreche dir, wenn du bis morgen früh deine Buhlschaft mit dem Teufel gestanden hast, wird dir kein Haar gekrümmt.»

Ihre Augen weiteten sich, sie rang nach Atem. «Ich bin keine Hexe, so glaubt mir doch!»

«Das wird sich zeigen, liebe Marta», säuselte Möden und tätschelte noch einmal kurz ihre Wange. «Das wird sich mit Gewissheit zeigen.»

Im Verlies war es eisigkalt und stockfinster. Marta hatte sich an der Mauer zusammengekauert und ihren Rock sowie die dünne, stinkende Wolldecke, die sie in dem kreisrunden Gefängnis vorgefunden hatte, fest um sich geschlungen. Sie würde sterben, wenn nicht ein Wunder geschah. Die Gewissheit war ihr gekommen, während sie Stunde um Stunde hier gesessen und darauf gewartet hatte, dass die Nacht verging. Zwischendurch hatte sie versucht zu schlafen, doch immer wieder war sie hochgeschreckt, glaubte, die Stimme ihres Mannes oder die Rufe ihrer vier Kinder zu vernehmen. Ihre Kinder! Wie furchtbar musste es ihnen ergehen, jetzt, da ihre Mutter als Hexe gebrandmarkt war. Würde man sie zwingen, bei der Verbrennung anwesend zu sein?

Marta krümmte sich zusammen und rang heftig nach Atem. Sie fror, nicht nur der Kälte wegen, sondern vor Furcht. Dass ein Mensch solche Angst verspüren konnte, hatte sie nicht für möglich gehalten. Angst vor dem Feuertod, Angst vor der Folter. Angst vor dem nächsten Atemzug, der sie beidem ein Stückchen näher bringen würde. Sie hatte keine genaue Vorstellung davon, was ihr bevorstand. Neyß hatte nie viel über die Hexenprozesse erzählt.

Selbstverständlich kursierten mannigfaltige Gerüchte über die Werkzeuge des Henkers und die Schmerzen, denen ein Delinquent ausgesetzt war, bis er gestand. Anwohner des Bürgerhauses hatten von unmenschlichen Schreien berichtet. Die meisten Angeklagten gestanden unter der Folter. Doch sie war unschuldig! Im Traum wäre sie nicht auf den Gedanken gekommen, dass jemand sie der Hexerei bezichtigen könnte. Weshalb auch – und wer würde so etwas tun? Sie zerbrach sich den Kopf, konnte sich aber keinen Reim darauf machen. Gewiss, vor einiger Zeit hatte sie sich mit Else Trautwein angelegt, weil die ihr den Batist für die Spitzenkrägen der neuen Kleider für ihre Töchter zu knapp bemessen hatte. Marta hatte sie eine betrügerische Natter geschimpft, weil es nicht das erste Mal gewesen war, dass die Kramersfrau es nicht so genau mit den Maßen genommen oder die Preise zu ihren Gunsten aufgerundet hatte. Aber das war schon Wochen her; die Aufregung hatte sich längst gelegt.

Doch wer kam sonst in Frage? Ihre Nachbarin, Elisabeth Leinen, hatte seit der Geburt ihrer blinden Tochter oft vom bösen

Blick gesprochen, der sie während der Schwangerschaft getroffen haben musste. Aber niemals würde sie doch Marta einer solch schrecklichen Tat bezichtigen! Schließlich hatte sie ihr stets geholfen, wo es nur ging, und ihr auch in ihrer schweren Stunde beigestanden.

Wer also hatte ihr das angetan? Gab es auch nur die geringste Hoffnung, davonzukommen? Sie hatte noch von keinem Angeklagten gehört, dem das geglückt wäre.

Es hieß allerdings, dass die Hexenkommissare auf ein gnädiges Urteil und einen schnellen Tod plädierten, wenn der Angeklagte seine Schuld eingestand. Hatte Dr. Möden davon nicht ebenfalls gesprochen?

Zitternd atmete Marta ein und wieder aus. Nein, sie brachte es nicht über sich, ein Verbrechen zu gestehen, das sie nicht begangen hatte. Sie musste an den Verstand des Kommissars appellieren und vor allem an den der Schöffen. Sie alle waren kluge, einsichtige Männer und kannten sie und ihren Mann. Sie mussten doch wissen, dass an den Beschuldigungen kein wahres Wort war. Sie würden keine unschuldige Frau zum Tode verurteilen.

Ihr armer Neyß. Wie verzweifelt er ausgesehen hatte. Der Schmerz in seinen Augen, als er sie erkannt hatte, schnitt ihr noch tiefer ins Herz als ihre eigene Furcht. Er hatte ihr helfen wollen, sie wusste, dass er sie nicht im Stich lassen würde. Ihr Neyß war ein aufrechter, gescheiter Mann mit einem großen Herzen. Aber was hätte er tun sollen? Auch wenn es Martas Herz gebrochen hatte, als ihr Mann aus der Amtsstube gezerrt wurde – es war ganz sicher besser so. Was, wenn er weiter aufbegehrt hätte? Wenn man ihn eingesperrt hätte? Was wäre dann aus den Kindern geworden? Maria und Josefa waren fast erwachsen, aber Trinchen mit ihren zehn Jahren und Albert, der gerade acht geworden war, brauchten ihren Vater. Gott, sie brauchten auch ihre Mutter, und dennoch würden sie sie verlieren. Wenn nicht ein Wunder geschah.

Ganz fest kniff Marta die Augen zusammen, betete ein Ave Maria nach dem anderen, flehte in Gedanken alle Heiligen, die ihr einfielen, um Beistand an. Niemand würde eine unschuldige Frau auf den Scheiterhaufen bringen. Sie musste Vertrauen haben. Vielleicht klärte sich am Morgen ja alles auf. Bestimmt würde sich herausstellen, dass es sich um einen Irrtum handelte. Es musste einfach eine Verwechslung vorliegen.

Das Knirschen von schweren Stiefeln auf der Steintreppe ließ Marta zusammenzucken. Augenblicke später ratschte der eiserne Riegel über das Holz der Eichentür. Ein Lichtstrahl fiel in die nachtschwarze Zelle. «Los, aufstehen, es wird Zeit», grollte die tiefe Stimme des Henkers.

Erschrocken drängte Marta sich an die Wand, kauerte sich noch mehr zusammen. Ihr Herz begann zu rasen, als der große Mann auf sie zukam. In der einen Hand hielt er eine Laterne, mit der anderen fasste er sie unsanft an der Schulter. «Hoch mit dir, Hexe», brummte er gelassen. Sie wehrte sich, doch seiner Kraft hatte sie kaum etwas entgegenzusetzen. Mit einem Ruck hatte er sie auf die Füße gezogen und stieß sie vor sich her die enge Treppe hinauf bis in den vierten Stock, wo sich der Ausgang befand. Vor Jahrhunderten, als man die Burg gebaut hatte, war der Bergfried als wehrhafter Wohnturm angelegt worden. Um es Feinden zu erschweren, ihn zu erstürmen, befand sich der Zugang ganz oben und war nur von der Wehrmauer der Burg über einen hölzernen Steg zu erreichen. Marta warf von der Brücke einen Blick nach unten, zum steinernen

Boden. Und dann, als sie den Wehrgang erreichten, konnte sie das Wasser des tiefen Grabens, der die Burg umgab, nicht nur riechen, sondern auch sehen. Wenn sie sich hinabstürzte, wäre es ganz schnell vorbei. Aber nein, das wäre eine schwere Sünde vor dem Herrn. Das durfte sie nicht tun. Die Versuchung jedoch war groß.

Es dauerte kaum mehr als zwei oder drei Minuten, bis sie das Bürgerhaus erreichten. Der Henker schloss die Tür auf und stieß sie wieder voran, die Treppe hinauf.

Die Peinkammer war von Öllampen und Laternen hell erleuchtet. Hinter den Fenstern war es noch Nacht. Oder hellte sich der Himmel doch allmählich auf? War der Morgen tatsächlich schon angebrochen?

«Zieh dich aus.»

Marta starrte den Henker verständnislos an.

Er wedelte mit der Hand, stellte dann seine Laterne auf dem kleinen Schreibpult ab. «Ausziehen. Ich muss dich scheren.»

«Scheren?» Es grenzte an ein Wunder, dass ihr die Stimme gehorchte. Die Kälte in ihren Knochen schien sich noch zu verstärken.

«Bevor die Pfaffen kommen und dich exorzieren, müssen alle Haare weg», brummte er beinahe gutmütig. Der kalte Blick in seinen Augen strafte den Tonfall jedoch Lügen.

«N-nein. Nein, ich werde mich nicht vor dir ausziehen, du Hundeschläger!» Marta wich zurück, bis sie gegen einen Stuhl stieß. Erschrocken stolperte sie einen Schritt zur Seite. Sie verschränkte die Arme fest um ihren Leib.

«Mach's selbst, oder ich erledige das.» Achselzuckend drehte der Henker den Kopf in Richtung der Tür. «Tünnes, komm rauf, die Hexe wehrt sich.»

Sogleich wurden Schritte auf der Treppe laut.

Marta wich noch einen Schritt zurück. «Ich, nein, ich ... Ihr dürft nicht ...»

«Was darf ich nicht?» Das Lächeln des Henkers entsetzte sie. «Nee, Liebchen, ich muss sogar. Anweisung von ganz oben. Erst ziehen wir dir mal den Hexenkittel an, und dann kümmern wir uns um deine Haare. Wenn der Kommissar nachher mit den Pfaffen eintrifft, muss alles vorbereitet sein.»

«Rühr mich nicht an!» Ihre Augen weiteten sich, als neben dem vierschrötigen Meister Jörg dessen Gehilfe Tünnes auftauchte, in der Hand eine weitere Laterne. Auch auf seinem Gesicht erschien ein feistes Grinsen, das von seinen Zahnlücken entstellt wurde.

«Wehrt sie sich arg?», fragte er, und es schien, als würde er sich darüber freuen. Eilig stellte er die Laterne neben die des Henkers.

«Nur ein bisschen. Halt sie fest, ich erledige das mit dem Kleid.»

«Nein, nicht!» Ihre Stimme klang schrill, sie versuchte zu fliehen, doch Tünnes hatte sie bereits gepackt und hielt sie an den Armen fest. Dann schob er sich geschickt hinter sie und drehte ihr die Arme auf den Rücken.

«Komm ja nicht auf die Idee, hier rumzuplärren», sagte der Henker, als er auf sie zu trat und sich an ihrem Spitzenkragen zu schaffen machte. «Tünnes, öffne die Nesteln hinten.»

Marta wehrte sich so gut es ging, doch die beiden Männer hatten ihr sehr schnell das Kleid geöffnet und ausgezogen. Dass sie dabei ein paar Nähte zerrissen, schien ihnen nicht einmal aufzufallen. Auch des Hemdes und des Schnürleibchens entledigten die beiden Männer sie erstaunlich flink. Zum Schluss zerrten sie ihr noch die Unterröcke herunter und nahmen ihr sogar Schuhe und Strümpfe.

Martas Herz pochte schnell und hart gegen ihre Rippen, vor Scham hätte sie am liebsten geschrien und geweint. Sie versuchte vergeblich, ihre Brüste und ihre Heimlichkeit mit den Händen zu bedecken. «Ihr Schweine», schluchzte sie. «Wie könnt ihr es wagen! Rührt mich nicht an. Das darf nur mein Mann, niemand sonst!»

«Halt den Mund, Hexe.» Tünnes war wieder dicht hinter ihr. Mit Leichtigkeit hielt er ihre Arme auf dem Rücken fest. Sein säuerlicher Atem stieg ihr in die Nase, als er sie näher zu sich heranzog, um ihr direkt ins Ohr zu flüstern: «Und jetzt die Haare.»

Das Grauen, das Marta packte, ließ sie für einen Moment die Augen schließen. Der Henkersgeselle rieb angelegentlich seinen Unterleib an ihrem Gesäß und lachte, als sie einen entsetzten Laut ausstieß.

«Komm schon, Tünnes, lass die Faxen.» Meister Jörg hatte aus einem schmalen Schrank einen dünnen, ärmellosen Kittel aus grobem Leinen gefischt und drückte ihn Marta in die Hände, sobald sein Geselle sie freigegeben hatte. «Zieh das über.»

Sie gehorchte so rasch sie konnte. Wenigstens war ihre Nacktheit jetzt ein wenig bedeckt, wenn auch der Kittel mehr als fadenscheinig und unter den Armen viel zu weit ausgeschnitten war. Die Rundungen ihrer Brüste waren mehr als deutlich zu sehen, und an ihren nach vier Schwangerschaften doch etwas ausladenderen Hüften spannte der Stoff ein wenig.

«Hinsetzen.» Der Henker zog einen schweren Stuhl heran, an dessen Armlehnen eiserne Schellen befestigt waren, mit denen er Marta nun fesselte. Als sie die große Schere sah, die

Tünnes im gleichen Moment herbeibrachte, schloss sie wieder die Augen. Heiße, brennende Tränen liefen über ihr Gesicht. «Bitte, bitte nicht», flehte sie, doch da hatte Meister Jörg bereits mit einer seiner großen Hände in ihr aufgelöstes Haar gegriffen und ein großes Büschel abgeschnitten.

Marta schluchzte auf, als weitere Strähnen folgten, mehr und mehr, bis ihr wunderschönes, stets mit Sorgfalt gepflegtes Haar wie totes Stroh auf dem kalten Steinboden lag. Als Nächstes spürte sie das Kratzen einer Rasierklinge an ihrer Stirn. Während Meister Jörg sorgfältig ihren Kopf schor, rannen ihr weiter still salzige Tränen über die Wangen.

Der Tag war noch so jung, dass nicht einmal die Hähne krähten. Der Mond war längst untergegangen, der Himmel schwarz und wolkenverhangen. Lediglich ganz in der Ferne gab es Lücken am Firmament, wo sich die Ahnung eines Lichtstreifens ankündigte. Jan Möden war schon eine Weile wach und auf den Beinen. In Erwartung der bevorstehenden Ereignisse hatte er kaum ein Auge zugetan, dennoch fühlte er sich frisch und ausgeruht. Auf dem Weg von Heimbachs Wohnung zum Bürgerhaus legte er sich den Plan für den heutigen Tag zurecht. Der Gerichtsschreiber begleitete ihn nicht, ihn hatte Möden erst für frühestens in einer Stunde in die Peinkammer bestellt. Vorher würde die offizielle Befragung nicht beginnen. Alles, was sich bis dahin im Bürgerhaus tat, gehörte nicht in das Protokoll. Dieses würde erst mit der Durchführung der Nadelprobe eröffnet.

In weiser Voraussicht hatte er den Beginn des Prozesses auf

den sehr frühen Morgen gelegt und auch nur Thynen, Bewell und Halfmann dazu eingeladen. Diese drei reichten, um die Schuld der Hexe zu bezeugen. Es war sicherlich nicht ratsam, einen der übrigen Schöffen zuzulassen. Neyß Schmid fiel sowieso aus, da er als Ehemann der Angeklagten parteiisch war. Möden wollte sicherstellen, dass der Mann bis zum Prozessende dem Bürgerhaus fernblieb. Es gab genügend Männer, die er damit beauftragen konnte.

Der alte Peller war ein Nervenbündel, auf ihn konnte er gut verzichten, und Gertzen und Löher begehrten ein bisschen zu sehr auf. Den beiden traute Möden nicht, sie waren ihm zu kritisch, zu sehr von ihrem Gewissen belastet. Doch solange er sie mit Drohungen im Zaum halten konnte, würde alles in seinem Sinne verlaufen.

Er hatte keinerlei Skrupel, seine Drohungen bei Bedarf wahr zu machen. Wenn einer der Schöffen zu aufmüpfig wurde und sich ihm widersetzte, würde er ihn sich vom Hals schaffen. Da beide aber sehr angesehen waren und zumindest Löher auch noch unter der Protektion Schalls stand, vermied er diesen Schritt vorerst lieber. Obgleich sich beide Männer durchaus gut als Angeklagte machen würden. Sie hatten schon vor fünf Jahren ungebührlich heftig Partei für die Beschuldigten ergriffen. Der Vorwurf des Hexenpatronats ließ sich also ganz leicht rechtfertigen. In Löhers Familie gab es darüber hinaus auch schon einen verurteilten und verbrannten Zauberer.

Gertzen wie auch Löher waren ausgesprochen wohlhabende Kaufmänner, bei denen neben den üblichen Prozesskosten sicherlich ein Batzen Geld zu holen war, ganz zu schweigen von Grundbesitz. Bei einer Konfiszierung würde ein hübsches Sümmchen für Möden abfallen, und zwar zusätzlich zu dem

Kopfgeld, das er so schon für jede verurteilte Hexe erhielt. Allerdings würde das bedeuten, sich auch der lästigen Erben zu entledigen, aber auch damit würde er im Bedarfsfall fertig werden.

Der Posten des Hexenkommissars hatte sich finanziell bereits mehr als zufriedenstellend für Möden ausgewirkt, wenn er auch nicht wusste, wohin das schöne Geld immer wieder verschwand. Es schien ihm stetig durch die Finger zu rieseln wie feiner Sand. Als jüngerer Sohn eines wohlhabenden Koblenzer Wollwebers und Tuchhändlers hatte er die Wahl gehabt, in das Geschäft seines Vaters einzusteigen oder einen anderen Weg einzuschlagen. Zur Freude seines ältesten Bruders hatte er sich für das Studium des Rechts entschieden. Seinen weiteren Weg hatte er mit Hilfe seines großen Redetalents einerseits und eines guten Maßes an Berechnung andererseits gemacht. Dass er noch dazu recht gut beim weiblichen Geschlecht ankam, hatte er sich ebenfalls zunutze gemacht. Das hätte ihn allerdings einmal beinahe Kopf und Kragen gekostet, als seine ehemalige Hauswirtin aus Studientagen ihn wegen eines gebrochenen Eheversprechens verklagt hatte. Bei der Erinnerung an jene Begebenheit schüttelte er amüsiert den Kopf. Wie blauäugig manch ein Weib doch war. Gewiss, als Hauswirtin war sie ihm immer gut genug gewesen, auch das Bett hatte sie ihm eine Zeitlang vergnüglich erwärmt, und ihr Vorwurf, sie habe sogar seine Schulden aus ihrer Kasse bezahlt, war nicht von der Hand zu weisen. Aber hatte er sie vielleicht dazu gezwungen?

Nein, so etwas hatte er gar nicht nötig. Aber zum Heiraten hatte er sich ein Mädchen mit besseren gesellschaftlichen Verbindungen herausgesucht. Agnes war zwar weder schön noch vom Charakter her sonderlich liebreizend, doch ihre Mitgift war sehr ansehnlich gewesen, wohl weil ihr Vater sie sonst nicht losbekommen hätte, und als Bonus hatten noch Dunkhass' Einfluss und seine Verbindungen als Bürgermeister von Remagen gewunken.

Deshalb hatte er auch nicht gezögert, ihr ein Kind zu machen, das bereits knapp drei Monate nach der Hochzeit zur Welt gekommen war. Dummerweise war Agnes ein herrschsüchtiges Weib, das genau wusste, weshalb er sie geehelicht hatte. An jedem Tag, den er dazu verdammt war, mit ihr unter einem Dach zu leben, ließ sie ihn spüren, dass sie sich ihm überlegen fühlte. Sie warf sein Geld mit beiden Händen zum Fenster hinaus, falls er tatsächlich mal welches besaß, meist für Tand und Kleider. Auch Feste und Gesellschaften liebte sie wie kaum etwas anderes. Er ließ sie gewähren, hauptsächlich, weil weder Drohungen noch körperliche Züchtigung bei ihr etwas bewirkten. Im Gegenteil, Agnes schien einen widernatürlichen Gefallen daran zu finden, wenn er sie schlug. Es war in etwa umgekehrt zu der Lust, die manch einer empfand, wenn er einem anderen Menschen Schmerzen zufügte.

Mödens Kollege Franz Buirmann gehörte zu dieser Sorte Menschen. Auch wenn er es gut zu überspielen verstand, war ihm die Freude an der Qual der Gefolterten anzumerken. Auch die beiden Franziskaner hatte Möden im Verdacht, sich am Anblick der Gepeinigten aufzugeilen. Ihm selbst machte der Anblick von Folter und Tod zwar wenig aus, er hatte auch keine Skrupel, den Henker bis zum Äußersten gehen zu lassen, doch verband er damit nicht unbedingt Freude oder gar Wollust. Vielmehr empfand er es als überaus interessant und lehrreich, wie viel Schmerz ein Mensch auszustehen imstande war. Es drängte ihn, in Erfahrung zu bringen, mit welchen Mitteln es möglich war, einen Angeklagten zum Geständnis zu zwingen. Solcherlei Erfahrungen schrieb er sogar nieder, denn sie waren sicherlich auch für zukünftige Generationen von Kommissaren hilfreich. Dr. Schultheiß, sein weithin bekannter Kollege, hatte es ihm in dieser Hinsicht schon vorgemacht. Seine Protokolle und Anweisungen für die Befragung von Zauberern galten mittlerweile als wichtigste Grundlage der Prozessführung. Möden verwendete sie gerne, hatte einige der Methoden sogar bereits verfeinert und für sich selbst neu zugeschnitten.

Besonders die Kunst, neben einem Geständnis den Angeklagten noch die Beschuldigung neuer Verdächtiger zu entlocken, hatte es Jan Möden angetan. Auf diesem Wege fand er jedes Mal eine große Anzahl Personen, bei denen sich eine Anklage lohnte. Die Art und Weise, wie er die Delinquenten dazu brachte, ihre Mitmenschen zu bezichtigen, variierte je nach Notwendigkeit. Es gestaltete sich ein bisschen wie ein spannendes Spiel, dessen Ziel es war, so viele Zauberer wie irgend möglich dem Feuer zu überantworten. Der Trick war, herauszufinden, mit welchen Mitteln ein Mensch zum Reden gebracht werden konnte. Selbstverständlich spielten Schmerzen dabei eine große Rolle, doch manchmal war es auch viel einfacher, mit dem Honigtopf zu winken als mit der Maulschelle. Er war gespannt darauf, welchen Weg er bei Marta Schmid würde einschlagen müssen.

Das Erdgeschoss des Bürgerhauses lag verlassen da, doch Koch oder der Henker hatten bereits eine Laterne entzündet. Von der Treppe drangen leise Stimmen herab, offenbar war Meister Jörg bereits fleißig bei der Arbeit.

Möden stieg so leise, wie es die knarrenden Holzstufen zuließen, die Treppe ins Obergeschoss hinauf und blieb dann neben der Tür zur Peinkammer stehen. Vorsichtig linste er um den Türstock herum in den Raum.

Der Anblick, der sich ihm bot, ließ ihm trotz aller Beherrschtheit unwillkürlich das Blut in die Lenden schießen. Sein Gemächt regte sich und wurde hart. Widerwillig fasste er sich in den Schritt, drückte unsanft zu und kniff dabei kurz die Augen zusammen. Solche ungebührlichen Regungen waren vollkommen fehl am Platz, ließen sich aber nicht immer verhindern. Als er seine Augen wieder öffnete, hatte sich die Szenerie zwar nicht verändert, doch die unbotmäßige Reaktion seines Körpers klang allmählich ab und machte einem anderen, fachkundigeren Interesse Platz.

Das Gefühl zu ersticken quälte Marta, seit der Henker seine Arbeit an ihrem Kopf beendet hatte. Danach hatte er sehr sorgfältig die Härchen in ihrem Gesicht, auch ihre Augenbrauen, mit der Rasierklinge entfernt und war dann zu ihrem Hals übergegangen. Sie hatte unwillkürlich die Luft angehalten, und selbst jetzt noch, als sein Tun längst andere Regionen ihres Körpers erreicht hatte, traute sie sich nicht, normal zu atmen. Der lose Kittel, am Halsausschnitt mit einer Verschnürung versehen, war ihr von Tünnes bis zur Leibesmitte hinabgezogen wurden.

Wellen des Ekels durchfluteten sie, als der hässliche Kerl mit seinen schmutzigen, rauen Händen ihre Brüste betatschte und sie hochhielt, damit Meister Jörg selbst die winzigen Härchen an der Unterseite entfernen konnte. Besonders grauenhaft fühlte es sich an, als Tünnes beiläufig mit den Fingerspitzen über ihre Brustwarzen strich und sogar neckend daran zupfte, bis der Henker ihn halbherzig zurechtwies. An der Beule in der Hose des Gesellen konnte Marta erkennen, wie sehr ihm ihre Nacktheit gefiel. Nie hätte sie es für möglich gehalten, dass etwas sie derart erniedrigen könnte. Am liebsten wäre sie auf der Stelle gestorben. Wenn ihr Mann wüsste, was hier geschah, würde er ganz gewiss durchdrehen.

Die Tränen hatten indes aufgehört zu fließen und einem dumpfen Gefühl der Resignation Platz gemacht. So ließ sie es denn auch über sich ergehen, dass der Henker ihre Fesseln löste und sie zwang aufzustehen, damit er auch die Härchen auf ihrem Rücken, an ihren Seiten und an ihren Armen wegrasierte. Als er sie anschließend aufforderte, sich hinzusetzen, gehorchte sie sofort, stieß jedoch einen entsetzten Laut aus, denn Tünnes schob gleichzeitig ihren Kittel bis weit über die Oberschenkel hoch.

«Was soll das, was machst du da?», kam es ihr stockend über die Lippen. Ihre Stimme klang belegt und heiser, so als habe sie stundenlang geschrien. Doch das hatte sie nicht, oder jedenfalls nicht offen, sondern lediglich innerlich.

«Rück mal ein Stück mit dem Hintern nach vorne», antwortete der Henker, ohne auf ihre Frage einzugehen. Da sie nicht sofort reagierte, packte er ihre Beine und zerrte sie in seine Richtung, sodass sie mit ihrem Hinterteil bis ganz an die Kante des Stuhls rutschte. Dann fesselte Tünnes ihre Handgelenke wieder an die Armlehnen. Ihre Schultern wurden überdehnt, ihre Halsmuskeln verspannten sich schmerzhaft. «Beine auseinander», forderte Meister Jörg sie auf.

Prompt presste Marta ihre Schenkel zusammen, so fest sie konnte. Sie keuchte und schrie auf, als Tünnes sie an den Knien packte und ihre Beine mit Gewalt spreizte.

«Hört auf damit, das dürft ihr nicht tun», weinte Marta und zerrte verzweifelt an ihren Fesseln, trat um sich.

«Es muss sein», brummte der Henker und half Tünnes dabei, ihre Beine noch weiter zu spreizen. «Wenn du dich wehrst, binden wir deine Fußgelenke fest, ganz, wie du willst.»

«Fasst mich nicht an!», kreischte Marta, als die Hand des Henkers sich ihrer Heimlichkeit näherte. Wieder strampelte sie verzweifelt, doch die beiden Männer waren ihr kräftemäßig weit überlegen.

Schon lag die schwielige Hand Meister Jörgs auf ihrer intimsten Stelle, mit der anderen näherte er das Rasiermesser, kratzte damit über ihr Schamhaar.

Entsetzt hielt Marta still, aus Angst, er würde sie sonst mit der scharfen Klinge verletzen.

«Hilf mir mal, Tünnes, damit ich jedes Härchen erwische. Der Kommissar wird wütend, wenn wir was übersehen.»

Bereitwillig beugte sich der Henkersgeselle über Martas Schoß. Seine Rechte legte sich schwer auf ihren Oberschenkel. Sie verdrehte die Augen, als sie spürte, wie er immer wieder leicht zudrückte und massierte. Sie hörte seinen Atem schneller gehen. Mit der Linken zog er geschickt ihre Schamlippen auseinander. Die Klinge glitt darüber und dazwischen. Marta hörte auf zu atmen, schluckte ein ums andere Mal. Wellen von Ekel und Übelkeit schwemmten über sie hinweg.

«Hab ich alles?», hörte sie den Henker fragen.

Ein Finger rieb unsanft über ihre Scheide. «Hier ist noch was.» Das war Tünnes' Stimme, die vor Geilheit leicht zitterte. «Und hier auch.» Der Finger drang ein Stück weit in sie ein. «Ganz schön eng für eine, die schon vier Kinder hat, oder?»

Beide Männer lachten.

«Könnt mir gefallen, so eine», redete Tünnes unbekümmert weiter und hörte auch nicht auf, Marta zu befingern. «Also das heißt, wenn sie nich 'ne Hexe wär. Hübsch gepolstert, aber nicht fett. Da hätt man schon seine Freude dran, oder?»

«Mh, kann schon sein», stimmte der Henker zu. Inzwischen verrichtete er seine Arbeit an den Innenseiten von Martas Oberschenkeln. «Komm schon, Tünnes, hör jetzt auf. Geh ins Hurenhaus, wenn es dich derart sticht. Ich will keinen Ärger mit ...» Von der Tür her war ein Geräusch zu hören, und der Henker hielt inne, drehte den Kopf. «Oh, guten Morgen, Herr Dr. Möden. Ihr seid ja schon hier.»

«Wie ich sehe, seid Ihr schon weit gekommen», sagte Möden anstelle eines Grußes. «Wie lange noch?»

«Nicht mehr lange. Nur noch die Beine vorne und hinten und das Hinterteil, dann haben wir's.»

«Ausgezeichnet.»

Marta starrte den Hexenkommissar mit weit aufgerissenen Augen an. Er betrachtete ihren entblößten und kahlrasierten Unterleib mit kühlem Interesse.

«Habt Ihr auch keine Stelle übersehen? An der Heimlichkeit verbergen sich oft winzige Haare.»

«Überzeugt Euch selbst, Herr Kommissar.»

Meister Jörg richtete sich auf und trat einen Schritt zur Seite, damit Möden einen besseren Blick hatte.

Dieser ging zwischen Martas Schenkeln in die Hocke und fasste unbekümmert mit beiden Händen an ihre Schamlippen, schob sie auseinander, tastete mit den Fingerspitzen. Jedoch nicht geil und lustvoll wie zuvor Tünnes, sondern mehr wie ein Arzt oder ein Gelehrter, der das Objekt seines Interesses studierte und untersuchte. Seine Finger fühlten sich kühl

167

und kundig an, so als habe er große Übung in dem, was er da tat.

Marta rang nach Atem und versuchte sich ihm zu entziehen, natürlich erfolglos.

«Na na.» Er richtete sich wieder auf, ging zu einem Regal und entnahm ihm ein fleckiges Leinentuch, an dem er sorgsam seine Hände abwischte. «Hübsch brav bleiben, liebe Marta.» Seine Stimme nahm einen liebenswürdigen Ton an, der ihr eine Gänsehaut verursachte. «Du tust gut daran, den Henker seine Arbeit verrichten zu lassen. Er darf kein Härchen an deinem Körper übersehen, denn wie jeder weiß, verstecken sich Dämonen und Teufel mit Vorliebe im Haupt- oder Schamhaar. Aber auch sonst überall am Körper, wo Haare wachsen, ist die Gefahr groß, dass sie sich verbergen und ihren Schabernack treiben. Das möchtest du doch nicht, oder?»

Marta stierte zu ihm empor. Sein beinahe fürsorgliches Lächeln ängstigte sie.

«Sobald Sebastianus und Theophil hier eintreffen, werden sie den Exorzismus durchführen. Das ist wichtig, damit wir sicher sein können, dass du nicht auch noch von scheußlichen Dämonen besessen bist. Danach ...» Suchend blickte er sich in der Peinkammer um. «Meister Jörg, wo sind die Nadeln und Ahlen?»

«Die hab ich vorne auf dem Tisch bereitgelegt.»

«Gut. Zieht sie wieder an, wenn ihr fertig seid, und gebt ihr eine Decke, bis wir anfangen. Ich will nicht, dass die Kälte ihren Blutstrom beeinträchtigt. Das würde das Ergebnis der Nadelprobe anfechtbar machen.» Damit wandte sich der Kommissar wieder zum Gehen. «Ich bin in Kürze zurück.»

Nachdem Möden verschwunden war, löste der Henker Martas Handfesseln. «Aufstehen», befahl er, half ihr jedoch, denn die Beine wollten ihr nicht gehorchen. «Umdrehen, damit wir hinten alles fertig machen können.»

Während Tünnes ihren Kittel hochhielt, kratzte die Klinge unangenehm über ihr Gesäß. Zwischendurch zog der Henker sie immer wieder über einen ledernen Streichriemen. *Merkwürdig*, dachte sie. *Ich spüre gar nichts mehr. Mir ist so seltsam zumute. Ich habe gar keine Angst mehr, aber es dreht sich plötzlich alles.*

Sie schwankte, ging in die Knie.

«Da haben wir's», brummte der Henker. «Sie hat ja ziemlich lange durchgehalten. Leg sie auf dem Boden ab, Tünnes, aber auf einer Decke.»

Marta hatte das Gefühl, als wären ihre Glieder plötzlich aus Blei. Schwer ließ sie sich nach vorne fallen. Jemand packte sie grob an den Armen.

«Hoffentlich kriegen wir sie gleich wieder wach», vernahm sie verschwommen Tünnes' Stimme.

Was der Henker darauf antwortete, konnte sie schon nicht mehr verstehen. Es wurde dunkel um sie herum, dann schwanden ihr die Sinne.

8. Kapitel

*... Wort sie cito citissime exorciciret und [...] auff der Stirnen
auff der Borst und im Neck den Hals mit nalden probirt, ob auch
schultig wehre / wie sie Dan alle müssen schultig seyn / ...*

Als Hermann gemeinsam mit Richard Gertzen am Vormittag im Gerichtssaal eintraf, saßen dort bereits Dr. Möden, Johann Bewell, Dietrich Halfmann und Jan Thynen um den großen Tisch beisammen und ließen sich ein üppiges Mahl schmecken. Brot, kalter Braten mit Soße, Käse und dergleichen Leckereien türmten sich auf silbernen Platten. Dazu gab es Krüge voll Wein.

«Ah, guten Morgen, Herr Gertzen, Herr Löher!» Mit einem leutseligen Lächeln erhob sich Möden und breitete einladend die Arme aus. «Setzt Euch und speist mit uns. Wir haben gerade darüber gesprochen, welch ein Glück es ist, dass es nicht regnet. So können die Reihjungen genügend trockenes Holz für das Maifeuer sammeln, nicht wahr? Wie ich hörte, dürfen sie es in Eurer Remise lagern, Herr Löher. Das ist ausgesprochen großzügig. Lasst sie bloß nicht heimlich zündeln, das könnte prekär enden. Und weil wir schon beim Thema sind, habe ich mir zu erwähnen erlaubt, dass das gute Wetter ebenfalls genutzt werden sollte, um Holz für den Scheiterhaufen herbeizuschaffen. Gewiss finden sich ein paar junge Männer, die wil-

lens sind, für einen kleinen Obolus Reisig und Scheite herbeizuschaffen.»

«Scheiterhaufen?» Hermann musterte ihn gequält. Er hatte
in der Nacht kaum geschlafen, und wenn er doch einmal einge-
nickt war, hatten ihn schreckliche Bilder und Albträume heimgesucht. «Sind wir schon so weit? Wir haben nicht einmal mit
dem Prozess begonnen, geschweige denn ...»

«Doch, doch», unterbrach Möden ihn gut gelaunt. «Ich habe
mir erlaubt, das Probieren mit der Nadel auf den heutigen frühen Morgen zu legen. Der wichtigste Schritt zu Prozessbeginn
ist also bereits erledigt. Selbstverständlich wurde die Frau zuvor exorziert.»

«Ihr habt was?» Gertzen, der sich gerade auf einem Stuhl
niedergelassen hatte, fuhr wieder hoch. «Weshalb wurden wir
darüber nicht in Kenntnis gesetzt?»

«Aber meine Herren, ich bitte Euch. Für diese lästige Pflicht
bemühe ich doch nicht sechs oder sieben rechtschaffene, hart
arbeitende Männer hierher.» Lässig winkte Möden ab. «Die
Schöffen Halfmann, Thynen und Bewell waren bei der Nadelprobe zugegen und können bezeugen, dass sie so ausgefallen
ist, wie ich es vorausgesagt habe. Marta Schmid ist eindeutig
der Zauberei schuldig.»

«Ganze fünfundzwanzig Mal haben wir sie probiert», erzählte Bewell, der so früh am Tag noch vergleichsweise nüchtern
wirkte. Beinahe vergnügt glitzerten seine Augen, so als freue er
sich an den Geschehnissen, deren Zeuge er in der Peinkammer
geworden war. «Sie hat zwar geheult und immer wieder geschworen, dass sie nicht zaubern kann, aber das tun sie doch
alle, nicht wahr? Darauf darf man nicht hören.»

«Sehr richtig», stimmte Halfmann zu und nahm sich eine

Scheibe von dem kalten Fleisch. «Verstockt und hinterlistig, das sind die Hexen. Aber die Nadelprobe war eindeutig. Mit eigenen Augen haben wir es gesehen. Kein Blut! Nun ja, am Anfang schon, aber Ihr wisst ja, wie gerissen und heimtückisch der Teufel die Seinen zu beschützen versucht.»

«So ist es», pflichtete Möden ihm bei und brachte es dabei fertig, gleichzeitig zufrieden und besorgt dreinzublicken. «Der Gottseibeiuns versucht alles, um seine Anbeter unschuldig wirken zu lassen. Einfach grässlich ist das. Allerdings hat er den Fehler gemacht, auf Martas Körper zu viele Teufelsmale zurückzulassen. Mein Gott, wie oft sie ihm wohl beigewohnt haben muss! Wir haben jedes einzelne Mal probiert und schließlich eines gefunden, das schmerzunempfindlich war und nicht geblutet hat.»

«Dr. Möden hat am Schluss eine ganz neue Ahle dazu verwendet», berichtete Bewell eifrig und mit vollem Mund, da er gerade ein Stück Fleisch zwischen seine Lippen geschoben hatte.

«Ja, nun, das stimmt wohl», bestätigte Möden. «Ich wollte sichergehen, dass Marta die alte Nadel nicht behext hat. Sie hatte diesen gefährlichen Ausdruck in ihren Augen, den Zauberer oft bekommen, wenn der Teufel in sie fährt.»

«Wann wollt Ihr mit der Tortur beginnen?», wollte Thynen wissen. «Da wir alle anwesend sein müssen, sollten wir frühzeitig von Euren Plänen erfahren.»

«So rasch wie möglich, würde ich sagen», antwortete Möden. «Heute Nachmittag zur neunten Stunde wäre ...» Er stockte, als der Gerichtsbote in der Tür erschien. «Was gibt es?»

Koch betrat den Saal und schielte begehrlich auf das gute Essen auf dem Tisch. Rasch überreichte er dem Kommissar ein gesiegeltes Schreiben. «Ein Bote hat dies gerade abgegeben und lässt ausrichten, dass Ihr unverzüglich in Meckenheim erwartet werdet, Herr Dr. Möden.»

«Was denn, heute noch?» Leicht ungehalten runzelte der Kommissar die Stirn.

«So soll ich es Euch ausrichten.»

«Hm.» Verärgert zerbrach er das Siegel und überflog das Schreiben von Amtmann Schall. Schließlich hob er den Kopf wieder und blickte mit Bedauern in die Runde. «Leider müssen wir den Prozess gegen Marta Schmid für eine Weile aussetzen. In Meckenheim gibt es einen äußerst schweren Fall von Zauberei, und Herr Dr. Buirmann ist derzeit nicht abkömmlich, da er selbst mit zwei wichtigen Fällen in Euskirchen und Siegburg beschäftigt ist. Haltet die Hexe unter Verschluss, bis ich zurück bin.» Er erhob sich, setzte seinen Hut auf und ging zur Tür. Dort drehte er sich noch einmal um. «Scheut euch nicht, liebe Schöffen, das gute Essen weiterhin zu genießen.» Mit einem liebenswürdigen Lächeln in Richtung des Gerichtsboten fügte er hinzu: «Koch, falls Ihr Hunger habt – es ist gerade ein Platz an der Tafel frei geworden. Bedient Euch und trinkt auf mein Wohl.» Damit verließ er die Amtsstube.

Koch zögerte nicht, sogleich seinen Platz einzunehmen, und griff beherzt zu.

Hermann warf seinem Freund Gertzen einen fragenden Blick zu. Als dieser kaum merklich nickte, erhob er sich. «Es wäre mir lieb, wenn man uns das Protokoll der Nadelprobe vorlegen würde. Wenn wir schon nicht dabei sein konnten.»

«Aber sicher doch.» Heimbach, der still, aber wie selbstverständlich Teil der Runde war, erhob sich ebenfalls. «Ich habe das Protokoll in der Rohfassung noch drüben in der Peinkammer liegen. Herr Strom wird es später ins Reine schreiben. Aber wenn Ihr jetzt schon einen Blick darauf werfen wollt, nur zu. Es liegt auf dem Schreibpult. Soll ich es Euch holen?»

«Nein, lasst nur.» Löher winkte ab. «Das finde ich schon selbst.»

«Wartet, ich komme mit.» Gertzen folgte ihm rasch zur Tür. Hinter sich vernahmen sie leises Gemurmel und dann fröhliches Gelächter. «Unfassbar, wie sich die Kollegen benehmen», flüsterte er. «Man könnte meinen, es gäbe etwas zu feiern.»

Hermann nickte betrübt. «Und wie bezeichnend, dass Möden uns nicht informiert hat. Anscheinend hat er sich von Buirmann so einiges abgeschaut.»

«Oder umgekehrt», pflichtete Gertzen ihm bei. «Ich weiß nicht, wer von beiden schlimmer ist. Da liegt das Protokoll.» Er beugte sich über das Schriftstück auf dem Pult. «Meine Güte, dieses Gekrakel soll einer lesen können? Da kann der Geck Augustin sich ja gleich etwas aus den Fingern saugen.»

«Wenn er das mal nicht sowieso tut.» Hermann hatte in Wahrheit wenig Interesse an dem Protokoll. Stattdessen inspizierte er den Peinstuhl. Keine Spur von frischem Blut war darauf erkennbar. Im Gegenteil, er wirkte erstaunlich sauber.

«Hier.» Gertzen deutete auf einen nassen Lappen, der an dem Regal mit den Folterwerkzeugen zum Trocknen hing. Neben dem Regal stand ein Eimer mit rötlich verfärbtem Wasser. «Die arme Marta.» Betrübt schüttelte er den Kopf. «Wie konnten sie bei der Menge Blut bloß auf schuldig plädieren?»

«Ich glaube, ich weiß, warum.» Voller Ingrimm hielt Hermann ihm eine spitze Ahle unter die Nase, die er ebenfalls im Regal gefunden hatte. «Schaut her!» Er nahm die Spitze zwischen zwei Finger und schob sie ohne den geringsten Kraftaufwand in den Griff. Als er die Spitze losließ, schnellte sie zurück.

«Das gibt es doch wohl nicht!» Verblüfft und erschrocken zugleich nahm Gertzen ihm das Gerät aus der Hand, tippte mit dem Zeigefinger kurz die Spitze an, dann schob er sie ebenfalls ein Stück weit in den Griff der Ahle hinein. «Das ist ja Betrug!»

«Schsch!» Hastig legte Hermann einen Finger an die Lippen. «So etwas hatte ich bereits im Verdacht. Dummerweise können wir nicht beweisen, dass Möden genau diese Ahle verwendet hat. Er wird behaupten, sie liege nur zufällig dort und er habe sie zu Demonstrationszwecken mitgebracht.»

«Und was, bitte, würde er uns damit demonstrieren wollen?»

«Was weiß ich.» Hermann zuckte die Achseln. «Da fällt ihm sicher etwas ein. Oder die Ahle verschwindet ganz plötzlich.»

«Trotzdem ist es Betrug. Dafür gehört er angezeigt!» Gertzens Gesicht hatte sich rot verfärbt.

Hermann konnte seinen Zorn nachfühlen. Doch wusste er aus bitterer Erfahrung, dass Möden geschickt genug sein würde, sich aus dieser Angelegenheit ohne weiteres herauszuwinden und es womöglich auch noch so aussehen zu lassen, als seien er und Gertzen unlautere Prozessstörer. Nein, diesem Hundesohn von einem Hexenkommissar musste anders beizukommen sein.

Entschlossen legte Hermann seinem Freund eine Hand auf die Schulter. «Wir sollten wieder hinübergehen, sonst werden die anderen misstrauisch.»

«Aber was sollen wir denn jetzt tun?»

«Ich werde die Sache mit Dr. Schweigel besprechen», antwortete Hermann. «Vielleicht weiß er Rat.»

«Es ist nicht das erste Mal, dass ich von solchen Praktiken höre», erklärte wenig später der Vogt, nachdem Hermann ihm seinen Verdacht dargelegt hatte. «Leider habt Ihr recht, mein lieber Herr Löher. Selbst wenn Ihr ihn damit konfrontiert, wird es am Ergebnis der Nadelprobe nichts ändern. Schlimmstenfalls wiederholen sie sie und quälen die bedauernswerte Frau noch mehr.»

Hermann seufzte. «Diese vermaledeiten Ja-Schöffen Thynen und Halfmann bezeugen einfach alles für wahr und richtig, was Möden tut. Und Bewell ... meine Güte, der Mann ist vollkommen verrückt. Heute schien er geradezu begeistert vom Ausgang der Prozedur zu sein. Dabei sind er und Neyß Schmid seit Jahrzehnten gute Nachbarn.»

«Der Tod seiner Tochter und deren Schwiegervaters auf dem Scheiterhaufen hat etwas in ihm zerstört», erklärte Schweigel. «Ich habe so etwas früher schon gesehen, auf meinen Reisen, vor allem in Gebieten, wo der Krieg besonders schlimm wütet. Der grausame Tod von geliebten Menschen kann manch einen den Verstand kosten. Andere beginnen, selbst Menschen wehzutun oder Schaden zuzufügen, vielleicht, um sie an ihrem eigenen Schmerz teilhaben zu lassen. Es ist traurig, sehr traurig. Wie oft habe ich schon versucht, mit Bewell darüber zu sprechen! Auch Pfarrer Hartmann tut sein Bestes, doch dieser gequälte Mann lässt nichts und niemanden mehr an sich heran.»

«Stattdessen säuft er, bis auch noch das letzte bisschen Verstand in seinem Schädel hinüber ist», ergänzte Hermann grimmig.

Eine Weile schwiegen die beiden Männer und hingen ihren Gedanken nach. Sie saßen an dem rechteckigen Eichentisch in Schweigels Wohnstube, beide hatten Gläser mit Wein vor sich stehen. Es war Mittagszeit, eigentlich hätte Hermann längst zu Hause sein müssen. Kunigunde wartete sicherlich bereits mit dem Essen auf ihn. Der Appetit war ihm allerdings längst vergangen.

«Gibt es eine Möglichkeit, Möden wieder loszuwerden?», fragte er ohne große Hoffnung.

Schweigel schüttelte den Kopf. «Ich fürchte, das wird uns so leicht nicht gelingen. Selbstverständlich werde ich mich noch einmal an meine Freunde am Kurfürstlichen Gericht wenden, aber macht Euch keine Hoffnungen. Selbst wenn meiner Beschwerde stattgegeben wird, bedeutet das wahrscheinlich nur, dass sie jemand anderen schicken und Möden einfach zwei, drei Orte weiter versetzen.»

«Dennoch können wir nicht einfach tatenlos zusehen, wie er hier in Rheinbach wieder mit dem Brennen anfängt!» Die Hände zu Fäusten geballt, starrte Hermann auf sein aufwendig geschliffenes Weinglas. Die rote Flüssigkeit erinnerte ihn zu sehr an Blut, als dass er es fertigbrachte, davon zu trinken.

«Doch was bleibt uns anderes übrig? Es ist, wie Ihr sehr gut wisst, äußerst gefährlich, sich gegen Männer wie Jan Möden zu stellen», gab Schweigel zu bedenken. «Ich kann das noch am ehesten tun; mir haben sie so schnell nichts an. Und falls doch – nun, ich bin ein alter Mann ohne Familie. Bei mir ist nichts zu holen, denn mein Vermögen ist bereits jetzt testamentarisch an Arme und Bedürftige verteilt. Ihr jedoch, mein lieber Löher, Ihr müsst auf Euch achtgeben! Ihr habt Familie, acht wunderschöne Kinder. Wie ich hörte, habt Ihr Euch Möden gegenüber bereits recht weit aus dem Fenster gelehnt. Seid vorsichtig, mein Freund, denn das kann Euch zum Schaden gereichen.»

«Das weiß ich», knurrte Löher und rieb sich mit der Hand über die Stirn. «Aber ich kann nicht still zusehen, wie unschuldige Menschen ermordet werden. Ermordet, jawohl, denn nichts anderes ist es, was ihnen durch Mödens Hand geschieht.» Er schluckte hart. «Und durch meine, denn ich habe die Urteile immer mitgetragen.»

«Nein, das habt Ihr nicht. Ihr habt, soviel mir bekannt ist, bei so manchem Prozess gegen das Todesurteil gestimmt.»

Aufgebracht blickte Hermann den alten Freund an. «Aber es hat nichts geholfen. Und am Ende hat mich Buirmann mit seinen Drohungen genauso eingeschüchtert wie alle übrigen Schöffen. Bei Möden ist es jetzt nicht anders. Dr. Schweigel, seht Ihr es nicht? Ich bin ein elender Feigling!»

«Nein, das seid Ihr nicht, Löher.» Mit ernster Miene schüttelte der Vogt den Kopf. «Ihr seid nur vernünftig. Denn was würde es nützen, gegen diese Männer aufzubegehren? Ihr landet nur selbst auf dem Scheiterhaufen. Eure Familie würde Euren Verlust zu beklagen haben, ganz zu schweigen von möglichen weiteren Verfolgungen. Aber ändern würdet Ihr damit überhaupt nichts.»

«Vielleicht doch.» Ein wenig richtete Hermann sich auf. «Möden wird nicht wagen, mich öffentlich anzugreifen. Nicht, solange ich unter Schalls Protektion stehe. Und die habe ich verdammt teuer bezahlt, wie Ihr wisst.»

«Das habt Ihr», gab Schweigel zu. «Aber das gibt Euch keinen Freibrief. Selbst ich, der ich mehr als die Hälfte meines Lebens in den Dienst der Stadt Rheinbach gestellt habe, kann nicht vollkommen sicher vor Mödens Häschern sein. Wenn ihm oder seinesgleichen danach ist, greifen sie an, wen sie wollen.»

«Nein, das glaube ich nicht. Nicht Euch, Herr Vogt. Niemand wird es wagen, Euch anzuzeigen. Ihr seid klüger und gelehrter als alle diese vermaledeiten Kommissare und falschen Hexenrichter zusammen. Eure Dienste lassen sich gar nicht mehr aufzählen, geschweige denn in Gold aufwiegen.»

«Es ehrt mich, dass Ihr es so seht.» Ein kurzes, wehmütiges Lächeln huschte über Schweigels Gesicht. «Aber merkt Euch meine Worte: Möden und seinesgleichen machen vor nichts und niemandem halt. Auch nicht vor jemandem wie mir. Und Schall wird nur so lange seine Flügel über Euch ausbreiten, bis ihm jemand mehr für Euren Kopf bietet, als Ihr im Gegenzug für Eure Sicherheit zu zahlen bereit seid. Also bleibt auf der Hut, mein Freund. Bedenkt, was Ihr zu verlieren habt.»

Auch Schweigel hatte bisher noch nicht von seinem Wein getrunken, doch nun ergriff er sein Glas, hob es an, nickte Hermann zu und trank es dann in einem Zug aus.

Wie schon am Tag zuvor war Anna auf dem Weg zum Haus ihres Onkels. In ihrem großen Korb trug sie diesmal Brot, einen Topf mit Gemüsesuppe und sogar einen halben Kuchen, den ihre Mutter am frühen Morgen gebacken hatte. Annas Vater war vor einer Stunde von einem Besuch bei Gottfried Peller zurückgekehrt und hatte besorgt berichtet, wie schlecht es seinem Schwager ging. Offenbar grämte er sich ganz scheußlich ob der Vorgänge im Schöffenkolleg. Deshalb hatte Anna sich angeboten, sich noch mehr um den Onkel zu kümmern und ihm Gesellschaft zu leisten.

Vor Löhers Kontor traf sie auf Bartels Schwester Maria, die ihr zu erzählen wusste, dass ihr großer Bruder schon in aller Frühe hoch zu Ross in Richtung Meckenheim aufgebrochen war, um dort ein Geschäft mit einem Kunden abzuwickeln. Vor dem späten Nachmittag wurde er nicht zurückerwartet.

Anna war sich unschlüssig, ob sie froh oder betrübt darüber sein sollte. Nach allem, was sie am gestrigen Tage aus Margarete Kocheims Mund erfahren hatte, siedete noch immer eine unbestimmte Wut in ihr. Nachdem sie eine ganze schlaflose Nacht über den Vorfall nachgedacht hatte, richtete sich ihr Unmut nicht einmal so sehr gegen Bartel, sondern vielmehr gegen dieses schamlose Weib. Trotzdem wusste sie nicht, wie sie sich ihrem heimlichen Verlobten gegenüber nun verhalten sollte.

Bartel, so war Anna sich mittlerweile sicher, traf an der ganzen Sache die kleinste Schuld. Er war viel zu anständig und Frauen gegenüber eher zurückhaltend, deshalb bezweifelte sie stark, dass, was auch immer in jener Sonntagnacht geschehen war, von ihm seinen Ausgang genommen haben konnte. Margarete hingegen, das war Anna nur zu bekannt, war von der Bezeichnung anständig so weit entfernt wie der Mond von der Erde. Hinter vorgehaltener Hand munkelte man, dass sie die jungen Männer heimlich Dinge tun ließ, die bestenfalls einer verheirateten Frau anstanden. Aber da es sich um Gerüchte handelte, die niemand beweisen konnte, hatte Anna sie bisher immer ignoriert.

Nun aber fiel ein völlig neues Licht auf Margarete, die offenbar versuchte, ihr Bartel abspenstig zu machen, noch dazu auf die denkbar schamloseste und hinterlistigste Art und Weise. Wenn Anna etwas nicht ertragen konnte, dann Bosheit und Niedertracht. Als sie das Haus ihres Onkels erreichte, blickte sie zum Anwesen der Kocheims hinüber. Margarete half gerade einer Magd, einen schweren Sack von einem Bollerwagen ins Haus zu tragen.

Kurz entschlossen stellte Anna ihren Korb auf den Stufen vor dem Hauseingang ihres Onkels ab und strebte dem Hof der Kocheims zu. Die Überraschung, als sie Annas ansichtig wurde, war Margarete deutlich anzusehen.

«Nanu, die Anna Kemmerling! Was verschafft mir denn die Ehre deines Besuchs?»

Anna bedachte sie mit einem verächtlichen Blick. «Nimm das Wort Ehre in meiner Gegenwart nicht in den Mund, Margarete. Ich bin nur hergekommen, um dich zu warnen.»

«Zu warnen? Ei wei, wovor denn wohl?» Margarete tat, als könne sie kein Wässerchen trüben. Damit brachte sie Anna noch mehr gegen sich auf.

«Halt dich gefälligst von Bartel fern. Du weißt ganz genau, dass er mich als Mailehen ersteigert hat.»

Margarete lächelte selbstgefällig. «Ach, weißt du, Anna, es ist ja nicht so, als hätte ich ihn gezwungen, mit mir zu reden. Das hat er ganz von selbst getan.»

«Ja, weil er zu höflich ist, um dich auf den Platz zu verweisen, der dir gebührt!», fuhr Anna sie wütend an.

Nun lachte Margarete. «Höflich? Das ist gut. Er war also nur höflich, als er mir seine Zunge in den Hals gesteckt hat? Und noch höflicher, als er mich überall begrapscht hat und mir beinahe an die Wäsche gegangen wäre? Also, ich würde das anders nennen. Rollig ist er geworden, und nicht zu knapp! Ich sagte ja, du kannst dich über so einen feurigen Liebhaber nur freuen. Wenn ich's zugelassen hätte, dann müsste er mir jetzt sogar die Ehe versprechen, um meine ...»

«Schweig!» Anna holte aus und schlug Margarete mit aller Kraft ins Gesicht. «Hörst du dir eigentlich selbst zu, du falsche Schlange? Wie kann man nur so verdorben sein?»

Verblüfft fasste Margarete sich an die Wange und starrte Anna einen Moment lang nur an, dann stieß sie ein gehässiges Lachen aus, das allerdings weniger fest klang, als sie offenbar beabsichtigt hatte. «Mich nennst du verdorben, du verhuschtes Mäuschen? Ich weiß wenigstens, was ein Mann will und braucht. Wäre Bartel mein Mailehen, würde ihm nicht mal im Traum einfallen, ein anderes Mädchen auch nur von der Ferne anzusehen. Was sagt es also über euch beide aus, dass er sich so leicht von meiner bloßen Anwesenheit hat hinreißen lassen? Was sagt es über dich aus, du kleine Trine Tugendsam? Du bist ja nicht mal in der Lage, das Interesse deines Schatzes länger als ein paar Stunden an dich zu binden. Kaum bist du aus seinem Blickfeld, vergreift er sich an einer anderen.» Hochmütig reckte sie das Kinn.

Anna stieß angewidert die Luft aus. «Von deiner ‹bloßen Anwesenheit›, wie du es nennst, hat er sich ganz gewiss nicht hinreißen lassen. Du wirst schon ordentlich nachgeholfen haben. Wie genau, das will ich überhaupt nicht wissen, du liederliches Weib!»

«Schade, vielleicht würdest du dabei noch das Eine oder Andere lernen.»

«Schämst du dich denn überhaupt nicht?» Fassungslos blickte Anna ihr Gegenüber an. «Beim Reih anzeigen sollte ich dich. Der Flurschütz und seine Helfer würden dir schon eine gerechte Abreibung verpassen. Ein Bad im Mühlbach zum Beispiel, damit du dich ein bisschen abkühlst. Du scheinst ja hitziger zu sein als eine rossige Stute.»

«Und du bist kalt wie ein Fisch. Was glaubst du denn, mit wem Bartel mehr Vergnügen empfindet?»

«Hör sofort auf, so schamloses Zeug zu reden!»

Margarete lachte erneut. «Ich sage lediglich, wie es ist.»

«Gut, dann sag das auch aus, wenn du vors Reihgericht gestellt wirst.»

In Margaretes Augen blitzte kurz etwas auf, das durchaus ein Anflug von Furcht sein konnte. «Das muss ich überhaupt nicht.»

«Ach nein?»

«Nein.» Margarete verschränkte die Arme vor der Brust. «Weil du mich nämlich nicht anzeigen wirst. Du hast keinerlei Beweise, und Bartel wird ganz bestimmt nichts gegen mich sagen, weil er sich damit selbst belasten würde. Damit würde er nicht nur sein Schultheißenamt aufs Spiel setzen, sondern gleichzeitig dich der Lächerlichkeit preisgeben. Das wird er doch wohl nicht tun, oder? Nun ja, falls doch, weißt du dann wenigstens, woran du bei ihm bist.»

Anna wurde blass vor Zorn. «Du niederträchtige, verkommene ...»

«Na, na, was geht denn hier vor?» Margaretes Mutter trat aus dem Haus und stemmte die Hände in die Seiten. «Was steht ihr Mädchen hier herum und haltet Maulaffen feil? Klaafen könnt ihr nach der Arbeit. Margarete, hilf gefälligst der Magd beim Aufräumen.»

«Ja Mutter, sofort.» Mit einem spöttischen Grinsen in Annas Richtung begab Margarete sich zurück ins Haus.

183

Gertrude Kocheim musterte Anna neugierig. «Gibt es einen bestimmten Grund für Euren Besuch, Fräulein Anna?»

Anna riss sich zusammen und schüttelte den Kopf. «Nein, Frau Kocheim. Ich traf Margarete nur zufällig und ... Verzeiht, ich muss jetzt wirklich los. Mein Onkel erwartet mich.»

«Richte ihm einen schönen Gruß von mir aus. Ich hoffe, es geht ihm gut?» Gertrudes Stimme klang höflich, hatte aber einen lauernden Unterton, der Anna nicht gefiel. Deshalb nickte sie nur vage.

«Ja, danke der Nachfrage. Eure Grüße richte ich ihm gerne aus.» Einen kleinen Knicks andeutend, wandte Anna sich ab und eilte zurück zum Haus ihres Onkels. Dabei meinte sie deutlich den Blick Gertrude Kocheims in ihrem Rücken zu spüren.

Den gesamten Weg nach Meckenheim und zurück nach Rheinbach hatte Bartel gegrübelt. Er fühlte sich scheußlich. Seine geliebte Anna – was musste sie jetzt bloß von ihm denken? Wie sollte er ihr erklären, dass er einen großen Fehler gemacht hatte? Glücklicherweise war es nicht zum Äußersten gekommen. Er schämte sich ganz entsetzlich dafür, dass er sich nicht hatte beherrschen können, als Margarete ihn so schamlos angegangen war. Auch wenn letztendlich nichts wirklich Schlimmes passiert war, würde Anna ihn vermutlich verabscheuen. Er hätte sie beinahe betrogen, noch dazu mit einer wie Margarete.

Er war kurz davor, seinen Freund Georg um Rat zu fragen. Doch etwas in ihm scheute davor zurück, überhaupt jemanden einzuweihen. Zwar vertraute er Georg und war sich sicher, dass dieser kein Sterbenswörtchen über die Sache verlieren würde.

Doch die Angelegenheit war derart peinlich, dass ihm beim bloßen Gedanken daran die Schweißperlen auf der Stirn standen.

Er war so sehr in Gedanken versunken, dass er gar nicht bemerkte, wie er das Tor zum Hof seines Elternhauses passierte. Erst als Beppo ihn grüßte und sein Pferd am Zügel nahm, schreckte er auf.

«Guten Tag, Herr Bartel. Ihr seid ja schon früh wieder zurück.»

«Beppo! Dir auch einen guten Tag. Es ging in Meckenheim schneller als gedacht. Der Leyendecker hatte es furchtbar eilig, weil er unbedingt nach Flerzheim zu einer Hexenverbrennung wollte.»

«Heiliger Vater!» Beppo bekreuzigte sich. «In Flerzheim brennen sie wieder?»

«In Meckenheim und Euskirchen auch, wie ich hörte.» Bartel stieg von seinem Pferd ab und löste den Gurt, der die Satteltaschen hielt. Mit den Taschen im Arm ging er auf das Haus zu. «Ich habe noch etwas zu erledigen. Kümmere dich bitte um Ludwig.»

«Na sicher doch.» Beppo tätschelte den Hals des Wallachs und führte ihn dann gemächlich in den kleinen Stall, der neben einer Stute auch noch zwei Kühe, drei Schweine und ein Dutzend Hühner samt Hahn beherbergte.

Bartel ging zunächst ins Kontor, wo sein Vater an dem großen Schreibpult saß. Bei Bartels Eintreten hob er den Kopf. «Da bist du ja schon. Das ging aber schnell. Warst du erfolgreich bei Leyendecker?»

Rasch legte Bartel die Satteltaschen auf einem Stuhl ab und zog ein gesiegeltes Pergament daraus hervor. «Ja, Vater, alles erledigt. Leyendecker hat die Eisenwarenlieferung bereits weiterverkauft und Euch einen Wechsel ausgestellt, den Ihr bei Dietrich Halfmann einlösen sollt.»

«Bei Halfmann?» Stirnrunzelnd nahm Hermann das Schriftstück entgegen, zerbrach das Siegel und überflog die wenigen Zeilen. «Nun gut, das erspart uns weite Wege. Ich kümmere mich morgen darum. Gibt es sonst noch Neuigkeiten aus Meckenheim?»

Bartel zog ein wenig den Kopf ein. «Keine guten. Dort brennen sie dieser Tage wieder. Genau wie in Flerzheim. Leyendecker hatte es ziemlich eilig, dorthin zu kommen.»

«Was, heute wurde in Flerzheim jemand verbrannt?» Sein Vater sprang erschrocken von seinem Stuhl auf. «Wer denn um Himmels willen?»

«Ein Mann namens Friedrich Ackermeier. Soll ein Zugezogener sein. Ich habe den Namen noch nie gehört.»

«Sagt mir auch nichts.» Erregt ging Hermann im Kontor hin und her. «Das gefällt mir nicht. Ich werde morgen selbst nach Flerzheim reiten und dabei auch bei deiner Großmutter nach dem Rechten sehen. Himmel, dass sie dieses vermaledeite Hexenjagen nicht endlich sein lassen können!»

«Vater?» Zwar war Bartel bewusst, dass es der denkbar ungelegenste Augenblick war, dennoch hatte er beschlossen, sein Problem mit Anna heute noch anzugehen.

«Was?» Direkt vor ihm blieb sein Vater stehen und sah ihn aufgebracht an.

«Vater, ich ... Darf ich heute ein wenig früher Feierabend machen? Ich möchte gerne Anna besuchen, weil ...» Er spürte, wie sich seine Wangen erwärmten, und hoffte, dass er nicht allzu rot anlief. «Ich habe etwas Wichtiges mit ihr zu besprechen.»

Hermann legte den Kopf ein wenig schräg und musterte ihn. «Besprechen? Nennt man das jetzt so?»

«Äh ...» Nun war Bartel sich sicher, dass sein Kopf blutrot anlief. «Nein, Vater, ich muss wirklich etwas mit ihr bereden.»

«Soso, und was kann so wichtig sein, dass es nicht bis Freitag warten kann?»

«Ich ...» Verlegen biss er sich auf die Unterlippe. «... muss mich bei ihr entschuldigen.»

«Ach?»

«Ja. Es ist etwas ... vorgefallen. Eine ganz blöde Geschichte, und ... Ich fürchte, wenn ich nicht ... sie könnte ...»

«Seit wann stotterst du denn, Bartholomäus?» Sein Vater maß ihn mit sichtbar erheitertem Blick. «Was hast du denn angestellt?»

«Nichts!» Die Antwort war ihm viel zu schnell herausgerutscht.

«Aha, du musst dich also für *nichts* entschuldigen? Das dürfte ja schnell erledigt sein.»

«Ja! Ich meine, nein. Also ...» Bartel raufte sich die Haare. «Es ist eine dumme Sache. Natürlich habe ich etwas getan, aber es ist rein gar nichts passiert. Anna hat es von Margarete erfahren, weil diese falsche Schlange es ihr absichtlich gesteckt hat. Noch dazu, als ich dabei war. Und jetzt weiß ich nicht, was ich machen soll.»

Stirnrunzelnd setzte sein Vater sich zurück an sein Pult. «Das scheint mir allerdings auch so. Du redest ja ziemlich wirr daher. Ich verstehe nämlich kein Wort.»

Bartel wand sich. Hätte er doch bloß nicht davon angefangen! «Ich, äh, vielleicht sollte ich jetzt lieber nach den Waren in der Remise schauen und ...»

187

«Setz dich, Bartel!» Mit einer strengen Geste deutete Hermann auf den Stuhl ihm gegenüber.

Hastig nahm Bartel die Satteltasche von der Sitzfläche und gehorchte.

«Und jetzt raus mit der Sprache. Was hast du angestellt?»

«Nichts, Vater, ich schwöre es Euch! Ich war nur ... unglaublich dumm.» Bartels Wangen glühten, nur mit Mühe widerstand er dem Drang, sie mit den Händen zu bedecken.

«Aha, so was soll ja in deinem Alter schon mal vorkommen.» Der barsche Tonfall seines Vaters hatte sich deutlich abgemildert.

Etwas zittrig atmete Bartel ein. «Es hätte aber nicht passieren dürfen. Es ist mir äußerst unangenehm, darüber zu sprechen.»

Auf der Stirn seines Vaters bildete sich eine Sorgenfalte. «Ihr habt doch wohl nicht ... Ich meine, du und Anna, ihr ... Hast du dich ihr unsittlich genähert? Bist ... ähm, zu weit gegangen?»

«Nein!» Nun legte Bartel tatsächlich die Hände an die Wangen. «Herr im Himmel, nein, so war es nicht. Anna hat damit nichts zu tun.»

«Wohl aber ein anderes Mädchen?»

Verblüfft hob Bartel den Kopf und begegnete dem überraschend verständnisvollen Blick seines Vaters. «Es war alles, ich meine, es ist nichts passiert, und es hätte auch gar nicht dazu kommen dürfen.»

«Nun hör auf, um den heißen Brei herumzureden, mein Sohn.»

«Also gut.» Bartel erzählte in wenigen Worten, was am vergangenen Sonntag geschehen war. Dabei bemühte er sich, allzu peinliche Details auszulassen. «... und gestern trafen Anna und ich vor dem Haus ihres Onkels dann auf Margarete», schloss er den Bericht. «Ich fürchte, sie hat nur auf so eine Gelegenheit gewartet, denn sie gab mir meinen Mantel zurück und hatte nichts Besseres zu tun, als die gesamte Geschichte Anna brühwarm zu erzählen. Oder, nun ja, zumindest hat sie so viel angedeutet, dass Anna Bescheid wusste und furchtbar wütend wurde.»

«Verständlich.» Hermann war sehr ernst geworden. Bedächtig legte er die Spitzen seiner Finger gegeneinander. «Du hast dich falsch verhalten, Bartel, aber auch richtig. Ich will dir keinen Vorwurf machen, dass du auf Margaretes Avancen hereingefallen bist. Junge Männer in deinem Alter sind empfänglich für weibliche Reize, speziell, wenn sie ihnen so freizügig dargeboten werden.»

«Aber ich hätte nicht …»

«Lass mich ausreden, Bartel. Du hättest das liederliche Frauenzimmer früher durchschauen müssen. Immerhin ist ihr Ruf schon seit längerer Zeit nicht der beste.»

«Sie wirkte aber so niedergeschlagen! Nie hätte ich vermutet, dass sie etwas im Schilde führt.»

«Der älteste Trick der Weiber», brummte Hermann. «Ich kann dir nur raten, daraus zu lernen und nachzudenken, bevor du einer wie der Margarete Tränen und Wehklagen abkaufst. Halte dich an die braven, ehrlichen Mädchen wie deine Anna, die sich nicht verstellen müssen, um deine Aufmerksamkeit zu erringen.»

«Ja, Vater.» Bartel senkte zerknirscht den Blick.

«Zumindest hast du die Geistesgegenwart besessen, die … Sache zu beenden, bevor Schlimmeres passieren konnte. Das ehrt dich, denn es zeigt, dass du ein ausgeprägtes Gewissen besitzt.»

«Ich musste plötzlich an Anna denken, und da ...»

«... hat sich der Sturm so schnell gelegt, wie er aufgekommen ist», vollendete Hermann den Satz und lächelte leicht. «Dafür solltest du deiner Anna von Herzen danken. Nicht auszudenken, was dir sonst mit den Kocheims bevorgestanden hätte. Nichts gegen die Familie, aber ich fürchte, das Mädchen hatte mehr im Sinn, als dich nur für ein Schäferstündchen deinem Mailehen abspenstig zu machen.»

«Wie meint Ihr das?» Erschrocken hob Bartel den Kopf. «Glaubt Ihr, sie ist ...»

«Auf einen kleinen Bastard aus?» Sein Vater nickte. «Wundern würde es mich nicht. Margarete ist zwar nicht die schlechteste Partie, aber mit ihrem Ruf täten wir uns nichts Gutes an. Tatsächlich überlege ich, ob es nicht sinnvoll wäre, einmal ein ernstes Wörtchen mit ihr zu reden. Oder besser noch mit ihrer Mutter. Ein solch schamloses Betragen darf nicht einfach hingenommen werden.»

Entsetzt sprang Bartel auf. «Nein, Vater, bitte tut das nicht! Ich will nicht, dass Ihr Euch da einmischt. Das wäre für Anna und mich nur furchtbar peinlich.»

«Dann willst du ihr das durchgehen lassen?»

«Nein, natürlich nicht. Aber ich habe ihr mit dem Reihgericht gedroht, wenn sie nicht aufhört, mich oder Anna zu belästigen. Zur Not zeige ich sie anonym an. Dann wird der Flurschütz auf sie angesetzt und verfolgt sie so lange, bis er ihr auf die Schliche kommt.»

«Hm.» Nachdenklich runzelte Hermann die Stirn. «Einerseits möchte ich dir recht geben. Die Strafen des Reihs sind in der Regel sehr wirkungsvoll und abschreckend. Andererseits ist mir nicht ganz wohl dabei.»

«Warum nicht?»

Hermann seufzte. «Weil wir in gefährlichen Zeiten leben, Bartel.»

«Aber das ist doch verrückt! Niemand kann mir etwas anhaben, wenn ich mein Amt als Schultheiß des Reihs ernst nehme und nach den althergebrachten Regeln ausübe.»

«Normalerweise würde ich dir da unumwunden zustimmen, Junge.» Hermann bedeutete ihm, sich wieder zu setzen. Bartel gehorchte widerwillig. «Aber du hast gestern selbst erlebt, was auf dem Marktplatz los war. Ist dir klar, wie riskant es ist, sich mit solchem Handeln, wie es dir vorschwebt, hervorzutun? Die Missgunst der Menschen ist unfassbar groß und scheußlich. Sie bezichtigen einander der schlimmsten Vergehen, bloß weil jemand wie Möden ein perfides Spiel mit ihnen veranstaltet. Was glaubst du, geschieht erst, wenn du jemandem wie der Margarete so richtig heftig auf die Zehen trittst?»

Einen langen Augenblick dachte Bartel über die Worte seines Vaters nach, dann verschränkte er die Arme vor der Brust. «Ich will trotzdem nicht, dass Ihr Euch da einmischt, Vater, nur weil Ihr glaubt, dass Ihr bei Margaretes Mutter mehr Gehör findet. Ich will das selbst in Ordnung bringen, sowohl, was meine Anna angeht, als auch hinsichtlich Margaretes Betragen.» Entschlossen stand er auf und ging zur Tür. «Darf ich jetzt Feierabend machen, damit ich zu Kemmerlings hinübergehen kann?»

Hermann nickte langsam. «In Ordnung, geh.» Nach einem Atemzug fügte er hinzu: «Viel Glück.»

9. KAPITEL

Zum anderen / ist es eine grosse Sünde / einem das gerüchte
und nahmen der Zauberey an zu liegen.

Allzu weit kam Bartel nicht, denn gerade als er das Haus verlassen wollte, stand Anna vor ihm, offenbar gerade im Begriff, den schweren schmiedeeisernen Türklopfer zu benutzen.

«Anna!» Verblüfft trat er nach draußen. «Was ... Ich meine, guten Tag!» Sein Herz pochte freudig und zugleich bänglich. «Ich wollte dich gerade besuchen.»

«Das trifft sich gut, und ich bin froh, dir zuvorgekommen zu sein.» Annas Miene war ernst, aber nicht unfreundlich, und verriet nicht, was sie dachte oder fühlte. Dennoch – oder gerade deswegen – bekam Bartel es mit der Angst zu tun.

Er berührte sie am Arm und bedeutete ihr, ihm auf den Hof zu folgen. Am Tor blieben sie stehen. «Anna ...», begann er, ohne recht zu wissen, was er sagen sollte.

«Bartel», sagte sie gleichzeitig und schmunzelte. «Ich muss dir etwas sagen.»

«Ja? Was denn?» Unwillkürlich zog er den Kopf ein.

«Ich muss dir sagen, dass du ein ausgemachter Trottel bist.»

«Was?»

«Wie kannst du bloß auf eine wie die Margarete Kocheim hereinfallen? Du hättest doch wissen müssen, dass ihr die Falschheit geradezu aus den Ohren herauskommt. Und aus ihrem viel zu tiefen Ausschnitt sowieso.»

«Ich weiß, Anna. Und ich wollte ...»

«Ich will gar nicht wissen, mit was für unzüchtigen Mitteln sie sich an dich herangemacht hat.»

«Äh ...»

«Lass mich ausreden. Ich bin nicht auf einem Baum geboren, Bartel. Es mag Dinge geben, über die man gemeinhin nicht offen spricht, weil es sich nicht gehört, aber deshalb bin ich nicht dumm. Mir ist durchaus bekannt, dass zwischen Männern und Frauen mehr passiert als ein bisschen Küssen und Umarmen. Wäre dem nicht so, gäbe es uns ja alle überhaupt nicht. Und nach allem, was man so hört, kann ich mir sogar sehr gut vorstellen, welcher Art Margaretes Zuneigungsbezeugungen gewesen sein müssen. Aber ich weigere mich, mir das näher auszumalen, weil mir sonst speiübel wird. Was sie dazu bringt, sich derart schamlos zu betragen, werde ich nie begreifen. Aber es macht mich wütend, Bartel. Sie hat kein Recht, sich zwischen uns zu drängen, und schon gar nicht hat sie das Recht, mich zu beleidigen, indem sie behauptet, ich sei nicht Frau genug für dich.»

«Wie? Was hat sie behauptet?» Verdattert starrte er sie an.

Anna winkte ab. «Sie hat bereits eine ordentliche Backpfeife dafür kassiert. Aber eines sage ich dir, Bartholomäus Löher: Wenn sie es noch einmal wagt, sich dir zu nähern, ob nun sittlich oder unsittlich, sorge ich höchstpersönlich dafür, dass sie ein kaltes Bad im Mühlbach nimmt.»

«Ich, äh ...» Noch immer vollkommen durcheinander, fuhr

Bartel sich durchs Haar. «Ich verstehe nicht ganz. Bist du nun böse auf mich oder nicht?»

Aufgebracht stemmte Anna die Hände in die Seiten und reckte sich, um größer zu wirken. Dennoch musste sie zu ihm aufsehen. «Natürlich bin ich böse auf dich, du jecker Tünn! Weil du so unsagbar dämlich warst und sie nicht gleich zum Teufel gejagt hast. Was hatte sie denn überhaupt mitten in der Nacht hier zu suchen? Hm? Überleg doch mal! Und benutze dazu diesmal gefälligst deinen Kopf.»

«Verzeih mir, Anna. Du hast vollkommen recht. Ich hätte ... Wie sollte ich denn ahnen ... Es tut mir so leid!»

«Das sollte es auch, Bartel. So viel törichtes Verhalten auf einem Haufen macht mich einfach stinksauer. Aber noch wütender bin ich auf dieses lasterhafte Geschöpf, das sich anscheinend für nichts zu schade ist. Ihr gehört der Hintern versohlt, dass sie drei Wochen nicht mehr sitzen kann.»

So zornig hatte Bartel Anna noch niemals erlebt. Gleichzeitig bewunderte er sie, denn sie war nicht einmal laut geworden. Sicherlich wollte sie vermeiden, dass Nachbarn auf sie aufmerksam wurden.

«Und was nun?», fragte er zögernd.

«Nun?» Sie ließ die Arme wieder sinken und entspannte sich sichtbar. «Nun würde ich sagen, dass es an der Zeit ist, deinen Fehler wiedergutzumachen.»

In Bartel breitete sich ein warmes Gefühl aus, sein Herz klopfte wieder schneller. Hoffnungsvoll blickte er in Annas wunderschöne braune Augen. «Und wie kann ich das tun?»

Auf ihren Lippen deutete sich ein Lächeln an. Sie legte ihm die rechte Hand auf den Arm und zog ihn mit sich auf den Hof, wo sie vor neugierigen Blicken geschützt waren. «Zunächst einmal», sagte sie, und ihr Lächeln vertiefte sich, «bleibt dir nichts anderes übrig, als mich am Samstagabend zum Tanz im *Ochsen* einzuladen.»

Erfreut lächelte er zurück. «Das kann ich tun. Nein, das werde ich tun. Natürlich gehen wir dorthin. Was noch?»

Anna trat ganz nahe an ihn heran, stellte sich auf die Zehenspitzen und reckte ihm ihr Gesicht entgegen, bis ihrer beider Lippen nur noch wenige Zoll voneinander entfernt waren. In ihren Augen blitzte es schalkhaft. «Wenn du das noch fragen musst, bist du viel dümmer, als ich gedacht habe», flüsterte sie.

Bartel hatte das Gefühl, als hebe sich ein ganzer Felsbrocken von seinem Herzen. Er umfing Anna zärtlich mit den Armen, zog sie fest an sich und verschloss ihren Mund mit seinen Lippen.

In Margaretes Schlafkammer war es wie immer eisigkalt. Dennoch stand sie halb nackt im Raum und bearbeitete ihre Arme, die Brust und den Hals mit einem trockenen Leinentuch. Den unteren Teil ihres Körpers hatte sie bereits gesäubert und mit dem Rosenwasser eingerieben, das ihre Mutter ihr geschenkt hatte. Sie mochte Rosenwasser nicht besonders, lieber hatte sie den Duft von Veilchen, doch darauf nahm ihre Mutter natürlich keine Rücksicht. Es wurde Besuch erwartet – Margaretes Bräutigam in spe, zumindest wenn es nach Gertrudes Willen ging. Und das tat es so gut wie immer.

Zögernd griff Margarete nach dem Schnürleibchen. Seit sie wusste, wen ihre Mutter zu ihrem zukünftigen Schwiegersohn auserkoren hatte, schwelte eine unbestimmte Übelkeit in ihr. Ausgerechnet ihn, von allen Männern in Rheinbach! Gewiss, er war ein gutbetuchter Kaufmann, Witwer seit drei Jahren, hatte bereits zwei verheiratete Töchter und wollte jetzt gewiss noch einen Sohn hinzufügen. Oder besser noch gleich mehrere. Sieben- oder achtundvierzig Jahre war er mindestens schon alt und so wenig ansehnlich, wie ein Mann nur sein konnte, nachdem er zeit seines Lebens dem Wohlstand gefrönt, gut gespeist und getrunken hatte. Es schauderte Margarete beim Gedanken an seinen beleibten Körper, den leicht vorstehenden Bauch. Sein Gesicht glänzte immer ein wenig speckig, lediglich den modischen Kinn- und Oberlippenbart pflegte er allem Anschein nach sorgfältig.

Natürlich würde man sie beglückwünschen zu dieser ausgesprochen guten Partie, wenn sie denn zustande kam. Ein großer Vorteil war, dass niemand es wagen würde, sich öffentlich das Maul zu zerreißen, denn ihr Zukünftiger hatte in der Stadt eine hohe Stellung inne, und, noch viel wichtiger, er war mit den richtigen Leuten befreundet.

Gertrude Kocheim hatte bereits alles bis ins Detail geplant. Margarete war sich bewusst, wie ihre eigene Rolle heute Abend auszusehen hatte, was sie tun und sagen musste. Es grauste sie davor, aber es musste sein, wollte sie sich nicht den Zorn ihrer Mutter einhandeln.

Vielleicht, so versuchte sie sich einzureden, wurde es ja gar nicht so schlimm. Dennoch wäre sie heute um alles in der Welt lieber zum Tanzabend in den *Ochsen* gegangen. Gewiss waren die jungen Leute Rheinbachs schon alle auf dem Weg dorthin. Lustig und gesellig würde es werden, und ganz bestimmt wäre auch Bartel dort. Mit seiner Anna natürlich. Von Benders Hilla hatte sie bereits erfahren, dass die beiden nach wie vor ein Herz und eine Seele waren.

Margaretes Herz wurde schwer. Auch wenn ihre Mutter es ihr streng untersagt hatte, wanderten ihre Gedanken und Wünsche doch immer wieder zu Bartel zurück. Wenn sie ganz fest die Augen schloss, konnte sie beinahe noch den Druck seiner Lippen und seine Hände auf ihrem Leib spüren. Wenn doch bloß diese blöde Ziege Anna Kemmerling nicht wäre! Hätten sie sie damals mitsamt ihrer Tante verbrannt, dann wäre vielleicht alles anders gekommen. Allerdings musste Margarete zugeben, dass sie Anna unterschätzt hatte. Sie war selbstbewusster und sogar schlagfester als gedacht. Die Backpfeife würde Margarete ihr eines Tages zurückzahlen, ganz bestimmt.

Unten an der Haustür klopfte es laut. Eilig nahm Margarete das Fläschchen mit dem Rosenöl von der Kommode und benetzte ihre Hände damit. Sorgsam verteilte sie die Flüssigkeit auf Armen, Hals, Schultern und nach kurzem Zögern auch auf ihren Brüsten. Dann rief sie nach der Magd, damit sie ihr half, das Schnürleibchen anzulegen.

Als sie eine knappe halbe Stunde später in ihr bestes dunkelgrünes Kleid gewandet die Wohnstube betrat, saßen Gertrude Kocheim und ihr hoher Gast wie bereits bei seinen bisherigen drei Besuchen fröhlich beisammen und tranken Wein. Bei Margaretes Anblick erhob sich der Mann hastig und lüftete seinen Filzhut, den er selbst im Haus meist aufbehielt, wohl um zu verbergen, dass sein braunes Haar allmählich schütter wurde. «Fräulein Margarete, guten Abend! Welch hübschen Anblick Ihr wieder bietet. Setzt Euch zu uns, gutes Kind.»

«Na, da bist du ja endlich», sagte Gertrude und wies auf einen Stuhl. «Nimm hier neben unserem lieben Freund Platz.»

Margarete gehorchte und zwang sich zu einem freundlichen Lächeln. «Guten Abend, Herr Halfmann. Ich freue mich, Euch so rasch schon wieder hier zu sehen.»

«Eure verehrte Frau Mutter war so freundlich, mich noch einmal einzuladen, und da ich ihre und Eure Gastfreundschaft so sehr schätze, konnte ich unmöglich absagen.» Das Lächeln auf dem Gesicht des Schöffen wirkte zwar echt, mischte sich jedoch mit einem unmissverständlich begehrlichen Ausdruck in seinen Augen, als er Margarete musterte.

Margarete versuchte, das leichte Unwohlsein, das seine Blicke in ihr auslösten, zu ignorieren. Sie musste sich jedoch zwingen, nicht zurückzuweichen, als er wie zufällig die Hand hob und sie leicht an der Schulter und am Arm berührte. Sie wusste, ihre Mutter tat zwar, als schaue sie nicht hin, jedoch beobachtete sie jede einzelne von Margaretes Bewegungen und Gesten. Sie hatte ihr genaue Anweisungen gegeben, und wenn Margarete sich nicht daran hielt, drohte ihr eine Tracht Prügel mit dem breiten Ledergürtel ihres verstorbenen Vaters.

«Gibt es denn Neuigkeiten in der Stadt?», fragte sie in der Hoffnung, die Aufmerksamkeit Dietrich Halfmanns wenigstens für ein Weilchen von sich abzulenken.

«O ja, so einige», antwortete er auch prompt. «Sicherlich habt Ihr bereits vernommen, dass wir die Marta Schmid verhaftet haben.»

«Aber ja doch, ja!» Gertrude beugte sich ein wenig über den Tisch. Ihre Augen funkelten, sie war begierig, den neuesten Tratsch zu hören. «Wir waren ja furchtbar erschrocken, als wir es hörten, nicht wahr, Margarete? Entsetzlich. Ausgerechnet die Marta, von der hätte ja nun wirklich niemand vermutet, dass sie eine Hexe ist. Sagt, kann das wirklich wahr sein?»

Halfmann beugte sich ebenfalls ein wenig vor, so als verrate er ihnen ein großes Geheimnis. Selbst seine Stimme senkte er bedeutungsvoll. «Ja, leider ist es wahr. Sie ist eine Hexe – so schuldig, wie man nur sein kann. Ich war bei der Nadelprobe zugegen, und das Ergebnis ist eindeutig.»

«Tatsächlich? Das ist ja unglaublich!» Gertrude tat, als schaudere es sie. «Sagt, wie geht denn eine solche Nadelprobe überhaupt? Wir haben schon viel davon gehört, aber natürlich nichts Genaues.»

Nun lehnte sich auch Margarete ein wenig vor. Sie war ebenfalls neugierig, wie es wohl in der Peinkammer zugehen mochte.

Halfmann räusperte sich und blickte sich um, so als fürchte er, jemand könne sie belauschen. «Eigentlich ist das nichts für zarte Frauenohren.» Er lächelte, als Mutter und Tochter noch näher an ihn heranrückten. «Also gut, aber Ihr müsst Stillschweigen darüber bewahren.»

«Aber selbstverständlich werden wir das», versicherte Gertrude und goss noch etwas Wein in seinen fast leeren Becher.

«Es handelt sich um eine streng nach der Prozessordnung geregelte Prozedur. Ihr müsst wissen, dass die Anklage wegen Hexerei als *crimen exeptum* gilt, das ist ein Ausnahmeverbrechen. Deshalb muss bei der Überführung der Täter mit äußerster Sorgsamkeit vorgegangen werden, damit eine Verurteilung nur Schuldige und keine Unschuldigen trifft.»

«Natürlich, aber ja, das ist ganz wichtig.» Margarete nickte. «Nicht auszudenken, wenn versehentlich ein unschuldiger Mensch auf den Scheiterhaufen käme!»

«Das, mein liebes Fräulein Margarete, ist so gut wie ausgeschlossen, das versichere ich Euch. Die Nadelprobe ist ein hergebrachtes Mittel, um die Schuld eines Angeklagten ohne jeden Zweifel beweisen zu können. Dazu wird der, oder in diesem Falle die Betreffende zunächst geschoren und exorziert.»

«Geschoren?» Gertrude erschauerte erneut, und auch Margarete spürte eine Gänsehaut auf ihren Armen und dem Rücken.

«O ja, das ist immens wichtig, denn der Teufel versteckt sich gerne im Haupthaar oder auch», er räusperte sich erneut, «andernorts am Körper, wo Haare zu finden sind.»

«Nein!» Mit großen Augen hingen beide Frauen an seinen Lippen.

«Doch, ganz sicher. So steht es in den schlauen Büchern geschrieben, aus denen Dr. Möden immer zitiert. Nun, wie gesagt, die Frau wurde exorziert und danach mit speziell dafür vorgesehenen Nadeln probiert. Dazu muss man Kopf, Hals, Rücken und», er senkte die Stimme noch weiter, «auch die Brust der Zauberin nach verdächtigen Malen absuchen, die der Teufel immer dann hinterlässt, wenn jemand ihm ... beiwohnt.»

«Also so etwas! Wie schrecklich.» Gertrude griff nach Margaretes Arm und drückte ihn und forderte sie gleichzeitig mit einem Blick auf, näher an Halfmann heranzurücken. Da Margarete wider Erwarten von seinen Erzählungen fasziniert war, gehorchte sie sogleich. Nun berührten sich ihre Seiten beinahe. Sichtlich erfreut lächelte er ihr zu, fuhr aber gleichzeitig mit seiner Erzählung fort: «Hat man nun solche Male gefunden – und ich muss Euch sagen, die Marta besaß unglaublich viele davon –, dann wird mit der Nadel geprüft, ob die Angeklagte blutet, wenn man in ein solches Mal sticht, und ob sie dabei Schmerz empfindet oder nicht. Ist Letzteres nicht der Fall und kommt kein Blut, ist die Schuld erwiesen.»

«Und so war es also auch bei Marta?», hakte Gertrude nach.

«So war es auch bei ihr. Da halfen ihr auch kein Zetern und Wehklagen, dass sie unschuldig sei.» Halfmanns rechte Hand wanderte wie zufällig unter den Tisch und berührte Margaretes Bein, legte sich schwer auf ihren Oberschenkel. «Wisst Ihr, das behaupten die Zauberer nämlich alle von sich. Sie beten und bitten und tun wer weiß wie unschuldig. Aber die Nadelprobe hat sie noch alle überführt.»

«Erstaunlich», befand Margarete und tat, als bemerke sie Halfmanns Annäherungsversuche nicht. Der Anschein des gutes Anstands musste schließlich gewahrt bleiben. «Wie hat es diese Hexe denn bloß geschafft, so lange unentdeckt zu bleiben?»

«Eine gute Frage.» Anerkennend nickte Halfmann ihr zu, tätschelte noch einmal ihren Schenkel und legte seine Hand dann wieder ganz beiläufig auf der Tischplatte ab. «Der Teufel gibt seinen Anhängern genaue Instruktionen, wie sie sich zu verhalten haben, damit sie nicht erkannt werden.»

«Tatsächlich?»

«O ja. Häufig sind die schlimmsten Zauberer diejenigen, die unter ihren Mitmenschen als besonders fromm und wohltätig gelten. Denn wie anders als durch diese vorgespiegelten Wesenszüge können sie sich in anderer Leute Häuser und Herzen einschleichen, um mögliche neue Teufelsanhänger zu finden, die sie auf ihren Hexentänzen begleiten und ihnen die Buhlschaft mit dem Gottseibeiuns nachtun?»

«Wie abscheulich!» Gertrude schlug die Hand vor den Mund. «Da ist man ja seiner Seele nirgends mehr sicher!»

«Ja, so ist es leider», bestätigte Halfmann. «Es gehört einiges dazu, um sie in der Menge erkennen zu können. Ich möchte

Euch, liebe Frau Kocheim, und auch Euch, liebes Fräulein Margarete, keinesfalls in Angst versetzen. Die meisten Menschen sind doch weiterhin gut und gottesfürchtig. Aber seid dennoch auf der Hut! Haltet die Augen offen und teilt mir umgehend mit, falls Euch etwas Verdächtiges auffallen sollte. Sei der Verdacht noch so gering – es ist Eure Christenpflicht, ihn zu melden. Tut Ihr es nämlich nicht, dann gewiss jemand anderer. Und wenn dann die betreffende Person, die sich verdächtig gemacht hat, tatsächlich der Hexerei für schuldig befunden wird, wird man sich fragen, warum Ihr nicht mit der Sprache herausgerückt seid. Das ist fast so schlimm, wie für eine Hexe Partei zu ergreifen! Wer das tut, ist ein Hexenpatron und gerät schnell in den Verdacht, selbst zaubern zu können.»

«O heilige Gottesmutter!» Gertrude bekreuzigte sich hastig. «Wie gut, dass Ihr uns das noch einmal vor Augen geführt habt, Herr Halfmann. Einer solchen Sünde wollen wir uns ganz bestimmt nicht schuldig machen. Sollte uns etwas zu Ohren kommen, seid Ihr der Erste, der es erfährt.» Sie senkte die Stimme ein wenig. «Wisst Ihr, es ist nur so entsetzlich, dass sich die Hexen sogar immer wieder in den höchsten Kreisen verstecken. Ich meine, seht die Marta Schmid an! Sie ist die Gattin eines angesehenen Bürgers, der sogar mit Euch im Schöffenkollegium sitzt. Wer hätte so etwas je vermutet! Und dabei ist sie nicht einmal die Erste. Wenn ich da an Herbert Lapp denke, der so viele Jahre Schöffe gewesen ist, und seine Frau. Wie erschüttert waren wir, nicht wahr, Margarete, als wir erfuhren, dass sie der Zauberei schuldig seien.»

«Ja, Mutter, das war ein großer Schreck», pflichtete Margarete ihr bei.

«Und dann die Anna Peller! Einfach unfassbar.»

«Ja, das sind zwei ausgesprochen betrübliche Beispiele, die Ihr da nennt, gute Frau», bestätigte Halfmann mit ernster Miene. «Aber sie zeigen auch, dass man keine Ausnahmen machen darf, wenn es darum geht, ein solch abscheuliches Verbrechen zu unterbinden.» Kurz hielt er inne. «Es hat mich damals äußerst betroffen gemacht, so muss ich Euch gestehen, liebe Frau Kocheim, als ich erfahren musste, dass auch Euer verstorbener Gatte sich dem Teufelsbund angeschlossen hatte. Der gute Kocheim muss vom Teufel geradezu übertölpelt worden sein, habe ich damals argumentiert. Niemals hätte er sich sonst für so etwas hergegeben. Verzeiht mir, wenn ich dies anspreche, meine Liebe, aber ich möchte einfach sichergehen, dass Euch bewusst ist, wie sehr ich mit Euch fühle und wie wichtig es ist, ohne Rücksicht auf persönliche Gefühle oder gar Bindungen gegen die Zauberer vorzugehen.»

Margarete warf ihrer Mutter einen unauffälligen Blick zu. Die Erwähnung ihres Vaters versetzte ihr einen schmerzlichen Stich. Gertrude Kocheim hatte den Kopf gesenkt und brachte es sogar fertig, eine Träne im Augenwinkel zu verdrücken. Dabei wusste Margarete, dass ihre Eltern nicht in inniger Liebe verbunden gewesen waren.

«Ihr habt ja so recht, Herr Halfmann. Ihr habt ja so recht. Es schmerzt mich unsagbar, dass ich meinen lieben Mann brennen sehen musste. Aber das ist alles nur der alte Hilger Lirtz schuld! Er war es, da bin ich mir sicher, der meinen armen Mann zur Zauberei angestiftet hat. Gott sei es gedankt, dass man Lirtz auf die Schliche gekommen ist und dass er für seine Sünden büßen musste.» Sie schluchzte ein wenig in ihren Ärmel, schielte dabei jedoch zu Margarete. Dann richtete sie sich auf und setzte eine tapfere Miene auf. «Herr Halfmann, Ihr müsst entschuldigen. Dieses Gespräch hat mich doch sehr mitgenommen. Ich fürchte, ich muss mich zurückziehen, um mich zu erholen.» Mit einem Ausdruck des Bedauerns erhob Gertrude sich, was Halfmann und Margarete veranlasste, ebenfalls aufzustehen. «Das ist mir jetzt furchtbar unangenehm, denn ich hatte mich so über Euren Besuch gefreut. Ganz zu schweigen von meiner lieben Margarete, die es kaum erwarten konnte, Euch wiederzusehen.»

«Verehrte Frau Kocheim, Ihr braucht Euch nicht zu entschuldigen», wehrte Halfmann eilig ab. «Ich verstehe vollkommen, dass ein solches Thema sehr belastend sein kann. Insbesondere, weil Ihr ja selbst so betrübliche Erinnerungen hegt. Ruht Euch nur aus, das nehme ich Euch nicht im Mindesten übel.» Er schielte zu Margarete hinüber. «Vielleicht ...» Er räusperte sich und schien mit einem Mal verlegen. «Ich weiß, es schickt sich eigentlich nicht, aber vielleicht wäre es ja möglich, dass ich mich mit Eurem Fräulein Tochter noch ein wenig länger unterhalte? In allen Ehren selbstverständlich, hier in Eurer Stube? Wir könnten uns noch für ein halbes Stündchen hier auf die Bank setzen», er deutete auf die üppig mit Kissen ausgelegte lange Sitzbank an der Wand neben dem Ofen, «und ein wenig plaudern.»

«Oh, also, nun ja ...» Gertrude tat, als müsse sie darüber erst nachdenken. «Eigentlich schickt sich das ja wirklich nicht, aber andererseits ...» Sie lächelte Halfmann zu. «Ihr seid ja ein Ehrenmann und angesehener Schöffe, also spricht wohl nichts dagegen, denke ich, wenn Ihr noch ein paar Minuten bleibt. Margarete hat sicher nichts dagegen, nicht wahr, Kind?»

Margarete verdrehte innerlich die Augen. Was hätte sie schon gegen diesen offensichtlichen Verkupplungsversuch ihrer Mutter einwenden sollen? «Aber nein, Mutter, ganz im Gegenteil», flötete sie deshalb pflichtbewusst. «Ich plaudere doch so gerne mit Herrn Halfmann. Aber wirklich nur höchstens ein halbes Stündchen. Schließlich möchte ich ungern Anlass zu Gerede geben.»

«Anlass zu Gerede?» Ihre Mutter winkte lachend ab. «Aber woher denn? Und ich bin ganz sicher, dass Herrn Halfmann deine Ehre ebenso sehr am Herzen liegt wie dir selbst und mir. Nein, nein, das geht schon in Ordnung. Ich ziehe mich jetzt zurück und wünsche Euch eine Gute Nacht, Herr Halfmann.» Sie lächelte Margarete bedeutsam zu. «Dir natürlich auch, mein liebes Kind. Nun entschuldigt mich bitte.» Mit einem freundlichen Nicken in Richtung ihres Gastes zog Gertrude sich zurück und schloss leise die Stubentür hinter sich.

Margarete blickte sich etwas unsicher im Raum um. «Wollen wir uns wieder setzen?», schlug sie vor und deutete auf die Stühle am Tisch, doch ihr Gegenüber hatte eindeutig anderes im Sinn. «Gerne, liebe Margarete.» Seine Stimme klang eine Spur tiefer, sein Blick wanderte interessiert über ihren Körper. «Lasst uns doch hier auf der Bank Platz nehmen. Der Ofen strahlt so eine heimelige Wärme ab, findet Ihr nicht?» Er berührte sie an der Schulter und führte sie zu der schweren Holzbank, die vier Personen Platz bot und noch von Margaretes Großvater stammte.

Ihr Herz schlug etwas schneller, doch sie ließ sich ihr plötzlich aufwallendes Unwohlsein nicht anmerken, sondern setzte sich auf eines der weichen Sitzkissen.

Dietrich Halfmann tat es ihr gleich und wandte sich ihr so zu, dass sein Knie das ihre wie zufällig berührte. Gleich darauf ergriff er ihre Hand. «Darf ich ganz ehrlich sein, Margarete?»,

205

raunte er und lehnte sich ein klein wenig vor. «Ich hatte darauf gehofft, ein paar ungestörte Minuten mit Euch verbringen zu dürfen. Zwar betrübt es mich, dass ich zu dieser Ehre gelangt bin, weil es Eurer guten Frau Mutter nicht wohl ist, dennoch kann ich nicht verhehlen, dass es mich freut, Euch nun in trauter Zweisamkeit gegenüberzusitzen.»

Da Margarete keine passende Antwort darauf einfiel, schwieg sie. Das schien Halfmann nicht aufzufallen, denn er sprach schon eifrig weiter: «Nach meinen bisherigen Besuchen dürftet Ihr bereits bemerkt haben, dass ich ...» Er lachte leise. «Nun ja, dass ich Gefallen an Eurer Gesellschaft gefunden habe.»

Margarete schluckte und dachte an die Drohung ihrer Mutter, sie mit dem Gürtel zu versohlen, falls sie sich dem Schöffen gegenüber nicht entgegenkommend verhielte. Doch Halfmann entsprach so gar nicht ihrer Vorstellung von einem ansehnlichen Freier. Dazu war er viel zu alt und hässlich. Andererseits fühlte sich der leichte Druck seiner warmen Hand nicht so schlimm an, wie sie befürchtet hatte. Sein Daumen strich federleicht in Kreisen über ihren Handrücken, und sein Blick war in deutlich erkennbarem Wohlgefallen auf sie gerichtet. Also bemühte sie sich, ihren Widerwillen zu überwinden, und setzte ein, wie sie hoffte, einladendes Lächeln auf.

«Ich bin auch gerne in Eurer Gesellschaft, Herr Halfmann. Ihr habt immer so interessante Dinge zu berichten. Ich meine, aus der Stadt und über Euer Amt als Schöffe.»

«Ihr interessiert Euch also dafür?»

«O ja, sehr», bekräftigte sie und spürte, wie sich der Druck seiner Hand leicht verstärkte. Fast unmerklich zog er sie etwas zu sich heran.

«Das freut mich ganz besonders», sagte er. «Nicht viele Frauen haben für solche Angelegenheiten einen Sinn.»

«Wirklich nicht?» Margaretes Herz klopfte noch schneller, als Halfmanns andere Hand beiläufig über ihr Knie strich und dann auf ihrem Oberschenkel liegen blieb. «Dabei ist das doch ausgesprochen spannend. Ihr habt als Schöffe ja schließlich über wichtige Dinge zu urteilen, nicht wahr?»

«O ja, da habt Ihr nicht unrecht, Margarete. Aber wisst Ihr was?» In seinen Blick trat wieder dieses begehrliche Funkeln. «Gerade im Augenblick würde ich mich lieber über ganz andere Dinge mit Euch ... austauschen.»

«Ach ja? Worüber denn?» Es fiel Margarete weniger schwer als gedacht, Halfmanns Avancen zuzulassen. Schwieriger war es da schon, so zu tun, als wüsste sie nicht, worauf er hinauswollte.

«Nun ja, wisst Ihr, wir haben uns nun schon ein paarmal in Gesellschaft Eurer Frau Mutter getroffen, und ich hatte den Eindruck, dass wir uns recht gut verstehen.»

«Mh, ja, natürlich, Herr Halfmann. Wie ich schon sagte, ich bin gerne in Eurer Gesellschaft.»

Unvermittelt rutschte er so nah an sie heran, dass ihre Körper sich berührten. «Ja, und siehst du, Margarete ...» Dass er in das vertrauliche Du wechselte, verursachte ihr eine leichte Gänsehaut. «Ich hatte nun gehofft, dass wir uns ...», er zwinkerte ihr zu, «noch ein wenig besser kennenlernen.» Unvermittelt löste er seine Hand von der ihren und legte sie an ihre Wange, ließ sie von dort durchaus zärtlich ihren Hals hinabwandern, bis sie auf ihrer Schulter innehielt. «Ein wenig intimer, wenn du verstehst, was ich meine.» Nun hatte seine Stimme einen dunklen, heiseren Ton angenommen, der seine

Erregung verriet. «Natürlich nur, wenn du dazu bereit bist und ...» Seine Hand wanderte ganz beiläufig ihren Arm hinab und wieder hinauf. «... selbstverständlich bleibt das unser kleines Geheimnis.»

Margarete schluckte erneut und wunderte sich gleichzeitig, dass sie auf die Zärtlichkeiten Halfmanns zu reagieren begann. Nicht nur ihr Herz pochte heftig in ihrer Brust, sondern sie verspürte auch ein nicht unangenehmes Ziehen zwischen ihren Beinen. Zwar war sie den körperlichen Freuden zwischen Mann und Frau noch nie abgeneigt gewesen, doch dass selbst Halfmann eine gewisse Lust in ihr auslösen könnte, hätte sie nicht für möglich gehalten.

Sie wusste jedoch, was von ihr erwartet wurde, deshalb gab sie sich erschrocken. «Aber Herr Halfmann! Das geht doch nicht. Ich meine, was sollen die Leute sagen, falls das herauskommt? Ich kann doch nicht, also wir können doch nicht einfach ... Das schickt sich nicht!»

«Liebste Margarete, mach dir darüber keine Sorgen», schmeichelte Halfmann unbeirrt weiter und fuhr fort, sie zu streicheln. Dabei richtete er es so ein, dass seine Hand wie zufällig auch die Rundung ihrer Brust streifte. «Wie gesagt, niemand wird davon erfahren, das verspreche ich dir.» Seine Hand auf ihrem Schenkel wurde immer schwerer und glitt beinahe bis zu ihrem Schoß hinauf.

Verblüfft sog sie die Luft ein, als er mit den Fingerspitzen an unaussprechlicher Stelle leichten Druck ausübte. «Du bist ein wunderschönes Mädchen, Margarete. Damit und mit deinem offenen, liebreizenden Wesen hast du mich ganz in deinen Bann gezogen.» Inzwischen rieb er sanft über diese besondere Stelle ihres Schoßes, der zwar unter ihren Röcken verborgen, jedoch trotzdem für diesen sinnlichen Reiz empfänglich war. «Glaubst du mir das, Margarete?», raunte er.

«Ja.» Ihr Atem ging in unregelmäßigen Stößen. «Ja, natürlich glaube ich Euch, Herr Halfmann. Aber sollten wir nicht, also, ich meine, wenn jemand hereinkommt ...»

«Wer sollte schon hereinkommen, Liebchen? Deine Mutter ist doch schon zu Bett gegangen.» Sein Atem ging inzwischen auch deutlich schneller. Er vergrub sein Gesicht in ihrer Halsgrube und küsste sie. Sein Bart kratzte leicht über ihre Haut.

Das Ziehen zwischen ihren Schenkeln verstärkte sich ein wenig, dennoch schob sie ihn von sich. Hier in der Wohnstube konnte sie es auf keinen Fall mit ihm tun! «Nicht, Herr Halfmann, das dürfen wir nicht ... Ich meine, nicht hier. Der Knecht kommt manchmal abends noch herein, um nach dem Rechten zu sehen.»

«Oh.» Dieses Argument schien ihm einzuleuchten. Er stand auf und zog sie mit sich auf die Füße. «Wo dann, liebe Margarete? Gibt es einen Ort, an dem wir ungestört zusammen sein können?» Er drängte sich an sie, sodass sie seine Erregung nun auch ganz deutlich spüren konnte. Sie wusste, wenn sie ihn jetzt dort berühren würde, könnte sie seine Wollust noch deutlich steigern. Sie hielt sich jedoch zurück, denn sie konnte ja nicht wissen, ob es ihm wirklich recht war zu erfahren, dass sie nicht mehr ganz so unschuldig war, wie man hätte vermuten sollen. Also tat sie weiterhin ein wenig erschrocken.

«Ich weiß nicht, Herr Halfmann. Seid Ihr sicher, dass wir das tun sollen? Ich meine, wenn ... falls ich ...» Sie senkte den Blick. «Eine Frau muss auf ihren Leumund bedacht sein. Und wenn ich so etwas zulasse, muss ich doch sicher sein, dass ich nicht in, Ihr wisst schon, Verruf gerate oder Schlimmeres. Angelegentlich strich sie mit der Hand über ihren Bauch.

Halfmann legte seine Hand erstaunlich sanft über die ihre. «Liebe Margarete, darüber mach dir mal keine Gedanken. Niemand wird es erfahren, und nichts Schlimmes wird dir geschehen. Und falls, nun ja», er drückte ihre Hand leicht. «Sei gewiss, dass ich für dich sorgen werde. Ich werde doch deinen Ruf nicht aufs Spiel setzen! Als Ehrenmann weiß ich, was meine Pflichten sind.»

Genau das war es, was sie hatte hören wollen und was auch ihre Mutter erfreuen würde. «Also gut», hauchte sie und bemühte sich weiterhin, Schüchternheit vorzutäuschen. «Dann vielleicht ...» Sie sah sich zögerlich um. «Im Stall nebenan? Da ist es recht warm wegen der Tiere, und es gibt viel Stroh und ...»

«Komm», unterbrach er sie, «das ist eine hervorragende Idee.»

Gemeinsam verließen sie das Haus und begaben sich in die angrenzende Stallung, in der Pferde, Rinder, Schweine, Hühner und Enten untergebracht waren. Sie führten nur die kleine Öllampe mit sich, die im Wohnzimmer auf dem Tisch gestanden hatte. Halfmann stellte sie auf einem Querbalken ab, dann führte er Margarete zielstrebig zu einem frischen Strohhaufen, den der Knecht am Nachmittag von der Tenne oben heruntergeschaufelt hatte, um am nächsten Tag die Einstreu des Viehs zu erneuern. Kaum waren sie dort angekommen, als er auch schon begann, ihr Kleid aufzunesteln – erstaunlich geschickt, wie sie feststellte. Auf ihren erstaunten Blick hin schmunzelte er. «Wunderst du dich, wie leicht ich mich mit Frauenkleidern zurechtfinde? Vergiss nicht, dass ich schon einmal verheiratet gewesen bin. Solche Dinge verlernt man nicht.» Mit flinken

Fingern hatte er nicht nur das Oberteil ihres Kleides aufgenestelt, sondern auch ihren zarten Spitzenkragen entfernt und beiseitegeworfen. Und erst jetzt setzte er auch seinen breiten Filzhut ab, der ihm sonst vermutlich irgendwann vom Kopf gerutscht wäre. Er streifte ihr das Kleid herunter bis zur Leibesmitte und blickte begierig auf die üppige Rundung ihrer Brüste, die durch das straffe Schnürleibchen noch hervorgehoben wurde. Bevor sie sichs versah, hatte er sich vorgebeugt und begann, Brust und Dekolleté mit warmen Küssen zu bedecken.

Sie war nicht wenig erstaunt, wie unerwartet gefühlvoll er dabei vorging und wie heftig sie darauf reagierte. Das Ziehen zwischen ihren Beinen war wieder da. Als er die Schnürung des Leibchens löste und wenig später ihre linke Brust umfasste und mit den Lippen umschloss, verwandelte es sich in ein heftiges Pochen.

«Hm, schön», hörte sie ihn undeutlich stöhnen. «Wirklich wunderschön, Margarete.»

Sie sog hörbar die Luft ein, als seine Zunge um ihre aufgerichtete Brustwarze kreiste. Seine Hände legten sich begehrlich auf ihr Hinterteil und kneteten es. Dann richtete er sich wieder auf und zog sie fest an sich, rieb seinen Unterleib an ihrem, damit sie die harte Ausbuchtung in seiner Hose spüren konnte. Er atmete in heftigen Stößen, die nur ganz wenig nach Wein rochen. Es störte Margarete nicht. Nicht mehr. Ihre eigene Erregung war inzwischen so groß, dass sie keinen klaren Gedanken mehr fassen konnte.

«Zieh das Kleid ganz aus», forderte Halfmann sie auf und begann gleichzeitig, sich seines Wamses zu entledigen. Gleich darauf folgte das Hemd, dann streifte er Stiefel und Hose ab.

Margarete bemühte sich, die noch verschlossenen Haken und Ösen ihres Kleides rasch zu lösen, und streifte es schließlich mitsamt ihrer Unterwäsche ab. Kaum war dies geschehen, als Halfmann sie auch schon auf das Heulager drängte, sodass ihr kaum Gelegenheit blieb, seinen nunmehr nackten Körper näher in Augenschein zu nehmen. Er war beleibt, das war schon in bekleidetem Zustand unübersehbar, und sein Bauch stand ein wenig vor wie bei vielen wohlhabenden Männern ab einem gewissen Alter. Kurz tanzte vor ihrem inneren Auge das Bild eines anderen, wesentlich jüngeren Mannes, schlank, wohlproportioniert. Bartel. Seine Hände auf ihrem Leib, seine Lippen auf ihrem Mund.

Nein, es waren Halfmanns Lippen, die die ihren nun gierig eroberten. Er lag halb auf ihr, und sie konnte sein hartes Ding an ihrer Hüfte spüren. Margarete wartete auf eine Welle des Widerwillens, denn immer noch stand ihr Bartels Bild vor Augen. Doch nichts dergleichen geschah. Vielmehr schien der erregte Mann an ihrer Seite genau zu wissen, wie er ihr Lust verschaffen konnte. Er streichelte über ihre Brüste, saugte gerade so fest daran, dass es ihr ein Ziehen verursachte, das bis geradewegs in ihren Schoß reichte. Sie bäumte sich überrascht auf und vergaß ganz, sich unerfahren zu stellen, als seine rechte Hand sich zwischen ihre Schenkel schob und sie dort zu liebkosen begann. Sie nahm die Beine ein wenig auseinander, um ihm besseren Einlass zu gewähren, und vernahm sein erfreutes Stöhnen, als er spürte, dass sie bereits feucht geworden war.

Ohne in seinem Streicheln innezuhalten, hob er den Kopf und musterte sie halb neugierig, halb wissend. «Gehe ich recht in der Annahme, dass du dies nicht zum ersten Mal tust, Margarete?»

Da es sinnlos war, es zu bestreiten, antwortete sie nicht darauf.

Er nickte. «Hm, fast habe ich es mir gedacht. Aber das macht nichts, mein Liebchen. Das macht mir überhaupt nichts aus. Denn weißt du, dann brauche ich ja auch nicht übermäßig vorsichtig zu sein, nicht wahr?» Lächelnd stieß er einen Finger in sie hinein.

Sie rang erregt nach Atem und drängte sich ihm entgegen.

Das Lächeln auf seinen Lippen verbreitete sich. «So ist's recht, Margarete. Ich wusste, ich werde meine Freude an dir haben.» Er zog seine Hand zurück und schob sich ganz auf sie, drängte mit den Knien ihre Beine weit auseinander. «Und du an mir auch, will ich doch hoffen.»

Im nächsten Moment drang er bereits tief in sie ein und umfasste gleichzeitig mit einer Hand wieder ihre Brust, knetete sie und saugte daran.

Stöhnend passte sie sich dem Rhythmus seiner gierigen Stöße an und vergaß darüber Bartel und alle Gedanken, die sie vorher noch beschäftigt hatten.

Als sie beide eine Weile später vollkommen außer Atem, aber befriedigt nebeneinanderlagen, fühlte Margarete sich seltsam befangen und gleichzeitig in einem merkwürdigen Schwebezustand. Zwar hatte sie bereits mit einigen jungen Männern das Lager geteilt, doch so lustvoll und heftig war es dabei selten einmal zugegangen. Sie fragte sich, wie das sein konnte, war doch Dietrich Halfmann alles andere als schön anzusehen oder gar begehrenswert.

Als hätte er ihre Gedanken gelesen, umfasste er noch einmal ihre Brust und drückte sie leicht, um ihre Aufmerksamkeit zu erregen. «Na, Margarete, hat dir das gefallen? Hättest du wohl nicht gedacht, dass ein alter Kläpper noch so viel Kraft in den Lenden besitzt. Von mir aus kannst du davon so viel haben, wie du willst.» Er lachte heiser. «Dein Schaden soll es jedenfalls nicht sein, mein Liebchen.»

«Wirklich?» Sie hob den Kopf ein wenig an, suchte seinen Blick.

«Aber ja doch, wenn du es gerne möchtest.» Beiläufig spielte er mit ihrer Brustwarze, die sich daraufhin prompt wieder aufrichtete. «Selbstverständlich müssen wir Stillschweigen darüber bewahren ... zumindest vorläufig.»

«Natürlich.» Sie nickte verständnisvoll, wollte ihn jedoch nicht ganz so leicht davonkommen lassen. «Aber Ihr meint es doch ernst mit mir, nicht wahr, Herr Halfmann?»

«Aber sicher doch, mein Liebchen.» Er zwinkerte ihr vertraulich zu. «Du brauchst dir überhaupt keine Sorgen zu machen. Es ist nur im Augenblick alles sehr anstrengend und schwierig mit dem Hexenkommissar in der Stadt und den vielen Pflichten, die ich im Schöffenkollegium habe. Ganz zu schweigen von meinem Geschäft. Solche ... Dinge brauchen ihre Zeit, vieles muss bedacht und geregelt werden. Das verstehst du doch, Margarete? Ich möchte nirgendwo mit der Tür ins Haus fallen, schon gar nicht bei meiner eigenen Familie. Aber sobald alles geregelt ist und sich die Lage in Rheinbach wieder ein wenig beruhigt hat, machen wir es offiziell.»

«Versprochen?»

«Aber ganz bestimmt.» Er lächelte schelmisch. «Und bis dahin bleibe ich euer gelegentlicher Gast, der der Tochter des Hauses ein ganz klein wenig den Hof macht, ihr Geschenke bringt ...»

Ihre Augen wurden groß. «Was denn für Geschenke?»

«Nun ja, was du gerne magst. Süßigkeiten vielleicht? Ein bisschen Schmuck und Flitterkram? Nichts allzu Teures natürlich, denn sonst klaafen die Leute sofort wieder. Würde dir das zusagen?»

Margarete biss sich aufgeregt auf die Unterlippe. «Ja, aber natürlich würde mir das gefallen.»

«Siehst du, das habe ich mir gedacht.» In seinen Augen glitzerte es amüsiert. Sanft ließ er seine Hand über ihren Bauch nach unten gleiten. «Und nicht zu vergessen, ein ganz besonderes Geschenk, von dem ausschließlich wir beide wissen.»

«Ja?» Sie atmete scharf ein, als sein Finger in sie eintauchte. «Was wäre das denn?»

«Da fragst du noch?» Halfmann rückte abermals nah an sie heran, sodass sie spüren konnte, dass seine Männlichkeit sich bereits wieder aufgerichtet hatte. Mutig griff sie danach, umschloss sie gerade so fest mit ihren Fingern, bis er ein grollendes Stöhnen ausstieß. «Du lernst schnell, Margarete, das muss ich schon sagen. So muss ein Mädchen sein, das ist ganz nach meinem Geschmack.»

Lustvoll schloss er die Augen, erregte sie weiter mit seiner Hand, bis sie es kaum noch aushielt und sich ihm wimmernd entgegendrängte. Als er sie diesmal nahm, schoss ihr kurz der Gedanke durch den Kopf, dass sie ihrer Mutter für die Wahl dieses Bräutigams durchaus dankbar sein konnte.

10. Kapitel

Diese falsche geruchten dienen den ungerechten Zäuberrichteren
für unfehlbare indicien. Diese Leute werden an dem ersten
gefangen / gefoltert und verbrennet ...

B artel?»
  «Hm?»

«Mir wird allmählich kalt.» Anna rieb sich leicht über die Oberarme. «Ich sollte jetzt lieber nach Hause gehen. Der Abend war aber wirklich schön, nicht wahr?»

Bartel zog seinen Mantel aus und legte ihn Anna sorgsam um die Schultern.

«Aber jetzt frierst doch du!», protestierte sie.

Er winkte ab: «Nicht so schlimm.»

Sie waren nach der Tanzveranstaltung im *Ochsen* noch einen kleinen Umweg durch die sternenklare Nacht gegangen. Das gehörte sich zwar nicht, doch taten es ihnen heute viele andere Paare gleich, und die Eltern und älteren Einwohner Rheinbachs drückten beide Augen zu. Der Frühlingsabend war recht mild gewesen, eine leichte Brise hatte erste Vorboten des nahenden Sommers mit sich getragen. Eines Sommers, so hofften alle, der weniger kalt und verregnet als der vergangene sein würde. Doch nun war es bereits kurz vor Mitternacht, aus dem lauen Lüftchen wurde ein kalter Wind.

Zärtlich legte Bartel seinen Arm um Anna, zog sie näher zu sich heran. «Wie gut, dass du für eine Weile ins Haus deines Onkels gezogen bist. So hast du einen viel weiteren Heimweg und ich länger Gelegenheit, bei dir zu sein.»

«Ja, stimmt.» Er hörte ihrer Stimme an, dass sie lächelte. «Aber glaub jetzt bloß nicht, das hätte ich nur für dich getan. Meinem Onkel geht es dieser Tage überhaupt nicht gut. Die Verhaftung von Marta Schmid nimmt ihn furchtbar mit. Oft ist er ganz schwermütig und blass, dann weiß ich gar nicht, was ich tun soll.»

«Arme Anna.» Er drückte sie noch fester an sich. «Das tut mir wirklich leid. Mein Vater ist auch vollkommen außer sich wegen Frau Schmid. Ich kann es selbst kaum begreifen.»

«Du glaubst doch nicht, dass sie wirklich eine Zauberin ist, oder?»

«Psst!» Hastig legte er ihr seinen Zeigefinger an die Lippen. «Nein, natürlich nicht», raunte er. «Das ist eine ganz gemeine und hinterhältige Intrige. Irgendjemand hat sie bei Dr. Möden angeschwärzt, sagt Vater. Aber der wird ganz sicher nicht verraten, wer es gewesen ist.»

«Glaubst du, dass sie sie verbrennen werden?»

«Ja.» Bartel nickte. «Vater sagt, dass es so gut wie beschlossene Sache ist. Aber vorher werden sie sie noch ganz furchtbar foltern, bis sie die Namen ihrer Komplizen verrät.»

Anna blieb wie angewurzelt stehen. «Aber wenn sie keine Hexe ist, kann sie doch auch keine Komplizen haben!», flüsterte sie. «Wie soll das denn gehen?»

«Ich weiß es auch nicht. Vater sagt, unter der Tortur gestehen die Menschen einfach alles, und das macht sich der Kommissar zunutze.»

217

«Wie grausam!» Langsam ging sie weiter. «Wie schäbig und hinterhältig! Kann man denn nichts dagegen tun?»

«Nicht, wenn man nicht riskieren will, als Hexenpatron angezeigt zu werden.» Er seufzte betrübt. «Jetzt ist die ganze schöne Stimmung des Abends dahin.»

«Ja, leider. Andererseits ist es ja auch irgendwie gemein, fröhlich zu tanzen und zu lachen, während die arme Frau Schmid im Gefängnis sitzt. Wie sehr muss die Familie darunter leiden!»

«Du hast recht, Anna. Es ist schon verrückt. Wir tanzen und singen und lachen und wissen doch alle, dass bald das Brennen wieder losgeht.» Er zuckte resigniert die Achseln. «Meine Mutter hat gesagt, dass wir es sowieso nicht ändern können und dass das Leben weitergeht. Vater war zwar nicht ihrer Meinung, aber sie hat darauf bestanden, dass ich dich heute zum Tanzen ausführe, damit wir uns amüsieren. Sie meinte, wenn wir alle Trübsal blasen, ändert das rein gar nichts, und der armen Frau sei so oder so nicht mehr zu helfen.»

Anna schniefte leise. «Vielleicht hat sie recht. Aber Frau Schmid ist immer so nett gewesen.» Sie sog tief die Luft ein und stieß sie geräuschvoll wieder aus. «Wir sind gleich da, Bartel.»

«Ich weiß. Eigentlich schade. Ich wäre gerne noch länger mit dir beisammen.»

«Ich auch mit dir.» Erneut blieb Anna stehen, wandte sich ihm voll zu. «Bartel?»

«Ja, Anna?»

«Gibst du mir noch einen Gutenachtkuss, damit ich beim Einschlafen an etwas Schönes denken kann?»

In der Dunkelheit konnte er ihr Gesicht kaum erkennen, doch das war auch gar nicht nötig. Aus ihrer Stimme klang so viel Zuneigung, dass sein Herzschlag sich freudig beschleunigte. Anstatt ihr zu antworten, umschloss er ihre Wangen zärtlich mit seinen Händen und berührte ihre Lippen mit den seinen. Erst ganz sachte, doch da sie sogleich ihre Arme um seinen Hals legte und ihn zu sich heranzog, vertiefte er den Kuss mutig.

Als sich zum ersten Mal ihre Zungen berührten, war es Bartel, als würden sie beide von einem Blitz durchzuckt. Anna stieß einen überraschten Laut aus, der sein Blut in Wallung brachte. Er umschloss ihre Wangen noch fester mit den Händen, erkundete neugierig und atemlos ihre Mundhöhle, die Textur ihrer Zähne, die zarte Innenseite ihrer Lippen.

Nach einer Weile lösten sie sich widerstrebend und heftig atmend voneinander. Bartels Herzschlag hatte sich zu einem wilden Galopp gesteigert, in seinen Ohren rauschte das Blut, und in seinen Lenden pochte es verlangend.

Er hörte, wie Anna erneut geräuschvoll ein- und ausatmete. «Meine Güte», sagte sie und räusperte sich, weil ihre Stimme so kratzig klang. «Jetzt werde ich ganz bestimmt etwas schrecklich Unanständiges träumen.»

Verblüfft sah er auf sie hinab, dann brachen beide in Gelächter aus. Liebevoll zog er Anna in seine Arme und drückte sie an sich, vergrub seine Nase in ihrem weichen, duftenden Haar. «Ich liebe dich, Anna. Weißt du das?»

Sie schlang ihre Arme fest um ihn und streichelte mit den Händen über seinen Rücken. Ihre Wange schmiegte sie an seine Brust. «Ja, Bartel, ich weiß.» Kurz hob sie den Kopf, um ihm ins Gesicht zu schauen. «Ich will es jedenfalls hoffen, Bartholomäus Löher. Schließlich erlaube ich nicht jedem, mich ... *so* ... zu küssen.» Spielerisch zwickte sie ihn in die Seite.

Er lachte wieder. «Das will ich dir auch nicht geraten haben, Anna Kemmerling. Solche Küsse sind nämlich nur für das Mädchen gedacht, das einmal meine Frau sein wird.»

Wieder neigte er sich zu ihr hinab, küsste sie behutsam und verharrte dann in dieser Stellung, bis sie ihm von sich aus entgegenkam und ihre Lippen ein wenig öffnete, um ihm zu gestatten, den Kuss zu vertiefen.

Ein leises Klappern ließ sie beide zusammenfahren. Rasch lösten sie sich voneinander. Anna räusperte sich unterdrückt und strich fahrig über ihren Mantel.

Bartel sah sich suchend um, konnte jedoch den Ursprung des Geräuschs zunächst nicht ausmachen.

«Ist da jemand, Bartel?», flüsterte Anna. «Hoffentlich hat uns niemand gesehen. Ich will keinen Ärger bekommen, weil ich so spät abends noch draußen bin, noch dazu mit dir.»

«Pst.» Wieder lauschte Bartel angestrengt. «Redet da jemand? Hör mal genau hin!»

Tatsächlich waren von fern erneut Geräusche und dann Stimmen zu vernehmen.

«Das kommt von dort drüben.» Aufgeregt deutete Anna die Straße hinauf.

«Ja, vom Hof der Kocheims», bestätigte Bartel. «Komm, wir schleichen mal näher heran. Ich will wissen, was da los ist.»

«Aber Bartel, das geht doch nicht», protestierte Anna, doch er hatte sie bereits bei der Hand genommen und zog sich mit sich. Dabei schlüpfte er geschickt von Baum zu Baum, damit niemand sie bemerkte.

Bei einer kleinen Remise blieben sie stehen; Anna duckte sich hinter Bartel, spähte jedoch vorsichtig um ihn herum, während er wie gebannt zum Eingang des Kocheim'schen Stalls blickte. Sie waren jetzt so nah, dass sie im spärlichen Licht von Mond und Sternen ganz deutlich zwei Personen ausmachen konnten – einen Mann und eine Frau.

«Ist das Margarete?», raunte Anna verblüfft.

«Ich glaube, ja», antwortete Bartel ebenso leise, dann legte er den Zeigefinger an die Lippen. «Pst!»

Der Mann sagte etwas Unverständliches, woraufhin ein heiteres Kichern zu vernehmen war, dann ein Laut der Verblüffung und ein lustvolles Stöhnen. Daraufhin lachte der Mann unterdrückt auf und sagte wieder etwas. Im nächsten Augenblick verschmolzen die Schatten.

«Was machen die denn da? Du liebe Zeit!» Anna schnaufte leise. «Lass uns hier verschwinden!» Schon wollte sie sich zurückziehen, doch Bartel hielt sie davon ab.

«Nein, warte! Ich will wissen, wer das ist.»

«Bist du verrückt? Wenn sie uns bemerken, ist der Teufel los.» Trotz ihres Protests blieb Anna still neben Bartel stehen und versuchte ebenfalls, mehr zu erkennen. «Kann das Kocheims Knecht sein?»

«Nein, der ist viel kleiner und schlanker.» Bartel war versucht, noch näher an das Paar heranzuschleichen, hielt sich jedoch zurück, weil er Anna nicht in Schwierigkeiten bringen wollte. Wäre er allein gewesen, hätte er als Schultheiß des Reihs offiziell einschreiten können, wenn er gewollt hätte. Doch so, wie die Dinge lagen, war es besser, nur zu beobachten.

In das Stöhnen der Frau mischte sich nun auch das des Mannes, dann wieder ein Kichern und ein Lachen.

«Bartel.» Anna zupfte an seinem Ärmel. «Kann es sein, dass ...» Sie stockte. «Tun die beiden es da ... Ich meine ... Ähm.» Ihrer Stimme war die Verlegenheit deutlich anzuhören.

Auch Bartel war peinlich berührt. «Ich weiß nicht genau, aber es sieht fast so aus, als wollten sie …» Erschrocken brach er ab, als der Mann sich vernehmlich räusperte.

«So gern ich das auch weiterführen würde, leider muss ich nun wirklich gehen», war seine Stimme leise, aber durchaus vernehmlich zu hören. «Lass uns das ein andermal fortsetzen, Margarete.»

Bartel hätte sich beinahe verschluckt. Neben ihm sog Anna hörbar den Atem ein. «Bartel! Ist das nicht …»

«Schsch!» Angestrengt spähte er zu dem Paar hinüber.

«Aber …»

«Nicht!» Rasch legte er Anna eine Hand auf den Mund. In der Dunkelheit starrten sie einander einen Augenblick lang an.

Ein Licht flackerte auf, wohl von einer kleinen Laterne, welche nun schwankend über den Hof wanderte. Knirschende Schritte wurden laut, als der Mann auf Bartel und Anna zukam und dann, ein tonloses Pfeifen auf den Lippen, mit ausholenden Schritten an ihnen vorüberging, ohne sie zu bemerken.

Erst als er aus ihrem Blickfeld verschwunden war, nahm Bartel seine Hand von Annas Mund. Margarete war inzwischen auch nicht mehr zu sehen; vermutlich hatte sie sich zurück ins Haus begeben.

«Um Himmels willen», keuchte Anna. «War das wirklich …»

«Dietrich Halfmann.» Bartel nickte konsterniert.

«Aber das ist ja unerhört!»

«Das kannst du laut sagen.» Grimmig blickte Bartel sich um. «Komm, es wird Zeit, zu Bett zu gehen.»

«Ja.» Nachdenklich blickte Anna über die Schulter zurück zum Kocheim'schen Hof. «Was machen wir denn jetzt?»

«Nichts.»

«Nichts? Aber wir können doch nicht einfach …»

«*Du* machst gar nichts, Anna. Niemand darf erfahren, dass wir zusammen hier waren.» Bartel blieb beim Haus von Gottfried Peller stehen und fasste Anna bei den Schultern. «Geh jetzt hinein. Ich versuche, morgen bei dir vorbeizukommen. Dann reden wir weiter.»

«Aber Margarete … und Halfmann?»

Bartel schüttelte ratlos den Kopf. «Ich weiß noch nicht, was ich davon halten soll.»

«Sie haben Unzucht miteinander getrieben, Bartel!»

«Ich weiß.» Fahrig strich er sich mit gespreizten Fingern durchs Haar. «Ich müsste es eigentlich dem Reih melden. Aber dann müsste ich auch erzählen, woher ich das weiß. Dich will ich da heraushalten, Anna.»

«Ich hätte niemals gedacht, dass sie so etwas tut. Nicht mit … du weißt schon, einem wie ihm.» Sie hielt kurz inne. «Soll ich meinem Vetter Thomas einen kleinen Hinweis geben? Immerhin ist er der Flurschütz und muss doch eigentlich …»

«Nein, auf keinen Fall, Anna.» Bartel zog sie etwas näher zu sich heran. «Ich werde ihm sagen, dass ich Halfmann zufällig mit Margarete gesehen habe – ich allein. Das ist sicherer für dich. Ich will nicht, dass du Ärger bekommst.»

«Glaubst du, der Reih wird dafür stimmen, gegen Halfmann vorzugehen?»

Bartel nickte nach kurzem Zögern. «Ja.» Er küsste Anna sachte auf die Lippen, dann ließ er sie los. «Ja, Anna, davon bin ich überzeugt.» Er hob die Hand zum Abschied. «Gute Nacht.»

«Gute Nacht, Bartel.»

Er wartete noch, bis sie im Haus verschwunden war, dann strebte er seinem Elternhaus zu, in Gedanken voll und ganz mit der Ungeheuerlichkeit beschäftigt, die sie soeben entdeckt hatten.

Zögernd betrat Hermann das Bürgerhaus. Es widerstrebte ihm zutiefst, die Stufen ins obere Geschoss hinaufzusteigen, doch er zwang sich dazu. Auf halbem Weg hörte er schon den jämmerlichen Schrei einer Frau durch das Haus gellen. Er zuckte zusammen, ihm wurde kalt und übel zugleich, und er blieb mitten auf der Treppe stehen.

Als aus dem Schrei ein klägliches Wimmern und Schluchzen wurde, setzte er sich langsam wieder in Bewegung. Die Tür zur Peinkammer war nur angelehnt, im Raum standen seine fünf Schöffenkollegen schweigend im Halbkreis um den Folterstuhl herum. Direkt neben dem Stuhl erkannte er den Hexenkommissar, der mit unbewegter Miene auf Marta Schmid hinabblickte. Sie war mit den Handgelenken an die Armlehnen gekettet, ihre Beine steckten in zwei speziell für sie angepassten Spanischen Stiefeln. Die Augen waren ihr mit einem breiten grauen Leinenstreifen verbunden worden.

Der Henker war gerade dabei, an ihrem linken Bein das Foltergerät noch etwas nachzujustieren. Offenbar saß es nicht so gerade und fest, wie es sollte. Ihr Gesicht war kalkweiß, lediglich auf ihren Wangenknochen zeichneten sich rote Flecken ab.

«Da seid Ihr ja endlich, Herr Löher. Guten Tag», grüßte Möden mit seiner ihm eigenen überfreundlichen Stimme. Sein leutseliges Lächeln wirkte hier in der Peinkammer vollkommen fehl am Platz. «Ich dachte schon, wir müssten heute auf Euch verzichten.»

«Geschäfte», knurrte Hermann und vermied es, zu Marta hinzusehen. Der graue Kittel war ihr bis über die Knie hochgeschoben worden, damit ihre Beine in die Folterinstrumente eingespannt werden konnten.

«Selbstverständlich», antwortete Möden liebenswürdig. «Umso mehr freut es mich, dass Ihr doch noch hergefunden habt.»

«Hatte ich denn eine andere Wahl?»

Für diese sarkastische Bemerkung erntete Hermann von Richard Gertzen einen heftigen Rippenstoß und warnende Blicke.

Möden drehte sich bedachtsam zu ihm um. «Nein, Herr Löher, hattet Ihr wohl nicht.» Sein Lächeln vertiefte sich noch. «Eure Abwesenheit hätte ich mit äußerstem Bedauern wahrgenommen. Immerhin habt Ihr als Schöffe eine Pflicht der Stadt Rheinbach gegenüber zu erfüllen.» Dann wandte er sich an den Henker. «Meister Jörg, dreht die Schrauben fester an. Die liebe Marta soll nicht glauben, dass das eben schon alles gewesen ist.»

Martas Kopf ruckte hoch. «Nein, bitte, Herr Dr. Möden ... das ist alles ein furchtbarer Irrtum!»

«Ach, ist es das, liebe Marta? Wie kommst du darauf, dass ich mich irren könnte?» Neugierig musterte Möden sie und verschränkte dabei die Hände auf dem Rücken.

«Ich habe mir nie etwas zuschulden kommen lassen», erklärte Marta sichtlich bemüht, den Kommissar zu überzeugen.

Hermann schloss verzagt die Augen, weil er wusste, dass es vergebene Liebesmüh war. Als Marta weitersprach, blickte er doch wieder zu ihr hin. «Ich bin eine gute Christin, Herr Dr. Möden, das können alle bezeugen, die mich kennen. Nie und nimmer weiß ich, wie Zaubern geht. Und überhaupt – wen oder was hätte ich denn behexen sollen?» Sie schluckte. «Ich glaube, jemand hat mich aus Missgunst angezeigt. Aber das darf doch nicht sein!»

«Du hast recht, Marta», antwortete Möden. «Wenn es sich so verhielte, wäre es tatsächlich eine große Schande. Aber ich habe eine Zeugenaussage vorliegen, die dir vorwirft, du habest schon seit geraumer Zeit deine Nachbarn und guten Freunde mit dem bösen Blick angesehen und sie heimlich verwünscht. Des Nachts bist du außerdem schon gesehen worden, wie du heimlich aus dem Haus geschlüpft bist, um dich zum Hexentanz mit dem Teufel und deinen Komplizen davonzustehlen.»

«Das ist gelogen! Niemals würde ich das tun!», protestierte Marta verzweifelt. «Wer kommt denn nur auf so etwas?»

Auf einen Wink Mödens hin drehte der Henker an den Beinschrauben.

Marta stieß einen Schrei aus. «Hört auf! Ich kann nicht … Ich habe mich noch niemals heimlich davongeschlichen.»

«Ach?» Möden trat näher an sie heran und beugte sich ein wenig zu ihr hinab. «Dann bist du vergangene Woche nicht am Montag noch vor dem Morgengrauen mutterseelenallein durch die Straßen Rheinbachs gehuscht, auf dem Heimweg vom Hexensabbat, wie ich annehmen muss?»

Marta drehte ihm sichtlich verwirrt den Kopf zu. «Nein. O nein, ich war nicht auf einem Hexentanz. Es war Neumond, da kann ich immer ganz schlecht schlafen. Ich war nur kurz an der frischen Luft.»

«Um dich mit dem Teufel zu paaren?»

«O Gott, nein!»

«Du gibst also zu, dass du zu unbilliger Zeit ganz alleine

draußen warst, anstatt, wie es sich gehört, in deinem Ehebett zu liegen?»

Marta zögerte. «Nun, ja. Aber doch wirklich nur, um ...»

«Und du behauptest, du wüsstest nicht, dass sich der Teufel für seine Zusammenkünfte mit euch Zauberern besonders gerne Voll- und Neumondnächte aussucht?»

«Nein, davon weiß ich überhaupt nichts.»

«Das ist seltsam, denn just vor zwei Tagen hat man mir aus sicherer Quelle zugetragen, dass du auf einem Hexentanz gesehen worden bist.»

«Das ist eine Lüge!»

«Ganz sicher nicht, denn die Person, die dich dort gesehen hat, war selbst an dem Tanz beteiligt und musste sich diese Sünde von der Seele reden, um nicht im ewigen Höllenfeuer zu schmoren.»

«Was sagt Ihr da?» Entgeistert starrte Marta zu Möden auf.

Der Kommissar wandte sich kurz an den Gerichtsschreiber, der eifrig jedes Wort mitschrieb. «Für das Protokoll bitte ich aufzunehmen, dass der verurteilte und auf dem Scheiterhaufen hingerichtete Friedrich Ackermeier, ehemals wohnhaft in Flerzheim, vor dem hohen Gericht bezeugt und beschworen hat, die hier angeklagte Marta Schmid, Ehefrau des Schöffen Neyß Schmid, bei mehreren Gelegenheiten getroffen zu haben, als sie beide an geheimen Hexentänzen teilgenommen haben.»

«Das ist gelogen!» Verzweifelt zerrte Marta an ihren Fesseln. «Ich war das nicht, so glaubt mir doch! Nie und nimmer habe ich an Hexentänzen teilgenommen, und diesen Friedrich Ackermann kenne ich auch nicht.»

«Ackermeier», korrigierte Möden ungerührt. «Nicht nur hat er dich dabei gesehen, wie du Unzucht mit dem Teufel ge-

227

trieben hast, nein, du hast dich auch ihm und deinen übrigen Komplizen zur fleischlichen Begegnung angeboten.»

«Herr Dr. Möden, das klingt mir denn doch ein bisschen weit hergeholt», mischte Hermann sich ein, denn er konnte die Winkelzüge des Kommissars kaum ertragen. «Marta Schmid ist eine tugendsame Frau und Gattin. Was Ihr ihr hier vorwerft, wäre ja Hurerei. So etwas halte ich für ausgeschlossen.»

«So, tut Ihr das, Herr Löher?» Mödens Augenbrauen wanderten nach oben, als er auf Hermann zutrat. «Vergesst nicht, dass ich das Verhalten und die Untaten der frevlerischen Zauberer und des Gottseibeiuns seit Jahren tagtäglich studiere. Schon aus diesem Grund ist es unangebracht, mein Urteilsvermögen in dieser Hinsicht anzuzweifeln. Was wisst Ihr denn schon davon, welch widerwärtigen Einfluss die Gegenwart des Teufels auf seine Buhlen hat, insbesondere wenn es sich um eine willensschwache Frau handelt?» Mahnend hob er den Zeigefinger. «Es würde Euch wesentlich besser anstehen, mir schweigend zuzusehen und zu lernen, damit Ihr für die Zukunft Bescheid wisst.» Er gab dem Henker erneut ein Zeichen. «Lasst sie ein bisschen den Galgentrott tanzen.»

Sogleich band der Henker Martas Arme los und fesselte sie hinter ihrem Rücken. Hernach legte er ihr ein eisernes Halsband an, das auf der Innenseite mit Stacheln versehen war. Außen besaß es vier Ösen, an denen Tünnes nun lange Leinen befestigte, die in die vier Ecken des Raumes gespannt wurden. Marta keuchte während der Prozedur heftig; die Panik war ihr trotz der verbundenen Augen deutlich anzusehen.

Die Spanischen Stiefel wurden gelöst, und Marta musste mit der Hilfe von Tünnes auf die Sitzfläche des Peinstuhls klettern. Als sie aufrecht stand, spannte der Geselle die Seile so weit, dass die Frau schon allein durch den Zug aufrecht stehen blieb.

«Nun denn, Meister Jörg!» Mit einer lässigen Handbewegung bedeutete der Kommissar dem Henker, mit der Tortur zu beginnen.

Der Henker ergriff daraufhin den Stuhl von der Seite und rüttelte heftig daran. Marta wurde unsanft hin und her geworfen und strauchelte schon sehr bald. Da sie aber durch den Eisenring und die vier stramm gespannten Seile fixiert war, bohrten sich die Spitzen der Eisenzacken schmerzhaft in ihren Hals. Ihre schrillen, gequälten Schreie schallten durch das Bürgerhaus und gewiss bis weit hinaus auf die Straße.

Als sie schließlich vom Stuhl herunterfiel und nur noch in der eisernen Halsfessel hing, gab Möden dem Henkersgesellen ein Zeichen. «Ein hübscher Tanz, den die Hexe da vollführt. Wie wäre es, wenn du dazu ein wenig die Zither und Laute schlägst?»

Daraufhin trat Tünnes mit einem schweren Knüppel herbei und schlug immer wieder abwechselnd auf eines der Seile.

Marta schrie und heulte vor Schmerzen, als sie dergestalt durchgeschüttelt wurde. Unfähig, irgendwo Halt zu finden, flog ihr Leib bei jedem Schlag auf die Seile wie ein übergroßes Spielzeug herum.

Hermann drehte es den Magen um. Er war drauf und dran, erneut zu protestieren, als Möden das Zeichen gab, Marta aus dem Ring zu befreien und zurück auf den Peinstuhl zu binden. Geschwächt und blutend hing sie schwer vornüber, sodass ihr die Arme nicht mehr an die Armlehnen gefesselt wurden, sondern an die beiden Stäbe, die links und rechts von der Rückenlehne aufragten. Somit musste sie aufrecht sitzen, eine andere Haltung war nicht möglich. Die Beine wurden ihr an die Stuhlbeine gebunden.

Auf Mödens nächste Geste hin ergriff der Henker eine kurze, dünne Eisenstange und schlug damit gegen Martas Schienbeine. Sie brüllte auf vor Entsetzen und Schmerz.

«So helft mir doch, helft mir! Herr Gertzen, Herr Peller, ich flehe Euch an! Warum lasst Ihr das zu? Was habe ich Euch getan?»

Die Männer antworteten nicht, sondern blickten betreten zur Seite oder zu Boden.

«Sprich die Schöffen des Hohen Rheinbacher Gerichts nicht so ungebührlich an, liebe Marta», schalt Möden sie mit samtweicher Stimme. «Das schickt sich nicht.»

Marta keuchte und wimmerte indes und zerrte erneut an ihren Fesseln. Ihr Gesicht war bläulich weiß angelaufen. «Ihr!», stieß sie mit Mühe in Richtung des Kommissars hervor. «Ihr, Möden, seid der wahre Teufel. Ihr müsstet einmal den Schmerz auf dem Peinstuhl ertragen.»

«Meister Jörg.» Diesmal schnipste Möden lediglich mit den Fingern. «Die Mundbirne. Es scheint, dass Marta diese besondere Frucht kosten sollte. Ihren frechen Reden dürfte damit erst einmal Einhalt geboten werden.»

Der Henker brachte umgehend eine birnenförmige Maulsperre herbei. Sie bestand aus Eisen und war mit einer Stellschraube versehen. Gewaltsam brachte er die sich wehrende Marta dazu, den Mund zu öffnen. Er führte die Mundbirne weit ein und drehte dann an der Schraube, sodass die Birne sich öffnete. Er drehte so lange, bis die Mundwinkel kurz davor waren einzureißen. Marta wimmerte und röchelte, denn natürlich wurde ihr auch das Atmen erschwert, ganz zu schweigen von den Verletzungen, die das Folterinstrument in der Mundhöhle verursachte.

Der Anblick, den die an den Stuhl gefesselte Frau nun bot, war grotesk. Selbst Thynen und Halfmann hüstelten unterdrückt. Der Henker schlug noch einmal gegen ihre Schienbeine. Marta stieß ein raues, tierähnliches Brüllen aus, das jedoch bei weitem nicht so laut war wie ihre Schreie zuvor.

Immer wieder und abwechselnd schlug Meister Jörg ihr mit der Stange gegen die Schienbeine und Knie. Hermann konnte nichts anderes tun, als schweigend zuzusehen, wie Dr. Möden sein widerwärtiges Spiel mit ihr trieb. Zu der Marter mit der Eisenstange gesellten sich nach einer Weile auch noch Daumenschrauben, die so lange eingesetzt wurden, bis Martas Hände blauviolett verfärbt und geschwollen waren. Sie weigerte sich jedoch beharrlich zu gestehen, und Hermann konnte nicht umhin, ihre Standhaftigkeit zu bewundern.

Wie schon Buirmann bei Anna Peller schien Dr. Möden allerdings entschlossen, der Angeklagten so rasch wie möglich und unter Einsatz jedes Mittels ein Geständnis abzuringen. Pellers Gattin war damals nach nur vier Stunden peinlicher Befragung geständig gewesen.

Irgendwann wurde es Möden offenbar zu langweilig, der Tortur zuzusehen. Er setzte sich an den großen Tisch und bat die Schöffen, es ihm gleichzutun. Dann zog er ein Kartenspiel hervor, und schon wenig später waren er, Halfmann, Bewell und Thynen in ein Spiel vertieft.

Als der Vormittag bereits weit fortgeschritten war, ließ der Kommissar Marta erneut in die Spanischen Stiefel stecken. Als der Henker die Schrauben enger stellte, knackte etwas scheußlich. Marta stieß erneut ein kehliges Brüllen aus.

Hermanns Magensäfte hoben sich zum ungezählten Mal und stiegen ihm bis in die Kehle. Er schluckte mehrmals in dem Bemühen, sich nicht zu übergeben.

«Haltet ein, Ihr bringt sie ja um!», protestierte Gottfried Peller. «Das darf nicht geschehen, Dr. Möden, steht es nicht so geschrieben?» Der alte Mann war inzwischen fast ebenso kalkweiß wie Marta und hielt sich nur noch mit Mühe aufrecht.

«Keine Sorge, die bringt so schnell nichts um.» Möden winkte gelassen ab. Zwar schien ihm der Anblick der Tortur nicht unbedingt Vergnügen zu bereiten, doch seine Geduld war beinahe ebenso bewundernswert wie Martas Entschlossenheit. Hin und wieder hatte er auf sie eingeredet, mal zitierte er Bibelverse, ein andermal aus seinen Gesetzesbüchern, doch nicht einmal verlor er die Beherrschung. «Ihr habt allerdings recht, Herr Peller», sprach er weiter. «Genug ist genug. Der Henker soll ihr gleich erst einmal das Blut abwischen und die Wunden versorgen.» Als auf seine Worte hin ihre Schmerzenslaute verstummten, trat er zu ihr. «Nun, wie steht es, meine Liebe? Möchtest du dich nicht allmählich besinnen und uns gestehen, was wir alle längst wissen? Dass du nämlich eine Zauberin bist und dich mit dem Teufel zusammengetan hast?»

Marta saß mit hässlich verzerrter Miene da. Sie stemmte sich noch immer gegen ihre Fesseln, doch ihre Kräfte ließen sichtbar nach. Dennoch schüttelte sie schwach den Kopf.

«Nun mach es dir doch nicht so schwer, Marta», säuselte Möden und wies Meister Jörg an, die Maulsperre noch einmal zu verschärfen. Als die gequälte Frau erneut ein gepeinigtes Grunzen von sich gab, tätschelte der Kommissar beinahe zärtlich ihre Wange, wodurch der Schmerz noch einmal verschlimmert wurde. «Komm schon, Marta, ein Wort von dir, und die Befragung ist sofort vorüber, das verspreche ich dir.»

Keuchend rang Marta nach Atem und verschluckte sich dabei fast. Ihr Kopf rollte von einer Seite zur anderen.

Möden richtete sich auf, blickte mitleidig auf sie hinab. «Ein Wort, Marta. Gestehe, und Meister Jörg bindet dich sogleich los. Wir können aber auch noch weitermachen, wenn dir das lieber ist. Herr Thynen, vergesst nicht, dass Ihr mit Geben an der Reihe seid.»

«Herr Dr. Möden, sie hält das nicht durch», protestierte Richard Gertzen, doch der Kommissar winkte wieder nur lässig ab.

Da Marta nicht reagierte, tippte er mit der Stiefelspitze gegen den rechten Spanischen Stiefel – erst einmal leicht, dann noch einmal, und zuletzt trat er so fest dagegen, dass die Gefolterte wie am Spieß brüllte. Dann sackte ihr Kopf vornüber, und sie brachte nur noch gutturale Laute hervor. Der Henker trat sofort herbei und zerrte ihren Kopf an den Haaren unsanft in die Höhe. Auf Mödens Zeichen hin löste er die Maulsperre und entfernte sie aus Martas Mundhöhle.

Sie hustete und spuckte, unfähig, ihre überdehnten Gesichtsmuskeln zu kontrollieren.

Möden beugte sich wieder ein wenig vor. «Ja, was, Marta? Sprich deutlicher, meine Gute, damit wir dich alle verstehen können.»

Hermann wandte den Blick ab und ballte die Hände zu Fäusten. Er ertrug den Anblick der Frau keinen Augenblick länger, wusste aber auch ohne hinzusehen, was nun kam.

«Ich ...» Marta war kaum zu verstehen. Sie stockte, schluckte mühsam. Speichel rann ihre Mundwinkel hinab.

«Lauter!», forderte Möden.

«Ich gestehe. Ich gestehe. Ich gestehe», nuschelte sie. Schweiß durchtränkte den fadenscheinigen Kittel. Ihr Gesicht war von roten Flecken übersät, die ihre geisterhafte Blässe noch betonten.

Neben sich hörte Hermann, wie Gertzen geräuschvoll die Luft ausstieß.

«Na also bitte, geht doch», freute Möden sich indes und tätschelte erneut die Wange der Angeklagten. «Du gestehst also, eine Zauberin zu sein, Marta?»

Angestrengt bemühte sie sich, deutliche Worte zu formen. «Ja, ja doch, alles ... alles, was Ihr wollt.» Sie verschluckte sich an ihrem Speichel und hustete. «Ich kann nicht, weiß nicht ...»

«Soll ich dir vorsagen, Marta, damit du es leichter hast?»

Marta nickte zaghaft.

Auf Mödens Wink hin zog der Henker ihre Augenbinde herunter.

«Dann sprich mir nach, damit der Schreiber es korrekt ins Protokoll aufnehmen kann.» Möden suchte ihren Blick, der zunächst unstet hin und her irrte, sich aber nach kurzer Zeit einigermaßen fest auf ihn richtete. Sie wartete jetzt nur noch auf seine Worte.

Der Kommissar sagte sie ihr langsam und deutlich vor: «Ich, Marta Schmid, Ehefrau des Schöffen Neyß Schmid ...»

Mit größter Anstrengung wiederholte sie seine Worte, immer wieder unterbrochen von Husten und Spucken. Schleim und Speichel bedeckten bald ihren Kittel.

«... gestehe vor Gott und den hier anwesenden Schöffen ...», Möden wartete, bis sie ihm nachgesprochen hatte. «... dass ich eine Hexe und Erzzauberin bin. Ich habe mindestens fünfmal an Zusammenkünften mit dem Teufel teilgenommen ... Ihm lustvoll fleischlich beigewohnt ... Auch meinen Komplizen und Mithexen fleischlich beigewohnt, so, wie es der Teufel mir eingegeben hat ... Ich habe unschuldige Freunde und Nachbarn, Erwachsene wie auch Kinder, mit dem bösen Blick angesehen ... habe ihnen durch Zauberei Schaden an Leib und Gut zugefügt ...»

Hier stockte Marta sichtlich verblüfft und unsicher, doch nach einem weiteren harten Tritt des Kommissars gegen den Spanischen Stiefel plapperte sie auch diesen Teil des Geständnisses nach.

«Dies alles gestehe und beschwöre ich hier und jetzt und versichere im Angesicht Gottes, dass ich mich von meinen Sünden reinwaschen und Buße tun will.»

Nachdem Marta auch diesen letzten Satz nachgesprochen hatte, nickte der Kommissar zufrieden. «Sehr schön, liebe Marta. Fühlst du dich nicht gleich viel besser?»

Der gequälte Blick, mit dem sie zu ihm aufsah, schien ihn zu amüsieren. «Oh, verzeih, das hätte ich ja fast vergessen. Meister Jörg.» Vage deutete er auf die Beinschrauben. «Holt sie da heraus und verarztet ihre Wunden. Sie muss bis zur nächsten Befragung wieder einigermaßen beisammen sein. Heimbach, denkt bitte daran, dass von den blutenden Wunden nichts im Protokoll stehen soll.» Er wandte sich an die Schöffen. «Ihr wisst sicherlich, dass dies ein Werk des Teufels ist, nicht wahr? Er lässt die Seinen unter der Folter bluten, um ihnen weitere Pein zu ersparen – ganz so, wie er oftmals die Hexenmale bei der Nadelprobe bluten lässt. Dummerweise zwingt uns das, mit der Befragung frühzeitig aufzuhören, denn so will es das Gesetz, an das ich mich selbstverständlich halten muss.» Er hob den Kopf und schnüffelte leicht wie ein Hund, der eine Fährte aufnimmt. «O ja, riecht ihr es auch? Stinkender Schwefelgeruch liegt in der Luft. Es sind Teufel anwesend! Meister Jörg, öffnet die Fenster und dann schickt Euren Gesellen nach den beiden Brüdern Theophil und Sebastianus aus. Mir scheint, Marta muss später noch einmal exorziert werden.»

Die Gefolterte stieß ein markerschütterndes Heulen aus, als der Henker sie von den Spanischen Stiefeln befreite, das Blut von ihren Beinen wusch und ihr mit geübten Handgriffen feste Bandagen anlegte. Nachdem er ihre Armfesseln gelöst hatte, zerrte er sie vom Peinstuhl hoch und schleifte sie mit der Hilfe seines Gesellen zur Tür hinaus. Vor dem Bürgerhaus wartete ein Ochsenkarren, auf den sie die Gefolterte laden würden. Laufen konnte sie nicht mehr, und Hermann wünschte ihr von ganzem Herzen, dass ihr die Sinne alsbald schwinden würden, damit sie wenigstens für eine Weile keine Schmerzen spüren musste.

11. Kapitel

O! O! Gott vergessene Menschen und Feinden deß Menschlichen
Geslechts / welche die alte / arme / törige / und unwitzige
Frawen mit den verteuffelten / falschen und dubbel
sinningen Worten verstricken ...

Als Hermann die Wohnstube betrat, fand er dort Kunigunde vor, die am geöffneten Fenster saß und dabei war, den
Saum eines dunkelblauen Mädchenkleides umzunähen. Offenbar sollte es von Maria an Christine gehen. Neben ihr auf
dem Tisch lagen außerdem ein neuer Spitzenkragen und weiße
Spitzenbänder, wohl dazu gedacht, das Kleid zusätzlich auf-
zuhübschen. Der Anblick tat seiner Seele gut, nachdem er den
halben Tag im Bürgerhaus verbracht hatte – erst in der Peinkammer, dann bei einer Sitzung. Noch immer wurde ihm übel,
sobald er auch nur an Marta Schmid dachte. Er wusste, die
Bilder würden ihn noch lange verfolgen, vor allem, weil nicht
abzusehen war, wie lange Möden seine Befragungen der armen
Frau fortsetzen wollte.

Schwerfällig ließ er sich auf einen Stuhl sinken und stützte
den Kopf in die Hände. Er hörte, wie Kunigundes Röcke ra-
schelten, als sie sich erhob, das Kleid beiseitelegte und dann
hinter ihn trat. Sanft legte sie ihm die Hände auf die Schultern
und begann schweigend, sie zu massieren.

Er seufzte unterdrückt, rührte sich jedoch nicht. Erst nach

einer geraumen Weile ergriff er das Wort. «Ich muss etwas dagegen tun, Kuni. Das darf so nicht weitergehen.»

«Was meinst du?» Sie hielt inne, setzte sich neben ihn.

«Dass ich nicht mehr stillschweigend mit ansehen kann, wie unschuldige Menschen gezwungen werden, die widersinnigsten Gräueltaten zu gestehen.»

Kunigunde senkte bedrückt den Blick.

«Aber was willst du denn tun, Hermann? Du hast selbst gesagt, dass es gefährlich ist, sich gegen Möden und seine Handlanger zu stellen. Bitte tu nichts, was dich oder unsere Familie in Gefahr bringt.»

«Ich soll also schweigen und Ja sagen, so wie die nichtsnutzigen Ja-Schöffen Halfmann und Thynen? Hinnehmen, dass sie die arme Marta Schmid bis aufs Blut peinigen? Sie hat gestanden, Kuni. Nach etwas mehr als drei Stunden hat sie zugegeben, eine Hexe zu sein. Du glaubst nicht, was dieser falsche Zauberrichter ihr alles an Gräueltaten in den Mund gelegt hat. Sie hat es zugegeben, damit er endlich von ihr abließ. Man konnte ihre Worte kaum verstehen, als sie das Geständnis nachgesprochen hat.»

«O Gott.» Eilig stand Kunigunde auf und schloss das Fenster. «Die arme Frau! Das tut mir so leid.»

«Davon hat sie nur leider nichts», knurrte Hermann verbiestert. «Weißt du, was sie gesagt hat, bevor Möden ihr die Maulsperre hat anlegen lassen? Dass er für seine Untaten selbst auf die Peinbank gehört. Und recht hat sie! Nicht die angeblichen Hexen sind es, die das Unheil über uns bringen, sondern Menschen wie er, die vor nichts zurückschrecken, um ihre Ziele zu verfolgen. Weißt du, was ich gehört habe? Möden will sich nächstes Jahr zum Bürgermeister von Münstereifel wählen lassen. Ist das nicht ein Irrsinn? Ein Mann wie er auf einem solchen Posten. Welch eine Schande für meine Geburtsstadt, wenn sie das wahr werden lassen.»

«Meine Güte, wie schrecklich. Aber vermutlich sehen die Räte von Münstereifel nur seinen Ruf als erfolgreicher Hexenkommissar. Wohlhabend dürfte er auch sein.»

«Wohlhabend? Dass ich nicht lache, Kuni! Weißt du nicht mehr, dass es vor ein oder zwei Jahren hieß, Dr. Möden würde überall in der Gegend Schulden machen? Keinen müden Pfennig wird er in seinem Säckel haben. Deshalb ist er auch so scharf auf die Hexenprozesse. Für jede Verurteilung erhält er eine Kopfprämie. Es ist einfach nur schauderhaft.»

«Aber so verworfen kann doch nicht einmal er sein, oder? Dass er Marta nur vor Gericht gezerrt hat, um an das Geld zu gelangen? So reich sind die Schmids doch nun auch nicht.»

«Reich nicht, aber Neyß sitzt im Stadtrat. Ganz bestimmt will Möden über Marta noch viel fettere Fische an Land ziehen.»

«Wie meinst du das?» Überrascht merkte Kunigunde auf.

Hermann schnaubte abfällig. «Na, überleg doch mal. Sie wird natürlich Gott und die Welt beschuldigen, ihre Komplizen zu sein. Ich will mir gar nicht vorstellen, wohin das führen kann. So war es unter Buirmann, und Möden steht ihm in nichts nach.»

«Aber dann darfst du dich erst recht nicht offen gegen ihn stellen. Stell dir mal vor, sie beschuldigt einen von uns. Solange wir uns ruhig verhalten, geschieht uns vielleicht nichts. Aber wenn Möden auf den Gedanken kommt, dass du sein Gegner bist ... Gott, nein, das darf nicht passieren, Hermann. Denk an deine Kinder!»

«Ich denke an nichts anderes, Kuni.» Hermanns Stimme wurde lauter. «Glaubst du nicht, dass mir diese Gedanken ständig durch den Kopf gehen? Aber was soll ich denn tun? Tatenlos mit ansehen, wie das Brennen wieder losgeht? Es wird nicht bei Marta bleiben, glaub mir, schon bald werden Burgverlies und Wasemer Turm mit Beschuldigten überfüllt sein. Sollen meine Kinder einen Vater den ihren nennen, der sich feige hinter Ausflüchten versteckt hat? Der brav genickt hat, während der Zauberrichter einen guten Christenmenschen nach dem anderen in seine Fänge bekommt?»

Kunigunde legte ihm eine Hand auf den Arm. «Ich verstehe dich, Hermann. Aber deine Kinder und auch ich werden nicht weniger gut von dir denken, wenn du entscheidest, dass dir deine Familie wichtiger ist als alles Übrige. Wir brauchen dich, Hermann, lebend! Was würde es ändern, wenn du gegen Möden aufbegehrst und selbst im Gefängnis landest?»

Hermann starrte wütend auf die Tischplatte. «Vielleicht nichts, aber mein Gewissen wäre erleichtert.»

«Dein Gewissen?», wiederholte Kunigunde spitz. «Was ist denn mit deinem Gewissen uns gegenüber? Würde das nicht ebenso schwer auf dir lasten, wenn du wüsstest, dass du uns aufgegeben hast?»

«Dass ich euch aufgegeben habe?» Mit einem Ruck entzog er ihr seinen Arm und sprang vom Stuhl auf. Aufgebracht schritt er bis zur Tür und wieder zurück. «Sprich nicht solche Worte, Kuni, wenn du überhaupt nicht weißt, wovon du redest. Glaubst du, ich kenne meine Pflichten nicht? Dass mir meine Kinder egal sind? Oder du?»

«Nein, ich glaube, dass du wütend und verzweifelt bist. Zu Recht. Aber du darfst nichts Unbedachtes tun. Es könnte auch sein, dass nicht du, sondern jemand anderes aus unserer Familie in Mödens Visier gerät. Was dann? Stell dir vor, er lässt Bartel verhaften. Oder Maria. Oder meine Mutter. Könntest du damit leben?»

«Wir sind sicher, Kuni. Ich habe mir unsere Unantastbarkeit bei Schall und seiner geldgierigen Gattin Katharina teuer erkauft. Doch kannst du damit leben, dass unschuldige Menschen sterben müssen, nur weil niemand sich traut, gegen diesen vermaledeiten Teufel in Richterperson vorzugehen? Kuni, er hat die Frau stundenlang mit den übelsten Methoden quälen lassen. Soll ich dir beschreiben, wie es aussieht, wenn man jemandem die Mundbirne anlegt und aufsperrt, bis die Mundwinkel einreißen und die Knochen am Gaumen krachen? Willst du wissen, wie lange es dauert, bis man es unter der Qual der Beinschrauben nicht mehr aushält und sein Wasser laufen lässt?»

Entgeistert starrte Kunigunde ihn an. «Hör auf, Hermann.»

«Hast du die Schreie schon einmal von nahem gehört? Oder die tierähnlichen Laute, die man nur noch ausstoßen kann, wenn einen die Maulsperre am Schlucken und Atmen hindert?

«Bitte, Hermann!» Sie schauderte und kämpfte sichtlich mit den Tränen.

«Ganz zu schweigen davon, was sie ihr vorher schon angetan haben. Geschoren haben sie sie, Kuni. Am ganzen Leib. Auch da, wo es sich bestenfalls noch für den Ehemann schickt, Hand anzulegen. Und der Allmächtige allein weiß, was der Henker und sein Geselle, diese Hundeschläger, sonst noch mit ihr angestellt haben.»

«Ich will das nicht hören!» Schluchzend presste Kunigunde die Hände vors Gesicht.

Doch Hermann hatte sich in Rage geredet. «Weißt du, was sie gestanden hat? Nicht nur, dass sie eine Zauberin sei, was an sich schon ein Irrsinn ist. Nein, sie hat auch dem Teufel und etlichen ihrer Komplizen fleischlich beigelegen und Hurerei getrieben. Sogar mit dem armen Kerl, den sie kürzlich in Flerzheim verbrannt haben. Der hat sie nämlich auch besagt. Wusstest du das? Die beiden kannten sich nicht einmal! Aber er hat Stein und Bein geschworen, dass Marta Schmid mit ihm beim Hexensabbat getanzt und ihm und anderen Männer beigewohnt habe.» Unsanft fasste er Kunigunde am Arm, um sie dazu zu bringen, ihn anzusehen. Sie starrte fassungslos zu ihm auf. «Das, Kuni, das ist es, was Möden tut. Und noch dazu mit einem eiskalten Lächeln und dem Gesetz auf seiner Seite. Und jetzt sag mir noch einmal, dass ich mein Gewissen ignorieren soll.»

Abrupt ließ er sie wieder los und stürmte aus dem Raum. Die Tür warf er krachend hinter sich ins Schloss.

«Unschuldig, er ist unschuldig. Ich weiß es!» Hermann wollte die Worte herausschreien, doch sie hallten nur in seinem Kopf wider wie ein Echo, das nicht nachlassen wollte. «So glaubt ihm doch! Er ist kein Zauberer. Haltet ein!»

«Wach auf, Hermann! Du hast schon wieder einen bösen Traum.»

Eine Welle der Erleichterung durchfloss Hermann, als er dicht an seinem Ohr die sanfte und zugleich energische Stimme seiner Frau vernahm. Dankbar schlug er die Augen auf und blickte in ihre forschenden Augen, die im Schein der kleinen

Öllampe ganz dunkel wirkten. Mit einer Hand tastete er über seine Stirn, spürte den kalten Schweiß und wischte ihn am Kissen ab.

«An was für einem grausigen Ort warst du denn in deinem Traum?», fragte Kuni besorgt. «Du hast dich hin und her geworfen, so als wolltest du dich gegen Fesseln wehren.»

«Fesseln?» Die Bilder des Traums standen so lebendig vor seinem inneren Auge, dass es ihn schauderte. «Ja, ich war gefesselt – gewissermaßen. Ich konnte mich nicht rühren, nicht protestieren, nur zusehen.»

«Wobei zusehen?»

Für einen kurzen Moment schloss Hermann die Augen, doch das führte dazu, dass die Traumbilder noch klarer in ihm aufstiegen. «Wie sie Herbert Lapp der Zauberei angeklagt haben.»

Kuni runzelte nachdenklich die Stirn. «War das nicht damals im Bürgerhaus bei einer Schöffensitzung, als ihr ihn damit überrascht habt?»

«Nicht wir, Kuni! Ich hatte damit nicht das Geringste zu tun», fuhr er sie an.

«Verzeih, Hermann, so habe ich das nicht gemeint.» Erschrocken schlug Kunigunde eine Hand vor den Mund. «Selbstverständlich warst du daran nicht beteiligt. Das habe ich falsch ausgedrückt.»

«Bewell war es, der ihn mit der Nachricht konfrontiert hat», erzählte Hermann und bemühte sich, seinen barschen Ton von eben abzumildern. «Und er hat es nur getan, weil Buirmann und der Amtmann ihn dazu angestachelt hatten. Wir wussten damals alle, dass es ein böses Ende nimmt, wenn wir weiterhin erlaubten, Personen zu inhaftieren, deren Namen uns vorher

243

nicht genannt wurden. Deswegen hatten wir an dem Tag einen heftigen Disput mit dem Kommissar. Und dann so etwas! Ich sage dir …» Er stockte, schluckte, wischte sich erneut den Schweiß ab. «Ich kann es nicht beweisen, aber ich bin sicher, Buirmann hatte das von Anfang an geplant. Heimbach und Strom steckten mit ihm unter einer Decke. Auch bei anderen Prozessen. Mit der Anklage gegen Lapp haben sie den Widerstand der Schöffen zu brechen versucht – mit Erfolg. Sie haben sich den ältesten und angesehensten Mann aus unserer Runde herausgesucht und ein Exempel an ihm statuiert. Und nicht nur an ihm, sondern gleich auch an seiner armen Frau.» Er schluckte. «Aber das wussten wir ja zu dem Zeitpunkt alle noch nicht. Erst später haben wir erfahren, dass Frau Lapp die zweite Unbekannte sein sollte, die wir zu verhaften hatten. Es war schon schlimm genug, dass man Herbert Lapp der Zauberei bezichtigt hatte.» Bekümmert schüttelte er den Kopf, starrte zum Betthimmel empor. «Was hat er sich nicht versucht zu verteidigen, seine Unschuld zu beweisen. Leiden und Tod Jesu Christi hat er als Zeugen seiner Einwände gegen die falschen Ankläger und insbesondere den Hexenrichter Buirmann berufen. Seiner gerechten Einwände, Kuni! Er war so wenig schuldig wie ich oder Hilger Lirtz oder Christina Böffgens und alle anderen, die Buirmann vor Gericht gezerrt hat.»

«Furchtbar, einfach entsetzlich.» Kunigunde setzte sich im Bett auf und lehnte sich gegen das Kopfende. Schaudernd rieb sie sich über die Oberarme. «Es tut mir furchtbar leid, dass dich diese Träume so sehr quälen.»

«Zu Recht quälen sie mich», erwiderte Hermann mit einem wütenden Zittern in der Stimme. Nur mit Mühe mäßigte er seine Lautstärke, damit nicht das ganze Haus aufwachte. «Ich

wusste damals schon, dass die Anklagepunkte aus der Luft gegriffen waren, und doch habe ich nichts dagegen getan.»

«Hermann, du hast dich so verhalten, wie es am sichersten
für dich und uns gewesen ist», versuchte Kunigunde ihn zu
beruhigen. Doch das wollte er nicht hören.

«Das macht es nicht besser, Kuni. Herbert Lapp und seine
Frau wurden auf dem Scheiterhaufen verbrannt, und das nur,
weil es Buirmann zum Vorteil gereichte.»

«Weiß man eigentlich, wer Herrn Lapp ursprünglich beschuldigt hat?», wollte Kunigunde wissen. «Ich meine, so ganz
ohne Grund wird Buirmann ihn sich doch nicht ausgesucht
haben.»

Hermann seufzte bedrückt. «Du musst es andersherum
sehen, Kuni. Er hatte sich, da bin ich ganz sicher, Lapp schon
länger als Opfer herausgepickt. Vielleicht, nein, ganz bestimmt,
weil er sich bei vorangehenden Prozessen vielmals gegen Buirmanns Vorgehensweise ausgesprochen hat. Lapp ist zu unbequem geworden. Nebenbei war er auch noch ein wohlhabender
Mann, auch wenn Lapps Kinder einen Großteil des konfiszier-
ten Vermögens vor Gericht zurückfordern konnten. Ich sage
dir, das haben sie ganz geschickt in die Wege geleitet. Weißt
du noch, wie es angefangen hat? Die Magd des Hilger Hirtz,
die alte Grete Hardt ... Beide waren alles andere als vermögend,
aber durch sie hat Buirmann die ersten Besagungen reicher
Rheinbacher Bürger erpressen können. Prompt wurde kurz
darauf die alte Böffgens verhaftet.» Er hielt kurz inne, seufzte
erneut. «Während Buirmann sie zu Tode foltern ließ, hat er
Halfmann zusammen mit Gertzen in ihr Haus geschickt. Gertzen hat mir später alles haarklein erzählt. Wenn er gewusst
hätte, was wirklich vorging, hätte er sich dafür niemals herge-

245

geben. Kuni, sie war vermutlich noch am Leben, als Halfmann unter ihrem Bett die Kiste mit ihren Wertsachen hervorzog und aufbrach! Noch heute könnte ich ihn dafür in der Luft zerreißen. Die beiden waren vormals gute Freunde. Nach dem Tod ihres Mannes hat sie sich oft an Halfmann gewandt, wenn sie Rat oder Hilfe brauchte. Er stand ihr immer freundschaftlich zur Seite, hat ihr auch schon mal geholfen, wenn etwas im Haus gerichtet werden musste. Sie hat ihm selbst verraten, wo ihre Wertsachen versteckt sind, für den Fall, dass ihr einmal etwas zustößt. Und was tut er? Macht sich die Taschen voll, während sie unter Höllenqualen stirbt.»

Wieder hatte er sich in Rage geredet. Als Kunigunde sich mahnend räusperte, senkte er seine Stimme wieder ein wenig.

«Danach haben sie dann den Hilger Lirtz verhaftet, und das auch nur, weil sie es irgendwie so gedreht haben, dass es hieß, seine Magd habe ihn bereits besagt. Beweisen konnte das niemand, denn sie war ja längst verbrannt, und die Protokolle ... nun, in denen steht sowieso immer nur, was den falschen Richtern in den Kram passt. Aber er war Bürgermeister gewesen und noch dazu ein reicher Bauer. Weiß Gott, wieder eine fette Beute für Buirmann. Damit es nicht zu sehr augenfällig wurde, was sie taten, haben sie zwischendurch ein paar dumme, tratschsüchtige Weiber der Hexerei angeklagt. Die Kloster Beel zum Beispiel. Erinnerst du dich an sie?»

«Na, aber sicher. Das arme Menschenkind war doch nicht ganz bei Trost.» Kuni nickte betrübt. «Hatte den Verstand eines Kindes im Körper einer erwachsenen Frau.»

«Ganz genau. Ist das vielleicht eine Art, ein solch armseliges Geschöpf zu beschuldigen, eine Zauberin zu sein? Die wusste ja nicht einmal, was eine Zauberin überhaupt ist, geschweige denn, wie man sich diese Kunst aneignen sollte.»

«War da nicht noch eine, die sie damals verhaftet haben?», überlegte Kunigunde. «Ja, ich erinnere mich, es war die Frau des Schuhmachers Gillis Poppertz.»

«Magdalena», bestätigte Hermann grimmig. «Eine unglaublich geschwätzige und einfältige Person. Wenn ich dir erzähle, wie Buirmann argumentiert hat, als er Herbert Lapp anklagte, wirst du den Streich begreifen, den er mit diesen beiden Weibern gespielt hat.» Wieder fixierte Hermann angestrengt den Betthimmel, denn anders, so fürchtete er, würde er nicht die Ruhe bewahren können. «Ich habe dir damals nicht alles erzählt, was im Prozess gegen Lapp vorgefallen ist. Ich konnte es nicht. Es war schon für mich allein schwer genug, damit fertig zu werden. Außerdem fürchteten wir alle Buirmanns Zorn, falls etwas nach außen dringen würde.»

«Er hat die arme Beel und Magdalena dazu gebracht, Lapp zu besagen?»

Verblüfft und erschrocken fuhr er zu Kunigunde herum. «Wie kommst du darauf? Wer hat dir ...»

«Hermann, ich bin nicht auf den Kopf gefallen, sondern habe einfach eins und eins zusammengezählt. Aber ich begreife nicht, wie er das angestellt hat.»

«Durch Folter einerseits», erklärte Hermann müde. «Und andererseits durch falsche Versprechungen. Er war schon immer ein Meister darin, mit gespaltener Zunge zu reden. Möden ist genauso. Vermutlich lernen sie das irgendwann im Studium, anders kann ich es mir nicht erklären. Buirmann hat den Frauen, besonders der dummen Beel, wunders für Vergünstigungen versprochen, wenn sie die Leute besagen, die er ihnen vorgibt.»

Kunigundes Augen weiteten sich. Entgeistert starrte sie ihn an. «Wie scheußlich!»

«O ja, scheußlich ist es; aber töricht, wie sie waren, haben sie alles für bare Münze genommen. Als sie begriffen haben, welch widerwärtiges Spiel er mit ihnen treibt, war es fürs Widerrufen und Protestieren zu spät – und es hätte ihnen auch nichts genützt.»

«Die beiden Weiber haben Lapp also besagt.»

«Ja. Buirmann hat sie nacheinander aus dem Verlies holen lassen und Lapp vorgeführt. Beide haben laut und deutlich ausgesagt, dass sie ihn beim Hexentanz angetroffen hätten und er ein Zauberer sei.» Zornig schüttelte Hermann den Kopf. «Ich sehe noch heute Buirmann vor mir, wie er Koch losgeschickt hat, die beiden herzuholen. Gelacht hat er, und wie gehässig! ‹Hoho, haha, was ist mir das für ein Protest?›, hat er Lapp ins Gesicht gesagt. ‹Was will uns der alte Zauberer da von Unschuld weismachen, wo er doch schon zehn-, zwölfmal angeschuldigt worden ist.› Und dann hat er den Gerichtsboten gerufen, und frag nicht, in welch unaussprechlich triumphierender Art! Und dann Koch selbst erst! Du hättest sehen sollen, wie schadenfroh er gewesen ist. So schnell hast du ihn noch nie rennen und einen Auftrag ausführen sehen.»

«Ich konnte ihn noch nie leiden.» Angelegentlich zupfte sie an der Bettdecke herum. «Er hat so eine unangenehme, schlüpfrige und zugleich unterwürfige Art an sich.»

«Da hast du recht, aber ohne Grund haben sie ihn ja auch nicht zum Gerichtsboten gemacht.»

Einen Moment lang schwiegen beide nachdenklich. Als Kunigunde unvermittelt Hermanns Hand ergriff, merkte er auf. Sie blickte ihm ernst in die Augen. «Du musst versuchen, noch ein wenig zu schlafen, Hermann. Was nützt es dir, wenn du wieder und wieder über die Vergangenheit grübelst? Du änderst sie damit nicht, aber du hast eine Familie und ein Geschäft. Beides verlangt morgen früh wieder deine volle Aufmerksamkeit. Lass uns ein wenig zur Ruhe kommen, ich bitte dich.»

Hermann nickte zögerlich. «Vermutlich hast du recht, Kuni, aber ich fürchte mich davor, erneut von einem Albtraum übermannt zu werden, sobald ich die Augen schließe.»

«Du kannst aber auch nicht ewig wach bleiben, mein Guter.» Tröstend drückte sie seine Hand, dann rutschte sie zu ihm herüber und schlang ihren Arm um ihn, legte ihren Kopf an seine Schulter. «Denk ganz einfach an mich, an unsere Kinder, all die schönen Dinge, die unser Leben ausmachen.» Kurz ließ sie ihn noch einmal los, drehte sich um und löschte die Flamme der Öllampe.

Sobald sie ihren Kopf wieder an seiner Schulter gebettet hatte, drückte er sie fest an sich. «Weißt du, was Magdalena Poppertz geantwortet hat, als Lapp sie fragte, wie sie dazu käme, ihn zu beschuldigen?»

Kunigunde atmete geräuschvoll ein und wieder aus. «Nein, was denn?»

«‹Eia, eia, lieber Herbert›, hat sie gesagt, ‹wie sind denn andere dazu gekommen, mich anzuklagen? Ebenso bin ich auch dazu gekommen, Euch anzuschuldigen. Denn wir sollen nicht alleine sein, sondern uns sollen noch viele andere folgen.›»

«Wie grässlich.»

«Da hat er erst begriffen, dass alle Anschuldigungen, nicht nur gegen ihn, sondern auch gegen die anderen angeblichen Zauberer, samt und sonders falsch waren und dass alle, die angeklagt und verbrannt wurden, unschuldig waren.» Seine Stimme schwankte bedrohlich.

Die Decke raschelte, als Kunigunde ihre Hand hob und sanft an seine Wange legte. «Schlaf jetzt, Hermann.»

12. Kapitel

Es erscheinet und ist offenbahr / wie gefährlich die irren /
welche allein die für Tod-schläger halten und achten / die mit
der Faust und Wapffen / Schwerdt und Büchsen die Menschen
umbringen und todt schlagen ...

Der letzte Tag im April hatte für Hermann bereits übel begonnen, und er versprach auch jetzt, kurz vor Mittag, nicht wesentlich besser zu werden. Zuerst hatte er erfahren, dass einer seiner langjährigen Kunden aus Meckenheim gestorben war – auf dem Scheiterhaufen, was die Angelegenheit noch schlimmer machte. Die Erben weigerten sich nun, die ausstehende Rechnung über rund dreißig Rheinische Goldgulden zu bezahlen, da sie wegen des vom Gericht eingezogenen Vermögens erst einmal Klage eingereicht hatten. So gut er die Familie des Verstorbenen auch verstehen konnte, empfand er es doch als außerordentlich lästig, dass er nun seinem Geld hinterherlaufen musste.

Als wäre das nicht Ärgernis genug, hatte er erfahren, dass einer seiner Tuchlieferanten kürzlich von vagabundierenden Kriegsknechten überfallen und ausgeraubt worden war. Die gesamte Lieferung für das Kontor Löher war verloren, was einem weiteren Verlust von rund siebzig Goldgulden entsprach. Auf Nachricht von seinem Eisenwarenlieferanten wartete er derweil noch. Hoffentlich hatte ihn, der eine ähnliche Route eingeschlagen hatte wie der Tuchhändler, nicht das gleiche Schicksal ereilt! Töpfe, Pfannen, Eisenringe und -ketten waren bei den Soldaten ebenso beliebt wie Stoffe für wärmende Kleider.

Der kurze Besuch bei Richard Gertzen, der vom Verlust der Tuchlieferung ebenfalls betroffen war, hatte ihm dann den Rest gegeben. Dort hatte er nämlich zufällig ein Gespräch von Gertzens ältestem Sohn Georg mit dem derzeitigen Flurschützen des Reihs, Thomas Peller, mitbekommen. Die beiden jungen Männer hatten sich bei geöffneter Tür in der Stube unterhalten, was man bis ins Kontor hatte hören können.

Als Hermann nun sein eigenes Geschäftszimmer betrat, sah er sich sogleich suchend nach seinem ältesten Sohn um, fand aber nur Gerhard vor. Der Junge war dabei, Notizen von einer Kladde sauber in eines der Handelsbücher zu übertragen. Hermann klopfte ihm auf die Schulter. Wenigstens einer, dachte er, über den er sich gerade keine Gedanken zu machen brauchte. «Gerhard, wo steckt dein Bruder? Ich habe ein ernstes Wörtchen mit ihm zu reden.»

«Was hat Bartel denn angestellt?» Neugierig hob der Junge den Kopf, duckte sich jedoch sogleich, als ihn der strafende Blick seines Vaters traf. «Ähm, er ist draußen in der Remise und bereitet den Bollerwagen für heute Abend vor. Er muss doch jede Menge Kisten und Fässchen mit Wein zum Festplatz bringen.» Wieder etwas mutiger, fügte er hinzu: «Vater, darf ich den Reihjungen beim Aufstellen des Maibaums helfen? Ich bin auch ganz bestimmt schon kräftig genug.»

Hermann, der sich schon wieder zur Tür gewandt hatte, drehte sich noch einmal zu seinem Sohn um, musterte ihn eingehend. «Mal sehen. Wenn du deine Arbeit heute fleißig und ordentlich verrichtest ...»

«Aber selbstverständlich, Vater!»

«... und wenn die Reihjungen nichts dagegen haben, soll es mir gleich sein.»

«Danke, Vater, danke!» Gerhard strahlte übers ganze Gesicht.

«Du darfst aber niemandem im Weg stehen, hast du verstanden?»

«Natürlich, Vater.»

«Und du hörst auf das, was die Älteren sagen.»

«Klar doch.»

«Außerdem wirst du dich unter keinen Umständen an den Streichen der Reihjungen beteiligen, hast du verstanden?»

«Aber Vater, das ist doch der lustigste Teil des Abends!»

«Vielleicht, vielleicht auch nicht. Falls sie es wieder mal übertreiben, will ich nicht, dass du in irgendwas hineingerätst.»

«Aber Bartel ist doch auch dabei.»

Hermann maß seinen Sohn erneut mit strengen Blicken. «Gerhard, das Thema ist beendet. Du kommst vor Mitternacht nach Hause. Wenn ich dich doch bei einem der Streiche erwische, setzt es was.»

«Ja, Vater.» Verzagt ließ der Junge den Kopf hängen.

Seufzend ging Hermann noch einmal zu ihm, legte ihm die Hand auf die Schulter und drückte sie leicht, bis der Junge zu ihm aufsah. «Du bist noch zu jung, Gerhard. Auch ich durfte erst mit sechzehn bei dem bunten Treiben mitmachen, nachdem ich offiziell in den Reih aufgenommen worden war. Dass ich dir erlaube, beim Aufstellen des Maibaums zu helfen, ist ein Entgegenkommen von mir, weil du dir in letzter Zeit redlich Mühe bei der Arbeit gegeben hast.»

«Ja, Vater», wiederholte Gerhard. «Danke.»

253

«Nun schreib ordentlich weiter und zähle danach die Leinenballen und Lederwaren im Lager durch, damit ich weiß, was ich nächste Woche nachbestellen muss.» Ohne auf die Antwort seines Sohnes zu warten, verließ Hermann das Kontor und strebte zur Remise, aus der er bereits von weitem ein Hämmern vernahm. Bartel war dabei, eine Seitenplanke an dem großen Bollerwagen zu reparieren, und bemerkte seinen Vater nicht, bis dieser sich vernehmlich räusperte.

«Vater!» Überrascht richtete er sich auf, legte den Hammer beiseite und klopfte sich den Staub von der Hose. «Ihr seid ja schon zurück. Was hat Herr Gertzen zu der Sache mit den gestohlenen Tuchen gesagt? Soll nachgeforscht werden, zu welchem Regiment die Soldaten gehört haben?»

«Nein.» Hermann schüttelte den Kopf. «Er ist ganz meiner Meinung, dass es nichts bringt, die Übeltäter zu suchen. Zwar hat Elkoven uns angeboten, sich umzuhören, weil die Räuber eindeutig keine Schweden oder Franzosen gewesen sind, aber ich glaube nicht, dass man sie finden wird. Sie haben die Sachen entweder längst weiterverkauft oder sich einen Schneider geschnappt und sich Mäntel und warme Hosen nähen lassen.» Einen Moment lang schwieg er und begutachtete den Bollerwagen. Sein Sohn hatte gute Arbeit geleistet, das Gefährt sah wieder sehr ordentlich aus. Diese kurze Inspektion gab ihm Gelegenheit, sich zu sammeln und seine nächsten Worte mit Bedacht zu wählen.

«Bartel», begann er schließlich, «mir ist bei Gertzens etwas zu Ohren gekommen, das mich mit Besorgnis erfüllt.»

«So? Was denn?» Neugierig hob Bartel den Kopf.

«Thomas Peller, der Flurschütz, war bei Georg Gertzen zu Gast. Ich habe zufällig mitbekommen, wie sie darüber sprachen, demnächst eine Tierjage zu veranstalten. Was hat es damit auf sich, Bartel?»

«Oh, das ...» Die Miene seines Sohnes wurde sehr ernst. «Ich hätte dir vielleicht schon längst davon erzählen sollen.»

Alarmiert hob Hermann die Augenbrauen, trat auf Bartel zu. «Was habt ihr da ausgeheckt?»

«Gar nichts, Vater. Wir tun nur, was nach den Reihgesetzen fromm und richtig ist.»

«Nun rede nicht lange, sag endlich, was los ist!»

Bartel lehnte sich mit dem Rücken gegen einen Pfosten und verschränkte die Arme vor der Brust. «Also gut. Ich habe vor einiger Zeit nachts etwas beobachtet.»

«Und zwar?»

«Zwei Personen, die offensichtlich Unzucht miteinander getrieben haben.»

«Ach.» Verblüfft merkte Hermann auf. Damit hatte er nicht gerechnet, denn dergleichen war aus dem Gespräch zwischen Peller und Gertzen nicht zu entnehmen gewesen. «Ich dachte, ihr wolltet jemandem einen üblen Streich spielen.»

«Nein, keinesfalls, Vater!» Vehement schüttelte Bartel den Kopf, schränkte dann jedoch ein: «Wir haben einen Streich geplant, das ist richtig. Die Reihjungen haben einstimmig beschlossen, dass wir die beiden betreffenden Personen in der Mainacht bloßstellen wollen.»

«Und wie?» Hermann vermutete, dass er die Antwort bereits kannte. Seit er jung gewesen war, hatten sich die Methoden des Reihs nicht geändert. Sein Verdacht wurde denn auch sogleich bestätigt.

«Wir machen die Wege der beiden sichtbar, Vater. Was dachtet Ihr denn?»

«Soso, nun gut, das mag angebracht sein. Aber was hat es mit der Tierjage auf sich? Wollt ihr das wirklich machen? Damit provoziert ihr einen Skandal, das ist dir doch wohl bewusst, oder?»

«Wenn unser Streich heute Nacht erfolgreich verläuft, ist eine Tierjage nicht nötig. Obwohl für die Weibsperson ein kleines Höllenkonzert sicherlich angebracht wäre.»

«Ach ja?» Hermann senkte die Stimme ein wenig. «Darf ich erfahren, um wen es sich überhaupt handelt?»

«Margarete Kocheim und Dietrich Halfmann.»

«Was?» Entsetzt starrte er seinen Sohn an. «Das ist doch wohl nicht dein Ernst!»

«Es ist mein voller Ernst, Vater. Halfmann hat Margarete neulich Nacht heimlich aufgesucht und ...» Bartel räusperte sich verlegen. «Es war ziemlich eindeutig, was sie getrieben haben.»

«Nein.» Hermann schüttelte wie benommen den Kopf. «Du musst dich irren. Halfmann doch nicht! Das ist ja lächerlich. Er ist mehr als doppelt so alt wie Margarete.»

«Vater, ich habe es selbst gesehen ... und gehört.» Verärgert stieß Bartel sich von dem Pfosten ab und ging in der Remise auf und ab. «Deshalb ist der Reih ja auch so aufgebracht und hat sogar die Tierjage verlangt. Ein solches Treiben ist unehrenhaft und gegen jeden Anstand. Entweder er heiratet Margarete auf der Stelle, oder ...»

«Bartel!» Erregt gestikulierte Hermann vor dem Gesicht seines Sohnes. «Lasst das bleiben. Ihr schadet euch mehr damit, als es irgendwem nutzt.»

«Warum? Weil Halfmann ein Liebchen von diesem Dr. Möden ist und dem Amtmann in den Arsch kriecht?» Zornig

starrte Bartel ihn an. «Darf er sich deshalb eine solche Laster-
haftigkeit erlauben?»

«Nein, natürlich nicht. Bartel, ich verstehe euch ja, aber
ausgerechnet Halfmann ...» Sorgenvoll schüttelte Hermann
den Kopf. «Versprich mir, dass ihr erst alle anderen Mittel aus-
schöpft, bevor ihr zum Äußersten greift. Habt ihr Margarete
schon darauf angesprochen?»

«Ja. Sie weigert sich, auch nur ein Wort dazu zu äußern. Als
ich versucht habe, ihr klarzumachen, was sie riskiert, kam ihre
Mutter dazu und hat mich einen Lügner gescholten. Vater, ich
glaube fast, sie weiß Bescheid und duldet es.»

«Das kann ich mir nicht vorstellen. Welche Mutter würde
ein solches Treiben nicht sofort unterbinden? Es sei denn ...»

Bartel nickte leicht. «Es sei denn, sie verfolgt irgendwelche
Pläne damit. Halfmann ist Witwer. Ihr habt selbst gesagt, dass
man sich vor den Kocheims in dieser Hinsicht in Acht nehmen
muss, Vater. Margarete hat sowieso schon nicht den besten Ruf.
Ihr schamloses Treiben verdient unbedingt eine Bestrafung
durch den Reih. Und auch ein reicher und mächtiger Dietrich
Halfmann darf sich nicht so einfach über Sitte und guten Anstand hinwegsetzen.»

Nachdenklich kräuselte Hermann die Lippen. Er wusste,
dass sein Sohn vollkommen im Recht war. Dennoch ... «Ich bitte dich, Bartel, versprich mir, dass ihr mit Bedacht vorgeht und
es nicht im Übermut übertreibt. Ein Denkzettel ist sicherlich
angebracht, aber eine Tierjage ist das allerletzte Mittel, das ihr
anwenden dürft.»

«Keine Sorge, Vater. Ihr wisst, dass ich als Schultheiß des
Reihs bisher immer klug und gerecht gehandelt habe. Das wird
sich auch jetzt nicht ändern. Ich weiß, was meine Pflicht ist.»

«Daran zweifle ich nicht, Bartel, aber hast du auch die übrigen Reihjungen im Griff? Ich weiß, wie schwierig es ist, einen wütenden Mob aufzuhalten.»

«Noch ist der Mob nicht wütend, sondern zu Recht aufgebracht. Ich habe das im Griff, Vater.»

«Nun gut, dann will ich dir glauben.» Um das leidige Thema zu beenden, klopfte Hermann mit den Fingerknöcheln gegen die neue Planke des Bollerwagens. «Gute Arbeit, Junge. Wie ist es, brauchst du noch etwas für heute Abend? Habt ihr genug Getränke beisammen? Wer kümmert sich um das Essen?»

«Anna und ein paar ihrer Freundinnen bereiten Suppe und aufgeschnittenen kalten Braten für die Reihjungen vor. Ich glaube, Maria wollte ihnen auch helfen.»

«Stimmt, deine Mutter hat so etwas erwähnt.»

«Es ist außerdem so viel Bier und Wein da, dass niemand nüchtern nach Hause gehen wird. Wir haben wie immer zusammengelegt, damit die Rechnung auf viele Schultern verteilt wird. Einen Teil der Weinfässer hole ich nachher bei Pellers ab und bringe sie zum Marktplatz. Vorher will ich den Wagen aber noch fertig machen.»

«Also gut, dann lasse ich dich mal wieder allein.» Zustimmend nickte Hermann seinem Sohn zu. «Lass mich wissen, wenn du noch etwas brauchst.»

«Ja, Vater.»

«Und treibt es nicht zu wild heute Nacht. Keine heruntergerissenen Regenrinnen, wenn ich bitten darf.»

«Natürlich, Vater. Höchstens ein Wagen voller Hühnermist auf Krautwichs Stalldach.»

«Bartel!» Hermann drohte seinem Sohn halb ernst, halb spielerisch mit dem Zeigefinger.

Bartel grinste. «Wir holen ihn morgen auch wieder herunter.»

«Untersteht euch!» Doch ganz ernst bleiben konnte Hermann nun auch nicht mehr. So schwer die Zeiten auch sein mochten – an den Streichen der Reihjungen in der Mainacht würde sich wohl niemals etwas ändern. «Sorge lieber dafür, dass deine Anna einen schönen Birkenzweig bekommt.»

«Ist alles schon vorbereitet. So einen schönen Zweig hat noch keine vor ihr erhalten.»

«Ach?»

«Kann höchstens sein, dass er ein bisschen groß geraten ist.»

«Was meinst du damit?» Neugierig musterte Hermann seinen Sohn, der daraufhin wieder grinste.

«Nun ja, sagen wir mal so: Ich würde ihn nicht unbedingt als *Zweig* bezeichnen.»

Hermann seufzte. «Treibt es nicht zu bunt», wiederholte er und verließ die Remise, um Bartel wieder sich selbst und seinen Vorbereitungen zu überlassen.

«Geh gerade, Margarete, lass deine Schultern nicht so hängen!» Gertrude Kocheims Worte wurden von einem kräftigen Rippenstoß begleitet. «Schau, dort drüben bei Trautweins Laden steht Dietrich Halfmann. Was für ein glücklicher Zufall, dass wir ihm hier begegnen, nicht wahr, mein Kind? Dann kann ich ihn gleich für den morgigen Feiertag zu uns zum Essen einladen.» Sie zwinkerte ihrer Tochter vielsagend zu. «In aller Freundschaft.»

Margarete spürte, wie sie errötete, und als sie Halfmann erblickte, gesellte sich ein merkwürdiges, aber nicht unangenehmes Ziehen in der Magengrube hinzu. Seit jener ersten gemeinsamen Nacht hatte er sie bereits drei- oder viermal aufgesucht, und jedes Mal war er bis in die frühen Morgenstunden geblieben und hatte sich ihrem Körper in dieser Zeit sehr ausgiebig gewidmet. Sie staunte nach wie vor, dass ein Mann wie er ein derart feinfühliger und kunstfertiger Liebhaber sein konnte. Die liebenswürdigen Worte, die er ihr außerdem bei solcher Gelegenheit immer wieder zuflüsterte, taten das ihre, sie jedem neuen Treffen mit ehrlicher Vorfreude entgegenblicken zu lassen. Ihn allerdings in der Öffentlichkeit zu treffen und sich nichts anmerken zu lassen – das war eine Herausforderung, der sie sich nur schwerlich gewachsen fühlte.

Als sie an der Seite ihrer Mutter den Laden des Kramers Trautwein erreichte, nahm Gertrude unbekümmert das Zepter in die Hand und sprach den Schöffen freundlich an. «Guten Tag, Herr Halfmann, was für eine nette Überraschung, Euch hier zu begegnen!»

Halfmann, der bis eben noch mit dem Ratsherrn Gotthard Krautwich, dem Vetter des Kramers, gesprochen hatte, verabschiedete sich von diesem und wandte sich ihr sichtlich erfreut zu. «Frau Kocheim, guten Tag! Wie geht es Euch? Und Fräulein Margarete, wie überaus nett! Ihr seid wie immer eine besondere Augenweide.»

«Danke, Herr Halfmann.» Höflich knickste Margarete und blickte verlegen zu Boden. In dem kurzen Moment, da sich ihre Blicke getroffen hatten, hätte sie schwören können, dass es in seinen Augen schalkhaft aufgeblitzt hatte. Bei ihrem nächsten Stelldichein würde er sie gewiss damit aufziehen.

«Was führt Euch denn zum guten Trautwein, Frau Kocheim? Letzte Besorgungen vor dem morgigen Feiertag?»

«So ist es», bestätigte Gertrude eifrig. «Wir benötigen noch ein paar Kleinigkeiten, nicht wahr, Margarete? Einen kräftigen Bindfaden vor allen Dingen, denn meine liebe Tochter wird wie immer zu Himmelfahrt einen sehr schmackhaften Geflügelbraten zubereiten, und der muss, so will es das Rezept nun mal, ordentlich zusammengeschnürt werden.»

«Fräulein Margarete, Ihr kocht also auch schon sehr fleißig?» Halfmann musterte sie mit Wohlgefallen.

«Hm, ja, natürlich», antwortete sie etwas lahm.

«Und ausgezeichnet noch dazu, Herr Halfmann», ergänzte Gertrude. «Aber sagt, habt Ihr vielleicht morgen noch nichts vor? Wir würden uns sehr freuen, Euch zum Mittagessen an unserer Tafel begrüßen zu dürfen.»

Halfmann zögerte. «Nun, ich weiß nicht. Ich möchte mich an einem heiligen Feiertag nicht einfach so Eurer Familienrunde aufdrängen.»

«Ach was, papperlapapp.» Margaretes Mutter winkte beinahe schon übertrieben heftig ab und lachte dabei kirre. «Ihr drängt Euch doch nicht auf, lieber Herr Halfmann. Ich habe Euch schließlich eingeladen, nicht wahr? Wir wären wirklich ausgesprochen glücklich, Euch morgen in unserem Haus begrüßen zu dürfen.»

«Nun gut, dann ist es abgemacht», gab er sich geschlagen. «Heute Abend werdet Ihr sicherlich auch auf dem Marktplatz sein und beim Aufstellen des Maibaums zusehen?»

«Ach, das weiß ich noch nicht», antwortete Gertrude nun sichtlich betrübt. «Ich bin in letzter Zeit abends oft schon sehr früh müde und weiß deshalb nicht, ob ich der Anstrengung gewachsen sein werde.» Sie legte Margarete eine Hand auf den Arm. «Andererseits ist das ja eine der wenigen Gelegenheiten für mich, unter Leute zu kommen. Ich werde es nur nicht so lange aushalten, und es wäre schade, wenn ich die arme Margarete dann zwingen müsste, auch schon sehr früh den Spaß wieder zu verlassen. Es werden schließlich viele junge Leute dort sein, nicht wahr? Ach, es ist einfach traurig, dass ich so schnell ermüde ...»

«Liebe Frau Kocheim, macht Euch keine Gedanken», fiel Halfmann ihr prompt ins Wort. «Wenn Ihr heute Abend zum Festplatz kommt, jedoch früh wieder nach Hause gehen möchtet, werde ich persönlich dafür sorgen, dass Euer Fräulein Tochter wohlbehalten nach Hause kommt, wenn sie dem Treiben etwas länger beiwohnen möchte.»

«Wirklich, Herr Halfmann? Hast du das gehört, Margarete? Wie freundlich, wie großzügig! Ich danke Euch von Herzen für dieses Angebot.»

«Keine Ursache, Frau Kocheim. Wozu sind Freunde denn da, wenn nicht, um einander Beistand und Hilfe angedeihen zu lassen? Nicht wahr, Fräulein Margarete, Ihr werdet in meiner Obhut sicher sein wie in Abrahams Schoß.»

«Ihr seid sehr freundlich, Herr Halfmann», brachte Margarete mühsam hervor und schalt sich innerlich eine dumme Kuh. Warum nur benahm sie sich plötzlich so unbeholfen in seiner Gegenwart? Entschlossen, ihre Verlegenheit zu überwinden, hob sie den Kopf und blickte geradewegs in seine amüsiert glitzernden Augen. «Vielleicht traut Ihr Euch ja auch zu, heute Abend ein wenig das Tanzbein zu schwingen? Wie ich hörte, wird der Reih seine besten Musikanten aufspielen lassen.» Mit klopfendem Herzen wartete sie auf seine Antwort und hoffte, dass ihr Vorschlag nicht zu frech gewesen war.

Halfmann lachte erheitert auf. «Das Tanzbein? Nun, das habe ich schon lange nicht mehr geschwungen, Fräulein Margarete.

Aber Eurer Herausforderung stelle ich mich mit Vergnügen. Also reserviert mir die ersten beiden Tänze des Abends, und beschwert Euch hinterher nicht, falls ich Euch über Gebühr auf die Füße trete.» Er zwinkerte ihr zu, was dazu führte, dass sich ihre Wangen wieder erwärmten.

«Wie überaus freundlich Ihr doch seid», mischte Gertrude sich nun wieder ein und schenkte dem Schöffen ein strahlendes Lächeln. «Wisst Ihr, das ist wirklich eine angenehme Abwechslung. Dieser Tage scheinen alle Menschen nur noch unfreundlich und mit sich selbst beschäftigt zu sein. Kaum jemand schert sich mehr um seine Mitmenschen, und falls doch, dann nur, weil er ihnen etwas Böses will. Die Zeiten sind furchtbar lieblos geworden, findet Ihr nicht auch? Und die Menschen so feindselig gegeneinander.»

«Da habt Ihr recht, Frau Kocheim», stimmte er zu. «Aber wahre Freunde bleiben wahre Freunde, das war schon immer so und wird auch so bleiben.»

«Ach, Herr Halfmann, ich hoffe es. Nun ja, Euch zähle ich selbstverständlich zu unseren allerbesten Freunden.»

«Das freut mich sehr, meine Liebe. Aber sagt, Ihr klingt so verzagt. Habt Ihr Kummer mit einem Eurer Nachbarn, oder ist Euch jemand zu nahe getreten? Eure letzten Worte klangen so besorgt.» Forschend musterte Halfmann Gertrude, die daraufhin kurz verlegen den Kopf senkte. Margarete kannte ihre Mutter gut genug, um zu wissen, dass dies alles genau einstudiert war. Gertrude bezweckte irgendetwas.

«Ach nein», sagte sie mit gesenkter Stimme, zögerte einen Moment und sprach dann in vertraulichem Ton weiter. «Nun ja, vielleicht doch. Wisst Ihr, Herr Halfmann, es ist mir etwas unangenehm, darüber zu sprechen.»

Nun senkte auch Halfmann deutlich seine Stimme, beugte sich ein wenig zu ihr vor. «Verehrte Frau Kocheim, Ihr könnt Euch meiner Verschwiegenheit sicher sein, das wisst Ihr doch. Wenn Ihr mit jemandem Ärger habt ...»

«Nein, nein, das ist es nicht. Oder, nun ja ...» Margarete sah, wie ihre Mutter ihr einen kurzen Seitenblick zuwarf, bevor sie weiterredete. «Es geht nicht um mich, wisst Ihr, sondern vielmehr um meine liebe Tochter.»

Erstaunt hob Margarete den Kopf. «Mutter, was meinst du denn?»

«Ach, liebes Kind, ich weiß, dass es dir unangenehm ist. Du brauchst auch nicht darüber zu sprechen, wenn du nicht möchtest. Aber vielleicht ist es ganz gut, wenn wir jemanden einweihen. Herr Halfmann ist ein kluger, verständiger Mann und kann uns vielleicht Rat erteilen.» Nun streichelte Gertrude ihr kurz über die Schulter. Margarete zuckte zusammen, als sich die Fingernägel ihrer Mutter für einen Augenblick heftig in ihre Haut bohrten. Margarete wusste beim besten Willen nicht, worauf Gertrude hinauswollte.

«Worum geht es denn, liebe Frau Kocheim?», hakte Dietrich Halfmann indes sichtlich neugierig nach. «Sprecht bitte ganz offen zu mir. Wenn es in meiner Macht steht, werde ich Euch zur Seite stehen, was immer es sein mag.»

«Danke, Herr Halfmann, vielen Dank.» Gertrude brachte es fertig, dass ihre Stimme nun sogar leicht schwankte. Was hatte ihre Mutter nur vor?

«Wisst Ihr», nun war die Stimme der Mutter nur noch ein Raunen, «es ist mir ein wenig peinlich und überaus unangenehm. Margarete ist vor einiger Zeit von einem jungen Mann äußerst unschicklich ... nun ja ... angesprochen worden.»

«Mutter ...» Margarete verschluckte sich fast. Ehe sie, nun vollkommen verblüfft, etwas sagen konnte, spürte sie erneut ein heftiges Kneifen, diesmal an ihrem Arm.

«Es war abends, als mein liebes Kind sich auf dem Heimweg von einem ganz kurzen Botengang befand. Ich weiß, ich hätte ihr den Knecht mitschicken sollen, aber sie hatte ja nur ein paar Schritte zu gehen. Wer hätte gedacht ...»

«Jemand hat Euch unschicklich bedrängt?», unterbrach Halfmann sie und wandte sich direkt an Margarete. «Warum habt Ihr mir denn davon nichts erzählt? Wer ist der Unhold? Er muss zur Rechenschaft gezogen werden!»

«Ach nein, Herr Halfmann, bitte nicht», antwortete Gertrude an Margaretes Stelle. «Ich möchte nicht, dass ... wir wollen keinen Ärger. Wisst Ihr, es ist schon ein Weilchen her, noch bevor Ihr ...», sie lächelte fein, «bevor unsere Freundschaft mit Euch sich so weit vertieft hatte, dass wir auf Eure regelmäßigen Besuche zählen durften.»

«Aber so etwas darf man nicht einfach übergehen», erwiderte Halfmann ernst. «Immerhin steht der gute Ruf Eurer Tochter auf dem Spiel.»

«Ich weiß, ich weiß.» Betrübt blickte Gertrude zu Boden. «Es ist nur so – der betreffende junge Mann ... Es würde nicht viel bringen, ihn öffentlich bloßzustellen. Niemand würde uns Glauben schenken, und gerade in der heutigen, feindseligen Zeit scheut man sich doch davor, um solche Dinge allzu großen Wirbel zu machen. Wer weiß schon, wozu manche Menschen fähig sind, wenn sie sich angegriffen fühlen.» Sie trat näher an Halfmann heran und flüsterte: «Der junge Mann, wisst Ihr, der entstammt nämlich einer wohlhabenden und einflussreichen Familie. Da möchte ich kein böses Blut provozieren.»

«Mutter, was ...» Margarete brach ab, als ihre Mutter sie erneut schmerzhaft in den Arm kniff.

«So verständlich das auch sein mag, verehrte Frau Kocheim, solltet Ihr Euch doch überlegen, ob es rechtens ist, einem jungen Mann seine Grillen durchgehen zu lassen, nur, weil sein Vater in Rheinbach zu den einflussreichen Leuten gehört. Möchtet Ihr mir nicht seinen Namen nennen, dann könnte ich ...»

«O nein, nein, das ist zu gütig von Euch, Herr Halfmann. Aber lieber nicht. Wisst Ihr, die Familie ist sogar mit dem Vogt gut befreundet. Da will ich wirklich nichts riskieren», wehrte Gertrude bestimmt ab. «Aber danke für das Angebot, das weiß ich wirklich zu schätzen. Ich wollte Euch lediglich darlegen, wie glücklich wir uns schätzen, uns Eurer Freundschaft sicher zu wissen. Und gerade habt Ihr wieder bewiesen, welch wirklich guter Freund Ihr uns seid.»

«Stets zu Euren Diensten, Frau Kocheim.» Halfmann lächelte geschmeichelt.

«Nun möchten wir Euch aber nicht weiter aufhalten», wechselte Gertrude unvermittelt das Thema. «Ganz sicher habt Ihr noch viel zu tun. Wir sehen uns ja heute Abend, und auf das gemeinsame Essen morgen freuen wir uns schon ganz besonders.»

«Nun, darauf freue ich mich ebenfalls. Dann wünsche ich Euch noch einen angenehmen Tag, Frau Kocheim, Fräulein Margarete.» Mit einem liebenswürdigen Lächeln und einer höflichen Verbeugung verabschiedete Halfmann sich. Als er außer Hörweite war, musterte Margarete ihre Mutter misstrauisch. «Was sollte das denn? Weshalb habt Ihr ihn derart angelogen?»

«Habe ich das?» Gertrude erwiderte ihren Blick kühl. «Da

wäre ich mir aber nicht so sicher, Kind. Hat der Löher-Junge dich etwa nicht unsittlich berührt?»

«Äh, ja, aber das war doch ...»

«Na siehst du. Also war es die volle Wahrheit.»

«Aber was bezweckt Ihr damit?»

«Bezwecken? Margarete, ich habe mich lediglich unterhalten.»

«Ja, und dabei Bartel Löher für etwas beschuldigt, das ganz anders gewesen ist, als Ihr es dargestellt habt. Was, wenn Halfmann das nun weitererzählt? Dann kommt Bartel vielleicht in Schwierigkeiten.»

«Ach was, ich habe seinen Namen mit keiner Silbe erwähnt.»

Margarete verschränkte wütend die Arme vor der Brust. «Nein, das habt Ihr nicht, aber Ihr habt Halfmann genügend Hinweise gegeben, dass er selbst darauf kommen kann, wen Ihr gemeint habt.»

Gertrude warf ihr einen herablassenden Blick zu. «Wenn dem so sein sollte, wird es uns ganz sicher nicht schaden.»

«Aber Bartel. Ich will nicht, dass er ...»

«Schweig, Margarete!» Mit einem flinken Griff umfasste die Mutter Margaretes linken Oberarm und drückte fest zu. «Du knatschst ihm doch nicht immer noch nach, oder? Ich habe dir klipp und klar gesagt, dass ich keinerlei Umgang mit der Löher-Sippschaft dulde. Schlag ihn dir ein für alle Mal aus dem Kopf.»

Erschrocken über den harschen Ton ihrer Mutter zog Margarete den Kopf ein und rieb sich über die schmerzende Stelle an ihrem Arm. «Verzeiht, Mutter, ich wollte damit nicht sagen ... Ich will ja gar nichts von Bartel. Ich dachte nur ... Ihr habt doch selbst gesagt, dass die Menschen so feindselig gegeneinander

267

sind. Weshalb sollten wir Bartel für etwas die Schuld geben, das eigentlich ganz anders gewesen ist?»

«Habe ich nicht gesagt, dass du dein loses Mundwerk halten sollst? Kein Wort mehr darüber, hast du verstanden?» Gertrudes Stimme war nur ein leises Zischen, denn nicht weit von ihnen gingen ein paar Leute die Straße entlang. Doch dann lächelte sie plötzlich fein. «Gut zu wissen, dass du endlich zur Vernunft gekommen bist, Margarete. Schließlich hast du nun ja einen weitaus angemesseneren Freier, nicht wahr?»

«Mutter!» Erschrocken sah Margarete sich um, doch niemand schien sich für ihr Gespräch zu interessieren. «Herr Halfmann ist doch nicht mein Freier, sondern nur ein guter Freund der Familie.»

«Jaja, noch ist das vielleicht so. Aber wie ich die Lage einschätze», kurz ließ Gertrude ihren Blick auf Margaretes Körpermitte ruhen, «wird sich das schon sehr bald in unserem Sinne weiterentwickeln. War es nicht ungemein zuvorkommend von ihm anzubieten, dich heute Abend nach Hause zu bringen? Dafür solltest du ihm außerordentlich dankbar sein, Kindchen.»

Margarete errötete bis an die Haarwurzeln. Offenbar wusste ihre Mutter genau, was zwischen ihr und Halfmann vorging. Schließlich hatte sie ja selbst dafür gesorgt, dass Margarete immer wieder mit ihm allein zurückblieb, wenn er zu Besuch kam. Dummerweise machte er keinerlei Anstalten, an der derzeitigen Situation etwas zu ändern. Im Gegenteil, es schien ihm recht gut zu gefallen, wie es war. Jegliche Anfrage von Margaretes Seite, ob und wann er ihre Beziehung öffentlich machen wollte, wiegelte er ab und schob sein Zögern auf die schwierige Situation mit den Hexenprozessen. Außerdem schien er noch nach dem rechten Weg zu suchen, seine Entscheidung, sich erneut zu vermählen, seinen Töchtern mitzuteilen. Keinesfalls wollte er, so sagte er immer wieder, die Gefühle seiner Kinder kränken, die nach wie vor sehr um ihre verstorbene Mutter trauerten.

Margarete verstand das natürlich. Wenn sie sich auch viel lieber in aller Öffentlichkeit mit einem so angesehenen Bräutigam brüsten würde, begnügte sie sich vorerst gerne damit, bei seinen nächtlichen Besuchen im Mittelpunkt all seiner Aufmerksamkeit zu stehen.

«Nun lass uns endlich hineingehen.» Ihre Mutter wies ungeduldig auf den Eingang des Kramerladens. «Ich habe zwar nicht viel Lust, mir das dümmliche Geschnatter von Trautweins Else anzuhören, aber wenigstens bekommt man auf diese Weise den neuesten Klaaf mit.»

«Ja, Mutter, sofort.» Um weiterer Schelte aus dem Weg zu gehen, folgte Margarete ihrer Mutter gehorsam in den Laden.

13. Kapitel

*Kranckheiten / welche Bei gefall / oder umb der Sünden will
vom Fressen / saufen / oder schwerem arbeiten / wie auch von
der Unkeuschheit / hurrerey / herkommen / das alles wird auff
den lügen Kerbstock von der zaubery gekerbt.*

Mensch, Thomas, nun halt doch mal den Sack ordentlich fest und schütt das Zeug geradeaus!», schimpfte Georg und schwenkte verärgert seine Pechfackel. «So wird das doch nichts. Die Spur soll nicht krumm und schief werden.»

«Ich geb mir doch schon Mühe», nuschelte Thomas, doch es war deutlich zu erkennen, dass er dem Wein bereits viel zu sehr zugesprochen hatte.

«Dann lass mich machen.» Schon wollte Bartel nach dem Sack greifen, der mit feinsten Sägespänen gefüllt war. Ein Drittel des Inhalts hatten sie bereits als dünne, aber gut sichtbare Spur auf das unebene Pflaster der Straße vor Dietrich Halfmanns Wohnhaus verteilt.

«Nein, ich mach das. Als Flurschütz ist das genau meine Aufgabe.»

«Unsinn, das kann jeder von uns tun», widersprach Georg.

«Ich bin aber schon dabei», protestierte Thomas, als Bartel nun beherzt nach dem Sack griff. «Lass los, das geht schon.»

«Meine Güte, du schüttest die Späne überallhin, nur nicht dort, wo sie hinsollen», schimpfte Bartel, musste aber ein La-

chen unterdrücken. Auch er war nicht mehr ganz nüchtern und
hatte dementsprechend Mühe, sich als ernster Schultheiß aus-
zugeben. Auch die übrigen zehn Reihjungen, die den Streich
begleiteten, lachten und riefen einander Scherze zu.

«Sch!», zischte Christoph. «Wollt ihr denn ganz Rheinbach
aufwecken? Das soll doch eine geheime Aktion sein!»

«Schon gut, schon gut.» Tief atmete Bartel die kühle Nachtluft ein und bemühte sich, einen klaren Kopf zu bewahren.
«Also seid jetzt alle wieder ganz leise. Thomas, pass ein bisschen besser mit den Sägespänen auf. Wo ist der Karren mit den
anderen Säcken? Mensch, Jakob, schieb ihn doch ein bisschen
leiser, wenn es geht!»

«Wie denn? Das Ding poltert nun mal auf den Steinen, was
soll ich machen?»

Unter Gemoser und Gelächter ging es so immer weiter die
Straße entlang, quer durch die Stadt, auf den Hof der Kocheims
zu. Als sie das Haus des Schöffen Peller passierten, blickte
Bartel unwillkürlich an der Fassade empor zu dem Fenster, wo
Annas Schlafkammer lag. Heute war sie jedoch gar nicht dort,
sondern schlief im Haus ihrer Eltern. Auch Peller selbst war
dort zu Gast, denn die Kemmerlings hatten ihn über Christi
Himmelfahrt und das gesamte Wochenende zu sich eingeladen.

Der Gedanke an Anna zauberte ein Lächeln auf Bartels
Lippen. Wie würde sie sich freuen, wenn sie am Morgen das
mit Girlanden geschmückte Birkenstämmchen unter ihrem
Fenster vorfand. Morgen Nachmittag, sobald sich sein Kater
verzogen hatte, würde er natürlich einen offiziellen Besuch
bei ihren Eltern machen. Wie gerne würde er dann auch schon
um Annas Hand anhalten, aber sein Vater hielt es für verfrüht

und hatte gemeint, dass ein paar Wochen oder Monate später immer noch rechtzeitig sein würde. Nun gut, etwas gedulden konnte er sich wohl noch. Aber dann, wenn es endlich so weit war, dass er Anna überall als seine Braut vorstellen durfte, würde er der glücklichste Mensch auf Gottes schöner Erde sein, das stand fest.

«He, was grinst du denn so dämlich?» Unsanft stieß Georg ihm den Ellenbogen in die Seite. «Wir sind da, falls du es nicht bemerkt haben solltest.»

«Was? Oh, na klar.» Bartel riss sich von seinen Träumereien los und begutachtete die Spur aus Sägespänen, die sich die Straße entlangzog und vor dem Haus der Kocheims endete. Da im Haus noch ein Licht brannte, hob er beschwichtigend die Hände, als erneutes Gelächter aufkam. «Ruhe», raunte er eindringlich. «Sie sind noch wach. Lasst uns auf dem schnellsten Wege verschwinden.» Nach einem kurzen Blick zum Himmel, der heute von dichten Wolken verhangen war, fügte er hinzu: «Mit etwas Glück regnet es noch vor Sonnenaufgang. Dann kann die Spur nicht so leicht verwehen.»

«Und Halfmann wird einen Mordsspaß dabei haben, die Späne wieder wegzubekommen», ergänzte Thomas Peller grinsend. «Spätestens morgen Mittag weiß ganz Rheinbach Bescheid.»

«Worüber weiß morgen ganz Rheinbach Bescheid?» Unvermittelt hatte sich die Haustür geöffnet. Dietrich Halfmann trat heraus, gefolgt von Gertrude Kocheim und Margarete, die beim Anblick des versammelten Reihs einen erschrockenen Schrei ausstieß.

«Ruhig, Fräulein Margarete. Ich kläre das.» Sein Blick suchte Bartel, der als Schultheiß der Reihjungen die Verantwortung

272

trug. «Was geht hier vor, Bartholomäus?» Indem er Bartel wie ein Kind oder einen Untergebenen nur mit dem Vornamen anredete, machte er sehr deutlich, dass er sich ihm als weit überlegen betrachtete. Ehe Bartel antworten konnte, hatte der Schöffe die Spur entdeckt. Seine Augen verengten sich zu Schlitzen. «Ich sehe wohl nicht recht! Was für ein abgefeimter Mainachtsstreich soll das denn sein?»

Obgleich Bartel bisher allerhöchsten Respekt vor dem älteren Mann gehabt hatte, straffte er die Schultern und bemühte sich um ein forsches Auftreten. Die Mitglieder des Reihs zählten schließlich darauf, dass er die Gesetze der Junggesellenvereinigung klar und würdig vertrat. «Herr Halfmann», sagte er, «dies ist kein Streich, sondern die Ausführung eines Urteils, das das Reihgericht über Euch und Margarete Kocheim gesprochen hat. Ihr seid angeklagt, mit der genannten Weibsperson zur nächtlichen Stunde unkeuschen Verkehr gepflegt zu haben. Solches Benehmen läuft dem Anstand und allen guten Sitten zuwider. Der Reih behält sich seit jeher das Recht vor, über solche Vergehen Strafen zu verhängen.»

«O mein Gott», stieß Margarete erschrocken hervor und schlug die Hände vor den Mund.

Diesmal beachtete Halfmann sie nicht, sondern ging auf Bartel zu, bis er direkt vor ihm stand. Im flackernden Schein der Pechfackeln blitzten seine Augen erbost. «Ich höre wohl nicht richtig! Was fällt euch eigentlich ein, ihr Rotznasen, unbescholtene Bürger so unverschämt zu verdächtigen? Wisst ihr überhaupt, wen ihr vor euch habt?»

Bartel wich nicht einen Schritt zurück, obwohl sein Herz vor Aufregung raste. «Hier geht es nicht um wilde Anschuldigungen, Herr Halfmann, sondern um erwiesene Umstände. Der

Reih hat das Recht, jeden in die Schranken zu verweisen, der gegen die guten Sitten verstößt.»

«Das ist üble Nachrede, Bartholomäus, und die kann dich teuer zu stehen kommen, wenn ich beim Stadtrat Beschwerde gegen den Reih einreiche.»

«Ihr könnt nur Beschwerde einreichen, wenn der Reih unrechtmäßig vorgeht», erwiderte Bartel würdevoll. «Das tun wir aber nicht, denn unser Urteil wurde aufgrund eines eindeutigen Augenzeugenberichts gefällt.»

«Was für ein Augenzeugenbericht soll das wohl sein?» Halfmann hob missgünstig die Augenbrauen, doch seine Miene verriet, dass ihm die Angelegenheit nicht geheuer war.

«Der meine», antwortete Bartel. «Am Abend der Tanzveranstaltung im *Ochsen* habe ich zu später Stunde zufällig Euer Treiben hier im Hause – oder vielmehr im Stall – mitbekommen.»

Von Margarete kam ein entsetztes Quieken, woraufhin ihre Mutter sie rasch bei den Schultern packte und mit Nachdruck zurück ins Haus schob. Augenblicke später erschien Gertrude wieder an der Tür. «Wie könnt Ihr es wagen, Herr Bartholomäus, so abschätzig über meine Tochter zu sprechen? Das ist ja unerhört! Euch Ehrabschneidern gehört der Hintern versohlt wie kleinen Kindern. Meine Tochter hat sich nicht das Geringste zuschulden kommen lassen. Sie ...»

«Haltet ein, Frau Kocheim, ich werde mit diesen Saufbrüdern schon fertig», unterbrach Halfmann sie und wandte sich wieder Bartel zu. «Dann steht dein Wort also gegen meins? So etwas nennst du eine ordentliche Anklage? Das ist ja lachhaft!»

«Für das Reihgericht reicht die Aussage eines einzelnen vertrauenswürdigen Mannes vollkommen aus», konterte Bartel.

«So ist es», sprang Thomas Peller ihm zur Seite. «Insbesondere, wenn es sich dabei um unseren Schultheißen handelt.»

Halfmann verschränkte die Arme vor der Brust. «Ihr entfernt diese Sägespäne sofort wieder, habt ihr verstanden? Ich lasse mir doch von euch nichts nachsagen.»

«Das werden wir auf keinen Fall tun, Herr Halfmann.» Bartel schüttelte entschieden den Kopf. «Ihr seid durch meinen Zeugenbericht überführt, und außerdem gebt Ihr auch in diesem Augenblick Anlass zur Schelte, denn immerhin ist es bereits nach Mitternacht. Um diese Zeit solltet Ihr Euch nicht mit Eurem Liebchen treffen, nicht einmal, wenn Ihr mit ihr verlobt wäret.»

«Deine frechen Reden werden dir noch einmal leidtun, Bartholomäus Löher. Ich bin empört über die Art und Weise, wie du einem Schöffen des Hochgerichts gegenübertrittst.» An Halfmanns Hals schwoll eine Ader gefährlich an, sein Gesicht hatte sich vor Zorn gerötet. «Wie mir zu Ohren gekommen ist, bist du selbst nicht so unbescholten, wie du uns hier glauben machen willst.»

Verblüfft starrte Bartel ihn an. «Was soll das denn heißen?»

Halfmann reckte triumphierend das Kinn. «Das müsstest du selbst am besten wissen. An deiner Stelle würde ich jedenfalls genau überlegen, ob es dir wirklich ansteht, hier den Sittenwächter zu spielen.»

«Herr Halfmann, Ihr seid nicht in der Position, unseren Schultheißen anzugreifen», mischte Georg Gertzen sich nun verärgert ein. «Er war es nämlich, der durchgesetzt hat, dass wir Euch für Euer untugendhaftes Verhalten nur einen Denkzettel verpassen. Der Reih hatte ursprünglich für eine Tierjage plädiert. Die hätte Euch weit mehr bloßgestellt als ein paar Sägespäne.»

«So ist es», pflichtete Thomas Peller ihm bei. «Aber unser ursprüngliches Vorhaben ist noch nicht vom Tisch, falls Ihr Euch nicht einsichtig zeigt.»

«Heilige Maria, das ist ja unerhört!», zeterte Gertrude und rang die Hände. «Wir haben nichts Unrechtes getan. Herr Halfmann, sagt es ihnen, sagt ihnen, dass wir eine Tierjage nicht verdient haben. Mein armes Kind ...»

«Euer armes Kind», fiel Bartel ein, «ist selbst schuld, wenn sie sich auf eine unschickliche Beziehung mit einem Mann einlässt. Wie könnt Ihr nur hier stehen und behaupten, Ihr wüsstet nichts davon?» Zu Halfmann sagte er kühl: «Was ich an jenem Abend gesehen und gehört habe, war mehr als eindeutig, Herr Halfmann. Und so, wie Ihr dem Reih gegenüber auftretet, der nur seine Pflicht erfüllt, bin ich inzwischen durchaus geneigt, doch noch die Tierjage anzuordnen.»

«Wage es ja nicht!» Mit geballter Faust fuchtelte Halfmann vor Bartels Nase herum.

«Es wird mir wohl nichts anderes übrig bleiben. Es sei denn, Ihr beabsichtigt, das betreffende Frauenzimmer in absehbarer Zeit zu ehelichen. Damit würdet Ihr die Angelegenheit zwar nicht ungeschehen machen, aber wir könnten ein Auge zudrücken und Euch die Demütigung ersparen.»

«Was denn, jetzt wollt Ihr mich auch noch erpressen? Seid Ihr denn von Gott verlassen, ihr Tunichtgute?»

«Also gedenkt Ihr nicht, die Ehre der Margarete Kocheim wiederherzustellen?» Betrübt schüttelte Bartel den Kopf. «Kommt, Jungs, wir gehen. Wir haben noch eine lange Nacht vor uns, wenn wir die Tierjage vorbereiten wollen.»

Unter zustimmendem Gemurmel wandten sich die Reihjungen zum Gehen.

Halfmann schnaufte empört. «Wagt es nicht, mich so stehen zu lassen! Bartholomäus, ich verspreche dir, das wird ein Nachspiel haben.»

«Nein, Herr Halfmann, das Nachspiel wird Euch zuteilwerden», entgegnete Bartel. «Wir tun lediglich unsere Pflicht. Wo kommen wir denn hin, wenn wir ein Betragen wie das Eure durchgehen lassen, nur weil Ihr in der Stadt eine hohe Stellung einnehmt? Ihr seid es, der Margarete Kocheims Ehre befleckt. Einen jeden anderen würdet Ihr, wenn Ihr ihn bei so etwas ertappen würdet, ebenso anklagen und verurteilen wie wir.»

Einen Moment lang schwieg Halfmann, musterte erst Bartel eingehend, dann die übrigen Reihjungen, die im Halbkreis hinter ihrem Schultheißen standen. Dann kräuselte er die Lippen. «Ihr verlangt also eine Hochzeit?»

«Das ist das Mindeste, was Ihr tun könnt, um Margaretes Ruf zu schützen.»

«So.» Halfmann lächelte kalt. «Wenn ich Euch zusage, dass ich mich innerhalb der kommenden sechs Wochen vermählen werde, gebt ihr dann Ruhe?»

Bartel drehte sich zu seinen Freunden um, die daraufhin nacheinander zögernd nickten. Schließlich wandte er sich Halfmann wieder zu. «Also gut, das ist ein Wort, welches Ihr nun vor genügend Zeugen gegeben habt. Damit habt Ihr die Schande einer Tierjage noch einmal abgewendet.»

«Ihr werdet außerdem über diese Angelegenheit stillschweigen.»

Bartel hob die Schultern. «Es besteht kein Grund, etwas an

die große Glocke zu hängen. Das müsst Ihr schon selbst tun, indem Ihr das Aufgebot bestellt.»

Halfmann verschränkte die Arme und fixierte Bartel herausfordernd. «Seht zu, dass diese vermaledeite Spur aus Sägespänen bis Sonnenaufgang verschwunden ist. Sonst beschwere ich mich beim Rat über den Reih wegen übler Nachrede und ungebührlicher Streiche.»

«Ihr habt euch ganz schön weit aus dem Fenster gelehnt, Bartel», sagte Hermann, während er sich seinen Mantel überwarf. «Es ist ein Wunder, dass Halfmann euch nicht vor den Stadtrat gebracht hat.»

«Das zeigt aber doch nur, dass wir im Recht waren», erwiderte Bartel, der ebenfalls seinen Mantel zuknöpfte und seinem Vater nach draußen folgte. Sie waren auf dem Weg zum *Krug*, wo der Vogt sich mit ihnen treffen wollte. Er hatte einen Bekannten aus Lüftelberg zu Besuch, der an einer geschäftlichen Partnerschaft mit dem Hause Löher Interesse zeigte. Da es seit zwei Tagen regnete, setzten sie rasch ihre Hüte auf und schlugen die Krägen ihrer Mäntel hoch. «Ihm ist bewusst, dass er unrecht handelt, wenn er Margarete nicht heiratet.»

«Hoffen wir, dass es damit getan ist.» Hermann gab einen forschen Schritt vor, dem sein Sohn sich nach einem kurzen Sprint anpasste. «Vielleicht hatte er das sogar von Anfang an vor, wer weiß. Ich habe munkeln gehört, dass Halfmann schon seit einer Weile darüber nachdenkt, sich erneut zu verheiraten. Verständlich wäre es, denn immerhin könnte ihm eine junge Frau noch den einen oder anderen männlichen Erben bescheren.»

«Aber warum dann diese Heimlichkeit? Er riskiert damit doch Margaretes Ruf.»

Hermann zuckte die Achseln. «Halfmann war schon immer ein Heimlichtuer. Vermutlich rechnet er sich davon irgendwelche Vorteile aus. Ganz zu schweigen von ein wenig vorehelicher Lustbarkeit. Wer weiß, vielleicht wollte er auch nur ausprobieren, ob das Mädchen ihm wirklich zusagt.»

«Was meint Ihr damit, Vater?» Erschrocken blieb Bartel stehen, doch da Hermann eiligen Schrittes weiterging, hastete er sogleich wieder hinter ihm her. «Dass sie ihm zusagt? Aber was, wenn dem nicht so gewesen wäre? Hätte er sie dann entehrt sitzenlassen?»

Hermann seufzte über die Arglosigkeit seines Sohnes. «Entehrt, aber vermutlich mit einer hübschen Geldsumme als Abfindung.»

«Müsste er dann nicht befürchten, dass sie ihn wegen Ehrenraubes anzeigt?»

«Wohl kaum. Wenn sie ihm freiwillig beigelegen hat, wird sie den Teufel tun und gegen ihn klagen, sondern sein Geld nehmen und damit ihre Mitgift aufstocken. Aber wie es aussieht, bleibt ihr dieses Schicksal erspart.»

«Zum Glück.» Erschüttert blickte Bartel zu Boden, während sie über den Marktplatz hasteten, in dessen direkter Nachbarschaft sich das Gasthaus *Zum Krug* befand.

«Na, na, so mitleidig auf einmal?» Hermann musterte seinen Sohn aufmerksam von der Seite. «Vergiss nicht, was die junge Dame mit dir vorgehabt hat. Damit ist sie keinen Deut besser als Halfmann. Tatsächlich neige ich dazu, es so zu sehen, dass diese beiden einander durchaus verdient haben.»

«Das stimmt schon, Vater.» Nachdenklich nickte Bartel.

279

«Aber sie ist jung und nicht unbedingt ein Ausbund an Klugheit. Dass sie von einem Mann wie Halfmann benutzt und dann womöglich mit beschädigtem Ruf sitzengelassen wird, hat sie nicht verdient.»

«Sie hatte auch vorher schon nicht den besten Ruf, Bartel.»

«Aber das würde ihr den Rest geben.»

«Nicht unbedingt», widersprach Hermann. «Überleg doch. Wenn sie eine Abfindung erhalten hätte, wäre es sicherlich der vernünftigste nächste Schritt für sie gewesen, sich rasch nach einem passenden Bräutigam umzusehen. Gefunden hätte sie bestimmt einen, denn sie ist weder hässlich noch arm.» Hermann lächelte schmal. «Aber es ist müßig, sich über das Hätte-Wäre-Wenn zu unterhalten. Immerhin hat Halfmann versprochen, sie zu ehelichen. Ich hoffe, er macht es alsbald öffentlich, damit es nicht doch noch zu Klaaf und böser Nachrede kommt.»

«Woher denn? Die Reihjungen haben versichert, den Mund zu halten.»

«Mmh, und wie oft ist in der Vergangenheit trotzdem etwas durchgesickert? Ganz besonders, da ihr ja diese hübsche Sägespänespur nicht vollständig entfernt habt.»

«Das ging leider nicht, Vater. Ihr wisst selbst, dass es in der Mainacht noch heftig geregnet hat. Tut es ja immer noch, und das fast ohne Unterlass. Mittlerweile sollte die Spur verschwunden sein.»

«Ich glaube eher, dass der Regen die Späne bloß noch tiefer ins Pflaster geschwemmt hat.» Hermann blieb stehen. «Da wären wir. Ich bin gespannt, ob dieser Freund von Schweigel wirklich so gute Beziehungen zu Eisenwarenlieferanten hat.»

«Das werden wir wohl gleich erfahren, Vater.»

Hintereinander betraten sie den großen Gastraum, der Platz

für fünfzig Personen bot. Wärme, Stimmengewirr und der Duft von gebratenen Zwiebeln und Eintopf schlugen ihnen entgegen. Zwei der fünf langen Holztische waren bereits besetzt; so früh am Tag war das eher ungewöhnlich. Erst in etwa zwei Stunden würden sich die ersten Mittagsgäste einfinden. Doch bei den Männern am hinteren Tisch handelte es sich um Handwerker, die offenbar vor dem Regenguss die Flucht ergriffen und ihre Baustelle verlassen hatten.

Auf der gegenüberliegenden Seite des Raumes saßen Dr. Schweigel und drei weitere Männer beisammen, von denen Hermann jedoch nur zwei bekannt waren: Augustin Strom, der Flerzheimer Schultheiß, der hinter vorgehaltener Hand von vielen als Geck Augustin bezeichnet wurde, und der Meckenheimer Schultheiß Bartholomäus Winssen, dessen Spitzname ebenso sprechend war wie der von Strom. Alle Welt kannte ihn als den dollen Bischof, weil er Anno 1631 und auch früher schon fanatisch und immer wieder auf die Worte der Bibel pochend dafür gesorgt hatte, dass in Meckenheim und den umliegenden Dörfern mit Buirmanns und Mödens Hilfe unzählige Hexenprozesse stattfinden konnten. Mit dem Flerzheimer Schultheiß, der auch nur aufgrund von falschen Zauberverbrennungen zu Amt und Würden gekommen war, verband ihn eine langjährige Freundschaft. Man erzählte sich sogar, dass die beiden sich zuweilen eine Hure teilten, wenn sie unterwegs waren und sich fernab von ihren Gattinnen befanden. Dass sie sich zum Vogt gesellt hatten, wunderte Hermann, denn Schweigel war nicht gerade als Freund der beiden zu bezeichnen. Sein besorgter Blick in Hermanns Richtung, als dieser die Gaststube betrat, sprach darüber hinaus Bände. Die Anwesenheit der beiden Schultheißen hatte nichts Gutes zu bedeuten.

Hermann stieß seinen Sohn unauffällig an, während sie ihre Mäntel und die triefenden Hüte ablegten. «Bartel, ich möchte, dass du den Mund hältst, solange diese beiden mit uns am Tisch sitzen. Kein Wort über die Aktivitäten des Reihs, hast du verstanden?»

«Natürlich, Vater.» Bartel sah unauffällig zu dem Tisch hin. «Was glaubt Ihr, weshalb die beiden Schultheißen hier sind?»

«Um Unfrieden zu stiften», murmelte Hermann und ging mit einem leutseligen Lächeln auf die vier Männer zu. «Guten Morgen, Herr Dr. Schweigel!», grüßte er. «Und die Herren Winssen und Strom sind auch da, was für eine Überraschung! Was führt Euch denn nach Rheinbach? Geschäfte?»

Die beiden Schultheißen nickten ihm kühl, aber freundlich zu.

«Natürlich Geschäfte, was sonst, Herr Löher», antwortete Winssen. «Wir sind auf dem Weg zu einer Besprechung mit dem Stadtrat, wollten uns aber nach dem letzten Regenguss erst etwas trocknen und aufwärmen.»

«Sehr vernünftig», befand Hermann.

«Guten Morgen, Herr Löher», grüßte nun auch der Vogt. «Ihr habt Euren Ältesten mitgebracht, wie ich sehe.» Er wandte sich an den grauhaarigen, sehr korpulenten und behäbig wirkenden Mann neben sich. «Herr Riemenschneider, darf ich vorstellen, dies sind mein guter Freund Hermann Löher und sein Sohn Bartholomäus.»

Der Angesprochene machte Anstalten, sich zu erheben, doch Löher winkte rasch ab. «Spart Euch die Mühe, Herr Riemenschneider, bleibt nur sitzen.» Er selbst ließ sich dem Mann gegenüber nieder. «Bei Freunden von guten Freunden brauchen wir nicht überförmlich zu sein.»

«Danke, Herr Löher.» Sichtlich erleichtert ließ sich Riemenschneider zurück auf die Bank plumpsen. «Wie Ihr vielleicht schon gehört habt, komme ich aus Lüftelberg, wo ich seit einem halben Jahr mein Geschäft betreibe. Zuvor habe ich in Bonn gelebt, bin aber nach dem Tod meiner Gattin, Gott hab sie selig, zu meinem ältesten Sohn Bertram gezogen. Er ist in Lüftelberg verheiratet und hat dort eine Zweigstelle meines Geschäfts geführt. Nun haben wir die beiden Kontore wieder zusammengelegt und sind von Dr. Schweigel auf Euch als möglichen neuen Handelspartner aufmerksam gemacht worden.»

«Riemenschneider und ich kennen uns schon lange», übernahm der Vogt das Wort. «In jungen Jahren sind wir hin und wieder gemeinsam gereist. Ich zu Studienzwecken und er in geschäftlichen Angelegenheiten.»

«Das ist eine gute Kombination», befand Hermann. «Ich kann bezeugen, dass die Gesellschaft eines gelehrten und studierten Mannes wie unserem Vogt auf einer Geschäftsreise sehr anregend wirkt. Aus seinen klugen Reden habe ich schon viele Einsichten schöpfen können, wofür ich ihm äußerst dankbar bin. Wisst Ihr, ich selbst bin nämlich nur bis zur achten Klasse in die Schule gegangen. Die sieben Künste der Wissenschaft habe ich nie studiert, und auch eine Fremdsprache habe ich zu meiner Schande nie gelernt. Deshalb bewundere ich den guten Dr. Schweigel so sehr, denn er hat all das vollbracht und darüber hinaus auch noch einiges an Recht und Juristerei studiert. Ich hingegen habe höchstens hier und da ein paar lateinische Wörter aufgeschnappt, wenn es sich ergab.»

Riemenschneider nickte verständnisvoll. «Mir geht es ebenso, Herr Löher. Auch ich bewundere den guten Dr. Schweigel für seine vielseitige Bildung. Es ist immer ein Vergnügen und eine Wohltat, mit ihm eine Unterhaltung zu führen. Doch das soll nicht heißen, dass wir von gar nichts eine Ahnung haben, nicht wahr, Herr Löher? Immerhin sind wir beide recht erfolgreiche Kaufleute, und damit haben wir auch schon einen ehrenwerten Status erreicht.»

«Da habt Ihr vollkommen recht», antwortete Hermann lächelnd. «Und was Euch angeht, so halte ich mich an das Urteil unseres Vogtes. Wenn er große Stücke auf Euch hält, dann ist davon auszugehen, dass Ihr ein guter Mann seid.»

«Nun, ich danke Euch für Euer Vertrauen», sagte Riemenschneider erfreut, schnaufte dabei allerdings etwas kurzatmig. Umgehend griff er nach seinem Weinbecher und trank einen Schluck. Es war deutlich, dass ihn seine Körperfülle bei jeder Bewegung beeinträchtigte.

«Wir hatten uns übrigens gerade diesen gemütlichen Platz ausgesucht», mischte der Vogt sich nun in das Gespräch ein, «als die beiden Herren Schultheißen eintrafen. Als Ihr hereinkamt, Herr Löher, waren sie gerade dabei, uns mit Neuigkeiten aus der Umgebung zu versorgen.»

«Neuigkeiten?» Interessiert blickte Löher von Schweigel zu Winssen und dann zu Strom. An deren beflissenen Mienen erkannte er, dass es sich nur um schlechte Nachrichten handeln konnte.

«O ja, Neuigkeiten haben wir weiß Gott genug im Gepäck.» Winssen, ein Mann von untersetzter Gestalt, mit schütterem braunem Haar und gepflegtem Kinnbart, winkte die Schankmagd herbei, um eine neue Runde zu bestellen, dann sprach er weiter: «Ihr könnt Euch nicht vorstellen, was dieser Tage in Meckenheim los ist. Man könnte meinen, die Welt steht kopf, und die Leute scheinen auch immer desperater zu werden. Wo man hinblickt, nur Missgunst und Heimtücke. Ich sage Euch, das ist das Werk der Erzzauberer. Es ist ein großes Glück, dass Dr. Möden wieder da ist und mit dem Gezücht endlich aufräumt. Empfindet Ihr das nicht auch als wahrhafte Erleichterung? Unsereins kommt gegen die Untaten der Hexen ja gar nicht mehr an.»

Hermann wechselte einen Blick mit dem Vogt, der fast unmerklich die Achseln zuckte. Also nickte er vage in Winssens Richtung. «Die Hexenprozesse sind schlimm, ganz ohne Zweifel», antwortete er diplomatisch, in der Hoffnung, sich damit aus der Affäre zu ziehen.

Winssen schien indes gar nicht an seiner Meinung interessiert zu sein. Ihm ging es offenbar nur darum, den neuesten Klaaf loszuwerden. Und ein Blick in das Gesicht Augustin Stroms zeigte, dass auch dieser begierig war, die Tratschgeschichten zu hören, auch wenn er sie vermutlich längst alle kannte. Nicht nur war der Flerzheimer Schultheiß ein schwächlicher, blasser und blutarmer Mann, dessen Haar so hellblond war, dass es fast ebenso weiß wie seine Gesichtsfarbe wirkte, er war auch noch neugierig und klatschsüchtig wie ein Weib.

«Schlimm, fürwahr. Vor allem, wenn man bedenkt, wie sehr das Hexenunwesen in der letzten Zeit wieder zugenommen hat, ohne dass man es wirklich verhindern könnte. Dabei geben wir uns schon redlich Mühe, allen Hinweisen nachzugehen», redete Winssen weiter und setzte dabei eine gewichtige Miene auf. «Nach der letzten Verbrennung haben wir die Meckenheimer Bürger noch einmal auf dem Markt zusammengerufen und befragt. Ihr könnt euch nicht vorstellen, was wir dabei alles erfahren haben.»

«Doch, das kann ich mir ausgesprochen gut vorstellen», antwortete Schweigel mit grimmigem Unterton. «Dr. Möden hat ein solches Hetzen auch hier in Rheinbach durchgeführt. Ich halte davon nicht sehr viel.»

Hermann warf seinem guten Freund einen warnenden Blick zu, doch der Vogt ignorierte ihn.

«Hetzen nennt Ihr das?» Von Winssen kam ein überraschter Laut. «Und Ihr haltet nichts davon, Dr. Schweigel? Warum denn nicht? Wie sonst als durch das Fragenstellen soll man erfahren, was in der eigenen Gemeinde vorgeht?»

«Es führt aber auch dazu, dass jeder, der einen Groll gegen jemanden hegt, dessen Namen ins Gespräch bringt, um ihm zu schaden.»

«Aber nein, Herr Vogt, so dürft Ihr das nicht sehen», widersprach Strom eifrig. «Sowohl der Kommissar als auch die Schöffen wissen ja wohl den allgemeinen Klaaf und irgendwelche Zwistigkeiten von wirklichen Hinweisen zu unterscheiden.»

«Wie Ihr meint.»

«Seid versichert, dass solchen Hinweisen mit größter Sorgfalt seitens des Hexenkommissars nachgegangen wird.» Strom machte eine unterstreichende Geste mit der rechten Hand. «Es darf schließlich niemand leichtfertig angeklagt werden.»

«Eben.» Schweigel nickte ernst. «Ich fürchte nämlich, dass genau das geschieht, wenn man die Menschen aufhetzt und wild spekulieren lässt. Viele der Anschuldigungen, die auf diese Weise geäußert werden, entbehren jeglicher Grundlage.»

«Da mögt Ihr teilweise sogar recht haben», gab Winssen zu. «Aber wenn viele verschiedene Leute ähnliche Beobachtungen machen, lohnt es sich im Allgemeinen doch, sich ein wenig näher damit zu befassen, um der Sache auf den Grund zu gehen.»

«Ihr habt aber doch selbst gesagt, dass Missgunst und

Heimtücke unter Euren Mitmenschen herrschen», mischte Hermann sich nun ebenfalls ein, denn er hatte das Bedürfnis, dem Vogt beizustehen. «Wie wollt Ihr dann sicher sein, dass eine Aussage oder Anklage wirklich der Wahrheit entspricht?»

«Oh, Ihr habt mich missverstanden», antwortete Winssen. «Ich bezog mich mit meinen Worten vorhin direkt auf das Werk der Zauberer, die missgünstig und heimtückisch ihren Mitmenschen Schaden zufügen. Gerade in der letzten Zeit ist es wieder besonders schlimm in Meckenheim geworden. Den Bauern sind bereits mehrere Kälber eingegangen, Leute sind aus ungeklärten Gründen krank geworden – ja, wirklich! Ich rede hier nicht von den üblichen Frühjahrserkältungen. Nein, in den letzten Wochen ging eine unheimliche Plage um und traf beinahe jedes Haus und jede Familie. Die Leute hatten fürchterliche Magenkrämpfe und haben sich die Seele aus dem Leib gekotzt und geschissen. Eine alte Frau ist sogar daran gestorben!»

«Nun, solche Krankheitswellen kommen doch immer mal wieder vor.» Kurz nickte Hermann der Schankmagd zu, als diese je einen Krug Bier vor ihm und Bartel abstellte. «Dahinter muss man nicht gleich ein Hexenwerk vermuten.»

«Nicht?» Strom sah ihn mit hochgezogenen Augenbrauen an. «Könnt Ihr denn sicher sein, dass es kein Hexenwerk ist?»

«Das ist nämlich noch nicht alles», fuhr Winssen fort. «Nachdem sich die meisten von dieser grässlichen Krankheit erholt hatten, wurden wir gleich von der nächsten Plage heimgesucht: Fliegen! Ihr könnt euch nicht vorstellen, was für Unmengen an Schmeißfliegen über die Stadt hergefallen sind. Wir haben schon seit mindestens drei Wochen damit zu tun, und die Biester vermehren sich immer noch wie verrückt.»

«Ist doch kein Wunder», meldete Bartel sich überraschend zu Wort, zögerte dann aber verlegen, als sich alle Blicke auf ihn richteten. Erst als Hermann ihm mit einem Nicken gestattete fortzufahren, sprach er weiter: «Ihr habt gesagt, dass diese Krankheit dazu geführt hat, dass die Leute die Scheißerei bekamen und viel gekotzt haben. Dieser ganze Unrat ist doch sicher auf den Straßen und in den Gräben gelandet. Kein Wunder, dass sich die Fliegen so wild vermehren.»

Schweigel nickte ihm wohlwollend zu. «Gut argumentiert, Herr Bartel.»

«Aber in diesem Fall vollkommen falsch», widersprach Winssen. «Es war doch in der letzten Zeit nachts gar nicht warm genug, als dass die Fliegen lange überleben könnten, und tagsüber auch nur selten. Außerdem liegen Exkremente doch ständig in den Gräben. Nein, nein, ich sage Euch, da steckt Hexenwerk dahinter. Und selbst Ihr, Herr Vogt, werdet mir zustimmen, wenn Ihr Euch angehört habt, was sonst noch alles vorgefallen ist.»

«Das bezweifle ich zwar», antwortete der Vogt, «aber tut Euch bitte keinen Zwang an und berichtet, was sich zugetragen hat.»

«Wenn man bloß diesen vermaledeiten Aberglauben aus den Leuten herausprügeln könnte», grollte Schweigel eine knappe Stunde später, nachdem Winssen und Strom das Gasthaus verlassen hatten. «Ich wäre der Erste, der eine solche Prügelstrafe für jede lebende Seele weit und breit anordnen würde.»

«Damit tätet Ihr ganz sicher recht», stimmte Hermann zu.

Ihn schauderte geradezu bei dem Gedanken an den Unsinn, den er sich von den beiden Schultheißen hatte anhören müssen.

«Es ist ein einziger Irrsinn», eiferte der alte Vogt sich weiter. «Habt Ihr ein schmerzhaftes Rückenleiden? – Gebt dem neu Zugezogenen mit dem bösen Blick die Schuld. Ist Euer Kind krank? – Ganz sicher ist die ungeliebte Nachbarin schuld daran. Verreckt das Vieh im Stall, ist nicht etwa verfaultes Futter oder der zu harte Winter dafür verantwortlich, sondern irgendein angeblicher Zauberer, der seine Schadenssprüche beim Mondschein geflüstert hat.»

«Und falls es doch am Futter lag, hat es ganz sicher jemand behext», fügte Hermann kopfschüttelnd hinzu. «Es ist unglaublich, was diese Schurken sich ausdenken, um das Brennen in Gang zu halten. Es kann nicht mehr lange dauern, bis die Hysterie auch unser schönes Rheinbach wieder voll erfasst.»

«Da sei Gott vor.» In Schweigels Stimme lag tiefe Besorgnis. «Ist es nicht schon schlimm genug, was sie der armen Marta Schmid angetan haben? Ich habe kürzlich nach ihr gesehen; sie liegt noch immer schwer darnieder, erholt sich nur sehr langsam von der Tortur. Und so, wie es mir vorkam, steht zu befürchten, dass ihr Geist einen Schaden davongetragen hat. Sie betet tagein, tagaus immer dieselben Worte, reagiert kaum auf Ansprache, und falls doch, scheint sie darauf zu warten, dass man ihr vorspricht, was sie zu sagen hat. Es ist direkt unheimlich, wenn man sich an ihre frühere fröhliche Art erinnert.»

«Hat man ihren Gatten zu ihr gelassen?», fragte Hermann. «Uns übrigen Schöffen ist der Zugang untersagt worden.»

«Nein, natürlich nicht. Und es ist wohl auch besser so. Wenn Schmid sie so sähe, würde es ihm das Herz brechen», murmelte

Schweigel und starrte auf die Tischplatte. Als er den Kopf wieder hob, blickte er Hermann eindringlich in die Augen. «Versucht zu verhindern, dass man sie noch einmal so quält. Möden hat sie, dessen bin ich sicher, längst gebrochen.»

«Das fürchte ich auch», gab Hermann zu und warf seinem Sohn einen prüfenden Seitenblick zu. Bartel hörte ihnen aufmerksam zu, machte jedoch keine Anstalten, sich zu äußern. «Wenn er sie das nächste Mal befragt, wird sie ihm wahrscheinlich sämtliche Namen nennen, die er gerne hören will ... und vielleicht noch mehr. Was danach passiert, wissen wir wohl nur zu gut.» Er seufzte. «Aber was kann man dagegen tun?»

«Es ist überall dasselbe», sagte Riemenschneider. «Sie hetzen und setzen Gerüchte in die Welt. Erinnert Ihr Euch noch an die Sache mit meinem Vetter Jan Rech?», wandte er sich an Schweigel. «Ihn hatten Möden und seine Geiferer anno 1632 ins Gefängnis geworfen. Ich weiß bis heute nicht, wie er es geschafft hat zu fliehen. Aber er hat sich ins Kloster Heisterbach geflüchtet und mit Hilfe des Abtes auf Schadenersatz geklagt und gewonnen. Heute lebt er in Köln.»

«Stimmt, das war eine große Sache damals.» Der Vogt nickte. «Euer Vetter hatte Glück, dass nicht nur der ehrenwerte Abt, sondern auch der Herzog von Jülich-Berg hinter ihm stand. So viel Rückhalt hat eine Marta Schmid leider nicht.»

«Aber könnte ihr Mann nicht ebenfalls versuchen, gegen Möden zu klagen? Mein Vetter hat damals die Summe von achthundert Reichstalern erhalten, die ihm der Amtmann Schall zahlen musste. Wenn solche Praxis des Öfteren erfolgreich wäre, würden sich die Herren Hexenkommissare vielleicht dreimal überlegen, ob und wen sie als Nächstes in den Kerker werfen.»

Da sich in diesem Moment die Tür öffnete und ein gutes halbes Dutzend Männer die Schankstube betrat, signalisierte Hermann dem Vogt und Riemenschneider, das Thema vorerst fallenzulassen. Stattdessen wandten sie sich nun endlich dem ursprünglichen Zweck ihres Treffens zu – ihren Geschäften.

14. Kapitel

Ach und Wehe! Wie sollen und können sie Dan anderer unschül-
digen Leute ehr und Unschuldt defendiren und gut behalten /
da sie die Richter so arglistig und peinlich umb fragen

Nachdenklich betrachtete Margarete das Strohlager. Sie
hatte gewartet, bis der Knecht sich zu Bett begeben
hatte, bevor sie den Stall aufsuchte. Dietrich Halfmann war
seit dem ersten Mai nicht mehr bei ihr gewesen, und auch an
jenem Tag hatte er sich nach dem gemeinsamen Essen rasch
verabschiedet. Zwar war er freundlich und zuvorkommend wie
immer gewesen, doch er hatte das Gespräch nicht auf die Ereignisse der Mainacht gelenkt. Seltsamerweise hatte auch ihre
Mutter darüber geschwiegen und Margarete unter Androhung
von Schlägen verboten, auch nur Andeutungen zu machen.
Gertrude Kocheim war der Ansicht, dass es sich als Frau nicht
schickte, solche Themen anzuschneiden.

Wie hatte Margarete sich erschreckt, als der Reih so plötzlich vor ihrem Haus aufgetaucht war, allen voran Bartel! Auch
wenn sie wütend war, dass er sie hatte bloßstellen wollen –
wenn sie ehrlich zu sich war, wusste sie, dass er recht damit
tat. Sie pflegte eine unkeusche Beziehung zu einem älteren
Mann, daran ließ sich nicht rütteln. Dass er versprochen hatte,
für sie zu sorgen und sie zu heiraten, spielte erst einmal keine

Rolle. Zum Glück hatte sich die Sache bisher noch nicht herumgesprochen, auch wenn die Überreste der Sägespäne auf der Straße für manche Nachbarn Anlass zu Spekulationen gegeben hatten.

Zum Glück war ihr die Tierjage erspart geblieben. Sie war sich nicht sicher, ob sie diese Schande ausgehalten hätte. Auch wenn sie zugegebenermaßen schon des Öfteren Dinge getan hatte, die einer braven Jungfer nicht gut anstanden, hatte sie doch noch nie eine solche Bloßstellung befürchten müssen. Die jungen Männer, mit denen sie sich bisher heimlich getroffen hatte, waren äußerst verschwiegen gewesen, schon weil sie selbst fürchteten, entdeckt zu werden.

Mit dem Fuß tippte sie ein Büschel Stroh an, das von der Lagerstätte heruntergerutscht war. Inzwischen hatte sie ein paar saubere, weiche Decken in der Nähe deponiert, damit sie es bequemer hatten, wenn Halfmann zu ihr kam. Wie üblich in letzter Zeit spürte sie schon beim bloßen Gedanken daran, wie sich ihr Herzschlag beschleunigte, und ein wohlbekanntes Ziehen im Schoß. Heute ärgerte sie sich darüber, denn sie war nur hierhergekommen, um in Ruhe über alles nachzudenken.

Ein bisschen kam es ihr so vor, als habe sie alles nur geträumt, vor allem, weil die Aktion des Reihs keine Konsequenzen gehabt hatte. Niemand hatte sie angesprochen, nicht einmal scheele Blicke waren ihr aufgefallen. Dennoch fühlte sie sich unwohl, wenn sie Besorgungen machen musste. Sie hoffte sehr, dass Halfmann nun sehr bald offiziell um ihre Hand anhalten würde, damit sie wieder ruhig schlafen konnte.

Als sie hinter sich das Knarren der Stalltür vernahm, erschrak sie. Wie sollte sie dem Knecht erklären, was sie um diese späte Stunde – kurz vor Mitternacht – allein hier tat? Vorsichtig drehte sie sich um. Sie stand so, dass sie von der Tür aus nicht direkt gesehen werden konnte.

«Margarete?»

Vor Überraschung und Erleichterung gleichermaßen stieß sie heftig die Luft aus, die sie, ohne es zu merken, angehalten hatte.

Rasch trat sie ins Licht der kleinen Laterne, die sie auf einem Querbalken abgestellt hatte. «Herr Halfmann, Ihr habt mich erschreckt. Was tut Ihr denn hier?»

«Was glaubst du denn, weshalb ich hier bin?», erwiderte er mit einem schalkhaften Lächeln.

«Woher wisst Ihr, dass ich hier bin?»

Er zwinkerte ihr zu. «Das war eine Eingebung. Ich war wegen einer Angelegenheit der Schöffen bei Gottfried Peller und sah auf dem Rückweg zufällig das Licht. Da dachte ich, ich sehe mal nach, ob du mich schon vermisst hast.» Mit wenigen Schritten war er bei ihr und zog sie fest an sich. «Und, hast du?»

«Was habe ich?», fragte Margarete etwas gepresst. Er hatte eine Hand besitzergreifend auf ihr Hinterteil gepresst und rieb seinen Unterleib an ihr, was es ihr schwer machte, einen klaren Gedanken zu fassen.

Er lachte leise. «Mich vermisst.»

«Ah, ja natürlich.» Sie schluckte, als nun auch seine andere Hand ihren Hintern umfasste und leicht knetete.

«Sehr schön, mir geht es nämlich ebenso. Ich habe mich nur eine Weile nicht blicken lassen, weil ich sichergehen wollte, dass mir der Flurschütz nicht nachstellt.»

«Ich habe Angst, Herr Halfmann.» Geräuschvoll sog sie die Luft ein, als er mit den Zähnen an ihrem Hals entlangfuhr und gleichzeitig begann, ihre Röcke hochzuschieben. «Wenn sie uns entdecken … Wir dürfen nicht … sollten …» Ihre Gedanken purzelten durcheinander.

Halfmann lachte rau. «Weißt du, was wir jetzt tun sollten? Das kann ich dir zeigen.» Mit sanftem Nachdruck brachte er sie dazu, sich im Stroh niederzulassen. Flink schob er ihre Röcke bis zu ihrem Bauch hoch und half ihr, sich ihrer Unterwäsche zu entledigen. «Leider habe ich heute nicht so viel Zeit, wie mir lieb wäre.» In seine Stimme mischte sich ein lüsternes Keuchen. Sie sah, wie er hastig seine Hose aufnestelte. «Komm her.» Mit einem Ruck drehte er sie um, sodass sie vor ihm kniete.

Überrascht versuchte sie, irgendwo Halt zu finden, und schrie unterdrückt auf, als er heftig in sie stieß. Im ersten Augenblick wusste sie nicht, wie ihr geschah, doch schon sehr bald übermannten sie lustvolle Gefühle, wie immer, wenn sie beisammen waren.

«Na, gefällt dir das?» Er beugte sich über ihren Rücken und vergrub seine rechte Hand in ihrem Haar, zog beinahe grob daran, sodass sie den Kopf in den Nacken legen musste.

Anstelle einer Antwort drang lediglich ein Stöhnen über ihre Lippen, was ihn anzuheizen schien. Er ließ ihr Haar wieder los und packte sie mit festem Griff bei den Hüften. Seine Stöße wurden fester und schneller, und sie hatte Mühe, nicht zu laut zu werden.

«Gott, das habe ich jetzt wirklich gebraucht», raunte er ihr heftig atmend zu, entzog sich ihr und half ihr, sich wieder auf den Rücken zu legen. Im nächsten Moment drang er erneut in sie ein und zerrte gleichzeitig mit einer Hand an ihrem Kleid, bis er die Nesteln so weit gelöst hatte, dass er an ihre Brüste herankam. «Du aber auch, wie mir scheint, was?» Wieder lachte er rau.

Margarete fiel darauf keine Antwort ein, zu sehr war sie damit beschäftigt, sich im Zaum zu halten.

Während ihre Unterleiber ihren eigenen Rhythmus fanden, eroberte er mit seinem Mund gierig ihre Lippen; ihre Zungen rangen miteinander.

«Was ist los?», fragte er zwischen zwei Küssen. «Du wirkst ein bisschen abgelenkt.» Neckisch saugte er an ihrer Unterlippe.

«Nein, ich …» Margarete schüttete leicht den Kopf. «Ich mache mir nur Sorgen, dass uns jemand entdecken könnte.»

Wieder eroberte seine Zunge ihre Mundhöhle, dann lächelte er sie an. «Keine Angst, mein Liebchen, wir sind ganz unter uns.» Sein warmer Atem strich über ihr Gesicht. «Lass dich nur ruhig noch ein bisschen mehr gehen. Ich mag es, wenn du ganz heiß und wild bist.»

Margarete spürte, wie ihr bei seinen Worten die Röte in die Wangen schoss. Obgleich sie kaum noch intimer miteinander sein konnten, machten sie solche Reden immer verlegen. Sie argwöhnte, dass ihm das besonders gut gefiel, denn er raunte ihr noch weitere unanständige Dinge ins Ohr, die ihre Wirkung nicht verfehlten. «Ihr … habt das doch ernst gemeint, was Ihr zu Bartel Löher und den Reihjungen gesagt habt, ja?»

«Aber sicher doch.»

«Weil …» Sie hielt sich an seinen Schultern fest, als er seinen Rhythmus beschleunigte. Ihr Atem ging schnell und stoßweise. «Es wäre bestimmt besser, wenn wir … uns nicht … verstecken …»

Er stoppte ihre Worte, indem er seinen Mund wieder auf ihren presste. Dann lächelte er sie an, sein Blick glasig vor Lust. «Zerbrich dir nicht deinen hübschen Kopf, Margarete. Es wird alles gut. Hör einfach auf zu denken.»

Schwer fiel es ihr nicht, seiner Forderung nachzukommen, denn er wusste sie wie immer voll und ganz zu vereinnahmen.

Als sie eine Weile später schwer atmend nebeneinanderlagen, tätschelte er liebevoll ihren Oberschenkel. «Das war sehr schön, mein Liebchen. Schade, dass ich nicht länger bleiben kann. Aber dann würde ich nicht genug Schlaf bekommen. Morgen soll es weitergehen mit dem Prozess der Marta Schmid.»

Margarete hob den Kopf ein wenig an. «Wird sie denn morgen verurteilt?»

«Morgen vermutlich noch nicht, aber lange wird es nicht mehr dauern. Sie muss noch einmal zu ihren Komplizen befragt werden.»

«Das stelle ich mir ganz schlimm vor.» Sie schauderte.

«Am besten stellst du dir das gar nicht vor, Margarete», sagte Halfmann mit belehrend erhobenem Zeigefinger. «Belaste dich nicht mit Dingen, für die allein die Schöffen und der Richter zuständig sind.»

«Natürlich nicht, aber es gehen so viele scheußliche Gerüchte um. Von der Folter, meine ich.»

«Die Tortur ist notwendig, um der Wahrheit auf den Grund zu gehen», erklärte Halfmann und ließ seine Hand beiläufig ihren Schenkel hinaufwandern, bis sie an ihre Heimlichkeit stieß. Sanft verschaffte er sich Einlass und streichelte sie aufreizend, während er weitersprach. «Du brauchst kein Mitleid mit einer Hexe zu haben, Margarete. Mit ihrer verlorenen Seele, das ja, aber nicht mit dem elenden Menschlein, das sich für die bösen Zaubereien dem Teufel hingegeben hat.»

Scharf sog Margarete die Luft ein und wand sich ein wenig unter seinen Berührungen. Das schien ihm zu gefallen, denn er verstärkte seine Bemühungen, sie neuerlich zu erregen. «Sie hat zugegeben, dem Gottseibeiuns beigelegen zu haben, und ihren Mitzauberern auf dem Hexentanz ebenfalls. Ist das nicht abscheulich?»

«Ja, natürlich, das ist es.» Margaretes Atem ging immer schneller, sie krallte ihre Hände ins Stroh.

«Siehst du, mit solchen Abscheulichkeiten muss ich mich ab morgen wieder befassen. Dabei würde ich viel lieber das hier tun.» Er stieß seinen Finger in sie, und sie schrie leise auf.

«Sie ... sie hat dem Teufel beigelegen?», stammelte sie und konnte nicht umhin, sich dieses Bild vorzustellen. Seltsamerweise erregte sie das noch mehr.

«O ja, ganz und gar verwerflich und schamlos. Weißt du, was man über den Teufel und sein ... Ding sagt?» Auch Halfmanns Atem ging schneller.

«Nein, was denn?»

«Es soll eiskalt sein.»

«Tatsächlich?» Sie erschauerte.

«O ja. So etwas würde dir doch ganz gewiss nicht gefallen, oder?»

«Nein, bestimmt nicht.»

«Siehst du, und du brauchst dir über solche Sachen auch überhaupt keine Gedanken zu machen, denn eines ist ganz sicher.» Mit einer für seine Leibesfülle erstaunlich flinken Drehung rollte er sich auf sie und drang stöhnend in sie ein. «Ich bin ganz und gar nicht kalt, nicht wahr?»

«Nein.» Sie drängte sich ihm verlangend entgegen. «Nein, kalt seid Ihr nicht.»

Eine knappe halbe Stunde später verließ Dietrich Halfmann gut gelaunt und rundum befriedigt den Kocheim'schen Stall. Zwar war es stockfinstere Nacht, doch den Weg fand er inzwischen auch mit verbundenen Augen. Auf den Gedanken, dass um diese Zeit außer ihm noch jemand auf der Straße sein könnte, kam er nicht. Deshalb erschrak er, als vom Wohnhaus her Schritte auf dem steinigen Grund knirschten und gleichzeitig ein kleines Öllämpchen aufflammte.

Als er die Person, die sich ihm näherte, erkannte, entspannte er sich wieder. «Frau Kocheim, guten Abend. Was treibt Euch des Nachts aus Eurem warmen Bett?»

Gertrude Kocheim blieb dicht bei ihm stehen und lächelte ihn kalt an. «Dreimal dürft Ihr raten, Herr Halfmann. Mir scheint, Ihr amüsiert Euch recht ordentlich mit meiner Tochter. Ich will doch hoffen, dass sie sich Euch gegenüber immer entgegenkommend zeigt.»

«Ich kann mich nicht beklagen, Frau Kocheim.» Er erwiderte ihr Lächeln ebenso kühl.

«Allmählich solltet Ihr Euch an Euren Teil der Abmachung erinnern.» Sorgsam zupfte Gertrude den dichtgewebten schwarzen Schal um ihre Schultern zurecht. «Diese Sache mit dem Reih in der Mainacht hat mir alles andere als gefallen. Ich dachte, mich trifft der Schlag, als die Reihjungen vor unserer Tür standen. Allen voran dieser unsägliche Bartel Löher.»

«Hat er sich wirklich an Margarete herangemacht?» Halfmann sah ihr prüfend ins Gesicht. «Warum habt Ihr das nicht ausgenutzt und ihn Euch als Schwiegersohn geangelt? So willig, wie Eure Tochter sich zeigt, hätte sie das ganz leicht in die Wege leiten können. Und eine bessere Partie könnte sie doch kaum machen.»

«Hört mir damit auf!», brauste Gertrude auf, senkte jedoch sogleich wieder ihre Stimme, damit niemand, vor allem nicht ihre Tochter, auf sie aufmerksam wurde. «Ihr wisst ganz genau, dass ich mit der Löher-Sippschaft nichts zu tun haben will. Hermann Löhers Vater ist schuld daran, dass mein Gatte selig damals mit Hilger Lirtz wegen der Grenzwiese in Streit geraten ist. Als Bürgermeister hat der alte Löher sich auf die Seite von Lirtz geschlagen und ihn bei seiner Klage gegen uns unterstützt. Und nur, weil mein armer seliger Mann sich das nicht gefallen lassen wollte, hat Lirtz ihn nach seiner Verhaftung als Zauberer besagt. Glaubt Ihr allen Ernstes, ich würde es zulassen, dass meine Tochter in diese Familie einheiratet? O nein, Ihr könnt gewiss sein, das wird niemals geschehen.»

«Beruhigt Euch, Frau Kocheim.» Beschwörend hob Halfmann die Hände. «Ihr solltet Euch nicht so aufregen. Ich bin auch kein großer Freund von Bartel Löher. Er ist ein impertinenter Jungspund, dem einmal ordentlich eingebläut werden müsste, wie er sich Respektspersonen gegenüber zu verhalten hat. Allerdings dachte ich, dass eine Ehe mit dem Löher-Jungen für Euch auch positive Seiten hätte. Immerhin ist die Familie vermögend.»

«Das schert mich einen feuchten Kehricht», schimpfte Gertrude mit gedämpfter Stimme. «Außerdem glaube ich, dass es bei den Löhers nicht ganz mit rechten Dingen zugeht.»

«Wie meint Ihr das?» Halfmann merkte auf und musterte Gertrude neugierig.

«Ja, wisst Ihr ...» Sie kräuselte ein wenig die Lippen. «... es ist sonst nicht meine Art, über Leute hinter ihrem Rücken zu klaafen, aber da Ihr so ein enger Freund unserer Familie seid und diese Freundschaft leidlich auskostet ...»

300

«Nun redet schon, Frau Kocheim!», forderte er ungeduldig.

«Sicher seid Ihr auch der Ansicht, dass unsere Freundschaft ein beiderseitiges Geben und Nehmen ist, nicht wahr?» Lauernd blickte sie ihn an.

«Natürlich.» Sein Ton wurde schärfer. «Ich habe Euch einen Gefallen versprochen, dafür, dass Ihr mir die Gelegenheit verschafft habt, Eure liebreizende Tochter, nun, sagen wir mal, näher kennenzulernen. Was wollt Ihr also von mir?»

«Oh, nichts, Herr Halfmann, versteht mich nicht falsch! Ich plaudere nur so dahin. Wisst Ihr, mir ist zu Ohren gekommen, dass die Löhers vor fünf Jahren ins Visier von Dr. Buirmann geraten sind.»

«Das ist doch nichts Neues. Der alte Schultheiß Frembgen aus Flerzheim, Löhers Schwiegervater, wurde damals von Dr. Möden verbrannt. So etwas zieht immer Kreise.»

«Ja ja, ich weiß. Aber ihn meine ich nicht.» Gertrude senkte ihre Stimme zu einem vertraulichen Flüstern. «Man sagt sich, dass auch Hermann Löher selbst oder seine Frau, so genau weiß ich es nicht, damals in Verdacht standen, Zauberer zu sein. Wusstet Ihr das?»

Halfmann erstarrte, runzelte die Stirn. «Man sagt sich das? Wer hat das behauptet, Frau Kocheim?»

«Ich behaupte das, denn ich selbst habe Löher davon sprechen hören.»

«Wie das?»

Sie zuckte die Achseln. «Das tut nichts weiter zur Sache. Es war, wie sagt man so schön, ein glücklicher Zufall.»

«Ein Zufall, soso. Das sind schwere Anschuldigungen, Frau Kocheim.»

«Ja, nicht wahr? Entsetzlich.» Gertrude klang alles andere

als bestürzt, sondern triumphierend. «Angeblich soll Löher sich beim Amtmann Schall freigekauft haben.»

«Ach.» Nachdenklich rieb Halfmann sich übers Kinn. «Seid Ihr sicher?»

«So sicher, wie man sein kann, wenn man etwas mit eigenen Ohren gehört hat, Herr Halfmann.»

Sinnierend nickte er vor sich hin. «Nun gut, ich danke Euch für den Hinweis, Frau Kocheim, und werde ihm selbstverständlich nachgehen. Das ist schließlich meine Pflicht als Schöffe.»

«O ja, Eurer Pflicht müsst Ihr nachkommen, Herr Halfmann. Und um unserer Freundschaft willen hoffe ich, dass Ihr mit harter Hand gegen alle bösen Zauberer vorgeht.»

Seine Miene verfinsterte sich. «Ich habe Euch schon verstanden, Frau Kocheim. Es wird für alles gesorgt werden.»

«Wunderbar.» Gertrude strahlte ihn an. «Dann wünsche ich Euch nun einen guten Heimweg. Und beehrt uns bald wieder!» Sie machte auf dem Absatz kehrt und strebte der Haustür zu, die wenig später hinter ihr ins Schloss fiel.

Dietrich Halfmann blieb noch eine geraume Weile vor dem Anwesen der Kocheims stehen. Ihm war natürlich von Anfang an bewusst gewesen, dass Margaretes Mutter seine heimlichen Stelldicheins mit ihrer Tochter aus einem bestimmten Grund duldete. Zunächst hatte er gedacht, sie sei auf eine gute Partie für das Mädchen aus, doch nun war klar, was sie im Schilde führte. Wollte er dieses Spiel mitspielen? Er sollte zunächst ein paar Erkundigungen einholen und sich dann entscheiden, welches Handeln sich für ihn als vorteilhaft erweisen würde.

Teilnahmslos starrte Marta Schmid vor sich hin. Die dünne Strohmatratze schirmte sie ein wenig von der eisigen Kälte des Steinbodens ab, doch die Mauer, an der sie lehnte, war alles andere als angenehm. Bis auf einen hölzernen Eimer mit Deckel war das kreisrunde Verlies leer. An einigen Stellen waren Eisenringe in die Wand eingelassen, an die Gefangene gefesselt werden konnten. Doch bei ihr hatten sie sich diese Mühe nicht gemacht. Weshalb auch, war sie doch bis vor wenigen Tagen kaum ansprechbar gewesen. Auch jetzt noch spürte sie jeden Muskel in ihrem Leib, ganz zu schweigen von den Wunden an ihren Beinen, die nur langsam heilten. Doch sie scherte sich nicht mehr darum, sondern betete tagaus, tagein für ihr Seelenheil. Wenn sie hier schon elendiglich zugrunde gehen musste, wollte sie wenigstens mit einem reinen Gewissen sterben. Ihr leuchtete zwar noch immer nicht so recht ein, warum sie eine Hexe war, aber der Kommissar hatte darauf bestanden, dass es so sei. Er war nach der peinlichen Befragung noch ein paarmal bei ihr gewesen und hatte ihr eindringlich klargemacht, dass sie ihre Seele nur erretten konnte, wenn sie sich reumütig und kooperativ zeigte. Dabei hatte er ihr vor Augen geführt, welche schrecklichen Auswirkungen es auf ihren Mann und vor allem ihre Kinder haben würde, wenn sie sich widerspenstig zeigte. Die Kinder einer geständigen Hexe mussten schon den Makel mit sich herumtragen, zur versengten Art zu gehören. Doch wenn die Beschuldigte sich weigerte, mit dem Gericht zusammenzuarbeiten, warf das ein äußerst ungünstiges Bild auf ihre Nachkommen. Sie wollte doch nicht, dass man ihren Kindern etwas nachsagte! Und selbstverständlich wollte sie nicht in der Hölle schmoren, nur weil sie nicht tat, was man von ihr verlangte.

Als sie den Riegel über das Holz der Tür ratschen hörte, zuckte sie zusammen. War es Zeit, die Wunden zu verbinden? Oder zum Essen? Sie verspürte nicht den geringsten Hunger. Hatte es nicht erst vor einer kurzen Weile etwas gegeben? Das Verlies hatte keine Fenster. Sie hatte ihr Zeitgefühl vollkommen verloren, wusste nicht, wann Tag war und wann Nacht.

«Los, hoch mit dir.» Der Henkersgeselle trat auf sie zu und zerrte sie grob auf die Füße.

Marta strauchelte und musste sich an ihm festhalten. Ekel stieg in ihr auf, doch da hatte er sie bereits fest am Arm gepackt und zur Tür hinausgestoßen.

«Beweg dich, Hexe. Es geht zum Verhör.»

«Zum Verhör? Aber ich habe doch schon gestanden.» Ihre Stimme klang in ihren Ohren seltsam fern, so als gehöre sie gar nicht zu ihr. «Warum muss ich denn noch mal befragt werden?»

«Is' nicht meine Sache, Hexe. Wenn Dr. Möden dich noch mal in die Zange nehmen will, wird er gute Gründe dafür haben.» Tünnes hatte eiserne Hand- und Fußschellen mitgebracht, die er ihr nun anlegte.

Mit Mühe erklomm Marta die enge Treppe, die sich an der Außenseite des Burgturms nach oben wand. Es war gerade genug Platz für eine Person in dem Aufgang. Würde ihr jemand entgegenkommen, müsste sie sich ganz platt gegen die Wand drücken, um ihn vorbeizulassen. Und selbst dann würden sich ihre Leiber noch berühren. Tünnes blieb dicht hinter ihr, sodass sie seinen lauten Atem hörte. Er konnte nicht einmal ganz gerade gehen, da er dann mit den Schultern links und rechts das Gemäuer streifen würde.

Es war anstrengend, bis in das vierte Geschoss hinaufzusteigen. Als sie es endlich erreicht hatten, war Marta vollkommen außer Atem, und die Beine taten ihr weh. Ein warmer Luftzug schlug ihr entgegen, denn hier oben befand sich eine Wohnstube mit Kamin, in dem ein prächtiges Feuer loderte. Dort hinein ging es aber jetzt nicht. Tünnes stieß sie weiter vor sich her über den hölzernen Steg, der den Burgfried mit der Wehrmauer verband. Dann ging es hinunter zu dem Ochsenkarren, auf dem sie zum Bürgerhaus transportiert werden sollte.

Mit letzter Kraft kroch sie in den vergitterten Verschlag auf der Ladefläche. Die Klappe wurde sogleich verschlossen, und Augenblicke später setzte sich das Gefährt in Bewegung.

Es schien früher Nachmittag zu sein, gemessen an der Geschäftigkeit, die auf den Straßen herrschte. Handwerker, Frauen und Kinder scharten sich bald schon um den Schinderkarren, starrten sie neugierig an, riefen Schmähworte. Zwei bewaffnete Büttel postierten sich links und rechts vom Schinderkarren und hielten die Leute auf Armeslänge zurück.

«Da ist sie, die böse Hexe!», hörte sie jemanden rufen. Und einen anderen: «Erzzauberin! Brennen sollst du!»

Verständnislos starrte sie die aufgebrachten Menschen an. Die meisten kannte sie schon seit einer Ewigkeit. Was hatten sie denn plötzlich gegen sie?

«Macht ihr den Prozess!»

«Gemeine Hexenbrut!»

Irgendetwas Unsägliches klatschte dicht neben Martas Kopf gegen die hölzernen Gitterstäbe.

«Passt bloß auf, dass sie euch nicht mit dem bösen Blick trifft.»

Noch ein Geschoss traf das Gitter. Eiweiß und Dotter spritzten ihr ins Gesicht.

«Macht ihr den Garaus! Und mit ihr dem ganzen Hexen-gezücht!»

Inzwischen hatte sich eine Menschentraube um den Karren gebildet. Wüste Beschimpfungen und hämische Kommentare flogen ihr entgegen. Den Henkersgesellen kümmerte es wenig. Er ging stoisch voran, den Ochsen an einer Leine führend. Die Büttel sorgten mit Drohungen und Säbelrasseln dafür, dass niemand Marta zu nahe kam.

Zum Glück war der Weg zum Bürgerhaus nicht weit. Sie war froh, der aufgebrachten Menge entfliehen zu können. Vor dem Eingang zur Peinkammer schreckte sie zurück. In ihrem Magen stach ein heißer kleiner Knoten.

«Los, vorwärts, die Schöffen warten schon.» Unsanft schubs-te Tünnes sie weiter, bis sie direkt vor dem großen Tisch stand, der als Richtbank diente.

Sechs Schöffen und der Hexenkommissar saßen dort und blickten ihr streng entgegen. Daneben erkannte sie Melchior Heimbach, die Schreibfeder bereits in der Hand. Marta schielte verängstigt zum Folterstuhl. Einen Moment lang herrschte Schweigen.

«Marta Schmid», richtete Dr. Möden das Wort an sie, «weißt du, warum du heute vor dem Hohen Gericht der Stadt Rhein-bach stehst?»

«Ähm, nein, das weiß ich nicht.» Unsicher sah sie sich um.

«Dann erinnerst du dich also nicht mehr, dass du vor mir, den Schöffen und Gott gestanden hast, eine Zauberin zu sein?»

«Ja, also … Doch, natürlich weiß ich das noch.»

«Und warum lügst du uns dann an?»

«Aber ich habe nicht gelogen … Ich wusste bloß nicht … Ich meine, also … Woher sollte ich denn wissen …»

«Schon gut, halt den Mund, Zauberin.» Möden lächelte ihr kalt zu. Dann beugte er sich ein wenig zu Jan Thynen und flüsterte ihm gerade so laut zu, dass alle im Raum es hören konnten: «Sehr helle ist sie ja nicht gerade, was?»

Thynen lachte verhalten. «Ein schwatzhaftes Weib eben. Was will man da groß erwarten?»

Möden nickte und wandte sich ihr wieder zu. «Also gut, Marta, dann will ich dir mal keinen bösen Willen unterstellen, sondern bloße Dummheit. Aber ich warne dich. Noch eine Lüge, und ich lasse dich auf den Folterstuhl binden.»

«O nein, bitte nicht!» Entsetzt fuhr Marta zurück. Doch sogleich wurde sie von zwei rauen Händen gepackt und zurück an ihren Platz geschoben. Der Henker selbst war neben ihr aufgetaucht. Er überprüfte ihre Fesseln, dann trat er ein paar Schritte beiseite.

Sogleich ergriff Möden wieder das Wort. «Ich gehe davon aus, dass du bei deinem Geständnis bleibst, Marta Schmid?»

Erstaunt blickte sie zu ihm hoch. «Ja, Herr Dr. Möden.»

«Du bereust aus tiefstem Herzen, dich der Zauberei verschrieben und beim Hexensabbat mit dem Teufel getanzt und unkeusche Handlungen vollzogen zu haben? Falls dem nämlich nicht so sein sollte, müsste ich ebenfalls den zweiten Grad der Befragung noch einmal anwenden.»

«Ja, ja, ich bereue!», rief Marta hastig. «Ich will mit reiner Seele vor Gott treten, Herr Dr. Möden.»

«Sehr gut, liebe Marta.» Seine Stimme wurde butterweich. «Dann wirst du uns nun auch brav Rede und Antwort stehen, nicht wahr, und uns alles erzählen, was du über deine Komplizen weißt.»

«Natürlich, ja, ich sage Euch alles, was Ihr wissen wollt.»

307

Nur nicht wieder auf den Peinstuhl, dröhnte es in ihrem Kopf. Dann stutzte sie. «Meine Komplizen? Wer soll das sein? Ich weiß nichts von Komplizen.»

«Ach nein?» Möden gab dem Henker einen unauffälligen Wink, woraufhin dieser sich in Richtung des Regals begab, in dem die diversen Folterinstrumente bereitlagen. «Du hast doch versprochen, nicht mehr zu lügen.»

«Ich lüge nicht!», protestierte sie erschrocken. «Ich weiß bloß nicht, wen Ihr meint, ich ...»

«Was sagst du da?», unterbrach Möden sie. «Du weißt nicht mehr, wer die anderen Zauberer sind? Das ist aber seltsam, denn bei deiner ersten Befragung hast du noch gestanden, dass du mit einigen von ihnen Unzucht getrieben hast. Willst du jetzt vielleicht behaupten, du wüsstest nicht mehr, mit wem du zusammen gewesen bist?»

«Aber ...»

«Meister Jörg.»

Der Henker nahm die Daumenschrauben aus dem Regal. Als Marta sie erblickte, wurde ihr eiskalt.

Der Hexenkommissar lächelte ihr milde zu. «Du weißt, was Lügnerinnen erwartet, nicht wahr?»

«Ich weiß nicht, wen ich Euch nennen soll. Wirklich nicht.»

«Sind es gar so viele, dass du dich nicht an all ihre Namen erinnern kannst?»

Marta sah den Kommissar unsicher an. Seine Frage klang harmlos, sollte sie sie vielleicht einfach bejahen? Vielleicht war es das Beste, um hier schnell wieder rauszukommen. Also nickte sie. «Ja, genau so ist es.»

«Das ist aber wirklich traurig, Marta. Lässt dein Gedächtnis so sehr zu wünschen übrig?» Mödens salbungsvoller Tonfall ging ihr durch Mark und Bein, und seine nächsten Worte versetzten sie in schiere Panik. «Dann müssen wir wohl oder übel deiner Erinnerung ein bisschen nachhelfen, meinst du nicht auch? Meister Jörg, bindet sie auf den Stuhl und legt ihr die Daumenschrauben an.»

«Nein, nein, nicht! Bitte nicht!» Marta schrie auf, als der Henker sie packte und mit Gewalt auf den Peinstuhl zwang. Sie wehrte sich, versuchte zu treten, doch die Fußfesseln hielten sie zurück. Tünnes kam seinem Meister zu Hilfe, und es dauerte nicht lange, bis sie an den Stuhl gefesselt war. Die Augen wurden ihr mit einem breiten Stoffstreifen verbunden, ihre Daumen schob der Henker mit geübten Griffen in die Schraubzwingen und drehte diese gerade so weit zu, dass sie einen unangenehmen Druck verspürte.

Ihr Herz pochte so schnell und hart gegen ihre Rippen, dass es schmerzte. Das Blut rauschte in ihren Ohren. «Bitte, habt Erbarmen», schluchzte sie verzweifelt. «Ich sage doch schon alles, was Ihr wollt.»

«Na, so was. Eben hast du behauptet, du könntest dich nicht erinnern.» Mödens Stimme klang spöttisch. «Dann mal raus mit der Sprache, Zauberin. Wer sind deine Komplizen?»

Marta biss sich auf die Unterlippe. In ihrem Kopf wirbelten die Gedanken wild durcheinander. Verzweifelt überlegte sie, welchen Namen sie jetzt bloß nennen sollte. Sie konnte doch nicht einfach wild irgendwen beschuldigen, oder? Das wäre doch eine Sünde. Ihre Miene hellte sich auf; sie drehte ihren Kopf in Richtung des Hexenkommissars. «Herr Dr. Möden, soll ich Euch wirklich die Namen nennen? Wenn ich mich nun irre, dann hätte ich ja jemanden fälschlicherweise beschuldigt. Wäre das nicht eine große Sünde vor dem Herrn?»

Möden schwieg einen Moment und schien über ihre Frage nachzudenken. Dann antwortete er: «Ich verstehe deine Besorgnis, Marta. Sei aber versichert, dass weder ich noch die werten Schöffen darauf aus sind, falsche Beschuldigungen aus dir herauszupressen. Vielmehr solltest du wissen, dass du eine noch viel größere Sünde begehst, wenn du uns nicht alle Namen nennst, die dir in den Sinn kommen. Denn wenn sie dir einfallen, dann doch nur, weil du tief im Inneren weißt, dass du sie beim Hexentanz gesehen hast. Andernfalls würdest du dich ja nicht an sie erinnern, nicht wahr?»

«Ja, aber ich weiß nicht recht, ob …»

«Lass mich ausreden, Marta», unterbrach er sie in hochfahrendem Ton. «Ich möchte, dass du in dich gehst und eines bedenkst: Wenn du uns auch nur einen Namen verschweigst, dann ist das genauso, als würdest du uns belügen. Und es ist noch dazu eine Sünde, denn stell dir vor, du verschweigst uns einen Namen, und hernach nennt ihn einer der anderen Zauberer bei der Befragung. Wie stehst du dann da? Dein Seelenheil wäre dahin, denn du hast versprochen, uns die Wahrheit zu sagen. Wenn du dich nicht daran hältst, wird deine Seele im ewigen Höllenfeuer schmoren. Und die deiner Komplizen ebenfalls, wenn du sie uns verschweigst. Kannst du dir vorstellen, wie grauenvoll die ewige Verdammnis ist?» Er gab dem Henker einen Wink, woraufhin dieser die Daumenschrauben fest anzog.

Marta schrie auf. Dennoch bekam sie mit, wie sich einer der Schöffen vernehmlich räusperte. Als er das Wort ergriff, erkannte sie an seiner Stimme, dass es sich um Hermann Löher handelte.

«Dr. Möden, muss das sein? Ich dachte, Ihr wolltet sie erst einmal moderat befragen.»

«Aber das tue ich doch, oder etwa nicht?», fragte Möden irritiert. «Ich weise die Erzzauberin lediglich darauf hin, in welche Gefahr sie sich oder vielmehr ihre Seele begibt, wenn sie sich verstockt zeigt.» Im nächsten Moment zog der Henker die Schrauben noch fester an. In Martas linkem Daumen krachte es.

Sie kreischte, versuchte, sich dem Folterwerkzeug zu entziehen. Doch selbstverständlich war das nicht möglich und verstärkte ihre Pein nur weiter.

«Gut, das reicht», befand Möden nach mehreren quälend langen Atemzügen. Sogleich lockerte der Henker die Daumenschrauben ein wenig. Jedoch nur so weit, dass das Blut wieder bis in Martas Fingerspitzen strömen konnte. Sie wimmerte, atmete heftig ein und aus, um das Pochen und Stechen zu ertragen.

«Nun, liebe Marta, ich denke, du hast begriffen, wie schlimm es für dich enden wird, wenn du uns nicht alles sagst, was du weißt.» Ganz sanft sprach er weiter: «Denn eines lass dir gesagt sein – der Schmerz der Daumenschrauben ist um ein Vielfaches geringer als die Qual, die dich in der Hölle erwartet. Möchtest du nun mit deiner Aussage beginnen?»

Marta nickte heftig, war jedoch kaum fähig, einen klaren Gedanken zu fassen.

«Also gut, dann sprich.»

Marta spürte die erwartungsvollen Augenpaare, die auf sie gerichtet waren, durch die Binde. Das führte dazu, dass sich ihr Kopf erst recht wie leer gefegt anfühlte. Sie erinnerte sich nicht einmal mehr an die Namen ihrer eigenen Kinder, geschweige denn an irgendeinen anderen. «Ich, ah … Da wäre …»

«Ja, wir hören?»

311

«Also, äh ...» Sie erinnerte sich wirklich nicht! Verzweifelt versuchte sie, sich irgendeinen Namen ins Gedächtnis zu rufen.

«Wird es bald, Zauberin? Herr Thynen, holt die Spielkarten heraus, das wird wohl länger dauern.» Eine leichte Ungeduld hatte sich in Mödens Stimme geschlichen.

Wieder zog der Henker die Daumenschrauben fest an.

Der Schmerz ging ihr durch und durch. Einen gellenden Schrei ausstoßend, krümmte Marta sich vornüber. «Bitte aufhören!», schluchzte sie. «Ich kann mich nicht erinnern. Es tut mir leid. Ich will ja, aber ich ... kann nicht ... Bitte!» Sie bekam kaum noch Luft und hustete. Ihr Magen rebellierte, und beißende Galle stieg ihre Kehle hoch.

Beinahe hätte sie gar nicht mitbekommen, dass der Henker die Schrauben wieder gelöst hatte. Erst als ihre Hände plötzlich frei waren, begriff sie, dass der Hexenrichter sie von dieser Qual erlöst hatte. Als sie ihn sprechen hörte, erschrak sie, denn Möden stand direkt vor ihr.

«Na, na, na, so eine verstockte kleine Teufelsbuhle aber auch. Hat der Gottseibeiuns gar einen Bann über dich gelegt, damit du deine Mitzauberer nicht verraten kannst? Dagegen gibt es nur ein probates Mittel. Du musst noch einmal exorziert werden. Aber vielleicht hilft ja auch eine andere kleine Maßnahme deinem Gedächtnis auf die Sprünge. Herr Heimbach, bringt die Liste her. Und Meister Jörg, Ihr bindet die Hexe an die Strecke. Das wird ihr guttun.»

«Herr Dr. Möden, so war das nicht abgesprochen», protestierte Richard Gertzen. «Von einer peinlichen Befragung war nicht die Rede, als Ihr uns für heute hierherbeordert habt. Ihr sagtet, es ginge lediglich darum, ein paar Einzelheiten zu klären.»

«Aber nichts anderes tun wir hier doch, oder etwa nicht?»
Möden blieb vollkommen unbeeindruckt, auch, als Hermann
Löher Gertzen zur Seite sprang.

«Dr. Möden, was soll die Folter denn jetzt noch bewirken?
Ihr seht doch, dass die Frau vollkommen verwirrt ist. Wenn
wir sie nach ihrem eigenen Namen fragen würden, hätte sie
vermutlich auch keine Antwort darauf. Ganz abgesehen davon, dass ich Eure Vorgehensweise mitnichten befürworten
kann.»

Mödens Tonfall wurde scharf wie eine Rasierklinge. «Was
fällt Euch eigentlich ein, meine Methoden in Frage zu stellen?
Muss ich Euch darauf hinweisen, dass Ihr – wiederholt, wie
ich anfügen möchte – den ordentlichen Ablauf des Prozesses
stört? Ganz abgesehen davon solltet Ihr inzwischen genug Erfahrung haben, um zu wissen, mit welchen Winkelzügen uns
die Hexen immer wieder zu täuschen versuchen. Wartet nur
ab, ein kurzes Weilchen auf der Strecke wird dieser Erzzauberin die Zunge schon lösen. Und nun, meine Herren Schöffen,
setzt Euch wieder auf Eure Plätze. Andernfalls verhänge ich
umgehend Geldstrafen in Höhe von fünfzig Goldgulden.»

Marta hörte, wie sich die Schöffen zurück an den Richtertisch setzten. Beinahe gleichzeitig beugte der Henker sich über
sie und löste ihre Fesseln, damit sie aufstehen konnte. Er führte
sie ein paar Schritte zur Seite. Jemand, vermutlich Tünnes, ließ
das Seil herab, wobei der Flaschenzug leise quietschte. Martas
Arme wurden gefesselt und dann so weit hochgezogen, dass
ihre Zehen gerade noch den Boden berührten. Sie spürte, wie
der Henker ihr die Fußschellen abnahm und ihre Fußgelenke
stattdessen an die beiden Enden einer langen Eisenstange
fesselte, sodass sie nunmehr mit gespreizten Beinen gerade so

313

über dem Boden schwebte. Auf einen kurzen Befehl hin zog Tünnes sie noch weiter hoch.

Sie ächzte, etwas klirrte metallisch.

«Leg die Eisenstange mittig auf die Querstrebe», hörte sie den Henker sagen. «So ist es gut.» Im nächsten Moment spürte sie einen heftigen, schmerzhaften Zug auf ihre Beine. Offenbar benutzte der Henker die auf der Strebe zwischen ihren Beinen liegende Stange als Hebel, mit der er durch Einsatz seines Körpergewichts starken Druck ausübte.

In Martas Schultergelenken krachte es, als gleichzeitig Tünnes noch einmal an der Winde drehte.

«Du weißt nun», sprach Möden sie erneut an, «was dir bevorsteht, wenn du nicht endlich den Mund aufmachst und uns die Namen deiner Komplizen verrätst. Meister Jörg besitzt noch ein paar hübsche Weidenruten, mit denen er dich ein wenig streicheln wird, falls du dich weiterhin widerspenstig zeigst. Du allein kannst es verhindern, indem du endlich dein Gewissen erleichterst. Herr Halfmann, Ihr seid dran mit Geben. Tünnes, sag dem Gerichtsboten Bescheid. Er soll Wein und Pasteten hereinbringen.»

An Tagen wie diesen genoss Jan Möden seine Arbeit. Nicht weil es ihm besondere Freude bereitete, einer Frau unsägliche Schmerzen zufügen zu lassen. Das gehörte einfach dazu. Nein, vielmehr gab es ihm ein gutes Gefühl, wenn seine Methoden Früchte trugen.

Abgesehen davon herrschte er hier endlich einmal vollkommen und ohne Einschränkungen über das Geschehen. Keine prunksüchtige Ehefrau, keine nervigen Bälger, deren Mäuler es zu stopfen galt, kein ungeduldiger Gläubiger, keine fordernden Bürger einer Gemeinde, deren Bürgermeisteramt er anstrebte. Niemand legte ihm Steine in den Weg oder war befugt, seine Vorgehensweise anzuzweifeln. Diejenigen, die es dennoch versuchten, konnte er mit Einschüchterungen auf ihren Platz verweisen.

Das Beste an der ganzen Sache war jedoch, dass er dafür sogar bezahlt wurde – und nicht schlecht noch dazu. Marta Schmid war in Rheinbach für ihn nur der Auftakt einer hoffentlich langen Reihe von Prozessen, die endlich wieder einen Batzen Geld in seine Kasse spülen würden. Der Himmel wusste, wohin seine Barschaft ständig verschwand. Wenn nicht sein Weib sie mit beiden Händen für irgendwelchen Plunder zum Fenster hinauswarf oder seine Kinder neue Kleider brauchten, rann das Geld ihm anderweitig durch die Finger wie feinster Sand. Nun aber stand eine Zeit des Wohlstands vor der Tür, und er würde alles dafür tun, dass sie so schnell nicht vorbeiging.

Von seinem Platz am Richtertisch aus beobachtete er die Angeklagte sehr genau. Er kannte sich mit Menschen aus, fand sehr schnell ihren wunden Punkt und wusste, ihre verborgenen Ängste oder Wünsche gezielt gegen sie einzusetzen. Marta machte es ihm leicht, denn durch die erste Tortur schien sich ihr Geist etwas verwirrt zu haben. Mit ein wenig Druck und etwas Gewaltanwendung würde er sie schon sehr bald dazu bringen, ihm anstandslos alle Informationen zu geben, die er benötigte.

Ringsum schwiegen die Schöffen, einige von ihnen erwartungsvoll, die anderen in stillem Protest. Da Marta auf seine letzten Worte noch nichts geantwortet hatte, beugte er sich ein wenig vor und raschelte mit der Liste, die Heimbach ihm eben ausgehändigt hatte. Sie umfasste sämtliche Namen der Personen, die neulich bei seiner Kundgebung auf dem Marktplatz von der aufgeregten Menschenmenge genannt worden waren. Heimbach war so gut gewesen, sie nach Stand und Vermögen zu ordnen.

«Marta, wir warten! Oder soll Meister Jörg ein bisschen auf der Stange herumwippen?»

Prompt tat der Henker genau das, woraufhin die gepeinigte Frau schluchzte und heftig den Kopf schüttelte. An ihrem unzusammenhängenden Gestammel erkannte Möden, dass sie vollkommen orientierungslos war und vermutlich tatsächlich ihren eigenen Namen nicht mehr wusste. Perfekt.

Er beugte sich noch ein wenig weiter vor. «Überleg genau, Marta, dann erinnerst du dich an alle Namen. Du kennst sie doch und brauchst auch keine Angst vor ihnen zu haben. Sie können dir nichts anhaben. Du bist es, die am Ende ein reines Gewissen hat. Und das willst du doch, wenn du vor deinen Schöpfer trittst, nicht wahr?»

Sie nickte zögernd, obgleich das in ihrer Haltung gar nicht so einfach war.

«Gut, nun denk nach. Vielleicht erinnerst du dich ja, wenn du uns erzählst, wo deine Komplizen wohnen.»

«Wo sie wohnen?» Nun zeichnete sich Verblüffung auf ihrem Gesicht ab.

«Aber ja, jeder kleine Hinweis kann hilfreich sein. Also denk nach! War es vielleicht jemand, der», er warf einen kurzen Blick auf seine Liste, «in der Nähe des Kirchhofs sein Haus hat?» Lauernd beäugte er sie. «Eine Frau vielleicht? Wohnt sie alleine? Betreibt sie ein Gewerbe?»

Er konnte geradezu sehen, wie es in Martas Kopf arbeitete. «Meint ... meint Ihr vielleicht Annichen Jakob, die Seifensiederin? Aber sie ist doch eine gute Freundin und keine Hexe!»

«Ist sie nicht?» Möden lächelte triumphierend. «Warum nennst du uns dann ihren Namen? Erinnere dich daran, dass du uns nicht belügen darfst. Wenn du einen Namen aussprichst, musst du schon sicher sein, dass du die Wahrheit sprichst.»

«Aber ich weiß nicht ... Ihr habt doch ...»

«Ich habe lediglich ganz allgemeine Fragen gestellt, um dein Gedächtnis ein wenig anzuleiten. Wenn dir daraufhin ein Name eingefallen ist, dann ganz sicher nur, weil du genau weißt, dass du die betreffende Person auf eurem Zaubertanz gesehen hast.» Er hatte rasch und eindringlich gesprochen und ging davon aus, dass sie ihm nur mit Mühe folgen konnte. «Andernfalls müsste ich ja vermuten, dass du sie hier nur anzeigen willst, weil du vielleicht einen Groll gegen sie hegst. Ist das etwa so?»

«Nein, nein, ganz gewiss nicht. Sie ist doch meine gute Freundin!»

«Na, siehst du. Und eines solltest du wissen: Du tust ihr einen großen Gefallen, indem du uns ihren Namen nennst. Denn nur so können wir sie ergreifen, bevor sie mit ihrer Zauberkunst noch mehr Schaden anrichtet. Du willst doch bestimmt auch nicht, dass sie ihr Seelenheil für immer verliert, nicht wahr?»

«Nein, das will ich weiß Gott nicht, Herr Dr. Möden.» Inzwischen atmete sie heftig ein und aus. Wenn er nicht achtgab, würde sie ohnmächtig werden. Dennoch ließ er sie noch ein bisschen an der Strecke hängen. Sicher war sicher.

«Na, siehst du. Vor dem Gericht kann sie ihre Seele reinwaschen und Buße tun, so wie du.» Er machte eine kurze Pause, um seine Worte wirken zu lassen. Das aufgebrachte Hüsteln aus Richtung Löhers und Gertzens ignorierte er, behielt aber im Hinterkopf, sie gegebenenfalls doch noch mit einer Geldstrafe zu belegen. Dann wandte er sich wieder an Marta: «Nun, da wir einen Anfang gemacht haben, fallen dir gewiss noch weitere Namen ein, nicht wahr? Denk daran, dass du uns nicht einen verschweigen darfst.»

«Ja, Herr. Dr. Möden.»

Er linste erneut auf die Liste. «Wohnt noch einer von ihnen in Sichtweite des Kirchhofs? Man sagt sich, dass dies ein Ort ist, den Zauberer besonders bevorzugen. Es müssen sich außerdem auch Männer unter deinen Komplizen finden, denn du hast ja ausgesagt, dass du mit ihnen Unzucht getrieben hast.» Erwartungsvoll beobachtete er sie. Als sie zögerte, gab er dem Henker ein Zeichen, noch ein bisschen auf der Stange herumzuwippen. «Komm, komm, Marta, ziere dich nicht. Hilf uns, die Seelen der armen Sünder zu erretten. Wohnt einer von ihnen vielleicht ganz dicht beim Kirchhof, um sich den Anschein großer Frömmigkeit zu geben? Oftmals haben solche scheinheiligen Zauberer Kreuze oder gar Altäre in ihren Häusern oder in ihren Gärten, damit nur ja niemand auf die Idee kommt, dass sie sich dem Teufel verschrieben haben.»

Marta stieß einen schrillen Schmerzenslaut aus. «Oh, ja, jetzt weiß ich's! Es ist Pius Leinen.»

«Was?» Empört fuhr Richard Gertzen auf. «Das kann nicht wahr sein! Pius Leinen? Er ist ein braver, anständiger …»

«Haltet ein, Herr Gertzen», unterbrach Möden ihn leise, aber mit deutlicher Schärfe in der Stimme. Er fuhr selten einmal aus der Haut, und in der Öffentlichkeit konnte er sich zumeist am besten im Zaum halten. Wenn er einmal rabiat wurde, dann, weil er sich etwas davon versprach, nicht, weil er die Beherrschung verlor. «Wenn die Hexe sagt, Pius Leinen sei auf dem Zauberertreffen gewesen und habe sich mit ihr und den anderen Hexen verlustiert, dann ist es nicht an uns, daran zu zweifeln.»

«Aber das ist doch lächerlich!»

«Keineswegs. Tatsächlich ist mir auch schon von anderer Seite zu Ohren gekommen, dass Leinen sich verdächtig benimmt. Martas Aussage ist also lediglich eine Bestätigung dessen, was bereits zu befürchten stand.»

«Was zu befürchten stand?» Gertzens Gesicht färbte sich zornrot. «Das ist ja ungeheuerlich! Steht er etwa da auf dieser Liste? Was sind das für Aufzeichnungen? Habt Ihr Euch Eure nächsten Opfer schon zurechtgelegt?»

«Herr Gertzen!» Nun war auch Löher aufgestanden und fasste seinen Mitschöffen mahnend an der Schulter. «Ihr redet Euch um Kopf und Kragen», zischte er.

Gertzen versuchte, ihn abzuschütteln. «Ja, seht Ihr denn das Unrecht nicht?», raunte er zurück.

Möden kräuselte ein wenig die Lippen. «Richard Gertzen, hiermit verurteile ich Euch zu sechzig Goldgulden Strafe, die Ihr innerhalb von drei Tagen an die Gerichtskasse zu entrichten habt.» Er fing den aufgebrachten Blick des Schöffen auf und hielt ihn fest. «Und wenn Ihr Euch nicht unverzüglich mäßigt und aufhört, den Prozess zu behindern, verdopple ich die Strafe und behalte mir vor, Euch aus dem Bürgerhaus entfernen zu lassen.»

«Ihr ...»

«Lasst gut sein.» Beschwörend flüsterte Löher auf den erregten Mann ein, der sich schließlich widerwillig zurück auf seinen Platz setzte.

Die übrigen Schöffen schwiegen weiterhin, doch in Thynens aufrechter Haltung konnte Möden Schadenfreude erkennen. Halfmanns Miene hingegen verriet interessierte Genugtuung.

«Zurück zu dir, Marta», sagte Möden übergangslos. «Pius Leinen also, ja? Wer noch? Könnte es ein Weib sein, das vielleicht ganz alleine lebt und das kaum jemand vermisst, wenn es einmal des Nachts heimlich das Haus verlässt? Eine Witwe vielleicht?»

«Ei, ja, natürlich. Da kenne ich die Appolonia Stroms», antwortete Marta eifrig. «Sie wohnt ganz alleine in ihrem Haus, seit ihr Mann gestorben ist. Und Kinder hat sie auch nicht.»

«Soso, sie hast du also auch beim Hexentanz gesehen?»

«Ja, ja, bestimmt.»

«Sehr gut, liebe Marta. Wer gehört sonst noch zu deinen Komplizen? Du darfst niemanden schonen, auch nicht hohe Herren oder deren Ehefrauen. Nur, weil jemand ein wichtiges Amt in der Stadt einnimmt, darf er sich dennoch nicht über die Gebote Gottes hinwegsetzen.»

«Natürlich nicht.» Marta nickte so eifrig, dass sie ein wenig am Seil hin und her schwang. Möden gab dem Henker ein Zeichen, sie herunterzulassen. Weitere Folter war jetzt wohl nicht mehr notwendig.

Sobald ihre Füße den Boden berührten, entfernte Tünnes die Strebe zwischen ihren Füßen, damit sie richtig stehen konnte. Die Arme verblieben aber zunächst an das Seil gefesselt und weit über ihrem Kopf.

«Also erinnerst du dich tatsächlich an so jemanden? Hast dich ihm vielleicht ebenfalls fleischlich hingegeben und mit ihm gemeinsam dem Teufel gehuldigt?»

«Ja, ja, gewiss. Das habe ich.»

«Dann nenne uns den Namen!» Er beugte sich erneut ein wenig vor, diesmal wirklich gespannt. Ein Blick auf die Liste genügte, um zu wissen, welchen Hinweis er ihr geben musste. «Es ist doch nicht jemand, den du schützen willst, weil ihr Freunde oder gar Nachbarn seid, oder? So etwas darfst du nicht einmal denken, Marta.»

«Ich, hm ... Nein, nein, ganz bestimmt nicht. Es ist ...» Wieder sah er, wie es in ihr arbeitete. «Es ist Johann Heimbach, der Ratsherr.»

«Nein!» Mit einem Wutschrei sprang der Gerichtsschreiber auf und warf seine Schreibfeder von sich. «Was behauptest du da, du feile Metze? Du Erzhexe? Mein Bruder soll ein Zauberer sein? Das ist ja ungeheuerlich!»

«Herr Heimbach, ich bitte Euch, beruhigt Euch wieder.» Möden runzelte unwillig die Stirn. Das war nicht ganz die Antwort, die er sich von Marta erhofft hatte. Schlimmer sogar, sie war ganz und gar unpassend. «Niemand behauptet hier irgendetwas.»

«Ich soll mich beruhigen, wenn dieses Miststück den Namen meiner Familie besudelt?»

«Ich verstehe Euch ja. Ihr habt allen Grund, wütend zu sein. Wir klären die Sache sofort auf.» Das war auch bitter nötig, denn Johann Heimbach gehörte zu den Befürwortern der Hexenprozesse und stand darüber hinaus unter der Protektion des Amtmannes sowie einiger Mitglieder des Erzbischöflichen Hofgerichts. Möden hatte die Geldbeträge, die diese Unantastbarkeit gewährleisteten, selbst überbracht – und einen passenden Anteil eingestrichen. Doch das gehörte ganz eindeutig nicht hierher. Vermutlich wusste nicht einmal der Gerichtsschreiber davon, und das war wohl auch besser so.

«Was soll das denn jetzt?», mischte Hermann sich ein. «Ich dachte, die hohen Herren haben keinerlei Vorrechte? Nicht dass ich dieser Anschuldigung Glauben schenken würde, aber messen wir hier mit zweierlei Maß, oder wie muss ich das verstehen?»

«Schweigt still, Herr Löher, bevor ich auch Euch mit einer Geldstrafe belege!» Möden erhob sich und trat auf die Angeklagte zu. «Bist du sicher, dass du dich nicht irrst, Marta? Deine Seele wird im ewigen Höllenfeuer schmoren, wenn du hier eine Falschaussage machst.»

«Aber ...» Erschrocken und verwirrt drehte sie ihm den Kopf zu. «Ich dachte, ich soll alle Namen nennen, die mir einfallen.»

«Aber ganz sicher keinen Namen, den dir der Teufel eingegeben hat. Ich sehe es dir an und höre es an deiner veränderten Stimme.» Er drehte sich zu den Schöffen um. «Hört Ihr es auch? Sie ist besessen. Tünnes, hol die Franziskanerbrüder her. Die Angeklagte muss noch einmal exorziert werden. Der Gottseibeiuns hat sich ihrer Zunge bemächtigt und bringt sie dazu, unschuldige Leute der Hexerei zu bezichtigen.» Er suchte Thynens Blick, dann den von Halfmann.

Prompt sprangen beide von ihren Plätzen auf und ereiferten sich über diese Ungeheuerlichkeit.

Zufrieden drehte Möden sich wieder zu Marta um, die vollkommen durcheinander war. «Du weißt, was ich dir gesagt habe, Marta, als wir mit der Befragung begonnen haben. Wenn ich dich noch einmal bei einer Lüge erwische, ganz gleich, ob du sie dir ausgedacht hast oder ob der Teufel sie dir eingab, muss ich dich wieder der Tortur aussetzen. Meister Jörg.»

Der Henker zog ein wenig an dem Seil. In Martas Schultergelenken knackte es; sie schrie und zappelte mit den Füßen, die nun gerade so den Boden nicht mehr berührten.

«Nein, nein, bitte nicht. Bitte! Ich habe nicht gelogen. Oder doch, ich habe ... Ich habe mich geirrt. Es war ja gar nicht Johann Heimbach. Es tut mir leid. Ich wusste doch nicht, dass der Teufel mir das eingegeben hat.» Voller Panik trat sie um sich, verstärkte ihre Qual damit aber nur.

Möden betrachtete sie abschätzend, dann ging er seelenruhig zurück zu seinem Platz und setzte sich. «Marta, Marta. Ein bisschen mehr Willensstärke solltest du schon aufbringen, wenn es darum geht, dich gegen die Winkelzüge des Teufels zur Wehr zu setzen.»

Sie heulte und stöhnte vor Schmerzen. Wie ein nasser Sack hing sie an der Leine. «Habt Erbarmen, ich bitte Euch!», keuchte sie. «Ich wollte doch nicht lügen.»

«Leider kann ich dich nur von der Pein befreien, wenn du endlich mit der Wahrheit herausrückst, Zauberin.» Nun setzte er zum ersten Mal einen wesentlich strengeren Tonfall ein. «Wen schützt du, Marta? Oder vielmehr, wen versucht der Teufel zu schützen, indem er dir einen falschen Namen eingeflüstert hat? Es muss ja wohl ein Nachbar von dir sein, nicht wahr? Und ein hohes Amt bekleidet er auch. Wer ist es? Sprich!»

«Es ist ... es ist ...» Marta war kaum zu verstehen zwischen ihrem ständigen Ächzen und Stöhnen. «Gotthart Krautwich?»

«Das ist ja nun wirklich lächerlich! Gehen wir jetzt alle Ratsherren durch?», protestierte Hermann.

Möden bedachte ihn mit einem eiskalten Blick. «Noch ein Wort, und ich verweise Euch des Raumes, Herr Löher.» Zu Marta sagte er in weitaus milderem Ton: «Aha, jetzt kommen wir der Sache schon näher. Noch jemand? Wage es nicht, jemanden zu schützen, sonst ist dein Seelenheil auf immer dahin.»

«S... seine Frau auch. Und ... der alte Johann Treingen auch», stieß sie mit letzter Kraft hervor. «Sie alle sind Hexen, genau wie ich. Und noch viele mehr. Ganz viele. Lasst Ihr mich jetzt herunter?»

Möden bedeutete dem Henker, sie herabzulassen. Marta stürzte zu Boden und blieb dort liegen, bis der Henker sie aufhob und zum Peinstuhl trug. Er setzte sie darauf, verzichtete jedoch auf die Fesseln. Marta war ohnehin nicht mehr imstande, sich zur Wehr zu setzen.

Einen langen Augenblick war kein Geräusch in der Peinkammer zu vernehmen. Möden ließ die Stille absichtlich wirken, stand dann auf und trat dicht neben Marta. «Siehst du, Zauberin, die Wahrheit hat dich erlöst. Und sie wird auch deine arme Seele vor der Hölle bewahren. Sieh mich an!» Auf einen Wink hin zog der Henker ihr die Binde von den Augen.

Nur mit Mühe hob sie den Kopf, ihr Blick irrte glasig und unstet umher.

«Ich lasse dich gleich noch einmal exorzieren, nur zur Sicherheit. Zwar habe ich den Eindruck, dass der Teufel, der sich deiner vorhin bemächtigt hat, wieder verschwunden ist, aber man kann nie wissen. Außerdem sollen dich die Brüder Sebastianus und Theophil mit der Hilfe des Henkers und seines Gesellen am gesamten Leib nach Teufeln oder Teufelsmalen absuchen.»

Ihr Blick flackerte noch mehr; sie schüttelte abwehrend den Kopf, woraufhin er milde lächelte.

«Doch, doch, Marta, das ist zwingend erforderlich. Du willst doch nicht riskieren, dass der Teufel dir deine Seele raubt, wenn wir einen Moment nicht aufpassen.»

Sie schluckte mehrmals hart, Tränen rannen über ihre Wangen.

«Aber weißt du, das alles bringt dich der Seligkeit näher. Und weil du dich so kooperativ gezeigt hast, bekommst du von mir ein Geschenk. Wir findest du das?»

«Geschenk?» Wieder schluckte sie, dennoch blieben ihre Stimme brüchig und ihre Worte schwerfällig. «Was für ein Geschenk?»

«Etwas sehr Schönes», antwortete er freundlich. «Stell dir vor, du darfst dich an einen gedeckten Tisch setzen und essen und trinken, was und so viel du möchtest. Natürlich erst, wenn du dich ein bisschen erholt hast. Du sollst das Mahl ja schließlich genießen.»

«Essen und trinken?» Ungläubig sah sie zu ihm auf.

«O ja, was du willst. Sicher bist du den faden Gerstenbrei allmählich leid, oder?»

Zögernd nickte sie.

«Siehst du. Und wenn du mir heute noch alle, wirklich alle Namen deiner Komplizen nennst – denn da gibt es gewiss noch weitere –, dann sorge ich dafür, dass es dir zukünftig auch niemals mehr kalt sein wird.»

«Wie das?», fragte sie verblüfft.

Sein Lächeln vertiefte sich. «Lass das meine Sorge sein, Marta. Versprich mir nur, die Namen zu nennen. Dann gebe ich dir mein Wort, dass fortan dein Leben lang immer genügend Brennholz vorhanden sein wird, um dich zu wärmen. Nein, noch besser: Ich werde dir ein neues Haus bauen lassen, in das du einziehen darfst. Darin wird es immer warm sein, und du wirst deiner Lebtage nie wieder Hunger oder Durst oder Kälte erleiden müssen. Deine Schmerzen werden vorbei sein, und deine Seele wird dereinst die Seligkeit erlangen.»

«Ist ... das wirklich wahr?» Ihr Blick irrte hin und her. Er konnte sehen, wie sich ihr Geist immer mehr verwirrte.

«So wahr ich hier stehe», bestätigte er. «Aber zuerst musst du deinen Teil der Abmachung erfüllen.»

15. Kapitel

*... massen die Menschen den Glauben haben / wan sie Gott
durch krafft seiner Elementen umb ihrer sünden will castigirt
und straffet / dan glauben sie / daß es die Zäuberer und
Hetzen gethan haben.*

Kommt, Mutter, lasst uns noch ein paar Schritte gehen»,
schlug Kunigunde vor, als sie mit ihrer Stiefmutter Traudel Frembgen die Kirche verließ. Dicht hinter ihr ging Hermann
mit den Kindern und dem Gesinde. Sie drehte sich zu ihm um.
«Ihr habt doch nichts dagegen, mein lieber Löher, oder? Wir
sind auch rechtzeitig zum Essen zurück. Hilde hat bereits alles
so weit vorbereitet, und mein Braten sollte in einer guten Stunde fertig sein.»

Hermann nickte lächelnd. «Nur zu, genießt den schönen
Sonnenschein. Ich muss leider noch etwas im Kontor erledigen, sonst hätte ich euch begleitet. Aber es wird nicht lange
dauern.» Er winkte den Kindern, ihm zu folgen.

Kunigunde hakte sich bei ihrer Stiefmutter ein. «Es ist wirklich ein herrliches Wetter, nicht wahr? Schon lange hatten wir
nicht mehr so einen wunderbar blauen Himmel. Was für ein
Glück, dass Ihr ausgerechnet diese Woche den Entschluss gefasst habt, uns zu besuchen.»

«Ach, mein liebes Kind, mir ist einfach die Decke auf den
Kopf gefallen.» Traudel war eine kleine, schlanke Frau von

herzlicher, zupackender Art. Ihr graues Haar war unter einer adretten weißen Haube verborgen, das schwarze Kleid aus feinster Wolle wurde von einem altmodischen Mühlradkragen geziert, der einer Frau mit weniger gutherziger Ausstrahlung etwas Strenges gegeben hätte. So aber wirkte sie wie eine liebenswerte Großmutter – und genau das war sie auch. Sie verwöhnte ihre Enkelkinder mit Hingabe und nicht selten auch mit heimlich zugesteckten Süßigkeiten. Als sie von Bartels Hochzeitsplänen erfahren hatte, war sie sogleich an eine ihrer Truhen geeilt und hatte einen ihrer selbst angefertigten Spitzenschals herausgesucht und ihm als Geschenk für seine zukünftige Braut übergeben. Während ihrer Besuche im Hause Löher war sie ständig von den Kindern umlagert. Sie genoss es sichtlich, sie zu hüten und sich mit ihnen zu beschäftigen. Seit dem Tod ihres Mannes kam sie etwa alle Vierteljahre für ein, zwei Wochen nach Rheinbach. Das Haus in Flerzheim war für sie alleine viel zu groß, sodass sie sich rasch einsam fühlte. Sie hatte unter ihren Nachbarinnen einst viele Freundinnen besessen, aber nachdem Matthias Frembgen als Hexer verbrannt worden war, hatte sich einiges verändert.

Kunigunde, die ihre Stiefmutter innig liebte, freute sich jedes Mal wie ein Kind, wenn sie Zeit mit ihr verbringen konnte. Noch glücklicher war sie im Augenblick, dass Jan Möden derzeit nicht in Rheinbach weilte. Er war erneut zu einem anderen Prozess beordert worden. Diesmal, soweit sie wusste, nach Euskirchen. Wäre es nach ihr gegangen, hätte er gleich dort bleiben – oder besser noch weiter fortgeschickt werden können. Seit Marta Schmid der zweiten Tortur unterzogen worden war, litt Hermann so gut wie jede Nacht unter fürchterlichen Albträumen. Tagsüber gab er sich gefasst, doch sie wusste, dass unter der bewundernswert ruhigen Oberfläche ein Sturm tobte.

Er hatte sich, ebenso wie Gertzen, offen gegen Möden gestellt. Zwar konnte sie seine Gewissensqualen vollkommen nachvollziehen, doch die Angst, ihn womöglich zu verlieren, wenn er weiter protestierte, nagte beständig an ihr. Schon zweimal waren sie deswegen in argen Streit geraten.

«Der kleine Matthias ist ja ordentlich gewachsen», bemerkte Traudel. «Jedes Mal, wenn ich herkomme, hat er sich so verändert. Und die kleine Mathilde rennt schon wie ein Wirbelwind durchs Haus. Manchmal wünschte ich, ich würde nicht so viel aus dem Leben meiner Enkel verpassen.»

«Ach, Mutter, Ihr dürft doch zu Besuch kommen, sooft Ihr möchtet. Das wisst Ihr doch, nicht wahr? Wir haben Euch sehr gerne bei uns.»

«Ich möchte euch nicht zur Last fallen, mein Kind. Du hast mit den acht Kindern reichlich zu tun, ohne dass du dich auch noch um eine alte, gebrechliche Frau kümmern musst.»

«Also bitte, Mutter! Ihr seid doch wohl alles andere als alt und gebrechlich.»

Traudel lachte. «Nun gut, gebrechlich vielleicht nicht, aber alt sehr wohl. Im Sommer werde ich, so Gott will, bereits meinen siebenundsechzigsten Geburtstag feiern.» Sie hielt kurz inne und wechselte dann das Thema. «Was mich ja wirklich überrascht hat, ist das Aufgebot, das Pfarrer Hartmann heute verkündet hat. Will Dietrich Halfmann wirklich eine so junge Frau ehelichen? Ich meine, sie ist hübsch und auch nicht arm, aber ehrlich gesagt halte ich nicht viel von einer Heirat zwischen zwei so ungleichen Geistern.»

«Ihr habt recht», stimmte Kunigunde zu. «Es ist nicht die

glücklichste Lösung. Habt Ihr gesehen, wie wütend Bartel aussah, als er von dem Aufgebot hörte?»

«Allerdings. Gibt es dafür einen besonderen Grund? Er ist doch mit Anna glücklich verlobt. Zwar noch nicht offiziell, aber ich dachte ...»

«Nein, nein, Mutter, so etwas ist es nicht. Wir haben Euch noch gar nicht von den Vorfällen in der Mainacht erzählt, nicht wahr?» Kurz berichtete Kunigunde, was sich zugetragen hatte. «Halfmann hat versprochen, sie zu heiraten, Mutter. Bartel sagt, das sei auch zwingend nötig, nachdem sie ihm bereits mehrmals heimlich beigelegen ...» Sie brach ab, als aus Richtung des Kramerladens Geschrei laut wurde. Else Trautwein kam händeringend herausgestürzt.

«Hilfe! Zu Hilfe, o heilige Muttergottes, helft uns. So ein Unglück!» Hektisch sah sie sich um, und schon liefen die Ersten zu ihr. Auch Kunigunde und Traudel hasteten los.

«Was ist denn geschehen, Frau Trautwein?» Kunigunde legte der völlig aufgelösten und weinenden Frau eine Hand auf den Arm. «So beruhigt Euch doch!»

«So ein furchtbares Unglück», schluchzte Else. «Das Kind! Meine Schwester hat ihre Kinder heute zum Sonntagsbraten mitgebracht. Oh, es ist einfach schrecklich. Der arme Junge ist die Treppe hinabgefallen und rührt sich nicht mehr.»

«Else, komm wieder herein!» Der Kramer selbst trat aus dem Haus und fasste seine Frau sanft, aber bestimmt an den Schultern. «Wir schicken Rolf nach dem Apotheker aus.»

Kunigunde ging auf den Kramer zu. «Verzeiht, Herr Trautwein, können wir etwas tun?»

Trautwein schaute sie einen Moment lang schweigend an, und es war ihm anzusehen, dass auch er schockiert war. «Das ist sehr freundlich von Euch, Frau Löher, aber ich weiß wirklich nicht, was Ihr tun könntet ...»

«Ich kenne mich ein wenig mit dergleichen aus», unterbrach Traudel ihn. «Wenn es Euch recht ist, sehe ich mir den Jungen einmal an. Wie alt ist er denn, und wie heißt er?»

Nun richtete sich Trautweins Blick auf Traudel. Seufzend hob er die Schultern. «Peterchen ist drei Jahre alt. Wir wissen nicht, wie er auf den oberen Treppenabsatz geraten konnte, denn die Kinder sollten überhaupt nicht dort hinauf. Und jetzt ...»

«Kommt, ich begleite Euch hinein, Frau Trautwein.» Zupackend, wie sie war, hatte sich Traudel bereits an die Seite der Kramerin geschoben. An Kunigunde gewandt, sagte sie: «Ich bleibe ein Weilchen hier und kümmere mich. Geh du rasch nach Hause, denn die Familie wartet ja auf uns.»

Kunigunde nickte. Sie wäre am liebsten selbst hiergeblieben. Da mittlerweile durch die geöffnete Tür das laute Weinen einer weiteren Frau – vermutlich der Mutter des verunglückten Kindes – drang, stand zu befürchten, dass sich die Familie des Kramers einer Tragödie gegenübersah. Gerade rannte der Knecht der Trautweins, Rolf, wie gehetzt auf die Straße und in Richtung des Marktplatzes. Hoffentlich war der Apotheker zu Hause.

Da ihre Stiefmutter mit dem verstörten Ehepaar mittlerweile im Haus verschwunden war, löste sich die kleine Menschenmenge allmählich auf. Kunigunde hörte die verschiedensten Vermutungen und mitfühlende Bemerkungen hin und her fliegen. Da es müßig war, weiter hier herumzustehen, begab sie sich schließlich auf den Heimweg.

«Ein furchtbares Unglück», berichtete Traudel ein paar Stunden später, als sie mit Kunigunde, Hermann und den drei ältesten Kindern in der Wohnstube beisammensaß. Sie war kurz zuvor erst von Trautweins zurückgekehrt und aß nun ein wenig von dem Braten, den Kunigunde ihr zurückgestellt hatte. «Das Köpfchen des Kindes war regelrecht zerschmettert. Als ich dazukam, hatten sie den Jungen gerade auf ein Bett gelegt. Er lebte noch, aber es war nichts mehr zu machen.» Betrübt sah Traudel von einem zum anderen. «Bis sie den Apotheker geholt hatten, war es längst zu spät. Er hätte dem Kind nicht mehr helfen können.» Nach einem Atemzug fügte sie hinzu: «Ich fürchte, der Unfall ist auf ein Versäumnis der Mutter zurückzuführen. Sie hat, wenn ich es richtig mitbekommen habe, fünf kleine Kinder, alle im Abstand von einem Jahr geboren. Das jüngste liegt noch in den Windeln. Vermutlich war sie einen Moment unaufmerksam, was man ihr bei dem Gewusel in dem Haus nicht einmal übelnehmen kann. Trautweins Kinder aus erster Ehe sind ja auch noch da und scheinen nicht alle ein Ausbund an Bravheit zu sein.»

«Die arme Familie», befand Kunigunde. «Wir sollten ihnen unsere Hilfe und Unterstützung anbieten, wo es nur geht. Solch einen Schlag verwindet man nicht so leicht.»

«Da stimme ich dir zu.» Hermann goss erst den Frauen, dann sich selbst und Bartel Wein ein. Gerhard und Christine durften sich am verdünnten Apfelwein bedienen. «Wir sollten ihnen beistehen, so gut wir können. Liebe Zeit, dann wird es ja noch vor Pfingsten eine Beerdigung geben. Aber das ist noch nicht das Schlimmste.»

«Was meint Ihr damit, Vater?» Bartel nippte gerade an seinem Wein, stellte den Becher jedoch rasch wieder zurück, als er die besorgte Miene seines Vaters sah. Auch Kunigunde fragte sich nachgerade, was schlimmer sein könnte als ein totes Kind.

«Martin Koch war vorhin hier, während ihr unterwegs wart», erklärte Hermann, an Kunigunde gewandt. Dann warf er seiner Schwiegermutter einen prüfenden Blick zu. «Ich möchte Euch nach diesem schlimmen Tag ungern noch mehr aufregen, aber leider geht es nicht anders. Koch hat mir – und den anderen Schöffen ebenfalls – die Nachricht überbringen lassen, dass Möden die Hinrichtung von Marta Schmid auf den sechsten Juni legen will.»

«Auf den Freitag vor Pfingsten?» Ruckartig richtete Kunigunde sich auf. «Warum hat er es denn auf einmal so eilig?»

Mit finsterer Miene blickte Hermann zum Fenster hinaus. «Vermutlich, weil er alles aus ihr herausgequetscht hat, was möglich war. Sie nützt ihm nicht mehr, also will er sie loswerden.»

«Dann geht das Brennen also wieder los.» Traudel schauderte sichtlich. «In Flerzheim versuchen sie auch schon wieder, neue Verdächtige ausfindig zu machen. Es ist einfach unerträglich. Niemandem kann man mehr trauen.»

«Vater?» Schüchtern erhob Maria die Stimme. Sie war zwar die älteste Tochter, doch ohne gefragt zu werden, sprach sie selten. Zumindest nicht in Gegenwart von mehreren Erwachsenen. «Müssen wir zu der Verbrennung hingehen?»

«Ich fürchte, ja.» Hermann war von dieser Aussicht nicht angetan, das sah man ihm an. «Wie ich Möden kenne, wird er sich jeden, der nicht anwesend ist, namentlich aufschreiben.»

«Aber ich will nicht zusehen, wie sie Frau Schmid verbrennen.» Maria traten Tränen in die Augen. «Sie war immer so nett zu uns.»

«Ich weiß, mein Kind.» Tröstend strich Kunigunde ihr übers Haar.

«Ist sie denn wirklich eine Hexe?», mischte sich nun auch Gerhard ein, woraufhin ihn ein heftiger Tritt seines älteren Bruders gegen das Schienbein traf. «He, was soll das?»

«Halt die Klappe!», zischte Bartel. «Natürlich ist Frau Schmid keine Hexe.»

«Warum verbrennen sie sie dann?»

«Eine gute Frage, mein Junge.» Traudel schob den Teller mit dem kalten Braten ein wenig von sich. Viel hatte sie nicht gegessen. «Weißt du, manchmal werden Menschen für etwas verurteilt, das sie nicht getan haben.»

Neugierig hob Gerhard den Kopf. «So wie Großvater?»

«Ja, genau so.»

«Aber warum können sie nicht einfach dem Gericht sagen, dass sie keine Hexen sind? Frau Schmid kann doch überhaupt nicht zaubern. Und auf einem Besen reiten auch nicht. Peter Kemmerling hat gesagt, dass Hexen so was können.»

«Es wird viel über Zauberer geredet», erklärte Hermann gereizt. «Viel zu viel. Das meiste ist blanker Unsinn, aber das interessiert die Hexenkommissare nicht. Nach dem Gesetz ist Frau Schmid schuldig, weil sie ein Geständnis abgelegt hat.»

«Aber wie kann sie denn gestehen, wenn sie unschuldig ist? Ich verstehe das nicht.» Fragend blickte Gerhard zwischen den Erwachsenen hin und her.

Unbehagen ergriff Kunigunde. Sie hatten versucht, zumindest die jüngeren Kinder so weit wie möglich von den Vorgängen im Bürgerhaus abzuschirmen, doch Gerhard war mittlerweile mit seinen dreizehn Jahren alt genug, um sich nicht mehr mit Floskeln abspeisen zu lassen.

334

«Wenn man jemanden bis aufs Blut foltert, gesteht er alles, was du von ihm hören willst», grollte Hermann.

Kunigunde spürte, dass sich einer seiner Wutausbrüche ankündigte, und berührte ihn beschwichtigend am Arm. Dabei sagte sie in Richtung ihres Sohnes: «Weißt du, Gerhard, das Gesetz erlaubt es dem Hexenkommissar, die Personen, die der Zauberei angeklagt sind, so lange zu foltern, bis sie gestehen. Und das tun sie dann auch, selbst wenn sie unschuldig sind, weil sie die Schmerzen nicht aushalten.»

«Sie sind alle unschuldig, verdammt noch eins!» Ihre Hand unwirsch abschüttelnd, erhob sich Hermann von seinem Platz und ging ein paar Schritte auf und ab. «Es gibt keine Zauberer, keine Werwölfe und weiß der Himmel, was sonst noch für Wunderwesen!»

Gerhard schien sich der gefährlichen Stimmung nicht bewusst zu sein, denn er befand arglos: «Also ich würde nicht gestehen. Die könnten mich foltern, solange sie wollten. Au! Was soll das, du Blödmann?» Verärgert rieb er sich übers Schienbein, wo ihn erneut Bartels Stiefelspitze getroffen hatte.

«Was sagst du da?» Hermann war wie erstarrt stehen geblieben und fuhr zu seinem jüngeren Sohn herum. In seinen Augen blitzte Zorn auf. «Du willst mir weismachen, dass du der Folter widerstehen kannst, wo gestandene Männer bereits nach kurzer Zeit zusammenbrechen?»

«Hermann, bitte, so hat er das doch gar nicht gemeint ...» Kunigunde versuchte, ihn aufzuhalten, doch er hatte bereits den Jungen am Arm gepackt und grob vom Stuhl gezerrt.

«Willst du wissen, wie es ist, auf dem Peinstuhl zu sitzen, wenn sie die Luke an der Sitzfläche öffnen und unter deinem blanken Hintern ein Feuer entzünden? Wenn sie dir Finger und

Füße in Schraubzwingen stecken und zudrehen, bis die Knochen brechen?»

«Bitte hör auf, Hermann!» Wieder versuchte Kunigunde, ihn von Gerhard fortzuziehen, doch er stieß sie beiseite, ohne es recht zu bemerken.

Auch Traudel war aufgesprungen, traute sich aber nicht, ihrem Schwiegersohn zu nahe zu kommen. Bartel nahm Maria bei der Hand und zog sie mit sich zur Tür, schob sie mit Nachdruck hinaus.

Gerhard wusste indes nicht, wie ihm geschah. Mit weit aufgerissenen Augen und vollkommen verschreckt starrte er seinen Vater an. Der war mittlerweile völlig außer sich und schüttelte ihn heftig durch.

«Glaubst du wirklich, du würdest es auch nur eine halbe Stunde aushalten, wenn sie dich an die Strecke hängen, bis deine Arme ausgekugelt sind, oder wenn sie dir einen Eisenring um den Hals legen und den Galgentrott mit dir tanzen, bis du nicht mehr weißt, ob du Männlein oder Weiblein bist?»

Der Junge wurde bleich. Verängstigt zog er den Kopf ein und wand sich ein wenig unter dem harten Griff seines Vaters. Aber Worte brachte er nicht hervor. Es schien, als sei seine Zunge vor Schreck gelähmt.

«Das verschlägt dir die Sprache, ja?» Hermann schnaubte. «Wage es nie wieder, solche Töne zu spucken, wenn du nicht weißt, wovon du sprichst.» Unsanft stieß er Gerhard von sich, der hart gegen den Tisch knallte, und fuhr mit einer Hand über sein Gesicht. Ohne jemanden anzusehen, hastete er aus der Stube. Die Tür fiel krachend hinter ihm zu.

«Ich sehe nach ihm», bot Traudel sich an.

«Nein.» Kunigunde hielt sie zurück. «Nein, lass mich gehen.

Kümmere dich um Gerhard.» Flüchtig strich sie ihrem Sohn übers Haar, der sich etwas aufgerappelt hatte und sich über die Stellen rieb, die nach dem stahlharten Griff seines Vaters ganz sicher schmerzten. Dann eilte sie Hermann hinterher.

Es dauerte eine Weile, bis sie ihn im Stall fand. Er stand gebeugt neben einem der beiden Pferde, stützte sich an einem Pfosten ab, den Kopf gesenkt. Sein Atem ging schwer, und noch immer strahlte er geradezu wellenartig Zorn aus.

Doch Kunigunde ließ sich nicht abschrecken. «Wie konntest du das tun?»

Einen Moment lang regte er sich nicht, dann drehte er ihr langsam den Kopf zu, antwortete jedoch nicht.

«Der Junge wusste es nicht besser, Hermann. War das wirklich nötig? Du hast ihn zu Tode erschreckt.»

«Gut.» Hermanns Stimme schwankte vor unterdrückter Wut. «Dann wird er zukünftig seine Zunge im Zaum halten.»

«Du tust ihm unrecht, Hermann, und du weißt es. Er redet, wie Jungen in dem Alter eben reden. Woher soll er auch wissen, wie die Wahrheit aussieht, wenn er sie noch nicht erlebt hat? Ganz abgesehen davon war ich bisher glücklich darüber, dass unsere Kinder weitgehend von solchen Dingen verschont worden sind. Das haben wir nicht ohne Grund getan, oder? Aber natürlich schnappen sie den Klaaf auf der Straße auf oder in der Schule, bei ihren Freunden. Es wird Zeit, dass wir ihnen reinen Wein einschenken, aber das eben ging zu weit.»

«Ich kann überhaupt nicht weit genug gehen, wenn ich den Kindern klarmachen will, welch grenzenloses Unrecht hier geschieht!», wütete Hermann und ging auf Kunigunde los.

Sie wich nicht zurück, sodass sie einander dicht gegenüberstanden. Sie spürte den Schmerz, der unter Hermanns loderndem Zorn schwelte, nur deshalb schaffte sie es, nicht selbst die Beherrschung zu verlieren. «Das sehe ich anders, Hermann. Wenn du dich ein wenig zusammenreißen würdest, wüsstest du ebenfalls, dass dies der falsche Weg ist. Gerhard ist vorlaut, aber nicht dumm. Doch wenn du ihn so behandelst wie eben, wird er nur Angst vor dir bekommen. Er ist nicht so aufbrausend wie du und Bartel. Er ist feinfühliger. Ich gebe dir Brief und Siegel, dass er heute Nacht von Albträumen geplagt werden wird. Du weißt selbst, wie schlimm das ist. Hältst du das für sinnvoll? Ich verstehe deinen Zorn, aber lass ihn nicht an den Kindern aus.»

«Ich lasse nicht meinen Zorn an ihnen aus, sondern mache ihnen klar, welche Schandtaten hier vor sich gehen. Das ist meine verdammte Pflicht als ihr Vater. Denn wenn sie es nicht wissen, werden sie eines Tages Männern wie Möden oder Buirmann auf den Leim gehen und diesen Wahnsinn mit antreiben.»

«Das glaubst du doch wohl selbst nicht.» Ungläubig schüttelte Kunigunde den Kopf. «Keines unserer Kinder würde so etwas jemals tun. Wir erziehen sie zu rechtschaffenen Christenmenschen. Hast du denn dein Vertrauen vollkommen verloren? Glaubst du allen Ernstes, ich würde zulassen, dass eines unserer Kinder auf den falschen Weg gerät?»

«Du lässt es nicht zu?» Höhnisch lachte Hermann auf. «Hast du überhaupt eine Ahnung, was hier in der Stadt vorgeht? Nein, hast du nicht. Du warst nicht dabei, als sie Martas Geist gebrochen haben. Du warst auch nicht dabei, als sie vor fünf Jahren all die unschuldigen Menschen bis aufs Blut gequält haben.»

«Nein, ich war nicht dabei.» Kunigunde verschränkte die Arme vor der Brust. «Aber ich musste mit ansehen, wie mein geliebter Stiefvater bei lebendigem Leib verbrannt wurde. Und die vielen Menschen, von denen du eben sprachst, ebenfalls. Ich habe deinen Zorn, deine Machtlosigkeit und deine Albträume miterlebt. Ich weiß, wie du dich fühlst. Ich sehe, wie sehr du leidest, und es bricht mir das Herz. Aber das ist kein Grund, unseren Sohn derart zu verängstigen und dich an ihm abzureagieren.» Sie blickte ihm fest in die Augen. «Bring das ins Reine, wenn du dich nicht von Gerhard entfremden willst. Vergiss nicht, dass du eine Familie hast, die einen Vater braucht, nicht einen Schöffen.» Bedachtsam löste sie ihre Arme wieder und wandte sich zum Gehen. An der Stalltür blieb sie noch einmal kurz stehen. «Ich mache mir Sorgen um uns, Hermann. Wenn du deine Beherrschung gegenüber Möden und den anderen Schöffen ebenso leicht verlierst wie gegenüber uns, ist es nur noch eine Frage der Zeit, bis du dich auf der anderen Seite der Richtbank wiederfindest. Und was soll dann aus uns werden?» Abrupt drehte sie sich um und ging zurück zum Haus.

Wie betäubt saß Margarete auf ihrem schmalen Bett und starrte vor sich hin. Seit ihrem Kirchgang am Vormittag fühlte sie sich, als habe man ihr einen Prügel um die Ohren geschlagen. Ihr Herz schmerzte so sehr, dass ihr gesamter Körper wehtat. Noch niemals hatte sie sich so hintergangen gefühlt!

Zunächst hatte sie gar nicht begriffen, was vorging, als Pfarrer Hartmann zum Abschluss der Heiligen Messe das Aufgebot von Dietrich Halfmann und Magdalena Thynen verkündet hatte. Erst als sie Halfmann und seine junge Braut vor der Kirche mit Jan Thynen, einem Onkel Magdalenas, zusammenstehen und fröhlich plaudern sah, wurde ihr klar, dass sie betrogen worden war. Doch was sollte sie nun tun? Halfmann zur Rede stellen? Ihn öffentlich anklagen? Was hatte sie gegen ihn in der Hand? Sie hatte ihm wochenlang beigelegen. Wenn sie damit herausrückte, wäre ihr Ruf vollends dahin. Der Reih wusste zwar bereits davon, doch auch Bartel und die übrigen Junggesellen waren davon ausgegangen, dass Halfmann sich zu ihr bekennen würde. Das hatte er doch versprochen! Wie konnte er sie auf derart gemeine Weise fallen lassen?

Als er ihrer vor der Kirche ansichtig geworden war, hatte er ihr freundlich zugelächelt! Keine Spur von Reue oder Bedauern hatte sie in seinem Blick entdecken können.

Sie fühlte sich erniedrigt und schrecklich dumm. Hatte sie wirklich geglaubt, ein Mann wie Dietrich Halfmann würde sie heiraten? Ja, zum Teufel, das hatte sie. Weshalb auch nicht? Selbst ihre Mutter hatte nichts gegen die nächtlichen Stelldicheins gehabt, weil sie davon ausgegangen war, dass Margarete über diesen Weg einen wohlhabenden und angesehenen Ehemann bekommen würde.

Ihre Mutter befand sich seit gestern auf einem Besuch bei ihrer Cousine in Meckenheim und würde bald zurück sein. Bestimmt war sie ebenso aufgebracht über Halfmanns Betrug und würde gerichtlich gegen ihn vorgehen. Er hatte ihr, Margarete Kocheim, die Ehe versprochen. Sie wäre im Recht, wenn sie ihn verklagte. Kein Gericht der Welt würde sie abweisen.

Warum tat er das? Gewiss, Magdalena war hübsch – rotblond, herzförmiges, liebliches Gesicht, eine schlanke Taille und breite Hüften, so, wie es die Männer gerne mochten. Doch hatte sie, Margarete, diese Vorzüge nicht auch alle? Magdalena besaß eine nicht zu verachtende Mitgift, doch auch in dieser

Hinsicht stand sie ihr kaum nach. Der einzige Unterschied war, dass Halfmann mit dem Onkel des Mädchens gemeinsam im Schöffenkollegium saß. Die beiden Männer waren eng befreundet.

Er hatte sie betrogen! Was, wenn sie nun schwanger war? Es war nicht sehr wahrscheinlich, aber dennoch! Und es hatte ja keinen Grund gegeben, vorsichtig zu sein. Halfmann hatte ihr stets versichert, dass er sich seiner Verantwortung bewusst sei und für sie sorgen würde. Für sie – nicht für Magdalena Thynen!

Nach der Kirche hatte Margarete fast eine Stunde lang geweint. Sie hatte gedacht, all ihre Tränen seien aufgebraucht. Doch nun brannten ihre Augen erneut. Krampfhaft schluckte sie, versuchte, das aufsteigende Wasser fortzublinzeln. Es war einfach schrecklich! So etwas durfte er ihr doch nicht antun!

Von unten hörte sie ein Rumoren und dann die Stimme ihrer Mutter, die dem Knecht Anweisungen gab. Endlich war sie zurück. Margarete rieb sich die Tränen aus den Augen und eilte so schnell es ging die schmale Treppe ins Erdgeschoss hinab.

«Ah, Kind, da bist du ja.» Gertrude drückte der Magd ihren Mantel in die Arme und scheuchte sie mit einer Handbewegung fort. «Ich soll dich von Leonore und der Familie grüßen. Sie haben es bedauert, dass du diesmal nicht mitgekommen bist, aber bei dem guten Wetter musste sich ja jemand um den Garten kümmern, nicht wahr? Das kann man nicht dem Gesinde überlassen. Hast du alles erledigt, was ich dir aufgetragen habe?»

«Ja, Mutter.» Margarete holte tief Luft. «Es ist etwas geschehen, das Ihr unbedingt erfahren müsst. Etwas Entsetzliches.»

«Meinst du den Unfall in Trautweins Haus? Ich habe vorhin

zufällig Radegund Thönnissen getroffen, und sie hat mir von dem toten Jungen erzählt. Schlimm, so etwas! Aber ich sage ja immer, wenn man nicht ...»

«Ein totes Kind?» Verblüfft starrte Margarete ihre Mutter an. «Nein, Mutter, das meine ich nicht. Es ist etwas anderes geschehen, das uns betrifft.»

«So? Was denn?» Mittlerweile hatten sie sich in die Stube begeben und am Tisch Platz genommen.

Margarete wartete, bis die Magd einen Krug Wein und zwei Becher vor ihnen abgestellt hatte. Erst als sie wieder fort war, sprach sie weiter: «Pfarrer Hartmann hat heute das Aufgebot für Dietrich Halfmann und Magdalena Thynen verkündet. Sie werden in sechs Wochen heiraten.» Es fiel ihr schwer, die Worte auszusprechen, doch sie war froh, als es geschafft war. Nun wartete sie auf die empörte Reaktion ihrer Mutter – die nicht kam.

«Soso.» Unbeeindruckt nickte Gertrude vor sich hin. «Ein hübsches Paar. Sie ist zwar noch ziemlich jung, aber es ist für beide Seiten eine gute Partie.»

Einen Moment lang starrte Margarete ihre Mutter verblüfft an. Als diese sich seelenruhig Wein einschenkte, platzte es aus ihr heraus: «Mehr habt Ihr dazu nicht zu sagen, Mutter?»

«Was soll ich denn dazu sagen? Es geht uns doch nichts an, mit wem Halfmann sich verlobt. Das Mädchen ist hübsch, drall und vermögend. Eine gute Wahl also.»

«Mutter?» Ungläubig griff Margarete nach Gertrudes Arm. «Das ist doch nicht Euer Ernst? Er hat *mir* die Ehe versprochen! Ihr habt gesagt, er wäre der Richtige für mich, dass ich ihm zu Willen sein soll, damit er mir noch mehr zugeneigt ist. Ich habe mit ihm ...» Verlegen brach sie ab. «Selbst der Reih hat sich

eingemischt und kann bezeugen, dass Halfmann mir ein Eheversprechen gegeben hat. Wir müssen ihn verklagen!»

Noch immer vollkommen gelassen, schwenkte Gertrude den
Wein in ihrem Becher. «Bist du schwanger?»

«Was?» Margarete wurde rot. «Ich ... nein. Ich glaube nicht.
Aber genau weiß ich es nicht. Erst vorgestern haben wir ...»

«Dann reg dich nicht künstlich auf, Kind.»

«Aber ...» Vollkommen perplex blickte sie ihre Mutter an.
«Was redet Ihr denn da? Ist es Euch etwa gleichgültig, dass er
sein Eheversprechen mir gegenüber gebrochen hat? Ihr selbst
habt mich dazu gedrängt! Und jetzt ...»

«Kind, du hast mich vollkommen missverstanden.»

«Nein, das habe ich nicht, Mutter.» Aufgebracht schüttelte
Margarete den Kopf. «Ich weiß noch genau, was Ihr gesagt
habt, als seine Besuche anfingen. Ich solle ihm schöntun und
mich nicht sträuben, wenn er ... Ihr wolltet, dass ich mich ihm
hingebe, damit er mich zu seiner Braut macht! Und jetzt leugnet Ihr das?»

«Nein, das leugne ich keineswegs, mein Kind.»

«Aber weshalb ...» Als Margarete das schmale, kühle Lächeln auf dem Gesicht ihrer Mutter wahrnahm, stockte sie.
Ihre Augen wurden groß. «Mutter! Sagt, dass das nicht wahr
ist. Ihr habt die ganze Zeit gewusst, dass er ...»

«Dich nicht heiraten wird?» Achselzuckend trank Gertrude
einen Schluck. «Selbstverständlich wusste ich das. Weshalb
sollte er dich zur Frau nehmen, wenn er doch ohne weiteres
kostenlos an deinen Früchten naschen darf?»

Margaretes Herz überschlug sich fast, ihr Magen zog sich
schmerzhaft zusammen. «Ihr ... habt es gewusst und mich
trotzdem gezwungen, ihm beizuliegen?»

«Gezwungen? Meine liebe Tochter, ich habe dich stöhnen und schreien gehört. Von Zwang kann wohl überhaupt keine Rede sein.»

Eine eisige Welle der Scham überrollte Margarete und verschlug ihr die Sprache. Voller Entsetzen starrte sie ihre Mutter an, die sich jedoch nur entspannt auf ihrem Stuhl zurechtsetzte.

«Dietrich Halfmann ist ein guter Freund der Familie, Margarete. Und unter Freunden tut man sich gerne gegenseitig hier und da einen Gefallen. Es war unübersehbar, dass er von dir angetan war, warum sollte ich ihm also ein wenig Zerstreuung verwehren? Du warst in der Vergangenheit ja auch nicht gerade wählerisch, wenn es darum ging, die Kerle an dein Schatzkästlein zu lassen. Dass das zu nichts Gutem führen würde, war mir klar, aber bei Halfmann konnte ich wenigstens etwas Nützliches damit verbinden.»

«Etwas Nützliches? Was meint Ihr damit?»

«Zunächst einmal warst du endlich von deinem Katzenjammer wegen dieses unsäglichen Löherjungen kuriert. Und außerdem ist Halfmann ein einflussreicher Mann, Schöffe noch dazu und steht in ausgezeichnetem Verhältnis zu den richtigen Leuten. Zum Dank für dein Entgegenkommen wird er sich dafür einsetzen, dass unserer Familie endlich Gerechtigkeit widerfährt.»

«Gerechtigkeit?» Noch immer war Margarete fassungslos.

«O ja. Oder glaubst du, ich hätte vergessen, dass der verstorbene Löher für den Tod deines Vaters verantwortlich ist?»

«Für Vaters Tod? Aber das stimmt doch gar nicht.»

«Tu nicht so naiv. Der alte Löher steckte mit Hilger Lirtz unter einer Decke. Hätten sie nicht diesen Prozess wegen des Grenzlandes angezettelt, wäre es nicht zu dem jahrzehntelangen Zwist gekommen, dessentwegen Lirtz deinen Vater am Ende der Hexerei bezichtigt hat. Ich sorge nur dafür, dass diese Schuld gesühnt wird.»

«Aber ... wie denn?»

Gertrude lächelte erneut kalt. «Das lass mal meine Sorge sein, Kindchen. Ich habe meine Mittel und Wege.»

«Und Ihr benutzt mich als Köder, indem Ihr mich an Halfmann verkauft habt wie eine Hure?»

«Der Zweck heiligt die Mittel, Margarete. Und eine Hure warst du vorher schon.»

Unfähig, darauf etwas zu antworten, ja überhaupt zu begreifen, was ihre Mutter gesagt hatte, erhob sich Margarete so hastig, dass ihr Stuhl umkippte. Sie achtete gar nicht darauf. Erschüttert von der Kälte und Niedertracht, die sie in Gertrudes Augen las, wich sie ein paar Schritte zurück. «Und wenn ich nun schwanger geworden wäre?»

«Dann hätten wir Vorkehrungen getroffen. Halfmann ist ein Ehrenmann, er hätte dich selbstverständlich versorgt und bis zur Geburt aus der Stadt gebracht. Wir hätten das Kind schon irgendwo gut untergebracht.»

«Aber er hat mir die Ehe versprochen!»

«So? Ich kann mich an nichts dergleichen erinnern, mein liebes Kind.»

Wie vor den Kopf gestoßen, sank Margarete auf die Bank. Hier waren Halfmann und sie einander zum ersten Mal nähergekommen. Sie fühlte sich erniedrigt, betrogen, ausgenutzt. Von ihrer eigenen Mutter verkauft! Und wofür? Einen lächerlichen Rachefeldzug!

«Wie konntet Ihr das tun, Mutter? Ich bin Eure Tochter. Liebt Ihr mich denn gar nicht?»

«Lieben?» Gertrude stieß ein spöttisches Lachen aus. «Ach Gottchen, was hat man denn schon von der Liebe? Und überhaupt, wie weit ist es denn mit deiner Liebe her, Margarete? Du hast mich mit deinen heimlichen Stelldicheins doch zuerst der Lächerlichkeit ausgesetzt! Und ich soll eine Dirne wie dich lieben? Ich werde dafür sorgen, dass du unter die Haube kommst und wenigstens einen einigermaßen ehrenhaften Stand hast. Das ist meine Pflicht als deine Mutter. Mehr darfst du von mir nicht erwarten, und dafür ist auch bereits gesorgt. Halfmann war so gut, in dieser Hinsicht etwas zu arrangieren. Er hat nämlich durchaus nicht gelogen, als er dir sagte, er werde für deine Zukunft Sorge tragen. Das Aufgebot kann schon an Pfingsten zum ersten Mal verkündet werden. Das ist dann auch rechtzeitig genug, falls er dir doch noch einen kleinen Bastard gemacht hat. Den kannst du deinem Bräutigam mit ein bisschen Raffinesse leicht unterschieben.»

«Meinem Bräutigam?» Margaretes Kopf ruckte hoch. «Was hat das zu bedeuten? Wen soll ich heiraten?»

«Er wird heute Abend zu Besuch kommen, ist das nicht fein? Es ist bereits alles abgemacht, und deshalb wird er dir sicherlich auch heute schon seinen Antrag machen. Also sieh zu, dass du dich ein bisschen zurechtmachst. Zieh dein bestes Kleid an. Und falls er dich gerne ein wenig ... näher kennenlernen will, wirst du keine Mätzchen machen, verstanden? Diesmal wird ja der Ehevertrag vorher bereits unterzeichnet sein, also gibt es für dich keinen Grund, dich zu spreizen.»

«Wer, Mutter?» Margarete schrie die Worte beinahe. Sie konnte nicht fassen, was ihr gerade widerfuhr und mit welcher Seelenruhe ihre Mutter sie an den Nächstbesten verschacherte.

«Christoph Leinen. Du kennst ihn ja, nicht wahr? Er ist ein

achtbarer Bauer und wird nicht nur den Hof seiner Eltern, sondern auch das Land seines Onkels erben. Außerdem ist er jetzt bereits im Reih sehr angesehen. Er ist der Knuwelshalfe, nicht wahr? Dadurch bist du ihm schon aufgefallen. Er war sehr erfreut, als er hörte, dass du bereit bist, dich mit ihm zu vermählen.»

«Christoph Leinen?» Nun versagte ihr die Stimme. Sie räusperte sich, doch es half nicht viel. «Das ist nicht ... Er kann mich nicht leiden! Nie und nimmer werde ich ihn heiraten.»

«O doch, und ob du das wirst, Margarete. Und dann will ich dieses leidige Thema niemals wieder ansprechen müssen. Du wirst eine ehrbare Bäuerin, trägst ihm viele hübsche Söhne und Töchter aus und tust endlich deine Pflicht.»

«Meine Pflicht? Ich habe seit Vaters Tod alles für Euch getan!»

«Ach ja? Vor allem hast du mir Schande gemacht. Wage es ja nicht, dich mir zu widersetzen, Margarete! Du wirst Leinens Antrag annehmen und ihm eine liebende Braut und später eine brave, gehorsame Ehefrau sein.» Gertrude erhob sich und blickte ihre Tochter bedeutsam an. «Mehr habe ich dazu nicht zu sagen. Und nun geh mir aus den Augen.»

16. Kapitel

O Mordlügen!

Bartel war ganz in die Berechnung von Preisen für Eisenwaren und Wolllieferungen vertieft, als er hinter sich ein zaghaftes Räuspern vernahm.

«Anna?» Erfreut über den Anblick seiner Braut, sprang er von seinem Platz hinter dem Pult seines Vaters auf. «Das ist ja eine Überraschung. Was führt dich hierher?» Er warf seinem jüngeren Bruder einen kurzen Blick zu, der ebenfalls neugierig den Kopf gehoben hatte, nun jedoch rasch wieder so tat, als sei er eifrig dabei, Lagerlisten zu erstellen. «Hast du mich etwa vermisst?» Mit einem schelmischen Zwinkern trat er auf Anna zu.

Sie lächelte, doch der Ausdruck in ihren Augen blieb weiterhin ernst. «Du bist ja ganz schön eingebildet, was?» Auch sie warf Gerhard einen flüchtigen Blick zu, dann sprach sie mit gesenkter Stimme weiter: «Können wir irgendwo ungestört reden?»

«Aber natürlich, komm mit in die Stube. Mutter ist mit den Mädchen ausgegangen, und Vater ist nach Lüftelberg geritten.»

«Hm, ja, schade, dass deine Eltern nicht da sind. Mit ihnen hätte ich gerne ebenfalls gesprochen.»

«Das klingt aber ernst. Worum geht es denn?» Besorgt musterte er Anna, während sie sich in die Wohnstube begaben. Er schloss die Tür hinter ihnen und bedeutete ihr, sich zu setzen. «Ist etwas vorgefallen?»

«Ja, gewissermaßen.» Anna zögerte, zupfte an einer kleinen Haarsträhne, die sich ihrem Zopf entwunden hatte, und schien nach den rechten Worten zu suchen. «Ich bin gerade auf dem Weg zu meinem Onkel Peller. Es geht ihm dieser Tage gar nicht gut, weißt du. Er klagt über Brust- und Bauchschmerzen, mag nicht richtig essen. Wir machen uns große Sorgen um ihn.»

«Das tut mir sehr leid.» Bartel ergriff Annas Hand und drückte sie. «Ich weiß, wie viel dir dein Onkel bedeutet. Habt ihr schon den Apotheker befragt? Vielleicht weiß er ein Stärkungsmittel.»

«Der Onkel möchte das nicht.» Betrübt senkte Anna den Kopf, hob ihn aber sogleich wieder. «Aber das ist ja gar nicht der Grund, weshalb ich hier bin. Es ist vielmehr so, dass ich auf dem Markt war, um Zutaten für eine kräftige Suppe zu kaufen. Die mag der Onkel sehr gern, und er hat mir fest versprochen, ordentlich davon zu essen.» Sie schwieg einen Moment, und es sah so aus, als müsse sie ihre Gedanken ordnen. «Du glaubst nicht, wer mich beim Stand des Geflügelhändlers angesprochen hat.»

«Ja, wer denn?»

«Margarete Kocheim.»

Einen Augenblick lang war es still zwischen ihnen. Bartels Miene verdüsterte sich. «Hat sie dich etwa belästigt?»

«Nein, ganz und gar nicht. Sie war sogar recht freundlich.»

Nun drückte Anna seine Hand. «Bartel, sie sah furchtbar aus! Ganz blass und mit Ringen unter den Augen. Ich glaube, sie hat in letzter Zeit viel geweint und kaum geschlafen.»

«Kein Wunder, nach dem, was Halfmann ihr angetan hat.» Bartel entzog ihr seine Hand und ging aufgebracht zum Fenster. «Ich könnte ihm den Hals umdrehen! Man kann ja über Margarete sagen, was man will, aber so etwas hat sie nicht verdient. Zusammen mit Georg und Thomas war ich vorgestern bei ihm, um ihn zur Rede zu stellen. Und weißt du, was er gesagt hat?» Seine Stimme war immer lauter geworden. Als er sich dessen bewusst wurde, riss er sich mühsam zusammen. «Er hat doch tatsächlich behauptet, er habe nur getan, was der Reih von ihm verlangt hat!»

«Wie bitte?» Ungläubig sah Anna zu ihm auf. «Wie kann das denn angehen?»

Bartel schnaubte wütend. «Er sagt, er habe uns lediglich versprochen zu heiraten, damit wir ihn in Ruhe lassen. Und genau das tue er ja jetzt. Er habe nie ein Wort davon gesagt, dass Margarete seine Braut sei.»

«So ein Mistkerl!»

Bartel nickte. «Das Schlimme an der Sache ist, dass er recht hat. Er hat sich unglaublich geschickt aus der Sache herausgewunden. Nur dass uns das erst jetzt – viel zu spät – aufgegangen ist. Ganz sicher hat er auch Margarete gegenüber mit gespaltener Zunge geredet. Weiß der Himmel, was er ihr alles versprochen hat. Und jetzt sitzt sie schön da, entehrt, vielleicht sogar schwanger …»

«Nein, ich glaube nicht, dass sie schwanger ist. Aber tief verletzt, das ganz bestimmt. Ich begreife nicht, wie ihre Mutter das zulassen konnte.» Anna seufzte. «So, wie Margarete mir gegenüber gesprochen hat, glaube ich, dass sie ihre Mutter aus tiefster Seele hasst.»

«Sollte ihre Mutter ihr nicht beistehen?», wunderte Bartel sich.

«Es scheint, als wäre genau das Gegenteil der Fall. Und noch etwas habe ich erfahren, das mich sehr verwundert hat, Bartel. Margarete ist verlobt ... mit Christoph Leinen.»

«Was?» Verblüfft starrte Bartel sie an, ging zum Tisch zurück und setzte sich wieder. «Ich dachte, sie können einander nicht ausstehen.»

«Das dachte ich auch, aber Margarete hat so getan, als sei sie eine glückliche Braut, die sich darauf freut, bald vermählt zu werden. Das erste Aufgebot soll an Pfingsten verkündet werden.»

«Wie merkwürdig.»

«Das kannst du laut sagen.» Anna dachte einen Moment nach. «Glaubst du, Halfmann steckt dahinter? Dass er sie vielleicht verkuppelt hat, und ihre Mutter hat zugestimmt, damit Margaretes Schande nicht herauskommt? Ich meine, Christoph ist kein schlechter Kerl, und einen großen Hof erbt er auch einmal. Aber er war auch noch nie ein Kind von Traurigkeit. Sein Amt als Knuwelshalfe hat er doch, soweit ich weiß, mehr als ausgekostet. Ist mal mit der einen, mal mit der anderen zum Tanz oder Spaziergang gewesen. Nur Margarete hat er immer grob und unfreundlich behandelt. Vielleicht, weil sie ihm so ähnlich ist, denn sie hat sich ja auch gerne heimlich mit jungen Männern getroffen.» Sie legte die Stirn in Falten. «Eigentlich seltsam. Ein Mann, der hinter den Weiberschürzen herjagt, wird als toller Kerl gefeiert. Und ein Mädchen, das sich so verhält, nennen wir Dirne und verachten sie.»

Eine Weile dachte Bartel über ihre Worte nach. «Nun ja, der Ruf ist für eine Frau ein hohes Gut», antwortete er schließlich. «Und ihre Tugend mit das Wichtigste, was es zu schützen gilt.»

«Ach, und ein Mann braucht nicht tugendsam zu sein?» Annas Augen funkelten herausfordernd.

Bartel erkannte eine Falle, wenn sie ihm so offensichtlich gestellt wurde. Auch wenn er nicht ernsthaft glaubte, dass Anna es befürworten würde, wenn Frauen so freizügig Eroberungen machen dürften wie Männer, wollte er sie doch nicht gegen sich aufbringen. Deshalb überlegte er fieberhaft, wie er das Thema wechseln konnte. «Du sagst, sie hat so getan, als sei sie glücklich? Glaubst du ihr das nicht?»

«Nein, keinesfalls.» Anna schüttelte heftig den Kopf. «Ich sagte doch, man hat ihr angesehen, wie schlecht es ihr geht. Wahrscheinlich haben ihre Mutter und Halfmann sie zu der Verlobung gedrängt oder sogar gezwungen.»

«Aber warum hat Christoph zugestimmt, wenn es wahr ist, dass er sie nicht mag?»

«Wegen der Mitgift und des Landes, das Margarete einmal erben wird?», schlug Anna vor, schüttelte aber gleich wieder den Kopf. «Nein, das allein kann es nicht sein. Wer weiß, was dahintersteckt.»

«Das alles hat sie dir erzählt?», wunderte Bartel sich. «Ich dachte, sie würde nie wieder ein Wort mit dir reden wollen.»

«Das dachte ich auch. Viel hat sie aber gar nicht darüber erzählt. So einiges konnte ich zwischen den Zeilen heraushören. Sprechen wollte sie mich wegen etwas anderem, und das ist es auch, was mir Sorgen macht und weshalb ich hergekommen bin.»

Nun griff Bartel doch wieder nach ihrer Hand, denn er hatte den Eindruck, dass sie ein wenig Ermutigung brauchte. «Um was handelt es sich denn?», fragte er leise.

Anna sah auf ihre Hände, dann lächelte sie ihm dankbar zu. «Margarete hat mir anvertraut, dass sie glaubt, ihre Mutter wolle deinen Vater in der Stadt schlechtmachen.»

«Schlechtmachen? Was soll das bedeuten?»

«Das konnte sie mir auch nicht so genau sagen. Sie meinte nur, dass ihre Mutter einen Groll gegen dich und deine Familie hegt, wegen des Todes ihres Mannes.»

«Aber was hat denn die Verbrennung von Jan Kocheim mit meiner Familie zu tun?»

«Keine Ahnung. Irgendetwas wegen der Grenzstreitigkeiten zwischen Kocheim und Hilger Lirtz. Der hat Kocheim doch damals der Hexerei bezichtigt, oder nicht?»

«Aber was soll denn mein Vater damit zu tun haben?»

«Das ist ja eben die Frage, und deshalb hätte ich gerne mit deinen Eltern gesprochen. Wenn ich Margarete richtig verstanden habe, dann kann es sein, dass ihre Mutter versucht, euch etwas anzuhängen, vielleicht sogar eine Anklage wegen Zauberei.»

«Das kann ich mir nicht vorstellen.» Bartel wurde ganz flau bei dem Gedanken. «So etwas wäre ja …»

«Furchtbar niederträchtig», ergänzte Anna. «Ich weiß. Margarete scheint das ebenso zu sehen, denn sonst hätte sie mich nicht gewarnt.»

«Warum ist sie damit nicht zu mir gekommen?»

Anna drückte seine Hand. «Bartel, das würde sie nie tun. Sie ist in dich verliebt, und du hast sie zurückgewiesen, vergiss das nicht.»

«Verliebt?» Ungläubig hob er den Kopf.

«Aber natürlich.» Anna verkniff sich ein Schmunzeln. «Hast du das noch immer nicht begriffen? Sie ist in dich verliebt oder war es zumindest bis zu ... der Sache mit Halfmann. Wie sie jetzt empfindet, wage ich mir gar nicht vorzustellen. Aber selbst wenn ihre Gefühle für dich abgekühlt sein sollten, würde sie dir nach der Abfuhr, die du ihr verpasst hast, dennoch niemals freiwillig zu nahe kommen. Das wäre ihr viel zu peinlich.»

«So habe ich das noch nie betrachtet. Aber danke, dass du mir gleich davon erzählt hast.» Bartel erhob sich und zog Anna mit sich. Zärtlich legte er seine Arme um sie und gab ihr einen Kuss. «Ich werde mit Vater und Mutter darüber reden, sobald sie wieder hier sind.»

«Ich will mir gar nicht vorstellen, was passiert, falls irgendjemand auf solche Gerüchte hört.» Anna legte ihren Kopf an Bartels Brust. «Die Leute klaafen so schon viel zu viel. Überall, wo man nur hinkommt, geht es um Zauberer und Hexentänze. Man hat fast schon das Gefühl, es gäbe keine anderen Probleme mehr.»

«Darauf darfst du nicht hören, Anna.» Er drückte sie fest an sich. «Die Leute beruhigen sich auch wieder.»

Skeptisch sah sie zu ihm auf. «Glaubst du wirklich? Mir graust jetzt schon vor dem Tag, an dem sie die arme Marta Schmid verbrennen. Lang ist es ja nicht mehr bis dahin. Und angeblich soll sie viele Rheinbacher Bürger besagt haben, ihre Komplizen gewesen zu sein.»

Bartel erstarrte. Ein kalter Schauer lief ihm das Rückgrat hinab. Vorsichtig schob er Anna ein Stückchen von sich und suchte ihren Blick. «Wer hat das behauptet?»

«Jeder spricht davon. Man fühlt sich richtig unwohl, wenn

man irgendwo hinkommt, wo die Leute gerade miteinander tratschen.»

«Aber wer könnte denn diese Gerüchte gestreut haben? Das wird Vater wieder sehr wütend machen.» Besorgnis ergriff Bartel. «Solches Gerede ist gefährlich, und Vater sagt, dass jemand wie Dr. Möden nur darauf wartet, dass sich die Leute die Mäuler zerreißen. Dann beschuldigen sie sich nämlich bald schon gegenseitig, und du weißt, wohin das führt. So etwas wie neulich auf dem Marktplatz will ich nicht noch einmal erleben müssen.»

«Deshalb mache ich mir ja so große Sorgen um euch, Bartel. Was, wenn die Kocheim euch wirklich etwas Böses will und deinen Vater beschuldigt?»

«Das wird sie nicht wagen. Mein Vater ist ein angesehener Bürger und Schöffe.»

«Das hat die Hexenrichter in der Vergangenheit auch nicht davon abgehalten, jemanden zu verurteilen», gab Anna zu bedenken.

«Nein, du hast recht. Aber Vater hat Sorge dafür getragen, dass uns nichts passiert. Der Amtmann Schall höchstselbst hält seine Hand über uns.»

«Bist du sicher?»

«Das bin ich.» Wieder küsste er sie. «Sei unbesorgt. Uns wird nichts geschehen.»

Zögernd löste Anna sich von ihm. «Also gut, wenn du es sagst. Ich muss jetzt leider wieder gehen, mein Onkel wartet auf mich.»

«Richte ihm einen schönen Gruß von mir aus.» Bartel begleitete seine Braut noch bis zur Tür und sah ihr dann so lange nach, bis sie aus seinem Blickfeld verschwunden war.

Er hatte versucht, zuversichtlich zu wirken, dass kein Grund zur Sorge bestand. Wenn er doch nur selbst daran glaubte!

***

«Wer streut denn bloß allenthalben diese Gerüchte?», durchbrach Traudel Frembgen das düstere Schweigen. Bartel hatte gerade bei einem späten Abendbrot seinen Eltern und seiner Großmutter von Annas Besuch erzählt. «Lieber Löher», wandte sie sich an ihren Schwiegersohn, «sagt, sind die Aussagen einer Angeklagten nicht vertraulich zu behandeln?»

Kunigunde, die sich dieselbe Frage gestellt hatte, fügte hinzu: «Damit wird doch nur dem Klaaf und Tratsch Vorschub geleistet. Es ist unerhört, dass jemand aus dem Schöffenkollegium offenbar seinen Mund nicht gehalten hat.»

«Das passiert doch immer wieder», antwortete Hermann, den Blick stoisch auf seinen Teller mit dem Brot und dem kalten Hühnchen gerichtet. «Wahrscheinlich haben die Ja-Schöffen Thynen und Halfmann die Gerüchte gestreut. Möglicherweise auch Bewell, aber auf den hört kaum noch jemand, weil er ständig besoffen ist und die meiste Zeit gar nicht mehr weiß, was er redet.»

«Aber warum begehen sie einen solchen Vertrauensbruch?» Kunigunde konnte darüber nur den Kopf schütteln. «Ist das nicht sogar gegen das Gesetz?»

«Wen scheren heutzutage noch die Gesetze?», knurrte Hermann. «Vermutlich hat Möden die Ja-Schöffen sogar angestiftet, Unruhe zu verbreiten, damit die Leute sich munter gegenseitig verdächtigen. Ihr wisst doch, wie das geht. Als Nächstes inszeniert er wieder einen Volksauflauf auf dem Marktplatz und lässt die Leute sich gegenseitig beschuldigen. Er hat von Marta bereits eine lange Liste mit Namen erpresst, die er jetzt bloß noch abzuarbeiten braucht. Ich bin sicher, die nächsten Verhaftungen werden nicht mehr lange auf sich warten lassen.»

«Seid Ihr denn überhaupt nicht besorgt, dass jemand auch Euch und uns beschuldigen könnte?» Traudels Stimme zitterte leicht. Kunigunde, die neben ihr saß, legte ihr beschwichtigend eine Hand auf die Schulter.

Hermann antwortete nicht sofort darauf. Es schien, als wäge er seine Gedanken genau ab, bevor er sie aussprach. «Liebe Schwiegermutter, Eure Besorgnis kann ich sehr gut nachvollziehen. Lasst Euch gesagt sein, dass ich Vorkehrungen getroffen habe. Ich lasse nicht zu, dass noch einmal jemand aus meiner Familie in die Fänge der Hexenrichter gerät.» Er machte eine kurze Pause, zog die Stirn in Falten. «Was ich äußerst bedenklich finde, ist die Sache mit den Kocheims. Ich begreife nicht ganz, warum Gertrude Kocheim einen Groll gegen mich hegt. Gewiss, mein Vater selig hat damals Hilger Lirtz geraten, auf seinem Recht zu bestehen, was das Grenzland zwischen den beiden Höfen betrifft. Aber dass sie daraus schließt, wir wären an ihrem Unglück schuld ...»

«So hat Anna es mir erzählt», warf Bartel ein. «Und sie hat es von Margarete.»

«Sehr bedenklich», wiederholte Hermann. «Vielleicht sollte ich einmal zu ihr gehen und mit ihr sprechen, ehe sie womöglich eine Lawine lostritt.»

«Mein guter Löher, davon rate ich dringend ab», widersprach Traudel. «Ich kenne Gertrude Kocheim schon, seit sie ein junges Mädchen war. Sie wird nicht auf Euch hören; vielleicht bestärkt Ihr sie damit sogar in ihrem Groll. Sie war schon immer eine schwierige Person, und wenn ich mir ansehe, was sie mit ihrer Tochter gemacht hat, dann scheint mir, dass sie über die Jahre noch heimtückischer geworden ist.»

«Mit ihrer Tochter?» Hermann runzelte die Stirn.

«Das hast du ja noch gar nicht gehört.» Kunigunde seufzte. «Es ist unglaublich, aber nachdem Halfmann so unverfroren seine Hochzeit mit dem Thynen-Mädchen hat verkünden lassen, stellte sich heraus, dass auch Margarete Kocheim verlobt wurde.»

«Wurde?»

Kunigunde warf Bartel einen auffordernden Blick zu, der daraufhin das Wort ergriff: «Anna hat mir berichtet, dass Margarete Christoph Leinen heiraten wird – und vermutlich alles andere als freiwillig.»

«Hm.» Hermann nickte. «Nach der Geschichte mit Halfmann kann wohl von freiwillig wirklich keine Rede sein. Hat er das von Anfang an geplant? Und die Mutter hat das mitgetragen? Wie schändlich!»

«Seht Ihr, deshalb sage ich ja, dass man Gertrude Kocheim mit Vorsicht genießen muss», sagte Traudel. «Wenn sie so etwas schon ihrer eigenen Tochter antut, darf man sich gar nicht vorstellen, zu was sie sonst noch fähig ist.»

«Hermann, ich mache mir große Sorgen.» Kunigunde wusste zwar, wie empfindlich ihr Mann reagieren konnte, war sich aber auch bewusst, dass es nichts brachte, nur deshalb zu schweigen, weil man eine Konfrontation vermeiden wollte. In wenigen Tagen sollte Marta Schmid verbrannt werden, und in der Stadt brodelte die Gerüchteküche. «Sag mir jetzt bitte nicht, dass dazu kein Anlass besteht», fuhr sie fort, ehe Hermann etwas antworten konnte. Sie saß auf ihrem Bett, die Decke ordentlich über ihren Beinen ausgebreitet, während ihr Mann gerade dabei war, sich zu entkleiden.

«Weshalb sollte ich das wohl behaupten?», erwiderte er leicht gereizt. «Glaubst du, ich wäre so naiv zu glauben, dass alles eitel Sonnenschein ist? Ich habe kürzlich mit Schweigel gesprochen. Weißt du, was er mir geraten hat?»

«Nein, was denn?»

«Er war der Meinung, dass es für uns sicherer sei, wenn wir die Stadt verlassen.»

Nun war sie vollkommen verblüfft. «Aber wen sollen wir denn besuchen?»

«Kein Besuch.» Hermann sah sie ernst an. «Flucht.»

«O mein Gott!»

«Ich habe ihm gesagt, das komme überhaupt nicht in Frage. Unser Leben, unser Haus, unsere Familie und Freunde, wir sind in Rheinbach verwurzelt. Mein Vater ist damals aus gutem Grund von Münstereifel hierhergezogen.»

Kunigunde rieb sich über die Arme, auf denen sich eine unangenehme Gänsehaut ausgebreitet hatte. «Hermann, verschweigst du mir etwas? Schweben wir in Gefahr?»

«Nein.» Seine Miene verschloss sich. «Nicht mehr als vor fünf Jahren», schränkte er ein.

«Aber das bedeutet ...»

«Lass mich ausreden, Kuni!», unterbrach er sie barsch. «Ich habe vorhin vor deiner Mutter und den Kindern versprochen, nicht zuzulassen, dass noch einmal der Schatten der Hexenverfolgung auf uns fällt. Aber es ist sicherlich möglich, dass Gerede aufkommt, vor allem gegen mich. Ich muss damit leben und mich dem stellen, wenn es sein muss. Viel länger kann ich dem Treiben Mödens und seiner Gehilfen nicht mehr zusehen. Der Verbrennung Marta Schmids werde ich mich nicht entziehen können, aber wenn er weitere Menschen verhaften lässt, muss ich dagegen angehen. Ich kann nicht länger schweigen.»

«Aber Hermann, wenn dir etwas geschieht – was soll ich dann tun? Was wird aus unseren Kindern werden? Ich bitte dich, unternimm nichts, was Möden veranlassen könnte, gegen dich vorzugehen.»

«Dazu ist es längst zu spät. Gertzen und ich sind die Einzigen, die nach wie vor gegen ihn sind und dies auch offen kundtun. Peller ist zwar auch auf unserer Seite, hat aber nicht die Kraft, sich aufzulehnen. Um ehrlich zu sein, fürchte ich, dass der alte Mann dem Schöffenkollegium nicht mehr lange erhalten bleiben wird. Er ist krank, Kuni, und zwar an Leib und Seele, und das ist einzig die Schuld der Hexenrichter.»

«Aber wenn sie dich verhaften ...»

«Das werden sie nicht. Du weißt, dass ich Schall und seine Frau bestochen habe, sprechen wir es endlich einmal mit klaren Worten aus. Mittlerweile beläuft sich die Summe, die er durch unsere gemeinsamen Geschäfte eingenommen hat, auf gut 3000 Gulden. Das sollte ausreichen, um unsere Sicherheit zu gewährleisten. Dennoch werden wir in nächster Zeit mit viel Gegenwind rechnen müssen. Es wird in den kommenden Wochen und Monaten nicht leicht werden.»

«Du machst mir Angst.» Als er sich unter die Decke schob, griff sie nach seinem Arm. «Versprich mir, dass, was auch immer du tust, du zuerst an deine Familie denken wirst.»

«Kuni, wie kannst du auch nur einen Moment annehmen,

es verhielte sich anders?» Seine Miene verfinsterte sich. «Du und die Kinder, deine Mutter, meine Schwester in Münstereifel und mein Bruder in Bonn, ihr seid stets meine allererste Sorge. Doch kannst du wirklich von mir verlangen, dass ich noch weitere Morde auf mein Gewissen lade? «

Betroffen senkte Kunigunde den Kopf. «Was sollen wir bloß tun, Hermann? Wie diesen Wahnsinn beenden?»

«Das können wir nicht. Nicht, solange Männer wie Möden, Halfmann, Thynen und Konsorten sich eine goldene Nase an den Kopfgeldern verdienen und den Hals nicht vollkriegen. Nicht, solange die Menschen sich gegenseitig ans Leder wollen. Aber wir können versuchen, sie aufzuhalten, ihnen Steine in den Weg zu legen. Irgendwann werden die hohen Herren einsehen, dass es so nicht weitergehen kann, dass wir nicht alles Ungemach den sogenannten Zauberern in die Schuhe schieben können. Alles, was wir ihnen vorwerfen, die Geständnisse, die die falschen Hexenrichter erpressen, sind nichts als Lügen, Kuni. Gemeine, hinterhältige Mordlügen.» Er legte den Kopf in den Nacken, blickte zum Betthimmel hinauf. «Ich habe die Namen gehört, die Möden aus Marta herausgefoltert hat. Er hat ihr sogar mehr oder weniger vorgesagt, wen sie bezichtigen soll. Er wusste ganz genau, wen er als Nächstes verhaften will, und hat nun eine gesetzliche Handhabe, denn die Bezichtigung einer Hexe wiegt noch mehr als die wilden Beschuldigungen, die die Leute gegeneinander ausstoßen.» Er hielt kurz inne. «Kuni, ich brauche deine Hilfe. Eines der nächsten Opfer wird mit ziemlicher Sicherheit die Kramersfrau sein.»

«Else Trautwein? Um Himmels willen!» Entsetzt fuhr Kunigunde auf.

«Marta hat viele Namen genannt, aber ich glaube, dass Möden sich erst einmal auf die Ehefrauen von wichtigen Bürgern konzentrieren will. Da kommt ihm der schreckliche Unfall gerade recht, der sich in der Familie Trautwein abgespielt hat. Damit lässt sich leicht jemand ins Gerede bringen.» Er schluckte. «Ich würde sie selbst warnen, aber du weißt, wie es mir damals mit der Frau von Herbert Lapp ergangen ist. Ich habe kein Talent, mich in solchen Dingen diplomatisch auszudrücken. Wenn es ums Geschäft geht, ist es etwas anderes, aber in diesem Fall ... Vielleicht hört sie auf eine Frau eher als auf einen Mann.»

«Was soll ich ihr denn sagen?» Unbehaglich rutschte Kunigunde unter der Decke hin und her.

«Die Wahrheit, Kuni. Dass sie in höchster Gefahr schwebt und die Stadt verlassen muss. Ihr Mann am besten ebenfalls. Wenn sie rechtzeitig fortgehen, kann sich die Sache vielleicht beruhigen, ohne dass großer Schaden entsteht. Wenn Möden wieder fort ist, können sie zurückkehren. Er wird sich jemand anderen suchen, wenn er ihrer nicht habhaft werden kann, aber wenn er erst einmal Anklage erhoben hat, ist alles zu spät.»

«Ja, aber Hermann, wenn sie nicht verhaftet wird, dann doch jemand anderer.»

«Wenn ich rechtzeitig herausfinde, wen Möden im Visier hat, kann ich denjenigen vielleicht ebenfalls warnen.»

«Nein.» Kunigunde schüttelte rigoros den Kopf. «Hermann, das darfst du nicht tun. Wenn das herauskommt ... Ich weiß, sie sind alle unschuldig, aber damit würdest du als Verräter gelten, als Hexenpatron und was nicht noch alles. Das ist viel zu gefährlich, und ich werde es nicht zulassen.»

«Du lässt es nicht zu.» Auf Hermanns Stirn bildeten sich tiefe Zornfalten. «Dann ist es dir also lieber, wir lassen unschuldige Menschen in ihr Verderben laufen?»

«Nein, selbstverständlich nicht. Aber es muss doch einen anderen Weg geben. Einen, der dich nicht ins Gefängnis bringen kann und auf den Scheiterhaufen. Denn dort wirst du enden, wenn du alle warnst, die Möden vielleicht anklagen will.»

Hermann rieb sich die Augen. «Was soll ich denn tun, Kuni? Wie soll ich mich verhalten, wie mein Gewissen besänftigen? Ich halte das nicht mehr aus. Die Albträume, die mich jede Nacht quälen, machen mich wahnsinnig. Wenn ich noch ein einziges Mal einer Tortur beiwohnen muss ... Die Schreie, der Gestank von Angst und Blut und Erbrochenem ... all das verfolgt mich bei Tag und bei Nacht. Was ich auch tue, Kuni, ich werde in der Hölle schmoren. Meine Seele ist verloren, ganz gleich, ob ich rede oder schweige.»

«Nein, so darfst du nicht reden, Hermann.» Tränen stiegen ihr in die Augen. «Du bist ein tausendmal besserer Mensch als Möden oder Halfmann und Thynen oder all die hinterhältigen Helfer dieses Hexenrichters.»

«Und dennoch mache ich mich mitschuldig. Ich stimme vielleicht nicht dafür, protestiere dagegen, aber es hilft nichts.»

Darauf fiel Kunigunde keine passende, schon gar keine tröstende Antwort ein. Sie griff erneut nach Hermanns Arm, doch er entzog sich ihr, rutschte unter die Decke und drehte ihr den Rücken zu.

Ohne recht zu wissen, wohin sie wollte, streifte Kunigunde über den Marktplatz, blieb mal beim Hühnerhändler, mal bei der Auslage des Bäckers stehen und zuletzt bei einem fahrenden Kaufmann, der Korbwaren feilbot. Sie fühlte sich scheußlich nach dem Streit vom Vorabend. Oder nein, ein Streit war es ja eigentlich gar nicht gewesen. Doch das Zerwürfnis schmerzte sie – umso mehr, da sie wusste, dass Hermann recht hatte. Es war ein Verbrechen, was der Hexenkommissar und seine Helfershelfer in Rheinbach anrichteten. Aber auch sie fühlte sich im Recht. Durfte Hermann sein Leben und das seiner Familie leichtfertig der Gefahr aussetzen, in die Fänge ebenjener falschen Richter zu geraten? Nein, nicht leichtfertig, korrigierte sie sich sogleich, aber doch sehenden Auges. Sie und Hermann trugen Verantwortung für acht wunderschöne Söhne und Töchter. Ganz zu schweigen von ihrer Stiefmutter und der übrigen Verwandtschaft. Es musste einen anderen Weg geben.

Ihr blutete das Herz, wenn sie nachts von Hermanns Stöhnen und Schreien erwachte. Wenn sie spürte, wie sehr er nach einem solchen Albtraum zitterte, Gesicht und Körper schweißnass. Sie konnte und wollte sich gar nicht vorstellen, wie es in der Peinkammer zugehen mochte.

Nach der Verbrennung ihres Stiefvaters war sie selbst tagelang krank gewesen, hatte nichts bei sich behalten können, wäre am liebsten selbst gestorben. Es war ihr unbegreiflich, wie Menschen einander derartige Dinge antun konnten. Und doch erlebte sie es tagtäglich, entweder durch die Erzählungen ihres geliebten Hermanns oder wenn ihre Nachbarn und Bekannten einander wegen Nichtigkeiten vor Gericht zerrten.

Die Zeiten waren hart, immer wieder gab es Missernten. Das Wetter spielte verrückt; schon seit Jahren gab es kaum noch richtig warme Sommer, sondern Regen und Kälte im Überfluss, sodass das Korn auf den Ähren verfaulte. Der Krieg kam auch näher, immer wieder streiften die Ausläufer des Kriegstrosses Rheinbach und die Umgebung. Das Leid hatte die Menschen verrohen lassen. Und als sei das nicht schlimm genug, herrschten allerorten Aberglaube und die Furcht vor böser Magie. Sie selbst konnte sich manchmal nicht ganz davon lossprechen. Wenn wieder einmal die Viehherde eines Bauern dahingerafft wurde, wenn kleine Kinder im Winter reihenweise am Hunger starben, fragte auch sie sich, ob dies Gottes Wille sein konnte oder ob nicht andere, höllische Mächte am Werk waren.

Unwillkürlich griff sie nach dem Medaillon, das sie an einer silbernen Kette um den Hals trug. Es enthielt ein winziges Abbild der Muttergottes samt Christuskind sowie einen Zettel mit einem Gebet. Diesen Talisman hatte sie schon vor ihrer Hochzeit besessen, eine inzwischen verstorbene Tante hatte ihn ihr zum sechzehnten Geburtstag geschenkt.

Selbstverständlich war aller Aberglaube Unsinn. Bei Lichte besehen, gab es für jedes Unglück einfache Erklärungen. Dennoch konnte sie verstehen, weshalb die Menschen sich leicht von falschen Wahrsagern ins Bockshorn jagen ließen und bösen Zauberern die Schuld gaben. Einen Zauberer konnte man verhaften und verbrennen, das Wetter nicht oder das Schicksal.

Nachdenklich musterte sie einen kunstvoll geflochtenen Weidenkorb. Es waren nur noch drei Tage bis zur Verbrennung von Marta Schmid. Schon bei dem bloßen Gedanken daran wurde ihr übel. Dass sie die Kinder mitbringen musste, bereitete ihr regelrecht körperliche Schmerzen. Sie wollte nicht, dass ihre Söhne und Töchter in dem Glauben aufwuchsen, dass das Verbrennen unschuldiger Menschen recht und billig war, um eingebildete oder geschürte Ängste zu besänftigen. Diese Zeiten schienen die schlimmsten Seiten der Menschen hervorzukehren. Die Hexenrichter wiederum wussten genau, wie sie Furcht und gegenseitiges Misstrauen noch verstärken konnten, um die Prozesse in Gang zu halten und ein großes Brennen nach dem anderen zu veranstalten. Nicht nur in Rheinbach. Landauf, landab loderten die Scheiterhaufen. Wie viele hundert oder gar tausend Menschen auf diese Weise bereits den Tod gefunden hatten, vermochte sie sich nicht vorzustellen.

«Wie ich sehe, interessiert Ihr Euch für diese gleichermaßen schönen wie praktischen Körbe, Frau Löher», sprach der Händler sie an. Er kam regelmäßig nach Rheinbach; sie kannten einander schon seit Jahren. Sein gepflegter Kinnbart zitterte ein wenig beim Sprechen, eine nervöse Angewohnheit, die ihn stets etwas unterwürfig und ängstlich wirken ließ. Dass dieser Eindruck täuschte, merkte man, sobald man begann, mit ihm zu feilschen. «Sie sind von ausgesprochen guter Qualität, wie Ihr seht. Hinten in meinem Wagen habe ich auch noch welche, die bunt eingefärbt wurden, falls Euch das mehr zusagt.»

«Was meint Ihr?» Seine Worte hatten sie aus ihren Gedanken gerissen. Erst jetzt nahm sie die Weidenkörbe richtig wahr. Gleichzeitig fasste sie einen Entschluss. «Danke, Herr Messerschmidt, aber eigentlich brauche ich gar keine neuen Körbe.» Sie warf ihm ein entschuldigendes Lächeln zu. «Es tut mir leid, ich muss dringend weiter.» Sie sah sich nach Hilde um, die sie zwar begleitet hatte, sich jedoch inzwischen ein wenig abgesetzt hatte, um mit einer Bekannten zu reden. Auf ihren Wink hin kam sie aber rasch zurück.

«Kann ich Euch etwas abnehmen, Frau Löher?»

«Nein, ich habe nichts gekauft. Aber ich habe etwas anderes zu erledigen. Komm mit, begleite mich zur Kramerin.»

Unauffällig blickte Margarete sich auf dem belebten Marktplatz um. So kurz vor Pfingsten schienen alle Frauen Rheinbachs auf den Beinen zu sein, um sich für die Feiertage einzudecken. Auch Margarete war von ihrer Mutter mit einer umfangreichen Einkaufsliste ausgeschickt worden. Das meiste hatte sie bereits in dem großen Korb verstaut, den die hagere, grauhaarige Magd Ursel neben ihr hertrug.

Auch wenn es den Anschein hatte, als wäre sie mit der Begutachtung von Gemüse und eingelegtem Fisch beschäftigt, war Margarete mit ihren Gedanken ganz woanders. Tag und Nacht hatte sie darüber nachgedacht, wie sie aus der Situation, in die ihre Mutter sie gemeinsam mit Dietrich Halfmann gebracht hatte, wieder herauskommen könnte. Mittlerweile sah sie ein, dass kein Weg an einer Eheschließung mit Christoph Leinen vorbeiführte. Er hatte sie seit der doch recht überstürzten Verlobung schon dreimal besucht, und dabei hatte sie den Eindruck gewonnen, dass er sie, entgegen ihrer Vermutung, doch zu mögen schien.

Hatte sie sich all die Zeit, in der sie ihm wegen seines ungehobelten Verhaltens aus dem Weg gegangen war, so vollkommen in ihm getäuscht? Sie hatten noch nicht viel Zeit ohne Aufsicht miteinander verbracht, denn obgleich ihre Mutter ihr nahegelegt hatte, sich ihm entgegenkommend zu zeigen, schien es doch so, als habe er nicht vor, gewisse Intimitäten bereits vor der Eheschließung einzufordern. Dafür war Margarete ihm sogar dankbar, denn die Wunden, die Halfmanns Betrug bei ihr gerissen hatte, waren noch zu frisch, das Gefühl, verkauft worden zu sein, viel zu schmerzhaft.

Sie wusste nicht, wie viel Christoph von der Sache wusste oder erahnte, doch aus seinem Verhalten schloss sie, dass er ihr

367

Zeit geben wollte, sich mit der neuen Situation anzufreunden. Ansonsten behandelte er sie sehr zuvorkommend, ein wenig zurückhaltend, aber freundlich.

Sie hätte es ganz sicher schlimmer treffen können. Christoph Leinen war ein guter Mann, angesehen, ein erfolgreicher Bauer, vielleicht sogar eines Tages Ratsherr oder Bürgermeister. Doch es half ihr nicht über den Groll gegen ihre Mutter hinweg, nahm ihr weder den Zorn noch die Niedergeschlagenheit, die ihre Seele erfüllten. Ihre eigene Mutter hatte sie für ihre Rachepläne verkauft!

Inzwischen ahnte Margarete, dass Gertrude darauf aus war, mit Halfmanns Unterstützung Bartels Vater vor Gericht zu bringen – wegen Hexerei! Das konnte sie nicht zulassen. Zwar redete sie sich ein, dass es ihr lediglich ums Prinzip ging und rein gar nichts mit ihren früheren Gefühlen für Bartel zu tun hatte, doch was es auch immer war, das sie antrieb, sie hatte einen Entschluss gefasst. Sie würde die Pläne ihrer Mutter vereiteln, koste es, was es wolle. Auch wenn das bedeutete, dass sie sich in die Höhle des Löwen begeben musste.

Noch nie hatte sie ihrer Mutter sonderlich nahegestanden, auch wenn ihr das erst in den vergangenen Tagen und Wochen wirklich bewusst geworden war. Gertrude Kocheim war eine egoistische, wenig mitfühlende und äußerst unnachgiebige Frau, die ihrer Tochter zwar Erziehung, jedoch keine Liebe entgegengebracht hatte. Stattdessen hatte es Knüffe und Schläge gegeben, sooft Margarete etwas getan – oder nicht getan – hatte, das Gertrude nicht gefiel. Vielleicht, so hatte Margarete in den vielen wachen Stunden der vergangenen Nächte geargwöhnt, hatte sie deshalb anderswo Zuwendung gesucht und geglaubt, sie durch den Einsatz ihres Körpers wenigstens für eine kurze Weile bei den jungen Männern finden zu können, denen sie sich freizügig dargeboten hatte.

Damit musste sie aufhören, zu ihrem eigenen Schutz. Wenn sie erst verheiratet war, durfte sie sich solche Eskapaden sowieso nicht mehr leisten. Aber vielleicht – nur vielleicht – konnte sie eines Tages ihrem Ehemann so viel Zuneigung entgegenbringen, dass sie sich nicht mehr so schrecklich einsam und verraten fühlte wie im Augenblick. Zunächst galt es jedoch, ihren Plan in die Tat umzusetzen. Sie würde niemals Frieden finden, dessen war sie sich sicher, wenn sie nicht augenblicklich handelte.

Während die Gedanken in ihrem Kopf kreisten, hatte sie sich ein wenig von den Marktständen entfernt. Sie hatte Ursel absichtlich ignoriert, weil sie wusste, dass die Magd solche Momente gerne ausnutzte, um mit einer Freundin zu schwatzen. So war es auch heute. Eine ganze Gruppe von schnatternden Mägden scharte sich um den Marktbrunnen, Ursel mitten unter ihnen.

Zufrieden wandte sich Margarete wieder ihren Beobachtungen zu, bis sie schließlich des Mannes ansichtig wurde, den sie die ganze Zeit gesucht hatte: Martin Koch, den Gerichtsboten.

«Guten Tag, Frau Löher, was kann ich für Euch tun?», grüßte Else Trautwein, als Kunigunde den Kramerladen betrat. Kunigunde hatte Hilde angewiesen, draußen zu warten, denn was sie mit der Kramerin zu besprechen hatte, ging niemanden etwas an. «Seid Ihr noch auf der Suche nach einer besonderen Leckerei für die Feiertage? Ich hätte da so einiges im Angebot.

Mein Mann hat gerade wieder Waren aus fernen Landen erhalten ...»

«Nein danke, liebe Frau Trautwein.» Vorsichtshalber setzte Kunigunde ein herzliches Lächeln auf, auch wenn es ihr nicht ganz leichtfiel. «Ich bin hergekommen, weil ich mit Euch sprechen muss. Können wir uns irgendwo ungestört unterhalten?»

«Du liebe Zeit, wenn es sein muss. Kommt mit in unsere gute Stube. Friedrich!», rief sie über die Schulter in Richtung eines kleinen Räumchens, das an den Laden angrenzte. «Komm und kümmere dich um die Kundschaft. Ich habe Besuch!»

Kunigunde folgte der Kramerin eine schmale Treppe hinauf in die Wohnräume. Den angebotenen Becher Wein nahm sie gerne an, denn mit einem Mal fühlte sich ihre Kehle ganz trocken und kratzig an. Sie wusste nicht recht, wie sie das Gespräch beginnen sollte, deshalb erkundigte sie sich zunächst nach der Schwester der Kramerin und der bevorstehenden Beerdigung.

Sogleich trat ein Ausdruck tiefen Bedauerns in Elses Augen, den sie bisher recht gut überspielt hatte. «Ach, Frau Löher, es ist furchtbar, ganz furchtbar. Meine Schwester ist untröstlich, wie Ihr Euch vorstellen könnt. Morgen findet die Beerdigung in Drees statt.»

«Ich weiß, liebe Frau Trautwein. Es tut mir unendlich leid, dass dem Jungen nicht mehr zu helfen war.»

«Der liebe Kleine, er ist ein Goldstück gewesen. Ich begreife noch immer nicht, wie das alles passieren konnte.» Else tupfte sich mit dem Ärmel ihres schwarzen Kleides über die Augen.

Fürsorglich ergriff Kunigunde die Hände der weinenden Frau und drückte sie sanft. «Ihr wisst, dass Ihr immer auf unsere Hilfe und unseren Beistand zählen könnt, nicht wahr, Frau Trautwein?»

«Ihr seid zu gütig, Frau Löher.» Else schniefte ein wenig. «Aber ich fürchte, nur die Zeit wird eine solche Wunde erträglicher machen. Zu heilen wird sie niemals sein.» Mit einiger Anstrengung rang sie sich ein Lächeln ab. «Aber nun erzählt mir, weshalb Ihr hier seid. Ich hoffe, es sind keine schlechten Nachrichten, denn die können wir derzeit überhaupt nicht gebrauchen.»

Bevor sie antwortete, atmete Kunigunde tief durch. «Doch, leider bringe ich Euch sehr schlechte Nachrichten. Ich weiß gar nicht, wo und wie ich anfangen soll, denn die Sache ist äußerst delikat und betrifft Eure gesamte Familie.»

«Nun macht Ihr mir aber wirklich Angst! Was kann denn bloß so schrecklich sein?»

Kunigunde zog ihre Hand zurück und strich nervös über ihren Rock. Tat sie wirklich das Richtige? Dann dachte sie wieder an Hermann und seine Albträume und gab sich einen Ruck. «Frau Trautwein, sicher ist Euch das Gerede der Leute wegen der bevorstehenden Hexenverbrennung auch schon zu Ohren gekommen.»

«Du liebe Güte, Ihr scherzt wohl!» Else seufzte laut auf. «Es ist furchtbar! Nirgends hört man mehr etwas anderes, und das ausgerechnet vor dem Pfingstfest. Ist es nicht schon schlimm genug, ein Kind zu Grabe tragen zu müssen, anstatt die Feiertage frohen Herzens begehen zu können? Nein, die Leute scheinen sich geradezu an den grauenhaften Geschichten zu laben, die neuerdings über Marta Schmid im Umlauf sind. Habt Ihr schon gehört, was man sich erzählt? Sie soll unzählige Rheinbacher Bürger bezichtigt haben, ihre Komplizen beim Zaubertanz gewesen zu sein. Ist das nicht entsetzlich? Wie kann sie so etwas nur behaupten? Oder glaubt Ihr, dass es vielleicht der Wahrheit entspricht? Dass tatsächlich noch viele weitere Zauberer unter uns weilen, und wir wissen es bloß nicht?» Sie schauderte und rieb sich über die Oberarme.

Kunigunde schluckte an dem Kloß, der sich in ihrer Kehle gebildet hatte. «Nein, Frau Trautwein, das glaube ich nicht.» Sie hielt kurz inne, bevor sie vorsichtig fortfuhr: «Aber die Gerüchte sind mir selbstverständlich zu Ohren gekommen. Und noch etwas, das mich ganz besonders beunruhigt.» Noch einmal holte Kunigunde tief Luft. «Es ist wahr, dass Frau Schmid einige Rheinbacher Bürger namentlich der Hexerei bezichtigt hat.»

«Tatsächlich.»

«Ja, liebe Frau Trautwein, und leider muss ich Euch mitteilen, dass sie auch Euren Namen genannt hat.»

Einige Atemzüge lang war es vollkommen still in der Stube. Fast sah es aus, als habe Else überhaupt nicht verstanden, worauf Kunigunde hinauswollte, doch dann sprang sie so heftig auf, dass ihr Stuhl beinahe umkippte. «Was sagt Ihr da? Ich höre wohl nicht recht!»

«Doch, liebe Frau Trautwein, es ist wahr. Ihr wurdet gegenüber Dr. Möden als Hexe besagt. Es tut mir sehr leid, Euch das ...»

«Wie könnt Ihr es wagen?» Erbost starrte die Kramerin sie an. «Das ist ja unerhört! Ihr kommt in mein Haus, tut, als wolltet Ihr uns Euer Beileid aussprechen, und dann verleumdet Ihr mich auf derart ungeheuerliche Weise?»

«Nein, bitte, Frau Trautwein, ich will Euch keineswegs verleumden», rief Kunigunde erschrocken. «Nichts liegt mir ferner. Aber ich muss doch ...»

«Ich fasse es nicht! Was für ein scheinheiliges, bösartiges Geschöpf Ihr seid! Wie könnt Ihr Euch erdreisten, solche Lügen über mich zu verbreiten?»

«Ich habe keine Lügen verbreitet, Frau Trautwein.» Verzweifelt bemühte sie sich, zu der zornigen Frau durchzudringen. «Sobald ich von den Anschuldigungen gegen Euch erfahren habe, bin ich zu Euch gekommen. Niemand darf davon erfahren. Ich wollte Euch lediglich den Gefallen tun, Euch zu warnen. Denn mit derartigen Beschuldigungen durch eine verurteilte Hexe ist nicht zu spaßen. Ich empfehle Euch dringend, die Stadt zu verlassen. Wenigstens, bis Dr. Möden wieder fort ist.»

«Und jetzt wollt Ihr mich auch noch aus der Stadt vergraulen? Das ist Rufmord, jawohl. Ich sollte Euch anzeigen, Frau Löher, und allen in Rheinbach erzählen, was Ihr für eine hinterhältige Person seid.»

«So beruhigt Euch doch bitte wieder, Frau Trautwein.» Händeringend suchte Kunigunde nach den rechten Worten, um sie zu beschwichtigen. «Ich wollte Euch weder beleidigen noch vergraulen. Wie käme ich denn dazu? Aber Ihr müsst doch einsehen, dass solches Gerede gegen Euch ...»

«Das habt Ihr Euch doch bloß ausgedacht! Nie und nimmer bin ich der Hexerei bezichtigt worden. Schon gar nicht von Marta Schmid. Das würde sie nicht wagen, nein, niemals würde ihr das auch nur im Traum einfallen.»

«Sie wurde unter der Folter dazu gezwungen, da bin ich ganz sicher. Wenn Ihr nicht achtgebt und die Stadt verlasst, wird Dr. Möden Euch verhaften lassen, sobald sich eine Gelegenheit bietet. Ich bitte Euch im Guten, nein, ich flehe Euch an, hört auf mich! Ihr schwebt in großer Gefahr.»

«Verlasst sofort dieses Haus, Frau Löher.» Else Trautwein öffnete die Tür. «Ich will von diesem Irrsinn nichts mehr hören.

Es ist mir unbegreiflich, wie Ihr dazu kommt, derartige Behauptungen aufzustellen. Was versprecht Ihr Euch davon? Seid Ihr etwa neidisch auf unser gutgehendes Geschäft?»

«Aber nein, Frau Trautwein, ganz sicher nicht.» Nun erhob sich auch Kunigunde. Sie sah ein, dass sie einen Fehler gemacht hatte. Mit der Kramerin war kein vernünftiges Wort zu sprechen. «Bitte verzeiht mir, dass ich mir offenbar zu viel herausgenommen und Euch so sehr verärgert habe. Ich bin nur meinem Gewissen gefolgt, aber ich wollte Euch nicht beleidigen oder den Namen Eurer Familie in den Schmutz ziehen.»

«Das habt Ihr aber, und solltet Ihr es wagen, auch nur ein Wörtchen dieser unglaublichen Lügengeschichte herumzuerzählen, werdet Ihr mich kennenlernen, Frau Löher. Geht jetzt, ich kann Euren Anblick nicht mehr ertragen.»

Niedergeschlagen schob sich Kunigunde an der Kramerin vorbei und stieg die Treppe hinab. Als sie auf der Straße stand, blickte sie noch einmal hinauf. Sie sah Elses verkniffenes Gesicht hinter der Scheibe und hätte am liebsten laut geflucht. Wäre es besser gewesen, bis nach der Beerdigung zu warten? Vielleicht auch noch die Verbrennung und das Pfingstfest vergehen zu lassen? Und was, wenn es dann schon zu spät gewesen wäre? Möden war unberechenbar. Sie musste mit Hermann darüber sprechen, fürchtete aber, dass auch er keinen Rat wissen würde.

17. KAPITEL

Also nimpt man weiter kein Gewissen / sie an die Gerichts
statt zu bringen und zu verbrennen / dan sie ist ein Hex / und muß
ein Hetze sterben / sie sey es oder nicht. [...] fort muß sie / da
hilfft nichts / wie from sie gelebt hat.

Beim Gedanken an die Verbrennungshütte, die der Henker
und sein Geselle in den vergangenen Tagen auf dem Richtplatz vor der Stadt aus Holzscheiten und Reisig erbaut hatten,
zogen sich Hermanns Eingeweide schmerzhaft zusammen. Es
handelte sich um einen einfachen, gut mannshohen Rundbau
mit einem Dach. In der Mitte ragte ein einzelner Baumstamm
auf, den man vorher sorgfältig von seiner Rinde befreit hatte.
An diesem Mast würde Marta Schmid festgebunden werden,
um ihrem Feuertod entgegenzusehen. Der Eingang zur Hütte
war groß genug, um den Zuschauern einen guten Blick auf die
Hexe zu gestatten.

Diese Art Scheiterhaufen war eher selten, sorgte aber dafür, dass die Verurteilten sehr rasch durch Rauch und giftige
Dämpfe erstickten und somit nicht lange zu leiden hatten. Das
konnte Hermann jedoch nicht darüber hinwegtrösten, dass er
und die übrigen Schöffen erneut eine unschuldige Frau zum
Tode verurteilt hatten.

Der Vormittag war weit fortgeschritten, die Prozession zur
Hinrichtungsstätte nahm ihren Anfang bei der Burg. Dort hat-

ten sich die Einwohner Rheinbachs schon früh versammelt, um nur ja nichts zu verpassen.

Nicht alle waren begeistert von der Verbrennung. Doch die Menschen hatten kaum eine andere Wahl, als gute Miene zum bösen Spiel zu machen, wenn sie sich nicht selbst verdächtig machen wollten. Diejenigen, die sich auf die Seite des Hexenrichters geschlagen hatten und das Urteil gegen Marta Schmid befürworteten, taten ihr Bestes, die Menschenmenge aufzuhetzen und mit lauten Parolen von der Rechtmäßigkeit der heutigen Hinrichtung zu überzeugen.

Als man die verhärmte und leichenblasse Frau in ihrem fadenscheinigen Büßerhemd aus dem Verlies holte und zum Schinderkarren führte, ertönten die ersten Beschimpfungen und setzten sich von Mund zu Mund fort. Faule Eier, Kohlstrünke und Unsägliches flogen der Verurteilten um die Ohren. Sie reagierte kaum, schien vollkommen neben sich zu stehen und die wüsten Schmährufe der Menge nur mehr mit großen Augen in sich aufzunehmen. Ihr Wille war längst gebrochen, ihr Geist erloschen.

Ihre Haut war fleckig und von Schmutz verkrustet. Der Geselle des Henkers schubste sie in den käfigartigen Karren, verriegelte die Tür und wartete, bis die beiden Franziskanerbrüder und Pfarrer Hartmann sich an die Spitze des Zuges gestellt hatten. Der Rheinbacher Pfarrer wirkte gefasst, doch Hermann kannte ihn gut genug, um hinter die stoische Miene blicken zu können. Er erkannte die seelischen Qualen des Geistlichen. Hartmann war neben den beiden Klosterbrüdern zu Martas geistlichem Beistand bestellt worden, hatte ihr die Beichte abgenommen, falls das überhaupt noch möglich gewesen war, und die letzten Gebete mit ihr gesprochen.

Hermann wusste aus der Vergangenheit, wie sehr der Pfarrer unter diesen Pflichten litt, dass ihm die Hexenverbrennungen bis auf den Grund seiner Seele zuwider waren. Doch auch er, ebenso wie Schöffen, Ratsherren und andere vernünftige Bürger, konnte sich nicht gegen das Unvermeidliche wehren.

Hartmann trug das große Kruzifix vor sich her, das sonst nur zur festlichen Fronleichnamsprozession durch die Stadt geführt wurde. Der Henker trat neben seinen Gesellen; gemeinsam führten sie den Ochsen, der den Schinderkarren zog, auf die Straße und reihten sich gleich hinter den Geistlichen ein. Umringt wurden sie von mehreren bewaffneten Bütteln. Ihnen folgte Jan Möden, heute hoch zu Ross. Er ritt einen fuchsfarbenen Wallach, der angesichts der vielen Menschen nervös tänzelte. Der Hexenkommissar hielt sich jedoch vollkommen ruhig und gelassen auf dem Pferderücken, winkte sogar mit einem Lächeln einigen seiner Gäste zu – unter ihnen auch Augustin Strom, ebenfalls beritten.

Hermann kochte die Galle hoch. Der Flerzheimer Schultheiß trug nicht nur die feinsten Kleider und einen lächerlich breiten Filzhut mit großer Pfauenfeder – er hatte an seinem Gürtel auch einen ausgehöhlten Zuckerhut befestigt, bei dessen Anblick Hermann hörbar mit den Zähnen knirschte.

«Der Mistkerl hat sein albernes Trinkhorn noch immer», raunte Gertzen ihm zu. «Damit wird er Möden gewiss wieder zuprosten, sobald die Flammen hochschlagen. Ich wünschte, er würde an dem Wein, den er zur Feier des Tages säuft, ersticken.»

Zustimmend nickte Hermann. Schon bei der Hinrichtung seines Schwiegervaters hatte Strom, eitel und hochmütig, wie er war, teuren französischen Wein aus dem Zuckerhut getrunken. Offenbar empfand er dies mittlerweile als Tradition, die es munter fortzuführen galt. Hinter Möden und seinen persönlichen Gästen reihten sich nun Schöffen und Stadträte ein. Gottfried Peller war als Einziger zunächst nicht zu entdecken, doch dann erblickte Hermann ihn bei Anna und ihrer Familie. Der alte Mann stützte sich schwer auf einen Gehstock, schien aber kaum in der Lage zu sein, einen Fuß vor den anderen zu setzen. Es zerriss Hermann das Herz, den alten Freund so krank und schwach zu sehen. Seine Sorge machte jedoch schon im nächsten Augenblick noch weit schmerzhafteren Empfindungen Platz, als er Kunigunde und ihre Mutter erblickte, die sich gemeinsam mit den Kindern den Kemmerlings angeschlossen hatten.

Kuni, seine geliebte Kuni, suchte seinen Blick, doch er vermochte ihn nicht länger als einen Wimpernschlag zu erwidern. Die Gewissheit, Teil einer Mordprozession zu sein, das falsche Todesurteil nicht verhindert zu haben, lastete schwer wie tausend Mühlsteine auf ihm.

Als der Menschenzug sich in Bewegung setzte, wäre er am liebsten davongerannt.

Die Hetzrufe, die von links und rechts ertönten, und das Geraune der erregten Menschenmenge mischten sich mit den Gebeten, die die Franziskanermönche anstimmten.

Für einen kurzen Moment schloss Hermann die Augen und bat seinen Schöpfer inständig um Vergebung.

Hochzufrieden sah Jan Möden sich auf dem Richtplatz um. Die Bürger Rheinbachs waren anscheinend vollzählig erschienen.

Falls doch jemand fehlte, würde er davon erfahren und sich den Namen der Verweigerer zur späteren Verwendung notieren.

Der Himmel war wolkenverhangen, leider. Zu gerne hätte er es gesehen, wenn die Sonne ihnen bei der heutigen Hinrichtung gelacht hätte. Doch wenigstens sah es nicht nach Regen aus. Soeben hatte er das Urteil über die Zauberin Marta Schmid noch einmal laut und deutlich verlesen, nun wartete er geduldig, bis der Henker die Frau zur Verbrennungshütte geführt hatte.

Zunächst war Marta stoisch und mit gesenktem Haupt aus dem Schinderkarren geklettert, hatte ohne jegliche sichtbare Regung das Urteil vernommen. Doch als sie nun der Hütte ansichtig wurde, die ihre letzte Wohnstatt darstellte, begann sie sich zu wehren. Sie schrie nicht, nein, sie blieb vollkommen stumm. Doch an ihrem Gesicht, an ihren Augen, erkannte er, dass sie nun endlich, endlich die Ironie begriff, die in seinen Worten gesteckt hatte, als er ihr bei der letzten Befragung ein neues Haus und Heim versprochen hatte. Er genoss diesen Anblick, den Moment, da die Erkenntnis sie durchfuhr. Es wunderte ihn zwar immer wieder, wie leichtgläubig die Menschen waren, doch es amüsierte ihn auch gleichermaßen. Am gestrigen Abend hatte der Henker Marta eine üppige Mahlzeit aus Geflügel, Gemüse, getrockneten Früchten und gutem Wein gebracht. Sie hatte sie natürlich hinuntergeschlungen, und zwar so hastig, dass sie das meiste kurz darauf erbrach. Doch da war ihr noch kein Licht aufgegangen. Erst jetzt, da sie das Häuschen sah, welches er ihr hatte erbauen lassen, als ihr bewusst wurde, weshalb sie nie wieder würde frieren müssen, drehte sie ihm den Kopf zu, starrte ihn mit weit aufgerissenen Augen und anklagendem Blick an.

379

Mit einem freundlichen Lächeln neigte er den Kopf und sah, wie sie erstarrte. Ihr Mund öffnete und schloss sich in einer stummen Verwünschung. Es scherte ihn wenig. Sie war nur eine von vielen, weitere würden ihr folgen. Bei diesem Gedanken ließ er seinen Blick über die erregte Menge gleiten. An der Gestalt einer jungen, hübschen blonden Frau blieb er hängen. Von ihr hatte er bereits einiges gehört. Ihren Namen musste er sich unbedingt merken. Wenn die Gerüchte, die man ihm erst gestern zugetragen hatte, stimmten, dann würden die nächsten Verhaftungen mit Sicherheit hochinteressant werden.

Als Nächstes fiel ihm Neyß Schmid ins Auge. Thynen und Bewell hatten ihn mit hierhergeschleppt, obwohl der Mann kaum ansprechbar war. Er hatte offenbar seit der Verhaftung seiner Frau nichts anderes mehr getan, als zu saufen. Haar und Bart waren ungepflegt, die Kleider fleckig und verschwitzt. Irgendwo in der Menge hatte Möden vorhin auch die Kinder ausgemacht, die von irgendeiner Verwandten betreut wurden. Gut so, sollten sie ruhig zusehen, was ihrer Mutter widerfuhr. Er hielt nichts davon, Kinder vor solchen Dingen zu schonen. Je früher sie die Ehrfurcht vor dem Gesetz lernten, desto besser. Und momentan, so dachte er vergnügt, war er das Gesetz in Rheinbach.

Während der Urteilsverkündung war nur vereinzeltes Raunen zu hören gewesen. Als nun Jan Möden mit einer Handbewegung dem Henker das Zeichen gab, die Hexe in die Verbrennungshütte zu führen, brach ein regelrechter Tumult aus. Die Menschen drängten nach vorn, rissen beinahe die hölzernen

Absperrungen um, die die Stadtbüttel unter Anleitung des Henkers aufgestellt hatten. In weiser Voraussicht hatte Möden zusätzlich zu den Bütteln mehrere starke Männer bezahlt, die die Menge in Schach hielten, falls nötig auch mit Knüppeln.

«Verbrennt sie endlich!», schrien einige.

«Brennen soll die Hex!» – «Ins Feuer mit ihr!» – «Büßen soll sie für ihr böses Treiben!» – «Sie hat es nicht besser verdient, macht ihr den Garaus!» – «Ins Feuer mit ihr, ins Feuer. Zündet sie an!»

Else Trautwein war unter denjenigen, die sich bis ganz nach vorne durchgekämpft hatten. Wo Ellenbogengewalt notwendig gewesen war, hatte sie sie eingesetzt. Sie war beileibe keine Feindin Marta Schmids, doch ihre Neugier trieb sie dazu, alles ganz aus der Nähe mit ansehen zu wollen. Und schrien nicht alle Hetz- und Schmähworte? Weshalb sollte sie sich davon ausschließen?

Der Hexenkommissar saß aufrecht und mit beinahe frohgemuter Miene auf dem Rücken seines Pferdes, sprach mit dem Flerzheimer Schultheißen, dem Geck Augustin. Der hielt einen ausgehöhlten Zuckerhut in der linken Hand, ließ sich von einer Schankmagd Wein hineingießen. Die Wirte der beiden Rheinbacher Gasthäuser hatten heute alle Hände voll zu tun. Fässer um Fässer guten Weines und Bieres hatten sie zum Richtplatz gekarrt und machten nun gute Geschäfte mit den vom Schreien durstigen Kehlen.

Nur ungern gab Else es zu, aber die Worte von Kunigunde Löher hatten ihr doch Angst eingejagt. Bisher hatte sie nur ihrem Mann davon erzählt, der ebenso empört gewesen war wie sie. Ihre Schwester und die übrige Familie hatte sie damit noch verschont, denn erst gestern war die Beerdigung ihres kleinen

Neffen gewesen. Sie sah nicht ein, ihre trauernde Schwester und deren Mann noch zusätzlich zu belasten. Dabei glaubte sie nach wie vor nicht daran, dass diese verlotterte, schmutzige Vogelscheuche, die einmal die Ehefrau des Schöffen Neyß Schmid gewesen war, sie wirklich und wahrhaftig besagt hatte. Das konnte nicht sein, dazu war sie doch überhaupt nicht fähig. Wenn sie jemanden beschuldigt hatte, dann doch ganz sicher nur solche Leute, die es wirklich verdient, die wirklich der Zauberei schuldig waren.

Bis vor kurzem hatte sie allerdings auch nicht daran geglaubt, dass Marta eine Zauberin sein könnte. Selbst nachdem von ihrem Geständnis zu hören gewesen war, hatte Else gezweifelt. Denn soweit sie wusste, hatte Marta Schmid immer fromm und tugendsam gelebt. Andererseits verurteilten die Schöffen doch ganz bestimmt keine unschuldigen Leute. Wenn Marta gestanden hatte, dann war sie auch eine Hexe. Und dann kannte sie auch weitere Zauberer, denn die versammelten sich doch, das wusste jedes Kind, des Nachts auf dem Blocksberg und hielten ihren Hexensabbat ab, rieben sich mit dem Fett ungeborener Kinder ein und ritten im wilden Hexentanz auf Besenstielen durch die Lüfte.

Wer wusste schon, weshalb die Löher ihr solche Lügengeschichten aufgetischt hatte? Wahrscheinlich war sie doch neidisch, auch wenn sie es abstritt. Bevor Elses Mann nach Rheinbach gekommen war und seine Kramerei eröffnet hatte, war Hermann Löher der Einzige gewesen, der Handel mit so vielen verschiedenen Gütern getrieben hatte. Zwar unterschied sich das Angebot beider Kontore inzwischen grundlegend, aber vielleicht hoffte dieses widerwärtige Weib ja, dass ihr Mann sich die Trautwein'schen Kunden unter den Nagel reißen konnte, und hatte ihr deshalb nahegelegt, die Stadt zu verlassen. Ja, so war es ganz sicher. Was für eine Unverfrorenheit!

Dennoch, ein winziger Stachel stak ihr im Fleisch und ließ ihr keine Ruhe. Sicherheitshalber würde sie diesem Dr. Möden heute beweisen, dass sie vollkommen auf seiner Seite stand und es befürwortete, wie streng und gnadenlos er gegen Zauberer vorging.

«So zündet sie endlich an; brennen soll die vermaledeite Zauberin!», schrie sie aus Leibeskräften und fing sich dafür einen heftigen Rippenstoß und verständnislose Blicke ihres Gatten ein, der sich inzwischen bis zu ihr durchgekämpft hatte. Sie ignorierte ihn. Wichtig war, dass Möden, der in diesem Augenblick in ihre Richtung blickte, ihren Eifer sah und erkannte, dass sie eine brave, tugendsame Christin war und keine Zauberische.

Als der Hexenkommissar im nächsten Moment das Zeichen gab, die Reisigbündel am Fuß der Hütte zu entzünden, brandeten wildes Geschrei und Jubelrufe auf. Else klatschte so fest in die Hände, dass es schmerzte. «Verbrennt sie, verbrennt die Hex! Ins Feuer mit allen Zauberischen!»

Begierig starrte Gertrude Kocheim auf die Verbrennungshütte. Sie konnte genau in die Öffnung schauen und sah, wie Marta Schmid mit angstvoll aufgerissenen Augen dastand und die Flammen anstarrte, die an den Wänden der Hütte hochzüngelten. Der Henker hatte die Zauberin an den Baumstamm gefesselt, der mitten in der Hütte aufragte. Mancherorts wurden die Verurteilten erwürgt, bevor man sie dem Feuer übergab. Doch nicht hier in Rheinbach. Die Hexenkommissare hatten weder vor fünf Jahren noch heute Gnade walten lassen. Bis zum letzten Atemzug sollte die Hexe durch das Feuer Buße tun. Durch die heißen Flammen wurde ihre Seele gereinigt, bevor sie zu ihrem Schöpfer zurückkehrte.

Obgleich Gertrude ihren eigenen Ehegatten auf diese Weise verloren hatte, faszinierte sie der Tod durch das Feuer auf makabere Weise. Sogar bei ihrem Mann hatte sie nicht wegsehen können, war geblieben, bis von dem lodernden Feuer nur mehr ein großer, glimmender Reisighaufen übrig geblieben war. Damals hatte sie fast genau an derselben Stelle wie heute gestanden und dem Todgeweihten ins Gesicht sehen können. Noch heute erinnerte sie sich genau an den Augenblick, da der Geist seinen geschundenen, angesengten Körper verlassen hatte. Fast war ihr, als sei das erst gestern gewesen.

Ihr Herz pochte erregt gegen ihre Rippen, ein leichtes Ziehen in ihrer Magengrube zeugte von einer scheußlichen, aber dennoch aufregenden Art des Vergnügens. Nicht dass sie Marta Schmid den Tod so sehr wünschte, nein, vielmehr stellte sie sich statt der inzwischen verzweifelt an ihren Fesseln zerrenden Frau jemand ganz anderen vor: Hermann Löher. Wie sehr verwünschte sie ihn und seine gesamte Sippschaft! Hoffentlich dauerte es nicht mehr lange, bis sie auch ihn im Flammeninferno zugrunde gehen sehen durfte. Halfmann war nicht abgeneigt gewesen, die entsprechenden Fäden zu ziehen. Natürlich musste auch sie ihren Teil beitragen. Heute noch konnte sie damit beginnen, denn was gab es wohl für eine bessere Gelegenheit als das heutige Hexenbrennen, um unter den Rheinbacher Bürgern die Kunde zu streuen, dass der ach so ehrenwerte Schöffe Löher vor fünf Jahren der Hexerei verdächtigt worden war?

Es fiel ihr ausgesprochen schwer, die Augen von den Flammen loszureißen, die sich in Windeseile die Reisigwände emporfraßen. Martas Gesicht war vor Panik grotesk verzerrt. Als das Feuer sie immer weiter umschloss, begann sie gottserbärmlich zu schreien.

Noch jemand schrie, ganz in Gertrudes Nähe. Eine Frauenstimme keifte wüste Beschimpfungen und kreischte vor Freude, als das Feuer immer höher schlug und dabei knisterte und fauchte. Neugierig blickte Gertrude sich um, bis sie nur wenige Armeslängen entfernt die Frau des Kramers Trautwein erkannte. Ein Lächeln stahl sich auf ihre Lippen. Jetzt wusste sie, bei wem sie beginnen konnte.

«O Gott, Bartel, ich kann das nicht. Ich will das nicht sehen. Ich will hier weg!» Anna drängte sich an ihren Verlobten und drückte ihr Gesicht gegen seine Brust. Sie spürte, wie er seine Arme fest um sie legte, um sie vor dem grauenvollen Anblick abzuschirmen.

«Schon gut, Anna, schon gut, du musst nicht hinsehen.» Bartels Stimme war nur ein Raunen dicht an ihrem Ohr. Er verbarg sein Gesicht in ihrer Halsbeuge, seine rechte Hand streichelte unablässig über ihren Rücken. Sie konnte seinen zitternden Atem spüren und wusste, dass er ebenso weinte wie sie selbst.

Sie wollte nur weg von hier, doch die wogende, vor Erregung kochende Menschenmenge schloss sie ein, hinderte sie daran, auf dem schnellsten Wege davonzulaufen. Das Zischen und Fauchen des Feuers, die Hitze, die ihnen in heißen Wogen entgegenschlug, sie hatte das Gefühl, mitten in der Hölle zu stehen.

Die schrillen Schreie, die aus der lodernden Hütte drangen, gingen Anna durch Mark und Bein. Verzweifelt presste sie die Hände auf die Ohren. Ihre Kehle schnürte sich zu, bis sie meinte, keine Luft mehr zu bekommen. Tränen brannten in ihren Augen. Sie wollte fort, nur noch fort. Warum musste sie miterleben, wie eine liebenswerte, stets gütige Frau so elendiglich zugrunde ging? Was hatte Marta Schmid verbrochen? Nichts, rein gar nichts, dessen war Anna sich sicher. Und dennoch musste sie nun unter furchtbaren Qualen sterben. Mit ganzer Seele betete Anna zu Gott und allen Heiligen, die ihr einfielen, dass es rasch vorüber sein würde. Und tatsächlich, fast war ihr, als hätten die Schreie aus dem Feuer aufgehört. Langsam nahm Anna die Hände von den Ohren, lauschte angstvoll.

Nur das Tosen der Flammen war noch zu vernehmen und vereinzelte Hetzrufe aus der Menge. Martas Stimme war verstummt, für immer. Als Anna ganz behutsam den Kopf drehte und einen Blick zum Scheiterhaufen wagte, sah sie nur noch lichterloh brennendes Reisig und glosende Holzscheite. Doch je länger sie in das gleißende Feuer starrte, desto mehr bildete sie sich ein, inmitten des Infernos eine Gestalt auszumachen, einen brennenden Körper, der von den Flammen verschlungen wurde. Was war das? Hob dieser unförmige Klumpen Fleisch noch einmal seinen Kopf? Starrte die tote Marta sie etwa aus leeren Augenhöhlen an? Nein, das konnte nicht sein!

Mit einem entsetzten Schrei drehte Anna den Kopf weg, verbarg ihr Gesicht erneut an Bartels Schulter.

«Schsch, alles wird gut», wisperte er ihr zu. «Es ist vorbei, Anna, sie ist tot.»

Kunigunde stand mit den Kindern und dem Gesinde so weit wie nur möglich vom Scheiterhaufen entfernt. Sie trug die kleine Mathilde auf dem Arm und drückte gleichzeitig Christines Hand. Das Mädchen hatte sich eng an sie geschmiegt und das Gesicht an Kunigundes Brust verborgen.

Ihre Stiefmutter hielt den vierjährigen Matthias auf dem Arm und drückte das Gesichtchen des Jungen so gegen ihre Schulter, dass er möglichst wenig mitbekam. Maria und Gerhard hielten sich etwas hinter ihnen. Der Junge blickte mit der entsetzten Neugier eines Halbwüchsigen zu den mittlerweile weit in den Himmel züngelnden Flammen, wohingegen Maria sich die Ohren zuhielt und die Augen fest zusammenkniff hatte. Stoßweise wehte der Wind ihnen den beißenden Gestank verbrannten Fleisches zu.

Kunigundes Kehle verengte sich. Wie unsagbar leid tat es ihr, dass die Kinder dieses fürchterliche Schauspiel mit ansehen mussten. Doch Hermann war Schöffe. Es war die Pflicht seiner Familie, bei der Vollstreckung des Urteils anwesend zu sein. Eine Zuwiderhandlung hätte man ihnen als Unterstützung der Zauberer auslegen können.

Nun aber, da es beinahe vorbei war, wollte sie nichts anderes, als so rasch wie nur möglich von hier fortzukommen. Sie warf einen mitfühlenden Blick auf die weinende Anna, die sich dicht an Bartel drängte und von diesem liebevoll getröstet wurde, obwohl sein eigenes Gesicht tränenüberströmt war.

Eine Welle heftiger Liebe für ihren ältesten Sohn erfasste sie. Wie stolz war sie auf diesen jungen Mann, fast konnte sie es nicht glauben, dass er noch vor wenigen Jahren mit an den Knien durchgescheuerten Hosen durch Wald und Wiesen gerannt war und Kirschen und Waldbeeren gesammelt hatte.

Inzwischen war aus ihm ein stattlicher, kluger Mann geworden, der seine Liebsten zu behüten wusste.

Als hätte er die übergroße Liebe, die sie ihm entgegenbrachte, gespürt, blickte er just in diesem Moment zu ihr herüber. Sie lächelte ihm zu, traurig zwar, aber dennoch dankbar, dass es ihn gab. Dann nickte sie leicht und gab ihm damit das Zeichen, dass es Zeit war zu gehen. Er flüsterte Anna etwas zu und sprach dann deren Eltern an. Annas Vater antwortete ihm anstelle seiner völlig in Tränen aufgelösten Frau. Augenblicke später machte sich die Familie auf den Heimweg.

Kunigunde gab ihrerseits Traudel das Zeichen zum Aufbruch. Sie winkte den Kindern sowie Beppo und Hilde, ihr zu folgen, und wandte sich nach links, um den Richtplatz auf dem kürzesten Weg zu verlassen. Dabei fiel ihr Blick auf Else Trautwein und Gertrude Kocheim, die in einiger Entfernung beieinanderstanden und aufgeregt miteinander tuschelten. Das wäre ihr nicht weiter ungewöhnlich vorgekommen, wenn die beiden nicht immer wieder verstohlen in ihre Richtung geschaut hätten.

Argwöhnisch blieb Kunigunde stehen und beobachtete die beiden Frauen, bis sie erneut zu ihr herüberschauten. Sogleich ging sie weiter, wurde jedoch das ungute Gefühl nicht los, der Gegenstand des Gesprächs der beiden zu sein. Was hatte das zu bedeuten? Oder sah sie schon Gespenster?

Ihr Unbehagen wuchs, als einige weitere Frauen zu den beiden stießen und wenig später sogar zwei Männer. Immer wieder wurde sie von neugierigen, fast schon lauernden Blicken gestreift. Ihr Herzschlag beschleunigte sich, und eine unangenehme Gänsehaut kroch ihren Rücken hinauf.

«Kunigunde, wo bleibst du denn? Wir sollten jetzt wirklich

gehen», rief Traudel und winkte ihr auffordernd zu. Misstrauisch kniff sie die Augen zusammen und folgte Kunigundes Blick in Richtung Else Trautweins. «Stimmt etwas nicht?»

«Nein, nein, alles in Ordnung», antwortete sie rasch. «Ich komme schon, Mutter. Lasst uns schnell nach Hause gehen. An diesem Ort halte ich es keine Minute länger aus.»

❊

Mit einer Mischung aus Abscheu, Entsetzen und Faszination sah Margarete zu, wie sich die Flammen weiter und weiter in die Hütte hineinfraßen. Die schrillen, panischen Schreie Martas waren mittlerweile verstummt. Lange hatte es nicht gedauert, bis die Verurteilte erstickt war. Margarete hatte genau sehen können, wie Martas kurze Haarstoppeln Feuer fingen. Wie unter einem Heiligenschein war ihr Kopf aufgeleuchtet, dann aber hatten Rauch und Flammen den Körper rasch eingehüllt und vor weiteren Blicken verborgen.

Dennoch konnte Margarete sich von dem Anblick nicht losreißen. Um sie herum machten sich viele der Schaulustigen bereits auf den Rückweg in die Stadt, doch sie blieb wie angewurzelt an ihrem Platz stehen. Das Tosen und Krachen des Scheiterhaufens, die glühende Hitze und der ekelhafte Gestank fühlten sich seltsam tröstlich an. Die Hexe war tot. Ob auch sie selbst bald in den reinigenden Flammen ihren Frieden finden würde?

Je länger sie in die gelbrote Glut starrte, desto deutlicher vermeinte sie ihren Vater darin zu erkennen. Vorwurfsvoll blickte er sie an, so als sei es ihre Schuld, dass er hier und jetzt noch einmal den Feuertod sterben musste. Dann aber, nur für einen

389

kurzen Moment, sah sie sich selbst inmitten des Feuers, spürte die Gluthitze und den Schmerz, als die Flammen ihre Haare, ihr Gesicht, ihren Körper verzehrten.

«Margarete?» Christoph tauchte neben ihr auf, berührte sie sanft an der Schulter. «Komm fort von hier. Es ist vorbei. Lass uns gehen, du siehst ganz blass und krank aus.»

Sie nickte nur stumm, ließ sich von ihm vom Richtplatz fortführen. Da ihre Mutter nirgendwo zu sehen war, ließ sie sich von ihrem Verlobten nach Hause begleiten. Während des gesamten Weges schwiegen sie, was Margarete als Wohltat empfand. Worüber hätten sie auch reden sollen? Es gab nichts zu sagen, sondern nur zu bereuen. Doch nicht einmal dazu verspürte sie die Kraft.

«Ich mache mir Sorgen um dich», sprach Christoph sie schließlich doch an, als sie das Kocheim'sche Anwesen erreicht hatten. «Du siehst aus, als würdest du gleich umkippen. Soll ich dich hineinbringen? Vielleicht meine Mutter herholen, dass sie sich um dich kümmert? Deine Mutter scheint ja noch gar nicht hier zu sein.»

Womit hatte sie diese liebevolle Fürsorge eigentlich verdient? Das Herz tat ihr weh, als sie Christophs besorgten Gesichtsausdruck sah. Mit aller Kraft riss sie sich zusammen. «Nein, schon gut, mir ist nur nicht ganz wohl. Ich werde mich ein bisschen hinlegen und ausruhen, dann geht es schon wieder.»

«Bist du sicher?»

«Ja, Christoph, sorge dich nicht um mich.»

«Dann sehen wir uns am Sonntag bei uns zu Hause zum Pfingstessen? Mutter freut sich schon darauf, dich mit ihrem Festtagsbraten zu beeindrucken.»

«Ja, natürlich, am Sonntag sehen wir uns.» Sie nickte und

versuchte sich an einem Lächeln, das ihr sogar einigermaßen glaubhaft gelang, denn ihr Verlobter entspannte sich sichtlich.

«Wenn du etwas brauchst, lässt du es mich aber wissen?»

Sie nickte flüchtig und schloss die Haustür auf. Es war sehr ruhig im Haus. Erhard, der Knecht, und Ursel schienen sich noch in der Stadt herumzutreiben. Wo ihre Mutter wohl hingegangen war? Zuletzt hatte sie sie in Gesellschaft der Kramerin gesehen. Hoffentlich blieb sie noch recht lange aus. Sie ertrug die Anwesenheit ihrer Mutter nicht mehr und betete, dass sie bald davon erlöst sein würde.

Müde schleppte sie sich hinauf in ihre Kammer und kroch, ohne sich auszuziehen, unter ihre Decke. Bequem lag sie so zwar nicht, denn ihr enggeschnürtes Mieder zwickte, doch sie konnte sich nicht aufraffen, sich zu entkleiden. Sie zog die Decke bis zur Nasenspitze hoch und schloss die Augen.

Als sie wieder erwachte, war es bereits später Nachmittag und noch immer vollkommen still im Haus. Erst nach einigen Minuten nahm Margarete leise Geräusche wahr. Erhard war offenbar vor dem Haus mit Holzhacken beschäftigt. Ursel war um diese Zeit vermutlich im Garten. Margarete strich ihr Kleid glatt, so gut es ging, ordnete ihr Haar und stieg, noch immer lauschend, die Treppe hinab. «Mutter, seid Ihr zu Hause?», rief sie, doch eine Antwort erhielt sie nicht. Mit klopfendem Herzen warf sie einen Blick in die Stube, dann in die Küche. Nachdem sie sicher war, wirklich allein zu sein, erklomm sie die Treppe erneut, diesmal jedoch, um Gertrudes Schlafkammer zu betreten. Zielstrebig öffnete sie die Schublade der kleinen Kommode und nahm ein Kästchen heraus. Es enthielt wertvollen Schmuck, hauptsächlich Erbstücke, die ihre Mutter niemals trug. Sinnierend ließ Margarete die altmodisch gearbeiteten silbernen Ketten, die Perlen und glänzenden Anhänger durch ihre Finger gleiten. Dann wählte sie die wertvollsten und schönsten Stücke aus, wickelte sie in eines der Spitzenhalstücher ihrer Mutter und legte das nun beinahe leere Kästchen zurück an seinen Platz.

Margarete presste das festgewickelte Bündel an sich. Sie verspürte kein schlechtes Gewissen, ihre Mutter zu bestehlen. Dennoch fragte sie sich, wie es nur so weit hatte kommen können, dass sie keinen anderen Ausweg mehr sah.

Wie zur Antwort fiel ihr Blick auf den Gürtel ihres Vaters, mit dem ihre Mutter sie schon so oft gezüchtigt hatte. Er hing an einem Haken neben der Tür wie ein hämisches Symbol für ihr gesamtes Leben. Margarete strich mit den Fingerspitzen darüber, spürte das glatte, kalte Leder und wusste, dass sie dieses Leben mit all seinen Demütigungen nicht mehr ertrug. Und es gab nur einen Weg, es zu beenden.

18. Kapitel

Wiewol nach so unwiederbringlichen Ehren- Seelen- Leibs-
und Gutsschanden / den Leuten ein wenig einmal die Augen
auffgehen sollen. So bleiben sie gleich wol in solcher Blindtheit /
daß sie umb Richter und Hencker bitten / ihre Zäuber und
Zäuberinnen zu verbrennen / umb das sie gute Weynen und
Früchtbahre Jahren mögen bekommen.

Das Kirchenschiff von St. Georg war zur Frühmette an Fronleichnam bis auf den letzten Stehplatz besetzt. Deshalb dauerte es eine ganze Weile, bis sich die Gläubigen nach Beendigung des Gottesdienstes vor dem Kirchenschiff zur feierlichen Prozession durch und um die Stadt aufgestellt hatten.

Stolz betrachtete Hermann seine Familie, die im besten Sonntagsstaat in der Nähe der Kirchenpforte versammelt war und darauf wartete, dass der Festzug begann. Die Buben waren in neue Wämser und Kniehosen, die Mädchen in hübsche Kleider nach der neuesten Mode gekleidet. Maria durfte heute sogar mit einigen weiteren Jungfern bei der Bruderschaft St. Sebastian mitgehen und eines der mit Girlanden und Ornamenten geschmückten Kreuze tragen. Sie hatte, wie die übrigen Mädchen, einen Kranz aus Frühlingsblumen auf dem Kopf und war so lieblich anzusehen, dass ihm das Herz aufging. Bald schon, bald würde er sie an einen jungen Mann verlieren, dessen war er sich bewusst. Schon jetzt zog sie die bewundernden Blicke vieler Junggesellen auf sich.

Auch Anna war ihm eine besondere Augenweide. Wenn er

auch anfangs ein paar Bedenken gegen die Verbindung vorgebracht hatte, war er im Herzen sehr zufrieden, dass sein ältester Sohn sich eine so hübsche, tüchtige Braut ausgesucht hatte. Wenn Bartel eines Tages das Kontor übernehmen würde, brauchte er eine umsichtige, zupackende Frau an seiner Seite. Anna war die richtige Wahl. Nicht nur, weil sie einen klugen Kopf besaß, sondern auch, weil die Zuneigung der beiden füreinander so offensichtlich war. Sobald sie beisammen waren, strahlten sie wie zwei Sterne am klaren Nachthimmel. Genauso hatte auch er empfunden, als er seine Kunigunde gefreit hatte. Und selbst heute, nach so vielen Jahren, brannte die Flamme, die damals entzündet worden war, noch immer in seinem Herzen. Er betete zu Gott, dass solches Glück auch Bartel – und den übrigen Kindern – beschert sein würde.

Als die Prozession sich endlich formiert hatte, begannen sowohl in St. Georg als auch in der Pfarrkirche St. Martin draußen vor den Stadttoren die Glocken zu läuten. Die Menschen strahlten mit der immer wieder zwischen den Wolken hervorbrechenden Sonne um die Wette. Endlich gab es wieder einmal einen Grund und eine Gelegenheit, frohgemut zu feiern. Jan Möden befand sich derzeit außerhalb der Stadt. Vermutlich verbrachte er das Fronleichnamsfest mit seiner Familie in Münstereifel. Da er vorhatte, dort Bürgermeister zu werden, war es nur ratsam, sich an den hohen Festtagen dort zu zeigen. Für Rheinbach bedeutete das eine willkommene Atempause nach den scheußlichen Ereignissen vor Pfingsten.

Eine erwartungsvolle Spannung hing in der Luft. Noch während die Glocken bimmelten, begannen die Musikanten der Bruderschaften Beatae Mariä Virginis, St. Sebastian und St. Matthaei auf Flöten, Violinen, Schalmeien und Pfeifen fromme Lieder aufzuspielen. Begleitet wurden sie von zwei Trommlern, die fröhlich den Takt schlugen. Mitglieder der Bruderschaften und des Reihs trugen Fahnen und Kreuze vor sich her sowie Ornamente und Abbilder der Patrone beider Kirchen. Zwei Junggesellen schwenkten ihre an langen Stangen befestigten Fahnen kunstvoll nach alter Tradition durch die Luft, während sich der Zug in Bewegung setzte.

Pfarrer, Vikare, Chorsänger, Schüler und herausgeputzte, blumenbekränzte Töchter der Stadt sangen aus vollen Kehlen lateinische und deutsche Lobgesänge.

Hermann liebte die Fronleichnamsprozession. Alle Jahre wieder erinnerte er sich mit viel Liebe an die vorangegangenen Feste bis zurück zu seiner glücklichen Kindheit.

Einzig das Fest vor fünf Jahren war ihm in trauriger Erinnerung geblieben, denn just am Vorabend war Hilger Lirtz von Dr. Buirmann verhaftet und bis aufs Blut gefoltert worden. Der ehemalige Bürgermeister hatte der Folter tapfer widerstanden und sogar heimlich die Stunden gezählt. Denn nach der dritten Folter ohne Geständnis hätte er freigegeben und für unschuldig erklärt werden müssen. Buirmann hatte sich jedoch keinen Deut um die Kaiserliche Halsgerichtsordnung geschert und den armen Mann zweimal vierundzwanzig Stunden auf dem Peinstuhl foltern lassen, bis er schließlich doch gestand. Nachdem der Hexenkommissar auf diese schändliche Weise die Schuld des reichen Bauern erwiesen hatte, war es nur noch ein kurzer Weg gewesen, dem Gepeinigten weitere Namen abzuringen.

War es Zufall, dass just in diesem Moment, da Hermann über die damaligen Ereignisse nachdachte, Gertrude Kocheim und ihre Tochter in seinem Blickfeld auftauchten? Beide waren gut gekleidet, sangen inbrünstig die Lobgesänge mit.

Bei sich wünschte er, Gertrude Kocheims Groll gegen ihn und seine Familie auslöschen zu können. Schon mehrmals hatte er in den vergangenen Tagen den Eindruck gehabt, dass sich etwas zusammenbraute. Er konnte den Finger nicht darauflegen; ihm gegenüber hatte sich noch niemand despektierlich geäußert, aber er spürte die neugierigen Blicke der Leute. Zumindest bildete er sich das ein, selbst jetzt, während sie singend und musizierend aus der Stadt hinauszogen, an den vier über und über mit Blumen geschmückten Altären haltmachten und den von Pfarrer Hartmann verlesenen Evangelien lauschten. Wie kam es nur, dass er plötzlich den Eindruck hatte, alle Welt habe sich gegen ihn verschworen? Was war dank Möden und Konsorten aus seinem geliebten Rheinbach geworden? Eine Schlangengrube voller Misstrauen, Heimtücke und Machtgier. Wenn das so weiterging, würde ihm nichts anderes übrig bleiben, als die Konsequenzen zu ziehen – auf die eine oder andere Weise. Doch genau dies widerstrebte ihm zutiefst. Er wollte, dass alles wieder so wurde wie noch vor zehn, fünfzehn Jahren, als von Zauberern und Hexenbrennen hier niemand auch nur geträumt hatte.

Er war derart in Gedanken versunken, dass er zusammenzuckte, als die Schützenbruderschaft ihre Musketen abfeuerte. Neuerlicher Chorgesang erschallte, Flöten, Schalmeien und Violinen fielen in die fröhliche Lobpreisung Jesu Christi ein. Hermanns Festtagsstimmung war jedoch dahin.

«Seht Ihr, wie übertrieben dieses hochnäsige Weib sich und die Kinder herausgeputzt hat?» Gertrude Kocheim, die sich gegen

Ende der Prozession zu ihrer neuen Freundin Else Trautwein gesellt hatte, deutete mit dem Kinn auf Kunigunde, die sich gerade mit Dr. Schweigel unterhielt. Inzwischen war der Festzug wieder bei der Kirche St. Georg angekommen und löste sich auf. Die meisten Familien strebten ihrem Zuhause zu, um sich an einem schönen Feiertagsschmaus zu laben. «Da sieht man genau, dass sie sich für was Besseres hält.»

«Und dann scharwenzelt sie auch noch dauernd um den alten Vogt herum», ergänzte Else im gleichen hämischen Tonfall. «Kein Wunder, dass die Familie nicht ganz astrein ist. Man munkelt, dass Dr. Schweigel ein großer Gegner der Hexenprozesse sei. Mein Mann hat mir erzählt, dass der alte Mann sogar den guten Dr. Buirmann vor fünf Jahren wegen irgendeiner Nichtigkeit beim Kurfürsten angezeigt haben soll. Buirmann hat deshalb ziemlichen Ärger bekommen und wurde zeitweise sogar mit dem Bann belegt.»

«Hm, ja, nun, vielleicht geschah ihm das ganz recht», erwiderte Gertrude nun doch etwas angesäuert. «Er soll ja gegen Bezahlung so einige Leute auf den Scheiterhaufen gebracht haben, die es gar nicht verdient hatten.»

«O du meine Güte, verzeiht, liebe Frau Kocheim!» Erschrocken schlug Else die Hände vor den Mund. «Ich hatte ganz vergessen, dass unter Buirmann auch Euer Gemahl selig verurteilt wurde. Selbstverständlich vollkommen zu Unrecht, jawohl! Das habe ich schon immer gesagt.»

«Ach, wisst Ihr», Gertrude winkte gnädig ab, «damit habe ich längst meinen Frieden gemacht. Der Tod meines guten Kocheims ist ja nicht mehr zu ändern. Mir bleibt allerdings die Gewissheit, dass Buirmann auch ihn ganz bestimmt nur verhaften ließ, weil er dafür bezahlt wurde. Vielleicht sogar von Löher selbst, wer weiß? Ich meine, gewiss hat ihn dieser Erzzauberer Lirtz damals im Verhör besagt, aber das war doch nichts anderes als ein niederträchtiger Racheakt, weil wir uns seine Forderungen bezüglich des Grenzlandes nicht gefallen lassen wollten. Und eine Beschuldigung aus Rache, so steht es geschrieben, dürfen die Hexenrichter gar nicht für wahr nehmen. So hat es mir mein guter Freund, Dietrich Halfmann, erklärt. Da hatte noch jemand anderes die Strippen gezogen.»

«Du meine Güte, glaubt Ihr wirklich, Löher hat den Kommissar bestochen, damit der Euren Gatten verurteilt? Das wäre ja ganz ungeheuerlich!»

«Was ist so ungeheuerlich, Frau Trautwein?» Unbemerkt waren Dietrich Halfmann und Jan Thynen näher gekommen und verbeugten sich artig. Halfmann machte gleich darauf eine ausholende Geste. «Eine ganz wunderbare Prozession war dies heute, nicht wahr? In der Stadt gab es lange nicht mehr eine so ausgelassene Stimmung.»

«Wen wundert es nach der Sache mit Marta Schmid?», gab Thynen zu bedenken. «Wir können froh sein, dass sie so rasch verurteilt und hingerichtet wurde. Somit hat sie uns wenigstens die frohen Feiertage nicht verdorben.»

«Da habt Ihr recht, Herr Thynen», stimmte Halfmann zu, wandte sich aber gleich wieder an Gertrude: «Aber nun sagt schon, das klang eben so überaus verzagt. Welche ungeheuerlichen Ereignisse sind Euch denn so übel aufgestoßen? Verzeiht, wenn ich neugierig bin, aber Euer Wohl liegt mir, wie Ihr wisst, sehr am Herzen.»

«Ach, es ist im Grunde gar nichts.» Mit Absicht spielte Gertrude die Angelegenheit herunter, darauf bauend, dass Else

398

Trautwein ihr Übriges zu dieser Situation beisteuern würde. Lange brauchte sie darauf nicht zu warten.

«Was redet Ihr denn da, Frau Kocheim?! Ihr dürft so etwas nicht einfach unter den Teppich kehren.» Mit wichtiger Miene sah sie Halfmann an. «Es handelt sich um eine scheußliche Angelegenheit, aber eigentlich dürften wir wohl gar nichts davon wissen, geschweige denn darüber reden.»

Zufrieden beobachtete Gertrude, wie die beiden Schöffen einander bedeutsame Blicke zuwarfen.

«Das hört sich ja wirklich ernst an», befand Thynen. «Aber seid unbesorgt, wir werden darüber schweigen wie das Grab. Ihr dürft uns alles erzählen, was Euch auf dem Herzen lastet, liebe Frau Trautwein.»

«Nun ja, eigentlich ist es ja etwas, das weniger mich betrifft als vielmehr die arme Frau Kocheim.» Else sah kurz zu Gertrude, die jedoch nicht darauf reagierte. Deshalb sprach sie eifrig weiter: «Wir haben uns über dies und das unterhalten und dabei festgestellt, dass wir beide in letzter Zeit so einige empörende und unfassbare Gerüchte aufgeschnappt haben. Normalerweise gebe ich ja auf den Klaaf der Leute überhaupt nichts, aber seit der Verbrennung von Marta Schmid neulich bin ich doch etwas empfindlich geworden.»

«Das ist vollkommen verständlich, Frau Trautwein», pflichtete Thynen ihr bei. Gertrude sah ihm an, dass er begierig darauf war, mehr zu erfahren. Vermutlich, weil er sich so neue Hinweise auf Zauberer erhoffte. Und genau damit konnten sie heute im Überfluss dienen. «Es ist sehr wichtig», fuhr er nach einer Atempause fort, «dass Ihr die Obrigkeit, also in diesem Falle uns, umgehend darüber in Kenntnis setzt, solltet Ihr etwas erfahren, was darauf hindeutet, dass sich in Rheinbach weitere Zauberer versteckt halten. Wir müssen mit diesem Hexengezücht ein für alle Mal aufräumen, nicht wahr, Herr Halfmann?»

«Unbedingt! Seht nur, was wir für ein wunderbares warmes und trockenes Wetter haben, seit die Erzhexe dem Feuer übergeben wurde. Vorher hatten wir Regen, Kälte und Düsternis. Jetzt scheint uns die Sonne, und der warme Frühling ist uns hold. Aber wenn sich auch nur ein weiterer Zauberer in unserer Mitte verbirgt, wird es mit dem guten Wetter bald wieder ein Ende haben, ebenso mit der Fröhlichkeit der Menschen. Und dann steht uns vielleicht ein weiterer nasser Sommer samt einer verdorbenen Ernte ins Haus. Wir müssen alles dafür tun, dass dieses Unglück verhindert wird.»

«Wir recht Ihr habt, Herr Halfmann», rief Else erregt. «Und wie überaus klug Ihr argumentiert. Ich habe ja schon immer gesagt, dass nur die Hexen an all unserem Elend schuld sind. Im Vertrauen ...» Nun senkte sie verschwörerisch die Stimme. «... Nach einigem Nachdenken bin ich inzwischen sogar der Ansicht, dass der Tod meines armen lieben kleinen Neffen ebenfalls nur ein Werk der bösen Hexen gewesen sein kann.»

«Ach, tatsächlich? Das ist ein schwerwiegender Verdacht», sagte Thynen. «Habt Ihr denn Beweise dafür?»

Else zierte sich ein wenig. «Nun, Beweise vielleicht nicht direkt, denn ich kenne mich mit Hexendingen ja nicht sehr gut aus. Wer tut das schon als frommer Christenmensch, nicht wahr? Es ist mehr eine Ahnung. An jenem Tag des Unglücks war es den Kindern nämlich streng verboten, die Treppe in unser Obergeschoss hinaufzusteigen. Die lieben Kleinen sind sehr wohlerzogen und hätten niemals dagegen verstoßen. Doch wie, frage ich Euch, ist dann der Junge ganz allein dort hinaufgekommen? Und weshalb ist er dann auch noch wieder hinabgestürzt? Er ist immer mit dem Hintern die Treppenstufen hoch- und wieder runtergerutscht. Das war ihm einfacher, als zu laufen. Aber wie konnte er sitzend die Treppe hinunterfallen, frage ich Euch? Da muss doch Zauberei im Spiel gewesen sein oder eine Verwünschung, der böse Blick vielleicht.»

«Das ist natürlich möglich», bestätigte Halfmann nachdenklich. «Wart Ihr denn kurz zuvor oder während des Vorfalls in Gesellschaft einer Person, der Ihr Zauberei zutraut?»

Ein wenig zögerte Else, vor allem, um sich durch einen Blick in Gertrudes Richtung deren Unterstützung zu vergewissern. Als sie sicher war, dass sie in ihrer neuen Freundin eine Verbündete hatte, hielt sie nicht mehr länger hinter dem Berg. «Also in meiner Familie gibt es ganz bestimmt keine Hexen, da könnt Ihr sicher sein. Aber wisst Ihr, was mich im Nachhinein sehr stutzig gemacht hat? Als der Unfall geschah, standen Kunigunde Löher und ihre Mutter ganz in der Nähe unseres Hauses, fast so, als hätten sie darauf gewartet, dass bei uns etwas passiert. Ja, wirklich! Ich habe mir erst nichts dabei gedacht, weil sie ja sofort herbeieilten und ihre Hilfe anboten.»

«Das allein ist tatsächlich noch kein Beweis für böse Absicht», befand Thynen skeptisch. «Und gerade Frau Löher ist eine angesehene und stets hilfsbereite Frau.»

«Jaja, ich weiß, deshalb habe ich mich auch erst nicht getraut, in diese Richtung zu denken», unterbrach Else ihn eifrig. «Aber dann ...» Wieder senkte sie ihre Stimme zu einem verschwörerischen Raunen. «Frau Frembgen, ihre Mutter, hat sofort darauf bestanden, bei uns zu bleiben und uns zu helfen. Angeblich habe sie Erfahrung mit solchen Verletzungen. Woher, frage ich Euch, hat man ein solches Wissen? Wie viele Kinder stürzen denn normalerweise im Laufe eines Lebens eine Treppe hinab? Keine in ihrer Familie, soviel ich weiß. Als sie sich den armen ohnmächtigen Jungen angesehen hat, murmelte sie dann ganz seltsame, unverständliche Dinge vor sich hin. Ich sage Euch, mir standen die Haare zu Berge, aber ich dachte damals, das sei, weil ich so entsetzt über den Unfall war.»

Nun war Thynen sichtlich alarmiert. «Seid Ihr sicher, dass es keine Gebete waren?»

«I wo, Gebete! Ich kenne alle frommen Sprüche, die man an einem Krankenbett oder bei einem Unfall aufsagt. Das, was sie da gemurmelt hat, muss etwas anderes gewesen sein, vielleicht irgendeine Zauberformel. Und nicht etwa, um dem Kindchen zu helfen! Nein, nur wenige Augenblicke später mussten wir mit großer Trauer das Ableben des Jungen feststellen. Wir waren erschüttert, wie Ihr Euch vorstellen könnt. Doch die Frembgen schien gar nicht mal so niedergeschlagen zu sein. Gewiss, sie tat betroffen, aber ich meine, ich hätte ein kleines Lächeln auf ihren Lippen gesehen, als sie sich kurz darauf verabschiedete.» Else holte tief Luft. «Ich begreife das erst jetzt, wo einige Zeit vergangen ist und ich etwas klarer auf die Dinge zurückblicken kann. Kann es nicht sein, dass diese Frau eine Hexe ist und den ganzen Unfall herbeigeführt und das Kindlein dann mit Hilfe irgendeines Zauberspruchs umgebracht hat? Und Frau Löher, ihre Tochter, muss dann wohl mit ihr unter einer Decke stecken, denn anders kann es gar nicht sein.»

Einen langen Moment herrschte Stille, dann räusperte sich Halfmann vernehmlich. «Das sind in der Tat schwerwiegende Verdachtsmomente. Aber wir müssen auch bedenken, dass die Familie Löher in Rheinbach sehr angesehen ist und stets ein frommes, vorbildliches Leben geführt hat. Da kann man nicht einfach so behaupten, sie hätten etwas mit Zauberei zu tun. Selbstverständlich werden wir der Sache nachgehen, aber ...»

«Ein frommes, vorbildliches Leben!» Gertrude lachte spöttisch. «O ja, das glaubt Ihr also, Herr Halfmann. Dann lasst Euch gesagt sein, an den Löhers ist nichts, aber auch gar nichts, fromm und vorbildlich. Oder wie erklärt Ihr Euch, dass gegen Hermann Löher vor fünf Jahren bereits schon einmal der Verdacht wegen Hexerei im Raum stand?» Sie warf ihm einen bedeutsamen Blick zu, denn natürlich wusste er schon längst von dieser Sache. Sie hatte ihn schließlich selbst eingeweiht. Sein unmerkliches Nicken zeigte ihr, dass ihre Botschaft angekommen war. Allerdings schien er nicht besonders erfreut über den Verlauf des Gesprächs zu sein. Gertrude wunderte sich, wollte aber keine Rücksicht darauf nehmen.

«Tatsächlich?», fragte er scheinbar überrascht. «Das ist ja unerhört! Woher habt Ihr denn diese Information, wenn ich fragen darf?»

«Aus seinem eigenen Munde», antwortete sie sogleich. «Ich wurde zufällig und unfreiwillig Zeugin eines Gesprächs, das er mit dem alten Vogt geführt hat. Und wisst Ihr, was das Schlimmste daran ist?» Eindringlich sah sie erst Halfmann, dann Thynen in die Augen. «Er hat vor Dr. Schweigel zugegeben, dass er den Amtmann geschmiert hat, um von dem Verdacht reingewaschen zu werden.»

«Nein!» Entrüstet starrte Thynen sie an. «Das gibt es doch nicht!»

«Und wie es das gibt, Herr Thynen», beteuerte Gertrude. «Seht Ihr nun, weshalb ich Euch mitnichten Eurer Lobrede über die Löhers zustimmen kann, Herr Halfmann? Es betrübt mich, so etwas über meine Mitmenschen sagen zu müssen, aber ich fürchte wirklich, in der Familie des Schöffen Löher gibt es Anhaltspunkte für Hexerei.»

⚜

«Guten Tag, Pfarrer Hartmann!» Überrascht stand Hermann auf, als Hilde den Geistlichen in die gute Stube führte. Die Familie hatte ein üppiges Mahl hinter sich, die Kinder waren inzwischen entlassen worden, damit sie sich bei dem schönen Wetter ein wenig an der frischen Luft verlustieren konnten. Nur Hermann, Kunigunde und Bartel mit seiner Anna waren zurückgeblieben und hatten erste Pläne für die Hochzeit im kommenden Sommer geschmiedet.

Der Gemeindepfarrer wirkte blass und abgehetzt, deshalb bot ihm Hermann sogleich einen Stuhl an.

«Danke, danke, Herr Löher.» Mit einem Schnaufen ließ Hartmann sich nieder. «Verzeiht, dass ich Eure traute Familienrunde am heutigen Feiertag so unangemeldet störe, aber ich musste Euch einfach aufsuchen.»

«Was gibt es denn so Dringendes?», wunderte Kunigunde sich und schenkte ihm fürsorglich Wein ein. «Es hat Euch doch wohl noch niemand von den Hochzeitsplänen unseres Sohnes erzählt? Das wäre doch noch ein bisschen arg früh, würde ich meinen.» Fragend blickte sie Bartel an, der jedoch den Kopf schüttelte.

«Heiratspläne?» Verblüfft hob Hartmann den Kopf, schaute von Kunigunde zu Bartel und dann zu Anna. «Na so was! Das ist ja eine wunderbare Nachricht! Wann soll es denn so weit sein?»

«Noch nicht dieses Jahr», beeilte sich Hermann zu antworten. «Wir haben den jungen Leuten nahegelegt, bis zum kommenden Sommer, vielleicht sogar Herbst, zu warten. Sie sind ja noch jung und müssen nichts überstürzen.»

«Wir sind aber fest entschlossen zu heiraten», fügte Bartel strahlend an und legte seine Hand auf die von Anna.

«Ah, ja, das ist wirklich vernünftig.» Der Pfarrer nickte bedächtig und lächelte dabei verschmitzt. «Ich will aber sehr hoffen, dass ihr euch bis dahin zu benehmen wisst ...»

«Herr Pfarrer!» Verlegen schlug Anna die Augen nieder. «Wie könnt Ihr so etwas auch nur andeuten?»

«Aus Erfahrung, mein liebes Kind.» Der Pfarrer schmunzelte. «Aber ich kenne euch beide gut genug, um zu wissen, dass ihr brav bleiben werdet. Und falls doch nicht, lasst euch wenigstens nicht erwischen.»

«Huch!» Anna errötete bis an die Haarwurzeln.

Hartmann lachte erheitert auf, wurde jedoch gleich wieder ernst und räusperte sich. «So eine glückliche Nachricht, und ich muss nun mit weit weniger froher Kunde kommen. Es ist nämlich so, dass ich vorhin unfreiwillig Zeuge einer Unterhaltung geworden bin, die mich doch sehr besorgt zurücklässt. Da wir schon seit eh und je gute Freunde sind, lieber Löher, kann und darf ich Euch dies nicht verschweigen. Es hat den Anschein, als wollten einige Rheinbacher Bürger böse Gerüchte über Euch und Eure Familie streuen.»

Alarmiert fuhr Kunigundes Kopf hoch. «Um Himmels willen, wer redet denn über uns?»

«Im Augenblick zwei Weibspersonen, die Euch gut bekannt sein dürften. Die Frau des neuen Kramers Trautwein und Kocheims Gertrude. Sie haben mit den Schöffen Thynen und Halfmann zusammengestanden, was mich umso besorgter zurücklässt, weil ja bekannt ist, wie rasch diese beiden solches Hörensagen weitertragen. Zwar schien zumindest Halfmann alles andere als erfreut zu sein, aber wer weiß schon, wie er in Wahrheit denkt und anschließend handelt.»

«Verflixt noch eins!» Hermann hieb mit der Faust auf die Tischplatte. «Verzeihung, Herr Pfarrer. So ein Unsinn, und dann noch in Gegenwart der beiden Ja-Schöffen! Erzählt uns bitte genau, was Ihr gehört habt. Ich werde die Kocheim noch heute zur Rede stellen. Wo kommen wir denn hin, wenn auf einmal wilde Gerüchte in Umlauf gebracht werden.»

«Davon rate ich Euch dringend ab», mischte Kunigunde sich erschrocken ein. «Bitte, mein lieber Löher, haltet Euch zurück. Das sät nur Unfrieden!»

«Ich gebe Eurer Gattin recht, wenn auch ungern», pflichtete Hartmann ihr bei. «Ihr solltet auf keinen Fall gegen solches Gerede vorgehen, denn damit schürt Ihr es nur über Gebühr.»

«Soll ich mir etwa gefallen lassen, dass man uns verleumdet?»

«Aber nein, selbstverständlich nicht.» Beschwichtigend hob der Pfarrer die Hände. «Aber wichtiger ist es meiner Meinung nach, erst einmal zu beobachten, ob es sich um einen Einzelfall handelt oder ob daraus – Gott bewahre – ein Lauffeuer wird. Dann bliebe Euch, so muss ich leider sagen, sowieso nur ein einziger Ausweg.»

«Wir müssten die Stadt verlassen, nicht wahr?» Kunigunde bekreuzigte sich und blickte dankbar zu Anna, die ihre Hand ergriffen hatte. «Das ist genau, was ich kürzlich Frau Trautwein nahegelegt habe. Denn gegen sie gibt es eine schwerwiegende Anklage vor dem Gericht. Ich wollte sie warnen, Herr Pfarrer, aber sie hat es nicht gut aufgenommen. Ganz außer sich war sie und hat mich wüst beschimpft. Und jetzt scheint sie zu glauben, uns den Ehrenraub, wie sie es nannte, auf diesem Wege heimzahlen zu müssen.»

«Sieh einer an.» Tief besorgt rieb Hartmann sich über den Kinnbart. «Genau das hatte ich befürchtet, als Möden den ersten Schritt durch unser Stadttor getan hat. Jetzt begreife ich auch, weshalb die Trautwein sich so auf Euch, Frau Löher, und Eure Mutter kapriziert hat.»

«Auf mich und Mutter?»

«Ja, leider, meine Liebe. Alles habe ich nicht mitbekommen, aber es ging um den Tag, an dem der kleine Peter bei Trautweins ums Leben gekommen ist. Sie stellt es jetzt so hin, als wäret Ihr oder vielmehr Eure Frau Mutter daran schuld. Vollkommen aus der Luft gegriffen, ich weiß, aber dennoch gefährlich, falls diese Gerüchte auf fruchtbaren Boden fallen sollten. Halfmann hat dagegen argumentiert, Thynen schien auch nicht sonderlich beeindruckt, wenngleich seine Neugier geweckt war.»

«Sie werden nicht wagen, diese ungeheuerlichen Lügen weiterzuverfolgen», knurrte Hermann erbost. «So weit kommt es noch, dass ich mich von ein paar geschwätzigen Weibern aus der Stadt verjagen lasse.»

«Wenn ich Euch einen Rat geben darf», antwortete der Pfarrer, «besprecht Euch mit Dr. Schweigel. Er ist ein kluger, weltgewandter Mann. Möglicherweise weiß er einen Ausweg. Gerne werde ich auch zukünftig um unserer innigen Freundschaft willen Augen und Ohren offen halten. Was die beiden schwatzhaften Weibspersonen angeht, lieber Löher, so erlaubt mir, dass ich ihnen ins Gewissen rede. Mir sind diese willkürlichen Verdächtigungen ein übler Dorn im Auge, wie Ihr Euch vorstellen könnt. Wenn die Hexenrichter so weitermachen, wird es bald

landauf, landab nur noch Gier und Missgunst geben. Alle gut-
betuchten Bürger greifen sie sich, gegen jeden, der nicht ihrer
Meinung ist, intrigieren sie. Wo soll das noch hinführen? Der
Herrgott wird sich dereinst gegen uns wenden, wenn wir nicht
alsbald umkehren und zu einem wohlgefälligen, frommen Leben zurückkehren. Wäre es nicht so brandgefährlich, würde
ich umgehend eine Predigt gegen dieses unselige Treiben formulieren. Pfarrer Hubertus aus Meckenheim ist mir, was das
angeht, bereits mutig vorausgegangen und hat dem dollen Bischof Winssen gehörig ins Gewissen geredet. Ob es gefruchtet
hat, lässt sich natürlich schwer sagen, aber ...»

«Nehmt Euch bloß in acht», unterbrach Kunigunde ihn
erschrocken. «Musste nicht vor einiger Zeit in Ahrweiler ein
Geistlicher wegen solcher Reden sein Leben auf dem Scheiterhaufen lassen?»

«So etwas kommt vor, das ist wahr. Aber, meine liebe Frau
Löher, wer, wenn nicht ein pflichtbewusster Pfarrer, soll sich
gegen die barbarischen, ungerechten Hexenprozesse erheben?»

«Genauso ist es», pflichtete Hermann ihm bei. «Wer, wenn
nicht wir, könnten etwas an der Situation ändern – oder es zumindest versuchen? Ein kluger Geistlicher, ein ehrbarer Schöffe. Viele Männer bleiben ja leider in dieser Stadt nicht mehr,
die etwas zu sagen haben und sich gegen die Methoden der
falschen Hexenrichter stellen.»

«Aber mein lieber, guter Löher, es ist zu gefährlich, offen zu
protestieren!» Kunigunde rang die Hände. «Ihr wisst selbst,
was geschieht, wenn Ihr ins Visier des Kommissars geratet.
Jetzt schon ist mir angst und bange, wenn ich mir vorstelle,
dass da draußen Leute sind, die böse Gerüchte über uns ver-

breiten. Da gehe ich doch lieber fort von hier, so, wie es unser vortrefflicher Pfarrer Hartmann empfohlen hat.»

«Fortgehen, jetzt? Wäre das nicht ein Schuldeingeständnis?», fragte Bartel. «Würde man damit nicht alles noch schlimmer machen?»

«Aber nein, Bartel, bestimmt nicht», widersprach Anna. «Es wäre der einzig sichere Weg, um Mödens Häschern zu entfliehen, bevor sie auf die Idee kommen, die Gerüchte für bare Münze zu nehmen.»

«So ist es.» Kunigunde nickte eifrig. «Lieber frühzeitig fortgehen, als zu riskieren, in der Peinkammer zu enden.»

«Auf gar keinen Fall.» Entschieden schüttelte Hermann den Kopf. «Eine Flucht kommt überhaupt nicht in Frage – weder jetzt noch irgendwann. Da müsste schon der Teufel höchstselbst hinter mir her sein, bevor ich mein Heim, mein Geschäft und alles, was ich noch mit meinem Vater selig aufgebaut habe, im Stich lasse.»

«Würdet Ihr mir verraten, was das neulich sollte?» Halfmann hatte auf dem Weg zum Bürgerhaus, wo Jan Möden für den heutigen Mittwochnachmittag eine Sitzung der Schöffen einberufen hatte, einen Schlenker über das Kocheim'sche Anwesen gemacht. Seit Tagen schon wollte er Gertrude Kocheim wegen ihres Verhaltens nach der Fronleichnamsprozession ansprechen, war jedoch wegen diverser Verpflichtungen nicht dazu gekommen. Nun aber ergriff er die Gelegenheit beim Schopfe, als er sie vor ihrem Haus beim Jäten eines kleinen Blumenbeets antraf. «Wie kommt Ihr dazu, Eure Verdächtigungen gegen Löher öffentlich herumzutratschen? Da hättet Ihr ja gleich anfügen können, dass ich über Euren Verdacht längst Bescheid weiß.»

«Nun, dem ist ja auch so», antwortete Gertrude ungerührt und klopfte sich die schmutzigen Hände ab. «Abgesehen davon war ich doch sehr vorsichtig in meiner Wortwahl, und Frau Trautwein hat dann ja sowieso das meiste Reden übernommen. Ich habe lediglich meine Beobachtungen an entsprechender Stelle hinzugefügt.»

«Was versprecht Ihr Euch davon, Frau Kocheim? Euer kleiner Rachefeldzug wird so nicht funktionieren. Glaubt Ihr allen Ernstes, dass wir Löher oder jemanden aus seiner Familie verhaften lassen, nur weil ein, zwei schwatzhafte Weiber gegen ihn stänkern?»

«Nun, bei anderen hat dergleichen durchaus Früchte getragen.»

«Ja, bei anderen.» Ungehalten fuchtelte Halfmann mit der Hand in der Luft herum. «Aber nicht bei Hermann Löher.»

«So voreilig würde ich da nicht ...»

«Frau Kocheim», unterbrach Halfmann sie entnervt. «Ich verstehe Euren Groll, aber ganz ehrlich: Ich will Euch keine großen Hoffnungen machen. Die Familie Löher steht unter der Protektion von Amtmann Schall, das wisst Ihr selbst. Da wagt Dr. Möden sich nicht so ohne weiteres heran, auch wenn Löher ihm zugegebenermaßen schon länger ein Dorn im Auge ist.»

«Ach ja, ist er das?»

«Löher ist ihm ein bisschen zu aufmüpfig, spreizt sich auch für meinen Geschmack viel zu sehr gegen die Methoden des Hexenkommissars. Dabei heiligt in einem Zaubereiprozess grundsätzlich der Zweck die Mittel. Doch wie gesagt, solange

Löher unter dem Schutz des Amtmannes steht, wird Möden sich an ihm nicht die Finger verbrennen.»

«Das werden wir ja sehen.» Hochmütig verschränkte Gertrude die Arme vor der Brust und reckte das Kinn.

Er schüttelte den Kopf. «Wie Ihr meint, Frau Kocheim. Aber beschwert Euch hinterher nicht, wenn Ihr auf Granit beißt.»

«Seit wann seid Ihr überhaupt Löhers Fürsprecher, Herr Halfmann? So kenne ich Euch gar nicht. Ich dachte, Ihr hasst ihn», bemerkte sie spitz.

Neuer Ärger keimte in ihm auf. «Hassen würde ich es nun nicht gerade nennen, Frau Kocheim. Aber Löher und seine Bagage haben mich mehr als einmal aufs äußerste geärgert, das gebe ich gerne zu. Das Gebaren des Sohnes wie auch des Vaters gehen mir nicht weniger gegen den Strich als Euch, wenn auch aus anderen Gründen. Zum jetzigen Zeitpunkt ist dagegen jedoch leider kein Kraut gewachsen, so bemüht Ihr auch sein mögt, eines herbeizuklaafen. Sollte sich daran einmal etwas ändern, wäre ich bestimmt der Letzte, der sich dagegen sträubt, Löher einen Denkzettel zu verpassen. Aber solange er sich nicht mehr zuschulden kommen lässt als ungebührliches Aufbegehren gegen Dr. Mödens Prozessführung, haltet mich bitte aus Eurer Hetzjagd heraus.»

«Ach, so wollt Ihr Euch jetzt herauswinden?» Er wich überrascht zurück, als Gertrude einen Schritt auf ihn zumachte und dabei mit ihrem Zeigefinger regelrecht auf ihn einstach. «So war das aber nicht abgemacht, Herr Halfmann. Darf ich Euch daran erinnern, dass Ihr mir versprochen habt, mich in meinem Bemühen um Gerechtigkeit für meinen seligen Kocheim nach aller Kraft zu unterstützen? Euren Spaß habt Ihr gehabt, aber die Zeche wollt Ihr nicht zahlen. Vielleicht hätte der Reih doch eine kleine Tierjage mit Euch veranstalten sollen. Wie es scheint, seid Ihr tatsächlich nur auf Euren Vorteil aus, Herr Halfmann, und vergesst dabei, dass man seine Schulden begleichen muss, damit sie einen nicht eines Tages erdrücken.»

«Wollt Ihr mir etwa drohen, Frau Kocheim?» Erbost runzelte er die Stirn. «Lasst Euch gesagt sein, dass Euch dergleichen mitnichten zusteht. Gewiss, ich habe sämtliche Vorzüge der Bekanntschaft mit Eurer Tochter in vollen Zügen genossen, aber das bedeutet nicht, dass ich mich von Euch erpressen lasse. Wie ich schon sagte, wenn sich eine vernünftige Gelegenheit ergibt, bin ich nur zu gerne bereit, in Eurem Sinne vorzugehen. Da dies aber zurzeit nicht der Fall ist, werde ich den Teufel tun und mir Zunge und Finger verbrennen.» Mit einer knappen Verbeugung wandte er sich ab. «Guten Tag, Frau Kocheim.»

«Und nun lasst Ihr mich einfach so stehen?», rief sie ihm hinterher. «Das wird Euch eines schönen Tages übel aufstoßen, Herr Halfmann.»

Ergrimmt drehte er sich noch einmal zu ihr um. «Haltet Euch bedeckt, Frau Kocheim. Ich kann mir eine maßgeschneiderte Lösung für Euer Ansinnen nicht aus den Rippen schneiden. Denkt lieber einmal darüber nach, wohin Euer angeblicher Wunsch nach Gerechtigkeit Euch selbst zu führen imstande ist. Euer Eifer mag ja noch verständlich sein, aber Ihr solltet achtgeben, wem Ihr damit möglicherweise auf die Zehen tretet. Zwar scheint Ihr alles andere als zimperlich zu sein, selbst Euer eigen Fleisch und Blut für Eure fixen Ideen zu opfern, aber bedenkt, dass sich nicht alle Menschen eine solche Behandlung klaglos gefallen lassen. Schon gar nicht, wenn ihnen offen gedroht wird.»

Gertrudes Augen weiteten sich vor Zorn. «Was wollt Ihr damit andeuten, Herr Halfmann?»

«Ich?» Er lächelte kalt. «Gar nichts. Ich mache Euch lediglich darauf aufmerksam, dass Ihr mit Steinen jongliert. Gebt acht, dass Euch nicht eines Tages einer davon auf den Kopf fällt.»

«Kommt, Mutter, beeilen wir uns. Ich möchte schnell noch in der Kirche eine Kerze anzünden, bevor wir bei Freilinks vorbeischauen.» Kunigunde hatte sich bei ihrer Stiefmutter untergehakt und dirigierte sie in Richtung des Gotteshauses. «Hermann wäre ja so gerne mitgekommen, als wir erfahren haben, dass sein alter Freund wieder einmal in der Stadt ist. Sicherlich ist er wegen der Taufe seiner Großnichte hergekommen. Hoffentlich hat er ein wenig Zeit, auch uns den einen oder anderen Abend Gesellschaft zu leisten. Ich will ihn unbedingt zu einem gemütlichen Essen mit der Familie einladen. Aber zuerst die Kerze. Wann immer er nach Rheinbach kommt, entzünde ich eine in St. Georg.»

«Dr. Freilink ist weit gereist, nicht wahr? Wann war er zuletzt hier? Vor einem Jahr oder sogar anderthalb?» Traudel folgte ihr durch die Kirchenpforte und bekreuzigte sich in Richtung des Altars. «Ich erinnere mich noch, als Johannes ein Junge war und mit deinem Mann zusammen die Schulbank gedrückt hat. Er war ein kluger Kopf, ein wenig verträumt vielleicht. Und immer schon wollte er gerne in die weite Welt hinausreisen.»

Kunigunde lachte. «Ja, das wollte er wohl. Seit er dem Dominikanerorden beigetreten ist, hat er dazu ja einige Gelegenheit.

Deshalb sind wir auch immer so froh und glücklich, wenn er heil und in einem Stück wieder in seine Heimatstadt zurückkehrt. Heutzutage zu reisen ist so gefährlich, mit den schwedischen, französischen und kaiserlichen Truppen allüberall. Ganz zu schweigen von den Räubern, die an jeder Weggabelung lauern.»

Inzwischen hatten sie den kleinen Marienaltar erreicht. Kunigunde warf eine Münze in den Opferstock und entzündete eine der unzähligen weißen Kerzen zu Füßen der Muttergottesstatue. Still knieten sie beide nieder. Kunigunde bekreuzigte sich und murmelte ein Ave Maria, als ein Geräusch ihre Aufmerksamkeit auf sich zog. Traudel neben ihr war noch ins Gebet versunken, deshalb stieß sie sie leicht mit dem Ellenbogen an.

«Mutter, hört Ihr das?»

«Hm? Was meinst du, mein Kind?» Verwundert hob Traudel den Kopf.

Angestrengt lauschend erhob sich Kunigunde und ging ein paar Schritte vom Altar fort. «Da ist irgendetwas, ich glaube, es kommt von draußen. Es klingt fast wie ein Tumult.»

Ächzend kam Traudel wieder auf die Füße. Im gleichen Moment vernahmen sie den schrillen Schrei einer Frau, dann dunkle Männerstimmen, die einander Befehle zuriefen. «Was ist denn da los?»

Die beiden Frauen hasteten zur Pforte, die nur angelehnt war, und stießen sie weit auf. Beim Anblick der beiden bewaffneten Stadtbüttel, die eine zeternde und sich heftig wehrende Frau zwischen sich herzerrten, prallten sie erschrocken zurück.

«Loslassen, ihr Schweinehunde! Ich bin keine Hexe. Hilfe, so helft mir doch!», kreischte die Gefangene. Eine Traube von

Schaulustigen folgte ihr bereits, sie machten jedoch keine Anstalten, sich einzumischen.

«Das ist Else Trautwein!» Entsetzt schlug Traudel die Hände vor den Mund.

Kunigundes Herzschlag setzte für einen Moment aus und dann in wildem Galopp wieder ein. «Um Gottes willen, es ist also wirklich wahr», sagte sie tonlos. «Sie verhaften sie, Gott steh uns bei!»

«Nehmt eure Finger von mir, ihr Mistkerle!», schrie Else verzweifelt und versuchte sich loszureißen. Die beiden Büttel waren ihr jedoch körperlich weit überlegen und scherten sich kaum um ihre Befreiungsversuche.

Als sie die Kirchenpforte passierten, fiel Elses Blick auf Kunigunde und ihre Mutter. «Was gafft ihr denn so, ihr Schandweiber, ihr Hexen! Seht her, diese beiden müsst ihr verhaften, die sind schuld, dass mein Neffe sterben musste. Ich bin keine Zauberin, ich schwöre es euch. Aber die beiden da wollten uns schon immer Böses. Seht sie euch doch an, wie schadenfroh sie grinsen.»

Kunigunde erstarrte und hatte das Gefühl, eine eisige Hand greife nach ihrem Herzen. Etliche Gaffer richteten ihre Blicke nun auf sie und ihre Stiefmutter. Sie konnte sehen, wie einige hinter vorgehaltener Hand tuschelten.

«Schnell, Kunigunde, lass uns hier verschwinden», raunte Traudel. «Das ist nicht gut. Wir sollten zusehen, dass wir nach Hause kommen.»

«Ich bin unschuldig, das schwöre ich», kreischte Else indes weiter. «Ihr dürft mich nicht einfach mitnehmen. Ich bin eine fromme Christin, jawohl. Ihr könnt mir überhaupt nichts nachweisen.»

415

Beinahe atmete Kunigunde auf, als sich das Interesse der Leute erneut auf die Gefangene richtete. Einem Tross ähnlich, folgten sie den Büttelen Richtung Burg, wo Else bis zu ihrer ersten Befragung ins Verlies gesperrt werden würde.

«Ja, lass uns nach Hause gehen», stimmte sie Traudel zu. Für einen Besuch bei Johannes Freilink war sie längst nicht mehr in der Stimmung.

«Ihr wollt schon wieder jemanden verhaften, ohne uns vorher den Namen zu verraten?» Aufgebracht starrte Gertzen den Hexenkommissar an, der soeben verkündet hatte, dass die Ehefrau des Kramers Trautwein in Haft genommen worden war und eine zweite Person bald folgen sollte. «Reicht Euch die neue Angeklagte etwa nicht? Wollt Ihr sie jetzt gleich stapelweise abfertigen?»

«Herr Gertzen.» Leicht ungehalten und sichtlich um eine entspannte Miene bemüht, stand Jan Möden auf und ging ein paar Schritte im Gerichtssaal auf und ab. «Es geht hier nicht darum, Angeklagte zu sammeln wie Perlen auf einer Schnur. Vielmehr ist jede einzelne Hexe eine zu viel. Wie schön und friedvoll wäre die Welt, wenn es keine Zauberer auf ihr gäbe! Aber es ist nun einmal so, dass wir gegen die Gespielen des Teufels vorgehen müssen. Ihr wisst selbst, dass die Rheinbacher Bevölkerung danach verlangt. Oder habt Ihr nicht die zustimmenden Rufe gehört, als wir Marta Schmid, Gott sei ihrer Seele gnädig, dem Feuer übergeben haben? Vergesst nicht, dass sie vor ihrem Tod unter Eid eine ganze Reihe von Namen genannt hat. Es ist nun an mir als vom Kurfürstlichen Hofgericht eingesetztem Kommissar, diesen Hinweisen nachzugehen, und zwar ohne Verzug und mit der größtmöglichen Sorgfalt. Dazu reicht es nicht aus, nur eine Person zu verhaften. Wir müssen so rasch wie möglich der Bedrohung durch die Zauberer Herr werden. Wer weiß, wozu sie sonst fähig sind? Ich verlange von diesem Schöffengericht, dass es mir in dieser Hinsicht vollstes Vertrauen entgegenbringt. Wenn ich die Verhaftung einer Person einfordere, dann aus gutem Grund. Bei dieser zweiten Person, die ich dem Kerker überantworten möchte, handelt es sich allerdings nicht um jemanden, den Marta Schmid besagt hat. Vielmehr hat mich unser vortrefflicher Gerichtsbote Herr Koch auf diese Zauberin aufmerksam gemacht. Ihr werdet einsehen, dass ich einem Hinweis aus derart vertrauenswürdiger Quelle sofort nachzugehen habe, ungeachtet der laufenden oder in Vorbereitung befindlichen Prozesse.»

Hermann, der mit steinerner Miene auf seinem Stuhl saß, spürte, wie Gertzens Blick zu ihm wanderte. Schon seit er von Else Trautweins Gefangennahme gehört hatte, ballte er unter dem Tisch in verzweifeltem Zorn die Fäuste. Am liebsten hätte er sie dem selbstgefällig grinsenden Möden mit aller Gewalt ins Gesicht gerammt.

Es würde nicht bei diesen zwei beschuldigten Frauen bleiben. Hermann war selbst Zeuge geworden, wen Marta alles beschuldigt hatte. Jeder Name war durch Heimbach sorgfältig ins Protokoll aufgenommen worden. Doch wen um alles in der Welt hatte Martin Koch dem Kommissar ans Messer geliefert? Und aus welchem Grund? Bisher war der Gerichtsbote ihm nie als besonderer Sympathisant der Hexenprozesse vorgekommen. Zwar auch nicht als ihr Gegner, doch seine Fürsprache konnte man hauptsächlich dann gewinnen, wenn man ihm eine Belohnung in klingender Münze in Aussicht stellte. Oder anderweitige Vergünstigungen. Was also führte Koch im Schilde? Wer hatte ihn angestiftet?

«Die Verhaftung der betreffenden weiblichen Person sollte so bald wie nur irgend möglich stattfinden, damit sie auf gar keinen Fall weiterhin Schaden anrichten kann», fuhr Möden indes fort. «Die Befragung der Else Trautwein möchte ich übrigens auch nicht über Gebühr aufschieben und gleich auf den morgigen Donnerstag legen, und zwar zur neunten Stunde, wenn es Euch recht ist, werte Schöffen. Meister Jörg wird die Frau bis dahin geschoren und fürs Verhör vorbereitet haben.»

Heftige Übelkeit stieg in Hermann auf. Er suchte Gertzens Blick, der ebenfalls alles andere als glücklich wirkte.

«Morgen werde ich nicht zugegen sein können», sagte er zu Hermanns Überraschung. «Ich habe einen wichtigen Besuch außerhalb der Stadt zu machen, der sich nicht aufschieben lässt.»

«Das ist ärgerlich», befand Möden. «Aber nicht zu ändern. Selbstverständlich kann ich nicht verlangen, dass alle Schöffen stets und zu jeder Zeit alles stehen und liegen lassen, um den Befragungen beizuwohnen. Da ich davon ausgehe, dass ich die Mehrheit der Schöffenstimmen erhalten werde, wird es, denke ich, ausreichen, wenn zwei oder drei Schöffen bei der peinlichen Befragung anwesend sind. Die Protokolle werden dann für das gesamte Kollegium umgehend zur Einsicht freigegeben.» Er blickte vom einen zum anderen. «Gibt es denn noch jemanden, der morgen verhindert ist?»

«Gottfried Peller wird wohl nicht erscheinen», antwortete Gertzen sogleich und warf Hermann einen eindringlichen, auffordernden Blick zu. «Von seiner Familie hörte ich, dass der

418

Arme seit Fronleichnam schwer krank ist und das Bett hüten muss. Er scheint sehr schwach zu sein, und wir sollten beten, dass er wieder gesund wird.»

«Selbstverständlich.» Möden wirkte so desinteressiert, dass Hermann argwöhnte, dem Kommissar käme ein mögliches Ableben des ältesten Schöffen gerade recht. «Kann ich also davon ausgehen, dass alle übrigen Schöffen bei der morgigen Befragung anwesend sein werden?»

Hermann räusperte sich. Die Blicke seines Freundes Gertzen durchbohrten ihn geradezu. «Ich werde wahrscheinlich ebenfalls nicht kommen können.» Hermann wunderte sich, dass seine Stimme so ruhig klang, tobte doch in seinem Inneren nach wie vor ein Sturm aus Widerwillen und Zorn. «Geschäfte, Ihr versteht. Ich muss nach Lüftelberg reiten und weiß nicht, wann ich zurück sein werde.

«So ein Pech.» Möden bedachte ihn mit einem Blick, der deutlich besagte, dass er wenig überrascht über diesen Rückzug war. «Nun denn, hoffen wir, dass Ihr dann bei der nächsten Befragung wieder in der Stadt weilen werdet oder doch zumindest zur Urteilsverkündung.»

«Nicht, wenn es sich verhindern lässt», murmelte Gertzen gerade so laut, dass Hermann es verstehen konnte.

«Habt Ihr uns etwas mitzuteilen, Herr Gertzen? Ich konnte Eure Worte leider nicht verstehen.»

Gertzen lächelte schmal. «Ich sagte nur, dass sich manche geschäftliche Verpflichtung leider nicht verschieben lässt. Aber wir tun unser Bestes, Herr Dr. Möden, das wisst Ihr ja.»

«Natürlich.» Mit säuerlicher Miene setzte sich der Kommissar wieder an den Tisch. Gertzens ätzender Tonfall hatte sein Ziel nicht verfehlt. Hermann fragte sich nachgerade, ob es klug war, den Kommissar so offen zu reizen. Andererseits sehnte sich ein Teil von ihm regelrecht danach, es seinem Freund gleichzutun.

«Kommende Woche wird uns der Amtmann wieder einmal beehren», wechselte Möden derweil das Thema, «und bis dahin sollten wir die Gerichtskasse auf Vordermann gebracht haben. Derzeit stehen noch die Kosten für Unterbringung, Verpflegung und Prozess der Marta Schmid aus. Ganz zu schweigen vom Feuerholz, welches ebenfalls noch nicht bezahlt wurde. Herr Heimbach wird die Gesamtsumme bis morgen, spätestens übermorgen, dem Schöffenkollegium zur Absegnung vorlegen. Danach wird der Betrag wie üblich der Familie der verurteilten Hexe in Rechnung gestellt.» Fragend schaute er in die Runde. «Irgendwelche Einwände oder Ergänzungen?»

19. Kapitel

Und wan sie durch bidtlich suppliciren das verderbliche /
unsalige / schädtliche / ehrletzige Fewr in flam und Brandt haben
gebracht / Dan werden sey selber / ihre Weyber / Vatter / Mutter /
Schwester und Brüder verbrent / und so haben sey einen
Stein auffgeworffen / und fallet ihnen selber auff ihren Kopff /
eine grub gegraben / und fallen selber darin.

Könnt Ihr mir sagen, weshalb ich soeben gelogen habe?»,
fragte Hermann seinen Freund Gertzen, als sie nach der
Schöffensitzung auf dem Heimweg waren. «Nicht dass ich sonderlich erpicht darauf wäre, dabei zuzusehen, wie eine weitere
unschuldige Frau bis aufs Blut gemartert wird, aber ...»

«Ich benötige Eure Hilfe», unterbrach Gertzen ihn. «Mit
dem Vogt habe ich bereits gesprochen, und er ist derselben Ansicht wie ich, nämlich dass man Möden das Handwerk legen
muss, bevor er halb Rheinbach auf den Scheiterhaufen bringt.
Der Ehrgeiz dieses Mannes ist enorm, und seine Methoden entbehren jeglicher gesetzlichen Grundlage. Das beginnt schon
bei der Nadelprobe. Ihr wisst ja, wie er sie bei Marta Schmid
manipuliert hat. Deshalb will ich Klage gegen Möden beim
Kurfürstlichen Gericht einlegen.»

«Dagegen habe ich grundsätzlich nichts einzuwenden»,
sagte Hermann nachdenklich. «Euch ist aber bewusst, dass Ihr
Euch damit mächtige Feinde machen werdet? Mödens Helfershelfer hier in Rheinbach und anderswo warten doch nur darauf, dass jemand sich zu weit aus dem Fenster lehnt.»

«Dieses Risiko muss ich eingehen.» Obgleich kaum jemand auf der Straße unterwegs war, sah Gertzen sich angelegentlich nach allen Seiten um, so als fürchte er, dass sich hinter den Büschen am Wegesrand Spione des Hexenkommissars verstecken könnten. «Wenn wir nicht bald etwas unternehmen, wird es mit unserer schönen Stadt ein jämmerliches Ende nehmen. Also sagt, Herr Löher, werdet Ihr mir zur Seite stehen und die Klage mittragen? Ich weiß, dass Ihr Euch die Protektion des Amtmannes erkauft habt. Euch wird also sicherlich nichts geschehen.»

«Mir vielleicht nicht, aber was ist mit Euch? Ihr habt kein solches Schutzschild. Oder etwa doch?»

Gertzen schüttelte nur den Kopf.

«Seht Ihr. Ich kann es nicht verantworten, dass Ihr Euch dieser Gefahr aussetzt. Was soll aus Eurer Gattin und den Kindern werden, wenn man Euch verhaftet? Mir liegt meine Kuni ja schon dauernd damit in den Ohren, dabei haben wir noch vergleichsweise wenig zu befürchten. Aber Ihr ...»

«Was sollen wir denn Eurer Meinung nach stattdessen tun? Die Sache aussitzen und auf ein Wunder hoffen, das niemals eintreten wird? Möden hat Blut geleckt und wird nicht eher Ruhe geben, bis er alle auf seiner Liste zur Strecke gebracht hat. Ihr wisst selbst, was das bedeutet. Wenn er auch nur halb so grausam wütet wie Buirmann vor fünf Jahren, gnade uns Gott. Aber Möden ist schlimmer, kaltblütiger und vor allem geldgieriger. Wie eine hungrige Mücke stürzt er sich auf neue Opfer.»

Hermann kämpfte mit sich. Wenn Kunigunde erfuhr, dass er sich öffentlich gegen Möden wandte, würde sie außer sich geraten. Andererseits hatte Gertzen recht. Wenn sie jetzt nichts taten, war es vielleicht bald schon zu spät. War das Brennen erst einmal in Gang gekommen, ließ es sich kaum aufhalten. Und wie viele unschuldige Menschen durften der Macht- und Geldgier einiger weniger Männer noch zum Opfer fallen?

«Also gut», antwortete er schließlich nach einem tiefen Atemzug. «Aber ich bleibe dabei, dass es für Euch ein zu großes Risiko ist, gänzlich ohne Vorkehrungen ein solches Vorhaben durchzuführen.»

«Was meint Ihr damit, Herr Löher?» Fragend runzelte Gertzen die Stirn. «Um mir ein vergoldetes Schutzschild wie das Eure zuzulegen, dürfte es bereits etwas zu spät sein. Der Amtmann wird sich nicht darauf einlassen, auch wenn er sonst einem kleinen zusätzlichen Geldregen nicht abgeneigt ist.»

«Ich würde es eher eine goldene Brücke nennen, die ich mir gebaut habe», entgegnete Hermann sinnierend. «Und nein, das habe ich auch nicht gemeint. Schall wird sich im Augenblick auf nichts einlassen, das sehe ich ebenso. Er muss als Amtmann den Kommissar unterstützen und wird sich lieber heraushalten, als sich mit Feindseligkeiten herumzuschlagen. Möden ist einfach schon zu einflussreich geworden und hat geschickt viele wichtige Entscheidungsträger auf seine Seite gezogen. Aber sagt an, wann wart Ihr das letzte Mal in Lüftelberg?»

«In Lüftelberg? Wie kommt Ihr jetzt darauf?»

«Nun, weil ich erst kürzlich jemanden von dort kennengelernt habe. Einen Kaufmann namens Riemenschneider, um genau zu sein. Dr. Schweigel hat uns bekannt gemacht, und es stellte sich heraus, dass wir durchaus gute Geschäfte miteinander machen können. Ich möchte Euch ans Herz legen, mich morgen zu begleiten und Euch anzuhören, welchen Vorschlag ich Euch und Riemenschneider zu unterbreiten habe. Wenn Euch zusagt, was ich plane, können wir danach gleich den Vogt aufsuchen und die weiteren Schritte besprechen.»

Dietrich Halfmann wartete, bis alle Schöffen das Bürgerhaus verlassen hatten, bevor er sich erneut an den Tisch im Gerichtssaal setzte. Dr. Möden saß dort nach wie vor und ließ sich den Imbiss schmecken, den Martin Koch schon während der Sitzung gebracht hatte: Gemüsepasteten und kühles Bier. Als der Kommissar ihm gutmütig zunickte und ihn mit einer Handbewegung aufforderte, sich ebenfalls noch etwas von dem guten Essen zu nehmen, sagte er nicht nein. Noch war er nicht wieder verheiratet und musste öfter, als ihm lieb war, auf die nicht immer schmackhaften Gerichte zurückgreifen, die seine Küchenmagd ihm auftischte. Glücklicherweise hatte er sich eine Braut ausgesucht, die laut Aussage ihrer Mutter wie auch seines Freundes Jan Thynen ausgesprochen geschickt mit dem Kochlöffel umzugehen wusste. Er sah also gedeihlichen Zeiten entgegen, würde aber, bis es so weit war, ganz sicher keine kostenlose Mahlzeit ausschlagen.

«Danke, Herr Dr. Möden», sagte er und griff herzhaft zu. Er konnte den Hexenkommissar nicht leiden, empfand ihn als zu großspurig und aalglatt in Wort und Tat. Ganz zu schweigen davon, dass ihn die sadistische Ader dieses Mannes schon immer abgestoßen hatte. Doch er wusste auch genau, wann es ratsam und vorteilhaft war, die eigenen Befindlichkeiten hintanzustellen und eine Allianz zu schließen, wenn schon eine Freundschaft ausgeschlossen war. Die enge Zusammenarbeit

mit den vom Erzbischöflichen Hofgericht entsandten Hexenkommissaren hatte ihm bereits mehr als einmal Vorteile in
klingender Münze verschafft, ganz zu schweigen von einem
Zugewinn an Ansehen und dem Aufrücken in der Hierarchie
der Rheinbacher Schöffen. «Da wir nun unter uns sind», fuhr
er leichthin fort, «darf ich fragen, wen Ihr für die nächste Verhaftung ins Auge gefasst habt? Ihr habt ja sicher bemerkt, dass
diese Heimlichtuerei immer wieder zu Gegenwind führt. Es
wäre also von Vorteil, wenn Ihr wenigstens einige von uns vorab einweihen würdet, damit wir Euch, falls nötig, auf die rechte
Weise dienlich sein können.»

«Es ehrt Euch, Herr Halfmann, dass Ihr so eifrig bereit seid,
meine Prozessführung zu unterstützen.» Möden lächelte ihm
leutselig zu, biss von seiner Pastete ab und kaute genüsslich
darauf herum. Nachdem er den Bissen hinuntergeschluckt hatte, fügte er hinzu: «Aber etwas anderes habe ich von Euch auch
nicht erwartet, denn Ihr wart seit eh und je ein vertrauenswürdiger Partner der Hexenkommissare, nicht wahr?»

«Stets zu Diensten, Herr Dr. Möden.»

«Ihr habt natürlich recht, was meine Pläne angeht. Ich werde es wesentlich leichter haben, sie auszuführen, wenn mir aufrechte Männer wie Ihr und auch Herr Thynen mit Rat und Tat
beistehen. In diesem Fall bin ich jedoch nicht ganz sicher, wie
Ihr die Sache aufnehmen werdet, handelt es sich doch bei der
besagten Weibsperson um jemanden aus Eurem nächsten Be-
kanntenkreis. Ganz besonders ihre Tochter, so munkelt man,
stand Euch, wie soll ich es ausdrücken, bis vor kurzem noch
recht nahe.» Er machte eine bedeutsame Pause.

Halfmann runzelte verwirrt und etwas erschrocken die
Stirn. «Ihre Tochter? Redet Ihr etwa von ...»

«Gertrude Kocheim.» Mit einem süffisanten Grinsen griff Möden nach seinem Glas und trank einen großen Schluck. «Deren Tochter Margarete – ein wirklich hübsches Ding, wie ich zugeben muss – soll sich Euch ja zuletzt sehr bereitwillig als ... nun ja Gesellschaft angeboten haben. Versteht mich nicht falsch, Herr Halfmann! Ich bin der Letzte, der kein Verständnis für die Verlockungen des Fleisches hätte. Vor allen Dingen, wenn sie derart ansehnlich verpackt sind und Euch noch dazu so willig dargeboten werden.»

Halfmann räusperte sich verlegen. «Woher wisst Ihr ...»

«Dass Ihr es wochenlang heimlich mit der Kleinen getrieben habt?» Möden zuckte die Achseln. «Wie Euch ja bekannt ist, hat Martin Koch mich auf den Verdacht gegen die ältere Kocheim gebracht. Sein jüngerer Bruder ist noch Junggeselle und im Reih sehr aktiv ...»

«Ah, ja.» Innerlich fluchend bemühte Halfmann sich um eine gleichmütige Miene. «Daher pfeift der Wind also. Koch hat Euch von der Sache in der Mainacht erzählt.»

«Ihr habt ausgesprochen klug reagiert.» Möden hatte seinen Teller inzwischen geleert und schob ihn von sich. «Man stelle sich nur einmal vor, Ihr hättet tatsächlich eine Tierjage über Euch ergehen lassen müssen!» Erheitert lachte er auf. «Und dann womöglich die kleine Dirne heiraten müssen. Und da Ihr nun wisst, dass Margaretes Mutter in Kürze auf dem Peinstuhl sitzen und danach im Feuer ihr Leben aushauchen wird, dürftet Ihr gleich doppelt erleichtert sein, Euch nicht verwandtschaftlich mit dieser Sippschaft verbinden zu müssen.»

In Halfmanns Magengrube machte sich ein flaues Gefühl breit. «Und Martin Koch hat sie Euch zur Anklage gebracht? Wie kann das sein? Was hat er mit ihr zu schaffen?»

Möden lehnte sich entspannt in seinem Stuhl zurück. «Nichts, soweit mir bekannt ist. Er war auch lediglich der Überbringer der Anzeige.»

«Ach?»

«O ja, und ganz unter uns: Ich war überaus erheitert, als ich erfuhr, von wem die Beschuldigungen ursprünglich stammen. Ob Ihr allerdings ebenso amüsiert sein werdet, wage ich zu bezweifeln. Zwar halte ich Euch für einen nüchtern denkenden Mann, doch in diesem Falle wäre es verständlich, wenn Ihr ein gewisses Maß an Betroffenheit zeigtet.»

In Halfmann keimte ein böser Verdacht. «War es Margarete? Hat sie selbst ihre Mutter angezeigt?»

«Wie ich schon sagte, es hat eine gewisse pikante Note. Ich könnte also durchaus verstehen, wenn Ihr Euch in dieser Sache wegen Befangenheit zurückhalten möchtet.»

«Zurückhalten?» In seinem Kopf wirbelten die Gedanken wild durcheinander. Er durfte jetzt nichts Falsches sagen oder tun. Mödens lauernder Blick ruhte auf ihm. «Das ist nicht nötig», brachte er einigermaßen kühl und unbeteiligt hervor. «Wenn das Mädchen meint, seine Mutter als Hexe denunzieren zu müssen, wird es schon gute Gründe dafür geben.»

«So sehe ich es auch», stimmte Möden grinsend zu. «Falls es Euch aber doch unangenehm sein sollte, könnte ich eine Befragung der gesamten Familie in die Wege leiten lassen. Mit großer Wahrscheinlichkeit würde sich wohl dabei herausstellen, dass nicht nur die Mutter, sondern auch die Tochter Dreck am Stecken hat. Immerhin haben wir vor fünf Jahren den Vater bereits verbrannt. Da liegt es nahe, dass die ganze Sippschaft des Teufels ist.

«Was? Wie meint Ihr?» Nun war Halfmann doch zutiefst

erschrocken. Nur mit Mühe behielt er die Ruhe. «Nein, Herr Dr. Möden, dazu sehe ich keinerlei Notwendigkeit. Wie Ihr ja nun wisst, kenne ich das Mädchen recht gut und kann mich für sie verbürgen. Sie mag einen liederlichen Lebenswandel geführt haben, doch konnte ich dafür sorgen, dass sie auf den rechten Weg zurückfindet. Sie ist jetzt mit einem tüchtigen Bauern verlobt.»

«Christoph Leinen.» Möden nickte bedächtig. «Dessen Onkel, Pius Leinen, unglückseligerweise von Marta Schmid des Hexentanzes auf dem Blocksberg bezichtigt wurde. Nun, es ist ja nur der Onkel. Wenn Ihr sagt, dass Margarete eine brave Christin ist, will ich es dabei bewenden lassen und mich nur auf ihre Mutter konzentrieren. Ich erwarte jedoch von Euch, dass Ihr bei allen Befragungen zugegen seid und mich unterstützt, wo es nur geht. Das Weib ist für sein Schandmaul weithin bekannt, war wohl auch mit der verhafteten Kramersfrau gut befreundet. Zusammen sollten sie uns ausreichend Hinweise auf weitere Komplizen geben können, um die nächsten Prozesse rechtsgültig in die Wege leiten zu können.»

«Selbstverständlich, Dr. Möden. Ich stehe Euch jederzeit zur Verfügung.» Obwohl er noch eine halbe Pastete auf seinem Teller liegen hatte, wischte sich Halfmann die Hände ab und erhob sich. «Entschuldigt, wenn ich so plötzlich aufbreche, aber mir ist gerade eingefallen, dass ich noch eine Verabredung habe.»

«Aber bitte, Herr Halfmann, nur zu. Ich habe selbst noch einiges zu erledigen. Wir sehen uns dann morgen in alter Frische in der Peinkammer wieder.» Mit einem gönnerhaften Lächeln nickte Möden ihm zu und hob noch einmal sein Glas an die Lippen.

Halfmann machte, dass er wegkam. Die Neuigkeiten, die

der Hexenkommissar ihm so gut gelaunt aufgetischt hatte, mussten erst einmal verdaut werden. Kurz überlegte er, ob er zu Gertrude Kocheim gehen und sie warnen sollte, entschied sich dann jedoch dagegen. Sie hatte sich mit ihren Ränkespielen eine Grube gegraben und war nun kurz davor, selbst hineinzustürzen.

«Was für ein saumäßiges Wetter», fluchte Hermann, als er das Wirtshaus betrat. Verärgert schüttelte er seinen durchnässten Mantel aus. Just auf der letzten Meile vor der Stadt waren er und Richard Gertzen in einen Wolkenbruch geraten. Die beiden hatten kurzerhand Zuflucht im Gasthaus genommen, denn der Regen prasselte nach wie vor wie aus Eimern nieder. Ein kalter Wind hatte sich dazugesellt, ganz und gar untypisch für die Jahreszeit. Es war inzwischen Mitte Juli, doch der erhoffte Sommer blieb wieder einmal aus. Wenige sonnige Tage wechselten sich mit langen Kälteperioden ab, die nichts als grauen Himmel und nasse Böden mit sich brachten. Schon stöhnten die Bauern über die ausbleibende Ernte, wurden erneut Stimmen laut, die Zauberern und allerhand Wundertieren die Schuld in die Schuhe schoben.

Else Trautwein war bereits zweimal bis zum zweiten Grad peinlich befragt worden und hatte sämtliche Vorwürfe, die Möden an den Haaren herbeizuziehen pflegte, gestanden. Inzwischen war sie dazu übergegangen, wild mit Namen von weiteren Komplizen um sich zu werfen. Derart überbordend jedoch, dass selbst der Hexenkommissar es aufgegeben hatte, alles notieren zu lassen. Besorgniserregend waren lediglich

Elses wiederholte Tiraden gegen Kunigunde und deren Mutter. Auch gegen Gertrude Kocheim keifte sie inzwischen. Anscheinend hatte sie beschlossen, so viele Menschen wie nur irgend möglich mit in ihr Unglück zu ziehen.

Während Möden die Besagung der Kocheim begrüßte, reagierte er nach wie vor abweisend, wenn sich Else Trautwein gegen die Familie Löher äußerte. Hermann wusste, dass er das dem Amtmann Schall zu verdanken hatte. Er wurde natürlich von Seiten des Kurfürstlichen Hofgerichts angehalten, die Hexenkommissare in ihren Bestrebungen zu unterstützen. Glücklicherweise war Schall aber ein Mann, dem sein eigenes Wohl und vor allem eine dauerhaft gutgefüllte Börse wichtiger waren als politische Winkelzüge. Wie lange es noch so weitergehen konnte, war allerdings fraglich. Obgleich Hermann sich nach wie vor vehement weigerte, eine Flucht aus Rheinbach auch nur ansatzweise in Erwägung zu ziehen, hatte er schon vor Wochen in dieser Hinsicht Erkundigungen eingezogen und einiges in die Wege geleitet. Es brach ihm das Herz, doch er durfte seine Frau und Kinder nicht aus Stolz oder Sturheit der Gefahr aussetzen, doch noch in die Fänge der Hexenrichter zu geraten. Denn dazu, das hatte er mittlerweile gelernt, bedurfte es nur eines winzigen Moments fehlender Aufmerksamkeit.

«Lene, bring uns einen großen Krug vom besten Wein», rief Gertzen der Schankmagd zu. Er hatte sich ebenfalls seines triefenden Mantels entledigt, zog seinen Filzhut vom Kopf und musterte ihn verdrießlich. «Eine Schande ist das. Den ganzen Tag ist es nicht hell geworden, und nun scheint auch noch eine Sintflut über uns hereinzubrechen.»

Hermann ging ihm voraus zu einem der Tische. Obgleich es

430

bereits früher Abend war, saßen nur wenige Gäste im Schank-
raum. Die meisten zogen es offenbar bei dem Unwetter vor, am
heimischen Ofen zu bleiben.

Sie hatten sich kaum hingesetzt und den Wein probiert, als
die Tür aufflog und zwei Männer in militärischer Reitkleidung
hereinkamen. Beide waren triefend nass, entledigten sich jedoch nur ihrer Hüte, aus denen ganze Rinnsale kalten Regens
auf den Boden flossen.

«Dorthin.» Der Ältere, etwa Mitte fünfzig mit grauem Haar
und Bart, wies auf den Tisch neben Hermann und seinem
Freund. Der Jüngere, offenbar sein Sohn, gab der Schankmagd
mit wenigen Worten zu verstehen, sie solle Wein und etwas
Warmes zu essen herbeibringen. Der Ältere nickte Hermann
und Richard Gertzen knapp, aber nicht unfreundlich zu. Dennoch waren ihm ein gewisser Ingrimm und Entschlossenheit
anzusehen. «Guten Abend», sagte er. «Verzeiht, wenn ich
Euch einfach so anspreche, doch ich benötige dringend eine
Auskunft. Könnt Ihr mir sagen, wo ich das Haus des Schöffen
Hermann Löher finden kann? Ich bin Adolf Freiherr von und
zu Weichs, und dies», er deutete auf seinen jungen Gefährten,
«ist mein Sohn Adalbert. Wir kommen direkt von Köln, wo wir
uns mit dem Rheinbacher Vogt, Herrn Dr. Andreas Schweigel,
zu Gesprächen getroffen hatten. Dort erreichte uns üble Kunde über einen nahen Verwandten von mir, und Dr. Schweigel
empfahl mir, mich an jenen Hermann Löher zu wenden. Da die
Sache dringend ist, wäre ich Euch für die Auskunft sehr dankbar.»

Hermann erhob sich und trat an den Tisch des Freiherrn.
«Ihr braucht nicht weiter zu suchen, Herr von Weichs. Ich bin
Hermann Löher, und dies ist mein Schöffenkollege und guter

Freund Richard Gertzen. Worum handelt es sich denn, dass Dr. Schweigel Euch so dringend an mich empfohlen hat?»

«Das trifft sich ja ausgezeichnet! So setzt Euch denn zu uns, auch Ihr, Herr Gertzen, wenn es Euch beliebt. Es geht um Folgendes: Sicherlich seid Ihr bekannt mit Pfarrer Hubertus aus Meckenheim?»

«Selbstverständlich», bestätigte Hermann. Er hatte seinen Becher geholt und sich am Tisch des Freiherrn niedergelassen. «Schon seit vielen Jahren erfreuen wir uns dieser Bekanntschaft. Ich nehme an, bei ihm handelt es sich um jenen Verwandten, den Ihr eingangs erwähntet?»

«So ist es. Er ist mein Vetter, müsst Ihr wissen, und da Ihr Hubertus kennt, dürftet Ihr auch darüber im Bilde sein, dass er einen höchst streitbaren Charakter besitzt. Insbesondere wenn es um die Hexenfeuer geht, die landauf, landab lodern. Ich habe ihn schon ungezählte Male gewarnt, sich nicht zu sehr zu ereifern, doch er bestand stets darauf, als Geistlicher nicht nur seinem Gewissen, sondern auch Gott verpflichtet zu sein.» Weichs seufzte. «Er hat natürlich nicht auf mich gehört. Wahrscheinlich wisst Ihr, dass er bereits einige Male von der Kanzel herab gegen die Methoden der feinen Herren Hexenkommissare gewettert hat. Außerdem hat er mehrmals schon die Schöffen sowie den Meckenheimer Schultheißen ins Gebet genommen und versucht, ihnen Vernunft einzureden.» Er machte eine bedeutungsvolle Pause.

Hermann kräuselte besorgt die Lippen. «Ich fürchte, Ihr werdet mir als Nächstes berichten, dass Dr. Buirmann ihn hat festnehmen lassen. Habe ich recht?»

«Nicht Buirmann, der ist momentan anderswo zugange.» Weichs rieb sich sorgenvoll über die Stirn. «Dr. Möden hat ihn gestern Abend verhaften lassen. Die Kunde erreichte mich heute Vormittag, während ich mit Dr. Schweigel beisammensaß. Er verwies mich sofort an Euch, wäre sogar gerne gleich mitgeritten. Doch ich habe ihm davon abgeraten. Weder ist in seinem fortgeschrittenen Alter ein scharfer Ritt empfehlenswert, noch hätte er vermutlich unsere Geschwindigkeit halten können. Er versprach mir aber, sich in gemäßigterem Tempo gleich nach mir auf den Weg hierher zu machen. Allerdings werde ich keinesfalls auf ihn warten. Wer weiß, was dieser falsche Hexenjäger inzwischen mit Hubertus angestellt hat.» Er schluckte hart. «Bitte, Herr Löher, wollt Ihr mir beistehen und mich zum Hexenturm führen, damit ich diesem widerwärtigen Treiben gegen meinen Vetter ein Ende machen kann?»

«Zum Hexenturm?» Verblüfft hob Hermann die Brauen.

«O ja, so wird Euer Bergfried doch mittlerweile allüberall genannt. Habt Ihr das etwa noch nicht gehört?»

«Sicher habe ich diesen wenig rühmlichen Namen für den Burgturm vernommen», unterbrach Hermann ihn. «Das war es nicht, was mich aufmerken ließ. Weshalb wollt Ihr aber dorthin, wenn doch der Pfarrer in Meckenheim seine Wohnstatt hat? Bisher wurden die dortigen Prozesse im Meckenheimer Bürgerhaus abgehalten.»

«Nicht, seit Möden hier wieder das Zepter an sich gerissen hat», erklärte nun der junge Adalbert, der bisher dem Gespräch schweigend gefolgt war. Sein lockiges, braunes Haar reichte ihm bis weit über den Kragen und kringelte sich durch die Feuchtigkeit besonders stark, wodurch er kindlicher wirkte, als ihm vermutlich lieb war. Seine dunkle, wohltönende Stimme bildete einen interessanten Kontrast dazu. «Er hat vor ein paar Tagen verfügen lassen, dass alle angeklagten Hexen aus

Flerzheim und Meckenheim ebenfalls hierhergebracht werden sollen. Er ist jetzt für alle drei Orte verantwortlich und will sich wohl das ständige Umherreisen sparen.»

«Na, das ist ja lustig, dass wir als Schöffen davon durch Ortsfremde erfahren müssen.» Gertzen blickte Hermann vielsagend an. «Ich möchte wissen, was dieser Mensch noch alles vorhat und uns tunlichst verschweigt.»

«Ich denke nicht, dass es viel bringt, im Hexenturm vorstellig zu werden», fügte Hermann an. «Der wird bewacht. Besser wäre es, sich direkt an Dr. Möden zu wenden und die Freilassung des Pfarrers zu erwirken. Ich kann Euch gerne zu ihm bringen.»

Die vier Männer schwiegen, während Lene Teller mit deftigem Eintopf vor dem Freiherrn und dessen Sohn abstellte. Beide begannen ohne Verzug zu essen.

«Wir dürfen uns nicht allzu lange aufhalten», sagte Weichs zwischen zwei Bissen. «Aber wir haben seit heute Morgen nichts mehr in den Magen bekommen.»

«Was genau wollt Ihr denn überhaupt unternehmen?» Skeptisch runzelte Hermann die Stirn. «Möden ist kein Mann, der sich gerne hineinreden lässt. Ihm entgegenzutreten kann sogar ausgesprochen gefährlich werden.»

«Nicht wenn man den Kurfürsten höchstpersönlich hinter sich hat», widersprach Weichs und löffelte hastig weiter seinen Eintopf. «Ferdinand von Bayern ist mit uns verwandt, müsst Ihr wissen. Entfernt zwar, aber doch nah genug, um ein solches Vorgehen innerhalb seiner Familie mitnichten gutzuheißen. Er mag zwar ein fanatischer Verfechter der Hexenlehre und der Prozesse gegen jedwede echte und eingebildete Zauberer sein, aber in diesem Fall ist Blut eindeutig dicker als Wasser, das kann ich Euch versichern. Der Erzbischof hat mich mit sämtlichen Befugnissen ausgestattet, die vonnöten sind, Pfarrer Hubertus aus der Haft zu befreien. Und der feine Dr. Möden wird sich, was sein Wirken in Meckenheim angeht, zukünftig auf mehr als nur leichten Gegenwind gefasst machen müssen.» Mit einem Stückchen Brot wischte er die letzten Reste des Eintopfs auf dem Grund des Tellers zusammen und schob sie sich in den Mund.

Sein Sohn war noch nicht ganz fertig, ließ aber umgehend den Löffel fallen, als sein Vater sich erhob und nach seinem triefenden Hut griff. «Ich würde sagen, wir machen uns allmählich auf den Weg. Wo kann ich Möden um diese Zeit antreffen?»

«Ei, ei, ei, was man auf dem Markt nicht alles zu hören bekommt. Selbst bei diesem scheußlichen Regen stehen die Mäuler nicht still.» Fröhlich und sichtlich entspannt rührte Gertrude Kocheim in ihrem mit Honig gesüßten Haferbrei herum.

Margarete saß ihr gegenüber und löffelte das frühabendliche Mahl schweigend in sich hinein. Schon eine geraume Weile hatte sie aufgehört, mehr als das Nötigste mit ihrer Mutter zu reden. Der Groll in ihrem Herzen saß einfach zu tief, als dass sie es fertigbrachte, sich über Belanglosigkeiten zu unterhalten.

Gertrude schien es indes zufrieden zu sein, einen heiteren Monolog über den neuesten Tratsch zu halten. «Man munkelt, dass Dr. Möden in Meckenheim und Flerzheim neue Zauberer verhaften ließ», fuhr sie unbekümmert fort. «Erstaunlich, nicht wahr, wie viele solcher Unholde sich jahrelang mitten unter uns verbergen konnten, ohne dass es jemand bemerkt hat.»

«So wie Else Trautwein?», brach Margarete nun doch das Schweigen und ließ einen spöttischen Blick ihre Worte begleiten. Dieser prallte jedoch an ihrer Mutter unbemerkt ab.

«Ja, selbstverständlich, genau wie sie. Man stelle sich das nur einmal vor! Da hat sie immer so freundlich getan, wenn sie uns im Kramerladen bedient hat. Aber in Wahrheit ist sie eine ganz böse, gefährliche Zauberin. Vielleicht hat sie den Tod ihres kleinen Neffen sogar selbst auf dem Kerbholz. Man sagt ja, dass Hexen das Blut und die Herzen von kleinen Kindern dem Teufel opfern und aus ihrem Fett Salben zum Fliegen kochen.»

«Das ist doch Unsinn, Mutter.»

«Ach ja?» Aufgebracht hob Gertrude den Kopf. «Woher willst denn ausgerechnet du das wissen? Ich habe gehört, dass sogar der gute Dr. Möden höchstselbst davon überzeugt ist, dass Hexen solche schlimmen Dinge tun. Deshalb jagt er sie auch so erbarmungslos.»

«Ich glaube nicht, dass Else Trautwein wirklich eine Zauberin ist», beharrte Margarete. «Sie wurde bloß von jemandem angeschwärzt. Vermutlich von Marta Schmid.»

«Ach was, kein Mensch besagt einen anderen ohne Grund. Es wird schon alles seine Richtigkeit haben.»

«Ich dachte, Frau Trautwein sei Eure Freundin.»

«Freundin? Bist du von allen guten Geistern verlassen?» Gertrude legte ihren Löffel geräuschvoll neben ihrem Teller ab. «Ich befreunde mich doch nicht mit so einer! Da müsste ich ja Angst haben, dass sie mich ebenfalls verführt und zum zauberischen Tun anstiftet. Nein, nein, Margarete, du irrst dich. Ich habe sie höflich behandelt, wie man das unter Bekannten so tut, aber nicht mehr.»

Angewidert von der Doppelzüngigkeit ihrer Mutter, schob

Margarete ihren Teller von sich. Der Appetit war ihr vergangen. «Ihr habt sie aber benutzt, um Eure bösen Nachreden über Frau Löher und ihre Mutter in Umlauf zu bringen.»

«Was habe ich?»

Erzürnt starrte Margarete ihre Mutter an. «Leugnet es nicht! Selbst bei der Verbrennung habt Ihr mit ihr gemeinsam Gift verspritzt. Ich habe es doch mitbekommen. Und jetzt habt Ihr nicht den Hauch von Mitleid mit ihr. Wie könnt Ihr nur so kaltherzig sein?»

«Kindchen, mit Zauberinnen hat man eben besser kein Mitleid.» Achselzuckend lehnte sich Gertrude ein wenig in ihrem Stuhl zurück.

«Ich habe gehört, dass sie unter der Folter unzählige Namen von Rheinbacher Bürgern genannt haben soll. Vor allem gegen die Löhers soll sie ausgesagt haben.»

«Na, dann ist sie ja trotz allem wenigstens noch zu etwas nütze», befand Gertrude erfreut. «Gegen die Löher-Sippschaft kann man nicht genug angehen. Das sind doch alles Zauberische, sage ich dir.»

Entsetzt über die Starrsinnigkeit ihrer Mutter, schüttelte Margarete den Kopf. «Ich begreife Euch nicht, Mutter. Das sagt Ihr doch nur, weil Ihr Euch unbedingt wegen dieses blöden Streifens Land rächen wollt. Warum lasst Ihr die Vergangenheit nicht endlich ruhen?»

«Weil ich im Recht bin, Margarete! Dein Vater würde sich im Grabe umdrehen, wenn er nicht zu Asche verbrannt wäre. Du solltest mir vielmehr mit aller Kraft zur Seite stehen und mir helfen, endlich für Gerechtigkeit zu sorgen. Nur wegen Gerhard Löher haben sie deinen Vater gefoltert und zum Tode verurteilt.»

«Ihr sprecht ja irr», fuhr Margarete auf. «Wie könnt Ihr so einen Unsinn überhaupt denken? Vater wurde verbrannt, weil Hilger Lirtz ihn während seines Prozesses beschuldigt hat. Dafür konnte doch der alte Löher gar nichts. Er hat ja damals überhaupt nicht mehr gelebt.»

«Aber er war nun einmal schuld daran, dass Lirtz vor Gericht recht bekommen hat. Und weil dein Vater das nicht auf sich sitzenlassen wollte, hat Lirtz ihn dreist der Hexerei bezichtigt. Und damit trägt der alte Löher sehr wohl eine Mitschuld an seinem Tod. Hermann Löher ebenfalls, denn er saß ja auch über deinen Vater zu Gericht, wenn du dich erinnerst.»

«Das hat Dietrich Halfmann auch getan», erwiderte Margarete wütend. «Und ihm kriecht Ihr in den Hintern, damit er Euch gegen die Löhers hilft.»

«Wie redest du denn, Kind? Zügele gefälligst deine Zunge!» Erstaunlich flink fuhr Gertrude auf und schlug zu.

Margaretes Kopf flog zur Seite. Sie presste die Hand auf ihre brennende Wange, wollte jedoch nicht wieder klein beigeben. «Nein, Mutter, diesmal nicht», sagte sie mit zitternder Stimme. «Wenn Ihr wollt, dass ich den Mund halte, müsst Ihr mich schon totschlagen.»

«Eine ordentliche Tracht Prügel steht dir allemal an.» Zornig erhob sich Gertrude und strebte der Tür zu. Dort drehte sie sich wieder zu ihrer Tochter um. «Dankbar solltest du mir sein, jawohl. Schließlich bemühe ich mich nach Kräften, das Erbe deines Vaters zu bewahren.»

«Das Erbe meines Vaters geht an irgendeinen entfernten Vetter.»

«Na und, aber es bleibt dennoch in der Familie. Und für dich habe ich auch bestens gesorgt.»

«Für mich?» Nun sprang auch Margarete erzürnt auf. «Verkauft habt Ihr mich, sonst nichts!»

«Ich habe getan, was in unserer Situation am sinnvollsten war, Margarete. Mit deinem beschädigten Ruf wärest du eines Tages in der Gosse gelandet. Schau, was für dich herausgesprungen ist: eine Ehe mit einem zukünftigen Großbauern. Besser geht es ja wohl nicht mehr.»

«Eine erzwungene Ehe, Mutter. Und vorher habt Ihr mich wie eine Dirne verschachert.»

«Kindchen, die meisten Ehen sind erzwungen, und die, die es nicht sind, verlaufen in der Regel auch nicht glücklicher. Also stell dich nicht so an. Der Christoph ist doch anscheinend ganz angetan von dir. Was willst du denn noch mehr? Ich muss schon sagen, du bist ausgesprochen undankbar. Schließlich hattest du mit Halfmann ja auch deinen Spaß, nicht wahr? Wage es nicht, das zu leugnen, Margarete. Ich habe euch laut und deutlich gehört, wenn ihr es im Stall miteinander getrieben habt.»

«Ihr habt uns belauscht!»

Ungerührt zuckte Gertrude die Achseln. «Ich musste doch sichergehen, dass du unserem guten Freund wirklich in allem zu Willen warst. Zu deinem Glück hast du unsere Seite der Abmachung voll und ganz erfüllt.»

«Unsere Seite?» Margarete schnappte empört nach Luft. «Schämt Ihr Euch überhaupt nicht, mir das ins Gesicht zu sagen? Ihr habt mich in dem Glauben gelassen, dass Halfmann mich heiraten wollte. Andernfalls hätte ich mich niemals auf ihn eingelassen.»

«Wirklich nicht?» Mit einem gehässigen Lachen trat Gertrude wieder auf sie zu. «Ein mannstolles Weib wie du? Dass ich nicht lache. Früher oder später wirfst du dich doch jedem Kerl an den Hals.»

«Und weshalb wohl tue ich das, Mutter?» Margaretes Hände begannen zu zittern. Rasch verschränkte sie die Arme vor der Brust.

«Weshalb? Was weiß ich denn? Feile Dirnen wie du werden meistens schon so geboren.»

«O nein, das ist nicht wahr, Mutter. Ihr wart es, die mich immer von sich gestoßen und am Ende in die Arme von irgendwelchen Männern getrieben hat.»

«Ich?» Verblüfft starrte Gertrude sie an. «Jetzt redest *du* aber irr, Kindchen. Ich war dir immer eine pflichtgetreue Mutter. Was kann ich denn dafür, dass du dich nur wohlfühlst, wenn irgendein Kerl dir unter die Röcke geht?»

«Pflichtgetreu, o ja, das wart Ihr gewiss immer, Mutter. Vor allem mit der Rute habt Ihr nie gespart.»

«Wer mit der Rute spart, verzieht sein Kind.»

«Und wer ihm keine Liebe gibt, treibt es von sich fort und bringt es dazu, sich diese Liebe woanders zu suchen.»

«Was, Liebe hast du gesucht? Indem du dich von der halben Stadt hast bespringen lassen?» Gertrude lachte spöttisch auf. «Das ist ein guter Witz, Kind.»

Margarete spürte, wie ihr die Schamesröte ins Gesicht stieg. «Wenigstens sehe ich ein, dass ich auf dem falschen Weg war. Ihr hingegen haltet starrsinnig an Eurer verqueren Sichtweise fest, Mutter. Wenn Ihr doch nur Vernunft annehmen würdet ...»

«Vernunft? Kind, ich bin so vernünftig, wie man nur sein kann. Immerhin habe ich dir einen guten Ehemann verschafft und werde auch meinen Plan, mich an den Löhers zu rächen, noch in die Tat umsetzen.»

«Nein, Mutter, das werdet Ihr nicht.»

«Ach nein? Willst du mich vielleicht daran hindern?»

In Margarete breitete sich eine Eiseskälte aus, die sie zuvor noch niemals empfunden hatte. Das von sturer Entschlossenheit verzerrte Gesicht ihrer Mutter erregte nur noch Abscheu in ihr. «Was Ihr vorhabt, ist unrecht, Mutter. Ihr verbreitet ganz gemeine und gefährliche Lügen. Seid Ihr noch niemals auf den Gedanken gekommen, dass so etwas auch einmal nach hinten losgehen kann? Ihr seid so damit beschäftigt, anderen eine Grube zu graben, dass Ihr gar nicht bemerkt, wie nah Ihr selbst am Rande derselben steht.»

Gertrude merkte irritiert auf. «Was soll das denn heißen?»

«Wenn Ihr eine Weile über meine Worte nachdenkt, werdet Ihr deren Sinn schon begreifen.» Mit schmerzendem Herzen drehte Margarete sich um und ging zum Fenster. Draußen war es noch hell, der Himmel von Wolken verhangen. Es wehte ein kühler Wind, der die Äste der Linde neben dem Fenster knarren und rascheln ließ. Das Knirschen von Stiefelabsätzen und Getrappel von Hufen, die von der Straße zu ihr hereindrangen, verursachten ihr eine Gänsehaut. Ihrer Mutter schienen die Geräusche nicht aufzufallen. Sie hatte sich wieder an den Tisch gesetzt und goss sich gerade frischen Wein ein.

Als Margarete die hereinwehenden Stimmen der Männer vor dem Haus erkannte, begann ihr Herz schnell und heftig zu pochen. Sie umschlang sich selbst fest mit den Armen und drehte sich zu Gertrude um. «Sie kommen, Mutter.»

«Was meinst du?» Als hätten sie eben gar nicht gestritten, blickte Gertrude von ihrem Becher auf und runzelte überrascht die Stirn, als es an der Haustür klopfte. «Erwartest du etwa noch Besuch um diese Zeit?»

Unfähig, sich auch nur einen Zoll von ihrem Platz am Fenster fortzubewegen, schüttelte Margarete den Kopf. Ein unkontrollierbares Zittern ergriff ihren gesamten Körper. «Nein, sie sind wegen Euch hier, Mutter.»

«Wer ist wegen mir hier?» Als die Stubentür aufflog und der Stallknecht Erhard mit entsetzter Miene hereingestürzt kam, dicht gefolgt von zwei bewaffneten Bütteln, sprang Gertrude erschrocken von ihrem Stuhl auf. «Was soll das? Wie könnt Ihr es wagen, hier einfach so hereinzuplatzen. Erhard, was wollen diese Männer hier?»

Einer der beiden Büttel, ein hagerer Kerl mit eingefallenen Wangen und Tränensäcken unter den Augen, packte Gertrude am Arm und ließ die eisernen Handschellen klirren, die er mit sich führte. «Gertrude Kocheim, Ihr seid der Zauberei angeklagt. Hiermit verhaften wir Euch und bringen Euch ins Verlies des Burgturmes, wo Ihr bis zu Eurem Prozess zu verbleiben habt.»

«Was? Das ist eine infame Lüge! Ich bin keine Hexe. Lasst mich sofort los!», schrie Gertrude und versuchte sich aus dem harten Griff des Büttels zu befreien. Doch sogleich kam ihm sein Kollege zu Hilfe. Augenblicke später schon waren ihre Hände und Füße in Ketten gelegt, die Büttel zerrten sie aus der Stube hinaus.

Gertrude wehrte sich mit aller Kraft, drehte sich zu Margarete um. Mit wildem Blick starrte sie sie an. «Was hast du getan, Kind?»

Doch Margarete antwortete nicht darauf. Wie betäubt sah sie zu, wie ihre zeternde und schreiende Mutter abgeführt wurde. Erhard und Ursel rannten händeringend hinter den Bütteln her. Vor dem Haus wurden weitere Stimmen laut. Die Nachbarn waren aus ihren Häusern gekommen, um der Verhaftung zuzusehen. Schmährufe mischten sich mit Gertrudes schrillem Gekreische.

Margarete blieb am Stubenfenster stehen, bis wieder Stille eingekehrt war. Erst dann erlaubte sie sich, tief durchzuatmen. Das Zittern ließ jedoch nicht nach, verschlimmerte sich sogar noch, sodass sie sich schließlich am Fensterbrett festhalten musste.

Sie hatte gedacht, sie würde ein Gefühl der Erleichterung überkommen. Genugtuung vielleicht sogar. Doch nichts dergleichen geschah. Ihr Herz schmerzte noch mehr als zuvor, ihr Kopf schien vollkommen leer zu sein. Nur ein einziger Gedanke drehte sich darin immer und immer wieder: *Du hast deine Mutter zum Tode verurteilt.*

Krampfhaft umklammerte sie das Fensterbrett, denn ein eigenartiger Schwindel überfiel sie. Sie hatte es wirklich und wahrhaftig getan. Hatte ihre Mutter als Hexe denunziert. Und was nun? Wie sollte es jetzt weitergehen?

Als sie hinter sich leise Schritte und dann ein Räuspern vernahm, zwang sie sich, die Fensterbank loszulassen und sich umzudrehen. «Herr Koch.» Ihre Stimme klang seltsam belegt, als gehöre sie gar nicht ihr selbst. «Ihr seid hier, um Euren Lohn einzustreichen?»

Der Gerichtsbote nickte schweigend, hielt in stummer Geste die rechte Hand auf.

Unsicher, ob ihre Beine sie tragen würden, machte Margarete ein paar Schritte auf ihn zu, an ihm vorbei, hinauf in ihre Kammer. Sie holte das Bündel mit dem Schmuck ihrer Mutter unter der Matratze hervor, stakste mit weichen Knien die Stufen wieder hinab. Koch war ihr bis zum Fuß der Treppe gefolgt und nahm das Blutgeld mit einem freundlichen Neigen des Kopfes entgegen.

«Niemand darf davon erfahren», sagte Margarete. «Das könnt Ihr doch einrichten, nicht wahr? Wenn es jemand zu Ohren kommt ...»

«Es ist für alles gesorgt, Fräulein Margarete.» Mit einem schmalen, gehässigen Lächeln wandte er sich zum Gehen. «Gehabt Euch wohl und wagt es nicht, mich jemals wieder anzusprechen.»

Margarete sah dem Gerichtsboten nach, wie er forschen Schrittes das Haus verließ, die Tür jedoch nicht hinter sich schloss. Sie hatte gedacht, dass sich draußen niemand mehr aufhalten würde, doch das war ein Irrtum. Etliche Nachbarn und auch einige Schaulustige aus den Nebenstraßen standen gaffend und klaafend beieinander. Viele von ihnen versuchten nun, da die Tür offen stand, einen Blick ins Innere des Hauses der Hexe zu erhaschen. Niemand kam jedoch zu ihr, um sie zu trösten oder ihr Hilfe anzubieten.

Die Kälte kam so rasch zurück, dass Margarete zitternd vergeblich nach dem Treppengeländer fasste, um sich abzustützen. Die Betäubung, die sie bis eben noch empfunden hatte, wich von ihr und machte einem unsäglichen Schmerz in ihrer Seele Platz. Mit einem Keuchen brach sie auf der Treppe zusammen, krümmte sich in heftigen Krämpfen, zerrte wild und verzweifelt an ihren Haaren ... und schrie.

20. Kapitel

Die Richter sagen: es sey ein crimen exceptum. Ergo, machet
gute Order, daß es schultige und nicht unschultige treffe.

Der Tisch in der Schöffenstube des Rheinbacher Bürgerhauses war reich gedeckt. Pasteten, kalter Braten, verschiedene Soßen, gekochtes und gebratenes Gemüse sowie
frisches Brot und Wein in großen Krügen standen bereit. Jan
Möden hatte sich schon auf einem der Stühle niedergelassen,
ebenso Johann Bewell, Jan Thynen und Dietrich Halfmann.
Auch der Gerichtsschreiber Melchior Heimbach war anwesend
sowie der Meckenheimer Schultheiß Bartholomäus Winssen
mit einem der Meckenheimer Schöffen namens Heinrich
Müller. Außerdem hatte Möden einen neuen Schöffen für das
Rheinbacher Gericht berufen, der für den kranken Gottfried
Peller einspringen sollte. Diederich Euskirchen hatte nicht lange gezögert, als ihm der Posten angeboten worden war. Schon
früher hatte er vertretungsweise das Schöffenamt bekleidet,
und Möden war sich seiner Treue absolut sicher. Das war von
immensem Vorteil, wenn man bedachte, dass sich das Verlies im Hexenturm allmählich mit Angeklagten füllte. Je mehr
Schöffen er auf seiner Seite wusste, desto einfacher war es, die
anstehenden Prozesse ohne Verzug durchzuführen.

Gerade hatte er vom Gerichtsdiener die Bestätigung erhalten, dass man Gertrude Kocheim verhaftet hatte. Halfmann, das war ihm anzusehen, nahm die Nachricht mit gemischten Gefühlen auf.

Die weit wichtigere Errungenschaft jedoch, die Möden sich auf die Fahne schrieb, war eindeutig der Meckenheimer Pfarrer Hubertus, der in diesem Moment nebenan in der Peinkammer saß und darauf wartete, vom Henker geschoren zu werden. Der Geistliche war ein dicker Fisch in seinem Netz, den er gerne ausnehmen wollte, bevor sich irgendwo Protest erheben konnte. War nämlich erst einmal das Geständnis des Pfarrers im Protokoll vermerkt, würde sich der Hebel bei einigen weiteren hochstehenden Personen viel leichter ansetzen lassen. Die Anzeige war von Winssen ausgegangen, der sich, ähnlich wie Möden selbst, schon seit längerer Zeit von den Tiraden des Pfarrers gegen die Zaubereiprozesse gestört fühlte. Deshalb hatte er den Schultheißen auch heute Abend zum Essen eingeladen und ebenso einen der Meckenheimer Schöffen. Zum morgigen Prozessbeginn würden sich noch weitere Mitglieder des Meckenheimer Gerichts einfinden, doch zunächst einmal galt es, diejenigen bei Laune zu halten, von denen Möden wusste, dass sie ihm jetzt schon fleißig zuarbeiteten.

«Herr Dr. Möden, ich verlange auf der Stelle, mit Euch zu sprechen!», rief der Pfarrer aus der Peinkammer. Etwas rappelte, vermutlich zerrte der Geistliche an seinen Fesseln. «Wie lange wollt Ihr mich noch so hier sitzen lassen?»

Möden verdrehte leicht die Augen und erhob sich. Mit einem entschuldigenden Lächeln wandte er sich an seine Gäste. «Verzeiht, Ihr guten Herren, ich muss mich für einen Moment um den Angeklagten kümmern. Nehmt Euch derweil ruhig schon von dem guten Essen und stoßt auf einen gelungenen Abend an.»

Ohne auch nur eine Spur seiner Verärgerung zu zeigen, betrat Möden die Peinkammer. «Pfarrer Hubertus, Ihr verlangt nach mir? Möchtet wissen, wie lange Ihr hier noch auszuharren habt? Das kann ich Euch sagen. Wenn es nach mir geht, werdet Ihr mindestens zweimal vierundzwanzig Stunden auf den Peinstuhl gebunden. Natürlich erst, nachdem der Henker Euch geschoren hat und wir Euch der Nadelprobe unterzogen haben. Oder habt Ihr vor, sogleich Eure Schuld einzugestehen und zu Protokoll zu geben, dass Ihr ein Zauberer seid und mit vielen unsäglichen Hexenkomplizen im Bunde steht?»

«O nein, das werde ich nicht tun, denn das wäre eine Lüge, und damit würde ich mich vor dem Herrn versündigen!» Der Pfarrer schüttelte vehement den Kopf. Er war ein großer, hagerer Mann mit glattem schwarzem Haar, das ihm gepflegt bis auf die Schultern fiel. Seine blauen Augen sprühten zornige Funken ob der schändlichen Behandlung, die ihm widerfuhr. «Wie könnt Ihr es überhaupt wagen, mich zu verhaften?»

«Das kann ich Euch sagen, Herr Pfarrer. Ihr seid besagt worden, und solche Anzeigen muss ich ernst nehmen. Ich kann dabei keine Rücksicht darauf nehmen, ob jemand arm oder reich, weltlich oder geistlich ist.» Möden bedachte Hubertus mit einem selbstgefälligen Lächeln.

«Und wer, bitte schön, hat diese Lüge über mich in die Welt gesetzt? Das ist doch lachhaft. Ich und ein Zauberer? Da könnte ich ja auch gleich behaupten, Ihr könntet hexen, Herr Dr. Möden. Ich will auf der Stelle den Namen meines Anklägers wissen!»

«Was Ihr wollt oder nicht wollt, steht hier nicht zur Debatte,

Herr Pfarrer.» Weiterhin behielt Möden seinen ruhigen Ton bei, beschloss jedoch, die anstehende Folter so lange wie nur möglich auszukosten. Das ungebührliche Mundwerk des Geistlichen reizte ihn derart, dass er ihm liebend gerne ins Gesicht geschlagen hätte. Doch solche Gefühlsregungen waren in der Peinkammer fehl am Platze, deshalb beherrschte er sich.

Da in diesem Moment Tünnes mit einem Eimer Wasser hereinkam, gefolgt vom Henker, den der Gerichtsbote erst hatte auftreiben müssen, entspannte Möden sich. «Sehr gut», befand er und nickte dem Henker freundlich zu. «Meister Jörg, schön, dass Ihr zu dieser Stunde noch hergekommen seid. Sicherlich habe ich Euch vom Abendbrottisch fortgeholt, doch die Angelegenheit eilt.» Er wies auf Hubertus. «Schert den Pfaffen und gebt mir Bescheid, sobald Ihr damit fertig seid. Noch heute Abend will ich die Nadelprobe an diesem Erzzauberer durchführen.»

«Ja, Herr Dr. Möden.» Meister Jörg nickte, zögerte jedoch, als er den Mann auf dem Peinstuhl erkannte. «Aber ... das ist ja der Pfarrer Hubertus aus Meckenheim. Der soll ein Zauberer sein?»

«Seht Ihr, nicht einmal der Henker glaubt diese Lüge!», empörte Hubertus sich sogleich erneut und zerrte an seinen Fesseln. «Lasst mich sofort frei, Ihr Unmensch, sonst wird es Euch noch leidtun!»

Möden kräuselte ein wenig die Lippen. «Bereuen werdet Ihr, Herr Pfarrer, wenn Ihr Eure Zunge nicht allmählich im Zaum haltet. Euch steht es mitnichten zu, den Richter in diesem Prozess in solchem Tone anzusprechen.»

«Richter nennt Ihr Euch? Das ist eine Frechheit!», ereiferte Hubertus sich. «Ihr habt als Hexenkommissar überhaupt nicht zu richten, sondern nur zu beraten. Aber haltet Ihr Euch daran? Nein. Lieber macht Ihr Euch die Taschen voll. Ihr hetzt die Leute gegeneinander auf und übergebt unschuldige Menschen dem Feuertod.»

«Unschuldig ist noch niemand verbrannt worden», widersprach Möden und konnte sich den hochfahrenden Tonfall nicht verkneifen. Der Pfarrer ging ihm auf die Nerven und hielt ihn von seinem guten Essen ab. «Ein jeder von ihnen hat seine Missetaten gestanden. Und das werdet auch Ihr, so verstockt Ihr jetzt auch noch sein mögt.»

«Nein, das werde ich nicht. Eher soll mich der Blitz treffen, als dass ich eine Lüge gestehe.»

«Das werden wir ja sehen.» Möden verschränkte die Arme vor der Brust und bedachte den Geistlichen mit einem angesäuerten Blick. «Meister Jörg, seid so gut und zieht dem vorlauten Pfarrer die Mundbirne an, solange Ihr mit ihm beschäftigt seid. Das wird sein Bedürfnis, dieses Gericht zu beleidigen, mit Sicherheit lindern.»

«Äh, ja, sofort.» Noch immer schien der Henker sich mit dem Pfarrer auf dem Peinstuhl nicht ganz wohlzufühlen, doch er gehorchte und holte die Maulsperre aus dem Regal.

Hubertus wehrte sich, versuchte den Kopf wegzudrehen, doch mit Tünnes' Hilfe hatte Meister Jörg ihm das Folterinstrument rasch angelegt. Möden nickte zufrieden und wandte sich zum Gehen, prallte jedoch zurück, da in der Tür ein kräftiger grauhaariger Mann in militärischer Reitkleidung stand. Der Fremde schien sich regelrecht angeschlichen zu haben.

«Wer seid Ihr, und was wollt Ihr hier?», fragte er barsch, um gleich klarzustellen, dass er hier im Bürgerhaus das Sagen hatte.

Der Fremde blieb vollkommen unbeeindruckt. Er betrat die Peinkammer, gefolgt von einem jüngeren Mann, dessen Hand drohend auf dem Griff seines Säbels lag. Noch einen Schritt dahinter erkannte er Hermann Löher, der mit stoischer Miene und verschränkten Armen dastand und ihn mit finsteren Blicken maß. Er hatte die Fremden wohl ins Bürgerhaus gelassen, denn die Eingangstür war abgeschlossen gewesen. Dafür hatte er selbst gesorgt, um unliebsame Störungen während seiner abendlichen Befragung samt Mahlzeit zu unterbinden.

«Seid Ihr der Hexenkommissar Jan Möden?», raunzte der Grauhaarige in gebieterischem Tonfall. Gleichzeitig stieß der Pfarrer einen überraschten Laut aus. Offenbar kannte er die Ankömmlinge.

Möden runzelte die Stirn. «Dr. Jan Möden, zu Euren Diensten, Herr ...?»

«Ganz sicher nicht.» Ehe Möden sichs versah, hatte der Fremde ihn am Kragen gepackt und schüttelte ihn heftig durch. «Ich bin Adolf Freiherr von und zu Weichs, und ich befehle Euch, Euren Gefangenen, den ehrenwerten Pfarrer Hubertus von Meckenheim, auf der Stelle freizulassen. Die Anklagepunkte gegen ihn sind null und nichtig.» Mit einem Ruck ließ Weichs ihn wieder los, sodass er strauchelte und beinahe gestürzt wäre.

Verärgert rappelte er sich wieder auf. Indes waren die übrigen Schöffen samt dem Meckenheimer Schultheiß aus der Schöffenstube herübergekommen und drängten zur Tür herein, um den Grund für den Aufruhr zu erfahren.

Möden richtete sich kerzengerade auf, reckte das Kinn und strich angelegentlich seine in Unordnung geratenen Kleider glatt. «Was fällt Euch eigentlich ein?», fragte er mit schnei-

450

dender Stimme. «Wie könnt Ihr es wagen, ein Mitglied dieses Gerichts anzugreifen?»

«Das kann ich Euch sagen, Ihr Wicht», erwiderte Weichs erzürnt. «Ich bin ein Vetter des Pfarrers und ebenso des Kölner Erzbischofs, und ich besitze jegliches Recht, Euch die Strafe angedeihen zu lassen, die Euch für die Dreistigkeit gebührt, meinen Verwandten unter erlogenen Anklagepunkten vor dieses Gericht zu zerren.» Er wandte sich an den Henker. «Bindet Hubertus auf der Stelle los und befreit ihn von diesem widerlichen Marterinstrument.» Als der Henker nicht sofort reagierte, hob Weichs drohend die Faust. «Wird's bald?»

«Nichts da, Meister Jörg.» Möden verschränkte die Arme vor der Brust. «Ihr untersteht meinem Befehl, und der lautet …»

«Ihr wollt es wohl nicht anders, ja?», polterte Weichs und zog eine Reitpeitsche hervor, von der Möden bis eben noch nichts gesehen hatte. Sie zischte einmal kurz und heftig durch die Luft, ganz knapp an Mödens Kopf vorbei. «Lasst Hubertus frei, sage ich. Sofort.»

Unter den Schöffen brach hektische Unruhe aus, Thynen und Bewell versuchten, sich zwischen den erregten Freiherrn und den Kommissar zu stellen, doch Weichs' junger Begleiter zog sogleich seinen Säbel und hielt die Männer damit in Schach.

«Befreit ihn verdammt noch mal von der Maulsperre, Mann», fuhr Weichs den Henker an, der daraufhin sofort gehorchte.

«Und du, Möden», fuhr er fort, als der Pfarrer endlich befreit war, «sollst mich noch kennenlernen. Du bezichtigst keine unschuldigen Leute der Hexerei mehr, verstanden?» Er holte aus, und diesmal verfehlte die Peitsche ihr Ziel nicht. Klatschend sauste sie auf die Schulter des Hexenkommissars nieder.

451

Möden schrie auf, wich zurück, das Gesicht vor Qual und Zorn verzerrt. Doch der Freiherr hatte bereits erneut ausgeholt. Wieder und wieder ließ er die Peitsche auf dem Rücken des Kommissars tanzen.

«Hast du mich verstanden, Hurensohn?» Jedes Wort wurde von einem Hieb begleitet, und mit jedem Hieb wich Möden weiter zurück, bis er sich eingeklemmt zwischen Regal und Wand wiederfand. Schützend hielt er die Arme über den Kopf. «Ein Mitglied der Familie Weichs, verwandt mit Erzbischof Ferdinand von Bayern, gehört mitnichten vor ein Hexentribunal. Wenn ich höre, dass du auch nur noch ein einziges Mal einen Fuß nach Meckenheim setzt, erwartet dich weit Schlimmeres als nur meine Reitpeitsche.» Mit einem letzten zischenden Schlag ins Leere zog Weichs sich von Möden zurück und wandte sich seinem Vetter zu, der inzwischen vom Peinstuhl aufgestanden war und sich hinter den jungen Adalbert geflüchtet hatte.

Da vom Kommissar keine Gefahr mehr ausging – er kauerte zitternd und blutend in der Ecke neben dem Regal –, fielen sich die beiden Vettern in die Arme.

«Gottlob seid Ihr noch rechtzeitig gekommen», keuchte Hubertus, der noch ganz bleich im Gesicht war. «Ich fürchtete schon, mein letztes Stündlein hätte geschlagen.»

«So vorlaut, wie Ihr Euch gegeben habt, hätte aber wohl nicht einmal der Allmächtige vermutet, dass Ihr in Sorge um Euer Leben gewesen seid.» Sichtlich erleichtert klopfte Weichs dem Geistlichen auf die Schulter. «Kommt nun, wir verschwinden von hier. Adalbert.» Er winkte seinem Sohn, der daraufhin endlich seinen Säbel sinken ließ und ein gesiegeltes Schreiben unter seinem Mantel hervorzog.

«Gerichtsschreiber?», fragte er barsch.

Nervös trat Heimbach einen Schritt vor. Adalbert drückte ihm den Brief in die Hand. «Mit freundlichen Grüßen vom Kurfürstlichen Hofgericht.» Nach einem letzten Blick in die Runde folgte er seinem Vater und dem Pfarrer die Treppe hinunter. Auch Hermann Löher wandte sich zum Gehen, hielt aber noch einmal kurz inne. «Ich hoffe», sprach er mit sichtlicher Genugtuung, «dass Ihr Euch die Worte des Freiherrn zu Herzen nehmt, werte Kollegen.»

Als auch Löher die Stufen ins Erdgeschoss hinabgestiegen war, vernahm Möden, der sich vorsichtig erhoben hatte, noch einmal die Stimme des Pfarrers, der mit dem Freiherrn sprach. «Woher wusstet Ihr überhaupt, dass sie mich verhaftet haben, Vetter?»

«Ihr wisst doch, dass ich meine Augen und Ohren überall habe», antwortete Weichs. «Ein Bote erreichte mich gestern mit der schrecklichen Kunde. Der Rheinbacher Vogt, Dr. Schweigel, war so gut, mir seine Hilfe anzubieten. Durch ihn und diesen guten Mann hier, Hermann Löher, konnte ich Euch glücklicherweise noch rechtzeitig ausfindig machen.» Was weiter gesprochen wurde, war nicht mehr zu verstehen, denn die Männer hatten das Bürgerhaus verlassen. Die Tür fiel krachend hinter ihnen ins Schloss.

«Kommt, Herr Dr. Möden, wir helfen Euch», bot Thynen an, der sich als Erster aus der Schreckstarre gelöst hatte, und wollte den Kommissar zuvorkommend stützen. Auch Halfmann griff nach Mödens Arm, doch dieser entzog sich beiden Schöffen mit einem Ruck.

«Lasst nur.» Seine Stimme zitterte vor unterdrücktem Zorn. Vorsichtig tastete er über seine Arme, seinen Hals, sein Gesicht.

Als er das Blut an seinen Fingerspitzen sah, knirschte er mit den Zähnen. «Das wird mir die alte Krähe von Vogt büßen», murmelte er und ging vorsichtig zur Tür. «Er und auch Löher.» Bevor er die Treppe hinabstieg, drehte er sich noch einmal zu den betreten schweigenden Schöffen um. Dabei bemühte er sich, die Erniedrigung, die er empfand, nicht zu zeigen. «Entschuldigt mich, meine Herren. Ich muss mich für heute leider verabschieden. Wir sehen uns morgen zum Prozessbeginn der Witwe Kocheim.»

So gerade und würdevoll, wie es sein angekratzter Stolz und seine Schmerzen zuließen, schritt er die Stufen ins Erdgeschoss hinab und verließ ebenfalls das Bürgerhaus.

«Margarete? Margarete! O mein Gott.» Mit einem Aufschrei des Entsetzens stürmte Christoph Leinen durch die offene Tür des Kocheim'schen Anwesens und fiel neben der reglos am Fuß der Treppe liegenden jungen Frau auf die Knie. Hektisch blickte er hinter sich. «Mutter, kommt schnell!»

«Was ist geschehen? O Muttergottes, steh uns bei!» Elisabeth Leinen eilte herbei und stieß beim Anblick Margaretes einen bestürzten Laut aus. «Ist sie …?»

«Sie atmet, aber ich glaube, sie ist ohnmächtig.»

«Ist sie die Treppe hinabgefallen? Hat sie sich vielleicht …»

«Ich weiß es nicht.» Hilflos sah Christoph sich um, tastete seine Braut vorsichtig ab. «Nein, Mutter, ich glaube nicht, dass sie gestürzt ist. Ich glaube eher, sie ist zusammengebrochen. Schau dir ihr Gesicht an. Sie hat geweint. Vielleicht hat die Erschöpfung sie gepackt.»

«Kein Wunder, das arme Ding.» Elisabeth stieß ein abgrund-
tiefes Seufzen aus. «Wir hätten sie gleich nach der Verlobung
zu uns nehmen sollen. In diesem Haus gibt es nichts Gutes,
seit der alte Kocheim tot ist. Wie muss das Mädchen gelitten
haben. Schau, wohin das alles geführt hat. Wenn wir doch nur
eher ...»

«Mutter.» Sachte schüttelte Christoph den Kopf. «Wir konnten nicht ahnen, wie schlimm es hier steht. Glaub mir, wenn ich
es gewusst hätte, wäre nicht so viel Zeit ins Land gezogen, in
der ich meinen unsinnigen Groll und meine Eifersucht genährt
habe.» Zärtlich strich er der Bewusstlosen über die Wange.
«Wenn jemand sich Vorwürfe machen muss, dann ich. Ich kenne Margarete schon mein ganzes Leben, und ebenso lange ...»
Er schluckte, senkte verlegen den Kopf.

Seine Mutter berührte ihn kurz am Arm. «Ich weiß, Junge,
ich weiß. Vielleicht waren wir mit Blindheit geschlagen, doch
das ist jetzt vorbei. Komm, lass sie uns von hier fortbringen.»

Christoph nickte schweigend und hob Margarete mit aller
Vorsicht auf seine Arme, trug sie hinaus aus ihrem Elternhaus.

Auf halbem Wege zum Bauernhof seiner Familie begann
Margarete, sich zu regen. Ihr Kopf rollte leicht hin und her, sie
murmelte etwas Unverständliches. Dann öffneten sich ihre Augen, und sie blickte fragend und erstaunt zu ihm auf. «Christoph?»

«Schsch, ist schon gut. Es kommt alles wieder in Ordnung,
mein Schatz», raunte er ihr zu.

«Nein.» Sie versteifte sich in seinen Armen. «Nichts kommt
je wieder in Ordnung. Niemals.» Ihre Stimme klang brüchig
und war so leise, dass er sie nur mit Anstrengung verstand.
Bevor er etwas darauf antworten konnte, schlossen sich ihre

455

Augenlider erneut und er konnte spüren, wie ihre Anspannung schwand, sie abermals das Bewusstsein verlor.

※

Als Margarete erwachte, wusste sie zunächst nicht, wo sie sich befand. Sie lag in einem weichen Bett mit frisch riechender Wäsche. Im Raum war es dunkel bis auf eine kleine Öllampe, die auf der Konsole neben dem Bett brannte. Sie fühlte sich ein wenig zittrig, doch die Stille um sie herum beruhigte sie. Erst als sie den Kopf ein wenig drehte, um sich in der kleinen Kammer umzusehen, bemerkte sie, dass ein paar Schritte entfernt am geschlossenen Fenster eine Frau mit dunklem, von grauen Strähnen durchzogenem Haar und Lachfältchen um Augen und Mundwinkel auf einem Stuhl saß und sie beobachtete.

«Frau Leinen?» Sie schluckte und räusperte sich. «Was ... wie ...?»

«O gut, du bist endlich aufgewacht.» Elisabeth erhob sich rasch und beugte sich über Margarete, tastete fürsorglich über ihre Stirn. «Kein Fieber. Dann sollte es dir bald wieder besser gehen.»

«Warum bin ich denn hier?»

«Das fragst du noch?» Elisabeth setzte sich auf die Bettkante und strich Margarete eine blonde Haarsträhne aus der Stirn. «Du bist jetzt hier zu Hause, mein Kind. Hättest es, wenn es nach mir gegangen wäre, schon lange sein müssen. Als wir gehört haben, dass sie deine Mutter verhaftet haben, sind wir auf dem schnellsten Wege gekommen, um dich zu holen.» Sie lächelte leicht. «Ich habe dir ein wenig vom Abendessen heraufgebracht.» Vage deutete sie auf einen kleinen Tisch neben dem Fenster, auf dem ein Teller mit Brot, Blutwurst und Käse sowie ein Krug samt Becher standen. «Und wenn du dich ein wenig frischmachen oder dich erleichtern möchtest ...» Sie machte eine weitere ausholende Geste, die sowohl die kleine Waschkommode als auch den Toilettenstuhl einschloss. «Ich sage Christoph Bescheid, dass du wach bist. Er möchte unbedingt heute noch ein paar Worte mit dir wechseln. Ich habe es ihm erlaubt, denn ich weiß, dass er nur dein Bestes im Sinn hat. Am liebsten wäre er dir überhaupt nicht mehr von der Seite gewichen, aber ich konnte ihn davon überzeugen, dass eine Frau ihrem Bräutigam nicht unbedingt begegnen möchte, bevor sie sich nicht ein wenig in Ordnung gebracht hat.»

Wieder schluckte Margarete, kämpfte mit den aufsteigenden Tränen. «Ihr hättet das nicht zu tun brauchen, Frau Leinen. Ich bin es doch gar nicht wert, dass Ihr ...»

«Willst du wohl still sein?» Energisch schüttelte Elisabeth den Kopf. «So einen Unsinn will ich nicht hören, verstanden? In ein paar Wochen wirst du meine Schwiegertochter sein, und schon jetzt bist du mir so lieb wie eines meiner eigenen Kinder. Das warst du schon immer. Leider war ich zu dumm oder zu schwach, um früher danach zu handeln.» Sie erhob sich. «Mach dich frisch. Wie ich ihn kenne, wird Christoph dir nicht mehr als eine Viertelstunde zugestehen, bevor er hier hereinstürmt.»

Vollkommen verblüfft blickte Margarete der Frau nach, die bald ihre Schwiegermutter sein sollte. Nein, das würde niemals geschehen. Nicht wenn Frau Leinen erfuhr, was wirklich geschehen war. Wie ein Sturm fegte die Erinnerung über sie hinweg. Einer eisigen Kralle gleich umklammerte der Schmerz erneut ihr Herz. Nur mit Mühe schaffte sie es, sich zu erheben und den Toilettenstuhl zu benutzen. Dann entdeckte sie das saubere dunkelblaue Kleid, das über der Stuhllehne hing, die frische Wäsche, die Leinentücher. Im Krug bei der Waschschüssel befand sich frisches Wasser, daneben stand ein Fläschchen mit Veilchenöl. Veilchen, die sie so liebte. Woher hatte Frau Leinen das gewusst? Hatte sie es ihr irgendwann einmal erzählt?

Sie konnte der Versuchung nicht widerstehen, entledigte sich ihres zerknitterten grauen Kleides und rieb sich mit den Leinentüchern am gesamten Körper ab. Auch ein wenig Wasser benutzte sie, um ihr Gesicht zu erfrischen. Dann verteilte sie das duftende Öl auf ihrem Körper. Sie hatte sich gerade das neue Kleid über den Kopf gezogen, jedoch noch nicht zugenestelt oder verschnürt, als vor der Kammertür Schritte laut wurden. Im nächsten Moment klopfte es, und Christoph streckte den Kopf herein. «Margarete, darf ich eintreten?» Als er sah, dass sie nicht vollständig bekleidet war, lächelte er schief. «Ich schaue auch nicht hin.» Er räusperte sich. «Na gut, ich schaue vermutlich doch hin, aber du musst nicht befürchten, dass ich … Ich meine, wir heiraten zwar bald, aber trotzdem brauchst du nicht …» Verlegen zuckte er die Achseln. «Ich bleibe ganz brav, versprochen.»

Sein leicht verschämter Blick, gepaart mit dem aufrichtigen Tonfall, reizte Margarete beinahe zum Lächeln, doch sofort rief sie sich in Erinnerung, dass es nicht recht war, was sie hier tat. Sie musste auf dem schnellsten Wege wieder nach Hause. Christoph würde sie sowieso nicht mehr wollen, wenn er die Wahrheit erfuhr.

«Komm nur herein, es macht mir nichts aus. Ich meine … Natürlich müsste es mir etwas ausmachen.» Sie hob die Schultern. «Aber das tut es nicht.» Sie seufzte und fasste einen Ent-

458

schluss. Am besten, sie brachte es sofort hinter sich. «Du weißt selbst, dass ich keine ... du weißt schon ... Jungfrau mehr bin. Und Schamhaftigkeit lag noch nie in meiner Natur. Ich weiß nicht, weshalb du dich plötzlich für mich begeistert hast, aber ganz gleich, was meine Mutter dir vorgelogen oder dir versprochen haben mag – du musst diese Scharade nicht weiter aufrechterhalten. Niemand, ich zuallerletzt, zwingt dich, weiter mit jemandem wie mir verlobt zu bleiben.»

«Jemandem wie dir?» Sein Blick verriet ehrliche Verblüffung. «Was meinst du denn damit?»

Sie wedelte leicht ungeduldig mit den Händen. «Na, mit einer schamlosen Dirne wie mir, die sich schon mit vielen Männern herumgetrieben hat und dann auch noch so dumm war, sich mit Dietrich Halfmann einzulassen. Und weshalb? Weil meine Mutter mich an ihn verkauft hat.» Nun schwang in ihrer Stimme all die Bitterkeit mit, die sie empfand, wenn sie an die Ereignisse der vergangenen Monate dachte. «Das soll alles dein Problem nicht sein, Christoph. Ich spreche dich von all deinen Verpflichtungen mir gegenüber frei. Du sollst nicht darunter leiden müssen, dass ich mich versündigt habe. Sag deiner Familie, besonders deiner Mutter, Dank dafür, dass sie sich so freundlich um mich gekümmert und mich in ihrem Haus empfangen hat. Aber nun muss ich zurück in mein Heim und versuchen, das, was von den Scherben meines Lebens noch übrig ist, wieder einigermaßen zusammenzusetzen.» Sie nestelte an den Verschlüssen ihres Kleides herum und wollte gleichzeitig an Christoph vorbei aus der Kammer gehen, doch er stellte sich ihr in den Weg.

«Nein, Margarete, dies ist jetzt dein Heim. Du brauchst nicht davonzulaufen.»

«Ich laufe nicht davon, sondern bewahre dich vor einem Haufen Ärger.» Noch einmal versuchte sie, sich an ihm vorbeizudrängen, doch er umfasste ihre Schultern und schob sie mit Leichtigkeit zurück in die Kammer.

«Margarete, hör mir zu.» Als sie sich erneut abwenden wollte, ließ er ihre Schultern los und umfasste stattdessen ihr Gesicht. Eindringlich blickte er ihr in die Augen. «Bleib hier, Margarete. Du musst keine Angst haben.»

«Ich habe keine ...»

«Doch, ich sehe es an deinen Augen.» Er lächelte leicht. «Du fürchtest, ich könnte mich von dir abwenden, nicht wahr? Und gleichzeitig versuchst du, genau diese Reaktion mit deinen Worten hervorzurufen. Aber das wird dir nicht gelingen, Margarete. Weshalb sollte mich deine Vergangenheit jetzt auf einmal abschrecken, wenn sie es vorher nicht getan hat? Mag sein, dass ich nicht eben glücklich darüber bin, dass ich nicht dein erster Mann sein kann, aber weißt du, was mich das alles vergessen macht?» Er näherte sich ihr, bis ihre Lippen sich beinahe berührten. Dann lächelte er. «Dass ich ganz sicher dein letzter Mann sein werde. Und zwar, bis dass der Tod uns scheidet.» Sanft berührten seine Lippen die ihren, jedoch nur für einen Moment, dann zog er sich wieder ein wenig zurück. «Ich habe selbst nicht unbedingt wie ein Mönch gelebt, das weißt du selbst. Lange Zeit habe ich darüber hinaus meinen Groll über deine wechselnden Liebschaften mehr als offen zur Schau getragen. Du musstest glauben, dass ich mir nichts aus dir mache, denn ich wollte mich nicht der Lächerlichkeit preisgeben, indem ich zugebe, dass ich dich liebe.»

Margarete zuckte zurück. «Mich liebst?»

«O ja, schon so lange ich denken kann. Und ich war dumm,

Margarete. Hätte ich dir meine Gefühle eher gezeigt, wäre vielleicht alles anders gekommen. Mutter wollte dich schon viel früher als meine Braut. Eigentlich schon zu einer Zeit, als wir beide noch viel zu jung zum Heiraten waren. Deshalb habe ich sie auch immer für verrückt erklärt. Als ich dann erfuhr, was Halfmann dir angetan hatte ... Ich wusste, dass deine Mutter ihre Finger mit im Spiel haben musste! Keine Mutter der Welt hätte vor solch einer Angelegenheit die Augen verschlossen, es sei denn, sie verspricht sich etwas davon. Ich habe durch meinen Onkel verlauten lassen, dass ich an einer Heirat mit dir Interesse hätte, und Halfmann hat sofort angebissen, der Hundesohn.»

«Was ... du hast dich ihm angeboten? Ich dachte, er habe dir dafür Geld versprochen oder einen Gefallen oder ...»

«Nein, Margarete. Ich wollte dich schon immer für mich. Ich hoffe bloß, du kannst mir verzeihen, dass ich so lange gebraucht habe, um das zu begreifen.» Er fasste nach ihren Händen und zog sie erneut zu sich heran. «Ich liebe dich, Margarete, und ganz gleich, ob du diese Liebe jemals wirst erwidern können – ich lasse dich nicht mehr fort. Du wirst meine Frau, und ich verspreche dir, dass du es gut bei mir haben wirst.»

«Nein.» Mit einem Ruck entzog Margarete ihm ihre Hände. «Nein, Christoph, du liebst mich nicht. Und falls doch, wird das ein Ende haben, wenn du erfährst, was ich getan habe. Ich bin es nicht wert, deine Frau zu werden. Lass mich gehen. Du machst dich bloß unglücklich.» Sie wandte ihm den Rücken zu und kämpfte schon wieder mit den Tränen.

Doch anstatt sich zurückzuziehen, wie sie es gehofft hatte, trat er dicht hinter sie und schlang seine Arme um sie. «Unglücklich werde ich nur, wenn du mich verlässt, Margarete.

Versuch erst gar nicht, mich wieder loszuwerden. Das wird dir nicht gelingen.»

«Du willst mich nicht, Christoph. Versteh doch ...» Sie erschauerte, als seine Lippen ihren Hals streiften. «Bitte ... nicht ...» Sie blinzelte heftig, doch die Tränen brannten schon zu sehr in ihren Augen, als dass sie sie noch hätte zurückhalten können. «Du musst mich gehen lassen, Christoph. Du weißt ja nicht, was für eine grässliche Person ich bin.»

Sein warmer Atem strich über ihren Hals, erneut gefolgt von seinen Lippen. «Du wirst mich nicht umstimmen können, Margarete.»

«Aber ich muss. Du wirst mich hassen, wenn du erfährst ... Ich will nicht, dass du mich hasst, aber ...»

«Hörst du jetzt endlich damit auf?» Energisch drehte er sie zu sich herum, hielt sie aber weiterhin dicht an sich gepresst. «Hab doch nicht solche Angst, Margarete. Nichts, was du mir sagen könntest, würde meinem Entschluss etwas anhaben.» Er suchte ihren Blick, hielt ihn gefangen. «Auch nicht die Tatsache, dass du deine eigene Mutter wegen Zauberei angezeigt hast.»

Margarete erstarrte, ihre Augen weiteten sich vor Schreck. «Du weißt ...?»

«Natürlich weiß ich es. Habe ich es mir gedacht», verbesserte er sich sogleich.

«Ich bin eine Mörderin, Christoph!»

«Vielleicht.» Unbeeindruckt sah er sie an. «Ich glaube, du wusstest keinen anderen Weg, dich von ihr zu befreien. Vielleicht gab es auch keinen anderen. Sie hätte dich früher oder später zerstört.»

«Hasst du mich denn überhaupt nicht dafür?»

Er zog sie fest an sich, strich ihr übers Haar. «Ich könnte dich nicht hassen, selbst wenn ich wollte.» Er drückte seine Lippen auf ihr Haar, dann schob er sie so weit von sich, dass er ihr ins Gesicht schauen konnte. «Heute Nacht möchte ich gerne bei dir bleiben. Und sei es auch nur, um sicherzugehen, dass du mir nicht doch noch ausreißt.»

In seinen Augen funkelte ein winziger Schalk, der so unwiderstehlich war, dass ihre Lippen zu zucken begannen. Sie wehrte sich gegen das Lächeln, sträubte sich noch gegen dieses merkwürdige Gefühl der Geborgenheit, das sie zu übermannen drohte.

Es war jedoch schon zu spät, er hatte es gesehen. Unvermittelt küsste er sie auf die Lippen. «Ich wusste, es besteht noch Hoffnung.»

21. Kapitel

Je mehr sie brennen / je mehr und mehr sie durch das peinliche
besagen zu dem verbrennen kommen: sie sollen auch nimmer
zum ende des verbrennens kommen / (sagt Cautio Criminalis,)
biß daß sie alle mit ein ander verbrent werden.

M utter, habt Ihr einen Augenblick Zeit für mich?»
Erstaunt über den zögerlichen Ton ihrer Tochter,
drehte Kunigunde sich zu Maria um, die in der Küchentür
stand und an einer Falte ihres Rockes herumnestelte.

Kunigunde war gerade dabei, die Zutaten für einen Kuchen
zu verrühren, stellte die große Holzschüssel aber sogleich zur
Seite. «Was gibt es denn, Kind? Du siehst verstört aus. Ist etwas
passiert?»

«Ich weiß nicht recht.» Maria trat näher, knabberte dabei
an ihrer Unterlippe. «Ihr wisst, dass ich vorhin bei Tringen zu
Besuch war.»

«Habt ihr euch gestritten?»

«Nein, ganz und gar nicht. Aber sie hat mir etwas erzählt,
das ich erst gar nicht glauben wollte.»

«Und zwar?»

«Tringen sagt, ihr Onkel hätte erzählt, dass Vater neulich
Abend Dr. Möden verprügelt hätte, zusammen mit einem Gra-
fen oder so, und der Kommissar sei deshalb furchtbar wütend.
Und jetzt wird überall erzählt, dass Frau Kocheim und Frau

Trautwein Vater unter der Folter als Zauberer beschimpft hätten.»

Kunigunde wurde blass. Alles Gefühl wich aus ihren Gliedern. «Wer erzählt das?»

«Alle eben, sagt Tringen. Und auf dem Weg nach Hause haben mich die Leute so komisch angeschaut. Mutter, ich fürchte mich, auf die Straße zu gehen, wenn die Leute so komisch gucken und hinter meinem Rücken tuscheln.»

«Ach, mein liebes Kind, komm her.» Kunigunde zog ihre älteste Tochter in die Arme und drückte sie an sich. Dabei suchte sie ebenso viel Trost in dieser Umarmung, wie sie versuchte, dem Mädchen zu vermitteln. «Fürchte dich nicht. Dein Vater hat gesagt, wir sind sicher, dass er dafür gesorgt hat. Wir müssen ihm vertrauen.»

«Dann wird er nicht verhaftet?»

«Ich hoffe nicht.»

«Verzeihung, Frau Löher, wenn ich Euch unterbreche», ertönte in diesem Moment die Stimme des Vogtes. Unbemerkt war er in die Stube getreten, drehte unbeholfen seinen Filzhut in den Händen. «Entschuldigt mein ungefragtes Eindringen, Eure Hilde hat mich hereingelassen.» Er lächelte flüchtig, wurde aber gleich wieder ernst. «Ich fürchte, ich kann Eure Hoffnung nicht teilen. Nach allem, was mir heute zu Ohren gekommen ist, steht das Schlimmste zu befürchten.»

«Was sagt Ihr da, Herr Dr. Schweigel?» Kunigunde hatte das Gefühl, als setze ihr Herzschlag für einen Moment aus. Hilfesuchend griff sie nach Marias Arm, hielt sich daran fest.

Sogleich war der Vogt an ihrer Seite und stützte sie zuvorkommend. «Verzeiht, liebe Frau Löher. Ich will Euch nicht in helle Aufregung versetzen, aber ich befürchte, dass die Angelegenheit kürzlich im Bürgerhaus Eurem Gatten das Genick gebrochen hat – im übertragenen Sinne gesprochen.»

«Hat Vater den Kommissar wirklich verprügelt?», fragte Maria erschrocken.

«Nein, Kind, das hat er selbstverständlich nicht getan», antwortete Kunigunde rasch und versuchte, die in ihrem Kopf durcheinanderwirbelnden Gedanken zu ordnen. «Das war dieser Freiherr, wie hieß er noch gleich?»

«Der Freiherr von und zu Weichs», half der Vogt ihr aus.

«Aber warum ist Dr. Möden dann sauer auf ihn?» Ratlos blickte Maria zwischen ihrer Mutter und dem Vogt hin und her. Sie hatten den Kindern nichts von dem Vorfall erzählt, obgleich Kunigunde zumindest die Älteren lieber eingeweiht hätte. Dies musste nun wohl oder übel nachgeholt werden.

«Dein Vater hat auf mein Geheiß dem Freiherrn, der ein guter Freund von mir ist, geholfen, den Meckenheimer Pfarrer Hubertus aus der Haft zu befreien», erklärte der Vogt dem Mädchen. «Ich weiß, es war viel von mir verlangt, dass er sich in die Sache einmischt, doch ich wusste mir keinen anderen Rat und Weg. Hätten wir nicht sofort gehandelt, wäre es das Todesurteil für den guten Pfarrer gewesen. Ich fürchte, Eure Familie, Frau Löher, wird dafür einen hohen Preis zu zahlen haben, obgleich Euer Mann dem Freiherrn letztlich nur den Weg gewiesen hat. Doch das wird in Mödens Augen sicherlich schon ausreichen, ihn als Verräter zu betrachten. Wo steckt Euer Gatte überhaupt? Wir sollten ihn zu diesem Gespräch unbedingt hinzuziehen.»

«Er ist mit Herrn Gertzen nach Lüftelberg geritten.» Sicherheitshalber setzte sich Kunigunde auf die Küchenbank, denn mittlerweile zitterten ihr die Knie so sehr, dass sie fürchtete, sich nicht mehr aufrecht halten zu können. «Heute Abend wollen sie wieder zurück sein.» Sie rang die Hände. «Was tun wir denn jetzt bloß? Mein guter Hermann weigert sich strikt, die Stadt zu verlassen, das hat er schon so oft gesagt. Und ich verstehe ihn gut. Nicht nur er hängt mit Herz und Seele an diesem Haus, an dem Geschäft, an der Stadt. Das hier ist unsere Heimat. Wo sollten wir denn hin, wenn wir gezwungen werden, fortzugehen? Ich kann mir keinen Ort auf dieser Welt vorstellen, an dem ich leben möchte. Wo wären wir überhaupt sicher? Mödens Helfer würden uns doch überall aufspüren.» Tränen stiegen ihr in die Augen, doch sie drängte sie so gut es ging zurück, um die leise schluchzende Maria nicht noch mehr zu erregen.

«Es gibt Orte, an denen Ihr sicher wäret, liebe Frau Löher. Aber die sind recht weit von hier fort.» Verzagt hob der alte Vogt die Schultern. «Ich rate Euch dringend, auf Euren Mann einzuwirken und ihn davon zu überzeugen, dass Flucht die einzige Möglichkeit ist, die Euch noch bleibt. Noch leckt Möden bloß seine Wunden – Weichs hat ihm eine ordentliche Abreibung mit der Reitpeitsche verpasst. Doch lange wird es nicht dauern, bis er seine Kräfte gesammelt und sich einen Plan zurechtgelegt hat. Und dann hilft auch alles Geld und Gold nicht mehr. Ich kenne Möden. Bisher hat er sich bedeckt gehalten, denn der Amtmann ist nach wie vor die Instanz, nach der er sich zu richten hat. Dass wir ihm eine fette Beute, und eine solche war Pfarrer Hubertus, unter der Nase abspenstig gemacht haben, wird er nun als persönlichen Affront ansehen. Ihr erinnert Euch sicher noch daran, wie Buirmann sich damals auf die Familie Peller gestürzt hat, um ihr zu vergelten, dass er seine Angebetete nicht bekommen hat. Frau Peller musste dafür mit dem Leben bezahlen. Hier geht es zwar nicht um einen solch persönlichen Rachefeldzug, aber Möden ist um ein Vielfaches brutaler und rücksichtsloser als Buirmann. Wie ein Aasgeier auf ein totes Tier stürzt er sich mit Klauen und Krallen auf seine Opfer. Entreißt man ihm eines, kann er, da bin ich absolut sicher, gefährlich werden. Ganz abgesehen davon, dass Löher ihm schon immer ein Dorn im Auge war. Die Einzigen, die im Augenblick wirklich sicher vor ihm sind, so vermute ich, sind der Freiherr und der Pfarrer, denn die beiden werden vom Erzbischof persönlich beschützt.»

«Aber mein lieber Dr. Schweigel», unterbrach Kunigunde ihn erschrocken. «Bedeutet das nicht auch, dass Ihr ebenfalls in Gefahr schwebt? Ihr sagt, wir müssen aus Rheinbach fliehen, doch was ist mit Euch? Müsstet Ihr Euch Euren Rat nicht selbst zu Herzen nehmen? Immerhin habt Ihr dem Freiherrn ebenso geholfen wie mein Mann. Und auch Ihr habt schon immer gegen die Zaubereiprozesse protestiert.»

Schweigel nickte bedächtig und setzte sich neben Kunigunde auf die Bank. Maria griff indes, wohl um ihre Hände irgendwie zu beschäftigen, nach der Teigschüssel und begann darin zu rühren.

«Wenn ich jünger wäre, liebe Frau Löher», antwortete der Vogt nach einem Moment des Schweigens, «würde ich eine Flucht vielleicht in Betracht ziehen. Aber ich bin alt, weit über siebzig Jahre. Mich verpflanzt niemand mehr. Wenn Möden mich verhaften lassen will, soll es geschehen. Ich habe mein Leben gelebt, mich stets bemüht, im Sinne der Stadt Rheinbach zu handeln, die mir mehr als nur Heimat ist. Was hier vorgeht, schon seit Jahren, das fürchterliche Brennen, die Missgunst untereinander – ich konnte es nicht verhindern, habe mich aber stets bemüht, den Menschen die Augen zu öffnen. Wenn ich dafür und für meine ablehnende Haltung gegen die Hexenprozesse im Allgemeinen mit dem Leben bezahlen soll, dann sei es so.»

«Aber nein, Herr Dr. Schweigel, so dürft Ihr doch nicht sprechen!», rief Maria entgeistert. Ihre Augen füllten sich erneut mit Tränen. «Ihr dürft nicht verbrannt werden. Sagt, dass das nicht passieren wird.»

«Niemand weiß, was der nächste Morgen, die nächste Weggabelung mit sich bringt.» Schweigel erhob sich wieder, trat zu dem Mädchen und strich ihm sanft über den Kopf. «Du bist noch jung und hast, so Gott will, ein langes, glückliches Leben vor dir. Ich hingegen werde für die Zeit, die mir noch bleibt, hier ausharren und für meine Überzeugung eintreten. Euch aber, Frau Löher, lege ich ans Herz, den sichereren Weg zu wählen.»

Kunigunde nickte und bemühte sich gleichzeitig, sich ihre Verzweiflung beim Gedanken an eine Flucht nicht anmerken zu lassen. «Ich werde mit meinem Mann darüber sprechen», versprach sie. «Sobald er aus Lüftelberg zurück ist.»

«Hat er gesagt, was ihn schon wieder dorthin treibt? Ich hätte nicht gedacht, dass die Geschäfte mit Riemenschneider derart fruchtbar verlaufen würden. Jedenfalls nicht so rasch. Wie oft war er in den vergangenen Wochen in Lüftelberg?»

«Genau weiß ich es gar nicht mehr, aber häufig.»

Schweigel nickte bedächtig. «Nun, es wird gute Gründe geben. Gedeihliche Geschäfte seien Euch vergönnt. Ich muss mich jetzt leider wieder verabschieden. Seid versichert, dass ich Augen und Ohren offen halten werde und Euch Bescheid gebe, sollte ich etwas in Erfahrung bringen, was Euch betrifft.»

Bevor er sich zur Tür wandte, fügte er hinzu: «An Eurer Stelle würde ich vorläufig das Haus nicht verlassen. Man weiß nie, wozu der Pöbel imstande ist, wenn er auf die rechte Weise aufgehetzt wird.»

«Ja, selbstverständlich. Vielen Dank, Herr Dr. Schweigel – für alles. Ihr seid ein wirklicher Freund.» Kunigunde begleitete ihn noch bis zur Haustür.

Er ergriff ihre Hände. «Die Familie Löher war mir schon immer lieb und teuer, das wisst Ihr. Es schmerzt mich, das aussprechen zu müssen, aber wartet nicht zu lange.»

Unruhig rieb Kunigunde ihre nackten Füße aneinander. Es war bereits nach Mitternacht, doch Hermann war noch immer nicht aus Lüftelberg zurück. Sie machte sich große Sorgen, denn wer wusste schon, was den beiden Männern unterwegs widerfahren war? Hoffentlich kein Überfall. Normalerweise verdrängte sie solche Gedanken stets, wenn Hermann in Geschäften unterwegs war. Er trug auch immer versteckt eine Waffe bei sich, meist einen Dolch. Bisher war nie etwas passiert, doch man konnte nie wissen.

Seit dem Besuch des Vogtes drehten sich ihre Gedanken immerfort. Was, wenn Möden bereits Männer ausgeschickt hatte, um Hermann festzunehmen? Saß er womöglich längst im Burgverlies oder im Wasemer Turm, und sie wusste es nur noch nicht?

Eisige Schauer erfassten sie beim bloßen Gedanken an diese Möglichkeit. Um sich abzulenken, ließ sie ihren Blick über die Einrichtung des Schlafzimmers wandern. Das massive Bett, die Kommoden. Sie schlief nun schon so viele Jahre hier und konnte sich überhaupt nicht vorstellen, woanders aufzuwachen. Abgesehen von kurzen Besuchen bei Verwandten hatte sie Rheinbach und die Umgebung noch nie verlassen. Aufgewachsen war sie zwar in Flerzheim, doch seit ihrer Hochzeit war Rheinbach ihre Heimat, ihr Lebensmittelpunkt.

Wenn sie jedoch zu wählen hätte zwischen ihrer Heimat und dem Leben mit Hermann, würde sie stets ohne zu zögern Letzteres wählen, ganz gleich, wohin es sie verschlagen mochte. Doch ihr Mann, dessen war sie sich bewusst, hing noch weit mehr an seiner Heimat, an all den Erinnerungen, die er mit seinem Elternhaus verband. Wer konnte ihm verübeln, dass er sich dagegen sträubte, sein Geschäft aufzugeben, das er gemeinsam mit seinem Vater selig aufgebaut hatte? Ganz zu schweigen von seiner Stellung als Schöffe. Sie waren nicht nur wohlhabend, sondern eine angesehene Familie. Nachbarn und Freunde waren stets zu ihnen gekommen, um sich Rat zu holen. In letzter Zeit allerdings, das musste Kunigunde zugeben, war es in dieser Hinsicht ruhig geworden. Die Leute hielten sich zurück, waren unsicher, wem man noch trauen konnte, und kümmerten sich nur noch um sich selbst. Klatsch und Tratsch hingegen blühten straßauf und straßab. Rheinbach hatte sich in den vergangenen fünf Jahren sehr verändert. An der Oberfläche schien zwar alles beim Alten zu sein, doch darunter brodelte und gärte es. Und je länger Männer wie Dr. Möden ihre Machtspielchen spielten und sich am Unglück anderer labten, desto mehr verkamen die guten Sitten und das menschliche Miteinander. Es war zum Heulen, und genauso fühlte Kunigunde sich. Tränen nützten jedoch wenig. Sie konnte nicht einschätzen, wie schlimm es wirklich stand. Ob der Vogt vielleicht doch übertrieben hatte oder ob es sogar noch schlimmer kommen würde, als er prophezeit hatte. Wenn sie daran dachte, dass eines ihrer Kinder Möden in die Hände geraten könnte, standen ihr die Haare zu Berge.

Wo blieb Hermann bloß? Warum hatte er sie nicht vorgewarnt, dass es so spät werden könnte? War vielleicht doch etwas passiert? Oder waren er und Gertzen nur aufgehalten worden? Am frühen Abend hatte es leicht geregnet, doch inzwischen war die Wolkendecke aufgerissen und der Boden wieder abgetrocknet.

Unfähig, länger ruhig im Bett zu liegen, stand Kunigunde auf, zog sich ihre Decke um die Schultern und trat an das geöffnete Fenster. Die Luft war mild, jedoch ein wenig zu kühl für Ende Juli. Eine leichte Brise raschelte in den Blättern der Bäume und Büsche am Rand des Hofes. Irgendwo schrie ein Vogel. Tief atmete sie die vertrauten Gerüche der Sommernacht ein, in der Hoffnung, dass ihre Nerven davon beruhigt würden.

Gerade als sie sich wieder zu Bett begeben wollte, vernahm sie von der Straße her leise Stimmen. Mitten in der Bewegung hielt sie inne und zuckte erschrocken zusammen, als ein lautes Klopfen durchs Haus tönte.

«Heilige Maria, steht uns bei», murmelte sie. Ihr Herzschlag hatte sich unvermittelt verdreifacht. Hastig griff sie nach Hermanns Hausmantel und warf ihn sich über, dann eilte sie hinunter.

Sie kam gerade rechtzeitig, als Beppo, nur mit Hemd und Hose bekleidet, eine kleine Lampe in der Hand, die Haustür einen Spaltbreit öffnete. «Wer da?», fragte er leise. Gleichzeitig war ein Schniefen und Schluchzen zu vernehmen.

«Richard Gertzen», kam sogleich die Antwort. «Und ich bringe Anna Kemmerling mit. Hol deine Herrin her, wir brauchen ihre Hilfe.»

«Um Himmels willen, Anna!», rief Kunigunde und schob Beppo einfach beiseite, um die Tür weiter zu öffnen. «Was ist passiert? Hast du dich verletzt?»

«Nein, nein, gute Frau», beruhigte Gertzen sie sogleich. «Nichts dergleichen ist geschehen. Es geht vielmehr um Gottfried Peller. Als Euer Gatte und ich vorhin die Stadt erreichten, kamen wir wie immer an Pellers Haus vorbei und fanden die arme Anna in heller Verzweiflung vor.»

«Mein Onkel hatte einen schlimmen Anfall», schluchzte Anna. «Ich wusste mir nicht zu helfen, und jetzt ...»

«Er ist tot», erklärte Gertzen ruhig. «Ein paar Nachbarn und Euer Gatte kümmern sich um den Leichnam und haben den Pfarrer geholt, und ich bot mich an, das Mädchen zu Euch zu bringen.»

«Ach, mein armes, liebes Kind.» Mitfühlend zog Kunigunde ihre zukünftige Schwiegertochter in die Arme und drückte sie. «Kommt herein, Herr Gertzen. Vielen Dank, dass Ihr Euch Annas angenommen habt. Aber was ist denn mit deinen Eltern, Kind? Müssen sie nicht benachrichtigt werden?»

«Sie sind gar nicht in der Stadt.» Annas Stimme zitterte so stark, dass sie kaum zu verstehen war. «Sie sind bei meiner Tante in Drees zu Besuch.»

«Das ist zwar nur einen Steinwurf entfernt, aber ich halte es nicht für sinnvoll, heute Nacht noch jemanden auszuschicken. In ein paar Stunden wird es schon hell, dann sende ich jemanden los, um ihnen Bescheid zu geben», sagte Gertzen. «Kümmert Ihr Euch solange um das Mädchen?»

«Aber ja, selbstverständlich. Komm, Anna, du kannst in unserer Gästekammer ...»

«Anna? Was ist geschehen? Weshalb weinst du?» Ebenfalls

nur mit Hose und am Hals offenem Hemd bekleidet, kam Bartel die Treppe herabgelaufen. Sein Haar war zerzaust, und er fuhr sich mehrmals ordnend mit gespreizten Händen hindurch.

«O Bartel, es ist so schrecklich!» Anna löste sich von Kunigunde und warf sich in die Arme des jungen Mannes. «Mein lieber, guter Onkel Peller ist tot.»

Während Anna Bartel unter Tränen berichtete, was sich zugetragen hatte, nahm Gertzen Kunigunde ein wenig beiseite. «Liebe Frau Löher, ganz im Vertrauen: Ich befürchte, dass der Tod des guten Herrn Peller auch für Eure Familie weitreichende Folgen haben wird. Mit Eurem Gatten habe ich darüber bereits kurz gesprochen, und er war ganz meiner Meinung. Peller war außer mir und Eurem Mann der einzige Schöffe in Rheinbach, der noch nicht unter Mödens schädlichem Einfluss stand. Mit ihm verlieren wir einen wichtigen Fürsprecher und, noch wichtiger, ein Gegengewicht im Hinblick auf die Hexenprozesse. Löher und ich stehen mit unserem Protest nun allein da, sieht man einmal von unserem guten Vogt ab, der aber bei Abstimmungen des Gerichts keine Stimme besitzt. Auf den Ersatzschöffen, den Möden sich auserkoren hat, können wir nicht zählen. Ihr kennt Diederich Euskirchen, er ist wie ein Fähnchen im Wind, und momentan stürmt es geradezu aus Mödens Richtung.»

Kunigunde rieb sich unbehaglich über die Arme. «Wollt auch Ihr uns zur Flucht raten? Der Vogt war heute Nachmittag deswegen bereits hier», flüsterte sie. «Aber was soll dann aus uns werden?, frage ich Euch. Wohin sollen wir uns wenden?» Sie stockte, denn erst jetzt wurde ihr bewusst, was Gertzen berichtet hatte. «Moment, Ihr sagtet gerade, mein Mann hat Euch zugestimmt?»

«O ja, das hat er, Frau Löher. Glaubt nicht, dass er vor der gefährlichen Lage, in der Ihr Euch befindet, die Augen verschließt. Ich habe ihn selten so betrübt und bedrückt gesehen, doch ohne zu viel zu verraten, kann ich Euch versichern, dass wir bereits einiges in die Wege geleitet haben. Die Details soll Euch Löher, sobald er hier ist, selbst berichten. Nur so viel: Ihr solltet Euch auf große Veränderungen gefasst machen. Lange werde wohl auch ich nicht mehr durchhalten, wenn es so weitergeht, wie ich es kommen sehe.»

«Ihr wollt also fliehen?» Verblüfft hob Kunigunde den Kopf. «Glaubt Ihr denn, dass auch Ihr in Gefahr schwebt?»

«O ja, inzwischen sind alle in Gefahr, die eine andere Meinung vertreten als der saubere Dr. Möden. Sosehr ich es auch begrüße, dass Löher dem Freiherrn von Weichs geholfen hat, Pfarrer Hubertus zu befreien, so genau weiß ich auch, dass dies der Tropfen war, der das Fass zum Überlaufen gebracht haben dürfte. Euer Mann und ich sind dem Kommissar zu unbequem, können ihm bis zu einem gewissen Grad, wie man jetzt gesehen hat, auch gefährlich werden. Das wird er nicht dulden.» Gertzen legte Kunigunde die rechte Hand auf die Schulter und drückte sie. «Wenn ich Euch einen guten Rat geben darf: Beginnt schon mal mit dem Packen.»

22. KAPITEL

Sonntag, 3. August 1636

Gott erbarme es / was darff ich viel sagen? die Welt ist blindt /
lässet sich regieren wie ein Kind /

(Aus einem Brief des Pfarrers Winand Hartmann
an Hermann Löher vom 17. Februar 1637)

Die Glocken der Vormittagsmesse in St. Georg waren gerade verklungen, als Jan Möden zusammen mit drei bewaffneten Bütteln sowie Jan Thynen und Dietrich Halfmann vor dem Haus Hermann Löhers eintraf. Er trat höchstselbst an die Tür und betätigte den schmiedeeisernen Klopfer. Es dauerte nur wenige Augenblicke, bis der Knecht Beppo ihnen öffnete und erschrocken in die Runde der Männer blickte. «Ja, bitte? Kann ich Euch helfen?»

Möden, noch immer verunstaltet von den Wunden, die die Peitsche des Freiherrn hinterlassen hatte, jedoch umso entschlossener, diese Demütigung zu sühnen, richtete sich kerzengerade auf und straffte die Schultern. «Hol deinen Herrn, den Kaufmann und Schöffen Hermann Löher, herbei, und zwar sofort.»

Beppo zog ein wenig den Kopf ein ob des herrischen Tonfalls, in dem Möden gesprochen hatte. «Das geht nicht, Herr Hexenkommissar. Herr Löher ist nicht hier.»

«Ach nein?» Möden runzelte unwillig die Stirn. «Sag mir, wo er sich aufhält.»

«Das weiß ich nicht, Herr Dr. Möden.» Vorsichtshalber machte Beppo einen Schritt rückwärts. «Er wohnt nämlich nicht mehr hier.»

«Was sagst du da?» Möden, der sich bereits halb zu den Bütteln umgedreht hatte, um ihnen Anweisungen zu geben, erstarrte mitten in der Bewegung, dann fuhr er ruckartig zu dem Knecht herum. «Was soll das bedeuten, er wohnt nicht mehr hier?»

«Das kann ich Euch erklären», ertönte eine dunkle Stimme hinter Beppo. Der korpulente Mann, zu dem sie gehörte, erschien in der Tür und gab dem Knecht mit einer Handbewegung zu verstehen, dass er sich zurückziehen solle. «Herr Dr. Möden, nehme ich an? Wir hatten noch nicht das Vergnügen. Mein Name ist Berthold Riemenschneider. Herr Löher hat dieses Haus samt seinen Liegenschaften an meinen Sohn Richard verkauft. Wir sind gerade erst eingetroffen. Verzeiht deshalb, dass ich Euch nicht einlasse. Es herrscht noch eine ungemütliche Unordnung hier drinnen.»

«*Was?*» Vollkommen außer sich starrte Möden Riemenschneider an. Dann stieß er einen Wutschrei aus, gefolgt von mehreren gotteslästerlichen Flüchen. «Löher ist fort?» Er ballte die Hände zu Fäusten. «Das darf doch wohl nicht ...» Unvermittelt stockte er und wurde sich erst jetzt wieder der Anwesenheit der Büttel und Schöffen bewusst, die aufgeregt miteinander tuschelten. Sogleich beruhigte er sich, seine Stimme bekam etwas Eisiges, als er sich umwandte und seine Begleiter ansprach: «Das ist der schlagende Beweis, seht Ihr? Wie ich es schon lange vermutet habe, Löher ist ein Zauberer. Und um seiner Verhaftung zu entgehen, ist er klammheimlich aus der Stadt geflohen.»

«Wir müssen Euch leider zustimmen», sagte Thynen und stieß Halfmann leicht mit dem Ellenbogen an. «Nicht wahr, Herr Halfmann? Zwar haben wir es bis eben nicht für möglich gehalten, doch unter diesen Umständen ...»

«Unglaublich ist das», stimmte Halfmann in scheinheiligem Entsetzen zu. «Ein guter, treuer Schöffe wie Hermann Löher ist ein Zauberer. Aber ja doch, ja, seine Flucht beweist es eindeutig. Er muss schuldig sein, denn weshalb sonst würde er wohl bei Nacht und Nebel Rheinbach verlassen?»

Möden nickte, drehte sich dann noch einmal zu Riemenschneider um. «Wohin ist er gegangen und wann?»

Riemenschneider hob bedauernd die Schultern. «Diese Auskunft kann ich Euch leider nicht geben, Herr Dr. Möden. Er war schon fort, als wir hier ankamen, und er hat mir nicht gesagt, wohin er wollte.»

Nur mit Mühe unterdrückte Möden einen erneuten Zornausbruch. «Herr Thynen», sagte er und konnte kaum das Zittern in seiner Stimme kontrollieren. «Geht zum Bürgerhaus und lasst die Anklageschrift gegen Löher aufsetzen. Und dann leitet in die Wege, dass alles Hab und Gut dieses Erzzauberers, auch dieses Haus samt seinen Liegenschaften, vom Rheinbacher Gericht konfisziert wird.»

«Moment mal», mischte Riemenschneider sich ein. «Dies ist jetzt mein Haus. Ihr könnt es nicht einfach beschlagnahmen.»

«Das werden wir ja sehen.» Möden presste die Lippen zusammen. «Alle Gelder, die Löher noch irgendwo in Rheinbach angelegt hat, Wechsel, Barschaft und Rentenverschreibungen sowie alle Liegenschaften werden einbehalten. Und sobald dieser Erzzauberer gefunden wird, mache ich ihm den Prozess. Noch heute schicke ich Männer aus, die ihn suchen und nach

Rheinbach zurückbringen sollen.» Er spuckte neben Riemenschneider auf den Boden. «Euch werde ich im Auge behalten, dessen seid gewiss. Ihr habt Geschäfte mit einem Zauberer gemacht.» Mit dieser Drohung wandte er sich abrupt ab und stürmte davon.

❧

«Bartel!» Erschrocken griff Anna nach dem Arm ihres Verlobten und blieb gleichzeitig stehen. Sie waren gerade auf dem Weg von der Messe zum Haus von Annas Eltern, als Jan Möden ihnen mit ausholenden Schritten entgegenkam. «Was will der denn von uns?»

Bartel legte seine Hand fest über die von Anna. «Keine Sorge, lass mich mit ihm reden.»

«Er sieht wütend aus.»

«Das dürfte er wohl auch sein.» Möden blieb vor ihnen stehen. «Guten Tag, Herr Dr. Möden. So eilig heute? Wenn Ihr auf dem Weg zur Kirche sein solltet, muss ich Euch leider sagen, dass Ihr die Messe gerade verpasst habt.» Er ignorierte den erschrockenen Laut, den Anna ausstieß, ebenso wie den Rippenstoß, den sie ihm verpasste.

«Ihr!» Möden maß ihn mit mörderischen Blicken. «Das trifft sich ja ausgezeichnet. Verratet mir auf der Stelle, wo sich Euer verbrecherischer Vater aufhält. Er ist soeben vom Rheinbacher Gericht der Zauberei angeklagt worden und hat sich vor mir und den Schöffen diesbezüglich zu verantworten.»

Erneut stieß Anna einen erstickten Laut aus, woraufhin Bartel fest ihre Hand drückte.

«Diese Frage kann und werde ich Euch selbstverständlich

nicht beantworten, Herr Kommissar», antwortete er so würdevoll, wie es ihm möglich war. «Es überrascht mich, dass Ihr glaubt, ich würde Euch den Aufenthaltsort meiner Eltern verraten.»

«Ihr schützt also einen Erzzauberer?» Mödens Wangen färbten sich rötlich vor unterdrücktem Zorn.

Bartel schüttelte den Kopf. «Ich schütze lediglich meinen Vater, der meiner Meinung nach zu Unrecht für ein Verbrechen angeklagt wurde, welches er nicht begangen hat. Seine Schuld ist nicht erwiesen.»

«Seine heimliche Flucht aus der Stadt beweist seine Schuld!», ereiferte sich Möden.

«Nein», widersprach Bartel. «Mag sein, dass Ihr es vor aller Welt so hinstellt. Vermutlich werden Euch auch viele Menschen Glauben schenken. Doch im Grunde beweist die Abreise meines Vaters lediglich, dass er einen gesunden Menschenverstand besitzt. Es war abzusehen, dass Ihr früher oder später darauf verfallen würdet, ihn zu Eurem nächsten Opfer zu machen. Kein Mensch, der noch klaren Sinnes ist, würde unter diesen Vorzeichen länger hier ausharren.»

«So leicht entkommt er mir nicht, Herr Bartholomäus. Ich werde ihn finden und zur Strecke bringen, das schwöre ich.»

«Nein, das werdet Ihr nicht, Herr Dr. Möden. Ihr habt in meiner Familie schon genug Schaden angerichtet. Das muss und wird jetzt ein Ende haben.»

«Die Flucht Eures Vaters wird Euch teuer zu stehen kommen», drohte Möden mit zusammengebissenen Zähnen. «Ich kann dafür sorgen, dass Ihr Eures Lebens nicht mehr froh werdet.»

Bartel nickte. «Das glaube ich Euch aufs Wort. Versucht es

nur. Ich wäre aber nicht meines Vaters Sohn, wenn ich nicht wüsste, wie ich mich zur Wehr setzen kann.» Er ließ Annas Hand los und legte ihr stattdessen seinen Arm um die Schultern. «Komm, Liebes, wir werden von deinen Eltern erwartet.»

Ohne ein weiteres Wort an ihn zu richten, ließen sie den wutschäumenden Hexenkommissar einfach stehen.

Als sie außerhalb seiner Hörweite waren, atmete Anna geräuschvoll aus. «Du liebe Zeit, woher hast du den Mut genommen, Dr. Möden derart ungezogen entgegenzutreten? Hast du keine Angst, dass er sich nun auf dich stürzen wird?»

«Nein. Ich habe für ihn keinerlei Wert, und selbst wenn er Vaters Aufenthaltsort aus mir herausfoltern würde, wüsste er doch, dass es ihm nichts nützen würde. Ihm muss klar sein, dass Vater sich an einen Ort begibt, an dem ihn selbst der längste Arm des Gesetzes nicht erreichen kann. Wozu sollte er also seine Zeit mit mir vergeuden?»

«Um deinen Vater zu erpressen vielleicht? Oder um sich zu rächen?» Anna blieb erneut stehen. «Bartel, ich fürchte mich. Wenn dir etwas zustoßen würde – ich könnte es nicht ertragen!»

«Mach dir keine Sorgen.» Zärtlich strich er ihr über die Wange, dann beugte er sich zu ihr hinab und küsste sie. «Ich habe vor, bis an mein natürliches Lebensende nicht von deiner Seite zu weichen, dessen kannst du gewiss sein. Und ich habe auch schon Pläne gemacht. Einiges ist noch in der Schwebe, aber Vater hat mir etwas Geld überlassen, und ein Teil des Erlöses aus dem Hausverkauf geht ebenfalls an mich. Ich werde mit Gerhard zunächst für eine Weile nach Bonn zu meinem Onkel ziehen. Mein Bruder kann dort seine Lehre beenden, und ich werde versuchen, mir ein eigenes Kontor aufzubauen. Maria ist inzwischen bei meiner Tante in Münstereifel angekommen, wie du weißt. Dort hat sie ein schönes Heim, bis sie einmal heiratet. Und was meine jüngeren Geschwister angeht, nun, denen wird es dort, wo Vater und Mutter sich niederlassen, sicherlich ebenso gutgehen wie hier in Rheinbach.»

«Weißt du denn schon, wohin dein Vater gehen will?»

Bartel nickte vage. «Er hat ein paar Andeutungen gemacht. Heute im Laufe des Nachmittags sollten sie erst einmal in Köln eintreffen. Soweit ich es verstanden habe, wird der Amtmann ihnen von dort aus die weitere Flucht ermöglichen.»

«Amtmann Schall?»

«O ja, frag mich nicht, wie, aber Vater hat ihn bei seiner Ehre – und vermutlich seinem Geldbeutel – gepackt und veranlasst, ihm zu helfen. Wenn ich ihn recht verstanden habe, werden sie nach Amsterdam gehen.»

«Ach du liebe Zeit, so weit fort?» Annas Augen weiteten sich. «Dann sehen wir sie ja niemals mehr wieder!»

«Doch, natürlich werden wir das, Anna. So weit ist Amsterdam nun auch nicht weg, aber doch weit genug, dass Vater nicht ausgeliefert werden kann.»

«Wirst du deine Eltern denn nicht vermissen?»

«Doch, das werde ich.» Einen Moment lang verdüsterte sich Bartels Miene, aber das Lächeln kehrte rasch wieder auf seine Lippen zurück. «Wir werden sie bald besuchen, Anna, versprochen. Spätestens wenn wir Mann und Frau sind. Denn wir müssen uns doch ihren Segen abholen. Außerdem hat Großmutter versprochen, ein Taufkleid für unser Erstgeborenes zu nähen. Das sollen wir unbedingt persönlich bei ihr abholen. Und wenn wir dazu nach Amsterdam reisen müssen, werden wir das tun.»

«Aber es ist noch so lange hin, über ein Jahr, bis wir heiraten.» Verzagt ließ Anna den Kopf hängen. «Das ist alles so schrecklich. Ich wünschte, wir könnten all die schlimmen Dinge, die hier vorgehen, ungeschehen machen.» Sie seufzte. «Wenn du erst mal in Bonn bist, werde ich dich ganz furchtbar vermissen, und ...»

«Nein, das wirst du nicht.» In Bartels Augen trat ein vielsagendes Funkeln. «Ich habe nämlich vor, dich mitzunehmen.»

«Was?» Verblüfft hob Anna den Kopf wieder. «Mich mitnehmen? Wie soll das denn gehen?»

«Na, wie denn wohl?» Er grinste. «Als meine Ehefrau natürlich. Was dachtest du denn?»

«Aber ...»

«Es ist alles abgemacht, dein Einverständnis vorausgesetzt. Vater meinte bei unserem Abschied auch, dass es unter den gegebenen Umständen das Beste für uns sei. Ich kann schon morgen zu Pfarrer Hartmann gehen und das Aufgebot bestellen. Er hat uns übrigens versprochen, dass er immer ein Auge auf uns und meine Geschwister haben wird. Wenn es dir recht ist, können wir in sechs Wochen Hochzeit feiern.»

«In sechs Wochen schon?»

Der ungläubige und gleichzeitig freudige Ausdruck auf Annas Gesicht ließ Bartel auflachen. «Ja, mein Schatz, in sechs Wochen. Hältst du es so lange noch aus, auch wenn ich ab und zu für eine Weile in Bonn sein muss?»

Ein Strahlen trat in Annas Augen, und gleich darauf fiel sie ihm um den Hals. «Ja, o Gott, ja, aber selbstverständlich. In sechs Wochen.» Sie küsste ihn stürmisch. «Aber keinen Tag später!»

23. Kapitel

Dancket Gott dem Allmachtigen daß ihr unter solchen Menschen /
Schweynen / äss nicht mehr seyt.

(Aus einem Brief des Pfarrers Winand Hartmann
an Hermann Löher vom 4. Juni 1637)

Ehrbarer, vorsichtiger, freundlich-geliebter Hermann Löher,

mein alter Schulgesell; demselben wünsche ich die Gnade des
Heiligen Geistes und seinen so großen Trost, dessen Ihr bei Eurer
so hochbetrüblichen Angelegenheit bedürftig seid.

Euer weitläufig an mich ergangenes Schreiben ist mir von
meinem lieben Schwager übergeben worden. Aus ihm habe ich
entnommen, was ich bei meiner ersten Ankunft in Rheinbach
mit großem Schmerz habe vernehmen und sehen müssen. Dass
Ihr nämlich so sehr beschrien und durch den Schmutz gezogen
wurdet, dass man Euch mit öffentlichem Mandat vor Gericht zu
stellen versuchte.

Da nun aber ein jeder Geistliche, vor allem aber eine religiöse
Ordensperson, sich nicht auf Dinge einlassen soll, die Leib und
Blut betreffen, so weiß ich nicht, was ich Euch diesbezüglich ra-
ten soll, ohne Euch in Lebensgefahr zu bringen.

Da Ihr aber laut Eures Briefes der Lektüre der Heiligen Schrift
entnommen habt, dass es einem jeden gebührt, seine Unschuld
zu verteidigen, so kann Euch doch kein Zweifel kommen, was

Euch bei derart schmählicher und öffentlicher Verleumdung Eures guten Namens zu tun obliegt.

Dass Ihr Euch aus dem Staub gemacht und Euch mit der Flucht gerettet habt, kann ich Euch nicht verargen, aus Gründen, die ich im Tintenfass stecken und ungeschrieben lassen will. Aber hiermit habt Ihr Euer Glück und Eure Ehre im Stich gelassen, die zu retten Ihr aber aus vielen von Euch aus der Heiligen Schrift herangezogenen Stellen schuldig seid.

Und wenn Ihr noch einen ausdrücklichen Text Bibel wollt: In Jesus Sirach 41 heißt es: «Curam habe de bono nomine, hoc enim magis permanebit tibi, quam mille thesauri pretiosi & magni», was beiläufig so viel heißt wie: «Gib acht auf deinen guten Namen, versorge ihn wohl, denn dieser wird dir dauerhafter sein und länger bleiben, als tausend köstliche und große Schätze.»

In der Syrischen Bibel wird dies so übersetzt: «Reflecte super nomen bonum», und bedeutet so viel wie: «Schau hinter dich, was du für einen Namen hinterlassen hast, damit du ihn schützest und verteidigst.»

Ihr habt viele feste und bewegliche Güter, teils ererbt, teils angeheiratet, teils mit Eurer Hand und kluger Wirtschaft erworben, und unser Herrgott möge sie Euch tausendmal gesegnet und zum Heil Eurer Seele genießen lassen.

Dass Ihr wieder nach Rheinbach kommt, davon rate ich Euch unverhohlen, rund und deutsch ab. Die Ursachen dafür habt Ihr selbst in Eurem Schreiben genannt, und ich kenne noch andere, die zu nennen hier nicht nötig ist. Eines darf ich aber keck schreiben: dass, wenn sie mit ihren Exekutionen so fortfahren, zuletzt alle Rheinbacher eingeäschert werden müssen.

Dass sie den Dr. Schweigel, der mit seinen 70 Jahren noch eine so schmähliche und schmerzliche Tortur von 2 Uhr nach-

485

mittags bis um 9 Uhr in der Nacht männlich ausgestanden und das Hexenlaster standhaft verneint und nichts gestanden hat, dennoch in so unmenschlicher Weise vom Gefängnisturm herabgeschleift und verbrannt haben, das können sie in Ewigkeit nicht gutmachen und verantworten. Es wundern sich alle Rechtsgelehrten, so viele es deren auch gibt, wenn ich es ihnen erzähle.

Nachdem er viele Folterungen ausgestanden hat, ist er zuletzt vom Folterstuhl heruntergenommen und in ein Bett gelegt worden. Als er nun merkte, dass der Wundbrand in die aufgeschwollenen Glieder gezogen war und es keine Rettung mehr für sein Leben gab, da rief er um einen Priester für die Beichte, aus dessen eigenem Mund ich dies auch alles habe.

Doch der Wunsch ist ihm verweigert worden, und so ist er also in diesem Bett zu Tode gekommen. Da hat es geheißen, der Teufel habe ihm den Hals umgedreht. Dies hat man auf eines heillosen Scharfrichters Eid hin so fest geglaubt, dass man auf das Wort solch unehrlichen Henkers hin eine Person, die in so großem Ansehen gestanden hat, zum Scheiterhaufen gebracht und verbrannt hat.

Ich habe sagen gehört, dass einer der beiden Kommissare, die dieser Exekution beigewohnt und vorgestanden haben, mit tränenden Augen gesagt haben soll, er für seinen Teil wolle tausend Reichstaler aus seinem eigenen Säckel zahlen, wenn er nur nicht dabei gewesen wäre.

Ich will hoffen, dass man am Kurfürstlichen Hofe einmal ihre Protokolle in die Hand nehmen und durchsehen wird. So könnte es wohl geschehen, dass vielen von denen, die sich zu solchen Händeln benutzen ließen, ihr vorangegangenes Tun nicht gutgeheißen und zum Besten gereichen wird. Ich habe schon länger etwas dieser Art brummeln und sagen hören. Gott gebe, dass es auch so komme.

Der einfältigen und unstudierten Schöffen zu Rheinbach erbarmt es mich. Diese müssen dem Urteil über menschliches Blut zustimmen und verstehen doch von solchem Handel nicht mehr als ein Esel vom Lautenschlagen und Orgelspielen. Meinem Vater Johann Otto Freilink hätte ich wohl noch mehr Jahre zu leben gewünscht, aber bei dieser Lage hat mich sein Tod gefreut, vor allem deswegen, weil er vom Schöffenstuhl enthoben wurde, den er doch in seinem hohen Alter von über 70 Jahren erst 8 Monate angetreten hatte.

Ich wünschte, Ihr könntet mehr Latein, dann würde ich Euch ein schönes Büchlein schicken, genannt «Cautio Criminalis Dubiis», in welchem das unrechte Verfahren der Hexenkommissare in lebendigen Farben gemalt und geschildert wird. Aber bleibt bei dem Bemühen, Euch bei Eurer Kurfürstlichen Durchlaucht reinzuwaschen und Euren guten Namen zu retten.

Grüßt meinen lieben Vetter Richard Gertzen, der ebenfalls geflüchtet ist, von mir.

Zu Flerzheim fängt man schon wieder an zu brennen, und so wird man in Rheinbach demnächst wohl auch wieder anfangen, und Gott weiß, wie das enden wird. Viele Leute sind schon im Geschrei, die ich für fromm, ehrlich und gottselig halte.

Unser Herrgott wolle alles zum Besten wenden und uns beide in seiner huldseligen Gnade erhalten, Amen.

Köln, den 29. Juni 1637
Euer alter Mitschüler und Diener in Christus
Fr. Johannes Freilink,
Prediger, Ordensdoktor

EPILOG

Amsterdam, 3. August 1676

Mit zitternden Händen legte Hermann Löher das letzte dichtbeschriebene Blatt Papier zurück auf den Stapel. Über sechshundert Seiten umfasste seine Klageschrift. Das Gefühl der Erleichterung oder doch wenigstens des Stolzes, ein so umfassendes Werk geschaffen zu haben, wollte sich jedoch nicht recht einstellen. Stattdessen empfand er tiefe Trauer um die ungezählten Menschenleben, die das Hexenbrennen vor über vierzig Jahren in seiner Heimat – und nicht nur dort – gefordert hatte. Obgleich all dies nun schon so lange zurücklag, hatte er das Gefühl, als sei es erst gestern geschehen.

Das Heimweh war nie von ihm gewichen. Auch jetzt, in diesem Augenblick, erfasste es ihn mit Macht und trieb ihm die Tränen in die Augen.

Doch er wollte nicht undankbar sein. Sein Leben war in Amsterdam vielleicht nicht ganz so erfolgreich verlaufen wie zuvor in Rheinbach, doch zu einem bescheidenen Wohlstand hatte er es wieder gebracht. Seine Kinder waren allesamt wohlgeraten und gut verheiratet, eine Schar Enkel und sogar bereits Urenkel erfreute sein Herz.

Und dennoch – dennoch würde er niemals vergessen können, dass das Blut der fälschlich Verurteilten auch an seinen Händen klebte.

Er würde seine nunmehr fertiggestellte Klageschrift noch heute dem Drucker und Buchbinder übergeben. Die Illustrationen waren bereits angefertigt worden und der letzte Appendix mit Anweisungen für den Setzer vollständig. Eintausend Exemplare hatte er in der Druckerei bestellt. Sie würden ein kleines Vermögen kosten, doch das war ihm gleich. Keine Kosten und Mühen wollte er scheuen, um sein Werk den hohen Herren und Würdenträgern – weltlich wie kirchlich – bekannt zu machen, auf dass niemals mehr in der Geschichte der Menschheit ein solch unfassbares Unrecht geschehen möge.

Er war so sehr in Gedanken versunken, dass er das Klopfen an der Tür beinahe überhört hätte. Erst als ein hübsches sechzehnjähriges Mädchen mit hellbraunen Zöpfen den Kopf zur Tür hereinstreckte, merkte er auf. Beim Anblick seiner Urenkelin ging ihm das Herz auf.

«Ja, Magdalena, gibt es ein Problem?»

«Nein, Urgroßvater.» Das Mädchen lächelte ihm zu. «Ich wollte Euch nur daran erinnern, dass das Mittagessen fertig ist. Mutter und Großmutter Anna haben sich die größte Mühe gegeben, all Eure Lieblingsspeisen zuzubereiten. Und Großvater Bartel hat mit Großvater Johann gewettet, dass ihnen garantiert wieder der Bisquitauflauf anbrennt. Ist er aber nicht.»

Hermann lachte. «Na, dann sag deinem Großvater Bartel mal, dass dieses Malheur seiner lieben Gattin nur einmal passiert ist und seither nie wieder. Das müsste er doch nun wirklich wissen, aber er zieht sie wohl immer noch gerne damit auf.»

«Er macht sich einen Spaß daraus.» Magdalena kicherte.

«Kommt Ihr denn bald? Es sind schon alle im Speisezimmer versammelt.»

«Sofort, mein Kind. Ich muss nur noch dieses Manuskript zurück in die Lade verfrachten, damit es beim Transport zum Drucker keinen Schaden nimmt.»

Neugierig trat das Mädchen näher und beäugte den riesigen Papierstapel. «Darf ich das Buch, wenn es fertig ist, auch einmal lesen?»

«Aber ja doch, mein liebes Kind.» Nun wieder mit ernster Miene nickte Hermann. «Ich verlange es sogar. Meine Hoffnung ist es, dass viele Menschen das Buch lesen und hoffentlich begreifen, was ich ihnen darin mitteilen will.» Mit einem Wedeln seiner Hand scheuchte er Magdalena fort. «Aber nun lauf zu und sag den anderen, dass ich auf dem Weg bin. Wir wollen doch nicht, dass das gute Essen doch noch anbrennt.»

Nachdem das Mädchen das Kontor verlassen hatte, legte Hermann sein Manuskript ordentlich in die rechteckige Holzkiste und verschloss den Deckel. Dann blickte er zum Fenster hinaus auf die Koningsstraat, die seit vierzig Jahren sein Zuhause war. Er konnte nur dafür beten, dass seine Hoffnung sich erfüllte und sich seine Kunde verbreitete. Vielleicht, so hoffte er, würden sie auf ihn hören, und das aus Neid, Gier, Machthunger und Aberglaube veranstaltete sinnlose Hexenbrennen würde für immer der Vergangenheit angehören.

Von ferne schallten fröhliche Rufe und helles Kinderlachen zu ihm herein. Mit der rechten Hand strich er noch einmal beinahe zärtlich über das Holz der Kiste, die seine Geschichte, sein Leben, enthielt. Dann verließ er das Kontor, um mit seiner Familie den vierzigsten Jahrestag seiner Flucht aus Rheinbach zu feiern.

Reihjungen, Mailehen, Schlutgehen – Zum Rheinbacher Brauchtum

Brauchtum und Traditionen gehören zu jeder Kultur, sind einerseits fest verankert, unterliegen andererseits jedoch einem stetigen Wandel. Ein ganz bestimmter Brauch hat sich im Rheinland und der Eifel seit vielen Jahrhunderten gehalten: das Mailehen und alles, was damit zusammenhängt.

Erste Zeugnisse dieses Brauchs reichen bis ins frühe 16. Jahrhundert zurück, und ich gehe davon aus, dass es ihn auch vorher schon in der einen oder anderen Ausformung gegeben hat.

Der Brauch des Mailehens hängt sehr eng mit der frühneuzeitlichen Praxis der Eheanbahnung vor allem in Dörfern und kleineren Städten zusammen, ist allerdings auch in großen Städten wie Köln nachweisbar. Es gibt von Ort zu Ort, von Region zu Region verschiedene Ausformungen und damit auch Bezeichnungen für die Bestandteile dieses Brauchs. Ich beschränke mich auf diejenigen, die in Rheinbach und Umgebung meiner Recherche nach verbreitet waren und zum Teil heute noch sind.

Nach Ostern, aber in der Regel noch deutlich vor dem ersten Mai, wurden die unverheirateten jungen Frauen ab 16 Jahren in einer offiziellen Mailehenversteigerung unter den Junggesellen des Ortes versteigert. Hatte ein Junggeselle bereits eine «feste Freundin», wie wir heute sagen würden, so konnte er sie entweder vorab schon beim Vorsitzenden (Schultheiß) der Junggesellen freikaufen, damit sie nicht anderweitig versteigert werden konnte, oder aber er bot von vorneherein so viel, dass kein anderer sich mehr am Steigern beteiligen wollte. Das Mädchen, für das der höchste Betrag geboten wurde, krönte man zur Maikönigin.

Die Versteigerung fand immer an einem bestimmten Ort oder in einer angestammten Wirtschaft statt und gestaltete sich nicht nur ausgesprochen gesellig, sondern auch feuchtfröhlich. Gefeiert wurde oft bis spät in die Nacht hinein.

Ein Junggeselle hatte die Pflicht, das Mädchen, welches er als Mailehen ersteigert hatte, von nun an mindestens bis Ende Mai, oft auch bis Pfingsten (und in manchen Orten sogar ein ganzes Jahr lang), regelmäßig zu besuchen und es zum Tanz auszuführen. Am Sonntag nach der Versteigerung (die meist samstags stattfand) hatte er bei den Eltern des Mädchens einen Antrittsbesuch zu machen, und meist standen auch an allen weiteren Sonntagen solche Besuche an. Sinn und Zweck der Übung war natürlich, die jungen Leute miteinander zu verkuppeln. Nicht selten wurde aus dem Mailehen kurz darauf die Braut.

Es war Regel und Pflicht, dass während der gesamten Zeit des Mailehens der junge Mann ausschließlich mit seinem Lehen und keinem anderen Mädchen sonst ausgehen oder sogar sprechen durfte. (Umgekehrt galt das übrigens ebenso.)

Junggesellenvereine, wie wir sie heute kennen, gab es im

17. Jahrhundert noch nicht, wohl aber Zusammenschlüsse, die man Reih oder Reihjungen (tanzfähige Junggesellen) nannte. Angeführt wurden sie vom Schultheißen, ohne den im Reih überhaupt nichts lief, außerdem gab es auch noch andere Posten wie den Justiziar, der für die Aburteilung von Vergehen gegen die Regeln und Statuten des Reihs zuständig war, sowie den Flurschütz. Dessen Aufgabe war es, diejenigen auf Schritt und Tritt zu verfolgen, die sich eines solchen Vergehens verdächtig gemacht hatten. Ertappte der Flurschütz sie, konnte er Anzeige erstatten.

Schließlich gab es noch den Knuwelshalfen (oder Knubbelshalfen). Die jungen Frauen, die nicht von einem Junggesellen ersteigert worden waren, kamen in den Knuwel (oder Knubbel, in manchen Orten auch Rummel, Rommel oder Rötz genannt), um den sich der Knuwelshalfe zu kümmern hatte. Entweder versteigerte er die Mädchen seinerseits erneut, was aber vermutlich nicht in allen Fällen glückte, oder er durfte sich ein Mädchen aus dem Knuwel als sein Lehen aussuchen. Es gab auch die Möglichkeit, dass der Knuwelshalfe abwechselnd mit allen im Knuwel verbliebenen Mädchen ausging. Hier sind die Vorgehensweisen von Ort zu Ort sehr verschieden gewesen.

Die Mädchen, die im Knuwel landeten, waren darüber nicht sehr glücklich, galten sie doch entweder als alte Jungfern, hässlich, oder sie hatten einen schlechten Ruf. Um sich an ihren glücklicheren «Schwestern» zu rächen, versuchten sie oftmals, die jungen Männer, die ja ihrem Mailehen verpflichtet waren, durch Gespräche oder sogar mehr in Schwierigkeiten mit dem Reih zu bringen, der bei solchen Vergehen empfindliche Ordnungsstrafen verhängte.

Der Reih war nicht nur für die Durchführung der Mailehenversteigerung zuständig, sondern auch für das Aufstellen des Maibaums in der Mainacht (Walpurgisnacht) vom 30. April auf den 1. Mai. Eine große Fichte oder Birke wurde geschlagen und auf dem Marktplatz aufgestellt, natürlich mit bunten Bändern, Blüten und dergleichen geschmückt. Auch kam im Laufe der Zeit der Brauch auf, dass jeder Junggeselle seinem Mailehen eine hübsch geschmückte Birke vor die Haustür oder gar aufs Dach stellte. Begonnen hat dieser Brauch wohl einst mit einem einfachen Birkenzweig, der dann aber rasch immer größer wurde, bis schließlich mehrere Meter hohe Bäume die Giebel und Fassaden der Häuser zierten und dies auch heute noch vielerorts im Mai tun. Die Maibäume blieben in der Regel den gesamten Mai über stehen. Es sei denn, ein Mädchen erhielt anstatt einer Birke einen Kirschbaum. Dies galt als große Schande, weil es bedeutete, dass sie ihre Zuneigung allzu freizügig verschenkte und in einem schlechten Ruf stand. Der Kirschbaum wies darauf hin, dass viele Vögel an den Früchten picken durften ... Manchmal wurden übelbeleumdeten Mädchen auch Mist oder Sägespäne vor die Haustür gekippt. Derartiger «Geschenke» entledigte man sich natürlich immer möglichst schnell und unauffällig.

Darüber hinaus fungierte der Reih aber auch als eine Art Sittenpolizei. Flurschütz und Justiziar traten bei Vergehen gegen die Regeln des guten Anstands in Aktion. Kamen solche Verstöße zur Anklage, drohte dem Verursacher des öffentlichen Ärgernisses zum Beispiel ein kaltes Bad im Mühlbach oder Dorfteich – manchmal an einer Pflugleine, damit derjenige nicht ertrank.

Eine andere Strafe war das Tierjagen, bei dem die Junggesellen einen Karren durch den Ort schoben und lauthals nach dem «Tier» riefen, es möge sich zeigen, man wolle es einfangen und dergleichen. Das Tierjagen wurde zum Beispiel veranstaltet, wenn dem Reih Beschwerden über einen allzu öffentlich ausgetragenen Ehestreit zugetragen wurden oder sogar auch bei Gewalt unter Ehepartnern. Während einem Mann schon mal das oben erwähnte kalte Bad drohte, wenn er zum Beispiel zu später Stunde noch bei einem Stelldichein mit seinem Mädchen angetroffen wurde, hatte die betreffende junge Frau mit einem Höllenkonzert zu rechnen, mit Geschrei und Geheul, das jeden im nahen und weiten Umkreis auf die Missetäterin aufmerksam machte.

Obgleich der Reih als Sittenpolizei durchaus respektiert und zuweilen sogar gefürchtet war, bedeutet das nicht, dass im 17. Jahrhundert die jungen Leute alle vollkommen keusch und sittsam gelebt haben. Denn es gab noch einen weiteren Brauch, der mit dem Mailehen in Verbindung steht: das Schlutgehen.

Im Wesentlichen handelt es sich hierbei um das rheinische Pendant zum bayerischen Fensterln. Von der Obrigkeit wurde es nicht allzu gerne gesehen, immer wieder gab es Verordnungen und Aufrufe, diesen Brauch zu unterlassen, doch offenbar hielt sich niemand daran. An Sonn- und Feiertagen, vorzugsweise nach Einbruch der Dunkelheit, kletterten die jungen Männer auf Leitern zu den Fenstern der Schlafkammern ihrer Mailehen hinauf, um dort einzusteigen und in der Regel ein trautes Schäferstündchen mit ihnen zu verbringen. Der Ausdruck Schlutgehen stammt von dem aus Stroh gefertigten Helm (Schlut), den die Junggesellen beim Erklimmen der Leitern wohl getragen haben, um sich vor möglichen Schlägen aufgebrachter Väter oder Brüder zu schützen.

Natürlich bemühte man sich, solche Stelldicheins möglichst geheim zu halten, und sicherlich taten auch die Mädchen das Ihre dazu, nicht entdeckt zu werden, weil sonst eben das oben erwähnte Höllenkonzert, Tierjagen oder Ähnliches drohen konnte. Man kann wohl auch davon ausgehen, dass die jungen Frauen solchen heimlichen Treffen und allem, was dabei geschah, nur dann zustimmten, wenn sie sicher sein konnten, dass der betreffende junge Mann sie im Falle einer Schwangerschaft ehelichen würde. Daraus und aus der Tatsache, dass sich das Schlutgehen über Jahrhunderte als fester Brauch gehalten hat, lässt sich schließen, dass Sex vor der Ehe, vor allem in Verbindung mit dem Mailehen, gesellschaftlich durchaus akzeptiert wurde, wenn auch nicht offiziell. Vermutlich erfolgte das Ersteigern eines Mailehens in den allermeisten Fällen auch nur zwischen Familien, deren Oberhäupter gegen eine spätere Vermählung der beiden betreffenden jungen Leute nichts einzuwenden hatten.

Nachwort der Autorin

Mit der Geschichte von Hermann Löher habe ich erstmals Bekanntschaft gemacht, als ich etwa 13 oder 14 Jahre alt war. Im Bücherregal meines Vaters stand damals ein Buch mit dem Titel «Die Rheinbacher Hexe/Die Holländer in Rheinbach – Zwei historische Erzählungen». Dabei handelt es sich um eine Festschrift, die die «Zunft der Junggesellen 1597 Rheinbach e. V.» im Jahr 1972 anlässlich ihres 375-jährigen Bestehens herausgegeben hatte. Die beiden Erzählungen stammen von einem Autor namens Cl. Wüller und wurden erstmalig im Jahr 1881 veröffentlicht.

Seit ich dieses Buch gelesen habe (in den folgenden Jahren übrigens immer und immer wieder), ließ mich besonders «Die Rheinbacher Hexe» nicht mehr los. Damals ahnte ich zwar noch nicht, dass ich einmal einen Roman über Hermann Löher schreiben würde, doch mit der Zeit kristallisierte sich dieser Wunsch immer deutlicher heraus.

Lange schon hatte ich immer wieder über diesen Mann, der einmal Schöffe in Rheinbach gewesen war, recherchiert. Unter Historikern, die sich mit der Zeit der Hexenverfolgung beschäftigen, ist er fast schon bekannt wie ein bunter Hund, dennoch gab es seit Wüllers Erzählung keinen weiteren Versuch mehr, Löhers Geschichte in einen Roman zu verpacken. Zumindest habe ich nichts dergleichen finden können. Ein Grund mehr, so sagte ich mir, dieses Projekt in Angriff zu nehmen.

Einen Roman über eine Person zu schreiben, die tatsächlich gelebt hat, ist einerseits einfacher, als eine fiktive Geschichte zu konzipieren, andererseits aber auch schwieriger.

Einfacher deshalb, weil die historischen Ereignisse, die Abläufe, Daten, Namen, Zusammenhänge ja bereits vorgegeben sind. Die Schwierigkeit besteht allerdings darin, sich in jemanden hineinzuversetzen, der tatsächlich einmal gelebt, gedacht, gehandelt und gefühlt hat. Ganz zu schweigen von den Löchern im Flickenteppich der Geschichte, also den vielen Bereichen, in denen die historischen Quellen sich ausschweigen oder einfach keine Aufzeichnungen mehr vorhanden sind.

Zwar gibt es große Mengen an Quellenmaterial allgemein zu Hexenprozessen im Rheinland, man kann die Spur diverser Hexenkommissare und ihr Wirken recht gut verfolgen. Auch über die Rahmenbedingungen der Zeit lässt sich hervorragend recherchieren. Doch wenn man tiefer gräbt, mehr Lebensdaten von Löher oder seinen Angehörigen sucht, landet man irgendwann zwangsläufig in einer Sackgasse. Die Stadt Rheinbach ist in den vergangenen 400 Jahren mehrfach Opfer von verheerenden Bränden geworden. So zerstörte ein Feuer im Jahr 1673 fast die gesamte Stadt. Nur 20 der 150 Häuser blieben verschont. 13 Jahre später wütete erneut ein schrecklicher Brand, der wiederum 70 Prozent der Stadt einäscherte. Aus diesem Grund gibt es keine mittelalterlichen und nur sehr wenige frühneuzeitliche Originalquellen im Rheinbacher Stadtarchiv.

Zwar finden sich hier und da Spuren von Löher oder seinen Söhnen in Dokumenten anderer Archive, zum Beispiel in Bonn oder Köln, doch man sucht danach wie nach der berühmten Nadel im Heuhaufen.

Aus diesem Grund kann der vorliegende Roman kein absolut originalgetreues Abbild der Geschehnisse in den Jahren 1631/36 bieten, sondern sich diesen bestenfalls annähern. Vor demselben Problem stand einst bereits Cl. Wüller, und er schrieb dazu in seinem Vorwort: «Unter Zuhülfenahme von etwas Phantasie entstand nachstehendes Geschichtsbild ...» Genau dies lässt sich auch über meinen Roman sagen. Dort, wo die historischen Quellen sich ausschweigen, habe ich mir die künstlerische Freiheit genommen, die Ereignisse so zu beschreiben, wie sie gewesen sein *könnten*. Immer natürlich im Rahmen dessen, was mir wahrscheinlich erschien.

So musste ich zum Beispiel die Namen von Löhers Kindern allesamt bis auf einen einzigen erfinden, ebenso deren Geburtsdaten. Lediglich der älteste Sohn Bartholomäus ist geschichtlich verbürgt. Von Löher selbst stammt jedoch die Aussage, dass er mit seiner Frau Kunigunde, die er 1618 heiratete, bis 1632 insgesamt acht Kinder gezeugt hat. Wie viele davon Söhne, wie viele Töchter waren, ist nicht überliefert. Auch nicht, wie seine Schwiegermutter, die Gattin des 1632 in Flerzheim verbrannten Schultheißen Matthias Frembgen, mit Vornamen hieß.

Die Hauptgrundlage des vorliegenden Romans ist übrigens nicht die eingangs erwähnte Festschrift, obgleich ich ihr einige Inspiration entnehmen konnte, vor allem, was das Schließen jener historischen Lücken angeht. Vielmehr fußt schon diese Erzählung auf einem ganz anderen, historisch einzigartigen Werk.

Hermann Löher wurde 1595 in Münstereifel geboren, siedelte wenige Jahre später mit seinen Eltern und Geschwistern nach Rheinbach um, verlebte eine glückliche, unbeschwerte Kindheit, in der er oft durch die Wälder rund um die Stadt gestreift ist und Beeren gesammelt hat. Bereits mit 15 Jahren arbeitete er fest an der Seite seines Vaters Gerhard in dessen Kaufmannskontor, das er nach dessen Tod übernahm. Schon sein Vater war Schöffe und Bürgermeister in Rheinbach gewesen, was dafür spricht, dass die Familie nicht nur sehr wohlhabend, sondern auch ausgesprochen einflussreich war. Hermann trat in die Fußstapfen seines Vaters und wurde im Alter von 36 Jahren jüngster Schöffe am Rheinbacher Gericht. Just zu dieser Zeit begann in Rheinbach die erste Welle der Hexenprozesse unter den Hexenkommissaren Dr. Franz Buirmann und Dr. Jan Möden. Etliche gute Freunde, Schöffenkollegen, Ratsherren und letztlich auch seinen eigenen Schwiegervater musste er auf dem Scheiterhaufen sterben sehen. Und nicht nur das – bei den meisten dieser Prozesse musste er in seiner Eigenschaft als Schöffe das Urteil mittragen. Zwar protestierte er laut eigener Aussage immer wieder vehement dagegen, doch die Drohungen der gewieften Kommissare und die Furcht, selbst als Hexer angeklagt zu werden, ließen ihm kaum einen Ausweg.

Als 1636 dann mit Dr. Möden jener Hexenkommissar nach Rheinbach zurückkehrte, durch dessen Urteil Löhers Schwiegervater zum Feuertod verurteilt worden war, spitzten sich die Ereignisse zu. Zwar hatte Löher sich fünf Jahre zuvor durch Bestechung des Amtmanns Heinrich Degenhardt Schall von Bell und dessen Ehefrau Katharina unter deren Protektion begeben, dennoch konnte ihn dies nicht mehr vor dem Zugriff des Kommissars retten. Als sich die Gerüchte gegen seine Frau und seine Schwiegermutter verdichteten, beschloss er zu fliehen, und das keinen Moment zu früh. Zeitgleich oder kurz nach seiner Flucht erging die offizielle Anklage gegen ihn wegen Hexerei.

Seine Flucht hatte er offenbar von langer Hand geplant. Er selbst nennt es eine silberne und goldene Brücke, die er sich mit Hilfe des Amtmannes gebaut hat. Am 3. August 1636 benutzte er ebendiese Brücke, um Rheinbach zu verlassen und sich zusammen mit seiner Frau, den jüngeren Kindern sowie seiner Schwiegermutter über Köln nach Amsterdam zu begeben. Dort lebte er noch über 40 Jahre, die meiste Zeit davon in der Koningsstraat.

Löhers Frau Kunigunde starb 1662. Sechs Jahre später heiratete er erneut, und zwar eine Witwe aus seiner Nachbarschaft namens Tringen (eigentlich Catharina) Hendrix Geel van Grevenbroeck, mit ebenfalls deutschen Wurzeln. Sie war wohl wesentlich jünger als er und brachte fünf Kinder mit in die Ehe, die offenbar nicht sehr glücklich verlief und vermutlich hauptsächlich aus geschäftlichem Kalkül geschlossen worden war.

Löher hat in Amsterdam nicht mehr zu seinem ursprünglichen Wohlstand zurückgefunden, wenn er auch nicht als arm zu bezeichnen war. Im Alter von über 80 Jahren begann er, die Ereignisse während der Hexenprozesse aufzuschreiben. Und nicht nur das – er verfasste eine über 600 Seiten starke Klageschrift, in der er seine eigenen Erlebnisse sowie viele Details aus seinem privaten und geschäftlichen Leben mit ausführlichen Betrachtungen und Argumentationen über und gegen die Methoden der Hexenkommissare verquickt. Dabei greift er unter anderem auf unzählige Bibelstellen zurück. Offenbar hat er die Heilige Schrift nach seiner Flucht eingehend studiert.

Aber auch die Gesetzestexte jener Zeit, wie die «Peinliche Gerichtsordnung» Kaiser Karls v., hat er hinzugezogen, ebenso wie die «Cautio Criminalis» des berühmten Jesuiten Friedrich Spee von Langenfeld, den «Hexenhammer» des Dominikaners Heinrich Kramer und noch etliche Schriften zeitgenössischer Gegner der Zaubereiprozesse, wie die von Michael Stappert (Michael Stapirius) zu Hexenprozessen, sowie Beschreibungen des Wirkens des Hexenrichters Heinrich Schultheiß. Auch einige Briefe des Rheinbacher Pfarrers Winand Hartmann sowie seines früheren Schulfreundes, des Dominikaners Johannes Freilink, zieht er für seine Argumentation heran.

Die Klageschrift mit dem Titel «Hochnötige Unterthanige Wemütige Klage der Frommen Unschültigen» war an alle weltlichen und kirchlichen Würdenträger sowie studierte Menschen und Rechtsgelehrte gerichtet, die hinsichtlich der Hexereiprozesse irgendwie Entscheidungsgewalt haben konnten. In einem seiner Vorworte grüßt er somit: Päpstliche Heiligkeit / Eminentz Cardinalen / Ertz-Bisschoffen / Bisschoffen / Prelaten / Theologanten / Abden / Dechen / Prioren / Patres / Gardianen / Priestern / Bichtvattern / Pastoren / Mönchen / Predigern / Lehrern / Hirten und Seelsörgern der Christenheit / [...] Kayserliche Konigliche / Masteit / Chur Fürsten / Fürsten / Hertzogen / Printzen / Graffen / Baronnen / Edelen / Junckeren / Beambten / Doctoren / Rechtsgelehrten / in ihren qualitäten Medicus, Astronimey / Physicus / Richtern / Vogten / Schultissen / Scheeffen / Gerichtschreibern / Bürgermeisteren / Rahten der Städten / Dorffern / Herligkeiten / Gemeinten / deren Schul- und Lehrmeistern / ...

Zeit seines Lebens hat sich Hermann Löher nicht von den schlimmen Erinnerungen an die Hexenprozesse lösen können, ebenso wenig von den Schuldgefühlen, die ihn plagten, weil er selbst als Schöffe ein Mittäter gewesen war. Seine Klageschrift ist ein einzigartiges Werk, verfasst nicht von einem Geistlichen oder Rechtsgelehrten wie seinerzeit üblich, sondern aus Sicht eines Täters und zugleich Opfers der Hexenprozesse. Ungeschminkt und zum Teil in sehr drastischen Worten und Bildern erzählt er von den Vorgängen in Gerichtssaal und Peinkammer; teilweise hat er sogar ganze Dialoge niedergeschrieben, so, wie er sich an sie erinnerte.

Dieses umfangreiche Werk, das teilweise äußerst schwer zu lesen ist, da Löher sich vielmals wiederholt und seine Gedanken oft sehr verschachtelt und weitschweifig darbringt, fungierte mir als Grundlage meines Romans.

Eintausend Exemplare hat Hermann Löher von seinem Werk drucken lassen, und das hat ihn anscheinend beinahe in den Bankrott getrieben. Nach seinem Tod im Jahr 1678 ließ seine Ehefrau vermutlich fast die gesamte Auflage, die sich anscheinend bis dahin nicht verkauft hat, einstampfen. Heute sind lediglich zwei Originale der «Wemütigen Klage» erhalten geblieben. Eines befindet sich in Amsterdam, das andere in der Bibliothek des St.-Michael-Gymnasiums Bad Münstereifel.

Da Löher viele Ereignisse so ausführlich und detailreich beschrieben hat, konnte ich einige Szenen des Romans beinahe schon «abschreiben», natürlich in unsere heutige Sprache übersetzt, dennoch aber, vor allem, was Dialoge angeht, so nah am Original wie irgend möglich. So entstammt zum Beispiel der Foltertod Christina Böffgens Löhers Beschreibung, ebenso die eingestreuten Hinweise und Szenen, die sich mit Gottfried Pellers Gattin Anna Kemmerling oder auch der Verhaftung des Schöffen Herbert Lapp befassen. Auch den Ablauf der Fronleichnamsprozession in Rheinbach habe ich fast wörtlich Löhers Beschreibungen entnehmen können. Den Brief Johannes Freilinks im 23. Kapitel habe ich so gut wie wörtlich übersetzt.

Marta Neyß war nachweislich ebenfalls ein Opfer der Hexenprozesse unter Jan Möden, jedoch gibt es über ihren Prozess keine Aufzeichnungen mehr. Ihren Fall habe ich deshalb stellvertretend für etliche von Löher beschriebene Vorgänge in Gericht und Peinkammer verwendet. Somit fungiert Marta Neyß sozusagen als beispielhaftes Opfer der Zaubereiprozesse in Rheinbach. An ihr habe ich vieles aufgezeigt, was laut Löher anderen Angeklagten widerfahren ist, vom Scheren der Haare am gesamten Körper, den unsittlichen Übergriffen des Henkersknechtes über die Nadelprobe, die Verhör- und Foltermethoden bis hin zum Erpressen der Namen weiterer Komplizen und dem Tod in der Feuerhütte.

Alle Vorgehensweisen der Hexenkommissare in diesem Buch sind allgemein historisch verbürgt oder werden von Hermann Löher in seiner Klageschrift beschrieben. Ebenso habe ich mich bemüht, die Motivationen und Handlungsweisen der übrigen Schöffen des Rheinbacher Gerichts, der Schultheißen von Flerzheim und Meckenheim (Geck Augustin Strom, der dolle Bischof Bartholomäus Winssen), des Gerichtsschreibers Melchior Heimbach und vieler weiterer historischer Personen weitgehend so zu beschreiben, wie ich sie nach meiner umfangreichen Recherche begriffen und interpretiert habe.

Wie ich bereits angemerkt habe, handelt es sich aber bei dem vorliegenden Buch nicht bloß um eine Nacherzählung der damaligen Ereignisse, sondern um einen Roman mit fiktiven Elementen. Nicht nur Namen und einige Daten musste ich meiner Phantasie entnehmen, sondern auch den einen oder anderen

Zusammenhang der Ereignisse, der anders für Sie, liebe Leserin, lieber Leser, sonst nicht nachvollziehbar geworden wäre. Bei einigen Ereignissen stand ich selbst vor einem Rätsel, denn in vielerlei Hinsicht schweigt Löher sich vollkommen über Beweggründe oder die Verkettung verschiedener Umstände aus. Hier blieb mir nur der Ausweg, selbst ebensolche Ereignisse zu erfinden, die jedoch am Ende ein logisches Gesamtbild der Abläufe ergeben.

So hat zum Beispiel Hilger Lirtz unter der Folter tatsächlich seinen Nachbarn Jan Kocheim der Hexerei bezichtigt. Die genauen Hintergründe sind jedoch nicht bekannt. Hier habe ich mich Cl. Wüller angeschlossen, der in seiner Version dem Ganzen einen Nachbarschaftsstreit zugrunde gelegt hat, der wiederum Löhers Vater miteinbezog.

In meiner Auslegung habe ich dann allerdings die Geschichte der Witwe Kocheim und deren Tochter Margarete, die beide ursprünglich ebenfalls Wüllers Phantasie entstammen, ein wenig verändert. Diese beiden sowie Christoph Leinen, Margaretes Verlobter, sind also nicht geschichtlich belegt, doch im Gesamtbild der Geschehnisse in Rheinbach ist ihr Schicksal durchaus vorstellbar. Ebenso die Affäre Margaretes mit Dietrich Halfmann, die entsprechend auch von mir erfunden wurde, jedoch ein durchaus denkbares Steinchen im Mosaik der Geschichte darstellt.

Die Zitate, mit denen ich ein jedes Kapitel überschrieben habe, entstammen dem Originaltext von Löhers «Wemütiger Klage». Zwar gibt es eine Übersetzung des Werkes ins Neuhochdeutsche, doch um der Authentizität willen habe ich mich entschieden, den Originalwortlaut zu verwenden. Ich hoffe, auf diesem Weg hat die Stimme Hermann Löhers meine geneigten

Leserinnen und Leser während der Lektüre des Romans von Anfang an wie eine Hintergrundmusik begleitet.

Ein Gedenkstein für Hermann Löher und seinen Vater Gerhard befindet sich übrigens heute noch auf dem St.-Martin-Friedhof in Rheinbach. Er wurde am 30. April 1685 von Hermanns Sohn Bartholomäus errichtet. Im Jahre 1905 widmete die Stadtverordnetenversammlung in Rheinbach Hermann Löher sowie dem als Zauberer ermordeten Vogt Dr. Andreas Schweigel jeweils eine Straße. Am 11. Juni 2012 beschloss der Rat der Stadt Rheinbach die Rehabilitierung der vermutlich rund 130 Opfer der lokalen Hexenprozesse.

Für den einen oder anderen unter Ihnen, liebe Leserinnen, liebe Leser, wird die Lektüre dieses Romans stellenweise nicht ganz einfach gewesen sein. Das Verfassen dieses Buches war auch für mich nicht leicht und immer wieder emotional aufwühlend. Hermann Löhers Erlebnisse in eine Geschichte zu verpacken, ihm auf diese Weise eine Stimme zu verleihen, die auch nach fast 400 Jahren seinen Wunsch weiterträgt, den Menschen für das Unrecht der Hexenprozesse die Augen zu öffnen und sie davon zu überzeugen, dass solch unmenschliche Verirrungen niemals wieder stattfinden dürfen, war mir jedoch eine Herzensangelegenheit.

Petra Schier im Mai 2014

Vff meinen lieben Gott, traw ich in Angst und noht
Er kan mich woll retten, aus trubsal angst und nöhten
Mein vngluck kan er wenden, stehet alles in seinen händen
Ob mich der todt nimbt hin, sterben ist mein gewin
In Christo ist mein leben, den thun ich mich er geben
Ick sterb heut oder morgen, mein seel wirdt Godt versorgen.

Hermann Löher

Kupferstich aus der «Hochnötigen Unterthanigen wemütigen Klage der Frommen Unschültigen»

Weitere Titel von Petra Schier

Das Gold des Lombarden

Das Haus in der Löwengasse

Der Hexenschöffe

Flammen und Seide

Apothekerin Adelina

Tod im Beginenhaus

Mord im Dirnenhaus

Verrat im Zunfthaus

Frevel im Beinhaus

Verschwörung im Zeughaus

Vergeltung im Münzhaus

Kreuz-Trilogie

Die Eifelgräfin

Die Gewürzhändlerin

Die Bastardtochter

Die Aachen-Trilogie

Die Stadt der Heiligen

Der gläserne Schrein

Das silberne Zeichen

Das für dieses Buch verwendete Papier ist FSC®-zertifiziert.